金企鹅计算机畅销图书系列

全国职业技能教育推荐用书

Office基础与应用精品教程

北京金企鹅文化发展中心　策划

朱　萍　范庆彤　张　巍　主编

航空工业出版社

北　京

内 容 提 要

Word 2007、Excel 2007 和 PowerPoint 2007 是 Office 2007 套装软件中的最重要的三个组件。本书全面介绍了这三个组件的功能、特性、使用方法和应用技巧。全书共分 15 章，第 1 章介绍 Office 2007 的一些通用操作，如启动与退出 Office 2007 以及文件的新建、保存、关闭与打开等；第 2 章至第 8 章介绍了 Word 2007 的基本用法，其内容包括文本输入与编辑、文档格式设置、页面设置与打印输出、图文混排、表格应用、文档高级编排以及长文档编排等；第 9 章至第 14 章介绍了 Excel 2007 的使用方法，其内容包括 Excel 2007 基本操作、编辑工作表、美化工作表、工作表的页面设置与打印输出、数据的排序、筛选和汇总以及图表的创建与编辑方法等；第 15 章介绍了 PowerPoint 2007 的使用方法。

本书非常适合作为各大中专院校、培训学校的电脑办公教材，同时也非常适合作广大电脑爱好者的自学用书。

图书在版编目（CIP）数据

Office 基础与应用精品教程 / 朱萍，范庆彤，张巍主编. —北京：航空工业出版社，2009. 6
ISBN 978-7-80243-331-1

Ⅰ. O… Ⅱ. ①朱…②范…③张… Ⅲ. 办公室—自动化—应用软件，Office 2007—教材 Ⅳ. TP317. 1

中国版本图书馆 CIP 数据核字（2009）第 069753 号

Office 基础与应用精品教程
Office Jichu Yu Yingyong Jingpin Jiaocheng

航空工业出版社出版发行
（北京市安定门外小关东里 14 号 100029）
发行部电话：010-64815615 010-64978486

北京市科星印刷有限责任公司印刷 全国各地新华书店经售
2009 年 6 月第 1 版 2009 年 6 月第 1 次印刷
开本：787×1092 1/16 印张：24.75 字数：618 千字
印数：1－8000 定价：38.00 元

卷首语

亲爱的读者朋友，衷心感谢您的支持。“精品教程”计算机系列图书自推出以来，已成为计算机图书市场上的畅销书。任何产品的畅销都不是偶然的，这套丛书之所以能获得您的认可，说明我们为这套图书付出的所有努力都是值得的。

无论是计算机本身还是各种计算机软件，它们都只是一个工具，其目的都是为了提高工作效率，改善我们的生活品质，有效地节约资源。因此，计算机教育的目的应该是：如何让大众花费最少的时间，让计算机为我所用。例如，如何根据自己的目的，选择合适的计算机软件，学习软件中最实用的部分，从而最大限度地节约时间，提高工作效率。

本套丛书的特色

我们认为，一本好书首先应该有用，其次应该让大家愿意看、看得懂、学得会；一本好教材，应该贴心为教师、为学生考虑。因此，我们在规划本套丛书时竭力做到如下几点：

- **精心选择有用的内容**。无论电脑功能多么强大，速度多么快，但它终归是一个工具。既然是工具，那么，我们阅读电脑图书的目的就是掌握让电脑更好为我们服务的方法。就目前来讲，每种软件的功能都很强大，那么这里面哪些功能是对我们有用的，是大家应该掌握的，就需要仔细推敲了。例如，Photoshop 这个软件除了可以进行图像处理外，还可以制作网页和动画，但是，又有几个人会用它制作网页和动画呢？因此，我们在内容安排上紧紧抓住重点，只讲大家用到的东西。
- **结构合理，条理清晰，前后呼应**。大家都知道，每种知识都有其内在的体系，电脑也不例外。因此，一本好的电脑书应该兼顾这几点。本系列所有图书都有两条主线，一个是应用，一个是软件功能。以应用为主线，可使读者学有所用；以软件功能为主线，可使读者具备举一反三的能力。
- **理论和实践相辅相成**。应该说，喜欢学习理论的人是很少的。但是，如果一点理论也不学，显然又是行不通的。例如，对于初学电脑的人来说，如果连菜单、工具、快捷菜单都搞不清楚，那又如何掌握电脑呢？因此，我们在编写本套丛书时尽量弱化理论，避开枯燥的讲解，而将其很好地融入到实践之中。同时，在介绍概念时尽量做到语言简洁、易懂，并善用比喻和图示。
- **语言简炼，讲解简洁，图示丰富**。这是一个信息爆炸的时代，每个人都希望花最少的时间，学到尽可能多的东西。因此，一本好的电脑书也应该尽可能减轻读者的负担，节省读者的宝贵时间。
- **实例有很强的针对性和实用性**。电脑是一门实践性很强的学科，只看书不实践肯定是不行的。那么，实例的设计就很有讲究了。我们认为，书中实例应该达到两个目的，一个是帮助读者巩固所学知识，加深对所学知识的理解；一个是紧密结合应用，让读者了解如何将这些功能应用到日后的工作中。
- **融入一些典型实用知识、实用技巧和常见问题解决方法**。对于一些常年使用电脑的人来说，很多技巧可能已不能称为技巧，某些问题可能也不再是问题。但对于初次接触电脑或者电脑使用经验有限的人来说，这些知识却非常宝贵。例如，很多读者尽管系统学习了 Photoshop，但仍无法设计出一个符合出版要求的图书封面，因为他根本不知道图书开本、书脊、出血是什么意思。因此，我们在各书中都安排了很多知识库、经验之谈、试一试等内容，从而使读者在学会软件功能的同时，还能掌握一些实际工作中必备的基本知识和软件应用技巧。

- **精心设计的思考与练习**。要检查学习成果，靠的就是思考与练习。因此，思考与练习题的设计也是非常讲究的。本套丛书的“思考与练习”并不像市面上某些图书一样不负责任，随便乱写几个，而都是经过精心设计，希望它们真正起到检验读者学习成果的作用。
- **提供完整的素材与适应教学要求的课件**。读者在学习时要根据书中内容进行上机练习，完整的素材自然是必不可少的。此外，如果希望用作教材，一个完全适应教学要求的课件也是必须的。
- **很好地适应了教学要求**。本套丛书在安排各章内容和实例时严格控制篇幅和实例的难易程度，从而照顾教师教学的需要。基本上，教师都可在一个或两个课时内完成某个软件功能或某个上机实践的教学。

另外，我们在策划这套丛书时，还走访了众多学校，调查了大量的老师和学生，详细了解了他们的需要，然后根据调查所得的数据确定各书的内容和写作风格。最后聘请具有丰富教学经验的一线教师进行编写。

本书读者对象

本书内容全面、条理清晰、实例丰富，特别适合作为各大中专院校和培训学校的教材，也可作为电脑办公人员的自学参考书。

本书内容安排

第 1 章：主要介绍了 Office 2007 的一些通用操作，如启动与退出 Office 2007，文件的新建、保存、关闭与打开，以及获取帮助的方法。

第 2 章至第 8 章：主要介绍了 Word 2007 的基本用法，其内容包括文本输入与编辑、文档格式设置、页面设置与打印输出、图文混排、表格应用、文档高级编排以及长文档编排等。

第 9 章至第 14 章：主要介绍了 Excel 2007 的使用方法，其内容包括 Excel 2007 基本操作、编辑工作表、美化工作表、工作表的页面设置与打印输出、数据的排序、筛选和汇总以及图表的创建与编辑方法等。

第 15 章：主要介绍了 PowerPoint 2007 的使用方法。如创建与编辑演示文稿，为对象设置超链接和动画效果，以及播放演示文稿的方法。

本书课时安排建议

章节	课时	备注
第 1 章	1 课时	1.2~1.9 节重点讲解，最好上机操作
第 2 章	2 课时	全章重点讲解，最好上机操作
第 3 章	2 课时	全章重点讲解，最好上机操作
第 4 章	1 课时	全章重点讲解，最好上机操作
第 5 章	2 课时	全章重点讲解，最好上机操作
第 6 章	3 课时	全章重点讲解，最好上机操作
第 7 章	3 课时	7.1~7.8 节重点讲解，最好上机操作
第 8 章	3 课时	全章重点讲解，最好上机操作
第 9 章	3 课时	全章重点讲解，最好上机操作
第 10 章	3 课时	全章重点讲解，最好上机操作
第 11 章	2 课时	全章重点讲解，最好上机操作
第 12 章	2 课时	全章重点讲解，最好上机操作
第 13 章	3 课时	全章重点讲解，最好上机操作
第 14 章	2 课时	14.1~14.4 重点讲解，最好上机操作
第 15 章	4 课时	全章重点讲解，最好上机操作
总课时	36 课时	

本书的创作队伍

本书由北京金企鹅文化发展中心策划，朱萍、范庆彤、张巍主编，并邀请一线计算机专家参与编写，编写人员有：常春英、孙志义、郭玲文、白冰、郭燕、顾升路、姜鹏、朱丽静、丁永卫、王洋、侯盼盼等。

编　者

2009.6

Contents

目　录

第 1 章　初识 Office 2007

Office 2007 是一个大家族，包含了字处理软件 Word 2007，电子表格处理软件 Excel 2007，幻灯片制作软件 PowerPoint 2007 等多个的软件。这一章，我们主要学习这些软件的共性的，也是最基本的操作，如新建、保存、关闭与打开文件的方法……

第 2 章　文本输入与编辑

Word 2007 是一款优秀的文字处理软件。新建文档后，我们就可以借助键盘和各种输入法在文档中书写内容。根据需要，我们还可对文档内容进行编辑操作，如移动和复制文本，查找与替换文本……

第 3 章　文档格式设置

为了使文档内容更易于阅读或更加美观，可以给文档设置必要的格式。本章主要介绍设置文档格式的方法，例如，文本格式设置，段落格式设置，项目符号和编号设置，边框和底纹设置，以及文档分栏……

第 4 章　页面设置与打印输出

在 Word 中制作的文档大多都需要打印输出，在打印之前，页面设置是一项非常重要的工作，通过它可以设置纸张大小、页面方向及页边距等，设置完成，别忘了打印预览哦……

第 5 章　图文混排

要想设计出图文并茂的文档，我们可以在文档中插入图片和绘制各种图形，并可以为其设置样式、边框、填充、阴影等各种效果……

第 6 章　应用表格

表格可以直观地展现复杂数据信息。Word 2007 提供了丰富的工具辅助我们快速创建各种表格，对表格进行调整以及美化表格等。此外，在 Word 中还可实现文本与表格的相互转换，以及对表格中的数据进行排序或简单计算……

第 7 章 文档高级编排

为了使制作的文档更具专业化，除了掌握简单的文档编排方法外，还需要了解一些文档的高级编排知识。例如，文档的分页与分节，添加页眉和页脚，应用样式以及为文档添加脚注和尾注等……

第 8 章 长文档编排

Word 设计了一些用于长文档编排的功能和特性辅助编排长文档，例如，用大纲视图组织文档，用主控文档来合并和管理子文档，以及在文档中编制目录和索引……

第 9 章 Excel 基本操作与数据输入

Excel 2007 是一款专业的电子表格处理软件，帮助用户轻松完成电子表格的制作。本章我们介绍 Excel 2007 中的数据输入方法和技巧，以及通过使用公式、函数进行数据计算的方法……

第 10 章 编辑工作表

电子表格创建完成后，还可利用 Excel 提供的编辑功能对其进行添加、删除工作表，调整工作表的结构，调整行高与列宽等操作。此外，为确保用户工作表中数据的正确性，可对工作表进行审核，以及为确保数据的安全，对工作簿和工作表进行保护等……

第11章 使工作表规范化

为了突出显示工作表中的数据以及使工作表更加美观，在工作表创建完成后，应对其进行格式化，如利用条件格式使某些单元格突出显示，设置单元格格式，为表格添加边框和底纹，自动套用表格格式和单元格样式等……

第12章 Excel页面设置与打印输出

与Word软件相同，在对工作表进行打印输出前，应对其进行页面设置。所不同的是，我们需要为电子表格中的内容设置打印区域，以及设置内容在页面上的显示位置等……

第13章 数据排序、筛选与分类汇总

为了便于更进一步地对数据进行分析，Excel 2007为用户提供了强大的数据排序、筛选以及分类汇总功能。这一章，我们就看看它们的使用方法……

第14章 使用图表分析数据

相对于枯燥的字符，图表能更加形象、直观地反映工作表中的数据，方便用户进行数据的比较和分析预测。这一章，我们学习如何使用图表分析数据……

第 15 章 PowerPoint 2007 应用

在进行新产品推介、公司宣传及课堂教学时，精美的幻灯片越来越多地扮演着重要的角色，它出自于 Office 家族又一成员 PowerPoint 2007 之手。这一章，我们就来学习如何制作和播放幻灯片……

第1章

初识 Office 2007

本章内容提要

章前导读

Microsoft Office 是微软公司推出的办公自动化组合套件，Office 2007 是该系列产品的最新版本，它包括了字处理软件 Word 2007，电子表格处理软件 Excel 2007，幻灯片制作软件 PowerPoint 2007，信息管理软件 Outlook 2007 和数据库管理软件 Access 2007。本书主要介绍前三个组件的使用方法。

虽然 Office 组合套件中各软件的功能不同，但它们的操作界面和基本使用方法非常类似。因此，本章将以 Word 2007 为例，带领大家熟悉一下 Office 2007 的操作界面，以及它们的基本操作方法。

1.1 Office 2007 简介

下面首先让我们来简单了解一下本书将要着重介绍的 Word 2007、Excel 2007 和 PowerPoint 2007 三个软件的功能与特点。

- Word 2007 是目前为止功能最强大的文字处理软件。利用它不仅能够方便地进行文字编辑和排版，还可以方便地在文档中插入图片和剪贴画，以及制作各种商业表格等。另外，使用 Word 2007 自带的各种模板和向导还可以方便快捷地创建各种实用文档，如请柬、贺卡、名片、个人简历等。图 1-1 是用 Word 2007 制作的名片。

图 1-1　用 Word 2007 制作的名片

- Excel 2007 是目前最受欢迎的电子表格制作软件，利用它不仅可以快速输入和编辑表格数据，美化表格格式，而且还可以进行各种数据处理、统计分析和辅助决策，并可以将数据转换成各种直观、清晰的图表。另外，使用 Excel 2007 自带的各种模板和向导也可以方便快捷地创建各种实用的电子表格，如账单、个人月预算、销售报表、考勤卡等。图 1-2 是用 Excel 2007 制作的图书销售图表。

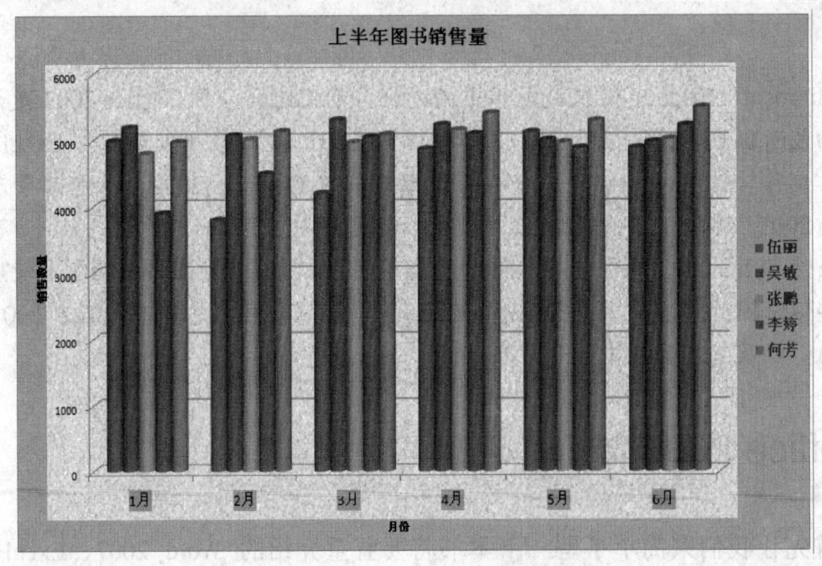

图 1-2　用 Excel 2007 制作的图书销售表

- PowerPoint 2007 是目前广受欢迎的幻灯片制作软件，利用它可以方便地增删幻灯片，编辑幻灯片内容，为幻灯片和幻灯片中的各种元素设置动画效果等。我们在各种场合看到的很多漂亮的电子课件、项目报告、交互式相册等都是用该软件制作的。图 1-3 是用 PowerPoint 2007 制作的幻灯片。

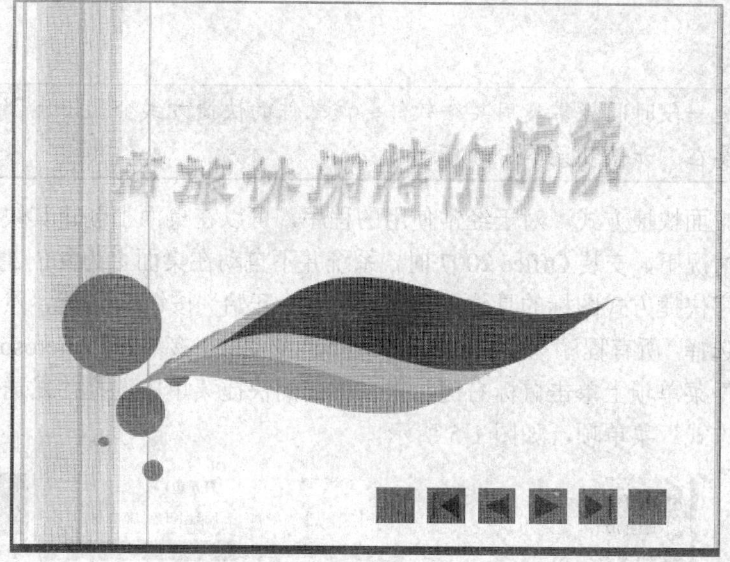

图 1-3　用 PowerPoint 2007 制作的幻灯片

1.2　启动和退出 Office 2007

要使用 Office 2007 应用程序中的各个组件，首先要学会启动和退出 Office 2007。启动和退出 Office 2007 的方式有多种，下面简单介绍一下常用的几种方式。

1.2.1　启动 Office 2007

下面以 Word 2007 为例，简单介绍一下启动 Office 2007 应用程序的常用方法。

➢ 使用“开始”菜单。通常情况下，计算机中安装的程序都会显示在“开始”菜单中。要使用“开始”菜单启动程序，可以单击“开始”按钮 开始 ，然后将光标移至“所有程序”，再选择“Microsoft Office”，在弹出的子菜单中选择相应的菜单项就可以了，如选择“Microsoft Office Word 2007”菜单项，(参见图 1-4)，即可启动 Office 2007。

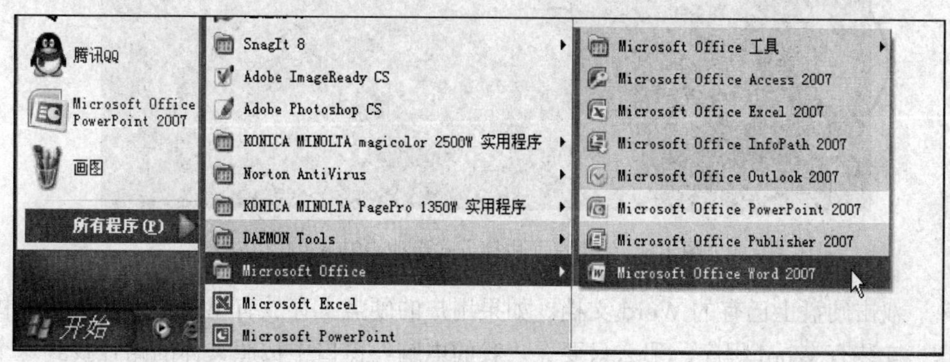

图 1-4　使用“开始”菜单启动 Office 2007

如果最近一段时间经常使用某个软件，该软件的快捷方式会显示在“开始”菜单中，此时只要在“开始”菜单中选择就行。

➢ 使用桌面快捷方式。对于经常使用的程序，可以在桌面上创建其快捷方式图标。默认情况下，安装 Office 2007 时，系统并不自动在桌面上为其创建快捷方式。创建程序快捷方式图标的具体操作为，单击“开始”按钮，然后在弹出的菜单中选择“所有程序”>“Microsoft Office”菜单项，接着在“Microsoft Office Word 2007”菜单项上单击鼠标右键，并在弹出的快捷菜单中选择“发送到”>“桌面快捷方式”菜单项，如图 1-5 所示。

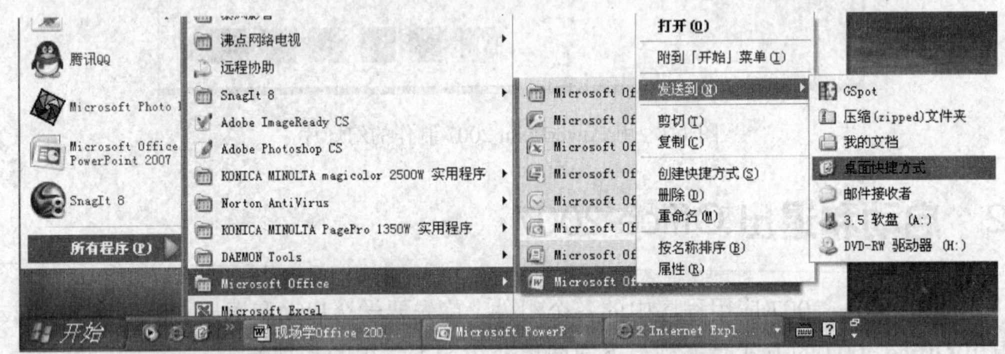

图 1-5　创建桌面快捷方式图标

创建完成后，我们就可以通过双击桌面上的快捷方式图标来启动 Office 2007 程序了，如图 1-6 所示。

图 1-6　使用桌面快捷方式启动 Office 2007

➢ 双击硬盘上已有的 Word 文档。如果用户的硬盘上存放有 Word 文档，系统中又安装有 Word 程序，那么只要在“我的电脑”窗口中按照具体的路径找到这个文档，然后双击它即可启动 Word，如图 1-7 所示。其他软件也可采取类似的操作。

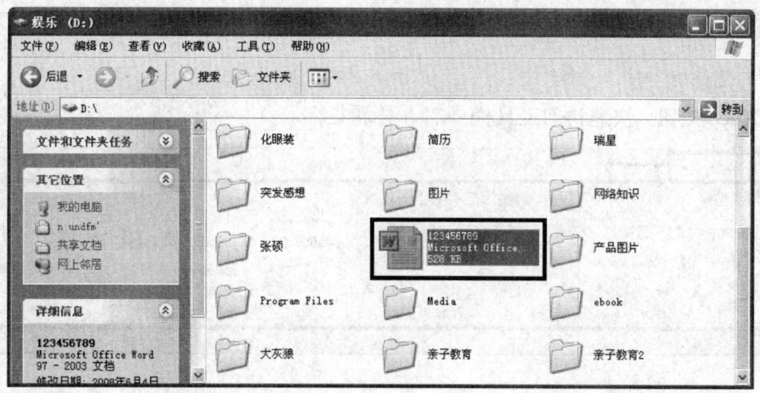

图 1-7　双击 Word 文档来启动程序

1.2.2　退出 Office 2007

要退出 Office 程序，最常用的方法是单击程序标题栏右侧的“关闭”按钮。另外，单击 Office 按钮后，在弹出的菜单中选择“退出 Word”按钮，也可退出程序，如图 1-8 所示。

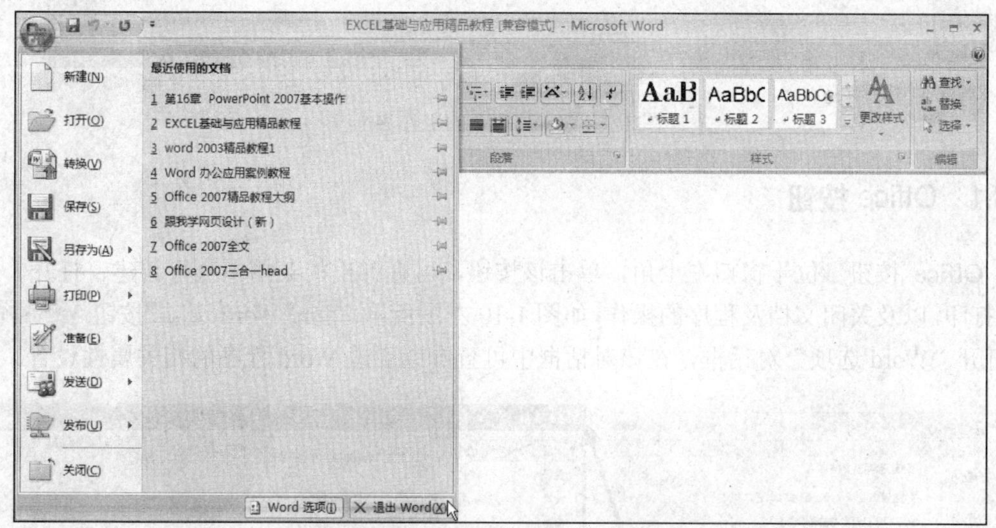

图 1-8　退出 Office 2007

按组合键【Alt+F4】可快速退出 Office 2007 程序。

1.3　认识 Office 2007 工作界面

启动 Office 程序后，就可进入其工作界面。图 1-9 显示了 Word 2007 的工作界面，由

该画面可以看出，其中包括了 Office 按钮、快速访问工具栏、标题栏、功能区、工作区和状态栏等部分。

图 1-9　Word 2007 的工作界面

1.3.1　Office 按钮

Office 按钮位于窗口左上角，单击该按钮，可在弹出的菜单中执行新建、打开、保存、打印，以及关闭文档及程序的操作，如图 1-10 左图所示。单击"Word 选项"按钮，可打开"Word 选项"对话框，在该对话框中可查看或更改 Word 程序的相关属性设置。

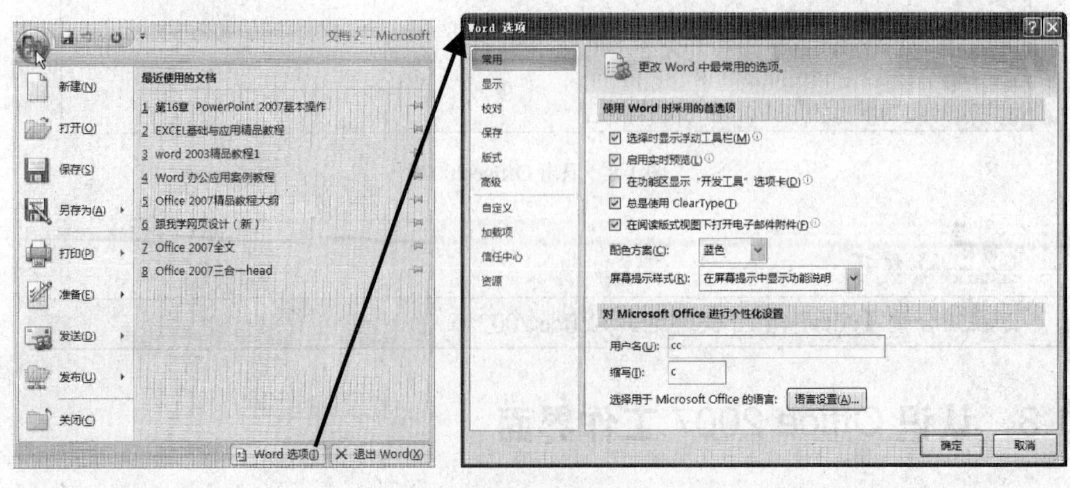

图 1-10　Office 按钮的作用

1.3.2　快速访问工具栏

为便于用户操作，系统提供了“快速访问工具栏”，主要放置一些在编辑文档时使用频率较高的命令。一般情况下，该工具栏位于 Office 按钮的右侧，其中包含了“保存”、“撤销”和“重复”按钮。

如果需要，用户也可以自定义快速访问工具栏，方法是：单击该工具栏右侧的“自定义快速访问工具栏”按钮，在弹出的菜单中选择要向其中添加或删除的命令（要删除已添加的命令，只需重复选择该命令），如图 1-11 所示。

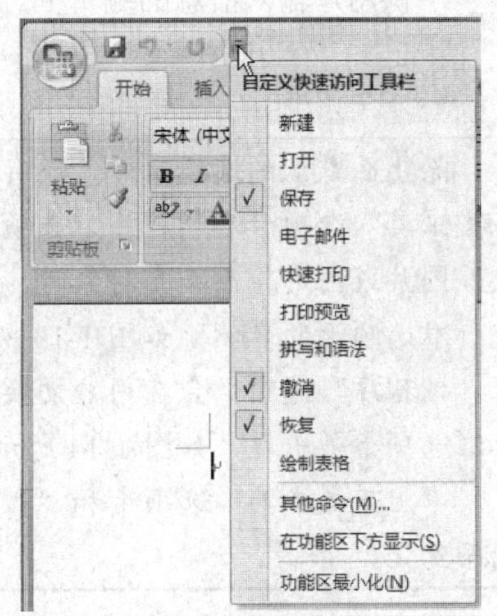

图 1-11　自定义快速访问工具栏

1.3.3　标题栏

标题栏位于窗口的最上方，其中显示了当前编辑的文档名、程序名和一些窗口控制按钮。利用标题栏可完成以下操作：

- 单击“最小化”按钮，可把窗口缩小为一个图标显示在屏幕最底端的任务栏中，单击该图标又可恢复为原窗口大小。
- 单击“最大化”按钮，可使 Office 程序窗口铺满整个屏幕，此时该按钮变成“还原”按钮。单击“还原”按钮，Office 程序窗口将从最大化状态恢复到初始状态。另外，双击标题栏也可在最大化和初始状态之间切换。
- “关闭”按钮的作用在 1.2.2 节已经讲过，单击它可退出 Word。
- 若当前窗口未处于最大化或最小化状态，可通过单击并拖动标题栏来移动窗口在屏幕上的位置。

1.3.4　功能区

Office 2007 最大的创新就是用功能区取代了先前的主菜单和工具栏。它将 2007 之前版本中的菜单命令重新组织在一组选项卡中，如“开始”、“插入”、“页面布局”、“引用”、“邮件”、“审阅”和“视图”等。功能区由选项卡、组和命令三部分组成，如图 1-12 所示。

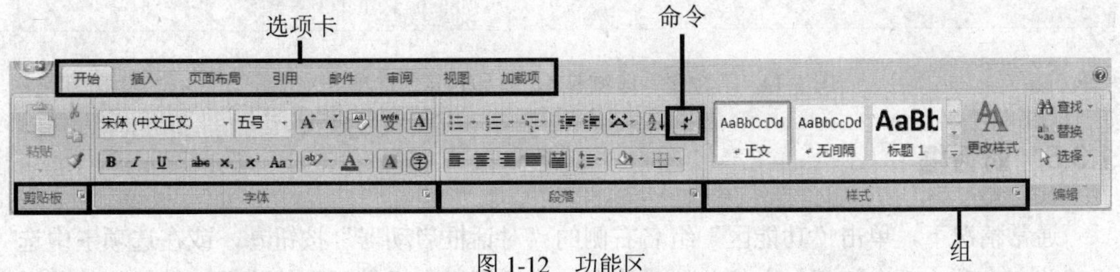

图 1-12　功能区

- **选项卡**：位于功能区的顶部（如“开始”、“插入”）。每个选项卡的内容都按功能进行组织。
- **组**：为便于应用，每个选项卡中的命令又被分成了若干个组，如“字体”组。
- **命令**：分组显示在选项卡中，命令可以是按钮（如“加粗”按钮 **B**）、菜单或者供用户输入信息的编辑框。

除上面默认的选项卡外，还有两个选项卡会在特定情况下出现，它们分别是“上下文工具”选项卡和“程序”选项卡，前者使用户能够操作在页面上选定的对象，如表、图片或图形等。单击对象时，相关的“上下文工具”选项卡以强调文字颜色出现在标准选项卡的右侧，如图 1-13 所示。

“程序”选项卡会在用户切换到某些操作模式或视图（包括打印预览）时，替换标准选项卡集出现，如图 1-14 所示。

“上下文工具”选项卡和“程序”选项卡的内容会随所选对象不同及操作模式不同而变化。

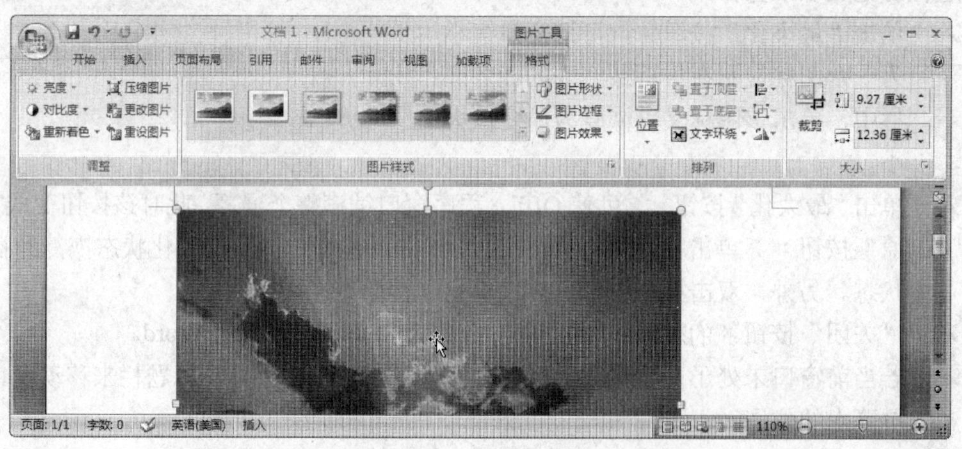

图 1-13 “上下文工具”选项卡（“格式”选项卡）

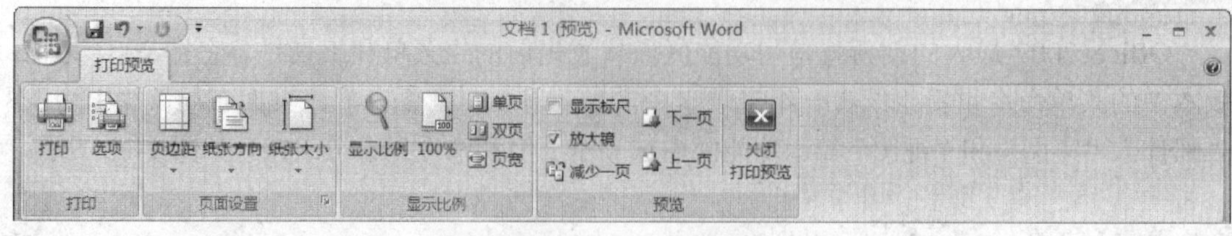

图 1-14 “程序”选项卡（“打印预览”选项卡）

1.3.5 对话框

通常情况下，单击“功能区”组名右侧的“对话框启动器”按钮，或在选项卡中选择某些命令项，都会打开与之相关的对话框。对话框用来提供更多的选项、提示信息或说

明某项任务未能成功执行的原因等。

虽然对话框的功能各不相同，但其基本结构是相似的。对话框通常包含标题栏、选项卡、选项（如复选框、单选钮）、列表框、编辑框、一般按钮（如“确定”按钮、“取消”或“关闭”按钮）、预览框和带后缀“…”的附加按钮等。对话框中的选项为黑色时表示此选项当前可用，呈灰白色时表示此选项当前无效不可用。下面以图 1-15 所示 Word 中“字体”对话框为例，说明对话框的基本结构和使用方法。

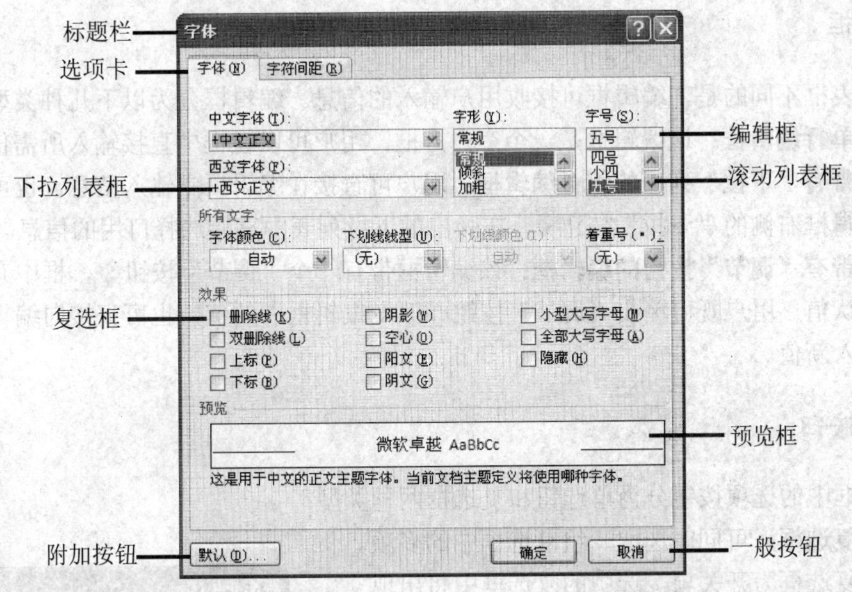

图 1-15　“字体”对话框

提　示

与窗口不同，对话框只能关闭或移动，而不能放大或缩小。

1. 标题栏

对话框中的标题栏同窗口标题栏一样，给出了对话框的名字和关闭按钮☒。在标题栏区单击并拖动，可以在屏幕上移动对话框的位置。

2. 选项卡

当对话框中包含多种类型的选项时，系统将这些内容分类放置在不同的页上，并在每页的上部设置一个标有名字的选项卡，以示区别。单击任意一个选项卡，即可打开该选项卡所代表的页。

3. 列表框

将所有的选项以列表形式显示，用户可从中选择自己所需的选项。列表框中只能显示一系列预设的选项，但不能接收输入的信息。按照列表框的显示方式可分为以下类型：

- **滚动列表框：**用于选项较多的列表，列表框右侧有一个滚动条，通过在列表框中滚动可以看到列表框内的所有选项。
- **下拉列表框：**与滚动列表框类似。区别在于，它有一个“下拉”按钮，单击该按钮才出现相应的列表项，用户可从中选取需要的选项。打开下拉列表后，要关闭下拉式列表，可单击其他按钮或按【Esc】键。

4. 编辑框

与列表框不同的是，编辑框可接收用户输入的信息。编辑框分为以下几种类型：

- **单行编辑框：**该编辑框是一个空白方框，用户可以在框中直接输入所需信息。
- **带有“下拉”列表的组合编辑框：**用户可直接在编辑框中输入信息，也可单击编辑框右侧的“下拉”按钮，在弹出的下拉列表中直接选择可用的信息。
- **带有“调节”按钮的编辑框：**该编辑框带有一个“调节”按钮，框中有一个默认值。用户既可单击“调节”按钮改变编辑框中的值，也可直接向编辑框中输入新值。

5. 选项按钮

对话框中的选项按钮分为单选钮和复选框两种类型：

- **复选框：**可同时选取一组复选框中的多项。复选框为开关项，选中的复选框中将出现“√”符号，再单击一次可清除选择。
- **单选钮：**该按钮通常成组出现，它们是一组互斥选项。当一个按钮被选中后，同组中的其他按钮被自动取消选择。被选中的单选钮中将出现一个小圆点，如图1-16所示。

图1-16　单选钮

6. 预览框

利用预览框，用户可预览当前设定信息的效果。

7. 一般按钮和附加按钮

一般按钮包括各种立即执行的命令按钮。最常用的有：

- **“确定”按钮：**设定对话框中的各种选项后，单击“确定”按钮可关闭对话框，并按对话框中已指定的选项执行相应操作。通常情况下，按【Enter】键与单击“确定”按钮等效。

➢ **"取消"按钮与"关闭"按钮：**单击"取消"按钮可关闭对话框，并且不执行任何操作。当执行了某些不能取消的操作后，"取消"按钮变为"关闭"按钮。单击"关闭"按钮将关闭对话框，但命令已被执行。

按钮名称后带"…"后缀的按钮称为附加按钮，其作用与带"…"后缀的菜单命令类似，单击它将打开一个对话框，以便用户进行一些设置。

1.3.6 工作区

在 Word 中，工作区用于编辑文档；对 Excel 而言，工作区用于编辑工作表。以 Word 工作区为例，通常情况下，工作区都由以下几部分组成，如图 1-17 所示。

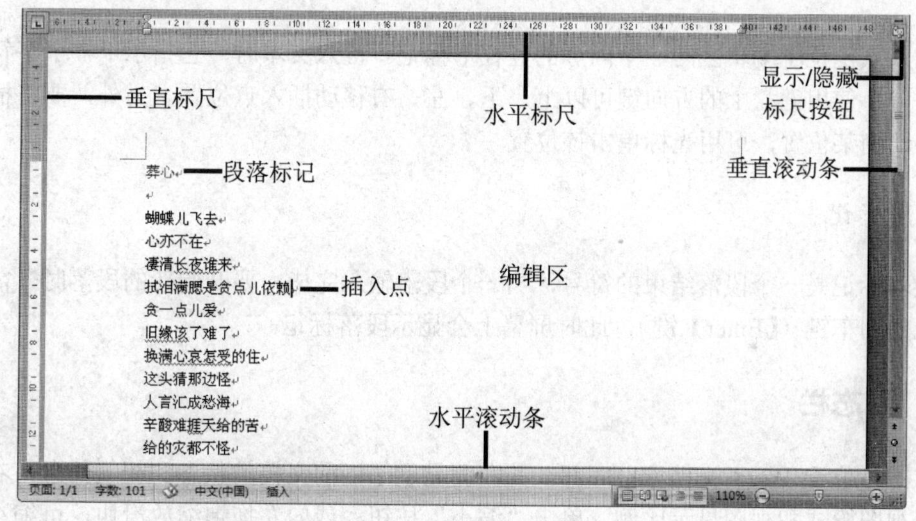

图 1-17　工作区

1. 标尺

标尺分为水平标尺和垂直标尺，主要用于确定文档内容在纸张上的位置。默认情况下，标尺并不显示，通过单击工作区右上角的"显示/隐藏标尺"按钮，可显示或隐藏标尺。另外，我们还可以利用标尺调整段落缩进，设置与清除制表位，以及调整栏宽等。例如，要设置段落的缩进位置，我们可左右拖动标尺上的四个滑块。标尺上各滑块的名称如图 1-18 所示。我们会在第 3 章详细介绍如何设置段落缩进。

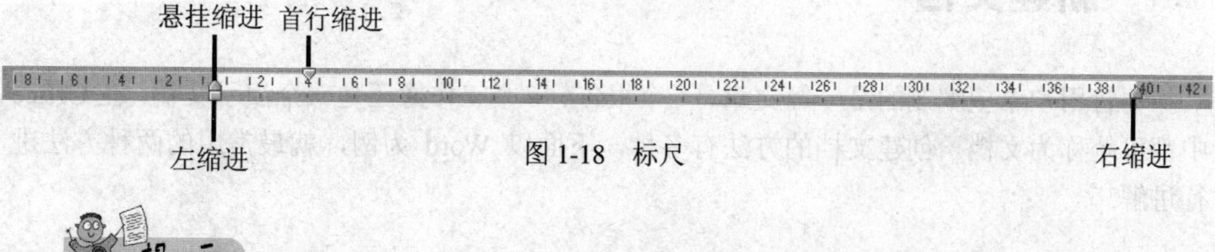

图 1-18　标尺

提示

Excel 不提供标尺，其编辑窗口左侧和上方分别显示了单元格的行号和列号。

2. 编辑区

水平标尺下方的空白区域是编辑区，用户可在编辑区内输入文本、插入图片，或对文档进行编辑、修改和排版等操作。

3. 滚动条

滚动条分垂直滚动条和水平滚动条。通过上下或左右拖动滚动条，可以浏览文档中位于工作区以外的部分内容。

4. 插入点光标

插入点是位于编辑区的一个闪烁的竖杠形标记。键入文本时，它指示下一个字符将出现的位置。使用键盘上的方向键可以上、下、左、右移动插入点位置。另外，要将插入点快速移动到某位置，可用光标单击该位置。

5. 段落标记

段落标记是一个段落结束的符号，当一个段落输入完毕，要开始新的段落时，需要按键盘上的回车键（【Enter】键），此时屏幕上会显示段落标记。

1.3.7 状态栏

状态栏位于 Word 文档窗口底部，其左侧显示了当前文档的状态和相关信息，右侧显示的是视图模式和视图显示比例，单击“缩小”按钮⊖或向左拖拽缩放滑块，可缩小显示比例，单击“放大”按钮⊕或向右拖拽缩放滑块，可放大显示比例，如图 1-19 所示。

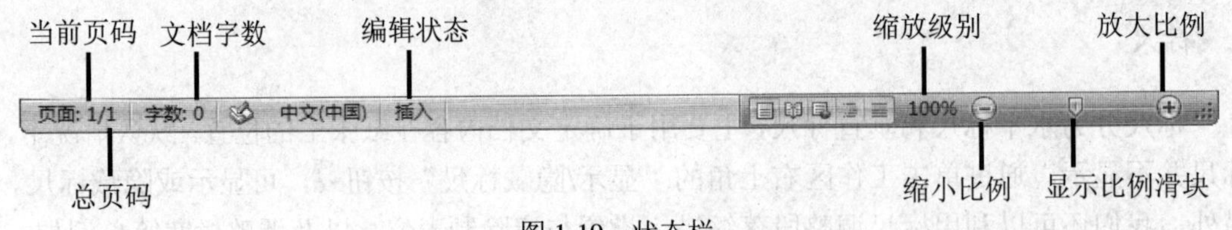

图 1-19 状态栏

1.4 新建文档

不管用户希望编制的是一篇文章、一个报告、一个工作簿还是一个演示文稿，在 Office 中都可统称为文档。创建文档的方法有多种，下面以 Word 为例，就最常用的两种方法进行讲解。

1.4.1 创建普通文档

启动 Word 2007 时，系统会自动创建一个名为“文档 1”的空白文档，用户可直接在

编辑区内编辑内容。若要再新建空白文档，可按如下方法操作。

步骤 1　单击 Office 按钮，在弹出的菜单中选择“新建”命令，如图 1-20 所示。

图 1-20　Office 菜单

步骤 2　打开“新建文档”对话框，此时“空白文档”选项被自动选中，如图 1-21 所示。单击“创建”按钮，即可完成空白文档的创建。

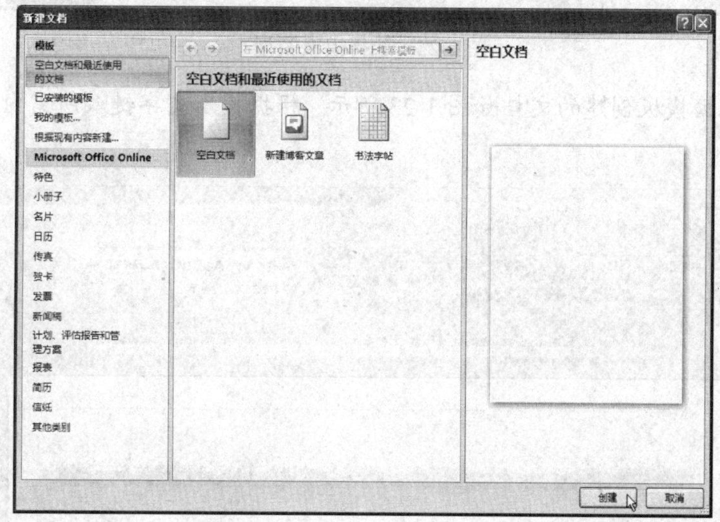

图 1-21　“新建文档”对话框

按【Ctrl+N】组合键可快速创建空白文档。

1.4.2　使用现有模板创建文档

Word 2007 提供了各种类型的文档模板，有效地利用这些模板，可以快速创建带有格式和内容的文档。要应用模板创建文档，可执行以下操作。

步骤 1　打开“新建文档”对话框，选择左侧列表框中的“已安装的模板”选项。

步骤 2　向下拖拽中间列表框中的垂直滚动条，选择想要使用的模板类型（此处选择“平衡简历”），然后单击“创建”按钮，如图 1-22 所示。

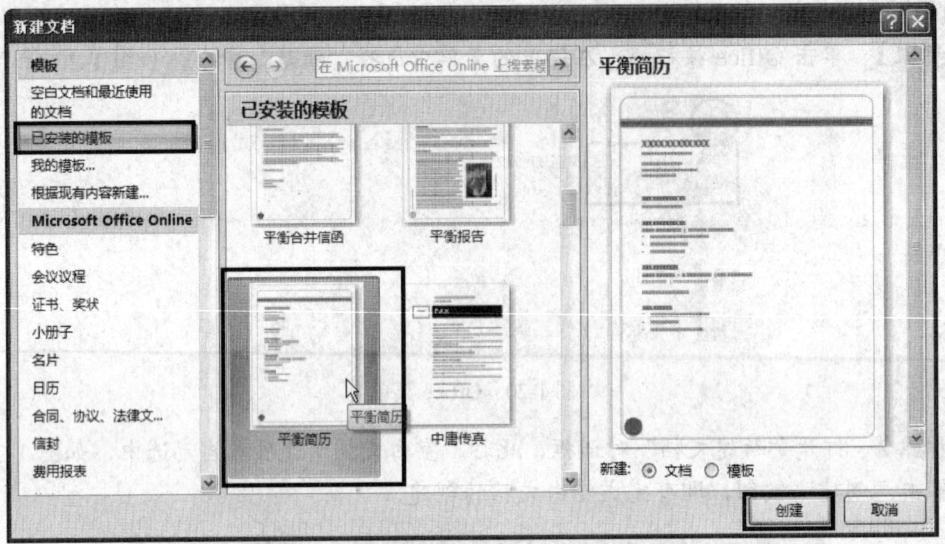

图 1-22　选择模板类型

步骤 3　根据模板创建的文档如图 1-23 所示。根据提示文字键入所需内容，一份简历就轻松完成了。

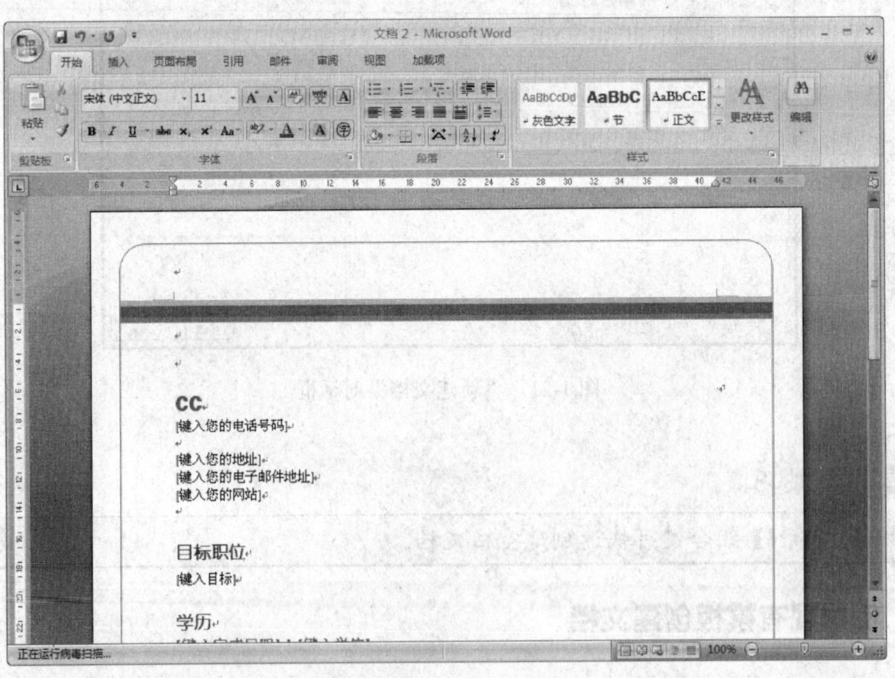

图 1-23　利用模板创建的文档

知识库

如果用户的电脑已连网，可从“新建文档”对话框左侧的“Microsoft Office Online”列表中选择模板类型，然后在中间的列表中选择所需模板，最后单击“下载”按钮，从网上下载模板，如图 1-24 所示。

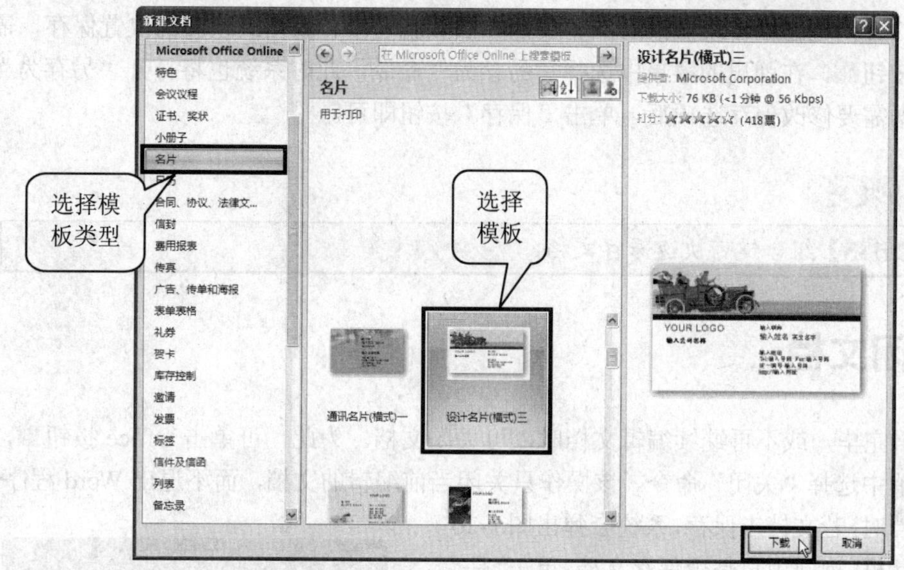

图 1-24　从网上下载模板

1.5　保存文档

创建文档并对其编辑后，应及时保存。否则，若出现停电、死机等意外情况，文档内容就会丢失。要保存文档，可执行以下操作。

步骤 1　单击快速访问工具栏中的"保存"按钮；或单击 Office 按钮，在弹出菜单中选择"保存"命令，打开"另存为"对话框。

步骤 2　在"保存位置"下拉列表中选择文档要保存到的文件夹，在"文件名"编辑框中输入文档名（此处为"名片"），如图 1-25 所示。单击"保存"按钮，保存文档。

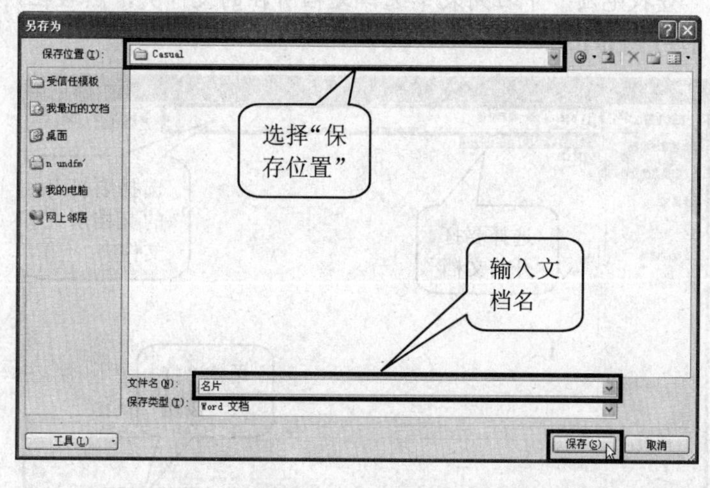

图 1-25　保存文档

如果文档已经保存过，进行修改后再次保存时，将不再打开"另存为"对话框。另外，在对已打开的文档进行编辑或修改后，若要把文档按新名字、新格式或新的位置保存，需单击 Office 按钮，在弹出的菜单中选择“另存为”命令，此时系统也将打开“另存为”对话框，根据需要修改保存选项后，单击“保存”按钮即可。

按【Ctrl+S】组合键可快速保存文档。

1.6 关闭文档

文档编辑完毕，或不再继续编辑文档时，可关闭文档。为此，可单击 Office 按钮，在打开的菜单中选择“关闭”命令。该操作只关闭当前编辑的文档，而不退出 Word 程序。

关闭文档时，若文档未保存，系统会弹出图 1-26 所示提示对话框，询问用户是否保存文档。单击“是”按钮，表示保存文档并关闭文档；单击“否”按钮，表示不保存文档而直接关闭文档；单击“取消”按钮，表示取消当前操作，返回文档。

图 1-26　提示框

1.7 打开文档

在 Office 中，打开文档的方法有多种。其中最常用的是 Office 菜单中的“打开”命令，操作方法如下。

步骤 1　打开 Office 菜单，从中选择“打开”命令（或按【Ctrl+O】组合键），打开“打开”对话框。

步骤 2　在“查找范围”下拉列表中选择文档所在的文件夹，然后在列表中选择要打开的文档，如图 1-27 所示。

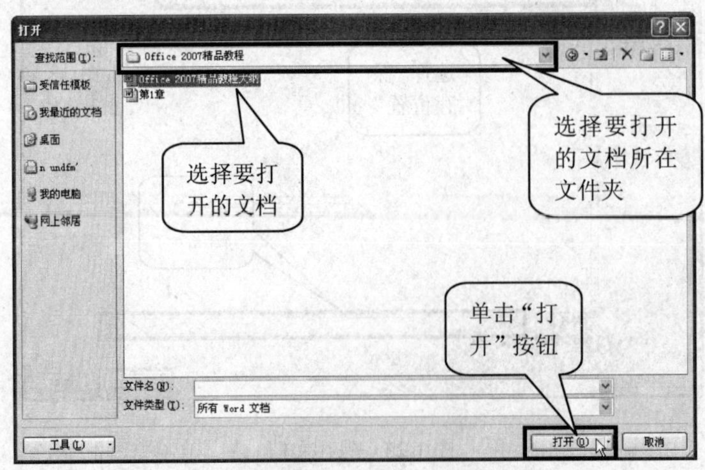

图 1-27　“打开”对话框

"打开"对话框左侧提供了"我最近的文档"、"桌面"、"我的文档"、"我的电脑"和"网上邻居"等几个常用的文件夹按钮。利用这些按钮，用户可以更方便地打开所需要的文件。

步骤 3　单击"打开"按钮，即可打开选择的文档。

应用"打开"对话框打开文档时，允许同时打开多个位于同一文件夹中的文档。操作方法为：选择"打开"对话框中的多个文件，之后单击"打开"按钮。

下面介绍两种选择多个文档的方法。

- **选择连续的多个文档：**在文档列表中要选择的第一个文档附近按下鼠标左键，并按着鼠标向下拖拽到最后一个文档，如图 1-28 左图所示。或单击选择第一个文档，按【Shift】键单击选择最后一个文档，如图 1-28 右图所示。
- **选择不连续的多个文档：**单击选择其中一个文档，然后按住【Ctrl】键分别单击选择其他文档，如图 1-29 所示。

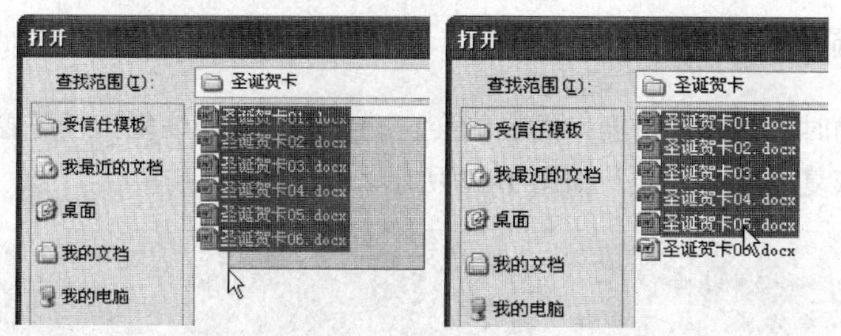

图 1-28　选择连续的多个文档

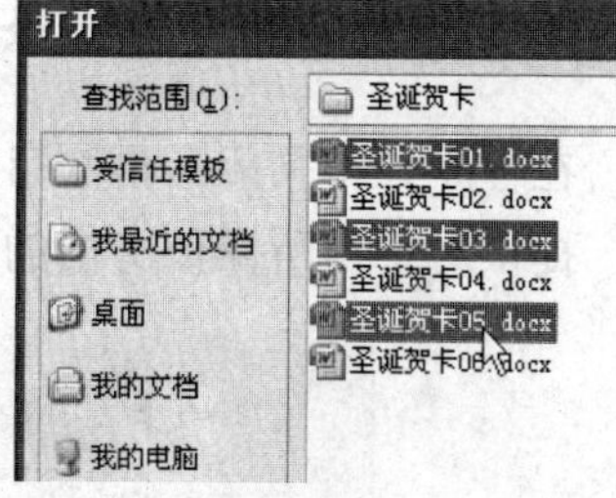

图 1-29　选择不连续的多个文档

未启动 Word 2007 时，用户可通过双击方式打开 Word 文档，或右击要打开的文档，从弹出的快捷菜单中选择"打开"命令，如图 1-30 所示。

除上面的方法外，单击 Office 按钮，在弹出的菜单右侧显示了最近打开的文件列表（缺省为 17 个）。因此，如果用户希望打开最近操作过的文档，可直接在该列表中进行选择，如图 1-31 所示，省却了查找文件的麻烦。

1.8　恢复文档

有时，用户在操作文档时会突然停电或系统突然死机，导致 Office 程序意外关闭，从而无法保存对正处理的文档所做的更改。为此 Office 2007 提供了一项"文档恢复"功能，利用该功能可以最大限度地恢复自用户上次保存该文档以来所做的更改。另外，也可以设置自动保存来避免这种情况的发生。

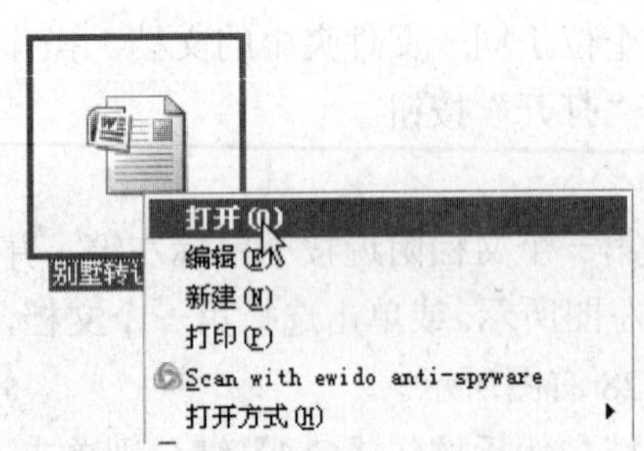

图 1-30　用快捷菜单打开文档

图 1-31　打开最近编辑的文档

1. 使用“文档恢复”任务窗格

在程序异常关闭后再次启动时，文档编辑窗口的左侧会自动出现“文档恢复”任务窗格，提供对上次所操作文档的恢复及保存功能，如图 1-32 所示。

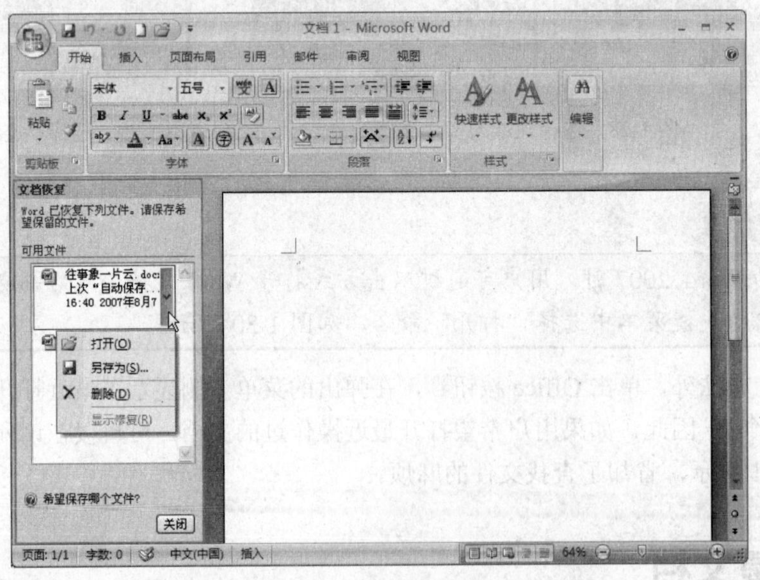

图 1-32　文档恢复窗格

“文档恢复”任务窗格最多可显示文件的三个版本。包括文件的已恢复版本、文件的自动保存版本（已自动保存）和文件的原始版本。

一般情况下，文件的已恢复版本应当是文件的最新版本。单击此版本，然后检查该文件。如果看起来是正确的，可右键单击此选择，然后单击“另存为”以保存该文档。如果此版本看起来不正确，“已修复”一词出现在此版本中，如果您要查看进行了哪些修复，可

右键单击该版本，然后单击“显示修复”。可采取同样的方法检查其他文档版本。

只有在发生了崩溃并且恢复了用户对文件所做的部分或全部更改以后，才会显示文件的已恢复版本。

如果在检查了文件的所有可用版本之后，仍然没有看到具有最新的正确内容的版本。可右键单击看起来最正确的版本，然后单击“另存为”以保留该版本。打开并保存了要保留的文件以后，可单击“文档恢复”任务窗格中的“关闭”按钮将其关闭。

2. 设置“自动保存时间间隔”

有时用户看到的恢复文档并不是最后编辑的文档，这取决于所设置的自动保存时间间隔。单击 Office 按钮，在弹出的菜单中单击“Word 选项”按钮，打开“Word 选项”对话框，在左侧的列表中选择“保存”选项，在右侧的“保存自动恢复信息时间间隔”后的编辑框中可设置保存间隔时间（默认为 10 分钟），如图 1-33 所示。

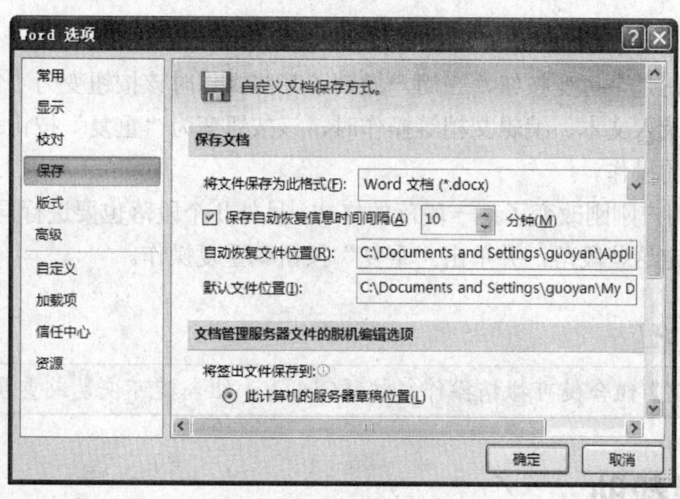

图 1-33 设置自动保存时间间隔

1.9 操作的撤销、恢复和重复

在编辑文档的过程中，Word 会自动记录用户执行的操作，这使得撤销错误操作和恢复被撤销的操作非常容易实现。

1. 撤销

在编辑文档的过程中若误执行了某个操作，可用“撤销”命令撤销该操作。具体方法为单击快速访问工具栏中的“撤销”按钮，撤销最近一步操作，如图 1-34 左图所示。要撤销多步操作，可单击“撤销”按钮右侧的下三角按钮，在打开的列表框中单击选择要撤销的操作，如图 1-34 右图所示。

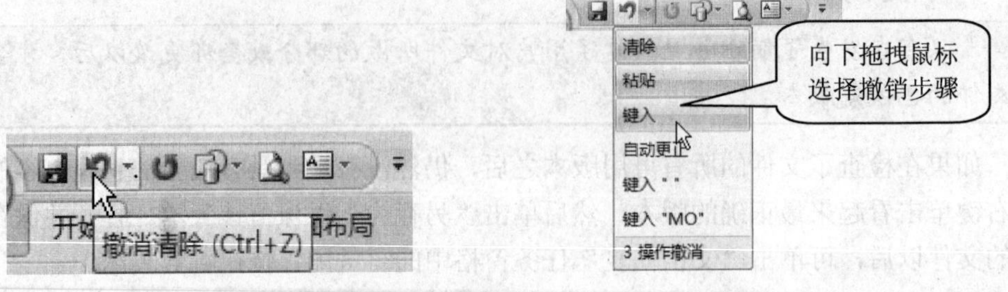

图 1-34　撤销操作

2. 恢复

单击快速访问工具栏中的“恢复”按钮，可恢复被撤销的操作。要恢复被撤销的多步操作，可连续单击“恢复”按钮。

3. 重复

“恢复”按钮是个可变按钮，当用户撤销了某些操作时该按钮变为“恢复”按钮；当用户进行诸如录入文本、编辑文档等操作时，该按钮变为“重复”按钮，允许用户重复执行最近所做的操作。

例如，假设用户刚刚改变了某一段落的格式，另外几个段落也要进行同样的格式设置，那么，就可以选定这些段落，并单击“重复”按钮重复操作。

按【Ctrl+Z】组合键可撤销操作，按【Ctrl+Y】组合键可恢复或重复操作。

1.10 获得帮助

Office 具有一个实用、有效的帮助系统。用户在使用 Office 应用程序的过程中，可能会碰到一些疑难问题。例如，对某些功能有疑问或不知道如何执行某项操作等，此时用户可通过多种方法获得相关的帮助信息。

1. 使用帮助窗口

单击功能区右上角的“帮助”按钮，或按 F1 键，可打开图 1-35 所示程序帮助窗口，Office 帮助窗口提供了众多操作项目列表和若干按钮。

一般情况下，可通过选择要查看的信息类别名称查看系统提供的有关帮助内容。也可在上方的编辑框中输入要查找的信息关键字，然后单击右侧的“搜索”按钮进行搜索。

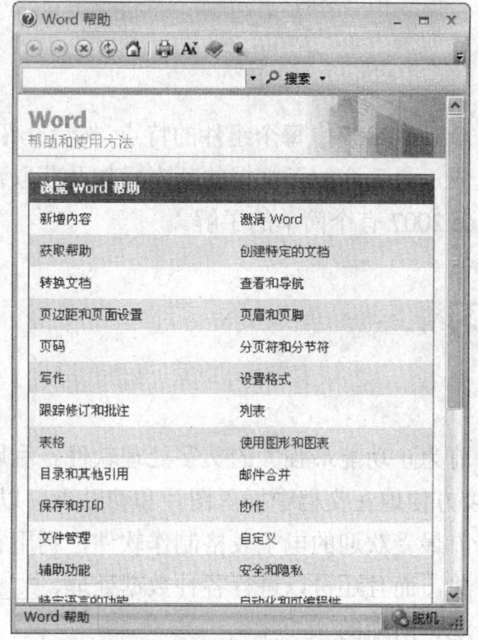

图 1-35　Office 帮助窗口

2. 从网络上得到帮助

从网络上得到帮助信息是 Office 2007 系列产品的一大特点，如果用户能访问 Internet，则可以在不离开 Office 程序的情况下访问技术资源并下载免费资料，以找到问题的答案。要想访问 Microsoft 创建的有关 Office 2007 的 Web 站点，可在连接上网后，启动 IE 浏览器并打开 Office 2007 网页，如图 1-36 所示。

图 1-36　Office Online 主页

1.11　学习总结

本章首先简单介绍了Office 2007中每个组件的特点，然后介绍了启动、退出Office 2007的方法及其工作界面的组成，最后介绍了文档的基本操作及获取帮助的方法。希望通过本章的学习，读者能对 Office 2007 有个简单的了解。

1.12　思考与练习

一、填空题

1．__________是目前为止功能最强大的文字处理软件。利用它不仅能够方便地进行文字编辑和_____，还可以方便地在文档中插入图片和剪贴画，以及制作各种商业表格等。

2．__________是目前最受欢迎的电子表格制作软件，利用它不仅可以快速输入和编辑表格数据，美化表格格式，而且还可以进行各种数据处理、_________和辅助决策，并可以将数据转换成各种直观、清晰的_____。

3．________________是目前广受欢迎的幻灯片制作软件，利用它可以方便地增删幻灯片，编辑幻灯片内容，为幻灯片和幻灯片中的各种元素设置______效果等。

4．Office 2007 最大的创新就是用________取代了先前的主菜单和工具栏。

5．标尺分为_____标尺和_____标尺，主要用于确定文档内容在纸张上的位置。

6．按________组合键可快速创建空白文档。

7．在对已打开的文档进行编辑或修改后，若要把文档按新名字、新格式或新的位置保存，需单击 Office 按钮，在弹出的菜单中选择________命令。

二、简答题

1．简单叙述启动 Office 2007 应用程序常用的几种方法。

2．简单叙述在 Office 2007 中打开文档的几种方法。

三、操作题

1．创建一个文档，并将其保存为“Example 1”。

2．使用帮助窗口查找有关“创建特定文档”的方法。

第 2 章
文本输入与编辑

本章内容提要

章前导读

像所有的文字处理软件一样，在 Word 2007 中，不仅可以输入文本，还可以进行文本的复制、移动、查找与替换等。要复制、移动文本或设置文本格式，应首先选定这些文本，本章我们就来讲解输入、选择以及编辑文本的基本方法。

2.1 在 Word 文档中输入文本

文本包括汉字、标点、英文字母和特殊符号等。创建文档后，第一项任务通常是在文档中书写内容，为此，我们可以借助键盘和各种输入法输入英文、汉字、标点和一些特殊符号。此外，Office 软件还提供了一些辅助功能，借助这些功能可方便地输入特殊符号和日期等。

2.1.1 输入文本

默认情况下，桌面右下方的“语言栏”显示为小键盘图标，表示当前可输入键面上的英文字母、英文标点、数字和一些特殊符号。下面分别列出了这几种文本的输入方法。

- 要输入小写英文字母，可直接按键盘上相应的字母键。例如，要输入字母“a”，可直接按【A】键；要输入大写英文字母，可同时按【Shift】键和字母键，例如，要输入字母“A”，可按【Shift+A】键。
- 要输入英文标点或特殊符号，可直接按符号键，或者在按下【Shift】键后按符号键或数字键，例如，要输入逗号“,”，可直接按键；要输入符号“<”，需要同时按【Shift】键和键。

当按键键面上有上下两个字符时，下方字符称为下挡键，上方字符称为上挡键。

➢ 要输入数字，可直接按键盘上的数字键，例如，要输入“1”，可直接按 1 键。

单击“小键盘”图标，可从弹出的菜单中选择中文输入法。例如，选择微软拼音输入法 2007（如图 2-1 所示），可输入汉字、中文标点、数字和一些特殊符号。

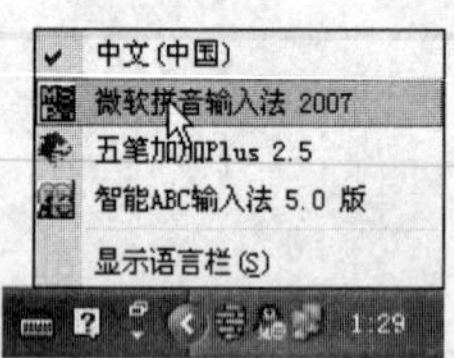

图 2-1 选择中文输入法

按【Shift+Ctrl】组合键，可在各种输入法之间快速切换；按【Ctrl+空格】组合键可在中文输入状态与英文输入状态之间快速切换。

在中文输入状态下，数字的输入方法与前面所讲一样，而中文标点与特殊符号的输入方法与前面类似，但又有所区别，例如：

➢ 按 < 键可输入中文逗号“，”，按 > 键可输入中文句号“。”。
➢ 按【Shift+<】键和【Shift+>】键可分别输入左、右书名号“《”和“》”。
➢ 反复按【Shift+"】键可分别输入左、右双引号““”和“””。
➢ 按 \ 键可输入顿号“、”，按 - 键可输入破折号。

在“微软拼音输入法 2007”输入状态下，如果要输入汉字，可直接输入该字的拼音，例如，要输入“键盘”词组，可依次按该词组的拼音，即按【J】、【I】、【A】、【N】、【P】、【A】、【N】，输入完毕按【空格】键，可完成词组输入。

实际上好多输入法都有提示功能，在输入汉字时，完全没有必要把所有的拼音都按一遍，例如在输入“键盘”时，当你按完前 5 个键后，“键盘”词组就已经出现在提示栏里，此时只要按【空格】键或按【1】键均可输入词组，如图 2-2 所示。

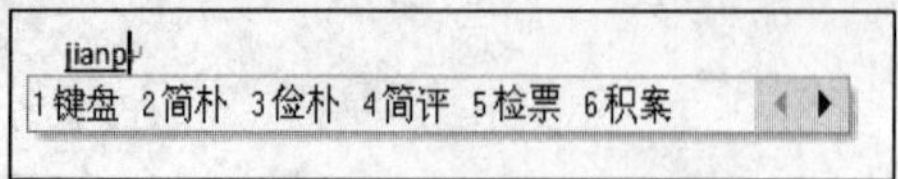

图 2-2 输入汉字

在 Word 中输入文本时，可首先将插入点定位到指定位置，然后开始输入，如果输入有误，按【Backspace】键可删除插入点左侧的字符，按【Delete】键可删除插入点右侧的字符，如图 2-3 所示。

图 2-3 删除插入点左侧字符

默认情况下，用【Backspace】键和【Delete】键只能一个一个地删除文本，如果要删除一句话、一行、一段或整个文档，需要先选中要删除的内容，然后按【Delete】键或【Backspace】键。在 2.3 节中我们将详细介绍内容选择的方法。

> 按【Ctrl+.（小数点）】组合键，可在中文标点与英文标点输入状态之间切换。
>
> 按【Shift】键，可在不关闭汉字输入法的情况下，在中英文输入状态之间切换。
>
> 在输入英文时，按【Shift+F3】组合键，可使所选单词在全大写、全小写、首字母大写状态之间切换。如未选择字符，只对插入点所在的英文单词有效。

2.1.2　文本内容的增加和修改

在输入文本的过程中难免会出现少字和输入错误的现象，此时便需要对文本执行添加、修改等操作。

1. 插入文本

在 Word 中输入文本时存在两种编辑模式：插入和改写。默认处于“插入”编辑模式，在该模式下，用户只需确定插入点，然后输入所需内容，即可完成操作。

例如，要为图 2-4 所示文档添加文章名和作者，可执行如下操作。

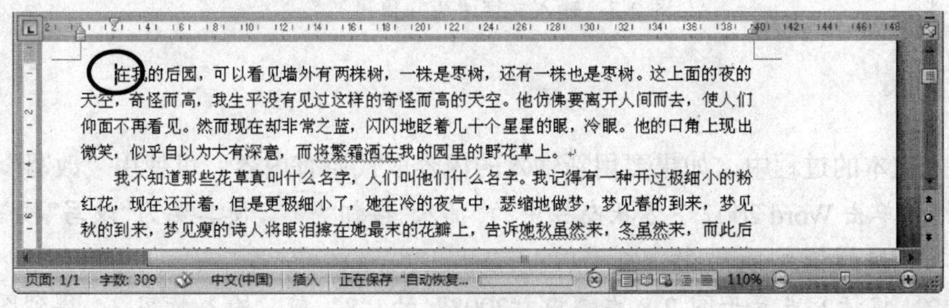

图 2-4　在文档中插入文本

步骤 1　将插入点置于第一行行首，按【Enter】键换行，则第一行上方空出一行，如图 2-5 所示。

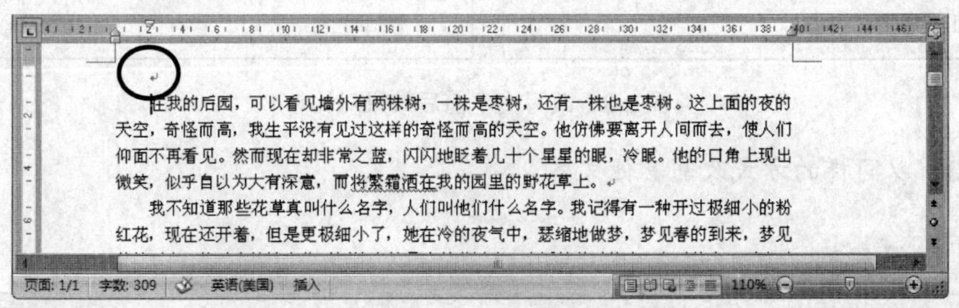

图 2-5　换行

步骤 2　单击空出的第一行，将插入点置于该行。单击小键盘图标，从弹出菜单中选择“微软拼音输入法2007”。

步骤3 依次按【Q】、【I】、【U】键，按【3】键输入“秋”字，得到图2-6所示效果。

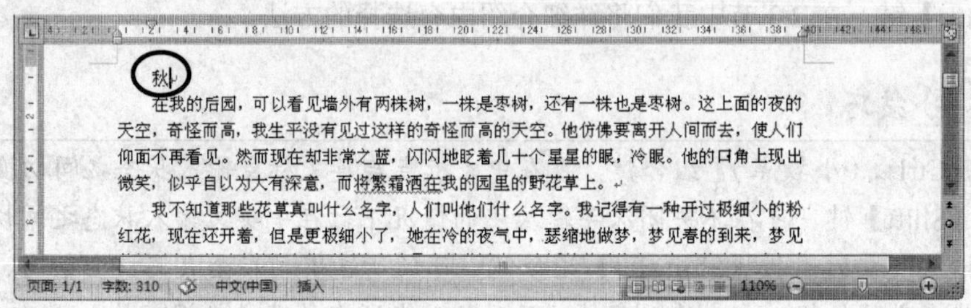

图2-6 输入文字“秋”

步骤4 依次按【Y】和【E】键，然后按【3】键输入“夜”字。按照同样的方法，输入“(鲁迅)”，效果如图2-7所示。

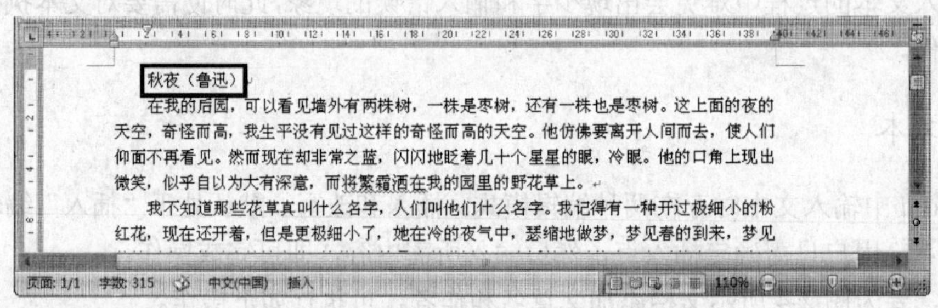

图2-7 输入文字“夜（鲁迅）”

2. 改写文本

在输入文本的过程中，如果要用新输入的内容取代原有内容，可使用“改写”模式。

步骤1 单击Word 2007下方状态栏中的“插入”按钮 插入 ，使其变为“改写”按钮 改写 ，进入“改写”编辑模式。

步骤2 将插入点置于图2-8左图中“2008”的“8”前，输入数字3，得到图2-8右图所示效果。

左图	右图
⊙ 工作经历 [键入职务] - 2008年1月29日 – 2008年1月29日 • → [列举工作职责]	⊙ 工作经历 [键入职务] - 2003年1月29日 – 2008年1月29日 • → [列举工作职责]

图2-8 改写文本前后效果对比

步骤3 以同样的方式改写其他文本。

如果要从“改写”编辑模式切换回“插入”编辑模式，只需单击“改写”按钮 改写 。除此之外，也可通过按【Insert】键在“插入”与“改写”模式间切换。

2.1.3　输入特殊符号

如果要向 Word 文档中输入诸如箭头、方块、几何图形、希腊字母、带声调的拼音等键盘上没有的特殊字符时，该如何操作呢？下面就以输入“⊙”和“·”为例，介绍特殊符号的输入方法，具体操作如下。

步骤 1　在功能区打开“插入”选项卡，单击“符号”组中的“符号”按钮 Ω 符号，在展开的面板中选择“其他符号”选项，打开“符号”对话框，如图 2-9 所示。

步骤 2　打开“字体”下拉列表，从中选择“(普通文本)”选项；打开“子集”下拉列表，从中选择“数学运算符”选项。

步骤 3　在中间的符号列表中选择“⊙”符号，然后单击“插入”按钮，结果如图 2-10 左图所示。

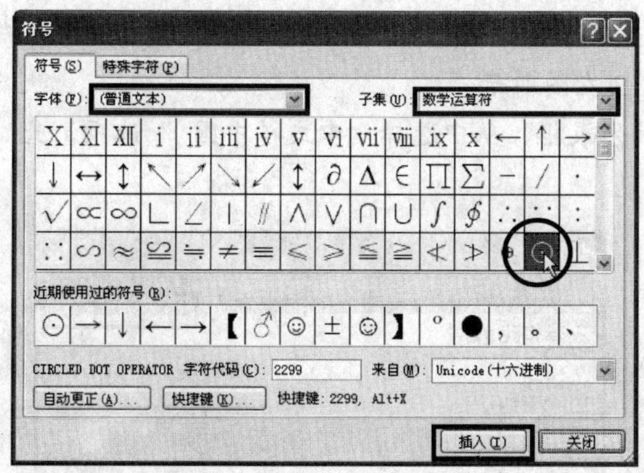

图 2-9　“符号”对话框

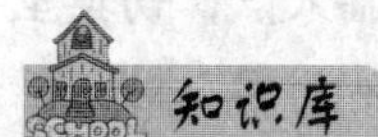

步骤 3 中插入的符号“⊙”自动添加至“近期使用过的符号”栏中，以方便用户下次使用。

步骤 4　在“子集”下拉列表中选择“广义标点”，双击列表框中的“·”符号，将其插入到文档中。

步骤 5　单击“关闭”按钮，完成特殊符号的输入，得到图 2-10 右图所示效果。

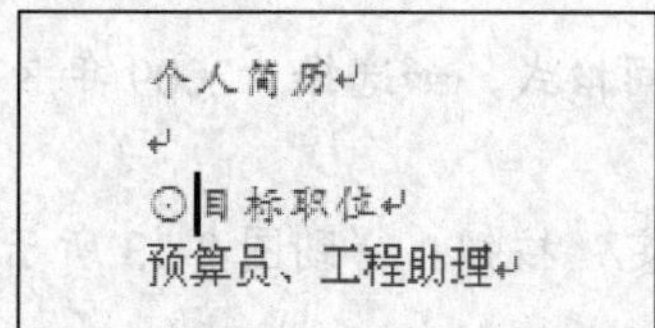

个人简历

⊙·目标职位

预算员、工程助理

图 2-10　输入特殊符号

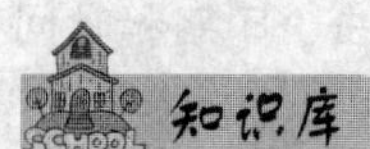

在“插入”选项卡中，单击“特殊符号”组中的“符号”按钮 ，符号，可从打开的面板中选择所需符号，如图 2-11 左图所示；若选择面板下方的“更多”选项，可打开图 2-11 右图所示的“插入特殊符号”对话框，从中选择所需符号。

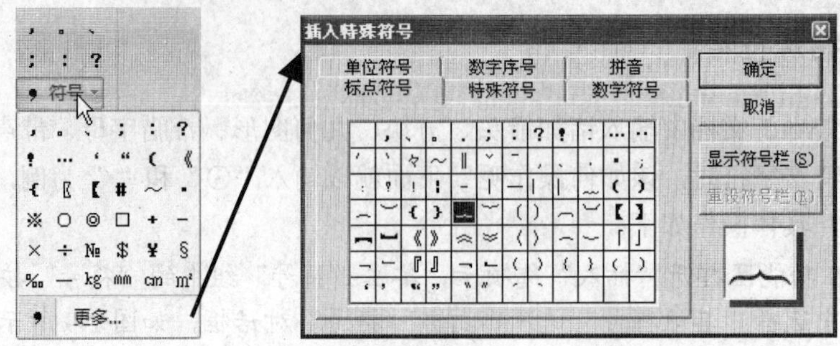

图 2-11　插入特殊符号的另一种方法

2.1.4　输入日期和时间

在 Word 中，用户可方便地插入预定格式的日期和时间，操作方法如下。

步骤 1　定位插入点，切换至“插入”选项卡，单击“文本”组中的“日期和时间”按钮，打开“日期和时间”对话框，如图 2-12 左图所示。

步骤 2　打开“语言（国家/地区）”下拉列表框，从中选择“中文（中国）”选项，此时对话框将如图 2-12 右图所示。

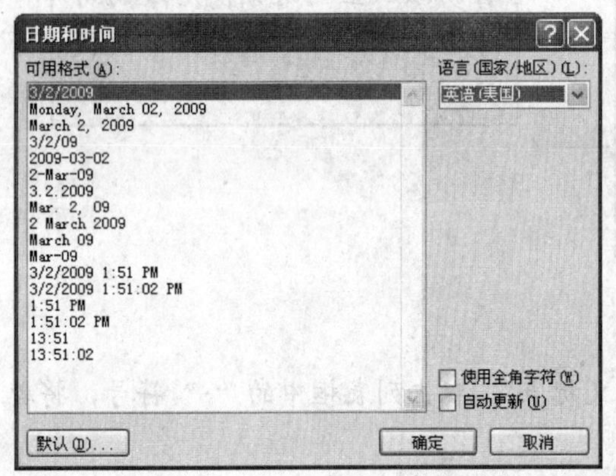

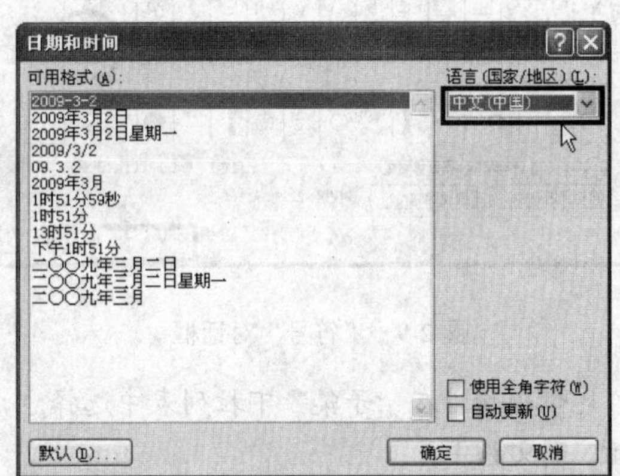

图 2-12　“日期和时间”对话框

步骤 3　在“可用格式”列表框中选择日期时间格式，如选择“2009 年 3 月 2 日”选项。

步骤 4　取消“自动更新”复选框，单击“确定”按钮，得到图 2-13 所示效果。

若用户希望将当前选择的日期或时间选项设置为默认格式，可单击“日期和时间”对话框左下方的“默认”按钮，打开如图 2-14 所示对话框，然后单击“是”按钮。

是这正在凋亡着的秋，我爱秋天，我对于这荒芜

2009 年 3 月 2 日

图 2-13　插入的日期

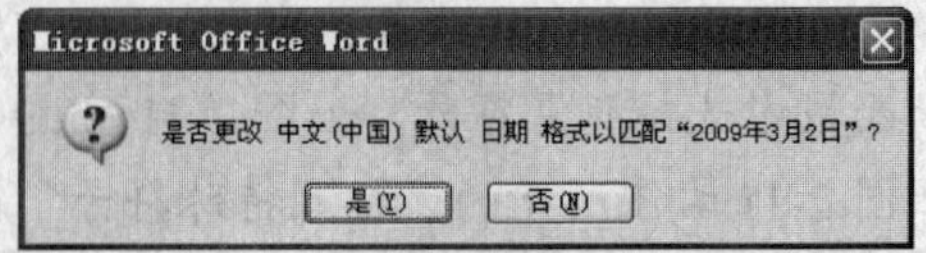

图 2-14　提示对话框

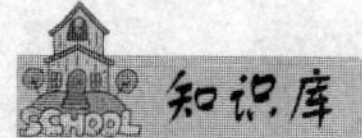

如果希望下次编辑该文档时，插入文档中的日期和时间可以自动更新，可选中“日期和时间”对话框右下角的“自动更新”复选框。

2.2　上机实践——用 Word 写日记

下面通过用 Word 写一篇日记，来练习文本的输入。

步骤 1　启动 Word 2007 后，系统自动创建一个新文档（如果此时用户正在 Word 2007 中工作，可按【Ctrl+N】组合键创建一个新文档），如图 2-15 所示。

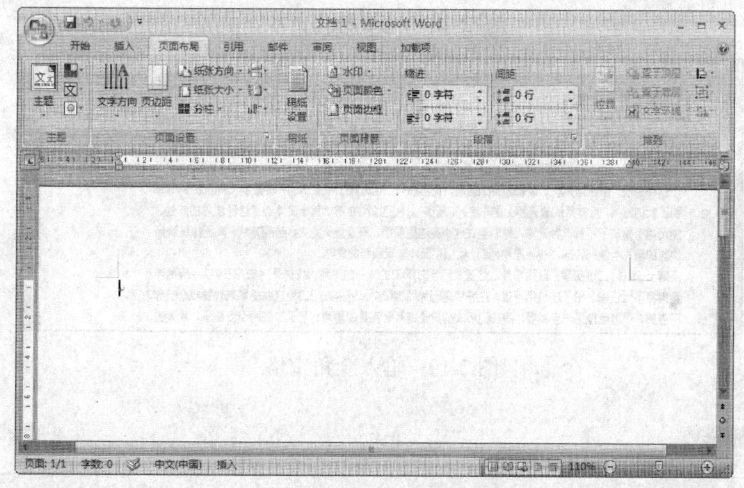

图 2-15　创建新文档

步骤 2　单击任务栏上的键盘图标，在打开的列表中选择一种输入法，如“微软拼音输入法 2007”，如图 2-16 所示。

步骤 3　输入文本“丰子恺:《山中避雨》”，然后按【Enter】键开始下一个段落，如图 2-17 所示。

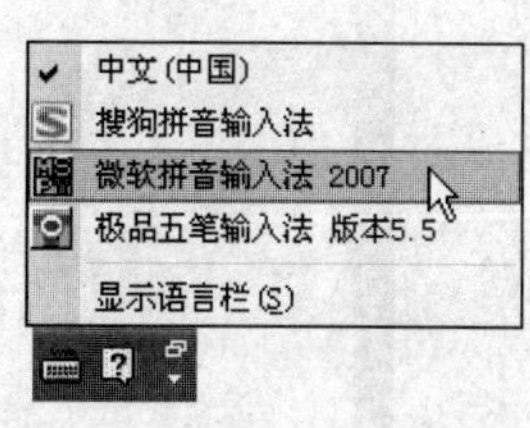

图 2-16　选择输入法

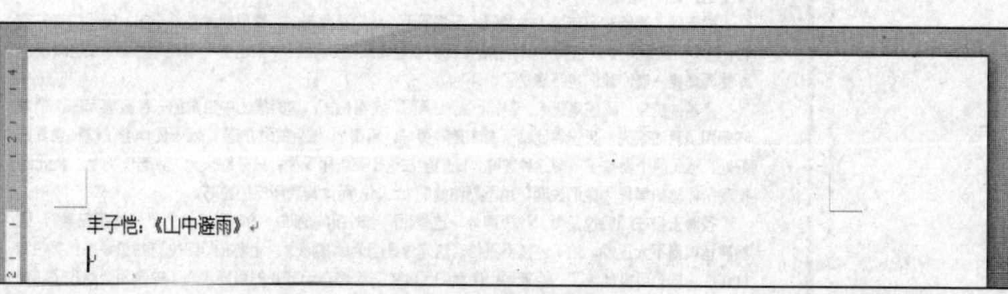

图 2-17　输入文本

步骤 4　依次输入所有文本，效果如图 2-18 所示。

步骤 5　将插入点置于第二段文本“前”的左侧，然后按【Shift+空格】组合键，将半角输入模式切换至全角输入模式，然后按两次空格键，结果如图 2-19 所示。

丰子恺：《山中避雨》

前天同了两女孩到西湖山中游玩，天忽下雨。我们仓皇奔走，看见前方有一小庙，庙门口有三家村，其中一家是开小茶店而带卖香烟的。我们趋之如归。茶店虽小，茶也要一角钱一壶。但在这时候，即使两角钱一壶，我们也不嫌贵了。

茶越冲越淡，雨越落越大。最初因游山遇雨，觉得扫兴；这时候山中阻雨的一种寂寥而深沉的趣味牵引了我的感兴，反觉得比晴天游山趣味更好。所谓"山色空蒙雨亦奇"，我于此体会了这种境界的好处。然而两个女孩子不解这种趣味，她们坐在这小茶店里躲雨，只是怨天尤人，苦闷万状。我无法把我所体验的境界为她们说明，也不愿使她们"大人化"而体验我所感的趣味。

茶博士坐在门口拉胡琴。除雨声外，这是我们当时所闻的唯一的声音。拉的是《梅花三弄》，虽然声音摸得不大正确，拍子还拉得不错。这好像是因为顾客稀少，他坐在门口拉这曲胡琴来代替收音机作广告的。可惜他拉了一会就罢，使我们所闻的只是嘈杂而冗长的雨声。为了安慰两个女孩子，我就去向茶博士借胡琴。"你的胡琴借我弄弄好不好？"他很客气地把胡琴递给我。

我借了胡琴回茶店，两个女孩很欢喜。"你会拉的？你会拉的？"我就拉给她们看。手法虽生，音阶还摸得准。因为我小时候曾经请我家邻近的柴主人阿庆教过《梅花三弄》，又请对面弄内一个裁缝司务大汉教过胡琴上的工尺。阿庆的教法很特别，他只是拉《梅花三弄》给你听，却不教你工尺的曲谱。他拉得很熟，但他不知工尺。我对他的拉奏望洋兴叹，始终学他不来。后来知道大汉识字，就请教他。他把小工调、正工调的音阶位置写了一张纸给我，我的胡琴拉奏由此入门。现在所以能够摸出正确的音阶者，一半由于以前略有摸小提琴的经验，一半仍是根基于大汉的教授的。在山中小茶店里的雨窗下，我用胡琴从容地（因为快了要拉错）拉了种种西洋小曲。

图 2-18　输入所有文本

丰子恺：《山中避雨》

　　前天同了两女孩到西湖山中游玩，天忽下雨。我们仓皇奔走，看见前方有一小庙，庙门口有三家村，其中一家是开小茶店而带卖香烟的。我们趋之如归。茶店虽小，茶也要一角钱一壶。但在这时候，即使两角钱一壶，我们也不嫌贵了。

茶越冲越淡，雨越落越大。最初因游山遇雨，觉得扫兴；这时候山中阻雨的一种寂寥而深沉的趣味牵引了我的感兴，反觉得比晴天游山趣味更好。所谓"山色空蒙雨亦奇"，我于此体会了这种境界的好处。然而两个女孩子不解这种趣味，她们坐在这小茶店里躲雨，只是怨天尤人，苦闷万状。我无法把我所体验的境界为她们说明，也不愿使她们"大人化"而体验我所感的趣味。

茶博士坐在门口拉胡琴。除雨声外，这是我们当时所闻的唯一的声音。拉的是《梅花三弄》，虽然声音摸得不大正确，拍子还拉得不错。这好像是因为顾客稀少，他坐在门口拉这曲胡琴来代替收音机作广告的。可惜他拉了一会就罢，使我们所闻的只是嘈杂而冗长的雨声。为了安慰两个女孩子，我就去

图 2-19　输入全角空格

知识库

所谓半角和全角主要是针对英文字母、数字、空格和一些特殊字符而言的。在全角模式下，英文字母、数字等都占据一个汉字的标准宽度，而在半角模式下，英文字母、数字等的宽度是可变的，大约占汉字宽度的一半。

步骤 6　用同样的方法在其他段落前输入两个全角空格，结果如图 2-20 所示。

丰子恺：《山中避雨》

　　前天同了两女孩到西湖山中游玩，天忽下雨。我们仓皇奔走，看见前方有一小庙，庙门口有三家村，其中一家是开小茶店而带卖香烟的。我们趋之如归。茶店虽小，茶也要一角钱一壶。但在这时候，即使两角钱一壶，我们也不嫌贵了。

　　茶越冲越淡，雨越落越大。最初因游山遇雨，觉得扫兴；这时候山中阻雨的一种寂寥而深沉的趣味牵引了我的感兴，反觉得比晴天游山趣味更好。所谓"山色空蒙雨亦奇"，我于此体会了这种境界的好处。然而两个女孩子不解这种趣味，她们坐在这小茶店里躲雨，只是怨天尤人，苦闷万状。我无法把我所体验的境界为她们说明，也不愿使她们"大人化"而体验我所感的趣味。

　　茶博士坐在门口拉胡琴。除雨声外，这是我们当时所闻的唯一的声音。拉的是《梅花三弄》，虽然声音摸得不大正确，拍子还拉得不错。这好像是因为顾客稀少，他坐在门口拉这曲胡琴来代替收音机作广告的。可惜他拉了一会就罢，使我们所闻的只是嘈杂而冗长的雨声。为了安慰两个女孩子，我就去向茶博士借胡琴。"你的胡琴借我弄弄好不好？"他很客气地把胡琴递给我。

　　我借了胡琴回茶店，两个女孩很欢喜。"你会拉的？你会拉的？"我就拉给她们看。手法虽生，音阶还摸得准。因为我小时候曾经请我家邻近的柴主人阿庆教过《梅花三弄》，又请对面弄内一个裁缝司务大汉教过胡琴上的工尺。阿庆的教法很特别，他只是拉《梅花三弄》给你听，却不教你工尺的曲谱。他拉得很熟，但他不知工尺。我对他的拉奏望洋兴叹，始终学他不来。后来知道大汉识字，就请教他。他把小工调、正工调的音阶位置写了一张纸给我，我的胡琴拉奏由此入门。现在所以能够摸出正确的音阶者，一半由于以前略有摸小提琴的经验，一半仍是根基于大汉的教授的。在山中小茶店里的雨窗下，我用胡琴从容地（因为快了要拉错）拉了种种西洋小曲。

图 2-20　在其他段落前输入全角空格

步骤 7　将插入点置于文档结尾处，然后单击“插入”选项卡“文本”组中的“日期和时间”按钮 日期和时间，在打开的对话框中选择一种可用格式，如第 1 种，单击“确定”按钮，即可在文档中插入日期，如图 2-21 所示。

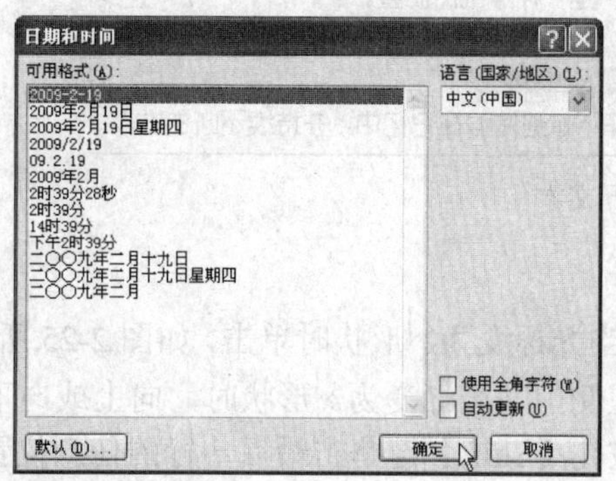

图 2-21　插入日期

步骤 8　按【Ctrl+S】组合键，打开“另存为”对话框，在“保存位置”下拉列表中选择文档的保存位置，在“文件名”文本框中输入文档名称，然后单击“保存”按钮，如图 2-22 所示。

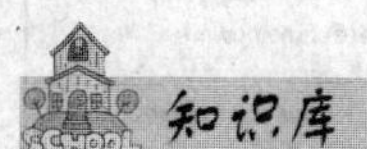

若要想此文档在 Word 2000 或 Word 2003 中也能打开，可在“另存为”对话框的“保存类型”下拉列表中选择“Word 97-2003 模板”项，如图 2-23 所示。

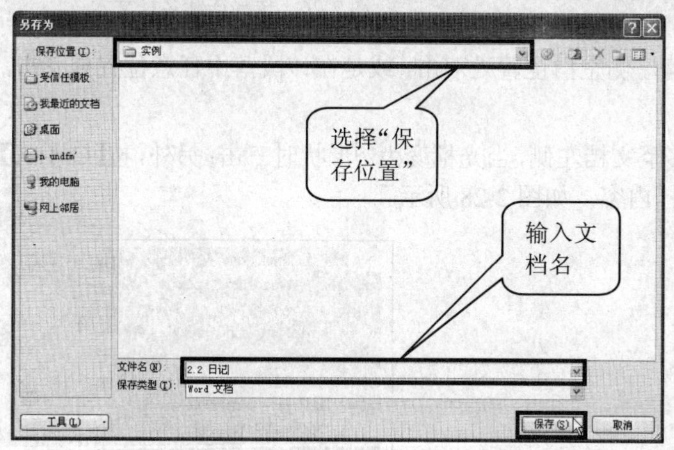

图 2-22　保存文档

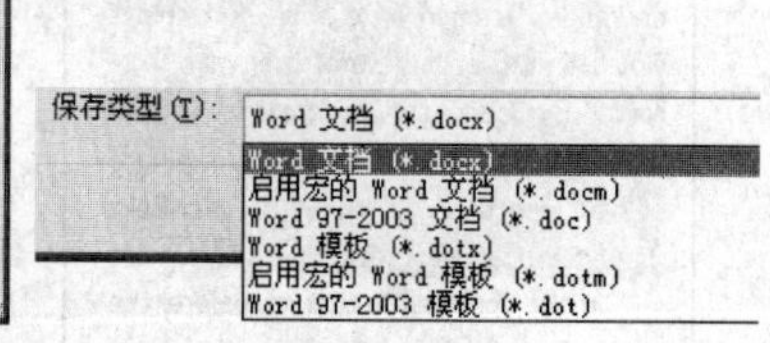

图 2-23　“保存类型”下拉列表

2.3　文本选择

在对文本进行编辑操作前，通常都需要先选择文本。选择文本的最基本方法是使用鼠标拖拽选取。具体方法为：首先把光标置于要选定文本的最前面（或最后面），然后按住鼠标左键不放，向右下方（或左上方）拖动鼠标到要选择文本的结束处（或开始处），最后松开鼠标左键，如图 2-24 所示。

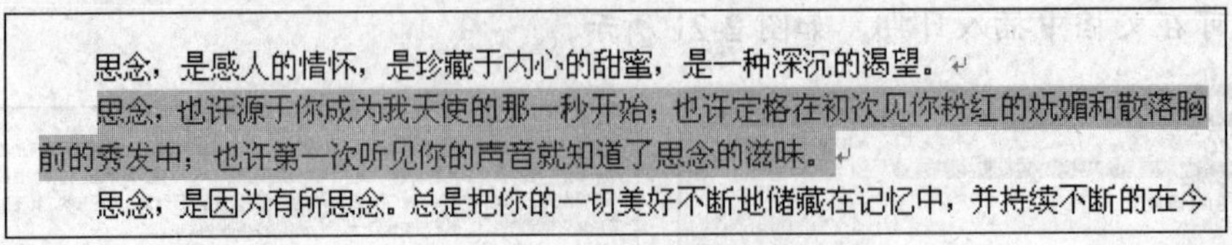

思念，是感人的情怀，是珍藏于内心的甜蜜，是一种深沉的渴望。↵
思念，也许源于你成为我天使的那一秒开始；也许定格在初次见你粉红的妩媚和散落胸前的秀发中；也许第一次听见你的声音就知道了思念的滋味。↵
思念，是因为有所思念。总是把你的一切美好不断地储藏在记忆中，并持续不断的在今

图 2-24　选择文本

下面介绍几种常用的选择文本的方法。

- **选择一行文本：**将光标移至文本左侧，当光标变为↗形状时单击，如图 2-25 所示。
- **选择连续多行文本：**将光标移至文本左侧，当光标变为↗形状时，向上或向下拖动鼠标；或是先选择首行文本，然后按住【Shift】键单击最后一行的任意位置，如图 2-26 所示。

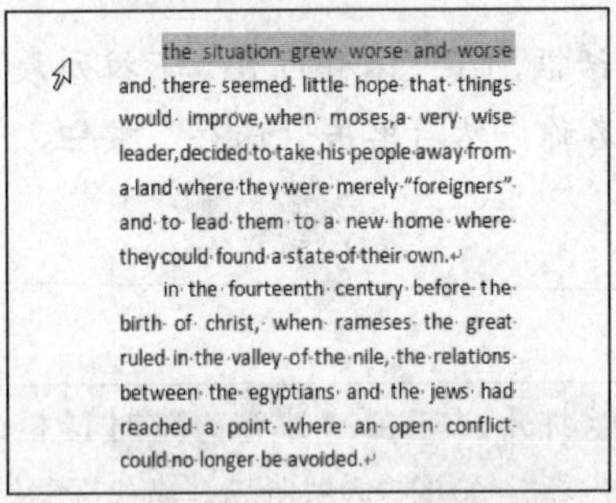

the situation grew worse and worse and there seemed little hope that things would improve,when moses,a very wise leader,decided to take his people away from a land where they were merely "foreigners" and to lead them to a new home where they could found a state of their own.↵
in the fourteenth century before the birth of christ, when rameses the great ruled in the valley of the nile, the relations between the egyptians and the jews had reached a point where an open conflict could no longer be avoided.↵

图 2-25　选择一行文本

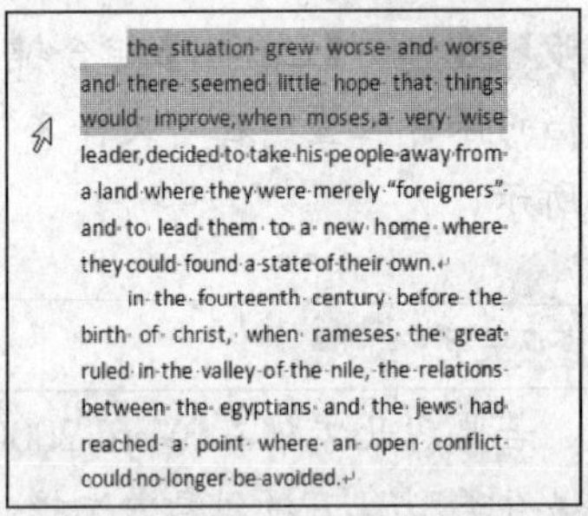

the situation grew worse and worse and there seemed little hope that things would improve,when moses,a very wise leader,decided to take his people away from a land where they were merely "foreigners" and to lead them to a new home where they could found a state of their own.↵
in the fourteenth century before the birth of christ, when rameses the great ruled in the valley of the nile, the relations between the egyptians and the jews had reached a point where an open conflict could no longer be avoided.↵

图 2-26　选择连续多行文本

- **选择一个段落：**在该段落左侧空白位置处双击，或是在该段落中任意位置处三击，如图 2-27 所示。
- **选择整篇文档：**将光标移至文档左侧，当光标变为↗形状时三击；另外，按【Ctrl+A】组合键也可选择整篇文档内容，如图 2-28 所示。

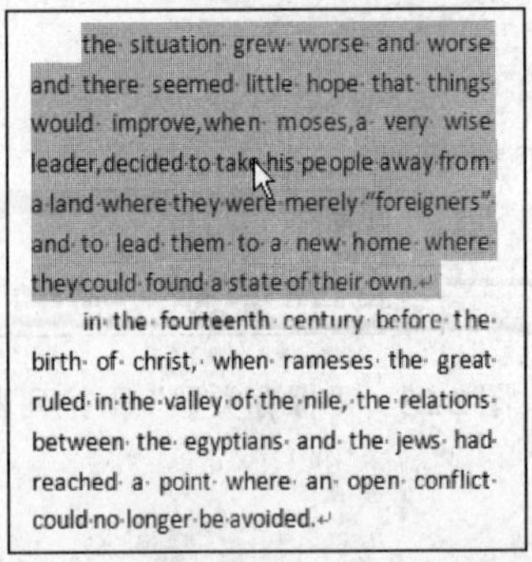

the situation grew worse and worse and there seemed little hope that things would improve,when moses,a very wise leader,decided to take his people away from a land where they were merely "foreigners" and to lead them to a new home where they could found a state of their own.↵
in the fourteenth century before the birth of christ, when rameses the great ruled in the valley of the nile, the relations between the egyptians and the jews had reached a point where an open conflict could no longer be avoided.↵

图 2-27　三击选择一个段落

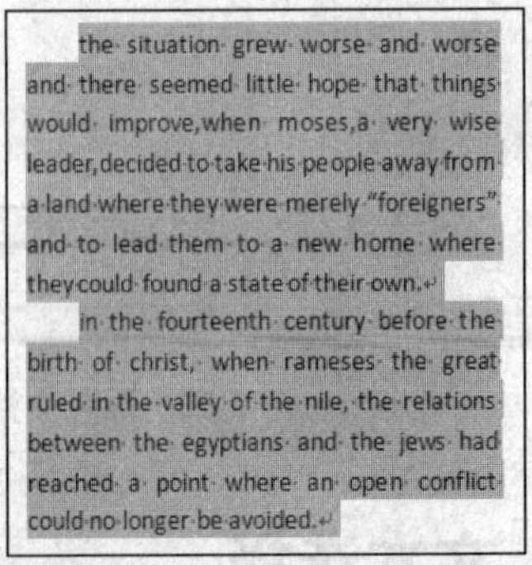

the situation grew worse and worse and there seemed little hope that things would improve,when moses,a very wise leader,decided to take his people away from a land where they were merely "foreigners" and to lead them to a new home where they could found a state of their own.↵
in the fourteenth century before the birth of christ, when rameses the great ruled in the valley of the nile, the relations between the egyptians and the jews had reached a point where an open conflict could no longer be avoided.↵

图 2-28　应用组合键选择所有内容

- **选择一个英文单词：**双击该单词。
- **选择插入点后面的英文单词、汉字或词组：**按住【Ctrl+Shift】键，然后反复按【→】键，可选中插入点之后的单词及其后面的空格，或者选择单个汉字或词组。

- **选择一句话：**按住【Ctrl】键，单击句子中的任何位置，可选中两个句号中间的一个完整的句子。
- **选择一行中插入点前面的文本：**按【Shift+Home】组合键。
- **选择一行中插入点后面的文本：**按【Shift+End】组合键。
- **选择从插入点至文档首的内容：**按【Ctrl＋Shift＋Home】组合键。
- **选择从插入点至文档尾的内容：**按【Ctrl＋Shift＋End】组合键。
- **选择矩形文本区域：**将光标置于文本的一角，按住【Alt】键，拖动鼠标到文本块的对角，即可选定一块文本（如图 2-29 所示）。

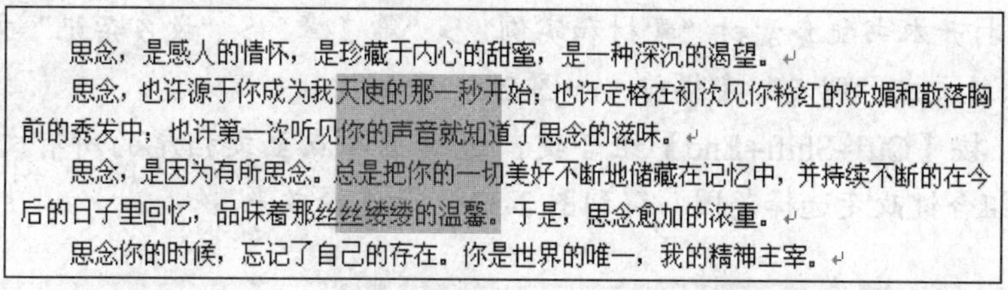

图 2-29　拖动时配合【Alt】键选择文本块

如果要取消文本的选择，可在编辑区域任意位置处单击。若需要调整选择区域，可按住【Shift】键并拖动鼠标，或按住【Shift】键后按【Home/End/PageUp/PageDown/上/下/左/右箭头】键扩展或收缩选择区域，如图 2-30 所示。

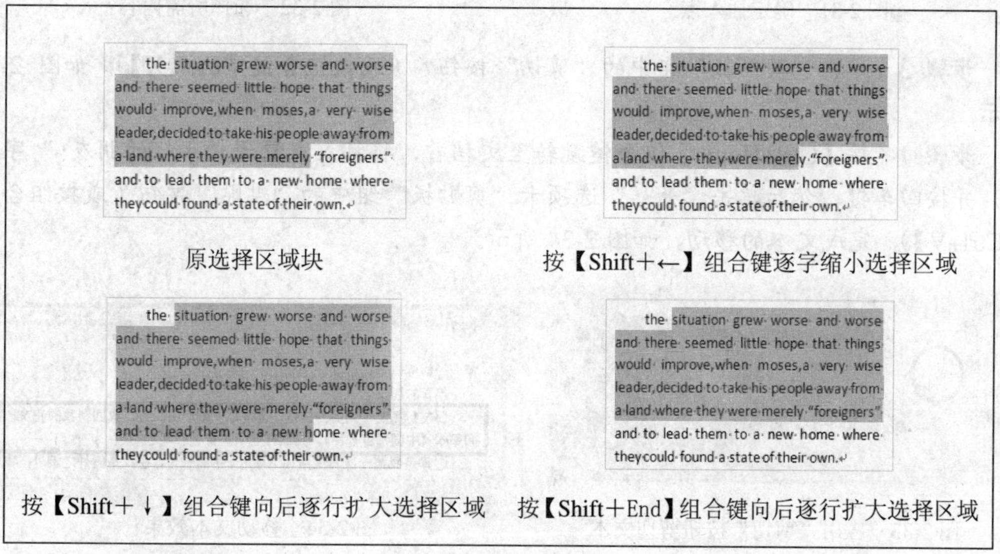

图 2-30　调整选择区域

2.4　编辑文本

常见编辑文本的操作主要有移动、复制、查找和替换。例如，对重复出现的文本，不必一次次地重复输入，只要复制即可；对放置不当的文本，可快速移动到合适位置。

2.4.1 移动和复制文本

移动文本是指将文本从源位置移除，显示在目标位置；复制文本是指将原内容复制一份并粘贴到目标位置，下面我们分别介绍。

1. 移动文本

应用“剪切”和“粘贴”命令可完成文本的移动。例如，要将《故乡杂记》一文中文档尾部的最后一段移至“作者”行下方，具体操作如下。

步骤 1 打开本书配套素材“素材和实例”>“第 2 章”>“故乡杂记”文档，将插入点置于最后一段文本“朋友”字样前，如图 2-31 所示。

步骤 2 按【Ctrl+Shift+End】组合键，选择插入点至文档尾的所有文本，然后按【Shift+←】组合键改变选择范围，得到图 2-32 所示选择效果。

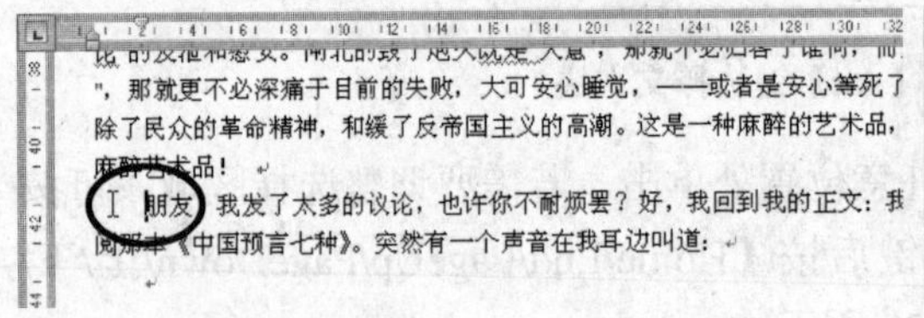

图 2-31 确定插入点

图 2-32 选择所需内容

步骤 3 单击“剪贴板”组中的“剪切”按钮（或按组合键【Ctrl+X】），如图 2-33 所示。

步骤 4 按【Ctrl+Home】组合键跳转至文档首，将插入点置于“年轻的朋友:”字样后，并按回车键，然后单击“开始”选项卡“剪贴板”组中的“粘贴”按钮（或按组合键【Ctrl+V】），完成文本的移动，如图 2-34 所示。

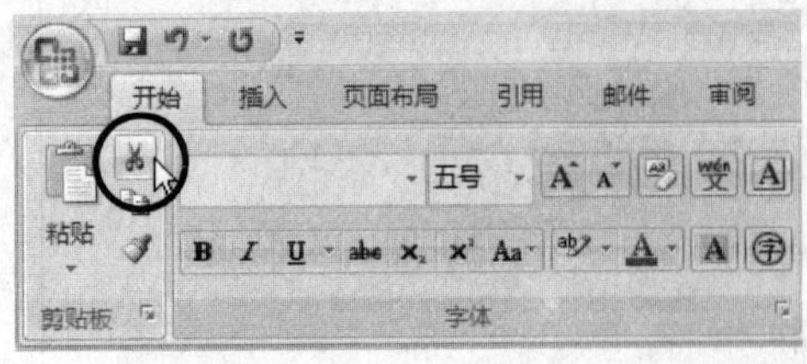

图 2-33 应用“剪切”按钮剪切文本

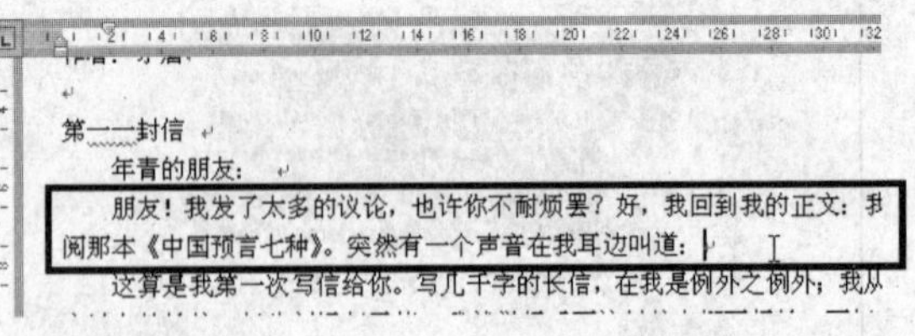

图 2-34 移动文本效果

> 移动文本时，如果源位置与目标位置距离很近，可先选择要移动的文本，然后直接拖拽选择文本至目标位置，如图 2-35 所示。在拖拽选择文本时，若按下【Ctrl】键则完成复制操作。

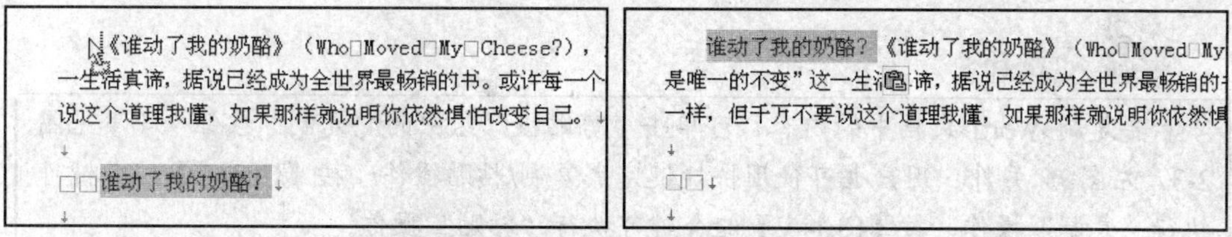

图 2-35　拖拽法移动文本前后效果对比

2. 复制文本

复制文本的操作包括两个步骤，复制与粘贴。首先用户需执行“复制”操作，将选择的内容复制到剪贴板，然后执行“粘贴”操作，将剪贴板中的内容粘贴至指定位置。下面通过将网页内容复制到 Word 文档中，来看看复制文本的方法，具体操作如下。

步骤 1　首先在浏览器中打开本书配套素材“素材和实例”＞“第 2 章”＞“故乡杂记散文”网页文档，选择“故乡杂记”标题行，并在其上右击，从弹出的快捷菜单中选择“复制”命令（或按组合键【Ctrl+C】），如图 2-36 所示。

图 2-36　复制网页内容

步骤 2　启动 Word 2007，单击“开始”选项卡“剪贴板”组中的“粘贴”按钮，或在文档中右击，从弹出的快捷菜单中选择“粘贴”命令，如图 2-37 所示。

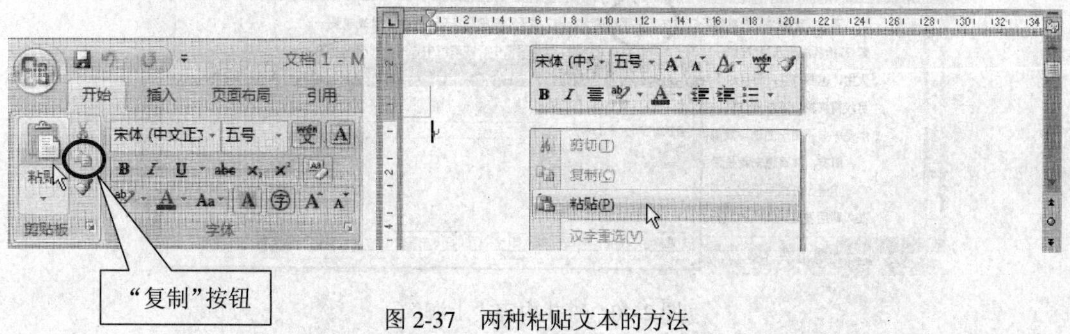

图 2-37　两种粘贴文本的方法

要复制 Word 文档中的内容，可单击“剪贴板”组中的“复制”按钮（参见图 2-37 左图）。另外，用户也可使用快捷键完成复制/粘贴操作：按【Ctrl+C】组合键可执行“复制”操作，按【Ctrl+V】组合键可执行“粘贴”操作。

2.4.2 查找和替换文本

利用 Word 2007 提供的查找和替换功能，不仅可以在文档中迅速查找到相关内容，还可以将查找到的内容替换成其他内容。这使得在整个文档范围内进行的枯燥的修改工作变得十分迅速和有效。

1. 查找

如果需要查找相关内容，可按如下步骤进行。

步骤 1 在文档中某个位置单击，确定查找的开始位置。如果希望从文档开始处进行查找，应在文档的开始位置单击确定插入点。

步骤 2 单击“开始”选项卡“编辑”组中的“查找”按钮，如图 2-38 所示。

步骤 3 打开“查找和替换”对话框，在“查找内容”编辑框中输入需要查找的内容，如“上海”，如图 2-39 所示。

图 2-38 单击“查找”按钮

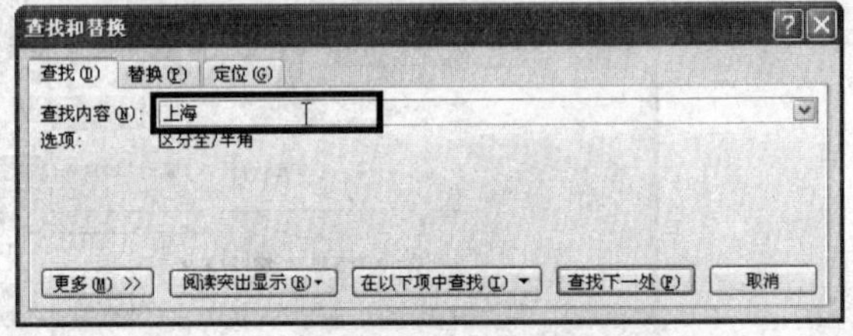

图 2-39 “查找和替换”对话框

步骤 4 单击“查找下一处”按钮，系统将从插入点开始查找，然后停在第一次出现文字“上海”的位置，并且查找到的内容会呈蓝底黑字显示，如图 2-40 所示。

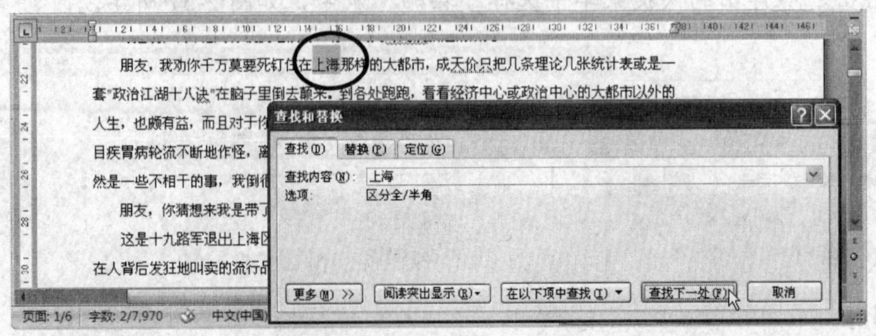

图 2-40 查找内容“上海”

步骤 5 继续单击“查找下一处”按钮，系统将继续查找相关的内容，并停在下一个

"上海"出现的位置。对整篇文档查找完毕后，会出现一个提示对话框，如图 2-41 所示。

图 2-41 提示对话框

步骤 6 单击"确定"按钮，结束查找操作，并返回"查找和替换"对话框，单击"取消"按钮，关闭"查找和替换"对话框。

与一般的对话框不同，"查找与替换"对话框被称为伴随对话框。对于一般的对话框而言，我们只有在关闭该对话框后才能执行其他操作。但"查找与替换"对话框则不然，我们不必关闭它就可以在文档中执行其他操作，如图 2-42 所示。

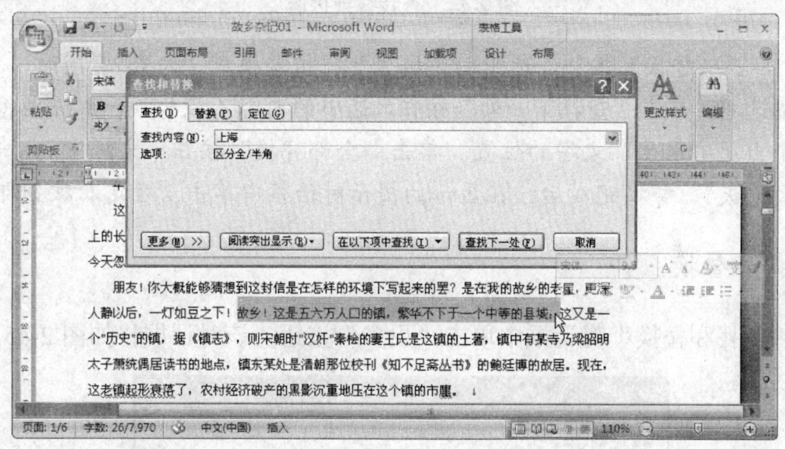

图 2-42 在不关闭"查找与替换"对话框的情况下编辑文档

2. 替换

在编辑文档时，有时需要统一对整个文档中的某一单词或词组进行修改，这时可以使用"替换"命令，这样既加快了修改文档的速度，又可避免重复操作。

步骤 1 单击"开始"选项卡"编辑"组中的"替换"按钮，打开"查找与替换"对话框，如图 2-43 所示。

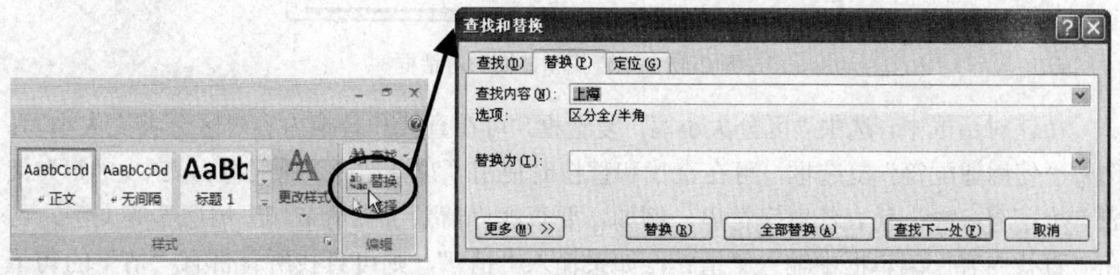

图 2-43 打开"查找与替换"对话框

步骤 2 在“查找内容”编辑框中输入要查找的内容，如“医生”，在“替换为”编辑框中输入替换为的内容，如“大夫”。单击“替换”或“查找下一处”按钮，系统将自插入点开始查找，然后停在第一次出现文字“医生”的位置，文字处于选中状态，如图 2-44 所示。

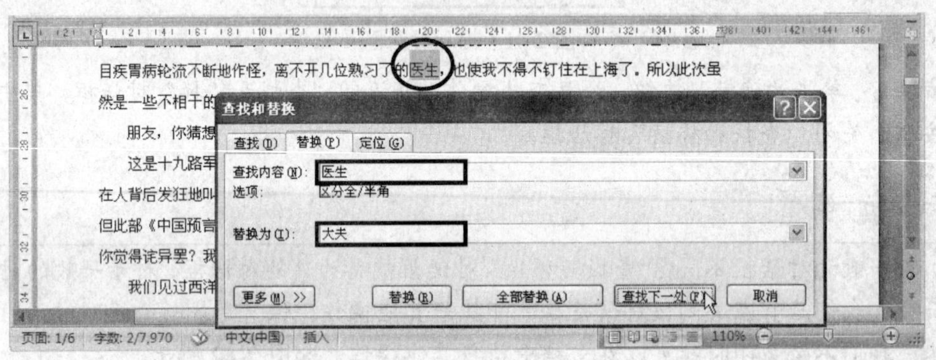

图 2-44 查找替换内容

步骤 3 单击“替换”按钮，选中的“医生”将被替换成“大夫”，同时，下一个要被替换的内容被选中。单击“查找下一处”按钮，选中的内容不被替换，系统也将继续查找，并停在下一个出现“医生”文字的位置。单击“全部替换”按钮，文档中的全部“医生”都被替换为“大夫”。替换完成后，在显示的提示对话框中单击“确定”按钮即可。

3. 高级查找和替换

如果在“查找和替换”对话框中单击“更多”按钮，该对话框将如图 2-45 所示。

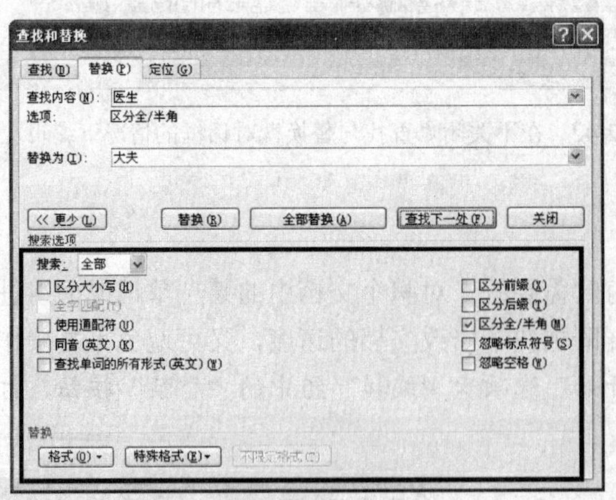

图 2-45 “查找和替换”对话框

在该对话框中，选中“区分大小写”复选框，可在查找和替换内容时区分英文大小写；选中“使用通配符”复选框，可在查找和替换时使用“?”和“*”通配符。其中，“？”代表单个字符，“*”代表任意字符串。例如，要查找“情景”、“情节”、“情愿”等文字，可在“查找内容”编辑框中输入“情?”；如果输入“情*”，则可查找所有带有“情”的句子和段落。另外，通过单击“特殊格式”按钮，还可查找和替换段落标记、制表符等特殊符号。这里需要强调的是，可以查找和替换的特殊字符是不同的，如图 2-46 所示。

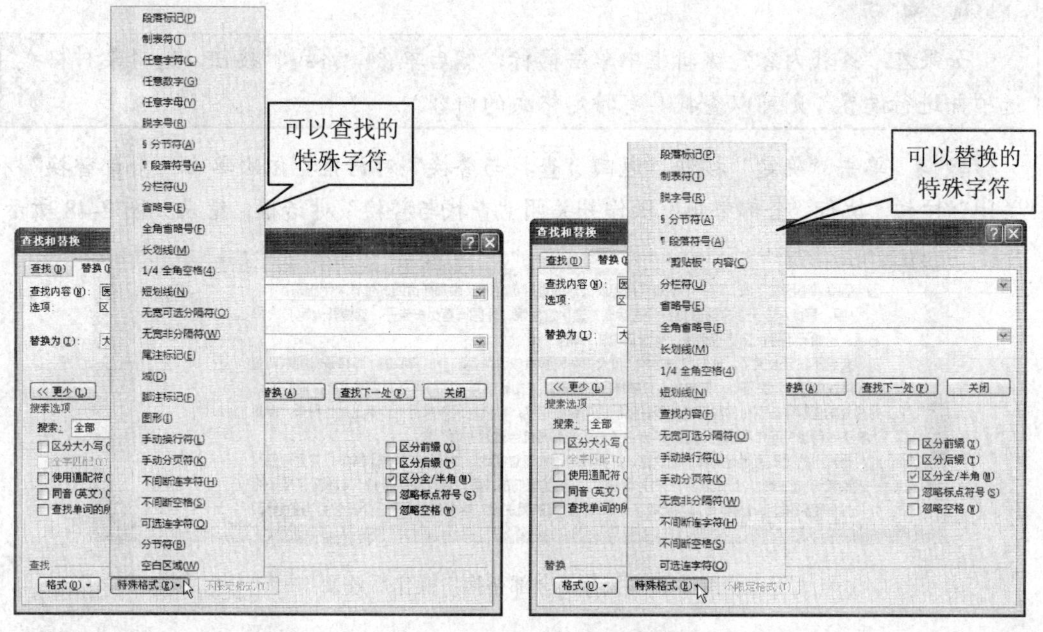

图 2-46　高级查找和替换

单击“格式”按钮，可查找具有特定格式的内容，或者将内容替换为特定格式。例如，如果希望将文中“打”字全部替换为隶书、红色、带下划线，可执行如下操作。

步骤 1　在文档开始处单击，单击“开始”选项卡“编辑”组中的“替换”按钮，打开“查找与替换”对话框。

步骤 2　在“查找内容”和“替换为”编辑框中都输入“打”，单击“更多”按钮展开对话框，在“替换为”编辑框中单击。

步骤 3　单击“格式”按钮，从弹出的“格式”下拉列表中选择“字体”，打开“替换字体”对话框。在其中设置“中文字体”为“隶书”，“字体颜色”为红色，“下划线线型”为双直线，如图 2-47 所示。

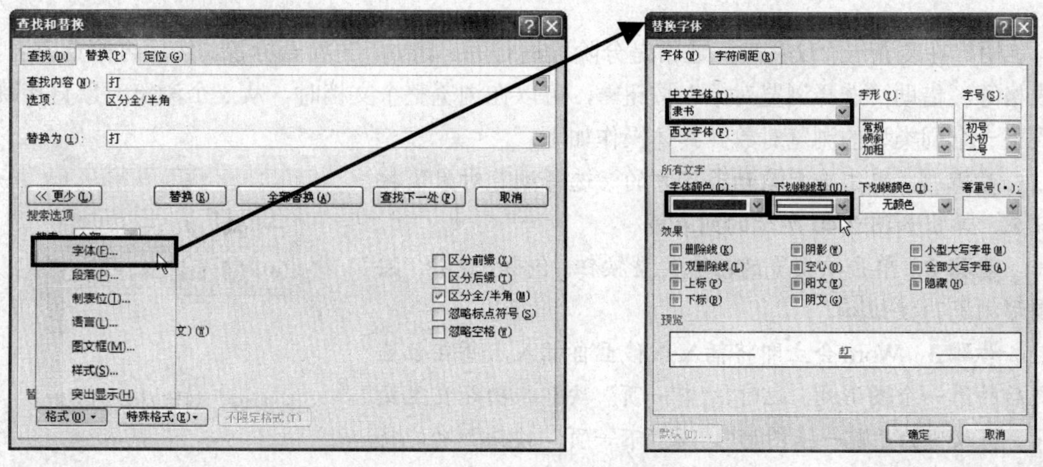

图 2-47　为替换文本设置格式

如果在“查找内容”编辑框中单击鼠标，然后单击“格式”按钮，选择某种格式选项并进行设置，则可以查找具有特定格式的内容。

步骤 4 单击“确定”按钮，返回“查找与替换”对话框。依次单击“全部替换”和“关闭”按钮，执行“全部替换”操作并关闭“查找与替换”对话框，结果如图 2-48 所示。

因为国联调查团在上海。这一个不知何所见而云然的理解，立即又由那所谓四先生者表示出来：

“喂，阿虎，今天上来时看见斗门有兵么？遣伊拉格娘，外国调查员一走开，就要开火呢！火车勿通，轮船行不得，遣伊拉格娘，东洋乌龟勿入调！”

我忍不住又微笑了。他们把"东洋人"和大中华民国看成为两条咬打的狗似的，有棒子（国联调查团）隔在中间时，是不会打起来的，只要棒子一抽开，立刻就会再打。而国联调查团也就被他们这么封建式的理解作三家村的和事老阿爹。他们的见解是这样：和事老阿爹永远不能真正制止纷争，但永远要夹在两造中间作和事老，让打得疲倦了的两造都得机会透回一口气来。

小贩们的兜卖不绝地向我下总攻击。好像他们预先有过密约，专找我一人来"倾销"。并且他们又一致称我为"老主顾"。可是我实在并没"异相"可以引其他们的注意，而且自从上船以来除买了瓜子而外，也没撒手花过半个钱。而何以我成了他们"理想中"的买主呢？后来我想得了一个比较妥当的解释：

图 2-48 执行“全部替换”操作后效果

2.5 文档浏览与定位

要浏览文档，最直接的方法是上、下拖动文档编辑窗口右侧滚动条上的滑块，或单击滚动条上方的▲按钮、滚动条下方的▼按钮。另外，使用“选择浏览对象”按钮◎可以分类浏览文档中的各种元素。

如何快速定位插入点是进行文档编辑的另一项基础性工作。自然，用户可首先通过浏览文档找到所需位置，然后在该位置单击来定位插入点。此外，用户还可利用查找和定位方法来定位插入点。

1. 使用“选择浏览对象”按钮分类浏览对象

用户在复查一个文档时，通常是分阶段进行的。比如，先检查标题，然后再检查图表、表格等。借助“选择浏览对象”按钮◎，可以在浏览整个文档时，从一个浏览对象直接跳到下一个同类型的浏览对象。具体操作如下。

步骤 1 单击垂直滚动条下方的“选择浏览对象”按钮◎，弹出如图 2-49 所示的列表框。

步骤 2 单击要浏览的对象类型按钮。例如，选择“按图形浏览”按钮。

步骤 3 Word 会立即将插入点移至自插入点所在位置之后的第一个图形处。此时，“前一页”按钮▲功能发生变化，将改变为“前一张图形”，而“下一页”按钮▼功能将变为“下一张图形”，通过单击这两个按钮，用户可浏览到文档中不同位置的图形。

图 2-49 浏览对象列表框

使用“浏览对象列表框”中的其他按钮，可以按类别浏览文档中的其他对象。

2. 定位插入点

首先，Word 提供了许多用于定位插入点的快捷键。例如，利用方向键【←】、【→】、【↑】、【↓】可上下左右移动插入点，利用【PageDown】、【PageUp】键可前后翻页等，利用【Home】、【End】键可移至行首和行尾，用【Ctrl+Home】和【Ctrl+End】组合键可移至文档首和文档尾。

在编辑长文档时，如果已知页号或节号，可利用“定位”命令快速定位插入点到指定的行、节或页等位置。在不分节的文档，或每一节的页号不重新开始的文档中，只需在定位选项卡中输入想要的页号，Word 将快速定位插入点到指定页第一行的起始处。使用“定位”命令的基本操作如下。

对于长文档而言，为了能给文档的不同部分设置不同的页眉和页脚，可将其划分为若干节，我们在后面章节还将详细介绍节的设置方法。

步骤 1　按【F5】键或在“选择浏览对象”列表框中选择“定位”按钮，均可打开如图 2-50 所示的“查找和替换”对话框。

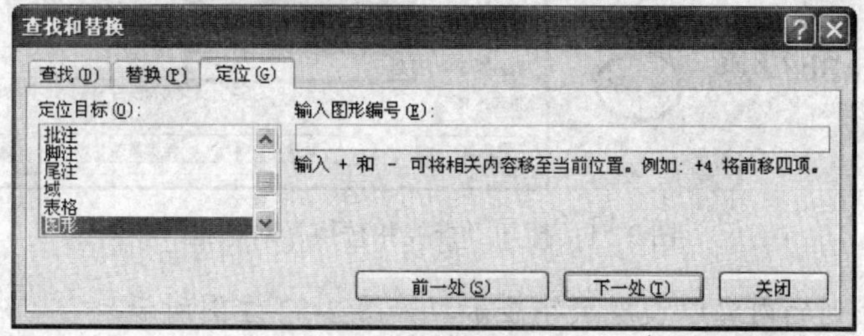

图 2-50　“查找和替换”对话框中的“定位”选项卡

步骤 2　在“定位目标”列表中选择定位目标，并在右侧文本框中输入要定位的具体值。如果不输入具体值，则插入点将在选定的定位目标之间移动。

步骤 3　单击“前一处”、“下一处”或“定位”（指定具体值时，“前一处”按钮被禁止，“下一处”按钮提示变为“定位”）按钮或按回车键，Word 将插入点移至指定位置。

使用“定位”命令移动插入点时，可以直接移动到某个指定的位置，也可以在选定的某种“定位目标”之间前、后移动。例如，若在“定位目标”列表中选择“表格”，且不指定表格编号，则单击“上一处”或“下一处”按钮可在各表格间移动。如果在“输入表格编号”框中输入“4”，Word 会将插入点移至文档中的第 4 个表格。如果在框中输入“-1”，则从当前位置起向后移动一个表格。如果在框中输入“+1”，则从当前位置起向前移动一个表格。

如果用户的文档按节编页号，且各页之间页号不连续，那么要利用“定位”命令定位插入点，就需要在编辑框中指定节号（以“s”打头，例如，若选定定位目标为“页”，并在编辑框中输入“5s3”，表示将插入点定位到第 3 节的第 5 页）。此外，用户也可以在滚动列表中选定“节”，然后输入想要的节号以进入指定的节。在进入到指定节后，可再用“定位”命令进入节内的适当页。

2.6 上机实践——修改日记内容

下面我们打开 2.2 节写的日记（本书配套素材“素材和实例”>“第 2 章”>“2.2 日记”），修改其中的错误内容，操作步骤如下。

步骤 1 单击“Office 按钮”按钮，在弹出菜单中选择“打开”项，打开“打开”对话框，在“查找范围”下拉列表中选择文档的保存位置，然后在文档列表中选择“2.2 日记”文档，单击“打开”按钮。

步骤 2 单击“开始”选项卡上“编辑”组中的“替换”按钮，如图 2-51 左图所示，打开“查找和替换”对话框。

步骤 3 在“查找内容”编辑框中输入要查找的内容“驱”，在“替换为”编辑框中输入要替换为的内容“趋”，然后单击“查找下一处”按钮，如图 2-51 右图所示。

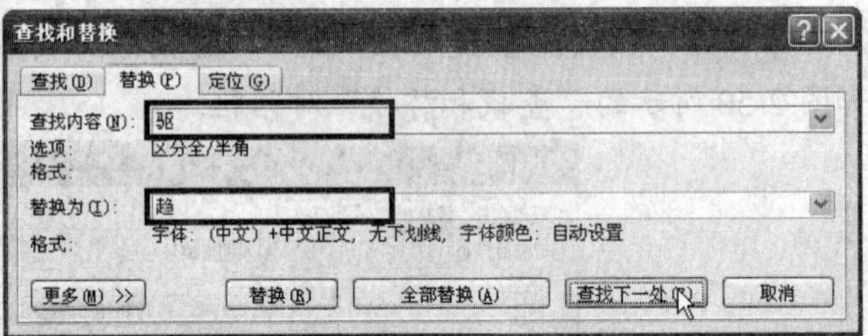

图 2-51 打开“查找和替换”对话框

步骤 4 查找到的内容以蓝底黑字显示，如图 2-52 左图所示。

步骤 5 单击“替换”按钮，即可将查找到的内容替换为“趋”，如图 2-52 右图所示。

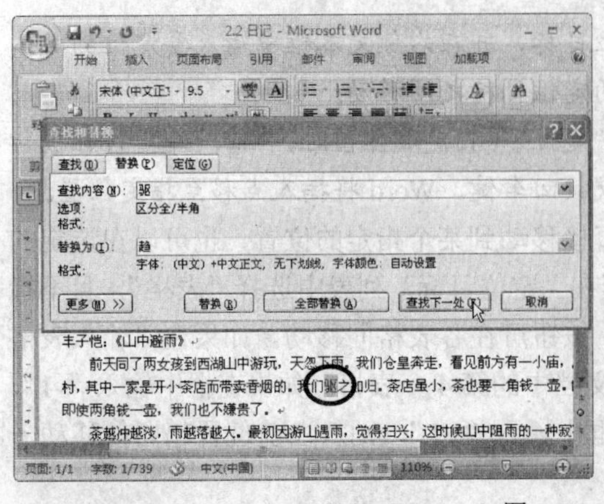

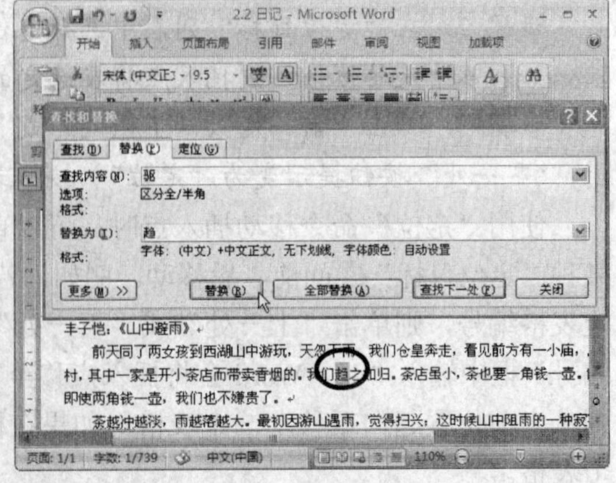

图 2-52 替换文本

步骤 6　用同样的方法查找“曹杂”，并将它替换为“嘈杂”，最后将文档另存为“2.2 日记 01”。

2.7　学习总结

本章主要介绍了基本的文本输入与编辑方法，如输入文本的方法，选择、移动、复制、删除文本的方法，查找与替换文本的方法，以及文档的浏览与定位等。掌握好它们，不仅有利于今后学习的进行，还能使文档编辑工作更加快捷高效。

2.8　思考与练习

一、填空题

1．在 Word 中输入文本时，可首先将插入点定位到指定位置，然后开始输入。如果输入有误，按____________键可删除插入点左侧的字符，按________键可删除插入点右侧的字符。

2．在 Word 中输入文本时存在两种编辑模式：______和______。默认处于“插入”编辑模式，在该模式下，用户只需确定插入点，然后输入所需内容，即可完成操作。

3．选择文本的最基本方法是________________。具体方法为：首先把光标置于要选定文本的最前面（或最后面），然后按住鼠标左键不放，向右下方（或左上方）拖动鼠标到要选择文本的结束处（或开始处），最后松开鼠标左键。

4．常见编辑文本的操作主要有移动、_____、查找和_____。

5．_____文本是指将文本从源位置移除，显示在目标位置；______文本是指将原内容复制一份并拷贝到目标位置。

二、简答题

1．简单叙述在输入文本过程中常用的几个快捷键。

2．简单叙述选择文本的常用方法。

三、操作题

1．试着用 Word 写一篇学习日记，叙述一下学习本章后的收获及感想。

2．要按图形对文档进行浏览，该如何操作？

3．打开本书配套素材“素材和实例”>“第 2 章”>“故乡杂记 01”文档，用“替换”命令将文中所有“它”字的字体设置为黑体。

第3章 文档格式设置

本章内容提要

章前导读

给文档设置必要的格式，不仅可使文档看起来更加美观，给人美的享受，还能使读者更加轻松地阅读和理解文档内容。本章主要介绍设置文档格式的方法，包括文本格式设置，段落格式设置，项目符号和编号设置，边框和底纹设置，以及文档分栏等内容。

3.1 设置文本格式

在 Word 中，文本格式主要包括字体、字号、字形、颜色以及特殊的阴影、阴文、阳文效果等。

3.1.1 设置文本字体和字号

1. 设置文本字体

默认情况下，在 Word 文档中输入的汉字字体为“宋体”，英文字体为“Calibri”。如果需要重新设置文本字体，可应用“开始”选项卡“字体”组中的命令。下面介绍设置文本字体的方法，具体操作如下。

步骤 1 打开本书配套素材“素材与实例”>“第 3 章”>“委托贷款合同”文档，选择文本“委托贷款合同”。

步骤 2 单击“开始”选项卡“字体”组中“字体”编辑框右侧的三角按钮，在打开的下拉列表中选择所需字体，如“黑体”，如图 3-1 所示。

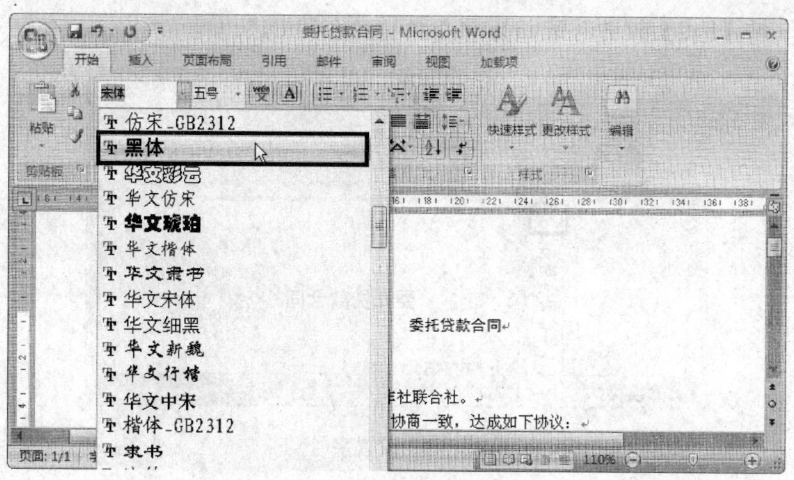

图 3-1　设置字体

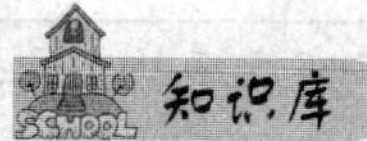

Word 2007 中提供了"选择前预览"功能，让用户在做出选择时就可以实时预览到结果。例如，本例中，用户将光标移至"黑体"选项上时，文档中所选文本会实时显示"黑体"效果。

选择编辑区域中的文本时，在选取区域附近以淡出的形式显示浮动工具栏，如图 3-2 所示。应用此工具栏也可以完成文本的字体、字号、字形、颜色等格式设置。

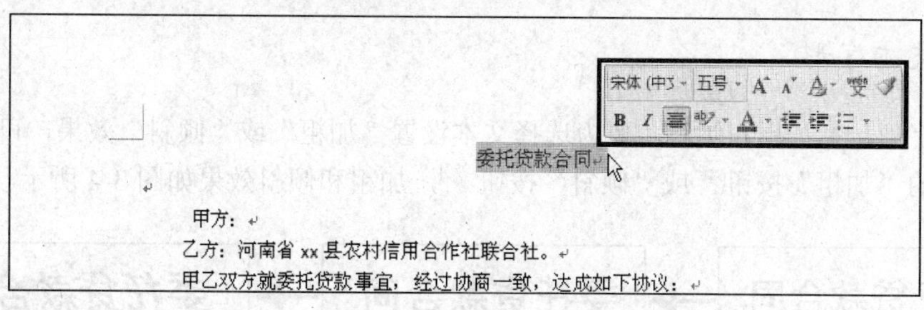

图 3-2　浮动工具栏

2. 设置文本字号

在 Word 中，默认的文本字号为"五号"，应用"开始"选项卡"字体"组中的"字号"下拉列表可设置文本字号。下面介绍设置文本字号的方法，具体操作如下。

步骤 1　继续在前面打开的文档中操作，选中文本"委托贷款合同"。

步骤 2　单击"字号"编辑框右侧的三角按钮，在打开的下拉列表中选择所需字号，如"小二"，如图 3-3 所示。

步骤 3　将插入点置于"委托贷款合同"段落下方的文本"甲方"左侧，按【Ctrl+Shift+End】组合键，选择插入点后所有文本内容。

步骤 4　再次打开"字号"下拉列表，从中选择"四号"选项。

步骤 5 按【F12】键另存文档为“委托贷款合同 01”。

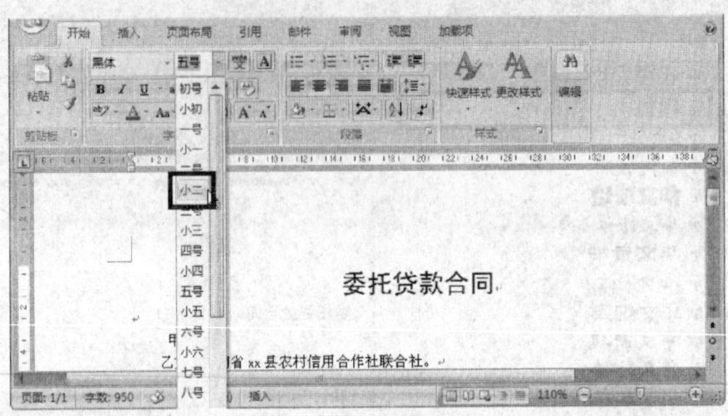

图 3-3 设置字号

在“字号”下拉列表中分别以汉字和数字形式表示字号，利用汉字表示的字号，值越小，字越大；利用数字（磅值）表示的字号，值越大，字越大。

在“字号”下拉列表中可选的最小字号为 5 磅，最大字号为 72 磅。如果用户希望设置更大的字号，可直接在“字号”编辑框中输入数值，例如输入数值 500，按【Enter】键得到所需字号。

3.1.2 设置文本字形和特殊效果

1. 设置文本字形

文本字形包括加粗和倾斜。要为选择文本设置“加粗”或“倾斜”效果，可单击“字体”组中的“加粗”按钮 或“倾斜”按钮 ，加粗和倾斜效果如图 3-4 所示。

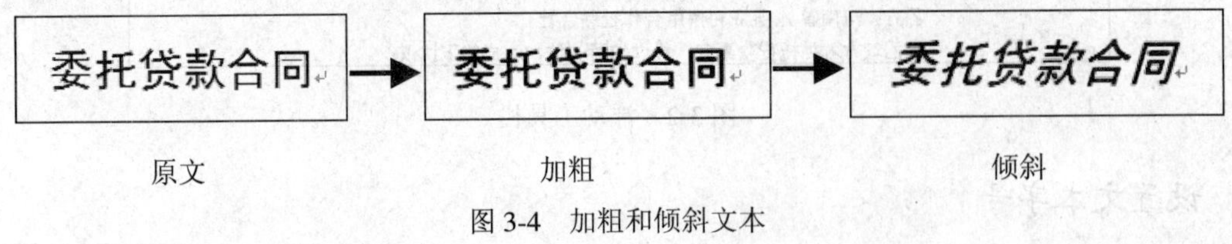

图 3-4 加粗和倾斜文本

选定文本后，可按【Ctrl+B】组合键设置粗体效果，按【Ctrl+I】组合键设置斜体效果。

2. 设置文本特殊效果

文本特殊效果包括下划线、删除线、下标、上标、阴影、空心、阳文、阴文等，下面

先来认识一下这几种特殊效果，如图 3-5 所示。

X2:下划线　　X2：删除线　　X_2：2 为下标　　X^2：2 为上标

X2：阴影　　X2：空心　　X2：阳文　　X2：阴文

图 3-5　常见文本特殊效果

下面介绍图 3-5 中显示的文本特殊效果的设置方法，具体操作如下。

步骤 1　打开本书配套素材“素材与实例”>“第 3 章”>“特殊效果”文档，如图 3-6 所示。

X2:下划线　　X2：删除线　　X2：2 为下标　　X2：2 为上标

X2：阴影　　X2：空心　　X2：阳文　　X2：阴文

图 3-6　原文档效果

步骤 2　选择文本“下划线”左侧的“x2”字符，单击“字体”组中“下划线”按钮 U 后的三角按钮，在下拉列表中选择一种下划线样式，比如波浪线，如图 3-7 所示。

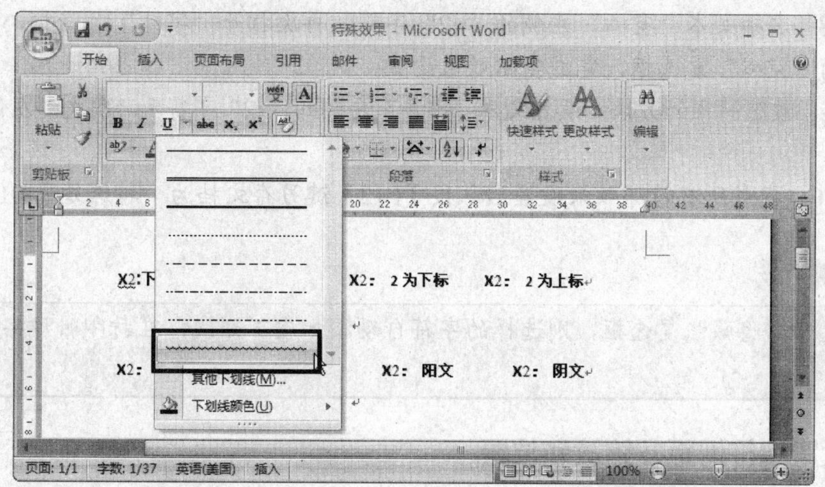

图 3-7　设置下划线

选择“下划线”下拉列表中的“其他下划线”命令，可自行设置下划线文本的样式和颜色；选择“下划线颜色”命令，可设置下划线的颜色。

步骤 3　选择文本“删除线”左侧的“x2”字符，单击“字体”组中的“删除线”按

钮abc。

步骤 4 选择文本“2 为下标”左侧的“2”字符，单击“字体”组中的“下标”按钮。

步骤 5 选择文本“2 为上标”左侧的“2”字符，单击“字体”组中的“上标”按钮。

步骤 6 选择文本“阴影”左侧的“x2”字符，单击“字体”组右下角的对话框启动器按钮，打开“字体”对话框，如图 3-8 所示。

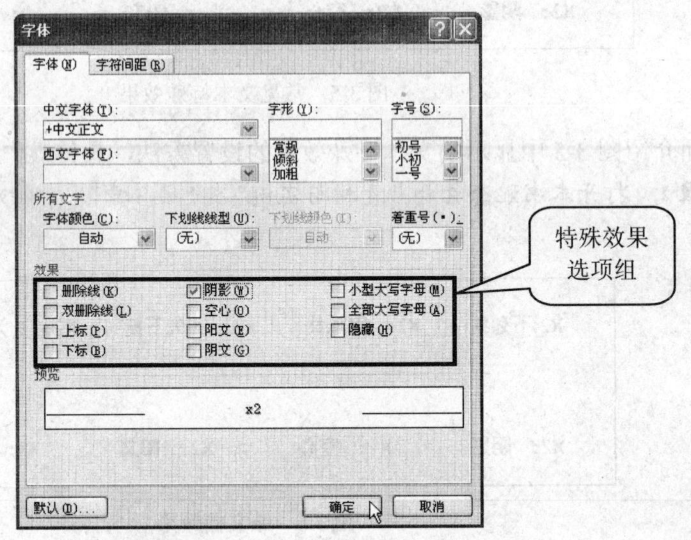

图 3-8　“字体”对话框

步骤 7 选择“效果”组中的“阴影”复选框，单击“确定”按钮。

步骤 8 选择文本“空心”左侧的“x2”字符，再次打开“字体”对话框，选择“效果”组中的“空心”复选框，完成空心效果设置。

步骤 9 按照同样的方法，设置文本“阳文”左侧的“x2”字符和“阴文”左侧的“x2”字符。

步骤 10 完成所有特殊效果设置后，按【F12】键另存文档为“特殊效果 01”。

若选择“隐藏”复选框，则选择的字符自动添加虚下划线，在打印时该字符会自动隐藏。

3.1.3 设置字符间距、缩放和位置

首先我们来了解一下什么是字符间距、缩放和位置：

- **字符间距：** 字符之间的距离为字符间距，用户可根据需要调整字符间距，如加宽或紧缩。
- **字符缩放：** 字符缩放是指字符高度不变的情况下压缩或拉伸字符宽度。在 Word 中，100%表示字符的默认宽度，大于 100%表示拉伸字符宽度，小于 100%表示压缩字符宽度。

➢ **字符位置：**一般情况下，字符以行基线为中心，处于“标准”位置。用户可根据需要“提升”或“降低”字符的位置。

下面介绍调整字符间距、缩放比例和位置的方法，具体操作如下。

步骤 1　打开本书配套素材“素材与实例”>“第 3 章”>“春思”文档，单击并拖动鼠标选择诗的内容，如图 3-9 所示。

步骤 2　单击“字体”组右下角的对话框启动器按钮，打开“字体”对话框，切换至“字符间距”选项卡，打开“间距”下拉列表，从中选择“加宽”选项，如图 3-10 所示。

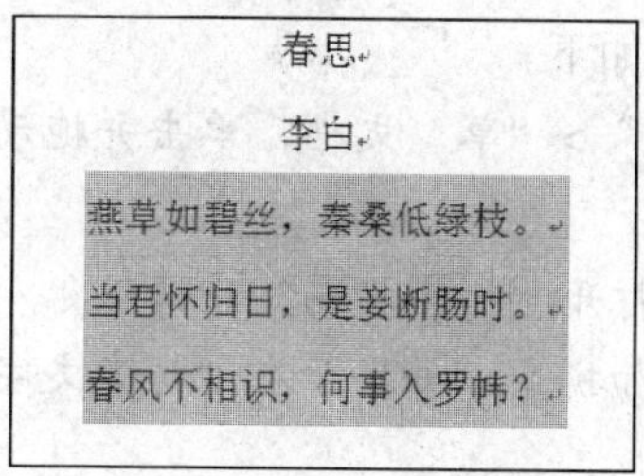

图 3-9　选择诗的内容

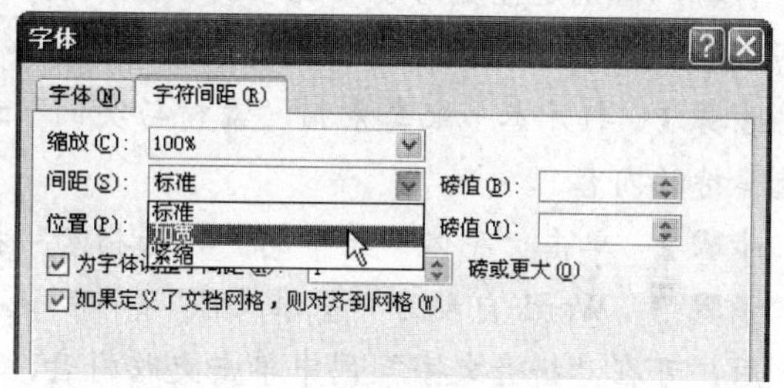

图 3-10　打开“间距”下拉列表

步骤 3　在其后的“磅值”编辑框中输入数值 2，将间距加宽至“2 磅”。完成设置，单击“确定”按钮，得到图 3-11 所示效果。

步骤 4　再次打开“字体”对话框，并切换至“字符间距”选项卡，打开“缩放”下拉列表，从中选择缩放比例，如选择 150%，单击“确定”按钮，缩放效果如图 3-12 所示。

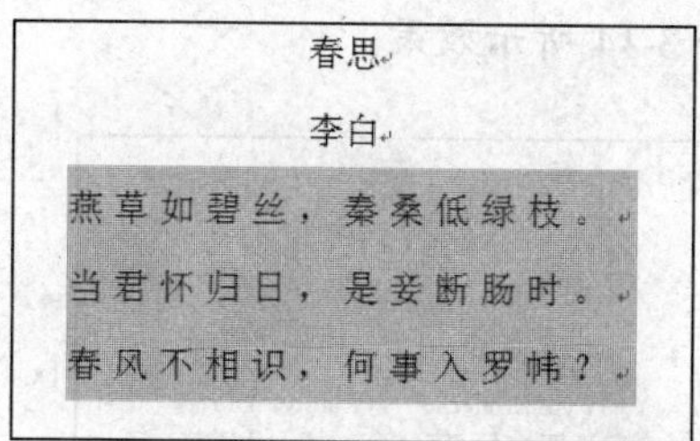

图 3-11　加宽字符间距后的效果

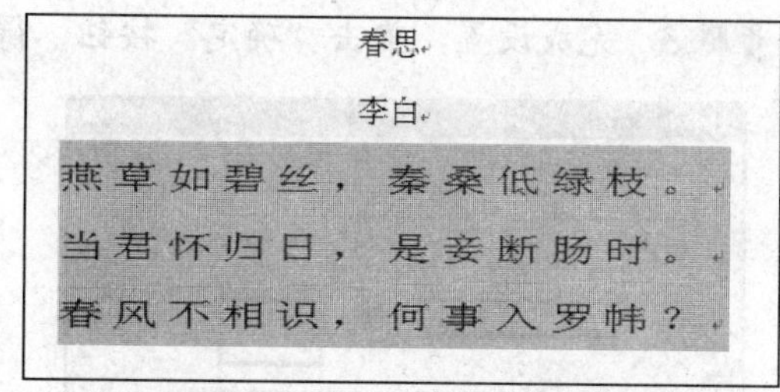

图 3-12　缩放 150%后的效果

如果要紧缩字符间距，可选择“间距”下拉列表中的“紧缩”选项，并在其后的“磅值”编辑框中设置紧缩值。如果要恢复原有的字符间距，可选择“间距”下拉列表中的“标准”选项。

若“缩放”下拉列表中没有用户所需要的比例值，可直接在编辑框中输入缩放值。

步骤 5　按【F12】键，另存文档为“春思 01”。

在“字体”对话框的“位置”下拉列表中可设置字符位置，设置方法同“间距”，故不再具体说明。

3.1.4 设置中文版式

某些版式是中文所特有的，如为文字加注拼音、合并字符、带圈字符、纵横混排和双行合一等，下面分别介绍。

1. 为文字加注拼音

有时，特别是在编排小学课本时，经常需要编排带拼音的文本，这时可以利用 Word 2007 提供的“拼音指南”来快速完成此项工作，具体操作如下。

步骤 1 打开本书配套素材“素材与实例”>“第 3 章”>“草”文档，单击并拖动鼠标选择诗的内容。

步骤 2 单击“字体”组中的“拼音指南”按钮，打开“拼音指南”对话框。

步骤 3 Word 自动为“基准文字”（即所选内容）添加拼音，并显示在“拼音文字”列，用户可在“拼音文字”列中单击更改拼音。

步骤 4 打开“对齐方式”下拉列表，从中选择“居中”选项，在“偏移量”编辑框中输入数值 5，在“字号”下拉列表中选择数值 10，如图 3-13 所示。

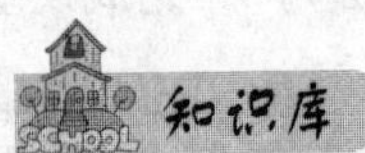

“偏移量”用于设置拼音文字与基准文字间的距离，“字号”用于设置拼音字号。

步骤 5 完成设置，单击“确定”按钮，得到如图 3-14 所示效果。

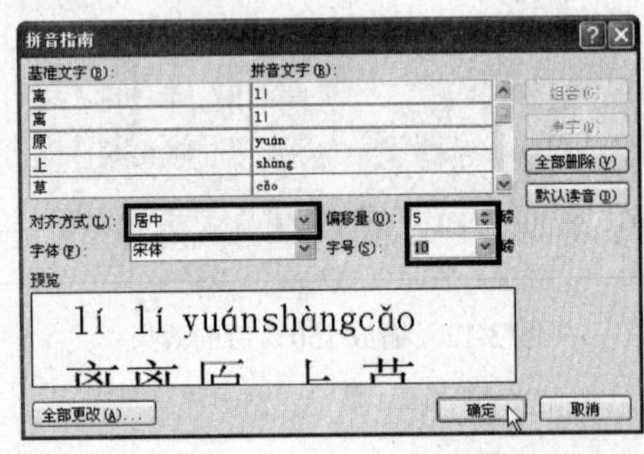

图 3-13 “拼音指南”对话框

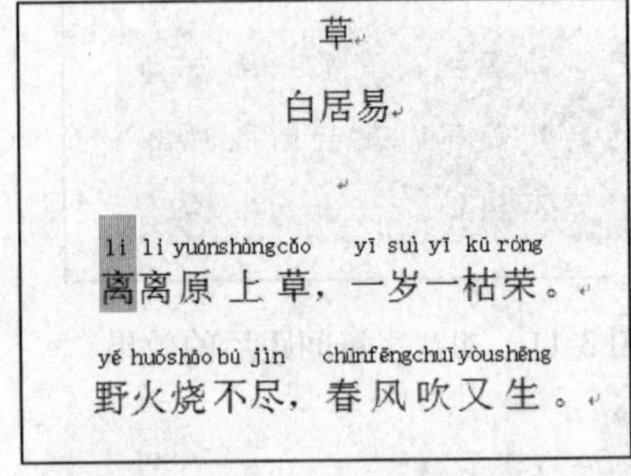

草

白居易

lí lí yuánshàngcǎo yī suì yī kū róng
离离原上草，一岁一枯荣。

yě huǒshāo bù jìn chūnfēngchuī yòushēng
野火烧不尽，春风吹又生。

图 3-14 添加拼音后的效果

为选择字符添加拼音后，若要删除拼音，可再次打开“拼音指南”对话框，单击“全部删除”按钮删除拼音。

2. 合并字符

合并字符就是将选定的多个字符合并，使其占据一个字符大小的位置。在合并字符时一定要注意，无论中英文，最多只能选择 6 个字符，多出来的字符会被自动删除。下面介绍合并字符的方法，具体操作如下。

步骤 1　打开本书配套素材“素材与实例”>“第 3 章”>“中文版式”文档，选择要进行纵横混排的字符“2 月 6 日”，如图 3-15 所示。

步骤 2　单击“开始”选项卡“段落”组中的“中文版式”按钮，在打开的下拉列表中选择“合并字符”命令，如图 3-16 所示。

图 3-15　选择字符

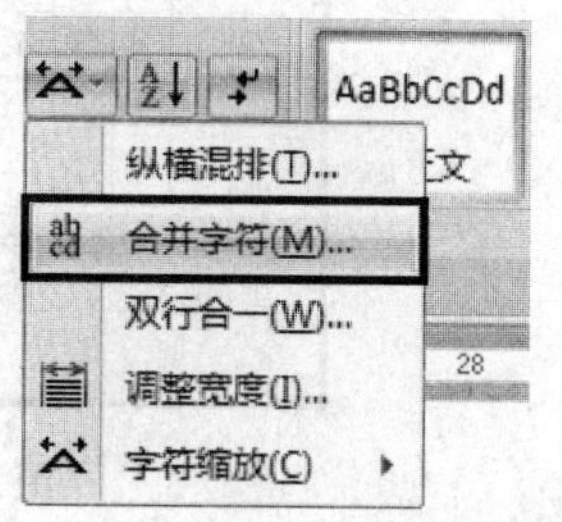

图 3-16　“中文版式”下拉列表

步骤 3　打开“合并字符”对话框，在“字体”下拉列表中选择合并字符的字体，如“Times New Roman”。在“字号”下拉列表中选择合并字符的字号，如“12”，如图 3-17 所示。

提　示

用户可在“文字（最多六个）”编辑框中重新指定合并字符。

步骤 4　单击“确定”按钮，得到图 3-18 所示效果。

图 3-17　“合并字符”对话框

2月
6日　除夕之夜

图 3-18　合并字符效果

知识库

如果要删除合并字符效果，可选择合并字符，并打开“合并字符”对话框，然后单击左下角的“删除”按钮。

3. 带圈字符

数字 1～10 的带圈字符可通过图 3-19 所示的“符号”对话框以特殊字符的形式插入到文档中。如果用户需要为其他字符添加带圈效果，可执行下面的操作。

步骤 1　打开本书配套素材“素材与实例”>“第 3 章”>“草”文档，选择文本“草”。

步骤 2　单击“字体”组中的“带圈字符”按钮，打开“带圈字符”对话框。

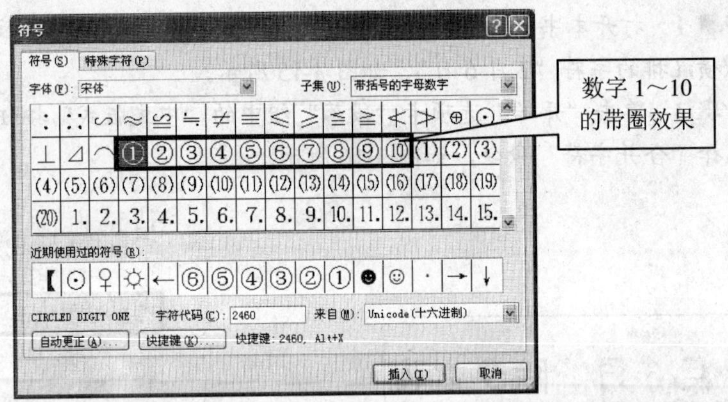

图 3-19 “符号”对话框

步骤 3 选择“样式”组中的“增大圈号”选项，选择“圈号”列表框中的菱形（◇），如图 3-20 左图所示。

步骤 4 单击“确定”按钮，得到图 3-20 右图所示效果。

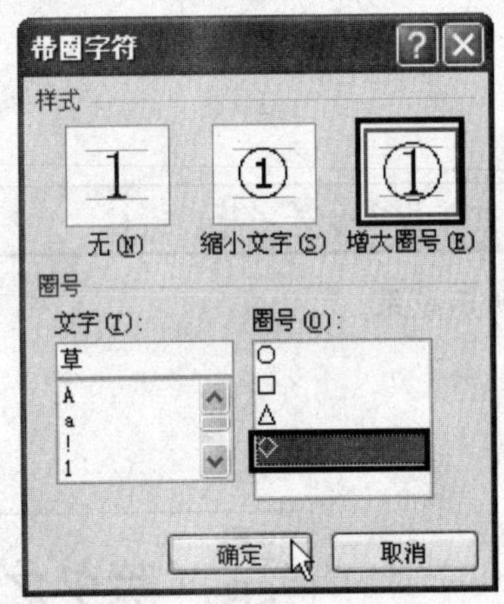

白居易

图 3-20 设置带圈字符

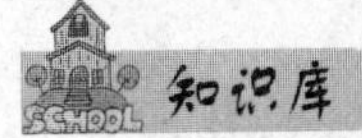

> 要删除字符的带圈效果，可首先选中带圈字符，然后打开“带圈字符”对话框，选择“样式”组中的“无”选项。

4. 纵横混排

纵横混排可以在同一页面中改变部分字符的排列方向，例如由原来的纵向变为横向，或由原来的横向变为纵向。下面介绍纵横混排的方法，具体操作如下。

步骤 1 打开本书配套素材“素材与实例”>“第 3 章”>“中文版式”文档，选择要进行纵横混排的文本“2008”，如图 3-21 所示。

步骤 2 单击“开始”选项卡“段落”组中的“中文版式”按钮，在打开的下拉列表中选择“纵横混排”命令，如图 3-22 所示。

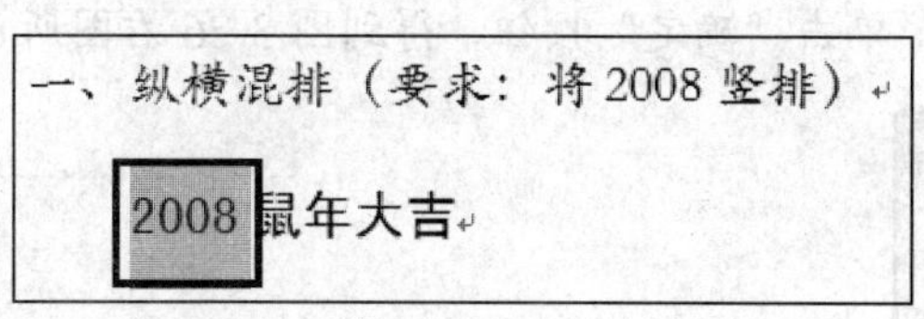

图 3-21　选择字符

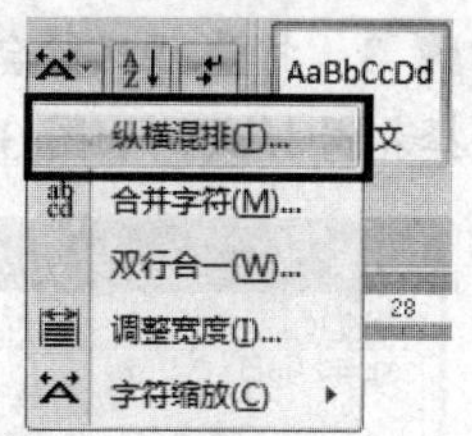

图 3-22　“中文版式”下拉菜单

步骤 3　打开如图 3-23 左图所示的“纵横混排”对话框，单击“确定”按钮，得到图 3-23 右图所示效果。

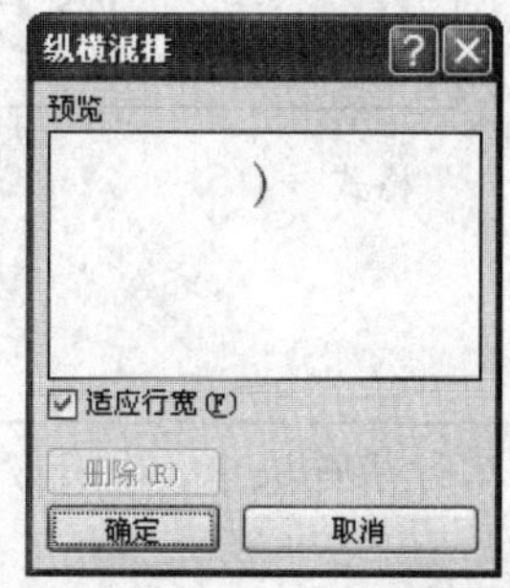

2008 鼠年大吉

图 3-23　“纵横混排”对话框

知识库

选择“适应行宽”复选框，表示选择的字符纵向排列时要与当前横向字符的行宽相同。

5. 双行合一

双行合一是指在原始行高不变的情况下，将选择的字符以两行并为一行的方式显示。下面介绍双行合一的方法，具体操作如下。

步骤 1　打开本书配套素材“素材与实例”>“第 3 章”>“中文版式”文档，选择要进行纵横混排的文本“2008 年 2 月 6 日”，如图 3-24 所示。

步骤 2　单击“开始”选项卡“段落”组中的“中文版式”按钮，在打开的下拉列表中选择“双行合一”命令，如图 3-25 所示。

2008 年 2 月 6 日 除夕之夜

图 3-24　选择文本

图 3-25　选择“双行合一”命令

步骤 3 打开“双行合一”对话框，选择“带括号”复选框，在“括号样式”下拉列表中选择括号样式，如图 3-26 左图所示。单击“确定”按钮，得到图 3-26 右图所示效果。

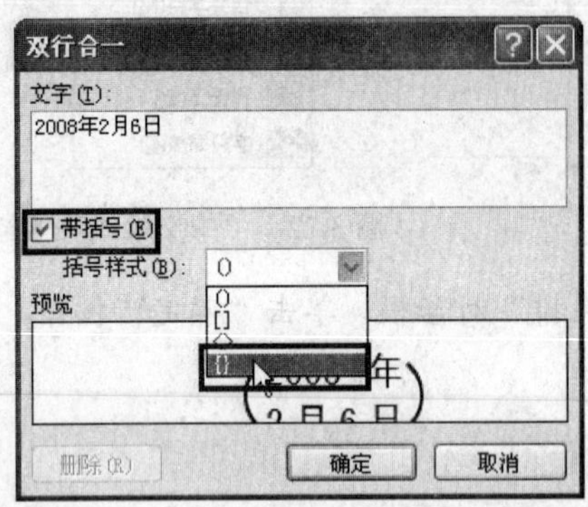

图 3-26 应用“双行合一”格式

如果要删除双行合一格式，可将插入点置于双行字符块中，打开“双行合一”对话框，单击左下角的“删除”按钮。

双行合一后上下两行具有相同的宽度，删除双行中任意字符，系统将自动调整字符间距使两行保持等宽。

3.2 上机实践——制作招生简章

下面我们对招生简章中的有关文本进行格式设置，具体操作如下。

步骤 1 打开本书配套素材“素材与实例”＞“第 3 章”＞“招生简章”文档。

步骤 2 选中第一行文本，然后在出现的浮动工具栏中单击“字体”按钮，在打开的下拉列表中选择“创艺简粗黑”；单击“字号”按钮，在下拉列表中选择“三号”，如图 3-27 所示。

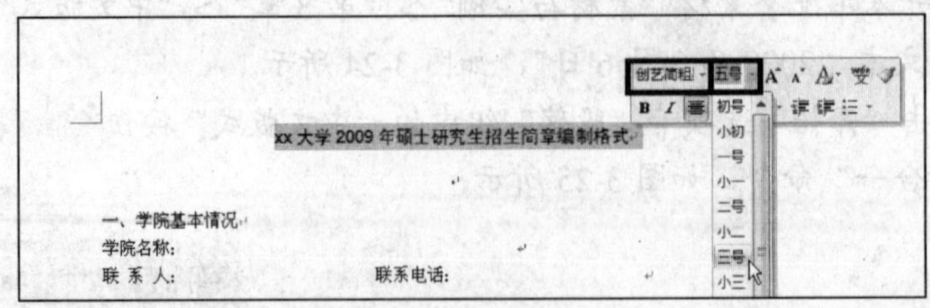

图 3-27 设置字体和字号

步骤 3 选中文本“一、学院基本情况”，然后在出现的浮动工具栏中设置“字体”为“黑体”，“字号”为“小四”。

步骤 4 选中设置好格式的文本“一、学院基本情况”，然后双击“剪贴板”组中的“格式刷”按钮，接着选择文本“二、专业基本情况”，此时该文本应用了与“一、学院基本情况”同样的格式，如图 3-28 所示。

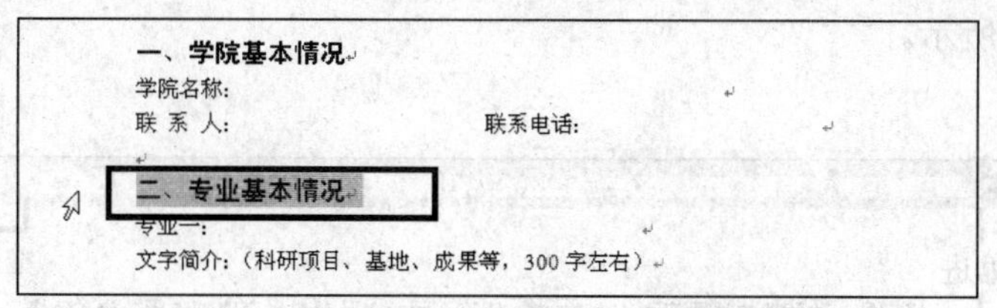

图 3-28　使用“格式刷”复制格式

步骤 5　按照同样的方法，分别选择其他要设置为同样格式的文本“三、……”~“五、……”，最后再次单击“格式刷”按钮，退出复制格式模式。

应用“剪贴板”组中的“格式刷”按钮可以快速完成文本格式设置。如果目标对象只有一个，可以单击“格式刷”按钮后选择目标对象；如果目标对象有多个，可双击“格式刷”按钮，之后分别选择目标对象，完成格式复制后再次单击“格式刷”按钮，可退出复制格式模式。

步骤 6　单击鼠标并拖动选择文本“学院名称：”后面的一行空格，单击“开始”选项卡“字体”组中的“下划线”按钮，得到图 3-29 所示效果。

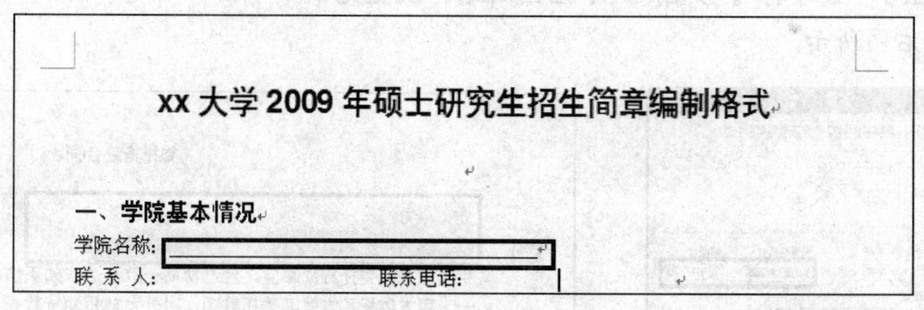

图 3-29　添加下划线效果

步骤 7　按照同样的方法，在文本“联　系　人：”、“联系电话：”和“专业一：”等其他含有空格的后面添加下划线。

步骤 8　设置完格式后，按【F12】键另存文档为“招生简章 01”。

3.3　设置段落格式

段落格式设置是以段落为单位进行的，要对一个段落设置格式，用户只需将插入点放置在该段落中；要对多个段落设置格式，则需要先选中多个段落，再设置格式。

3.3.1　设置段落缩进

Word 中的段落缩进可分为：首行缩进、左缩进、右缩进和悬挂缩进。在标尺上移动缩进标记可以方便地对文本进行左缩进、右缩进、首行缩进和悬挂缩进操作。这些缩进标记的意义如图 3-30 所示。

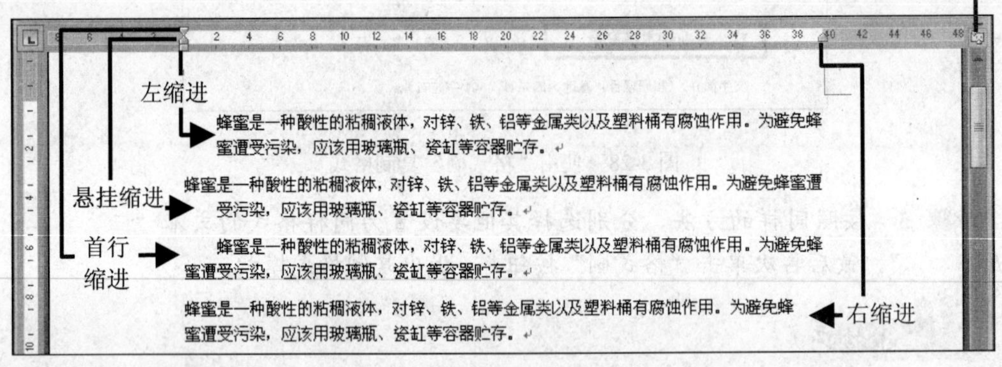

图 3-30　4 种段落缩进

如果用户希望精确设置段落缩进，可使用“段落”对话框，具体操作如下。

步骤 1　打开本书配套素材“素材与实例”>“第 3 章”>“委托贷款合同”文档，选择正文前两行。

步骤 2　单击“段落”组右下角的对话框启动器按钮，打开“段落”对话框。

步骤 3　打开“特殊格式”下拉列表，从中选择“首行缩进”选项，在“磅值”编辑框中自动显示“2 字符”，如图 3-31 左图所示。设置完毕，单击“确定”按钮，得到效果如图 3-31 右图所示。

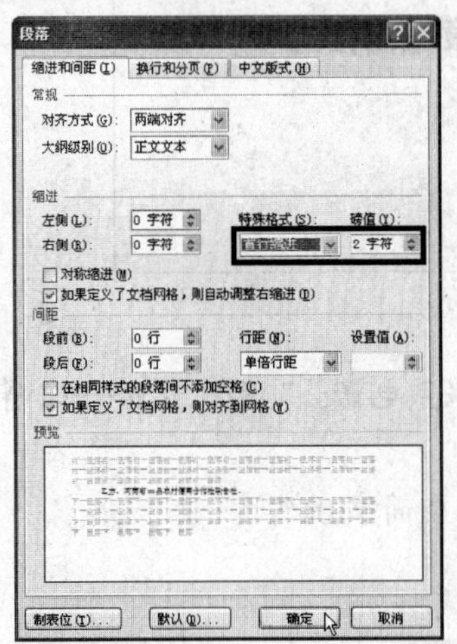

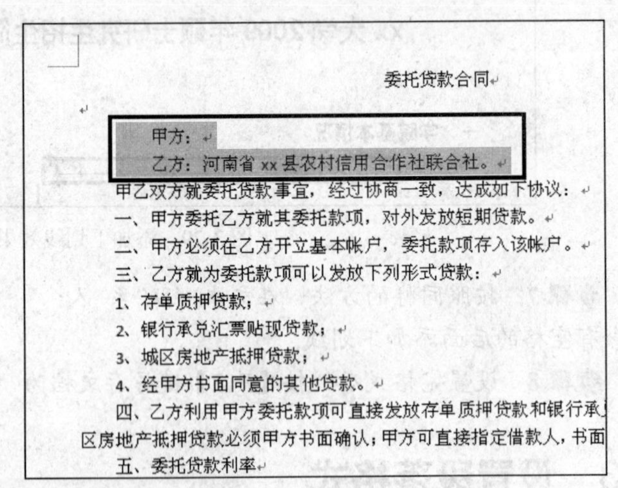

图 3-31　设置首行缩进

步骤 4　选中正文中第 7 至 10 行，再次打开“段落”对话框，将“缩进”设置区中“左侧”编辑框中的数值更改为 2，如图 3-32 左图所示。设置完毕，单击“确定”按钮，得到如图 3-32 右图所示效果。

单击“段落”组中的“增加缩进量”按钮，选择的段落向右缩进 1 个字符；单击“段落”组中的“减少缩进量”按钮，选择的段落向左回退 1 个字符。

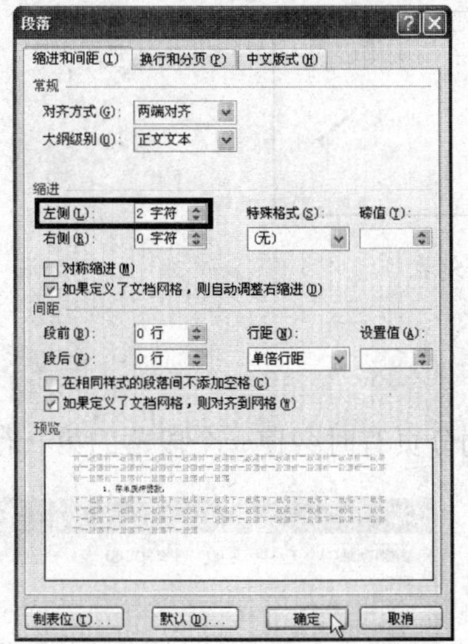

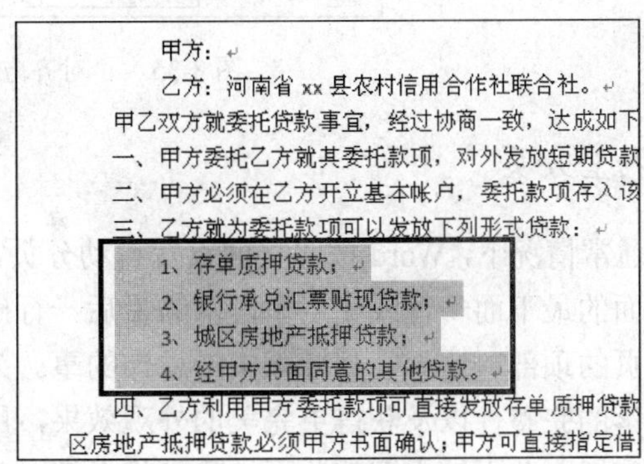

图 3-32 设置左侧缩进

3.3.2 设置段落对齐方式和调整分页

1. 设置段落对齐方式

Word 中的段落对齐方式可分为：左对齐、居中对齐、右对齐、两端对齐和分散对齐。下面以图示的方式认识一下这 5 种段落对齐效果，如图 3-33 所示。

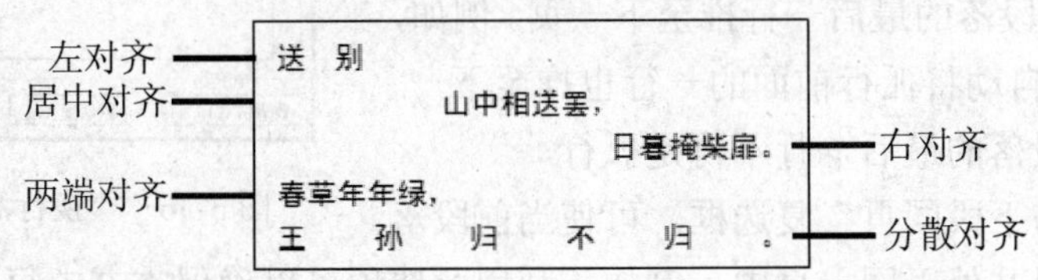

图 3-33 5 种对齐方式

选中段落或将插入点定位在段落中后，单击“开始”选项卡“段落”组中的 5 个按钮，可设置段落为不同的对齐方式，如图 3-34 所示。

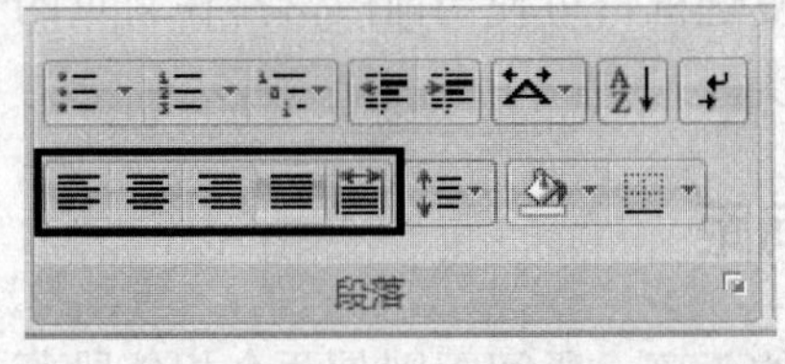

图 3-34 段落对齐按钮

应用“段落”对话框中的“对齐方式”下拉列表，同样可完成段落对齐方式的设置，如图 3-35 所示。

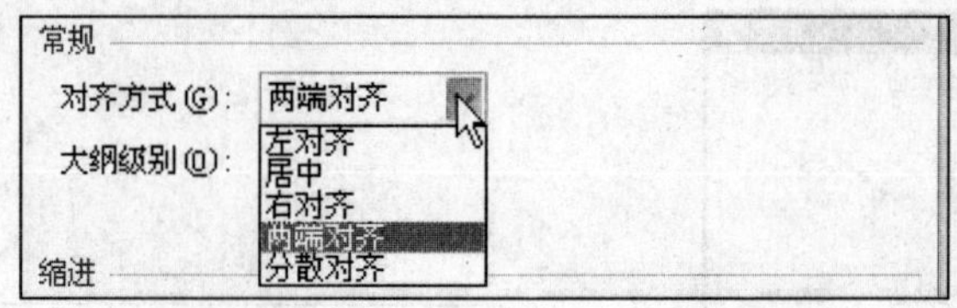

图 3-35　“对齐方式”下拉列表

2. 调整分页

通常情况下，Word 按照页面设置自动分页，但自动分页有时会使一个段落的第一行排在页面的最下面一行或使一个段落的最后一行出现在下一页的顶部，这无疑是排版中最忌讳的事。为了保持段落的完整性以及获得更完美的外观效果，用户可以手工插入分页符来调整分页（我们将在第 7 章详细介绍分页符的相关知识），也可以通过设置“分页”条件来控制分页。

打开“段落”对话框，单击“换行和分页”选项卡，如图 3-36 所示。在“分页”选项区显示了用户可以选择的选项，这些选项的意义如下：

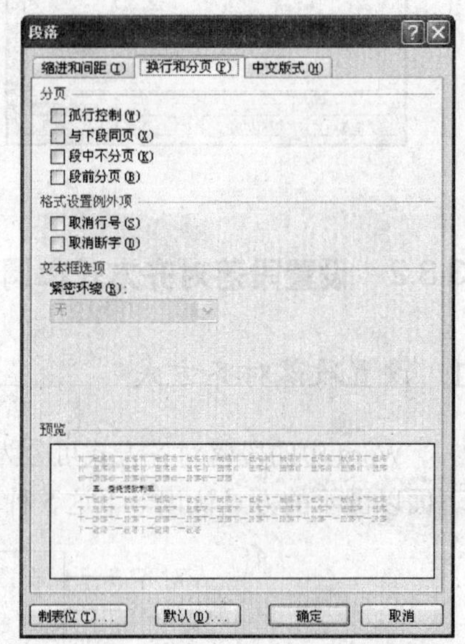

图 3-36　“换行和分页”选项卡

- 选中“孤行控制”复选框，Word 会自动调整分页，以避免将段落的第一行留在上一页，或将段落的最后一行推至下一页。例如，Word 会自动将孤行前面的一行也推至下一页，使段落的最后一行不再是孤行。
- 选中“与下段同页”复选框，可使当前段落与下一段共处于同一页中。例如，利用此选项可以确保本书中每个小节的标题都与其下面的文本段落共处于一页之中。
- 选中“段中不分页”复选框，则一个段落的所有行将共处于同一页中，中间不得分页。但此设置对表格无效，因为表格中的每一表项被视为一个独立的段落。
- 选中“段前分页”复选框，可使当前段落排在新页的开头，如本书中每一章的标题都排在新页的开头。

3.3.3 设置行间距与段间距

行间距是指行与行之间的距离，段间距则是两个相邻段落之间的距离。用户可以根据需要设置文本的行间距与段间距。

1. 设置行间距

Word 中默认的行间距为单倍行距，用户可根据需要将其设置为任何值，下面介绍设置行间距的方法。

步骤 1　打开本书配套素材"素材与实例">"第 3 章">"秋天"文档，按【Ctrl+A】组合键选择所有内容。

步骤 2　打开"段落"对话框，在"行距"下拉列表中选择"固定值"选项，如图 3-37 左图所示。

步骤 3　在"设置值"编辑框中输入数值 26，单位"磅"不变。设置完毕后，单击"确定"按钮，得到效果如图 3-37 右图所示。

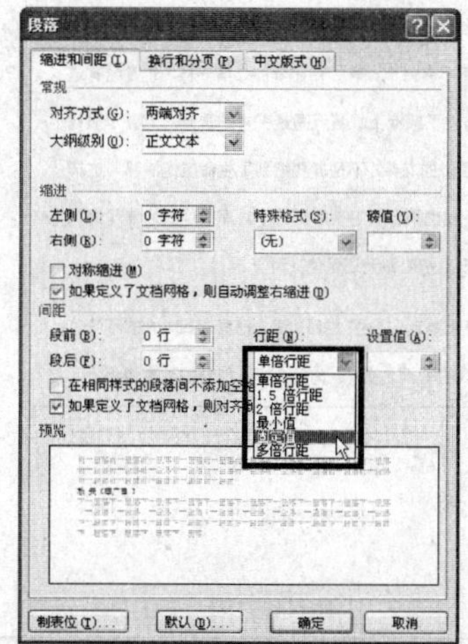

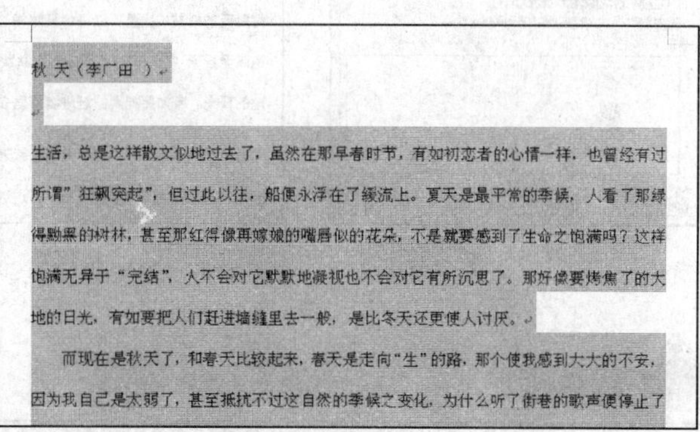

图 3-37　设置行间距

知识库

单击"开始"选项卡上"段落"组中的"行距"按钮，将打开图 3-38 所示的"行距"下拉列表，可直接从该下拉列表中选择行距值。

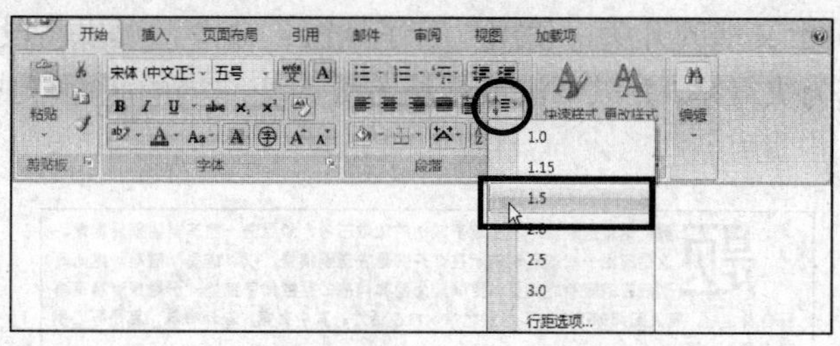

图 3-38　"行距"下拉列表

2. 设置段间距

Word 中默认的段前、段后间距为 0。为使文档结构更清晰，更便于读者阅读，最好在段落与段落之间设置一定的距离。下面介绍设置段落间距的方法。

步骤 1　可继续在前面的文档"秋天"中操作，首先按【Ctrl+A】组合键选择所有内容。

步骤 2　打开"段落"对话框，分别单击"间距"选项组中"段前"编辑框和"段后"

编辑框后的“向上微调”按钮，将段前及段后间距均设置为“0.5 行”，如图 3-39 左图所示。

步骤 3 设置完毕后，单击“确定”按钮，得到效果如图 3-39 右图所示。

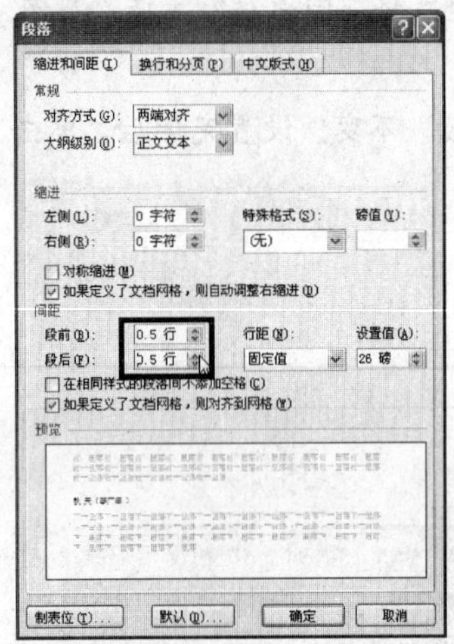

秋 天（李广田 ）↵

生活，总是这样散文似地过去了，虽然在那早春时节，有如初恋者的心情一样，也曾经有过所谓“狂飙突起”，但过此以往，船便永浮在了缓流上。夏天是最平常的季候，人看了那绿得黝黑的树林，甚至那红得像再嫁娘的嘴唇似的花朵，不是就要感到了生命之饱满吗？这样饱满无异于“完结”，人不会对它默默地凝视也不会对它有所沉思了。那好像要烤焦了的大地的日光，有如要把人们赶进墙缝里去一般，是比冬天还更使人讨厌。↵

而现在是秋天了，和春天比较起来，春天是走向“生”的路，那个使我感到大大的不安，因为我自己是太弱了，甚至抵抗不过这自然的季候之变化，为什么听了街巷的歌声便停止了

图 3-39 设置段间距

打开“段落”对话框，在“段前”和“段后”编辑框中输入数值 0，即可删除段前和段后间距。除此之外，也可单击“开始”选项卡上“段落”组中的“行距”按钮，在打开的“行距”下拉列表中选择“删除段前间距”和“删除段后间距”命令来删除段间距。

3.3.4 设置首字下沉

首字下沉通常用于文档的开头，使用“首字下沉”命令，可以将段落开头的第一个或若干个字母、文字变为大号字，并以下沉或悬挂方式改变文档的版面样式，其效果如图 3-40 所示。

题解：这首送别诗，不写离亭饯别的依依不舍，却更进一层写冀望别后重聚。这是超出一般送别诗的所在。开头隐去送别情景，以“送罢”落笔，继而写别后回家寂寞之情更浓更稠，为望其再来的题意作了铺垫，于是想到春草再绿自有定期，离人回归却难一定。惜别之情，自在话外。意中有意，味外有味，真是匠心别运，高人一筹。

图 3-40 首字下沉

设置首字下沉的方法如下。

步骤 1 打开本书配套素材“素材与实例”>“第 3 章”>“秋天 01”文档，拖动鼠标选中第一段的前两个字“秋天”，如图 3-41 所示。

如果只是将段落开头的首字母或汉字设置为下沉，只需将插入点置于该段落即可。

步骤 2　切换至“插入”选项卡，单击“文本”组中的“首字下沉”按钮，在打开的下拉列表中选择“下沉”命令，如图 3-42 所示。

图 3-41　选择文本

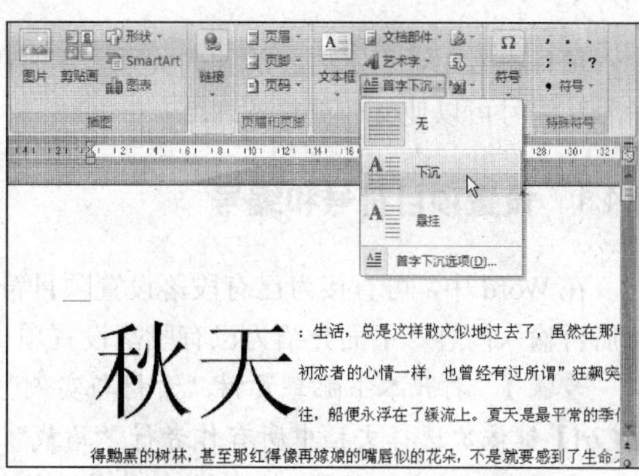

图 3-42　“首字下沉”下拉列表

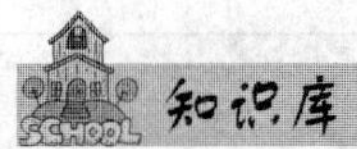

知识库

被设置成首字下沉的文字实际上已成为文本框中的一个独立段落，可以像对其他段落一样给它设置各种格式。

若要删除首字下沉效果，应先将光标置于该段落中，然后打开“首字下沉”下拉列表，从中选择“无”选项。

应用“首字下沉”下拉列表不但可以设置首字下沉效果，还可以设置首字悬挂效果，只需选其中的“悬挂”命令。

步骤 3　若在“首字下沉”下拉列表中选择“首字下沉选项”命令，将打开如图 3-43 所示的“首字下沉”对话框。

步骤 4　在“位置”选项区选择一种首字下沉方式，打开“字体”下拉列表，从中选择字体“华文行楷”。

步骤 5　在“下沉行数”编辑框中输入行数，例如 2。

步骤 6　在“距正文”编辑框中输入首字与正文的间距值，例如“0.5 厘米”。

步骤 7　完成设置后，单击“确定”按钮，得到图 3-44 所示效果。

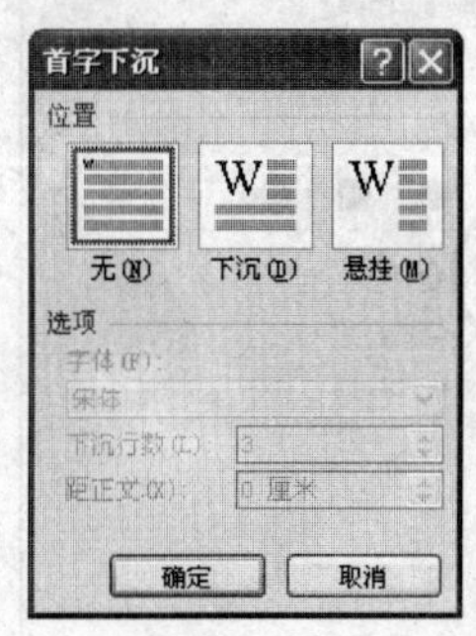

图 3-43　“首字下沉”对话框

图 3-44　自定义首字下沉效果

3.4 设置项目符号和编号

项目符号用于表示内容的并列关系，编号用于表示内容的顺序关系，合理地应用项目符号和编号可以使文档更具条理性。

3.4.1 设置项目符号和编号

在 Word 中，可直接为已有段落设置项目符号和编号，也可以先创建项目符号和编号，然后再输入内容。下面介绍为已有段落设置项目符号和编号的方法，具体操作如下。

步骤 1 打开本书配套素材“素材与实例”>“第 3 章”>“唐诗三百首”文档，按住【Ctrl】键依次选择文档中所有作者行“马戴”、“王之焕”和“元稹”，如图 3-45 所示。

步骤 2 单击“段落”组中的“编号”按钮，在打开的“编号”下拉列表中选择所需选项，如图 3-46 所示。

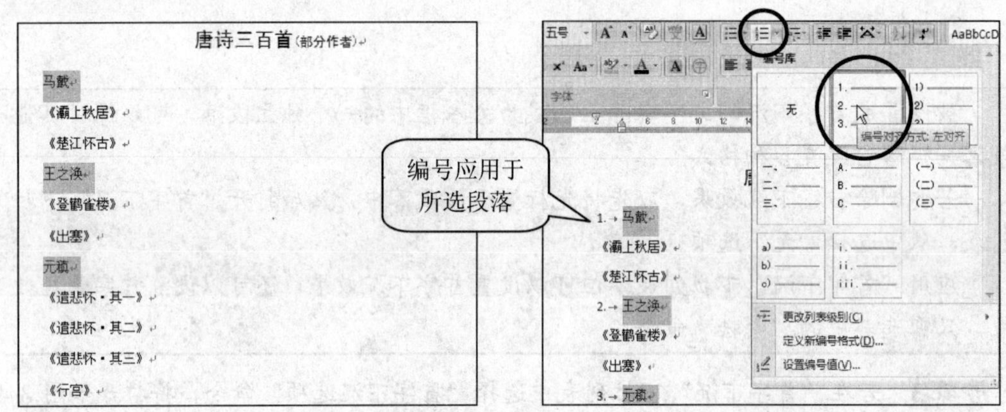

图 3-45　选择作者行　　　　图 3-46　设置编号

步骤 3 按住【Ctrl】键，依次选择文档中所有诗的标题，如图 3-47 所示。

步骤 4 单击“段落”组中的“项目符号”按钮，在打开的“项目符号”下拉列表中选择所需选项，如图 3-48 所示。

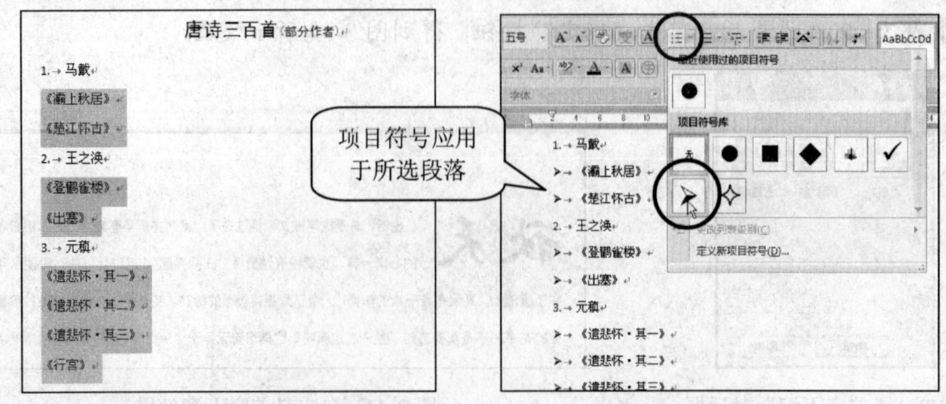

图 3-47　选择标题　　　　图 3-48　设置项目符号

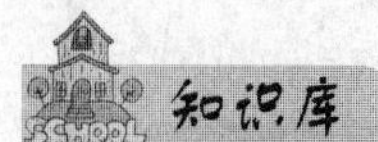

打开“项目符号”或“编号”下拉列表，从中选择“无”选项，可删除所选段落的项目符号或编号。

3.4.2 自定义项目符号和编号

“项目符号”和“编号”下拉列表中提供的可用选项不一定符合用户的需求，用户可根据需要自定义项目符号和编号。下面介绍自定义项目符号和编号的方法。

步骤 1 打开本书配套素材“素材与实例”>“第 3 章”>“唐诗三百首”文档，按住【Ctrl】键依次选择文档中所有作者行“马戴”、“王之焕”和“元稹”。

步骤 2 单击“段落”组中的“编号”按钮，在打开的“编号”下拉列表中选择“定义新编号格式”命令，打开“定义新编号格式”对话框。

步骤 3 打开“编号样式”下拉列表，从中选择“1,2,3,…”选项，在“编号格式”中带底纹的 1 前输入“ch1-”，如图 3-49 所示。

步骤 4 完成设置后单击“确定”按钮，关闭对话框。再次打开“编号”下拉列表，从中选择用户新定义的编号，如图 3-50 所示。

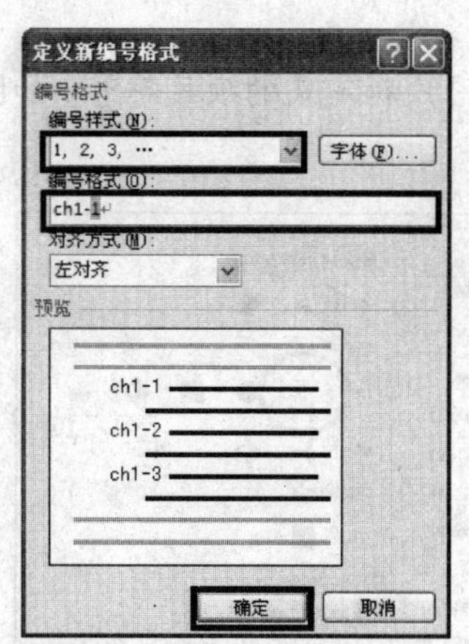

图 3-49　“定义新编号格式”对话框

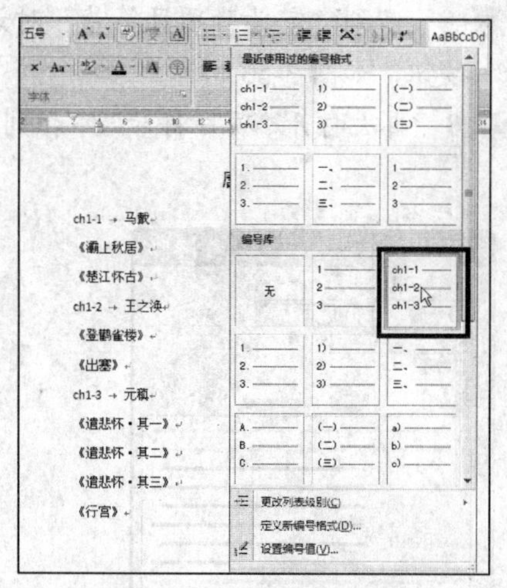

图 3-50　应用自定义编号

完成新编号创建后将自动添加至“编号”下拉列表中，但不能自动应用于用户选择的段落，用户需从“编号”下拉列表中重新选择编号样式。

步骤 5 按住【Ctrl】键依次选择文档中所有诗的标题，单击“段落”组中的“项目符号”按钮，在打开的下拉列表中选择“定义新项目符号”命令。

步骤 6 打开“定义新项目符号”对话框，单击“图片”按钮，如图 3-51 所示。

步骤 7 打开“图片项目符号”对话框，从列表框中选择所需图片，如图 3-52 所示，单击“确定”按钮。

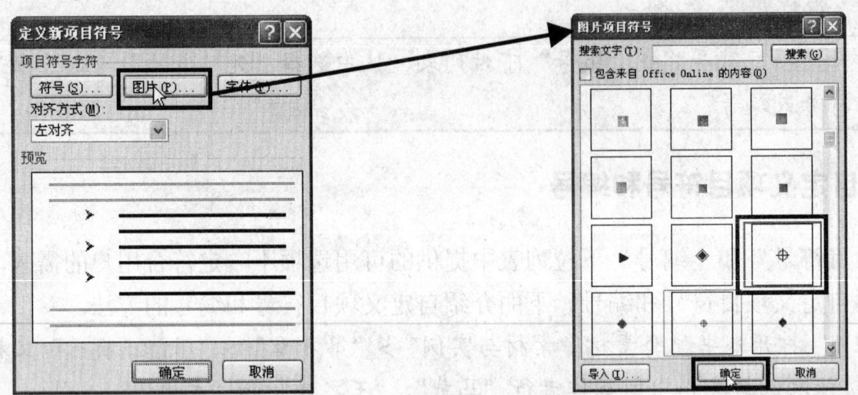

图 3-51 “定义新项目符号”对话框　　　　图 3-52 “图片项目符号”对话框

定义新项目符号时，若单击图 3-51 所示对话框中的“符号”按钮，则可打开“符号”对话框，用户可从中选择特殊字符作为项目符号。

步骤 8 回到“定义新项目符号”对话框，在“预览”区显示新项目符号效果，单击“确定”按钮，如图 3-53 所示。

步骤 9 再次打开“项目符号”下拉列表，从中选择用户新定义的项目符号，如图 3-54 所示。

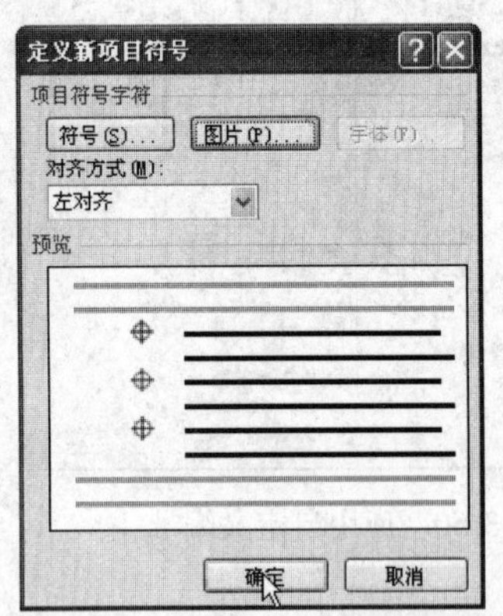

图 3-53 “定义新项目符号”对话框

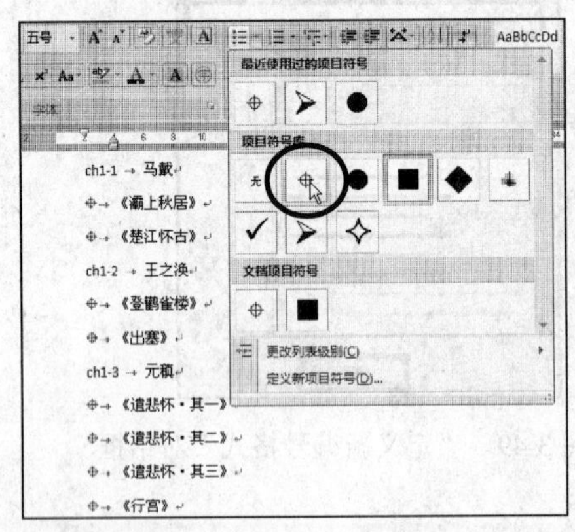

图 3-54 应用自定义新项目符号

若要更改项目符号或编号的级别，可打开“项目符号”或“编号”下拉列表，从中选择“更改列表级别”命令，展开下级列表，用户可从中选择项目符号或编号的级别，如图 3-55 所示。

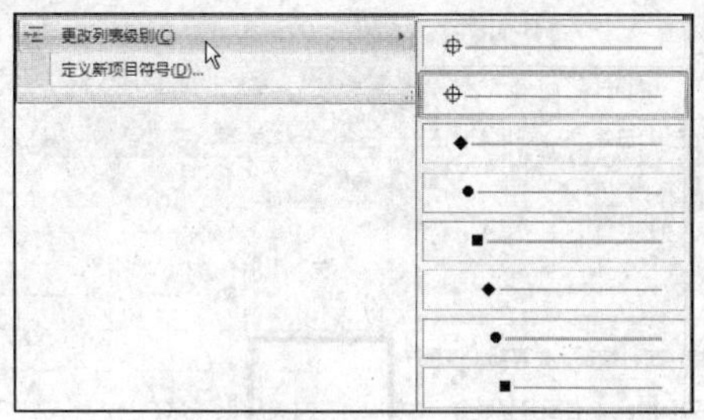

图 3-55　“更改列表级别”下级面板

3.5　上机实践——制作招生简章（一）

下面通过制作招生简章（一），来练习段落格式及项目符号和编号的设置方法。

步骤 1　打开本书配套素材“素材与实例”>“第 3 章”>“2009 年招生简章”文档。

步骤 2　按【Ctrl+A】组合键选择所有内容。打开“段落”对话框，分别单击“间距”设置区中“段前”编辑框和“段后”编辑框后的“向上微调”按钮，将段前及段后间距均设置为“0.5 行”。

步骤 3　打开“行距”下拉列表，从中选择“固定值”选项，在“设置值”编辑框中输入数值 24，单位“磅”不变，如图 3-56 左图所示。

步骤 4　设置完毕，单击“确定”按钮，效果如图 3-56 右图所示。

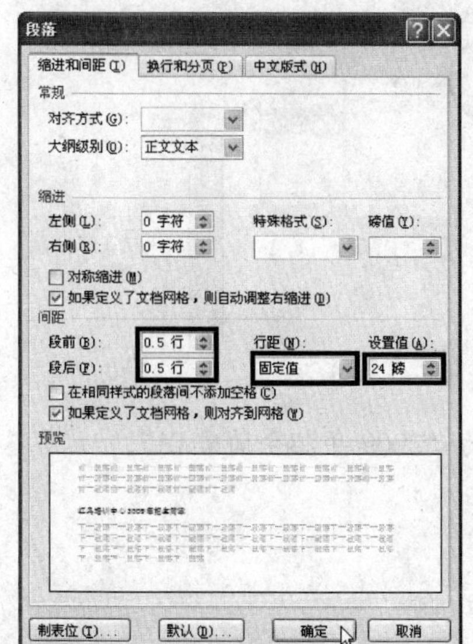

红鸟培训中心 2009 年招生简章

作为国内 IT 职业教育的先行者，我们拥有许多在业界开创“先河”的“殊荣”，红鸟是国内首家通过 ISO9001 认证的职业教育厂商；先进、标准、科学、系统的教学方法和课程体系率先获得了劳动与社会保障部门的认可（OSTA 认证）；是国内第一家与 ORACLE 公司结成战略联盟、开展联合认证的培训机构。

红鸟集团成立于 1994 年 11 月 19 日，是北京大学下属大型高科技企业集团，国有控股企业集团。红鸟集团源于国家支持的计算机软件重大科技攻关项目“红鸟工程”，是“红鸟

图 3-56　设置段间距与行间距

步骤 5　向下拖动滚动条，选择“招生对象”文本后按住【Ctrl】键的同时，依次选择“学费食宿”、“开班方式”和“报名方式”文本。

步骤 6　单击“段落”组中的“编号”按钮，在打开的“编号”下拉列表中选择所需选项，如图 3-57 所示。

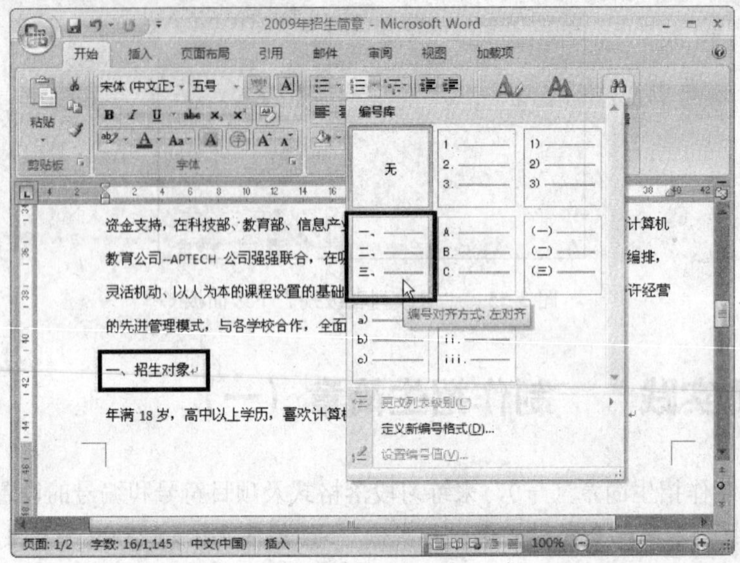

图 3-57 设置编号

步骤 7 选择“招生对象”项目下的内容后按住【Ctrl】键的同时，依次选择“学费食宿”、“开班方式”和“报名方式”项目下方的内容。

步骤 8 单击“段落”组中的“项目符号”按钮，在打开的“项目符号”下拉列表中选择所需选项，如图 3-58 所示。

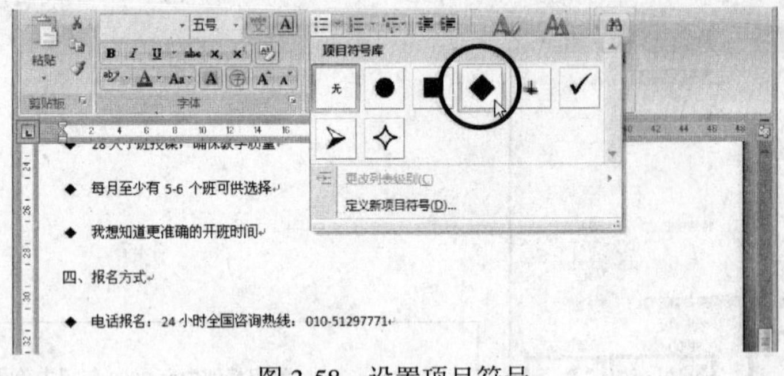

图 3-58 设置项目符号

步骤 9 设置完毕后，按【F12】键，另存文档为“2009 年招生简章 01”。

3.6 设置边框和底纹

边框和底纹是美化文档的重要方式之一，在 Word 中不但可以给选择的文本添加边框和底纹，还可以给段落和页面添加边框和底纹。

3.6.1 给文本或段落添加边框

Word 提供了多种线型边框和由各种图案组成的艺术型边框，并允许使用多种边框类型。下面我们来看看如何给文本或段落添加边框，具体操作如下。

步骤 1　打开本书配套素材“素材与实例”>“第 3 章”>“抱犊寨”文档，选中标题名“抱犊寨”。

步骤 2　单击“段落”组中的“框线”按钮，打开“边框”下拉列表，从中选择“边框和底纹”命令，如图 3-59 所示。

步骤 3　打开“边框和底纹”对话框，选择“设置”选项组中的“阴影”选项，在“样式”列表中选择双曲线，在“颜色”下拉面板中选择“标准色”中的第一项“深红”，如图 3-60 所示。

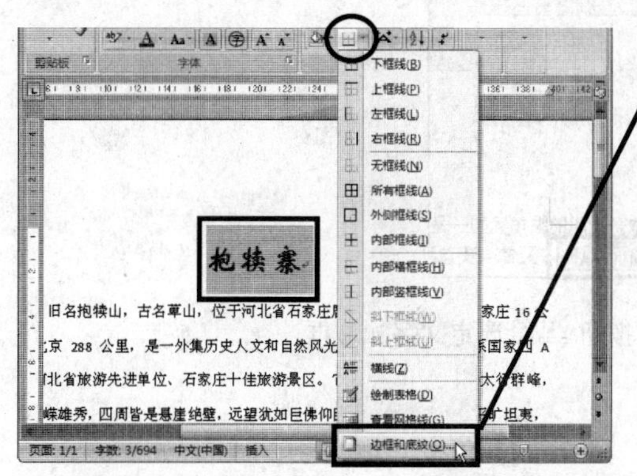

图 3-59　选择“边框和底纹”命令

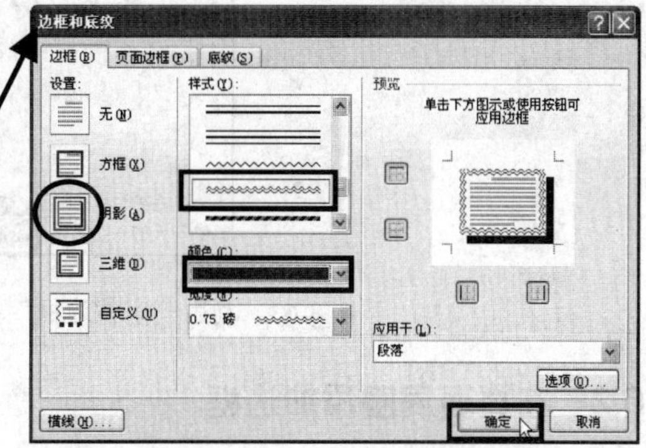

图 3-60　设置边框

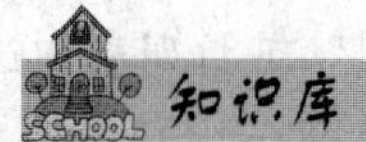

在“应用于”下拉列表中可选择“文字”或“段落”，图 3-61 显示了给文字和段落添加边框的效果。在给段落添加边框时，通过“选项”按钮，还可以设置段落与边框之间的间距。

我看到了一双绝美明亮的眼睛。微微上翘的眼角犹如一朵艳丽的桃花，蒙着一层淡淡的水气，那水气像冬天的一弘温泉，湿润而温暖，又像今夜这冰冷神秘的月光，朦朦胧胧而回测万千……

我看到了一双绝美明亮的眼睛。微微上翘的眼角犹如一朵艳丽的桃花，蒙着一层淡淡的水气，那水气像冬天的一弘温泉，湿润而温暖，又像今夜这冰冷神秘的月光，朦朦胧胧而回测万千……

图 3-61　给文字和段落添加边框的区别

步骤 4　设置完毕后，单击“确定”按钮完成边框设置，效果如图 3-62 所示。

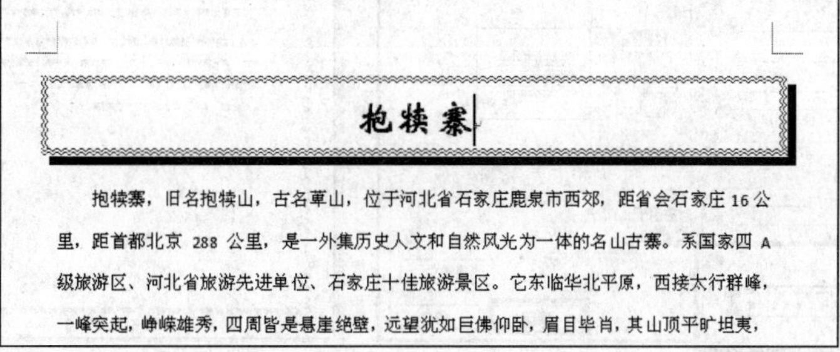

图 3-62　边框设置

除上面的方法外，利用“开始”选项卡上“字体”组中的“字符边框”按钮A，可以方便地给选中的一个或多个文本添加单线边框，如图 3-63 所示。

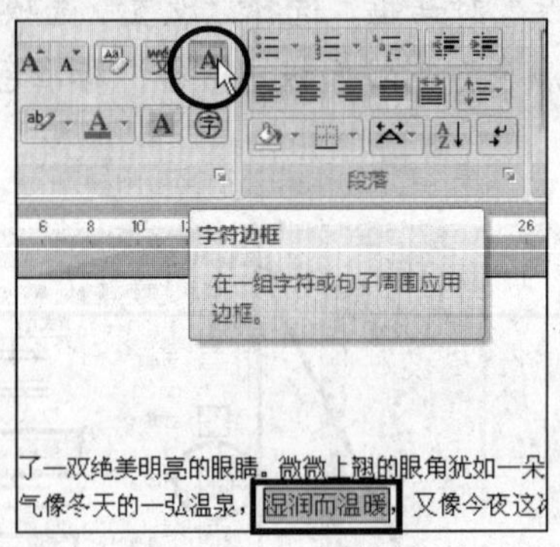

图 3-63　利用“字符边框”按钮A给选定文字加边框

3.6.2　在页面周围添加边框

在页面周围添加边框，可使文档获得不同凡响的页面效果，具体操作如下。

步骤 1　打开“边框和底纹”对话框，切换至“页面边框”选项卡。

步骤 2　在“设置”区选择一种边框类型，如“方框”；在“艺术型”下拉列表中选择一种边框，如图 3-64 左图所示。

步骤 3　单击“确定”按钮，完成页面边框的设置，效果如图 3-64 右图所示。

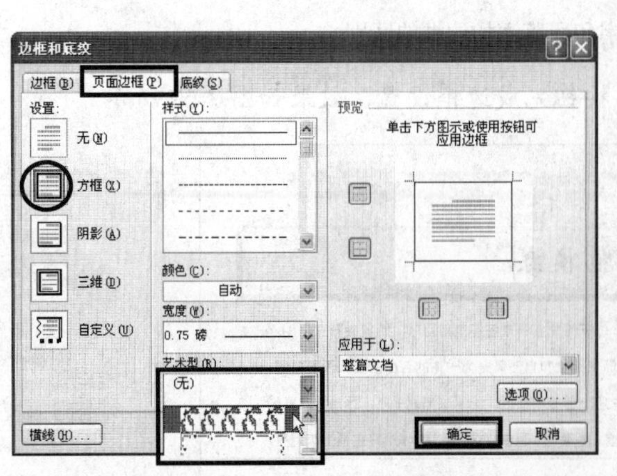

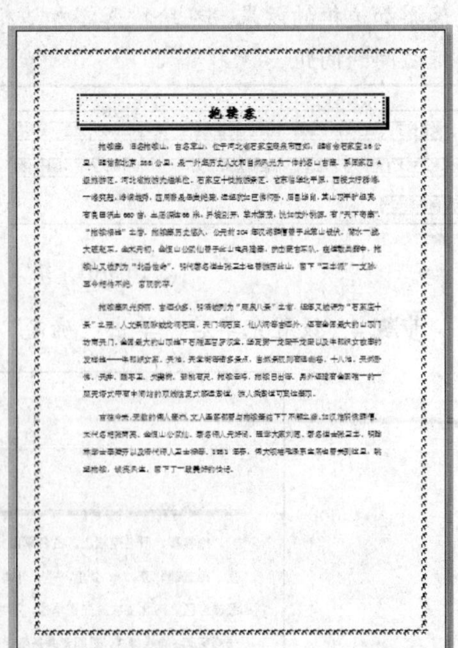

图 3-64　在页面周围添加边框

3.6.3　给文本或段落添加底纹

单击“开始”选项卡“字体”组中的“字符底纹”按钮A，可给选中的一个或多个文字添加默认底纹。利用“边框和底纹”对话框，可以给段落或选定文字添加除默认底纹样式之外的底纹，如各种灰度和图案底纹，下面来看具体操作。

步骤 1　继续在前面的文档“抱犊寨”中操作，选中已设置好边框的标题名“抱犊寨”。

步骤 2　打开“边框和底纹”对话框，切换至“底纹”选项卡。

步骤 3　打开“样式”下拉列表，从中选择“5%”选项，在“颜色”下拉面板中选择“标准色”中的第一项“深红”，如图 3-65 左图所示。

步骤 4　单击“确定”按钮完成底纹设置，效果如图 3-65 右图所示。

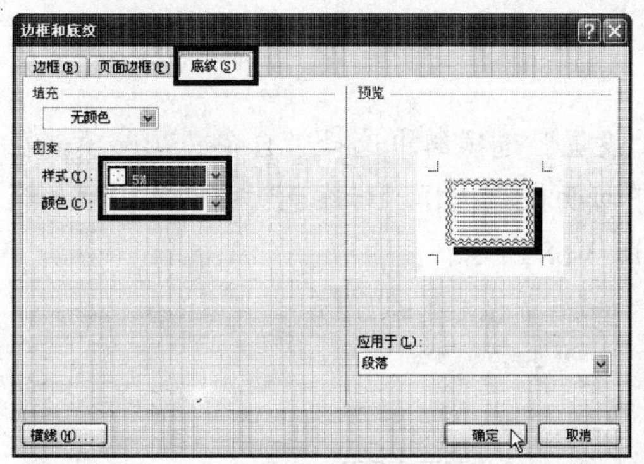

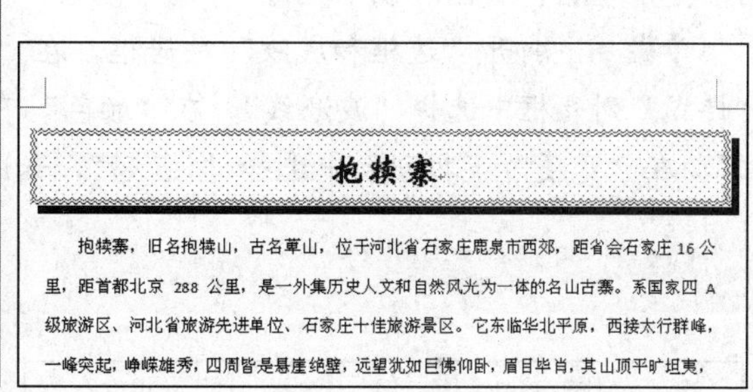

图 3-65　添加底纹

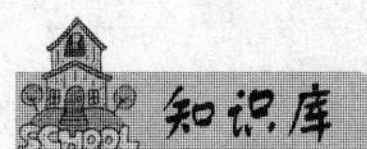

如果要删除已添加的底纹，可首先选中已添加底纹的文本或把插入点移到已添加底纹的段落中。打开“边框和底纹”对话框，在“底纹”选项卡的“填充”下拉列表中选择“无颜色”，在“样式”下拉列表中选择“清除”，之后单击“确定”按钮。

3.7　上机实践——美化招生简章（一）

下面我们通过美化招生简章（一），来练习边框和底纹的设置方法。

步骤 1　打开本书配套素材“素材与实例”>“第 3 章”>“2009 年招生简章 01”文档。

步骤 2　选中标题文本“红鸟培训中心 2009 年招生简章”。打开“边框和底纹”对话框，然后切换至“底纹”选项卡。

步骤 3　在“样式”下拉列表中选择“15%”，在“颜色”下拉面板中选择“标准色”中的第一项“深红”，如图 3-66 左图所示。

步骤 4　单击“确定”按钮，得到添加底纹后的标题，效果如图 3-66 右图所示。

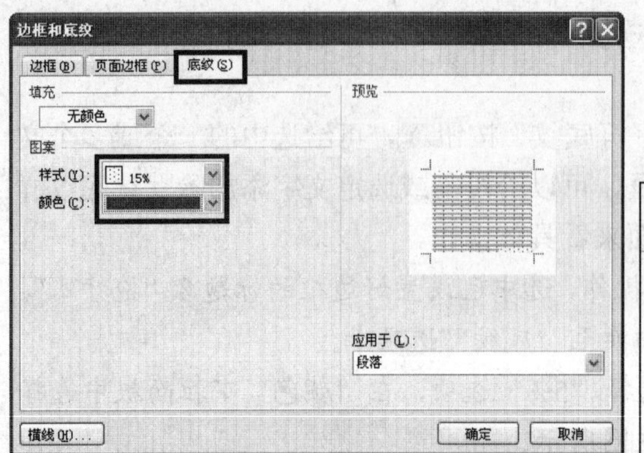

图 3-66　为标题文本添加底纹

步骤 5　将插入点置于正文第一段文本前，按【Enter】键插入空行，并在空行前插入两个全角空格，如图 3-67 所示。

步骤 6　打开“边框和底纹”对话框，在“设置”选项组中选择“自定义”选项，在“样式”列表框中选择“波浪线”，在“颜色”下拉面板中选择“标准色”中的第一项“深红”，在“宽度”下拉列表中选择“1.5 磅”，如图 3-68 所示。

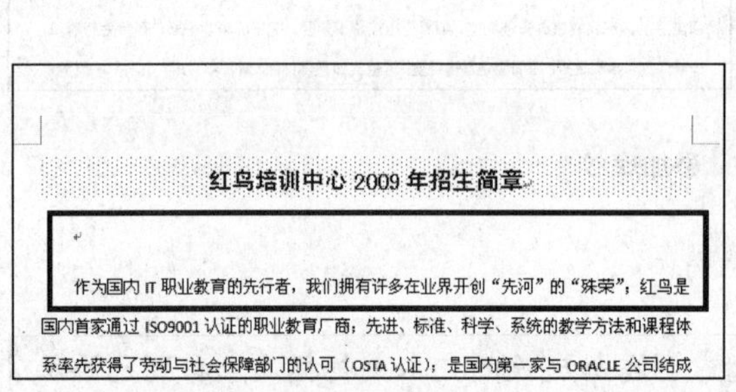

图 3-67　插入空行和空格

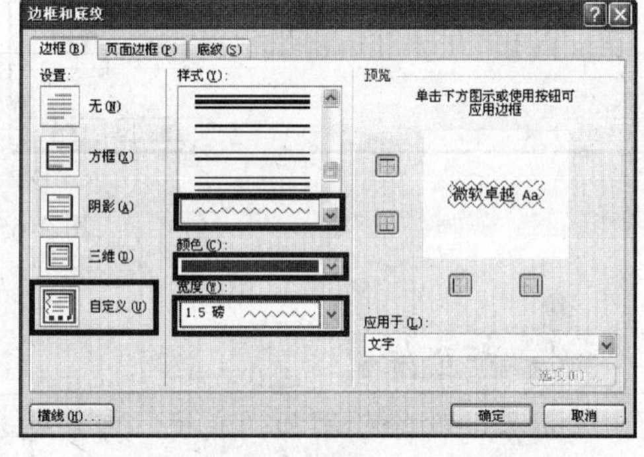

图 3-68　设置边框样式、颜色及宽度

步骤 7　在“应用于”下拉列表中选择“段落”，单击“预览”组中的“下框线”按钮，如图 3-69 左图所示。

步骤 8　完成设置，单击“确定”按钮，得到如图 3-69 右图所示效果。

图 3-69　设置框线位置

> 可以采用这种方法自定义分隔线。另外，打开“框线”下拉列表，从中选择“横线”选项，可在插入点所在位置插入默认的分隔线。

步骤 9　再次打开“边框和底纹”对话框，并切换至“页面边框”选项卡，在“设置”选项组中选择“方框”，在“艺术型”下拉列表中选择一项，如图 3-70 左图所示。

步骤 10　完成设置后，单击“确定”按钮，得到图 3-70 右图所示效果。

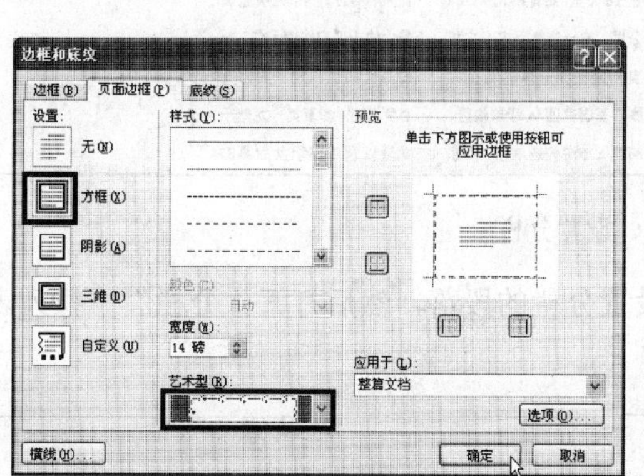

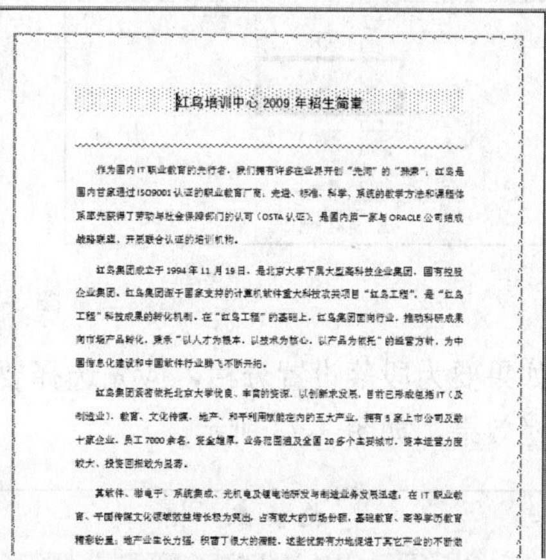

红鸟培训中心 2009 年招生简章

作为国内 IT 职业教育的先行者，我们拥有许多在业界开创“先河”的“殊荣”；红鸟是国内首家通过 ISO9001 认证的职业教育厂商，先进、标准、科学、系统的教学方法和课程体系率先获得了劳动与社会保障部门的认可（OSTA 认证），是国内第一家与 ORACLE 公司结成战略联盟、开展联合认证的培训机构。

红鸟集团成立于 1994 年 11 月 19 日，是北京大学下属大型高科技企业集团，国有控股企业集团。红鸟集团源于国家支持的计算机软件重大科技攻关项目“红鸟工程”，是“红鸟工程”科技成果的转化机制。在“红鸟工程”的基础上，红鸟集团面向行业，推动科研成果向市场产品转化，秉承“以人才为根本，以技术为核心，以产品为依托”的经营方针，为中国信息化建设和中国软件行业腾飞不断开拓。

红鸟集团紧密依托北京大学优良、丰富的资源，以创新求发展，目前已形成包括 IT（及制造业）、教育、文化传媒、地产、和平利用核能在内的五大产业，拥有 5 家上市公司及数十家企业，员工 7000 余名，资金雄厚，业务范围遍及全国 20 多个主要城市，资本运营力度较大、投资回报较为显著。

其软件、微电子、系统集成、光机电及锂电池研发与制造业务发展迅速；在 IT 职业教育、平面传媒文化领域效益增长极为突出，占有较大的市场份额，基础教育、高等学历教育精彩纷呈；地产业生长力强，积蓄了很大的潜能，这些优势有力地促进了其它产业的不断

图 3-70　设置页面边框

步骤 11　按【F12】键，另存文档为“2009 年招生简章 02”。

3.8　文档分栏

默认创建的文档只有一栏，为使文档更加美观，我们可对文档进行多栏排版。例如报刊、杂志的内页通常采用多栏排版。

设置分栏后，文档中的内容将逐栏排列。这些内容的排列顺序是从最左边的一栏开始，自上而下地填满一栏后，再自动从一栏的底部接续到右边相邻一栏的顶端，并开始新的一栏，文档内容在多栏间的流动方式如图 3-71 所示。

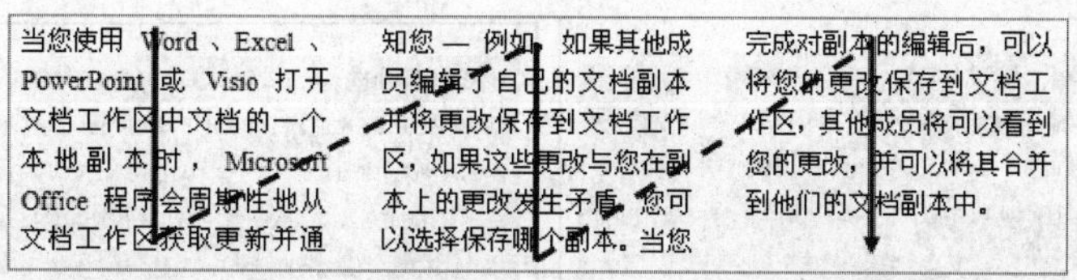

当您使用 Word、Excel、PowerPoint 或 Visio 打开文档工作区中文档的一个本地副本时，Microsoft Office 程序会周期性地从文档工作区获取更新并通知您 — 例如，如果其他成员编辑了自己的文档副本并将更改保存到文档工作区，如果这些更改与您在副本上的更改发生矛盾，您可以选择保存哪个副本。当您完成对副本的编辑后，可以将您的更改保存到文档工作区，其他成员将可以看到您的更改，并可以将其合并到他们的文档副本中。

图 3-71　文档内容在多栏间的流动方式

3.8.1　设置分栏

可根据需要为整个文档或某个段落设置分栏，下面来看具体操作。

步骤 1　打开本书配套素材“素材与实例”＞“第 3 章”＞“抱犊寨”文档。

步骤 2　切换至“页面布局”选项卡，单击“页面设置”组中的“分栏”按钮 分栏，在打开的下拉列表中选择分栏方式“三栏”，得到图 3-72 右图所示效果。

步骤 3　按【F12】键，另存文档为“抱犊寨 02”。

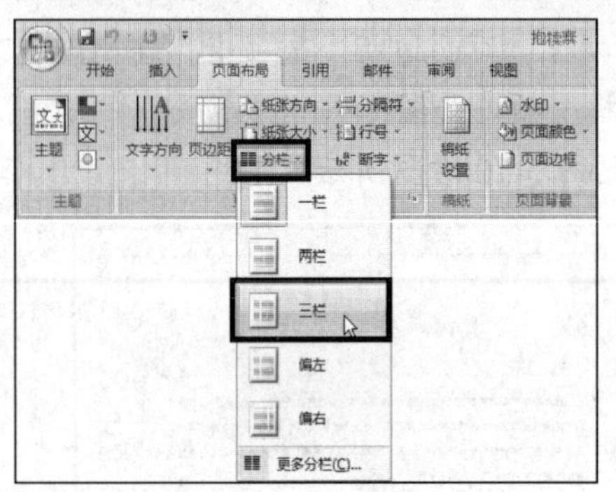

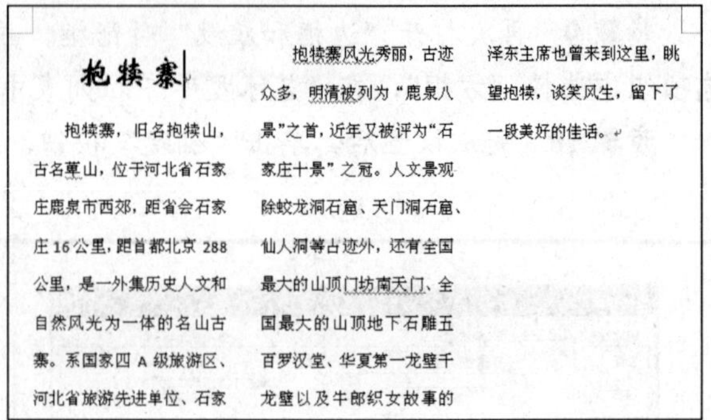
抱犊寨

抱犊寨，旧名抱犊山，古名蕈山，位于河北省石家庄鹿泉市西郊，距省会石家庄 16 公里，距首都北京 288 公里，是一外集历史人文和自然风光为一体的名山古寨。系国家四 A 级旅游区、河北省旅游先进单位、石家

抱犊寨风光秀丽，古迹众多，明清被列为“鹿泉八景”之首，近年又被评为“石家庄十景”之冠。人文景观除蛟龙洞石窟、天门洞石窟、仙人洞等古迹外，还有全国最大的山顶门坊南天门、全国最大的山顶地下石雕五百罗汉堂、华夏第一龙壁千龙壁以及牛郎织女故事的

泽东主席也曾来到这里，眺望抱犊，谈笑风生，留下了一段美好的佳话。

图 3-72　设置分栏

如果要为段落设置分栏，应先选择要设置分栏的段落，然后打开“分栏”下拉列表设置分栏效果，如图 3-73 所示。

图 3-73　为段落设置分栏

若选择“分栏”下拉列表中的“两栏”或“三栏”命令，系统自动对文档进行等宽分栏。若选择“偏左”命令，将得到图 3-74 所示效果；若选择“偏右”命令，将得到图 3-75 所示效果。

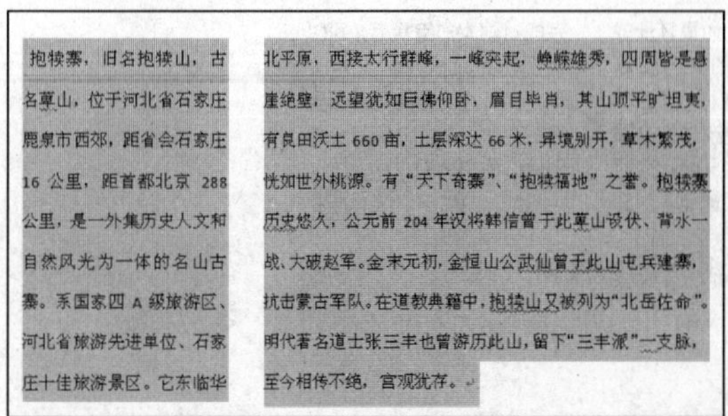
抱犊寨，旧名抱犊山，古名蕈山，位于河北省石家庄鹿泉市西郊，距省会石家庄 16 公里，距首都北京 288 公里，是一外集历史人文和自然风光为一体的名山古寨。系国家四 A 级旅游区、河北省旅游先进单位、石家庄十佳旅游景区。它东临华北平原，西接太行群峰，一峰突起，峥嵘雄秀，四周皆是悬崖绝壁，远望犹如巨佛仰卧，眉目毕肖，其山顶平旷坦夷，有良田沃土 660 亩，土层深达 66 米，异境别开，草木繁茂，恍如世外桃源。有“天下奇寨”、“抱犊福地”之誉。抱犊寨历史悠久，公元前 204 年汉将韩信曾于此蕈山设伏、背水一战、大破赵军。金末元初，金恒山公武仙曾于此山屯兵建寨，抗击蒙古军队。在道教典籍中，抱犊山又被列为“北岳佐命”。明代著名道士张三丰也曾游历此山，留下“三丰派”一支脉，至今相传不绝，宫观犹存。

图 3-74　偏左分栏效果

图 3-75　偏右分栏效果

3.8.2　设置栏宽和栏间距

用户可根据需要自定义栏间距和各栏宽度，具体设置方法如下。

步骤 1　打开本书配套素材“素材与实例”>“第 3 章”>“抱犊寨 02”文档，切换至“页面布局”选项卡。

步骤 2　单击“页面设置”组中的“分栏”按钮，在打开的下拉列表中选择“更多分栏”命令，如图 3-76 所示。

步骤 3　打开“分栏”对话框，单击“1 栏”右侧“宽度”编辑框中的“向上微调”按钮，将宽度值设置为 12 字符，其后的“间距”值系统自动调整，如图 3-77 所示。

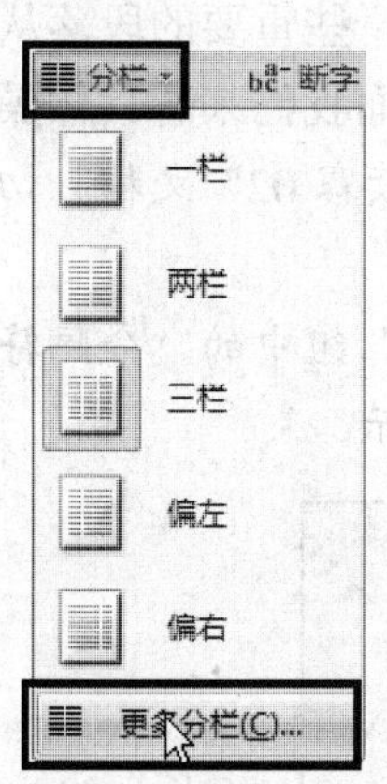

图 3-76　选择“更多分栏”命令

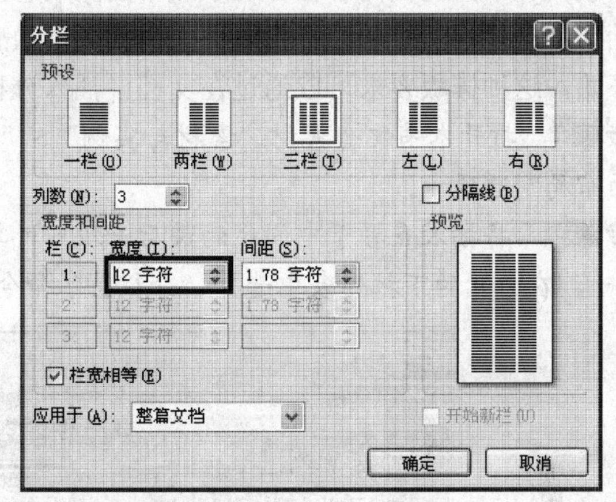

图 3-77　“分栏”对话框

选择“分栏”对话框中的“分隔线”复选框，将在各个分栏之间添加分隔线，效果如图 3-78 所示。

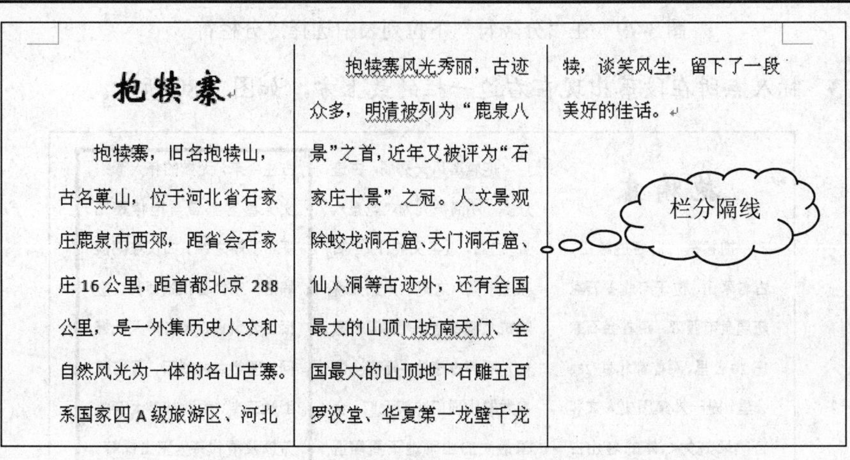

图 3-78　添加分隔线

步骤 4　完成设置，单击“确定”按钮。按【F12】键，另存文档为“抱犊寨 03”。

> 如果用户要自定义各栏宽度，可先取消选择“栏宽相等”复选框，然后再分别设置各栏宽度。
>
> 如果用户要设置 4 栏以上的效果，可在“分栏”对话框中的“列数”编辑框中设置栏数，例如输入数值 6 表示分成 6 栏。

3.8.3 插入分栏符

一般情况下，文档内容在分栏版式中的流动总是按照从左至右的顺序，在填满一栏后再开始新的一栏。但有时为了强调文档内容的层次感，常常需要将一些重要的段落从新的一栏开始，这种排版要求可以通过在文档中插入分栏符来实现，下面我们来看具体操作。

步骤 1 打开本书配套素材“素材与实例”>“第 3 章”>“抱犊寨 02”文档，切换至“页面布局”选项卡。

步骤 2 将插入点置于中间栏的最后一段前，单击“页面设置”组中的“分隔符”按钮，在打开的下拉列表中选择“分栏符”命令，如图 3-79 所示。

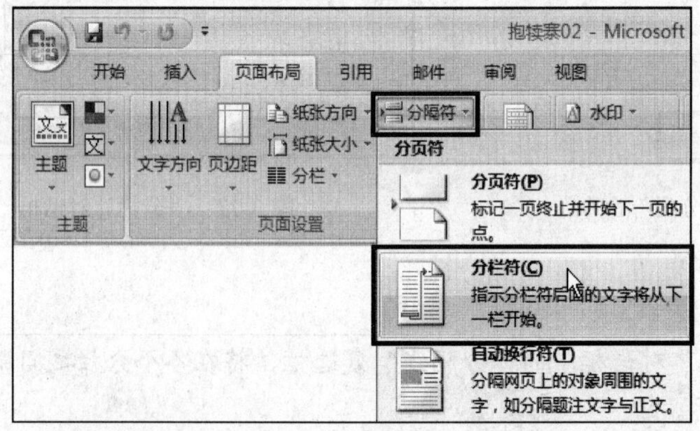

图 3-79　在“分隔符”下拉列表中选择“分栏符”

步骤 3 插入点所在段落出现在右边一栏的最上方，如图 3-80 所示。

抱犊寨

抱犊寨，旧名抱犊山，古名萆山，位于河北省石家庄鹿泉市西郊，距省会石家庄 16 公里，距首都北京 288 公里，是一处集历史人文和自然风光为一体的名山古寨。系国家四 A 级旅游区、

抱犊寨风光秀丽，古迹众多，明清被列为“鹿泉八景”之首，近年又被评为“石家庄十景”之冠。人文景观除蛟龙洞石窟、天门洞石窟、仙人洞等古迹外，还有全国最大的山顶门坊南天门、全国最大的山顶地下石雕五百罗汉堂、华夏第一龙壁千

古往今来，无数的伟人豪杰、文人墨客都曾与抱犊寨结下了不解之缘。如汉淮阴侯韩信、宋代名相张商英、金恒山公武仙、著名诗人元好问、理学大家刘因、著名道士张三丰、明翰林学士李腾芳以及清代诗人王士禄等。1951 年春，伟大领袖毛泽东

图 3-80　插入点所在段落出现在下一栏

3.9 学习总结

本章主要介绍了文档基本格式的设置，如文本格式、段落格式的设置，为文档内容设置项目符号和编号，为文本和段落设置边框和底纹，以及文档分栏等。通过这些设置可以使文档更加美观，从而给人以美的享受。

3.10 思考与练习

一、填空题

1. 在“字号”下拉列表中分别以汉字和数字形式表示字号，利用汉字表示的字号，值越小，字越____；利用数字（磅值）表示的字号，值越大，字越____。

2. 文本字形包括________和________。要为选择文本设置“加粗”或“倾斜”效果，可单击“字体”组中的“加粗”按钮或“倾斜”按钮。

3. ________字符是指字符高度不变的情况下压缩或拉伸字符宽度，在 Word 中，字符的默认宽度为 100%，大于 100%表示拉伸字符宽度，小于 100%表示压缩字符宽度。

4. ________字符就是将选定的多个字符合并，使其占据一个字符大小的位置。在合并字符时一定要注意，无论中英文，最多只能选择____个字符，多出来的字符会被自动删除。

5. ____________可以在同一页面中改变部分字符的排列方向，例如由原来的纵向变为横向，或由原来的横向变为纵向。尤其适用于少量文字，例如日期。

6. 段落格式设置是以段落为单位进行的，要对一个段落设置格式，用户只需将______放置在该段落中；要对多个段落设置格式，则需要先______多个段落，再设置格式。

7. 首字下沉通常用于文档的开头，用“首字下沉”的方法修饰文档，可以将段落开头的第一个或若干个字母、文字变为大号字，并以______或______方式改变文档的版面样式。

8. 项目符号用于表示内容的______关系，编号用于表示内容的______关系。

二、简答题

1. 简述格式刷的应用方法。

2. 简述文档分栏方法。

三、操作题

分别打开本书配套素材“素材与实例”>“第 3 章”>“什么才叫快乐”和“什么才叫快乐 01”文档，通过为“什么才叫快乐”文档设置合适的文本格式、段落格式、边框和底纹以及分栏，使设置结果和“什么才叫快乐 01”一致。

第 4 章

页面设置与打印输出

本章内容提要

章前导读

在 Word 文档中，页面设置是一项非常重要的工作，通过它可以设置纸张大小和方向、页边距、装订线和文档网格等。本章主要介绍文档页面设置与打印输出的相关知识。

4.1 页面设置

用户可以使用 Word 默认的页面设置，也可以根据需要重新设置。页面设置既可以在创建新文档之初，也可以在输入文档内容的过程中或输入文档内容之后进行，但必须在排版之前。

4.1.1 设置纸张大小和方向

默认情况下，Word 文档使用的是 A4 幅面纸张，并且纸张方向为“纵向”，用户可根据需要改变纸张的大小和方向，具体操作如下。

步骤 1 单击“页面布局”选项卡上“页面设置”组中的“纸张方向”按钮 纸张方向，在打开的下拉列表中选择“纵向”或“横向”，如图 4-1 所示。

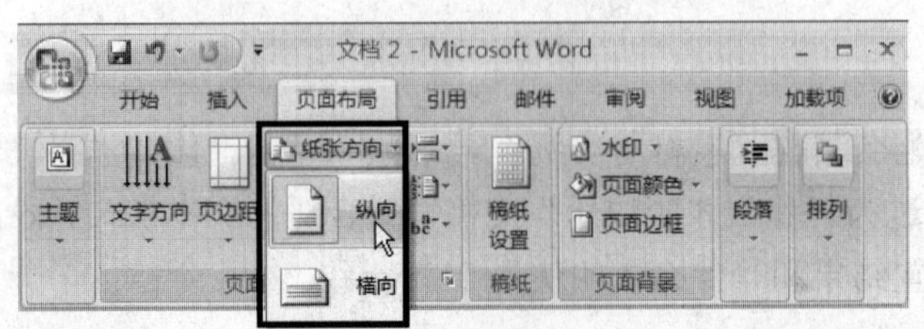

图 4-1 设置纸张方向

步骤 2 单击“页面布局”选项卡上“页面设置”组中的“纸张大小”按钮 纸张大小，在打开的下拉列表中选择需要的选项，如图 4-2 所示。

步骤 3　如果在“纸张大小”下拉列表中没有用户需要的选项，可以选择“其他页面大小”选项，此时会打开“页面设置”对话框，如图 4-3 所示。

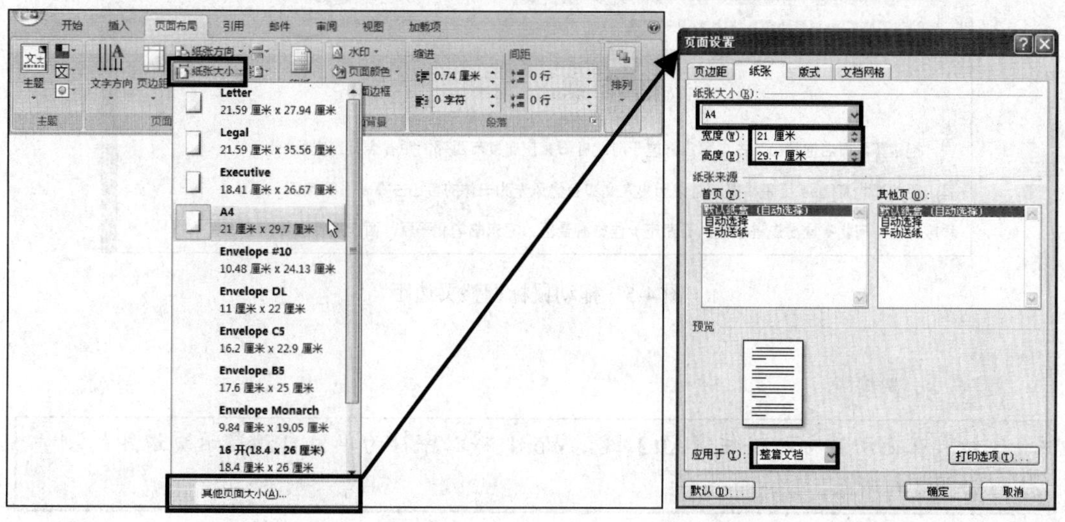

图 4-2　设置纸张大小　　　　图 4-3　“页面设置”对话框

步骤 4　在“纸张大小”下拉列表中可选择纸张类型。如果要自定义纸张大小，可在“宽度”和“高度”编辑框中分别指定纸张的宽度和高度值。

步骤 5　在“应用于”下拉列表中可选择页面设置的应用范围，设置完后单击“确定”按钮，关闭对话框。

4.1.2　设置页边距和装订线

页边距是指文档内容上、下、左、右边缘距纸张上、下、左、右边缘的距离。默认情况下，Word 文档的上端和下端各有 2.54 厘米，左边和右边各有 3.17 厘米的页边距。用户可根据需要修改页边距，也可以在页边距内增加额外空间，以留出装订位置。

1. 用标尺改变页边距

利用标尺可快速改变页边距，下面来看具体操作。

步骤 1　打开本书配套素材“素材与实例”>“第 4 章”>“抱犊寨”文档，如图 4-4 所示。标尺上的白色部分表示页面宽度和高度，两端的蓝色部分表示页边距。

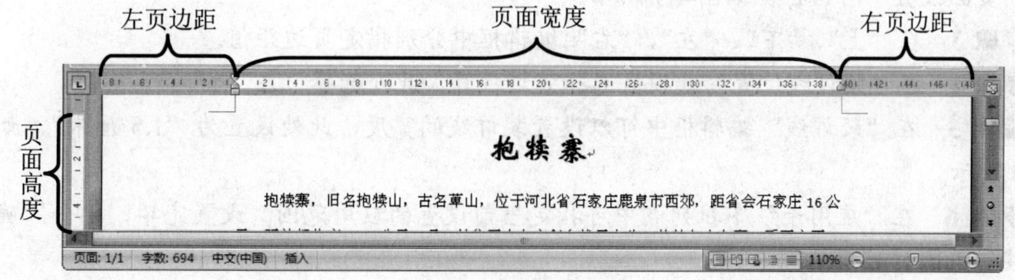

图 4-4　打开文档

步骤 2 将光标指向白色部分与蓝色部分的交界处，待光标变成双向箭头时拖动鼠标即可调整页边距，如图 4-5 所示。

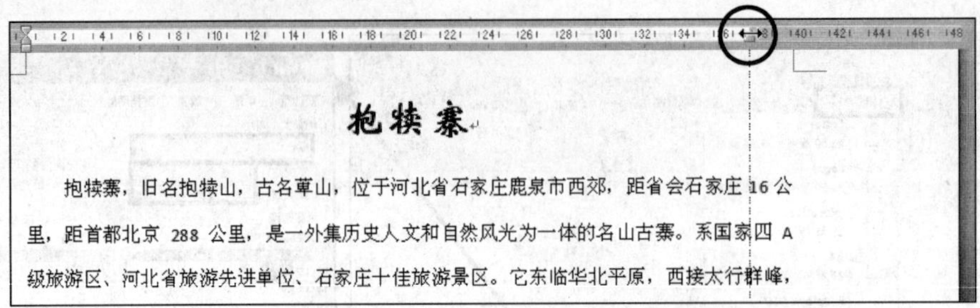

图 4-5 拖动鼠标调整页边距

如果在拖动鼠标时按住【Alt】键，Word 将以字符为单位自动显示页边距的测量值，如图 4-6 所示。

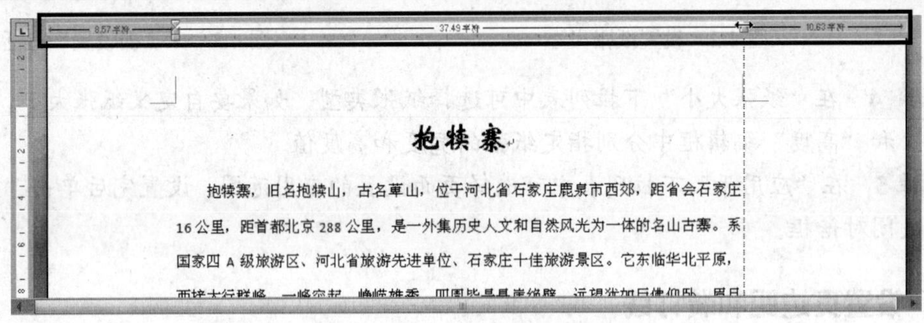

图 4-6 显示页边距测量值

2. 用“页面设置”对话框设置页边距和装订线

如果要精确设置页边距，需要使用“页面设置”对话框。另外，如果要把文档打印出来并装订成册，就需要为其设置装订线，下面来看具体操作。

步骤 1 选中要设置页边距的文档或段落，若要对整篇文档设置页边距，只需将插入点置于该文档中。

步骤 2 单击“页面布局”选项卡上“页面设置”组右下角的“对话框启动器”按钮，打开“页面设置”对话框，如图 4-7 所示。

步骤 3 在“上”、“下”、“左”、“右”编辑框中分别指定页边距值。

步骤 4 在“装订线位置”选项区选择装订位置，此处选择“左”。

步骤 5 在“装订线”编辑框中可以设置装订线的宽度，此处设置为“1.5 厘米”，如图 4-8 所示。

步骤 6 在“应用于”下拉列表中可指定当前设置的应用范围。设置完毕，单击“确定”按钮关闭对话框。

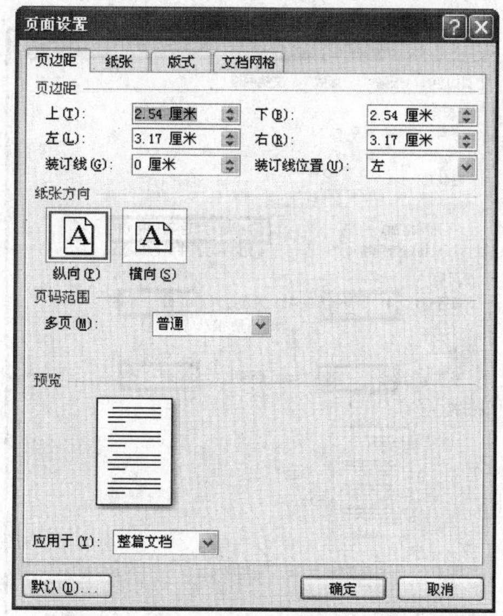

图 4-7　“页面设置”对话框

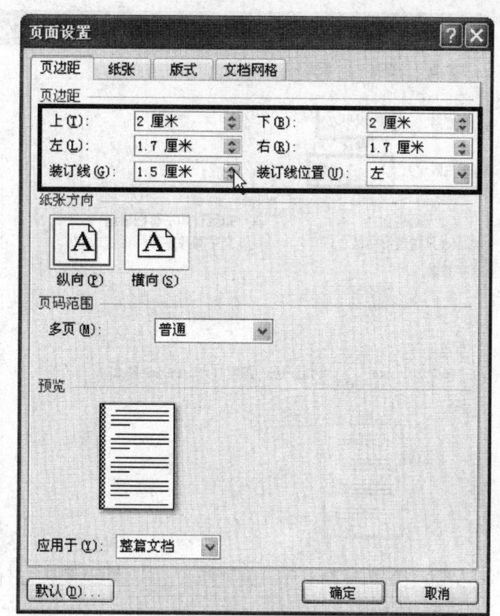

图 4-8　设置页边距和装订线

如果要双面打印文档（我们将在 4.3.3 节中具体介绍双面打印的方法），可在“页码范围”的“多页”下拉列表中选择“对称页边距”选项，可使正反两面的内外侧边距宽度相等。

4.1.3　设置文档网格

通过设置文档网格，可以轻松控制文字的排列方向以及每页中的行数和每行中的字符数，并使应用范围内所有的行或字符之间都具有相同的行“跨度”和字符“跨度”。下面来看具体操作。

步骤 1　打开本书配套素材“素材与实例”>“第 4 章”>“抱犊寨”文档，切换至“页面布局”选项卡，单击“页面设置”组右下角的“对话框启动器”按钮，打开“页面设置”对话框。

步骤 2　切换至“文档网格”选项卡，在“方向”列表区选择“水平”，表示文档中的文字自左向右横向排列，在“栏数”编辑框中设置“栏数”为“1”，表示无分栏，如图 4-9 所示。

步骤 3　在“网格”列表区选择“指定行和字符网格”，然后在“字符数”编辑框中指定每行显示的字符数，此处为 41；在后面的“跨度”编辑框中指定字符之间的距离，此处为 10 磅。

步骤 4　在“行数”编辑框中指定每页显示的行数，此处为 42；在后面的“跨度”编辑框中指定行之间的距离，此处为 15 磅，如图 4-10 所示。

步骤 5　单击“确定”按钮，完成文档网格设置，效果如图 4-11 所示。

步骤 6　按【F12】键另存文档为“抱犊寨 04”。

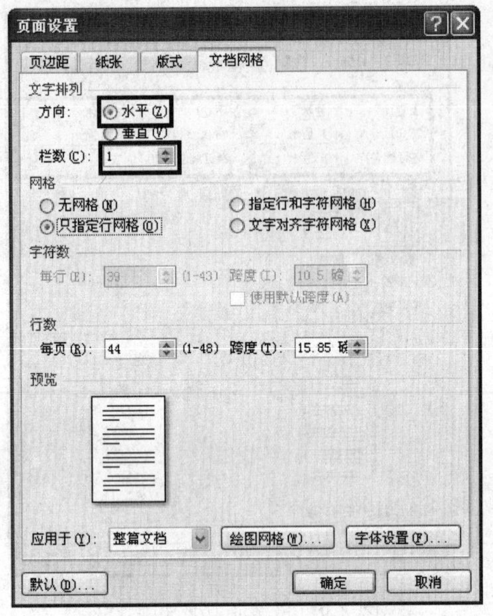

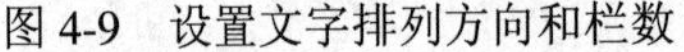
图 4-9　设置文字排列方向和栏数

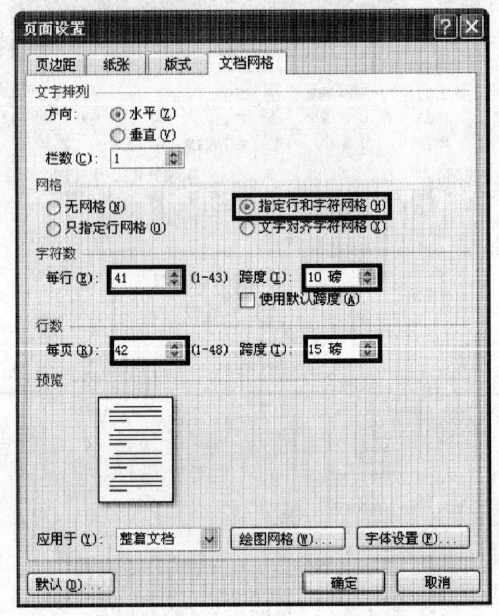

图 4-10　设置字符数和行数

抱犊寨

抱犊寨，旧名抱犊山，古名萆山，位于河北省石家庄鹿泉市西郊，距省会石家庄 16 公里，距首都北京 288 公里，是一处集历史人文和自然风光为一体的名山古寨。系国家四 A 级旅游区、河北省旅游先进单位、石家庄十佳旅游景区。它东临华北平原，西接太行群峰，一峰突起，峥嵘雄秀，四周皆是悬崖绝壁，远望犹如巨佛仰卧，眉目毕肖，其山顶平旷坦夷，有良田沃土 660 亩，土层深达 66 米，异境别开，草木繁茂，恍如世外桃源。有“天下奇寨”、“抱犊福地”之誉。抱犊寨历史悠久，公元前 204 年汉将韩信曾于此萆山设伏、背水一战、大破赵军。金末元初，金恒山公武仙曾于此山屯兵建寨，抗击蒙古军队。在道教典籍中，抱犊山又被列为“北岳

图 4-11　设置文档网格效果

4.2　上机实践——设计杂志内页页面

本节通过设计杂志内页页面，来练习页面设置的方法。

步骤 1　打开本书配套素材“素材与实例”>“第 4 章”>“杂志”文档，切换至“页面布局”选项卡。

步骤 2　单击“页面设置”组中的“纸张大小”按钮 纸张大小，在打开的下拉列表中选择底部的“其他页面大小”命令，打开“页面设置”对话框。

步骤 3　在“纸张大小”下拉列表中选择“16 开（18.4×26 厘米）”，在“应用于”下拉列表中选择“整篇文档”，如图 4-12 所示。

步骤 4　切换至“页边距”选项卡，将“上”、“下”页边距设置为“2.3 厘米”，“左”、“右”页边距设置为“2 厘米”，“装订线”设置为“1.5 厘米”，“装订线位置”为“左”，如图 4-13 所示。

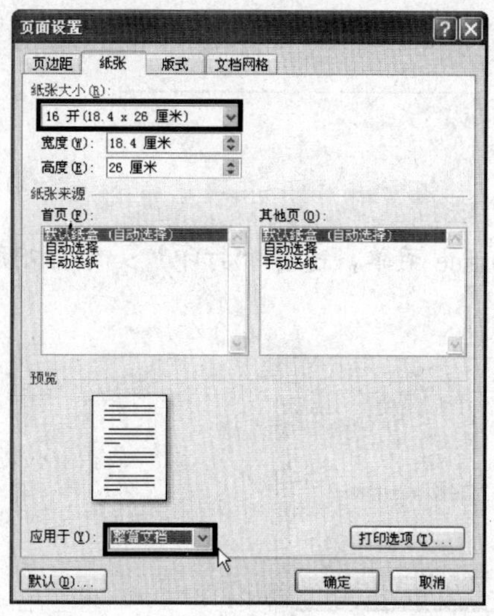

图 4-12　设置纸张大小

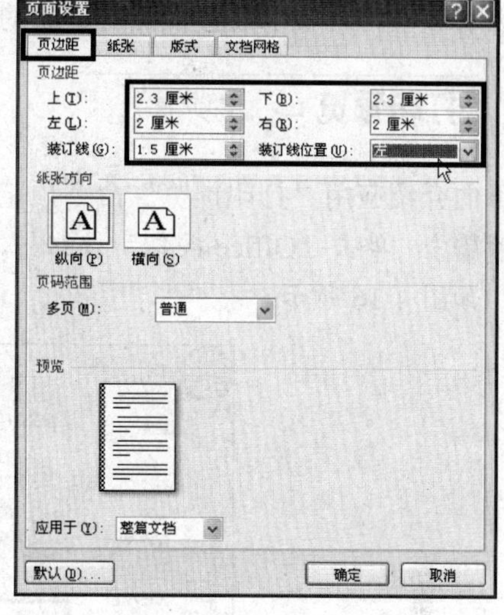

图 4-13　设置页边距

步骤 5　切换至“文档网格”选项卡，将“栏数”设置为“2”，在“网格”列表区选择“指定行和字符网格”，设置“每行”17 个字符，“跨度”为 10 磅，“每页”38 行，“跨度”为 16 磅，如图 4-14 所示。

步骤 6　设置完毕，单击“确定”按钮，文档效果如图 4-15 所示。

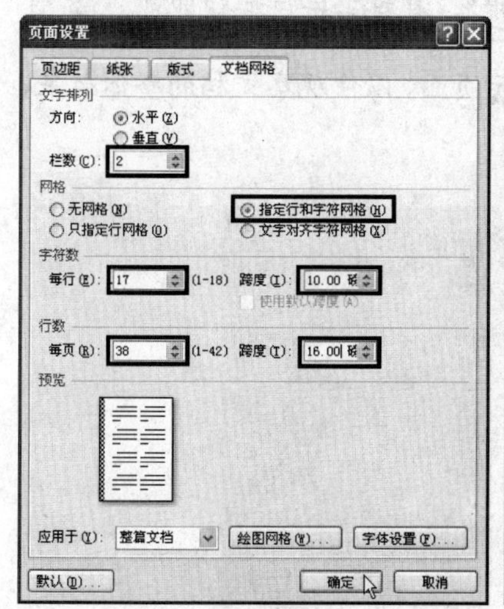

图 4-14　设置文档网格

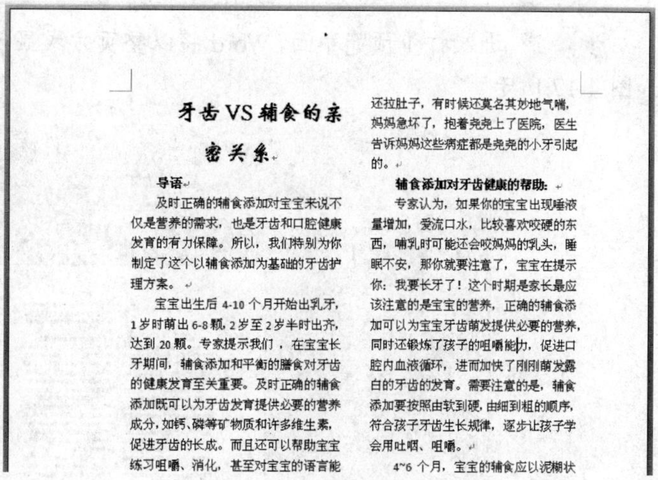

牙齿 VS 辅食的亲密关系

导语

及时正确的辅食添加对宝宝来说不仅是营养的需求，也是牙齿和口腔健康发育的有力保障。所以，我们特别为你制定了这个以辅食添加为基础的牙齿护理方案。

宝宝出生后 4-10 个月开始出乳牙，1 岁时萌出 6-8 颗，2 岁至 2 岁半时出齐，达到 20 颗。专家提示我们，在宝宝长牙期间，辅食添加和平衡的膳食对牙齿的健康发育至关重要。及时正确的辅食添加既可以为牙齿发育提供必要的营养成分，如钙、磷等矿物质和许多维生素，促进牙齿的长成。而且还可以帮助宝宝练习咀嚼、消化，甚至对宝宝的语言能还拉肚子，有时候还莫名其妙地气喘，妈妈急坏了，抱着尧尧上了医院，医生告诉妈妈这些病症都是尧尧的小牙引起的。

辅食添加对牙齿健康的帮助：

专家认为，如果你的宝宝出现唾液量增加，爱流口水，比较喜欢咬硬的东西，哺乳时可能还会咬妈妈的乳头，睡眠不安，那你就要注意了，宝宝在提示你：我要长牙了！这个时期是家长最应该注意的是宝宝的营养，正确的辅食添加可以为宝宝牙齿萌发提供必要的营养，同时还锻炼了孩子的咀嚼能力，促进口腔内血液循环，进而加快了刚刚萌发露白的牙齿的发育。需要注意的是，辅食添加要按照由软到硬，由细到粗的顺序，符合孩子牙齿生长规律，逐步让孩子学会用吐咽、咀嚼。

4~6 个月，宝宝的辅食应以泥糊状

图 4-15　页面设置效果

步骤 7　按【F12】键，另存文档为“杂志 01”。

4.3　打印文档

文档编排完成后，就可以打印输出了。为防止出错，在打印文档前应先进行打印预览，以便及时修改文档中出现的问题。例如，调整页面的上、下、左、右边距。另外，也可以避免因版面不符合要求而直接打印造成的纸张浪费。

4.3.1 打印预览

下面介绍应用“打印预览”命令预览文档的方法。

步骤 1 单击“Office 按钮”按钮，打开 Office 菜单，选择“打印”>“打印预览”命令，如图 4-16 所示。

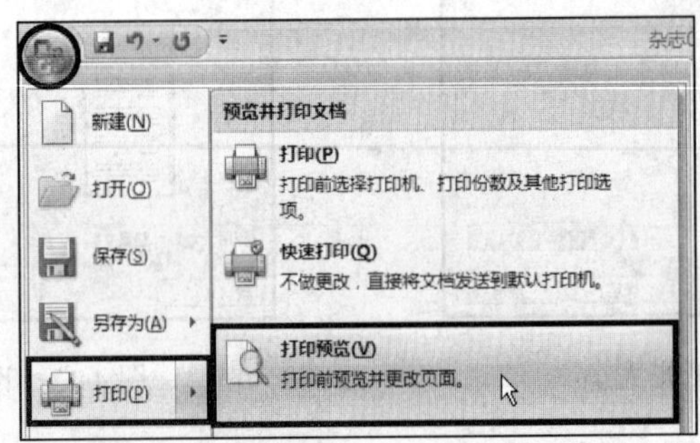

图 4-16 选择“打印预览”命令

若“打印预览”按钮已添加至“快速访问工具栏”，直接单击该按钮即可。

步骤 2 进入打印预览界面，Word 将以整页方式显示页面，以便观察文档的整体效果，如图 4-17 所示。

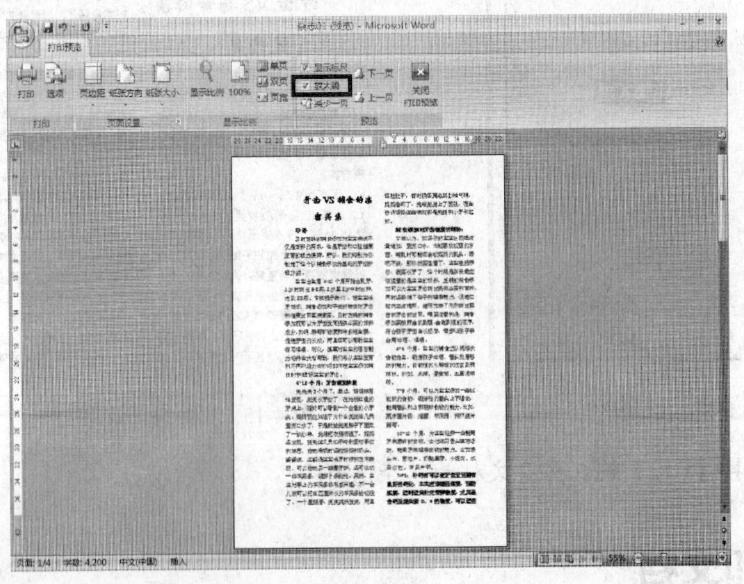

图 4-17 进入打印预览界面

步骤 3 选择“预览”组中的“放大镜”复选框 放大镜，在文档上单击，以 100% 比例预览文档效果；再次单击可恢复默认预览比例。

知识库

单击“100%”按钮也可以 100%比例预览文档效果，单击“单页”按钮单页可显示整页文档。

步骤 4　如果要同时查看两页文档的效果，可单击“预览”组中的“双页”按钮双页。

步骤 5　如果文档中有多页，可以通过单击“上一页”上一页和“下一页”下一页按钮预览各个页面效果。

步骤 6　如果要改变预览文档显示比例，可单击“显示比例”组中的“显示比例”按钮，打开图 4-18 所示的“显示比例”对话框。

步骤 7　用户可根据需要选择“200%”、“100%”、“75%”、“页面”、“文字宽度”、“整页”选项，或是在“百分比”编辑框中设置显示比例值，完成设置后单击“确定”按钮。

步骤 8　预览完毕，单击“预览”组最右侧的“关闭打印预览”按钮，退出“打印预览”窗口。

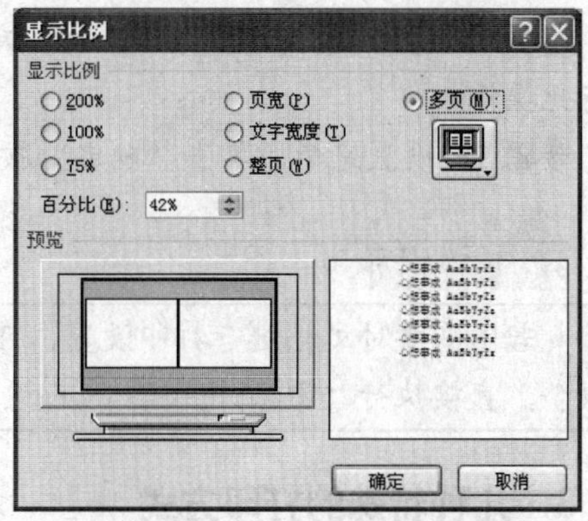

图 4-18　“显示比例”对话框

4.3.2　打印文档

预览无误且打印机可以正常工作，就可以打印文档了。

步骤 1　要对文档进行打印设置后再打印输出，可单击“Office 按钮”按钮，然后在打开的 Office 菜单中选择“打印”选项（或按【Ctrl+P】组合键），打开图 4-19 所示的“打印”对话框。

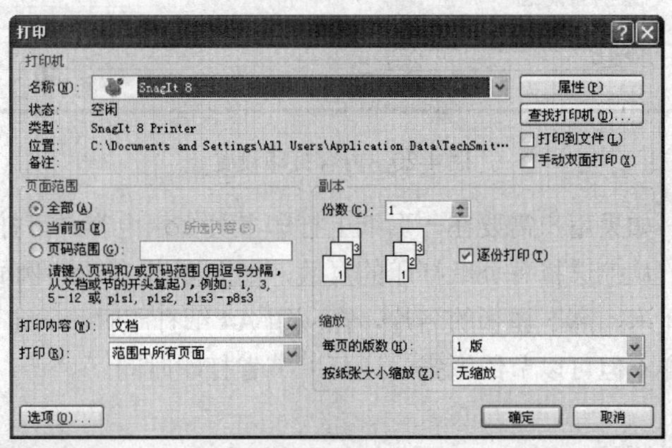

图 4-19　“打印”对话框

步骤 2　打开“名称”下拉列表，从中选择要使用的打印机名称。如果当前只有一台可用打印机，则不必执行此操作。

步骤 3　在“页面范围”列表区选择要打印的页面范围，若需要全部打印，应选择“全部”选项。

> 如果只需打印插入点所在页，可选择“当前页”选项。
>
> 如果要打印指定页，可选择“页码范围”选项，并在其后的编辑框中输入页码范围，例如，输入 3-6 表示打印第 3 页至第 6 页的内容；或是输入页码并用逗号隔开，例如，输入 3，6，10 表示只打印第 3 页、第 6 页和第 10 页。

步骤 4 在“副本”区的“份数”编辑框中输入打印份数。如果只打印一份，则不必执行此操作。

步骤 5 设置完毕，单击“确定”按钮即可打印文档。

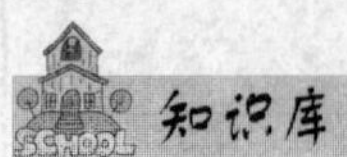

> 若不需要对文档进行打印设置，可打开 Office 菜单，选择“打印”>“快速打印”命令，直接执行打印操作。

4.3.3 几种特殊的打印方式

除 4.3.2 节介绍的一般打印方式外，还有几种特殊的打印方式，下面分别介绍。

- **双面打印**：如果用户需要将文档双面打印，在进行打印设置时，应打开“打印”下拉列表，从中选择“奇数页”选项，如图 4-20 所示。完成奇数页打印后，将纸张翻转，再次打开“打印”对话框，在“打印”下拉列表中选择“偶数页”选项，接着打印偶数页。

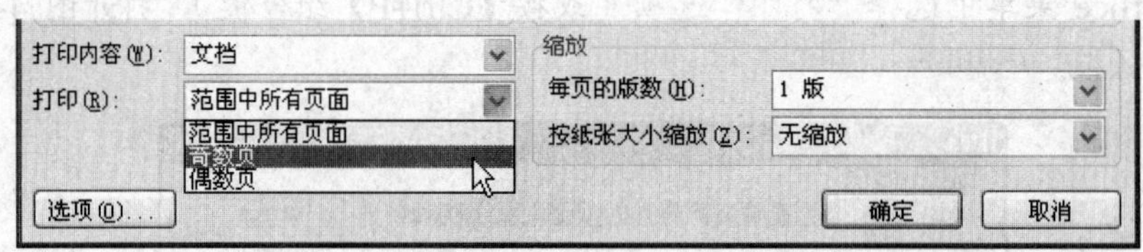

图 4-20 内容打印设置

- **多版打印**：如果用户需要在一页纸上打印多页文档内容，可打开“每页的版数”下拉列表，从中选择每页纸打印的页数，如图 4-21 所示。例如，用户应用 Word 制作宽 9 厘米、高 5 厘米的名片，在应用 A4 纸打印时，一定要设置“每页的版数”，这样不但可以节约纸张，还可以节省打印时间。

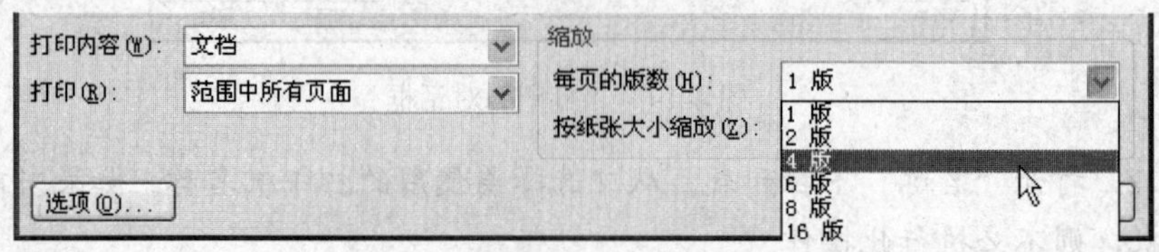

图 4-21 设置每页版数

➢ **缩放打印**：如果打印纸张与文档所使用的纸张大小不同，用户可在“打印”对话框的“按纸张大小缩放”下拉列表中进行设置，以适应指定纸张。例如，“抱犊寨”文档使用 A4 纸，如果要将其打印到 B5 纸上，可打开“按纸张大小缩放”下拉列表，从中选择 B5 选项，如图 4-22 所示。

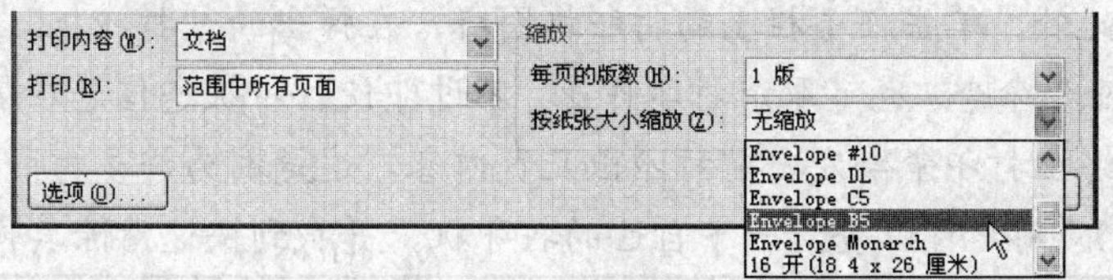

图 4-22　设置缩放选项

4.3.4　暂停和终止打印

在打印过程中，如果要暂停或终止打印，可执行如下操作。

步骤 1　单击“开始”按钮，选择“打印机和传真”，打开“打印机和传真”窗口，如图 4-23 所示。

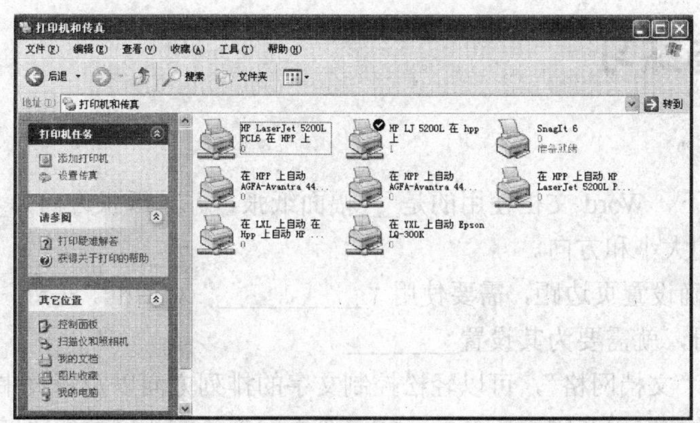

图 4-23　“打印机和传真”窗口

步骤 2　双击打印机图标。在打开的打印机窗口中，右键单击正在打印的文件，在打开的快捷菜单中选择“暂停”命令，如图 4-24 所示。

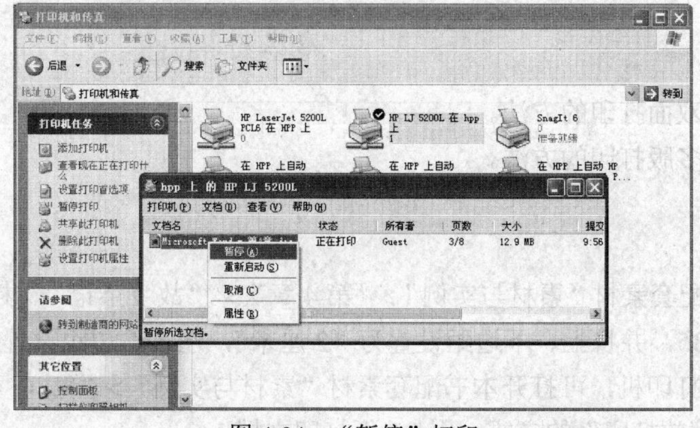

图 4-24　“暂停”打印

步骤 3 如果在打开的快捷菜单中选择“取消”，则可取消打印文档。

如果用户使用的是后台打印，只需双击任务栏上的打印机图标即可取消正在进行的打印作业。此外，单击任务栏上的打印机图标，在弹出的“打印机”对话框中选择“清除打印作业”命令，也可取消打印作业。不过即使打印状态信息在屏幕上消失了，打印机还会在终止打印命令发出前打印出几页内容，这是因为许多打印机都有自己的内存（缓冲区）。用户可以查看一下自己的打印机，并找到快速清除其内存的方法。

4.4 学习总结

本章主要介绍了文档页面设置与打印输出的方法，如设置纸张大小、方向、页边距和装订线等。相对来说，本章内容比较少，也非常容易掌握。希望通过本章的学习，用户能顺利地进行文档页面设置与打印输出。

4.5 思考与练习

一、填空题

1．默认情况下，Word 文档使用的是___幅面纸张，并且纸张方向为_____，用户可根据需要改变纸张的大小和方向。

2．如果要精确设置页边距，需要使用“__________”对话框。另外，如果要把文档打印出来并装订成册，就需要为其设置________。

3．通过设置“文档网格”，可以轻松控制文字的排列方向以及每页中的____数和每行中的______数，并使应用范围内所有的行或字符之间都具有相同的行“跨度”和字符“跨度”。

4．若不需要对文档进行打印设置，可打开 Office 菜单，选择“打印”>“__________”命令，直接执行打印操作。

二、简答题

1．简单叙述双面打印的方法。

2．简单叙述多版打印的方法。

三、操作题

1．打开本书配套素材“素材与实例”>“第 4 章”>““故乡杂记”文档，试着将其“纸张大小”设置为 B5，并将上、下边距设置为“2 厘米”，左、右边距设置为“1.8 厘米”。

2．如果你有打印机，可打开本书配套素材“素材与实例”>“第 4 章”>“唐诗三百首”文档，以“缩放打印”的方式，用 B5 纸打印文档。

第 5 章

图文混排

本章内容提要

章前导读

在 Word 中，不仅可以输入和编辑文本，还可以插入和绘制各种图像（包括图片、自选图形、文本框和艺术字等），并为其设置样式、边框、填充、阴影等各种效果。另外，还可以把图像和文本放在一个版面上，实现图文混排，轻松地设计出图文并茂的文档。

5.1 在文档中插入和编辑图片

在文档的适当位置插入图片，可以使文档更加生动形象。在 Word 中插入的图片可以是剪贴画或各种格式的外部图片。

5.1.1 插入剪贴画

剪贴画是由 Office 系统提供的，保存在剪辑库中。在 Word 中插入剪贴画的方法有两种，下面分别介绍。

1. 从“剪辑库”中插入剪贴画

如果用户不确定要插入什么样的剪贴画，可以在剪辑库中查找。下面介绍在剪辑库中查找剪贴画并将其插入到文档中的方法，具体操作如下。

步骤 1 启动 Word 2007 并新建空白文档，切换至“插入”选项卡。

步骤 2 单击“插图”组中的“剪贴画”按钮，在编辑区域右侧自动显示“剪贴画”任务窗格，单击“剪贴画”任务窗格下方的“管理剪辑”超链接，如图 5-1 所示。

步骤 3 打开剪辑管理器，单击“Office 收藏集”左侧的“+”按钮展开“Office 收藏集”，进一步展开其下“季节”类别中的“秋季”分类，如图 5-2 所示。

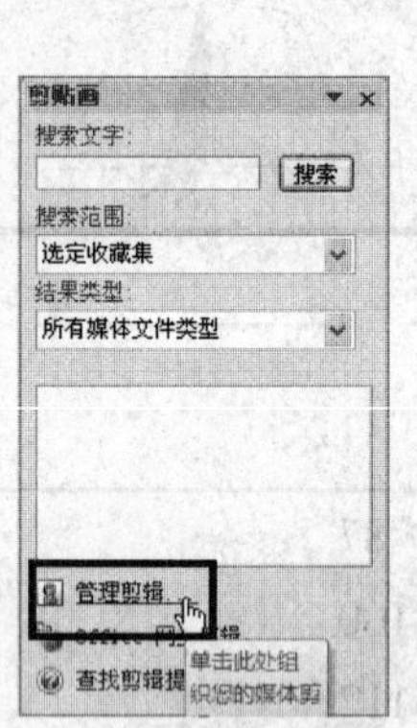

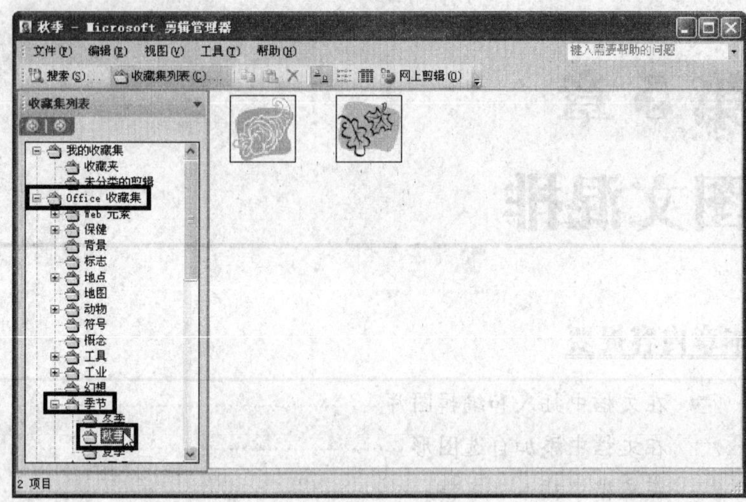

图 5-1　单击“管理剪辑”超链接　　　　图 5-2　选择剪辑管理器中的分类

步骤 4　将光标移至要插入的图片上，单击其右侧的三角按钮，在弹出的快捷菜单中选择“复制”命令，如图 5-3 所示。

步骤 5　回到新建的文档中，在编辑窗口中单击右键，在弹出的快捷菜单中选择“粘贴”命令，将从剪辑库中复制的图片粘贴到文档中，如图 5-4 所示。

步骤 6　按【Ctrl+S】组合键，将文档保存为“剪贴画”。

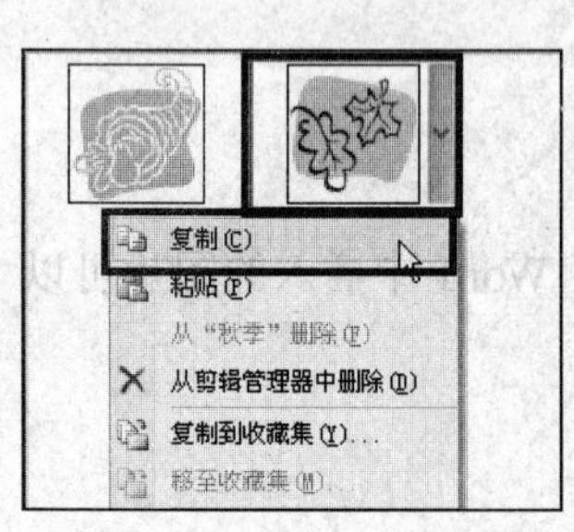

图 5-3　复制剪贴画

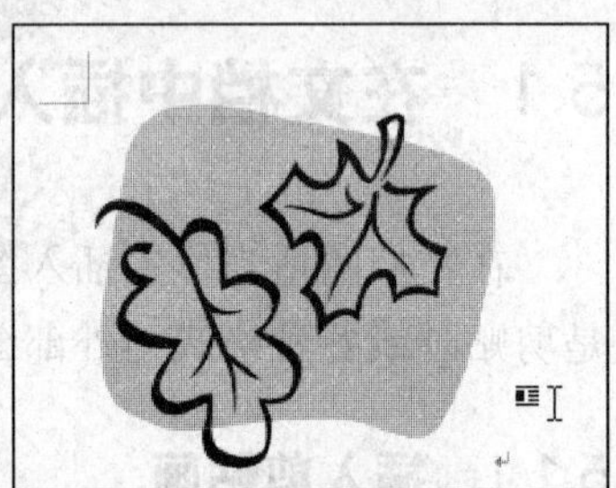

图 5-4　粘贴剪贴画

2. 通过搜索插入剪贴画

如果确定要插入剪贴画的类别，可以通过搜索插入剪贴画。

步骤 1　在前面创建的文档“剪贴画”中操作，将插入点置于剪贴画“树叶”的右侧。切换至“插入”选项卡，单击“插图”组中的“剪贴画”按钮，编辑区域右侧显示“剪贴画”任务窗格。

步骤 2　在“搜索文字”编辑框中输入查找图片的关键字“花”，打开“搜索范围”下拉列表选定收藏集，如图 5-5 所示。

步骤 3　打开“结果类型”下拉列表，选择插入文件的类型，如图 5-6 所示。

步骤 4　单击“搜索”按钮，剪贴画任务窗格的下方显示搜索结果，如图 5-7 所示。

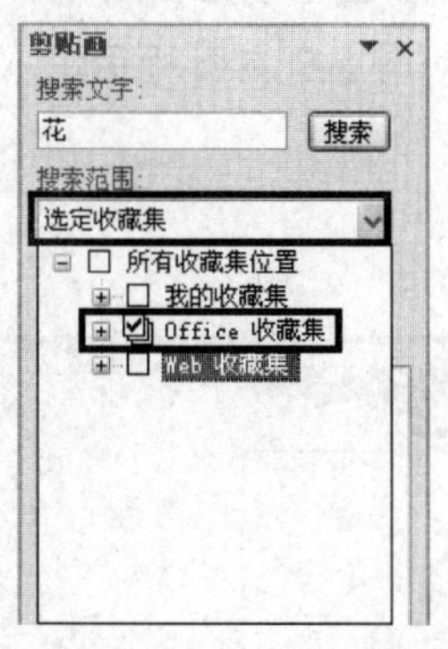
图 5-5 设定关键字和搜索范围

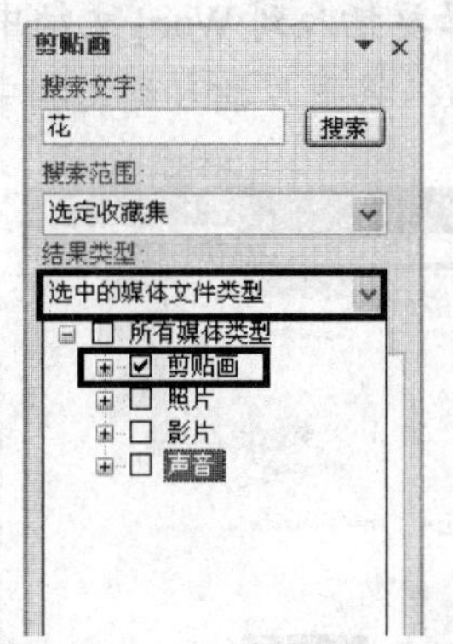
图 5-6 设定文件类型

图 5-7 显示搜索结果

步骤 5 将光标移至要插入文档中的图片上方，单击右侧三角按钮，在弹出的菜单中选择“插入”命令，得到图 5-8 所示效果。

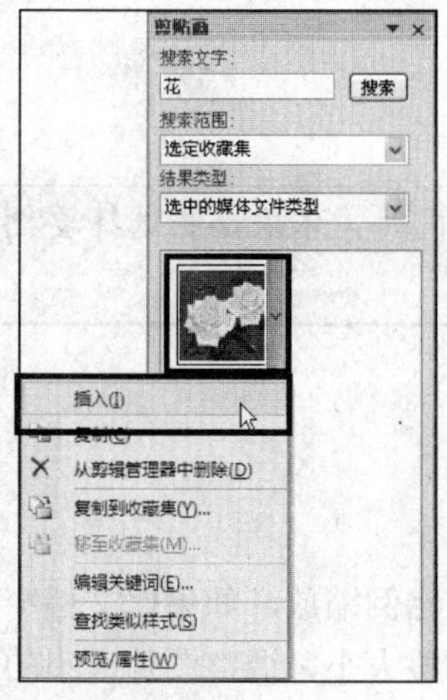

图 5-8 插入搜索到的剪贴画

步骤 6 按【F12】键，另存文档为“剪贴画 01”。

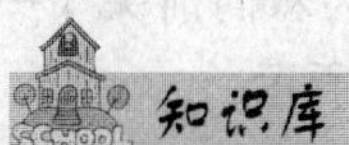
知识库

> 搜索到剪贴画后，也可在图 5-8 左图所示的菜单中选择“复制”命令复制剪贴画，然后在确定插入点后按【Ctrl+V】组合键粘贴至 Word 文档。

5.1.2 插入图片

在 Word 文档中插入图片的方法非常简单，下面是具体操作。

步骤 1 打开本书配套素材“素材与实例”>“第 5 章”>“剪贴画 01”文档，将插入点置于剪贴画“花”的右侧。

步骤 2 切换至“插入”选项卡，单击“插图”组中的“图片”按钮。

步骤 3 打开“插入图片”对话框，在上面的“查找范围”下拉列表中选择图片所在文件夹，在文件列表中单击选择要插入到 Word 文档中的图片，如图 5-9 左图所示。

步骤 4 单击“插入”按钮，将图片插入到文档中，效果如图 5-9 右图所示。

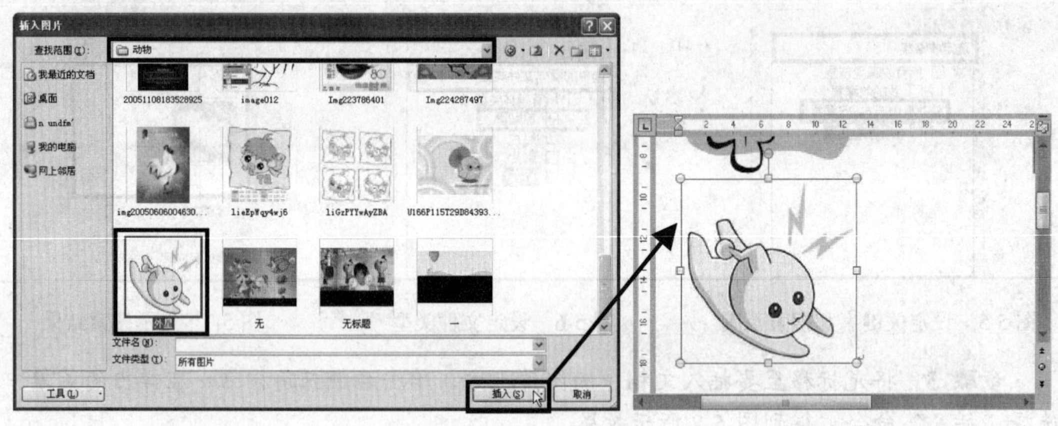

图 5-9 插入图片

如果一次要插入多张图片，可以在按住【Ctrl】键的同时，依次单击选择要插入的图片，然单击“插入”按钮。

步骤 5 按【F12】键，另存文档为“剪贴画 02”。

5.1.3 改变图片大小

插入到文档中的图片如果比文档本身宽，图片会自动等比例缩放，如果比文档窄，则图片大小不变。一般情况下，插入到文档中的图片都需要调整大小，调整图片大小的方法有如下三种。

- **用鼠标拖拽调整图片**：在图片上单击选择图片，图片四周会出现 8 个控制点和 1 个旋转点，如图 5-10 所示。将光标移至控制点上，当光标变为双向箭头（↔、↕ 或⤡）时，单击并拖拽鼠标，即可调整图片大小，如图 5-11 所示。

图 5-10 选择图片

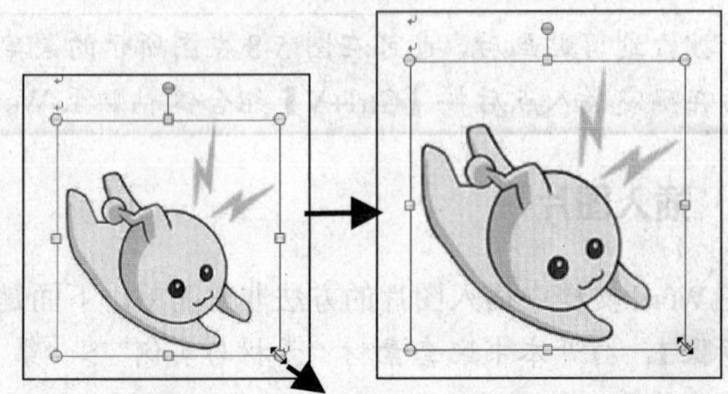

图 5-11 以拖拽方式改变图片大小

拖拽图片左右两侧的□形控制点，可改变图片的宽度；拖拽图片上下两侧的□形控制点，可改变图片的高度；拖拽○形控制点，可以同时改变图片宽度和高度，按住【Shift】键拖拽○形控制点可等比例缩放图片；按住【Ctrl】键拖拽○形控制点可以对称等比例缩放图片。

➢ **用数值精确设置图片大小**：单击选择图片后，功能区右侧会增加与图片编辑相关的“格式”选项卡。切换至该选项卡，在“大小”组中的“形状高度”或“形状宽度”编辑框中输入数值，按【Enter】键可按输入值调整图片大小，如图 5-12 所示。

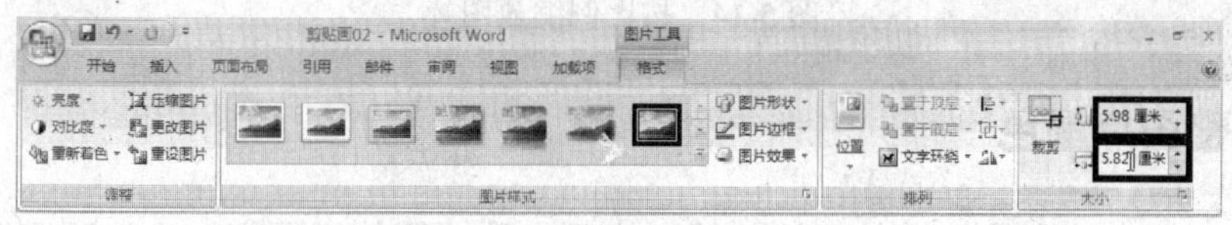

图 5-12　输入数值调整图片大小

单击“大小”组中的“裁剪”按钮，在图片周围会出现黑色的控制点，单击并拖动这些控制点可以裁剪图片，如图 5-13 所示。

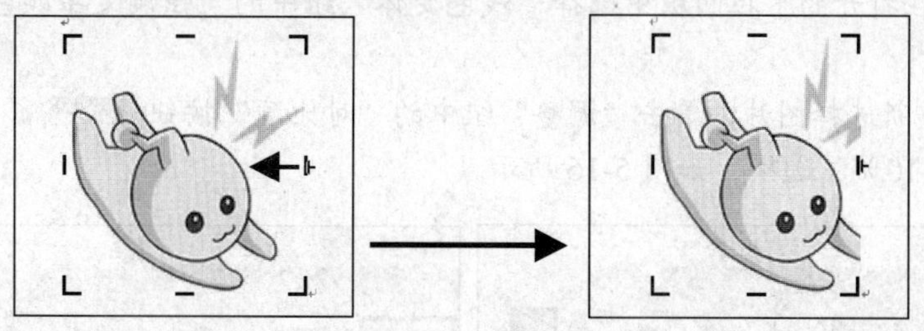

图 5-13　裁剪图片

➢ **按百分比调整图片大小**：如果用户需要按照某个比例缩放图片，可在选中图片后，单击“图片工具”、“格式”选项卡上“大小”组中的对话框启动器按钮，打开“大小”对话框，然后在“缩放比例”列表区的“高度”或“宽度”编辑框中输入百分比值（参见图 5-14 左图），之后单击“关闭”按钮，可按比例缩放图片，效果如图 5-14 右图所示。

“大小”对话框中的“锁定纵横比”复选框默认已选择，所以用户只需设置“宽度”或“高度”中的任意一个比例值即可将图片等比例缩放。

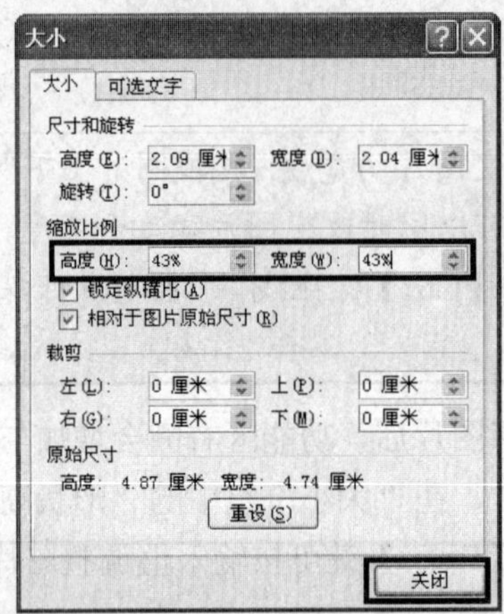

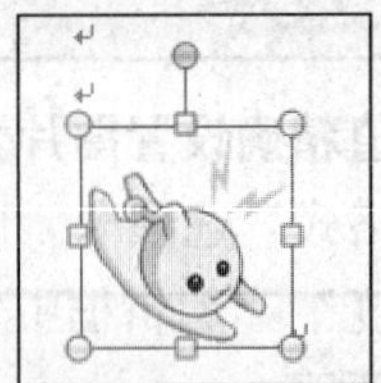

图 5-14　按比例缩放图片

5.1.4　调整图片颜色

插入到文档中的图片如果与文档整体风格不一致，即使再漂亮，也达不到美化文档的效果。通过为图片重新着色或调整其亮度和对比度，可以使其与文档协调一致，下面来看具体操作。

步骤 1　打开本书配套素材“素材与实例”>“第 5 章”>“抱犊寨 05”文档，单击选择图片。

步骤 2　切换至“图片工具”、“格式”选项卡，单击“调整”组中的“重新着色”按钮 重新着色，在打开的下拉面板中选择“浅色变体”组中的“强调文字颜色 6 浅色”，如图 5-15 所示。

步骤 3　重新选择图片，单击“调整”组中的“对比度”按钮 对比度，在打开的下拉列表中选择“+10 %”选项，如图 5-16 所示。

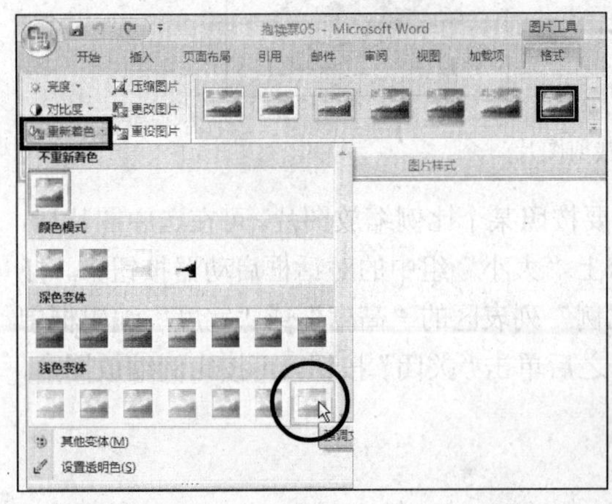

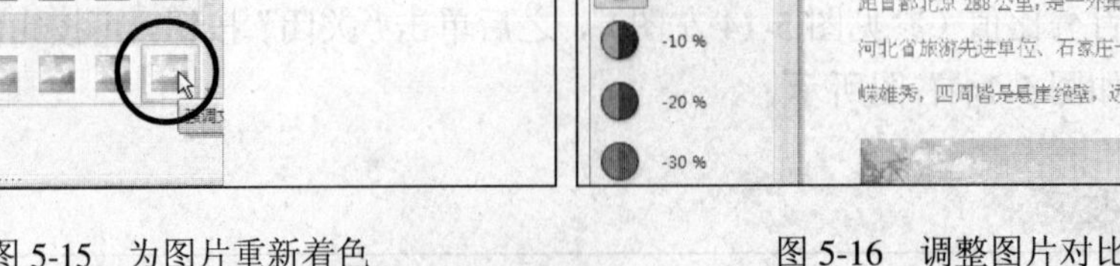

图 5-15　为图片重新着色　　　　图 5-16　调整图片对比度

步骤 4　重新选择图片，单击“调整”组中的“亮度”按钮 亮度，在打开的下拉列表中选择“-10 %”选项，如图 5-17 所示。

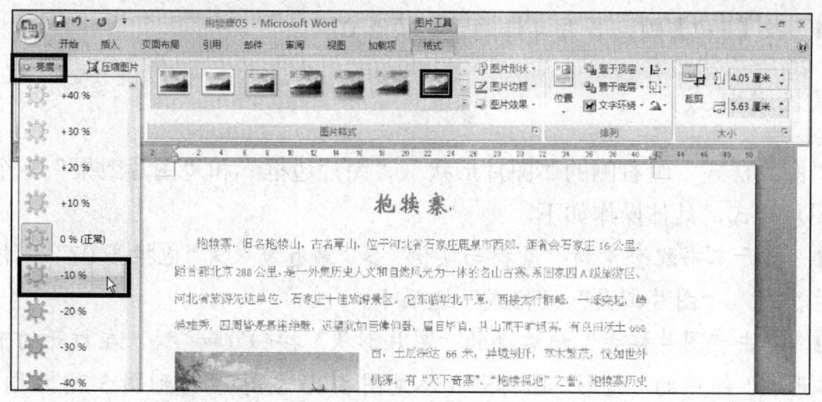

图 5-17　设置图片亮度

步骤 5　完成设置后，按【F12】键，另存文档为“抱犊寨 06”。

5.1.5　设置图片样式

应用“图片工具”、“格式”选项卡上“图片样式”组中的样式列表框，可以快速设置图片样式，或根据需要自定义图片样式，下面分别介绍。

1. 应用 Word 自带样式

双击图片，功能区将自动切换至“图片工具”、“格式”选项卡，“图片样式”组提供了各种样式，这些样式可直接应用于图片，具体操作如下。

步骤 1　打开本书配套素材“素材与实例”>“第 5 章”>“抱犊寨 06”文档，双击文档中的图片。

步骤 2　单击“图片样式”组样式列表框右下角的“其他”按钮，如图 5-18 所示。

图 5-18　单击“其他”按钮

步骤 3　在打开的样式下拉面板中选择所需样式，如“剪裁对角线，白色”（参见图 5-19 左图），得到图 5-19 右图所示效果。

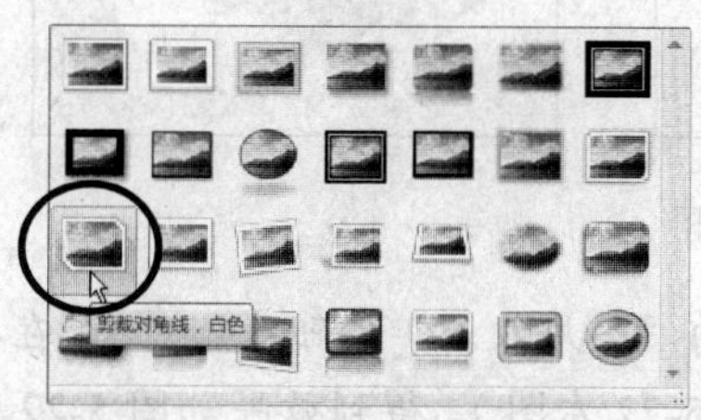

图 5-19　应用样式

步骤 4　按【F12】键，另存文档为“抱犊寨 07”。

2. 自定义图片样式

应用“图片样式”组右侧的“图片形状”、“图片边框”和“图片效果”3 个按钮，可以自定义图片样式，具体操作如下。

步骤 1　打开本书配套素材“素材与实例”>“第 5 章”>“抱犊寨 07”文档，双击文档中的图片，进入“图片工具”、“格式”选项卡。

步骤 2　单击“图片样式”组右侧的“图片形状”按钮，在打开的下拉面板中选择“基本形状”组中的“云形”图标（参见图 5-20 左图），得到图 5-20 右图所示效果。

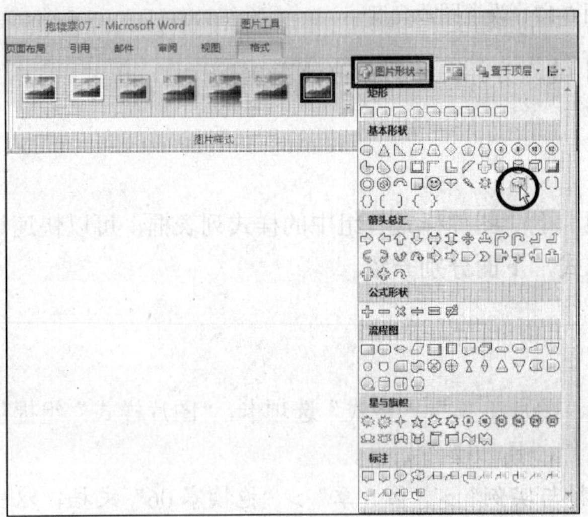

图 5-20　改变图片形状

步骤 3　重新选择图片，单击“图片样式”组中的“图片边框”按钮，在打开的下拉面板中选择“无轮廓”命令（参见图 5-21 左图），得到效果如图 5-21 右图所示。

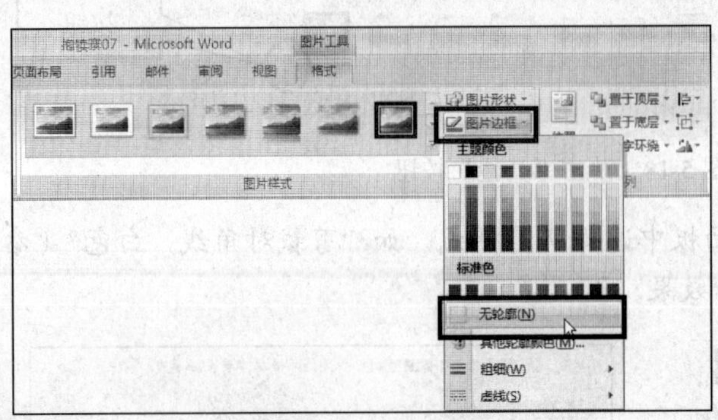

图 5-21　改变图片边框

步骤 4　重新选择图片，单击“图片样式”组中的“图片效果”按钮，在打开的下拉面板中选择“预设”>“预设 1”选项（参见图 5-22 左图），得到效果如图 5-22 右图所示。

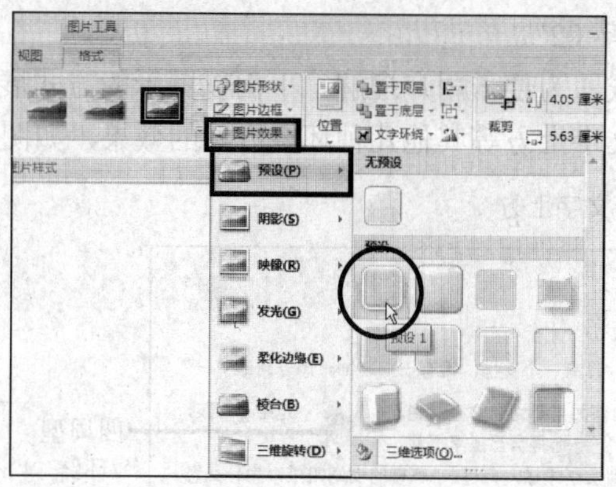

图 5-22　改变图片效果

步骤 5　按【F12】键，另存文档为“抱犊寨 08”。

5.1.6　设置图片环绕方式

默认情况下，图片是以嵌入方式插入到文档中的，但用户可根据需要将图片设置为嵌入型、四周型环绕、紧密型环绕、衬于文字下方、浮于文字上方、上下型环绕或穿越型环绕。下面介绍如何设置图片环绕方式。

步骤 1　打开本书配套素材“素材与实例”>“第 5 章”>“草 01”文档，双击选择文档中的大图。

步骤 2　单击“图片工具”、“格式”选项卡“排列”组中的“文字环绕”按钮，在打开的下拉列表中选择一种环绕方式，此处选择“衬于文字下方”（参见图 5-23 左图），得到图 5-23 右图所示效果。

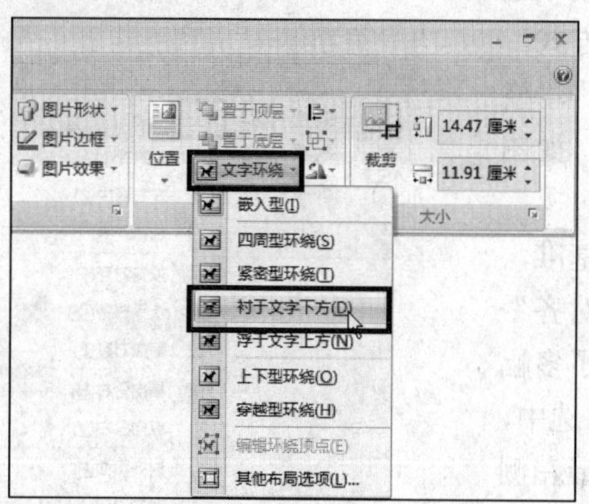

图 5-23　设置图片环绕方式

知识库

要选择衬于文字下方的图片，必须单击“开始”选项卡“编辑”组中的“选择”按钮，然后在打开的下拉列表中选择“选择对象”命令，之后在图片上单击可将其选中。

步骤 3 按【F12】键，另存文档为“草 02”。

上面应用了“衬于文字下方”环绕方式，为便于用户理解，下面以图示的方式展示了嵌入型、四周型环绕、紧密型环绕、浮于文字上方等其他几种环绕方式的效果，如图 5-24 所示。

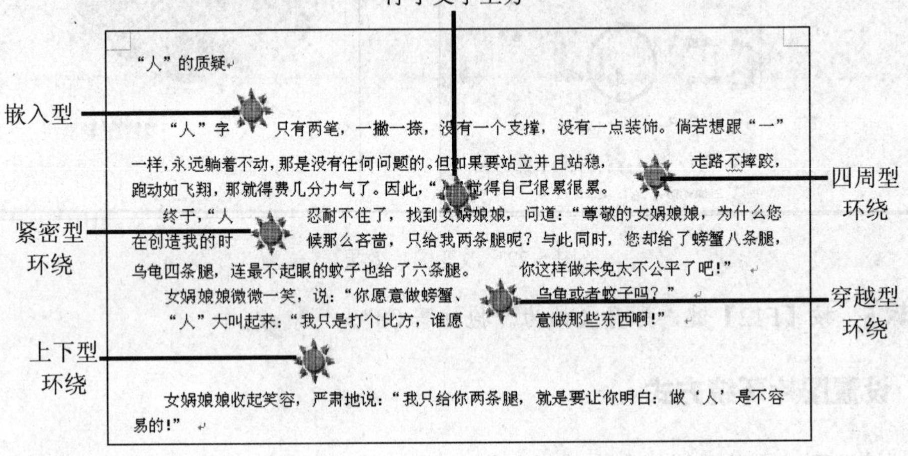

图 5-24 其他环绕方式的效果

5.1.7 对齐和旋转图片

在 Word 文档中，经常需要对齐或旋转图片，下面分别介绍其操作方法。

1. 对齐图片

嵌入型图片可以看成一个段落，应用“开始”选项卡“段落”组中的对齐按钮即可设置其对齐方式。对于其他环绕方式的图片，可以使用“图片工具”、“格式”选项卡“排列”组中的“对齐”按钮，如图 5-25 所示。

默认情况下，图片对齐都是以正文区域为基准，若用户希望将对齐基准更改为页面，可选中“对齐”下拉列表中的“对齐页面”选项。若用户选择了多幅浮动图片，此时“对齐所选对象”选项被激活并选中，选择对齐方式，如“左对齐”，则所有图片将以最左侧的图片为基准进行左对齐。

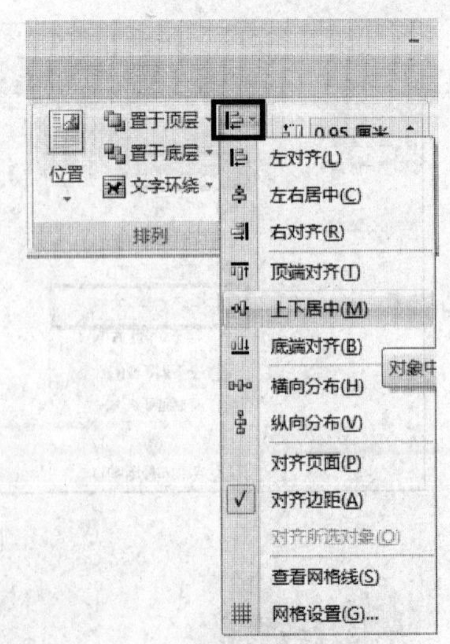

图 5-25 设置图片对齐方式

2. 旋转图片

在 Word 中，可以使用鼠标拖动、菜单命令和指定旋转角度 3 种方式来旋转图片。下面分别介绍这 3 种旋转图片的方法。

➢ **使用鼠标拖动**：在 Word 中选中图片后，其上方会自动显示绿色旋转点，将光标移至旋转点时光标会变为形状，按下鼠标左键后光标变为形状，此时拖动鼠标即可旋转图片，如图 5-26 所示。

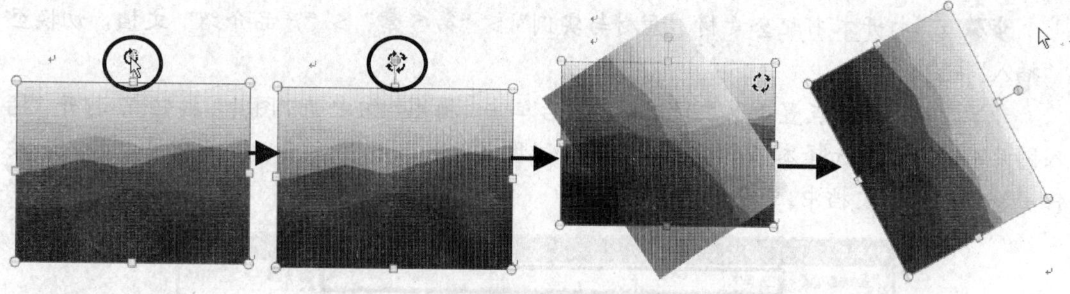

图 5-26　使用鼠标拖动旋转图片

➢ **应用菜单命令**：双击图片进入“图片工具”、“格式”选项卡，单击“排列”组中的“旋转”按钮，在打开的下拉列表中选择一项（此处选择“垂直翻转”），如图 5-27 所示。

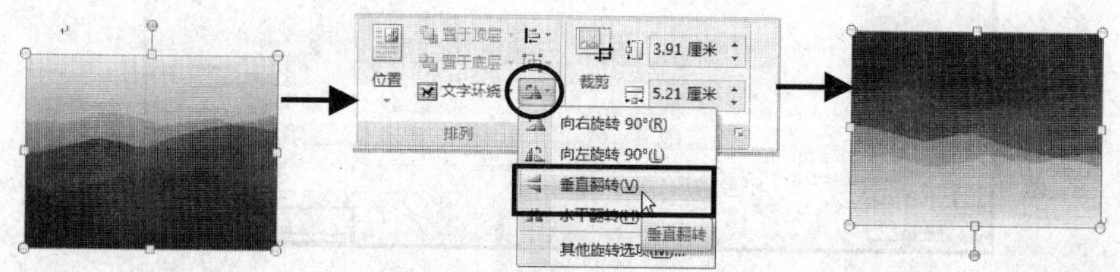

图 5-27　应用菜单命令旋转图片

➢ **指定旋转角度**：在图 5-27 中的“旋转”下拉列表中选择“其他旋转选项”命令，打开“大小”对话框。在“尺寸和旋转”组中的“旋转”编辑框中输入“-45°”或“315°”，完成设置后单击“关闭”按钮，如图 5-28 所示。

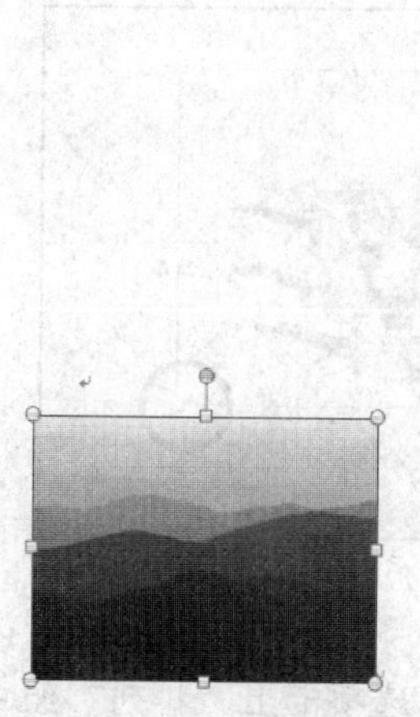

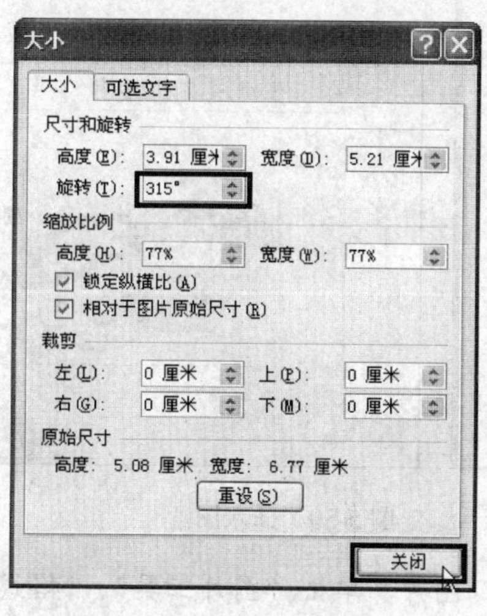

图 5-28　指定旋转角度

5.2 上机实践——制作产品介绍

本节通过制作“产品介绍”页面，来练习一下图片在 Word 文档中的应用。

步骤 1 打开本书配套素材“素材与实例”>“第 5 章”>“产品介绍”文档，切换至“插入”选项卡。

步骤 2 将插入点置于第二段末尾，然后单击“插图”组中的“图片”按钮，打开“插入图片”对话框，选择本书配套素材中的 3 张图片，如图 5-29 所示，然后单击“插入”按钮，将其插入到文档中。

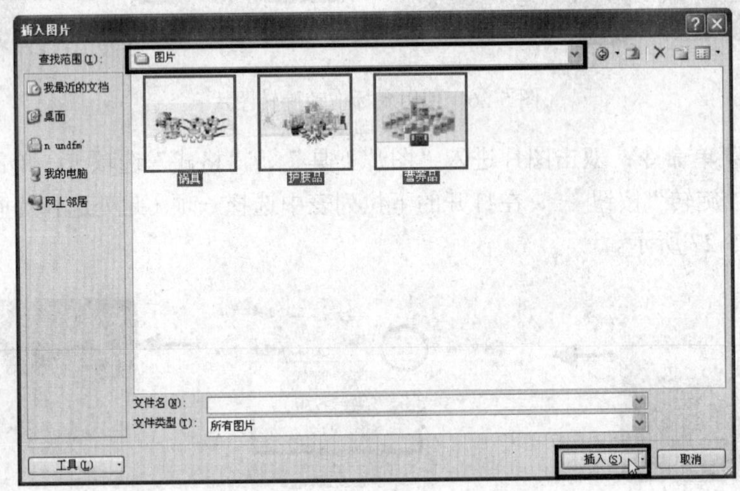

图 5-29 “插入图片”对话框

步骤 3 选中“锅具”图片，然后按住【Shift】键向左上方拖动右下角的控制点，将图片等比例缩小，如图 5-30 所示。

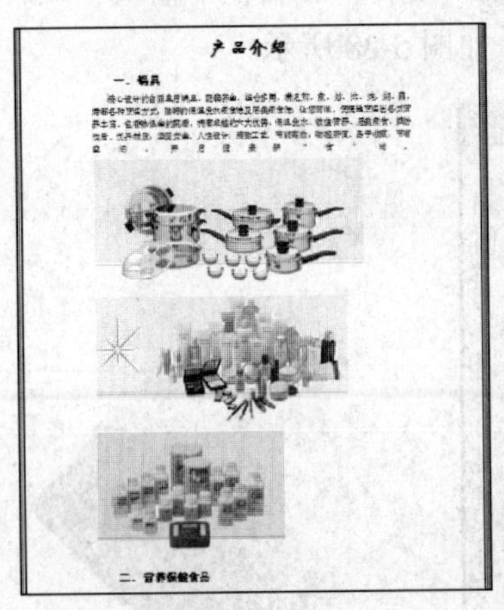

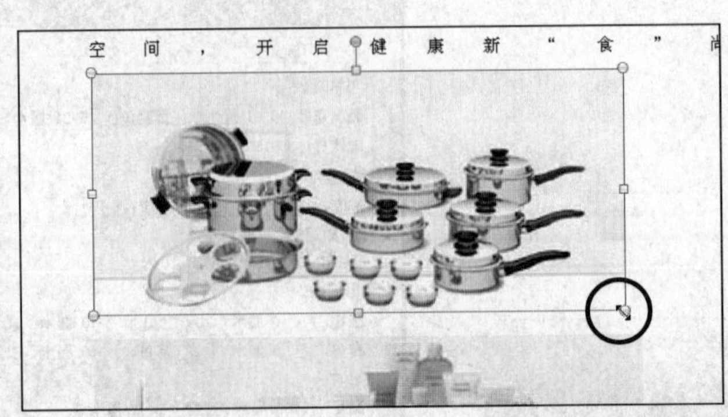

图 5-30 插入图片

步骤 4 重新选择“锅具”图片，单击“图片工具”、“格式”选项卡上“排列”组中的“文字环绕”按钮，在打开的下拉列表中选择“四周型环绕”，如图 5-31 所示。

步骤 5　单击并拖动图片，将其移至对应文本的右侧，如图 5-32 所示。

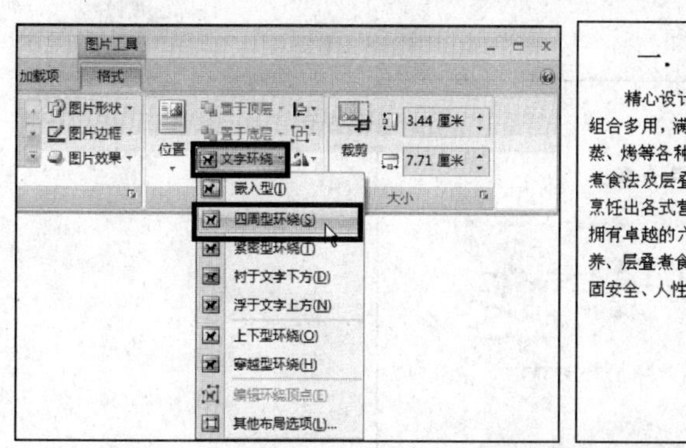

图 5-31　设置图片环绕方式

图 5-32　移动图片

步骤 6　同样地，将另外两幅图片也等比例缩小，设置环绕方式也为"四周型环绕"，并分别放在对应文本的右侧，如图 5-33 所示。

图 5-33　设置另外两幅图片的大小和环绕方式

步骤 7　选中"锅具"图片，单击"图片样式"组样式列表框右下角的"其他"按钮，在打开的样式下拉面板中选择"圆形对角 白色"，如图 5-34 所示。

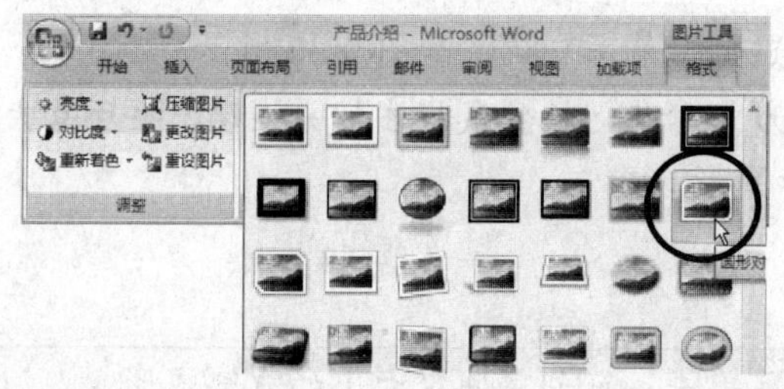

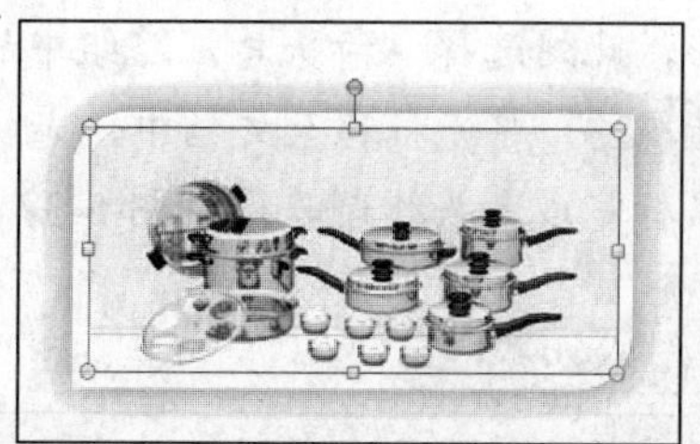

图 5-34　设置图片样式

步骤 8 将另外两幅图片的样式分别设置为“中等复杂框架 白色”和“剪裁对角线 白色”，最终效果如图 5-35 所示。

产品介绍

一、锅具

二、营养保健食品

三、美容化妆用品

图 5-35 文档最终效果

步骤 9 按【F12】键，另存文档为“产品介绍 01”。

5.3 在文档中添加自选图形

除图片外，文档中还经常需要绘制一些图形，例如线条、箭头、标注、星和旗帜等。

5.3.1 绘制自选图形

下面介绍在文档中绘制自选图形的方法。

步骤 1 新建 Word 文档，并切换至“插入”选项卡。

步骤 2 单击“插图”组中的“形状”按钮，在打开的下拉面板中可选择要绘制的自选图形，此处选择“箭头总汇”组中的“燕尾形箭头”，如图 5-36 所示。

步骤 3 将光标移至文档中，光标变为十形状，按住鼠标左键并拖动，至所需大小时释放鼠标完成箭头绘制，得到图 5-37 所示图形。

选择自选图形工具后，直接在编辑区单击，可创建固定大小的自选图形。

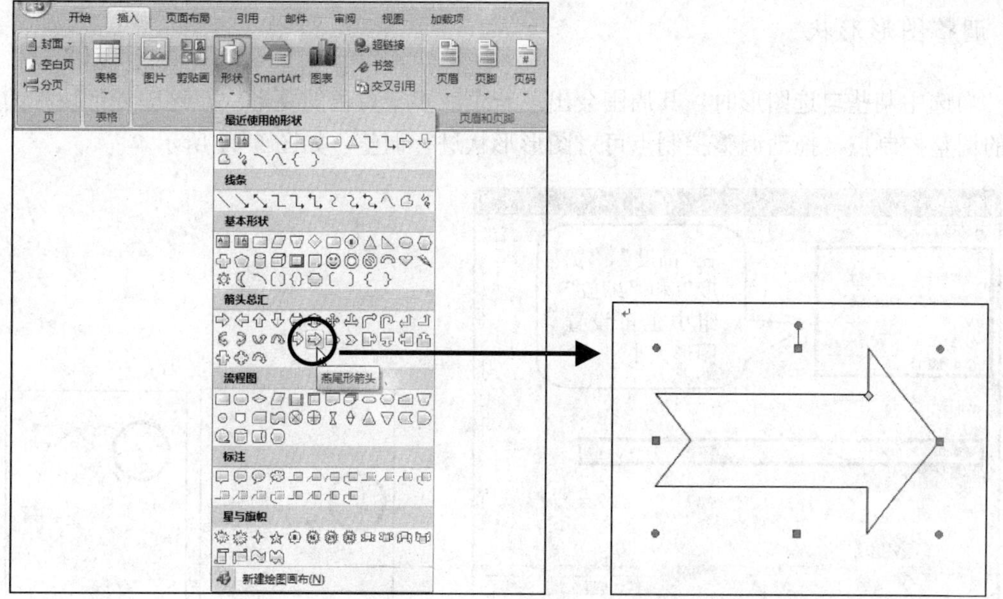

图 5-36　选择燕尾形箭头　　　　图 5-37　绘制燕尾形箭头

5.3.2　调整自选图形大小和形状

在 Word 中，可以非常方便地调整自选图形的大小和形状，下面分别介绍。

1. 调整图形大小

单击选中自选图形后，其四周将出现 8 个蓝色的控制点，用户可通过拖动这些控制点来调整大小，如图 5-38 所示。

另外，还可在“绘图工具”、“格式”选项卡的“大小”组中设置图形大小，如图 5-39 所示。

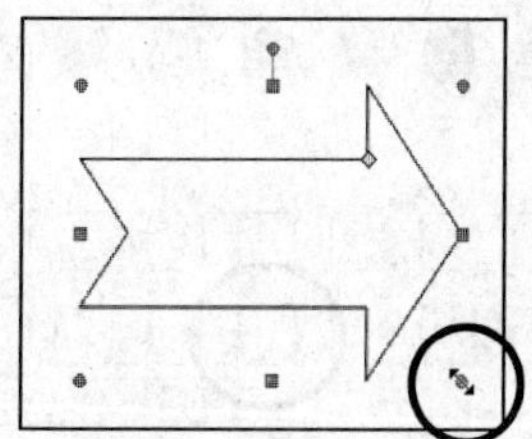

图 5-38　通过拖动调整图形大小

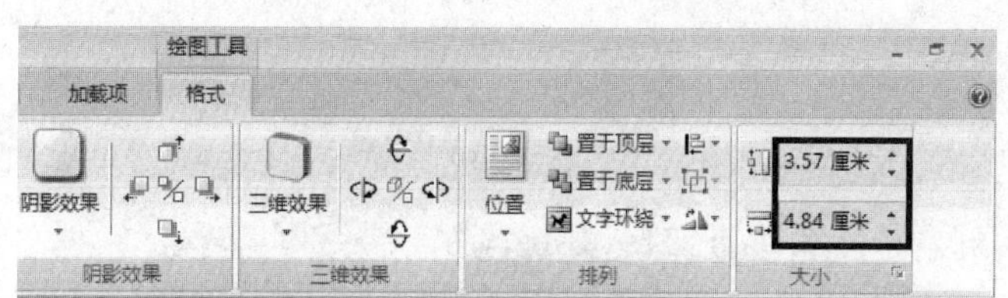

图 5-39　输入数值调整图形大小

提示

在应用“大小”组调整自选图形大小时，并不像调整图片那样只需设置宽或高值就可以等比例调整图片大小。如果要等比例调整自选图形大小，需要单击“大小”组右下角的对话框启动器按钮，打开“设置自选图形格式”对话框，选中其中的“锁定纵横比”复选框，如图 5-40 所示。

2. 调整图形形状

当选中某些自选图形时，其周围会出现一个或多个黄色的菱形块，这些菱形块称为图形的调整控制点，拖动调整控制点可对图形形状进行调整，如图 5-41 所示。

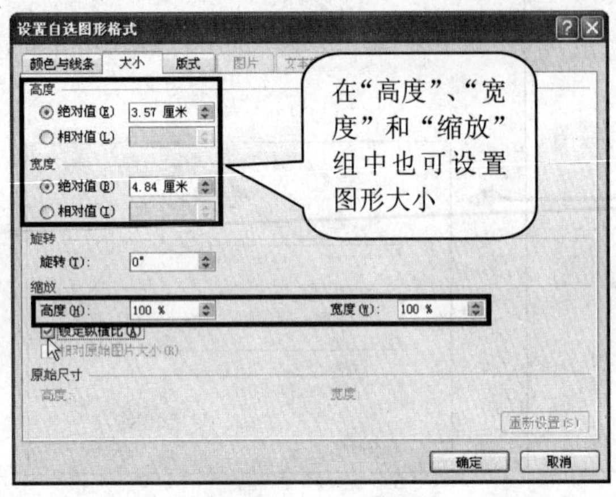

图 5-40 “设置自选图形格式”对话框

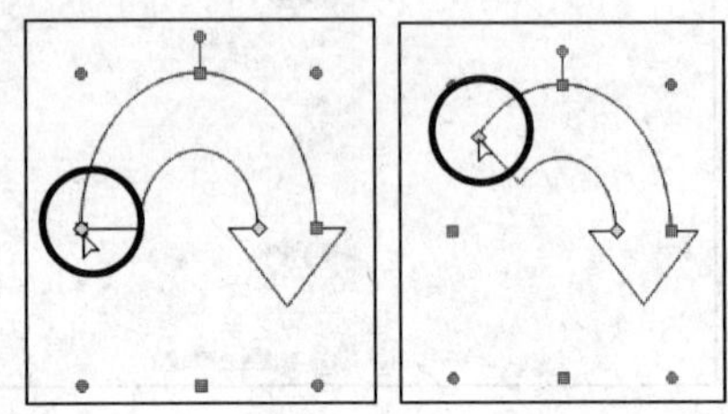

图 5-41 调整图形形状

5.3.3 设置自选图形样式

Word 2007 提供了多种可直接应用于自选图形的样式。下面介绍为自选图形设置样式的方法，具体操作如下。

步骤 1 打开本书配套素材“素材与实例”>“第 5 章”>“图形对象”文档，双击其中的燕尾形箭头，打开“绘图工具”、“格式”选项卡。

步骤 2 单击“形状样式”组“样式”列表框右下角“其他”按钮，如图 5-42 所示。

步骤 3 在打开的“样式”面板中选择所需样式“复合型轮廓-强调文字颜色 4”，如图 5-43 所示。

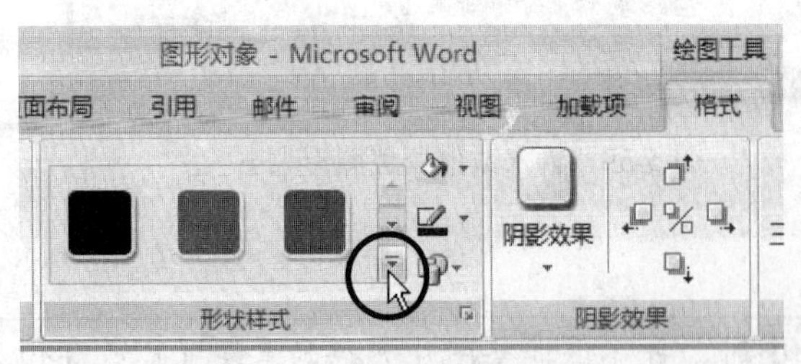

图 5-42 单击“其他”按钮

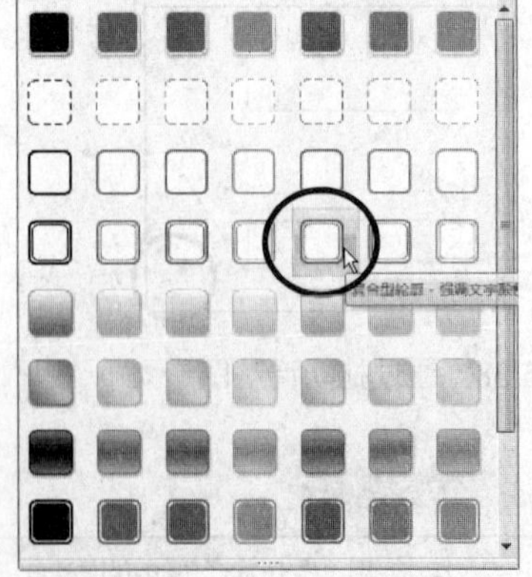

图 5-43 选择所需样式

步骤 4 得到样式效果如图 5-44 所示。按【F12】键另存文档为“图形对象 01”。

5.3.4 设置自选图形线条和颜色

默认情况下，所绘自选图形的线条为黑色单实线，填充颜色为白色。若要改变图形的线条和颜色，可执行如下操作。

步骤 1 打开本书配套素材“素材与实例”>“第 5 章”>“图形对象 01”文档，双击其中的环形箭头，打开“绘图工具”、“格式”选项卡。

步骤 2 单击“形状样式”组中的“形状轮廓”按钮，在打开的下拉面板中可设置轮廓的颜色和粗细，此处选择“标准色”中的“橙色”，设置轮廓颜色为橙色，如图 5-45 所示。

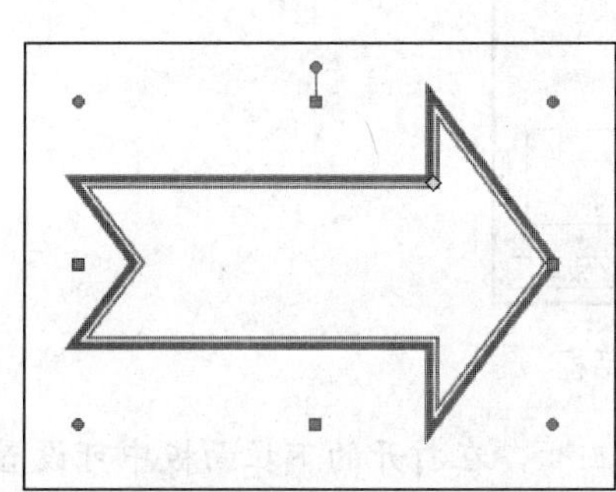

图 5-44 应用样式效果

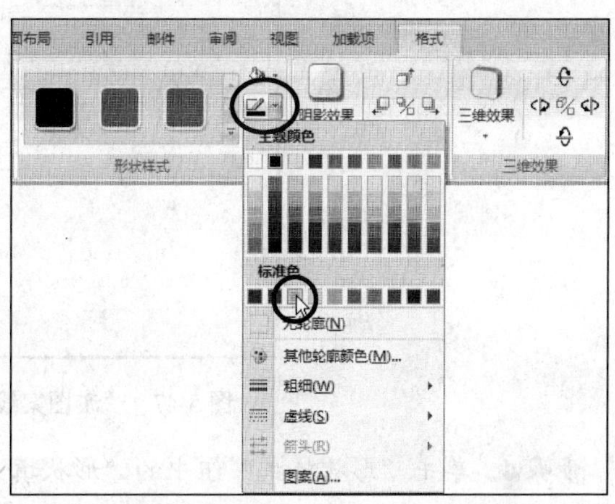

图 5-45 “形状轮廓”下拉列表

步骤 3 再次单击“形状样式”组中的“形状轮廓”按钮，在打开的下拉面板中选择“粗细”>“1.5 磅”，设置轮廓线粗为 1.5 磅，如图 5-46 所示。

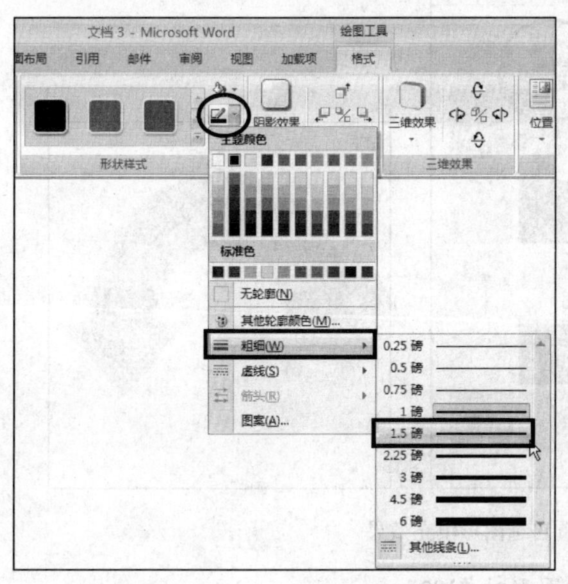

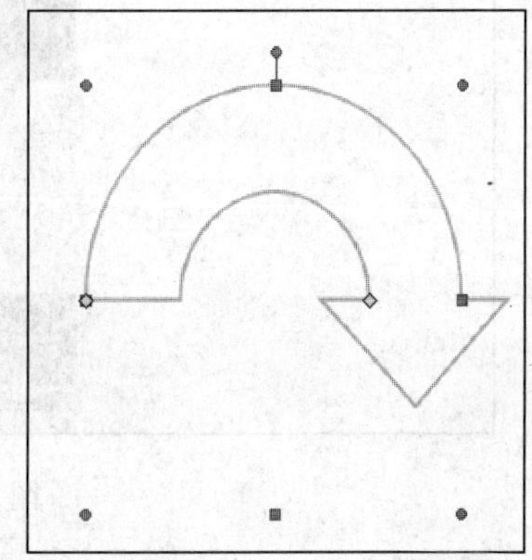

图 5-46 设置轮廓线条粗细

在上方的“形状轮廓”下拉面板中选择“图案”命令，将打开“带图案线条”对话框（见图 5-47），在该对话框中可选择各种图案作为图形轮廓。不过，只有当图形轮廓较粗时才能看到设置效果。

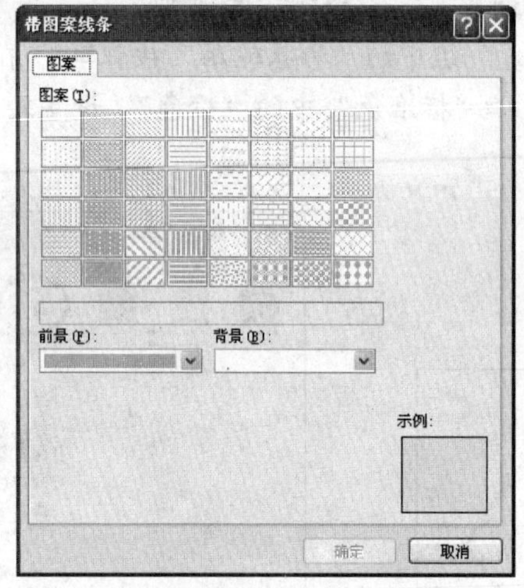

图 5-47 “带图案线条”对话框

步骤 4 单击“形状样式”组中的“形状填充”按钮，在打开的下拉面板中可设置自选图形的填充效果，此处选择“纹理”>“斜纹布”，如图 5-48 所示。

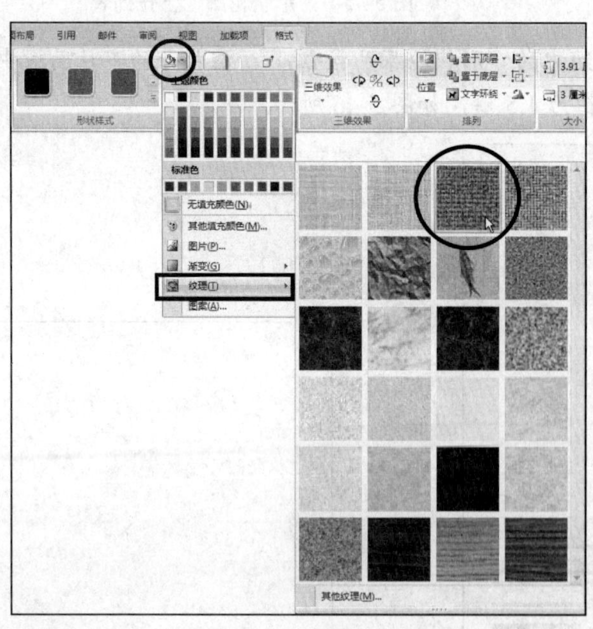

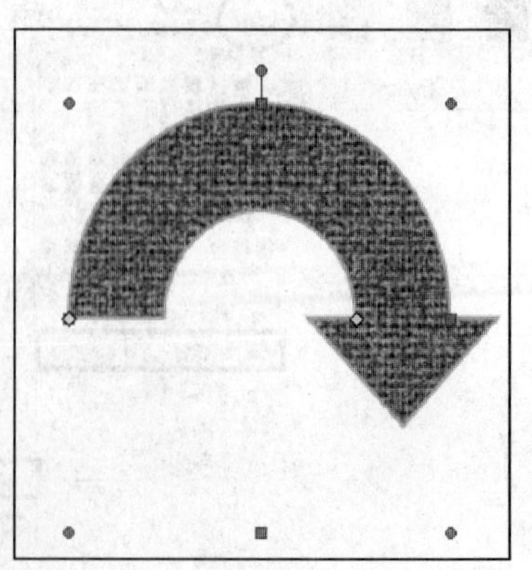

图 5-48 设置自选图形填充效果

步骤 5 按【F12】键，另存文档为“图形对象 02”。

知识库

在上方的"形状填充"下拉面板中选择"图片"命令，将打开"选择图片"对话框，在该对话框中选择图片并单击"插入"按钮，可用图片填充自选图形，效果如图 5-49 所示。

图 5-49　用图片填充自选图形

5.3.5　为自选图形添加阴影和三维效果

利用"绘图工具"、"格式"选项卡中的"阴影效果"和"三维效果"组，可为自选图形添加阴影和三维效果，具体操作如下。

步骤 1　打开本书配套素材"素材与实例" > "第 5 章" > "图形对象 02"文档，双击其中的燕尾形箭头，打开"绘图工具"、"格式"选项卡。

步骤 2　单击"阴影效果"组中的"阴影效果"按钮，在打开的下拉面板中可为图形设置阴影效果和颜色，如图 5-50 所示。

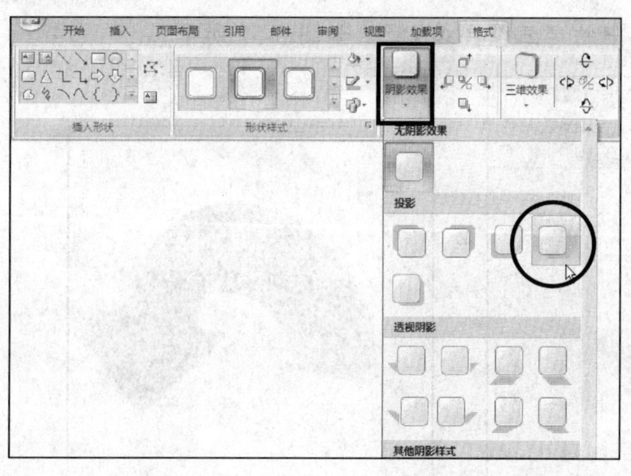

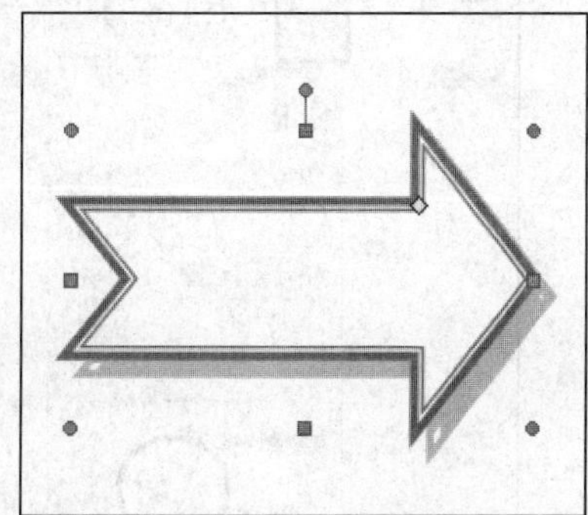

图 5-50　为图形设置阴影效果

步骤 3 保持选择燕尾形箭头，再次单击“阴影效果”按钮，在打开的下拉面板中选择“阴影颜色”，并在其下级面板中选择“主题颜色”中的“紫色 强调文字颜色 4 淡色 60%”，如图 5-51 所示。

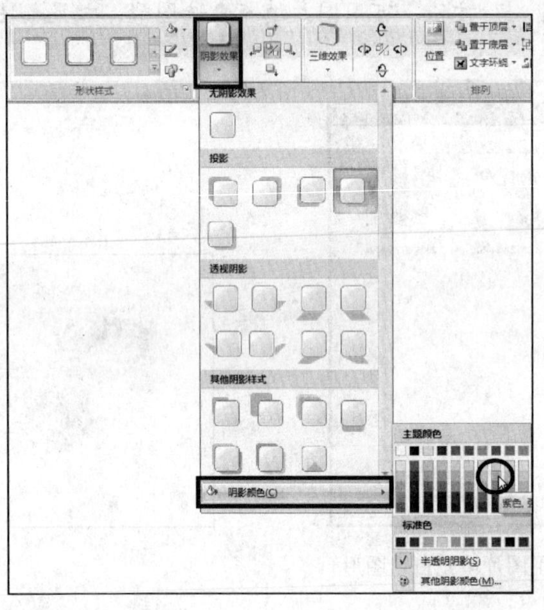

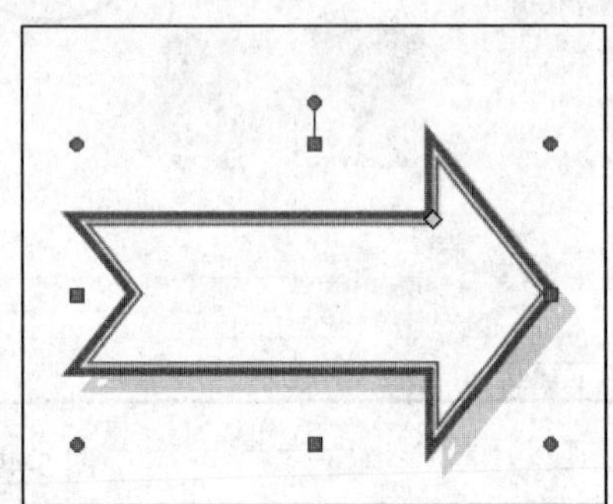

图 5-51 设置阴影颜色

选择已设置阴影效果的自选图形，单击“阴影效果”组中的“取消/设置阴影”按钮可删除阴影效果，再次单击可恢复阴影效果。单击“略向上移”按钮、“略向下移”按钮、“略向左移”按钮和“略向右移”按钮可微移阴影。

步骤 4 选择下方的环形箭头，单击“三维效果”组中的“三维效果”按钮，在打开的下拉面板中选择“在透视中旋转”中的“三维样式 15”，如图 5-52 所示。

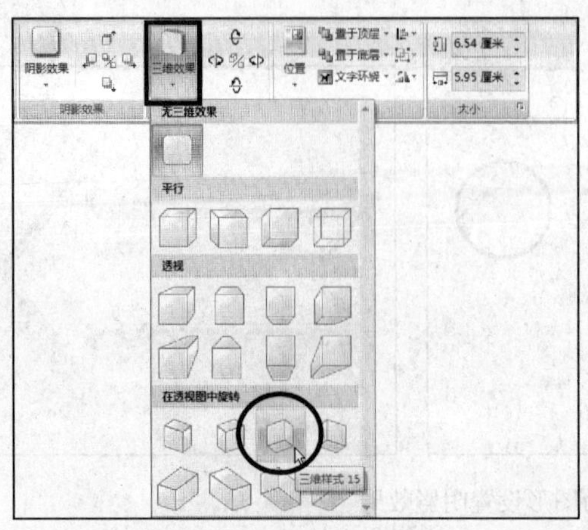

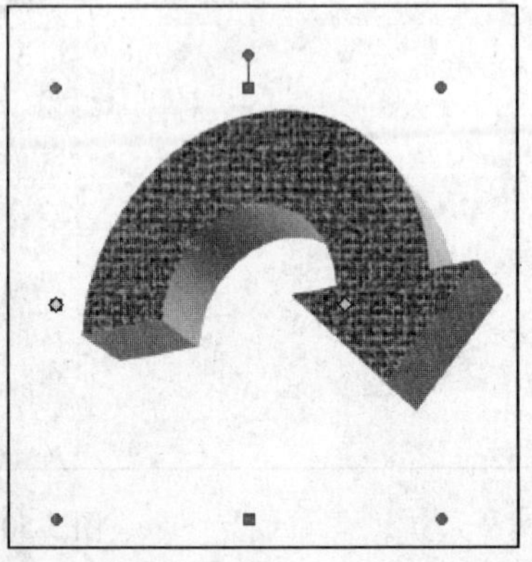

图 5-52 设置三维效果

步骤 5 保持选择环形箭头，再次单击“三维效果”按钮，在打开的下拉面板中选择“三维颜色”，并在其下级面板中选择“标准色”中的“蓝色”，如图 5-53 所示。

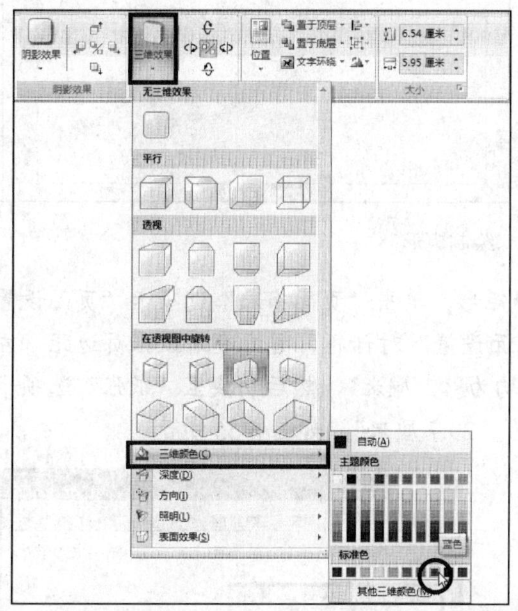

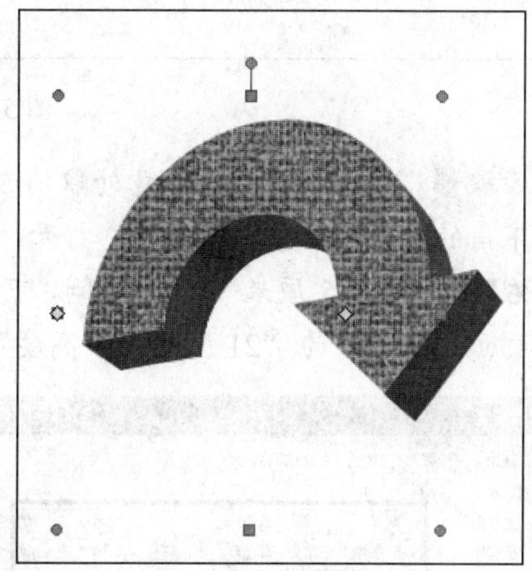

图 5-53 设置三维颜色

选择已设置三维效果的自选图形，单击“三维效果”组中的“设置/取消三维效果”按钮可删除三维效果，再次单击可恢复三维效果。单击“上翘”按钮、“下俯”按钮、“左偏”按钮和“右偏”按钮可调整三维效果状态。

步骤 6 按【F12】键，另存文档为“图形对象 03”。

小技巧

在为图形对象设置阴影和三维效果时，建议先选择符合需求的阴影和三维效果，然后再进行颜色、深度、方向等设置。

5.4 上机实践——制作宣传海报

本节通过制作宣传海报，来练习自选图形的应用。

步骤 1 打开本书配套素材“素材与实例”>“第 5 章”>“宣传海报”文档，切换至“插入”选项卡。

步骤 2 单击“插图”组中的“形状”按钮，在打开的下拉面板中选择“基本形状”中的矩形，然后在编辑窗口中单击并拖动鼠标绘制矩形，如图 5-54 所示。

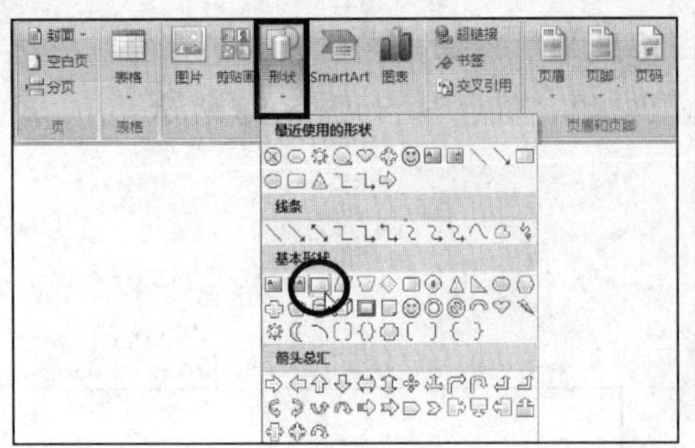

图 5-54　绘制矩形

步骤 3　单击编辑窗口任意处取消选择矩形，单击“页面布局”选项卡“页面设置”组右下角的对话框启动器按钮，打开“页面设置”对话框，首先查看纸张页边距“左”和“右”均为“1.5 厘米”，“上”和“下”均为“2 厘米”，然后切换至“纸张”选项卡，查看页面“宽度”为“21 厘米”，“高度”为“29.7 厘米”，如图 5-55 所示。

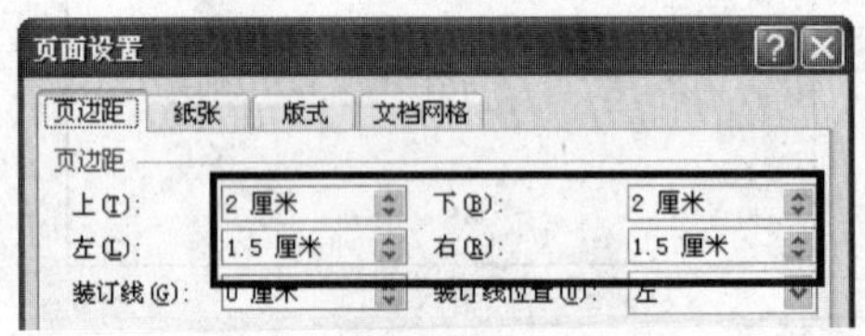

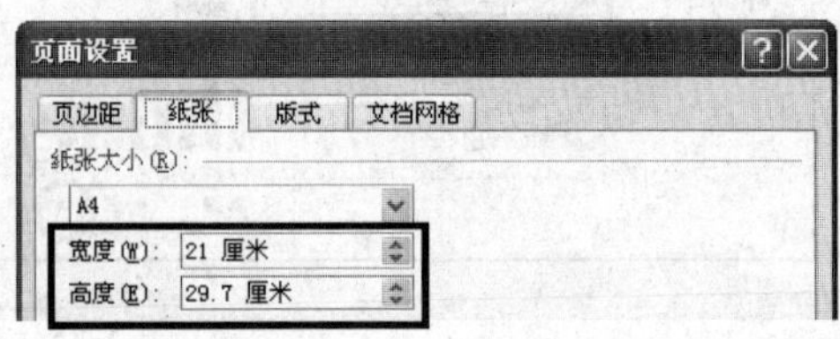

图 5-55　查看页边距和纸张大小

步骤 4　查看完毕，单击“确定”按钮（或“取消”按钮）退出“页面设置”对话框。双击矩形打开“绘图工具”、“格式”选项卡，在“形状高度”编辑框中输入矩形高度“29.7－2－2=25.7”厘米，在“形状宽度”编辑框中输入矩形宽度“21－1.5－1.5＝18”厘米，如图 5-56 所示。

步骤 5　单击“排列”组中的“位置”按钮，在下拉列表中选择“中间居中 四周型文字环绕”，如图 5-57 所示。

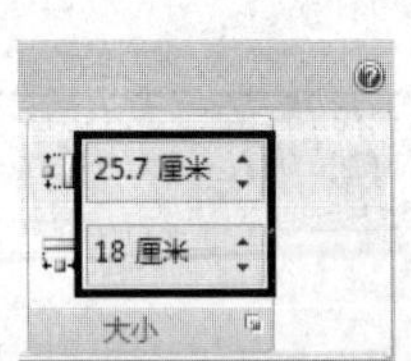

图 5-56　设置矩形大小

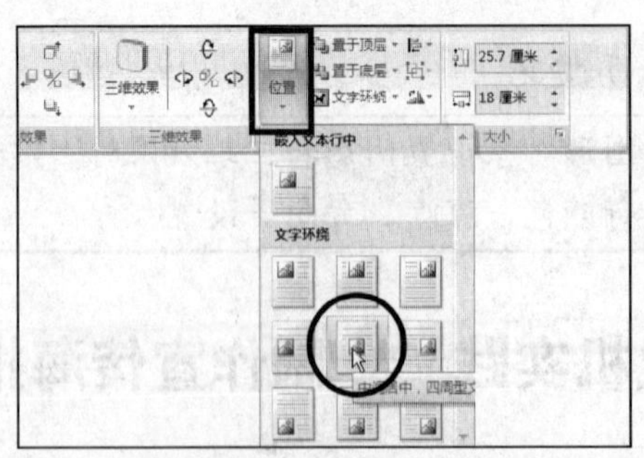

图 5-57　设置矩形位置

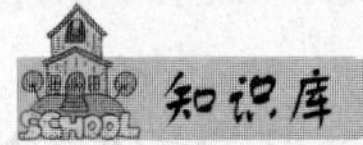

在“位置”下拉列表中选择各项，可设置自选图形在页面中的相对位置，图片也具有该属性。

步骤 6　保持矩形选中状态，单击"排列"组中的"文字环绕"按钮，在下拉列表中选择"衬于文字下方"，如图 5-58 所示。

步骤 7　单击"形状样式"组"样式"列表框右下角"其他"按钮，在打开的样式面板中选择"对角渐变 强调文字颜色 5"，如图 5-59 所示。

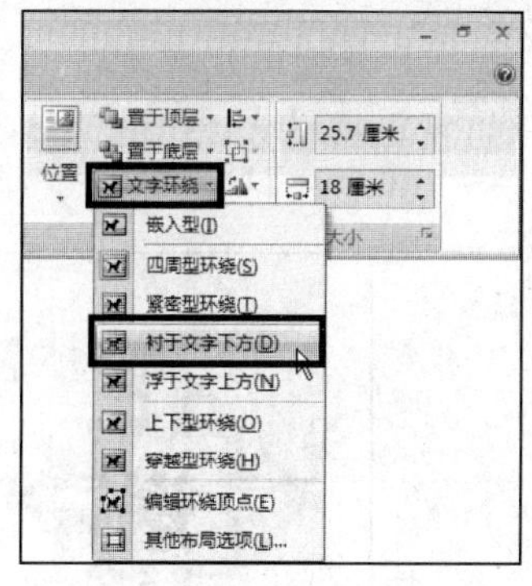

图 5-58　设置图形环绕方式

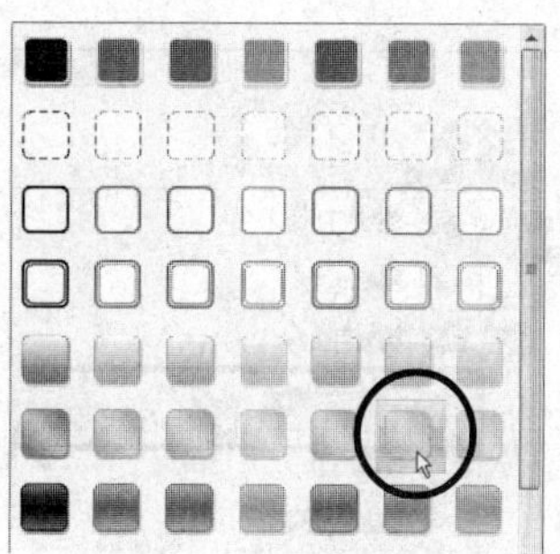

图 5-59　设置图形样式

可参考图片环绕方式的设置方法来设置自选图形。

步骤 8　切换至"插入"选项卡，单击"插图"组中的"形状"按钮，在打开的下拉面板中选择"箭头总汇"中的十字箭头标注，然后在编辑窗口中单击并拖动鼠标绘制一个十字箭头标注，如图 5-60 所示。

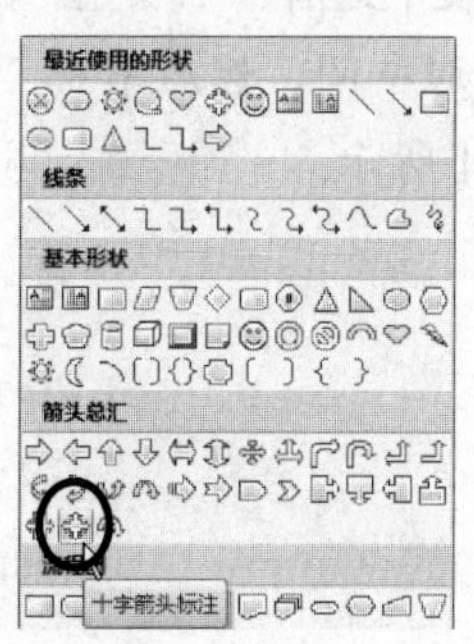

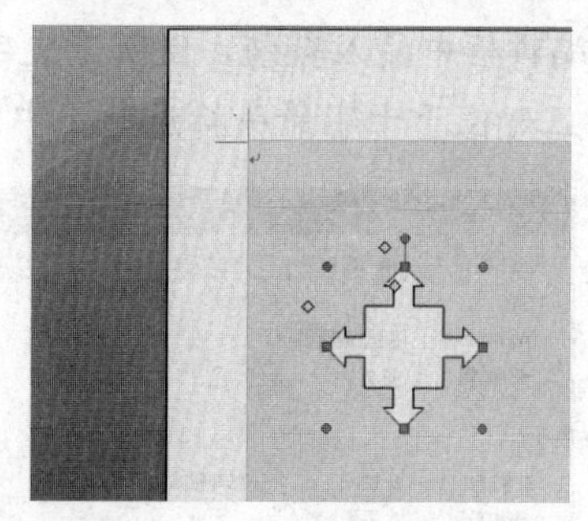

图 5-60　绘制十字箭头标注

步骤 9　单击"形状样式"组"样式"列表框右下角"其他"按钮，在打开的样式面板中选择"复合型轮廓 强调文字颜色 2"，如图 5-61 所示。

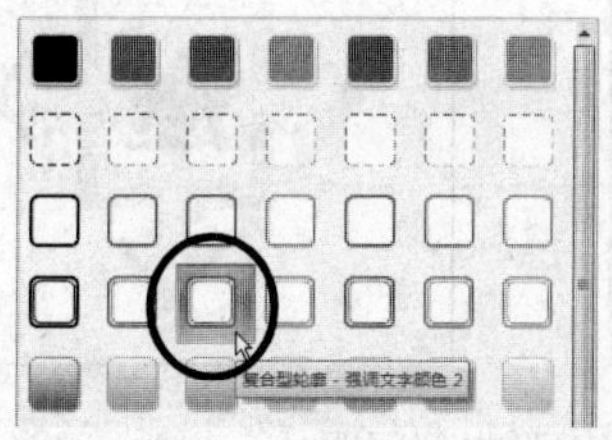

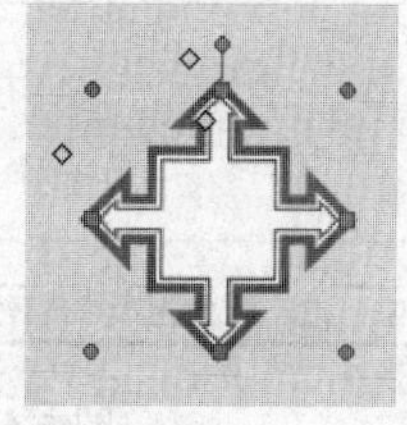

图 5-61　为十字箭头标注设置样式

步骤 10　右键单击设置好样式的十字箭头标注，在弹出的快捷菜单中选择“添加文字”，如图 5-62 所示。

步骤 11　此时插入点自动定位于十字箭头标注中，输入文字“送”并设置其字体格式，然后单击“开始”选项卡“段落”组中的“居中”按钮，使其居中对齐，效果如图 5-63 所示。

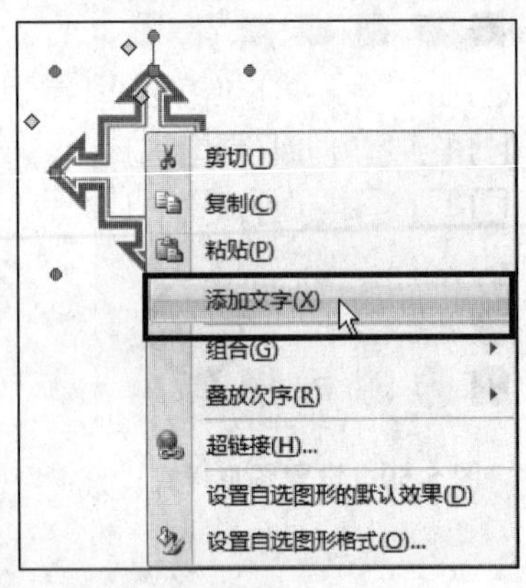

图 5-62　自选图形快捷菜单

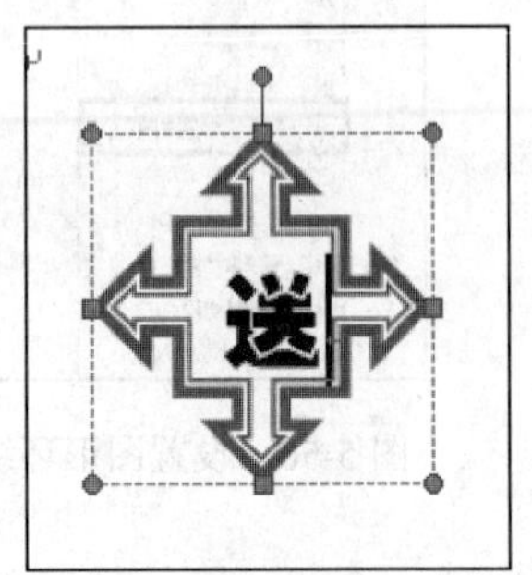

图 5-63　输入文本并设置格式

采用此种方法，可在任意自选图形中添加文字。

步骤 12　打开“段落”对话框，在“行距”下拉列表中选择“固定值”，然后在其后的“设置值”编辑框中输入数值，使所选文字正好位于图形中间，然后单击“确定”按钮，可以看到文字正好位于十字箭头标注的正中间，如图 5-64 所示。

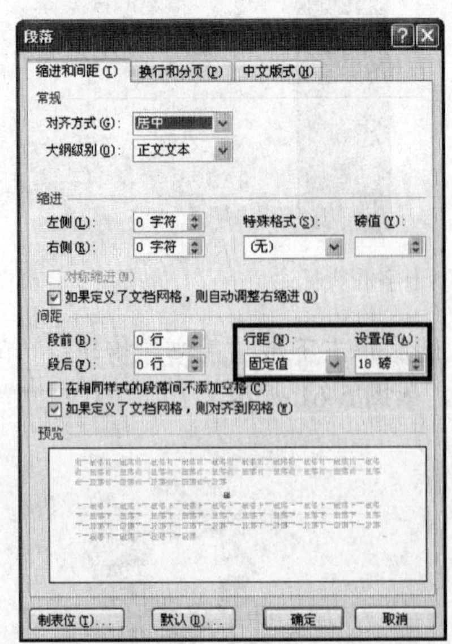

图 5-64　设置自选图形内部间距

知识库

若将文本行距类型设置为“固定值”时，则增大文本字号时，行距依然保持不变，从而导致文本不能完全显示，此时，我们可以适当增加“设置值”使其完全显示。

步骤 13　切换至“插入”选项卡，绘制几个心形，并分别对其应用样式后放置在合适位置，如图 5-65 所示。

步骤 14　绘制一个圆角矩形和一个椭圆形，分别对其应用样式后放置在相应文本下方，宣传海报便制作完成了，效果如图 5-66 所示。

图 5-65　绘制心形并设置样式

图 5-66　宣传海报效果

步骤 15　按住【Ctrl】键的同时，依次单击绘制的所有自选图形，将其全部选中，然后单击“格式”选项卡“排列”组中的“组合”按钮，在打开的下拉列表中选择“组合”命令，如图 5-67 所示。

知识库

为防止误移动某些图形的位置，一般在有多个图形出现时可以将其组合。如果要取消组合图形，可在“组合”下拉列表中选择“取消组合”命令。若要重新组合对象，则可在其中任意参与前次组合的对象上单击，在“组合”下拉列表中选择“重新组合”命令。

步骤 16　此时可以看到编辑窗口中的部分文本看不见了。保持选择组合后的图形，单击“排列”组中的“置于底层”按钮 置于底层，如图 5-68 所示。

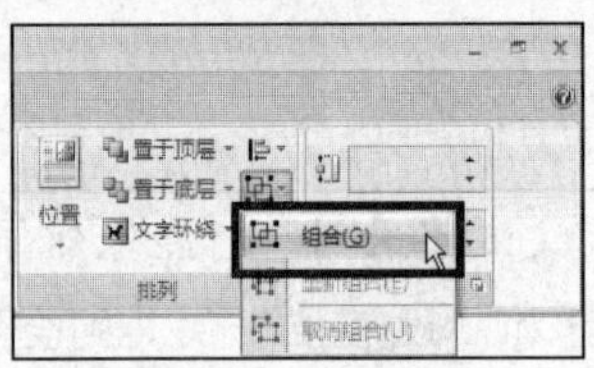

图 5-67　组合图形

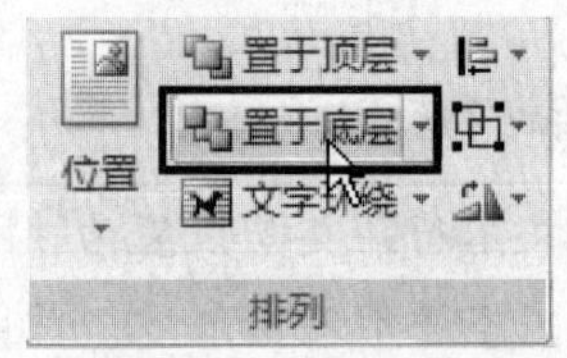

图 5-68　调整图形重叠次序

当出现多个自选图形重叠时，使用“绘图工具”、“格式”选项卡“排列”组中的“置于顶层”按钮和“置于底层”按钮，可调整自选图形的层次关系。

步骤 17　此时文本便又恢复原状了。按【F12】键，另存文档为“宣传海报 01”。

5.5　在文档中插入文本框

文本框属于比较特殊的自选图形，绘制完毕后可直接在其中输入文本。

5.5.1　创建文本框

Word 中的文本框包括水平文本框和垂直文本框两种类型。下面以常用的水平文本框为例，介绍在文档中创建文本框的方法。

步骤 1　创建新文档并切换至“插入”选项卡。

步骤 2　单击“文本”组中的“文本框”按钮，在打开的下拉面板中选择“绘制文本框”命令，如图 5-69 所示。

步骤 3　将光标移至编辑窗口时光标自动变为十形状，单击并拖动鼠标，到需要大小时松开鼠标，完成文本框绘制，得到如图 5-70 所示效果。

步骤 4　在文本框中输入内容，并向下拖拽文本框底部中间控制点，改变文本框高度，得到如图 5-71 所示效果。

图 5-69　选择“绘制文本框”命令

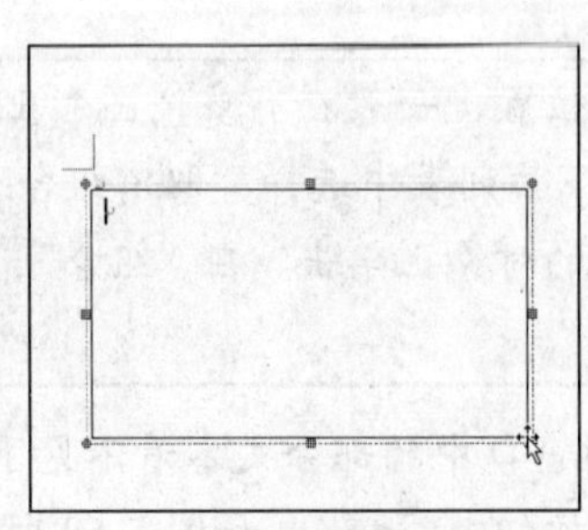
图 5-70　绘制文本框

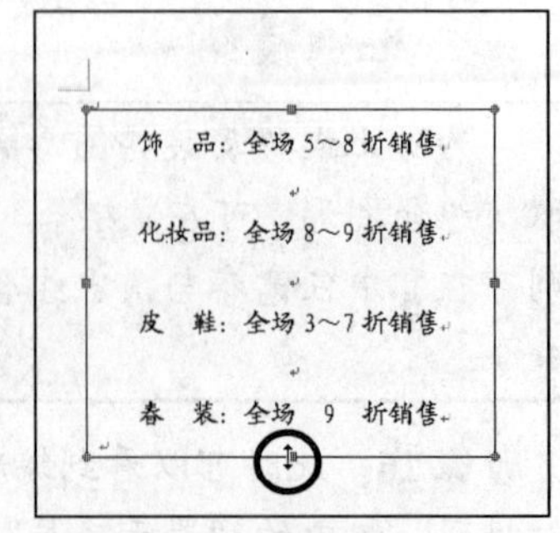

图 5-71　在文本框中输入文本

单击“插入”选项卡“插图”组中的“形状”按钮，在打开的面板中选择“基本形状”组中的“文本框”图标，然后在文档中拖拽鼠标也可以绘制文本框，如图 5-72 所示。垂直文本框与水平文本框绘制方法类似，图 5-73 所示为垂直文本框。

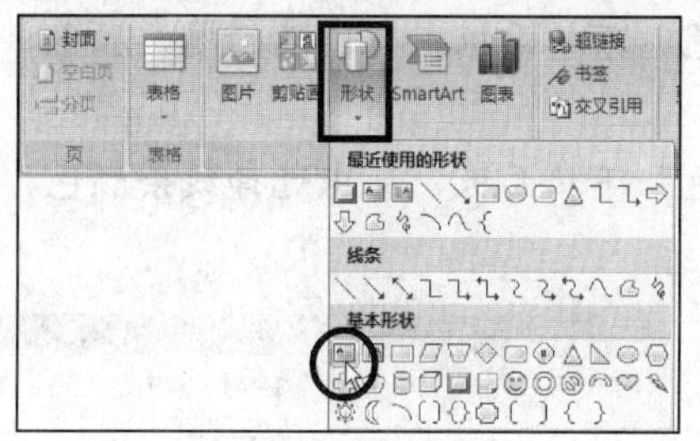

图 5-72　选择“文本框”图标

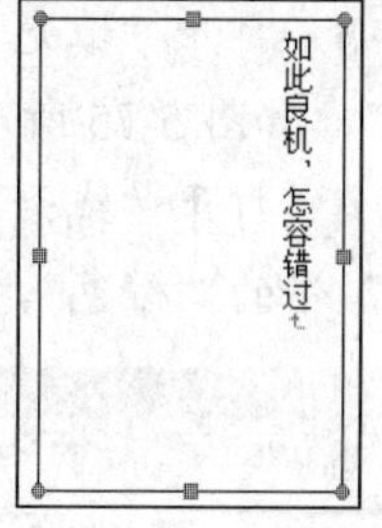

图 5-73　垂直文本框

另外，用户也可为现有内容创建文本框。具体操作为：选中要放入文本框中的内容，单击“插入”选项卡上“文本”组中的“文本框”按钮，在打开的列表中选择“绘制文本框”选项，则所选内容将包含在文本框中，如图 5-74 所示。

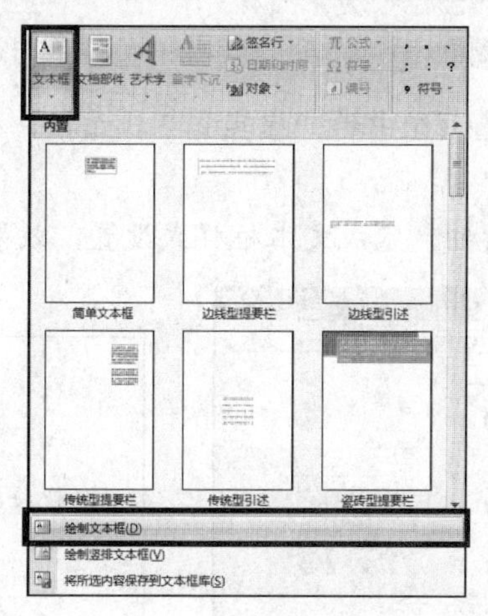
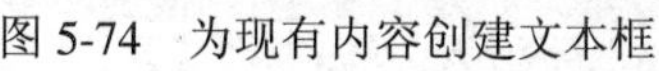

图 5-74　为现有内容创建文本框

5.5.2　设置文本框样式

默认创建的文本框为白色填充、0.75 磅黑色边框。用户可根据需要设置填充色和线条样式及颜色。下面介绍设置文本框样式的方法，具体操作如下。

步骤 1　在要设置样式的文本框轮廓线上双击，打开“文本框工具”、“格式”选项卡。

在文本框内单击可编辑文本框内文本，在文本框轮廓线上单击可选择整个文本框。

步骤 2 单击“文本框样式”组右下角的对话框启动器按钮，打开“设置文本框格式”对话框。

步骤 3 打开“填充”选项组中的“颜色”下拉面板，从中选择填充颜色，此处选择“无颜色”，如图 5-75 所示。

步骤 4 打开“线条”选项组中的“颜色”下拉面板，从中选择线条颜色，此处选择“标准色”中的“橙色”，如图 5-76 所示。

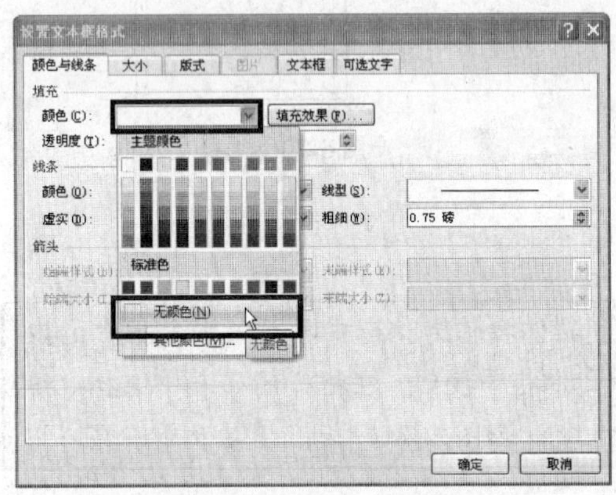

图 5-75　设置填充颜色

图 5-76　设置线条颜色

步骤 5 打开“线条”选项组中的“虚实”下拉面板，从中选择线条虚实，此处选择“划线-点”，如图 5-77 所示。

步骤 6 单击“确定”按钮，完成文本框样式设置，效果如图 5-78 所示。

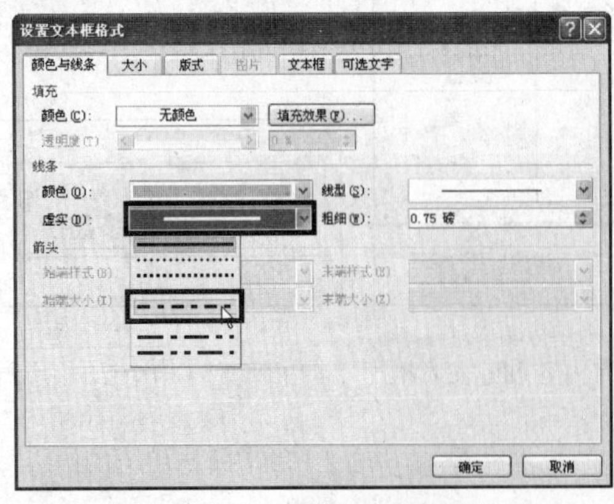

图 5-77　设置线条虚实

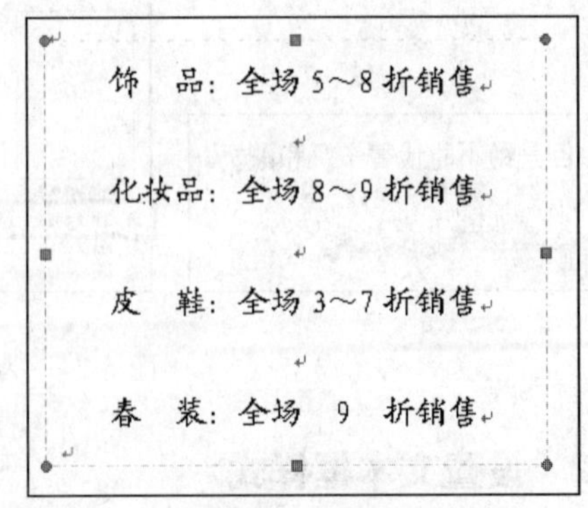

图 5-78　样式设置效果

5.5.3　设置文本框内部间距

默认绘制的文本框轮廓线条与文本框内容之间有一定的距离，如左/右边距为 0.25 厘

米、上/下边距为 0.13 厘米。用户可根据需要自定义边距值，具体操作如下。

步骤 1　在要设置样式的文本框上双击，打开“文本框工具”、“格式”选项卡。

步骤 2　单击“文本框样式”组右下角的对话框启动器按钮，打开“设置文本框格式”对话框。

步骤 3　切换至“文本框”选项卡，在“内部边距”选项区可设置文本框的上、下、左、右边距值，此处设置左、右边距值为“0.1 厘米”，上、下边距值为“0 厘米”，如图 5-79 所示。

步骤 4　单击“确定”按钮，完成文本框边距值设置，效果如图 5-80 所示。

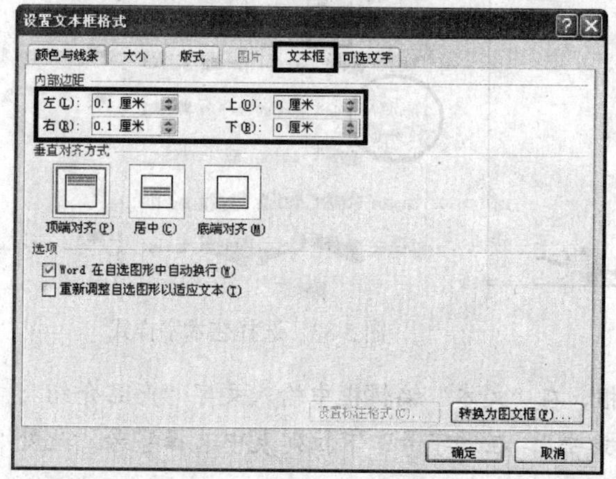

图 5-79　设置文本框边距值

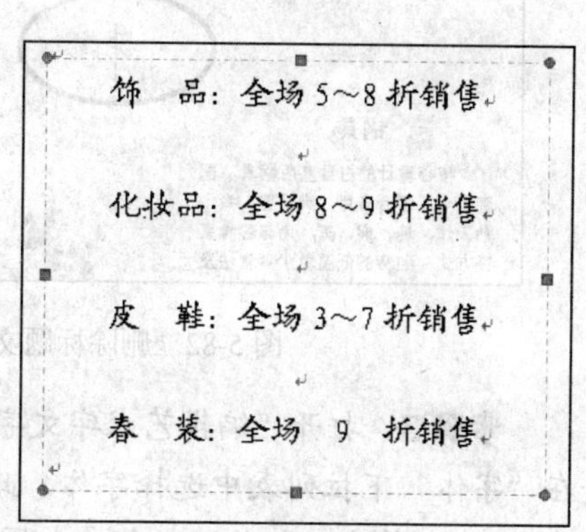

图 5-80　设置边距效果

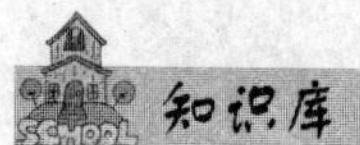

选择对话框“选项”组中的“重新调整自选图形以适应文本”复选框，文本框将自动调整大小以适应其中的文本，如图 5-81 所示。

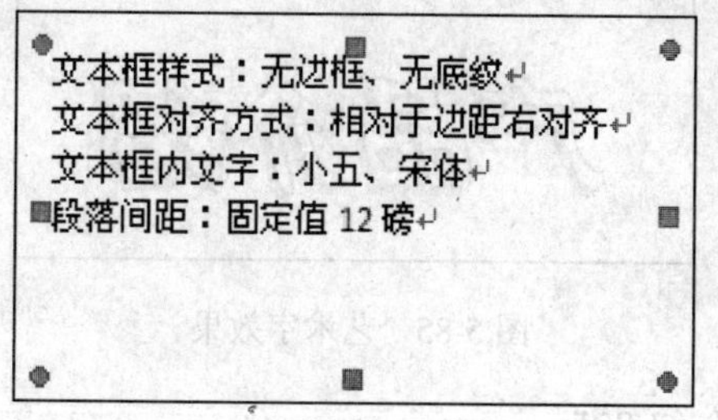

文本框样式：无边框、无底纹
文本框对齐方式：相对于边距右对齐
文本框内文字：小五、宋体
段落间距：固定值 12 磅

图 5-81　适应文本前后效果对比

5.6　应用艺术字

应用 Word 提供的艺术字，可以创建出非常漂亮的文字效果，甚至可以把文字设置为具有三维轮廓的效果。

5.6.1 创建艺术字

在文档中创建艺术字的操作步骤如下。

步骤 1 打开本书配套素材“素材与实例” > “第 5 章” > “产品介绍 01”文档，将插入点置于文本“产品介绍”前，重复按【Delete】键将其删除，如图 5-82 所示。

步骤 2 切换至“插入”选项卡，单击“文本”组中的“艺术字”按钮，在打开的下拉面板中选择一种艺术字样式，此处为“艺术字样式 7”，如图 5-83 所示。

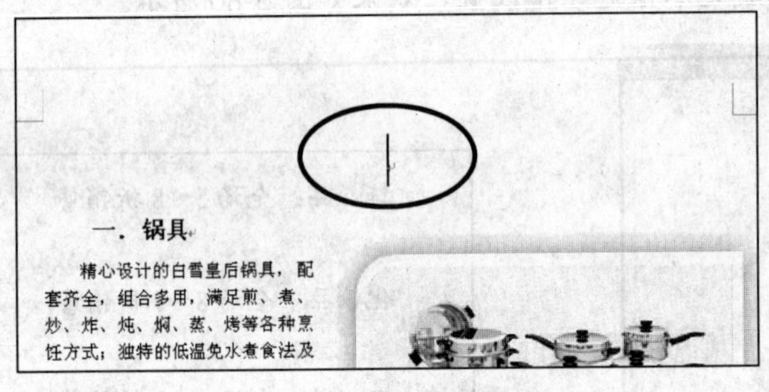

图 5-82 删除标题文本

图 5-83 选择艺术字样式

步骤 3 打开“编辑艺术字文字”对话框，在“文本”编辑框中输入文字“产品介绍”；在“字体”下拉列表中选择字体，此处为“隶书”；在“字号”下拉列表中选择字号，此处为“32”；单击“粗体”按钮，如图 5-84 所示。

步骤 4 设置完毕后单击“确定”按钮，得到如图 5-85 所示艺术字效果。

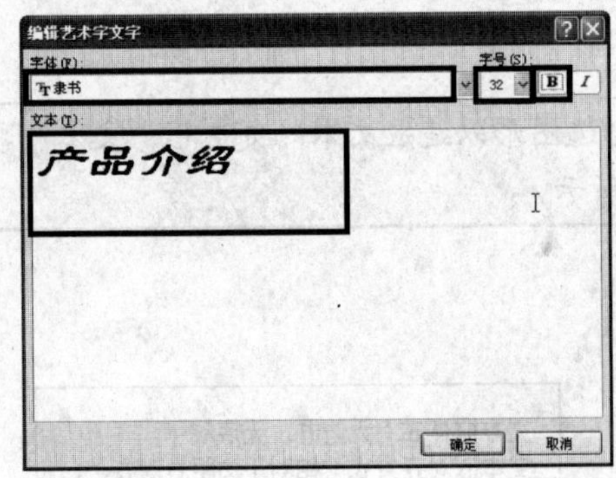

图 5-84 “编辑艺术字文字”对话框

图 5-85 艺术字效果

步骤 5 按【F12】键，另存文档为“产品介绍 02”。

5.6.2 编辑艺术字

编辑艺术字主要包括重新设置艺术字、调整艺术字大小和字符间距。下面分别介绍。

1. 重新设置艺术字

完成艺术字的创建后，用户还可根据需要重新设置艺术字，具体操作如下。

步骤 1　打开本书配套素材“素材与实例”>“第 5 章”>“产品介绍 02”文档，双击艺术字“产品介绍”，打开“艺术字工具”、“格式”选项卡。

步骤 2　单击“文字”组中的“编辑文字”按钮，打开“编辑艺术字文字”对话框，可以在该对话框中修改文字的字体、字号、加粗和倾斜等，也可以修改文字内容。图 5-86 所示为在“产品介绍”后加入文本“02”后的效果。

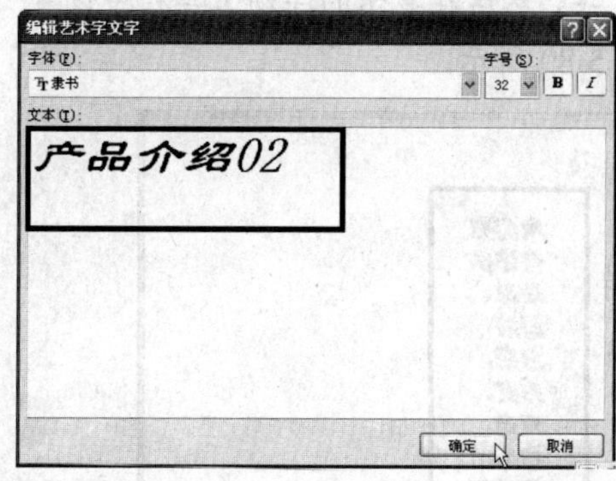

图 5-86　编辑艺术字

2. 调整艺术字大小

创建的艺术字大小不可能那么精准，一步到位，用户可根据需要调整艺术字大小。一般情况下，如果只是调整大小，就不再打开“编辑艺术字文字”对话框来设置字号了，只需用鼠标拖动四周的控制点即可，如图 5-87 所示。

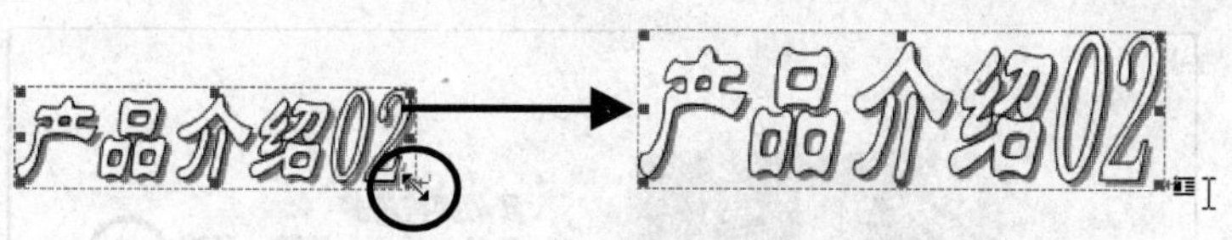

图 5-87　鼠标拖动调整艺术字大小

3. 调整字符间距

双击艺术字进入“格式”选项卡，单击“文字”组中的“间距”按钮，在打开的下拉列表中选择任意项，可设置艺术字间距。图 5-88 为选择“很松”后的艺术字效果。

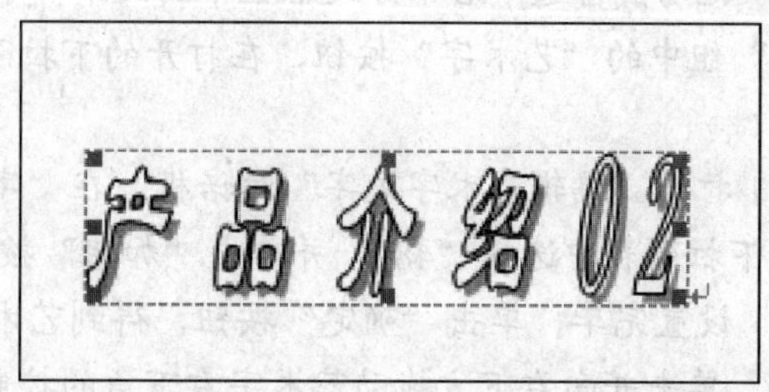

图 5-88　调整字符间距

5.7 上机实践——制作节日贺卡

本节通过制作一张节日贺卡，来练习一下文本框和艺术字的应用。

步骤 1 打开本书配套素材“素材与实例”>“第 5 章”>“贺卡”文档，在右上角的文本框中单击并拖动鼠标，选中其中的所有文字，然后在显示的浮动工具栏中设置“字体”为“华文琥珀”，“字号”为“22”，效果如图 5-89 所示。

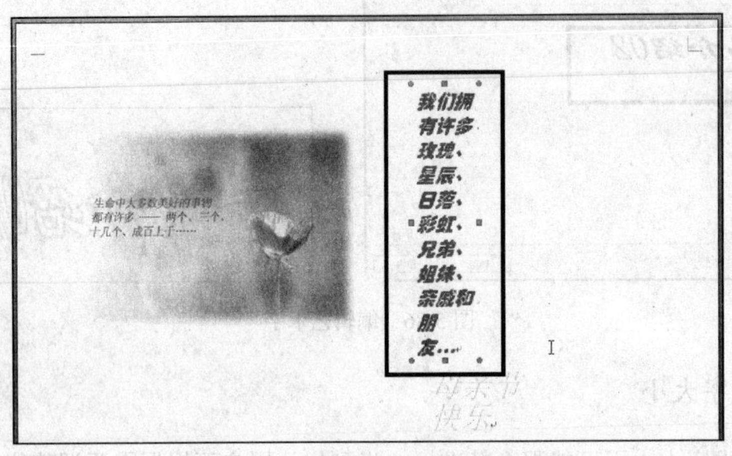

图 5-89 设置文本字体和字号

步骤 2 将光标置于文本框右侧中间的控制点上，单击并向右拖动，将文本框拉宽，如图 5-90 所示。

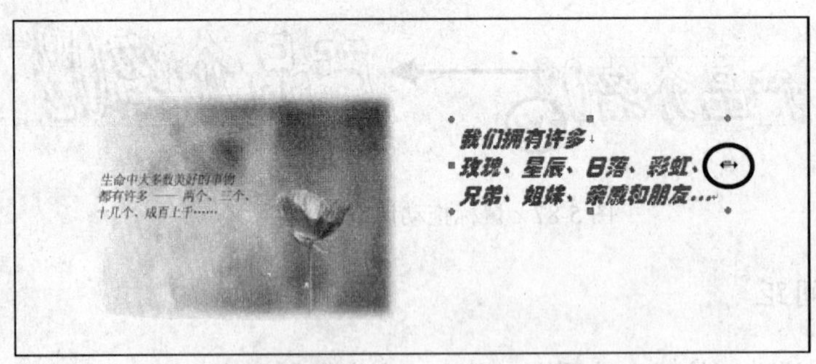

图 5-90 改变文本框宽度

步骤 3 拖动鼠标选中右下方文本框中的文本“母亲节快乐”。切换至“插入”选项卡，单击“文本”组中的“艺术字”按钮，在打开的下拉面板中选择“艺术字 23”，如图 5-91 所示。

步骤 4 打开“编辑艺术字文字”对话框，在“字体”下拉列表中选择“微软雅黑”，在“字号”下拉列表中选择“48”，并单击“加粗”按钮**B**，如图 5-92 所示。

步骤 5 设置完毕，单击“确定”按钮，得到艺术字效果，如图 5-93 所示。

步骤 6 单击并向右下方拖动艺术字右下角的控制点，将其放大，并移至图片下方位置，如图 5-94 所示。

图 5-91　选择艺术字样式

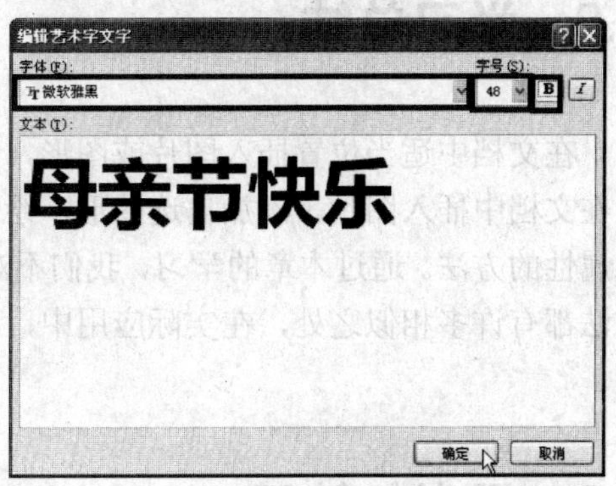

图 5-92　“编辑艺术字文字”对话框

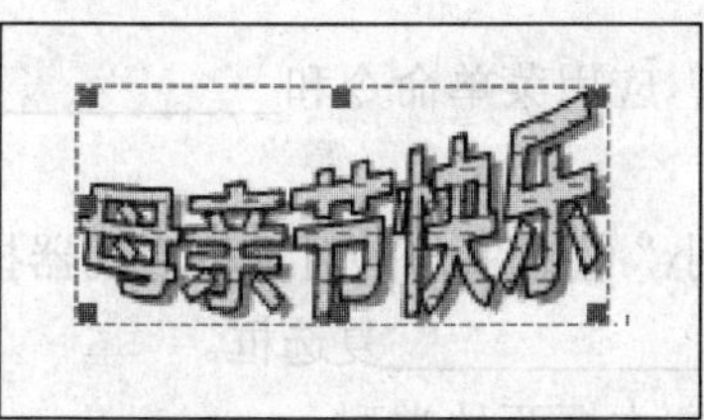

图 5-93　艺术字效果

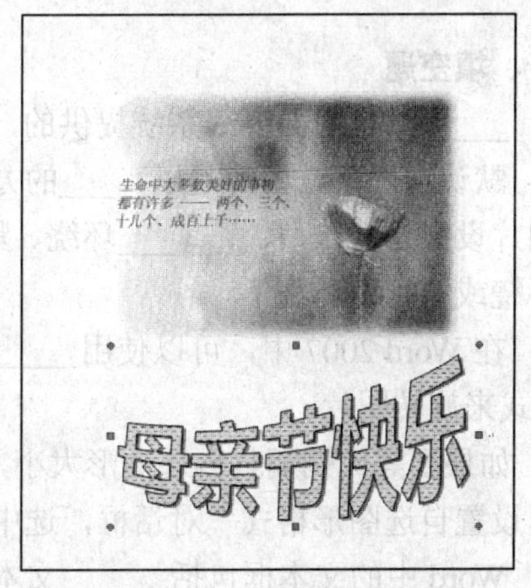

图 5-94　放大艺术字并放至合适位置

步骤 7　参照步骤 1 的方法，设置右下角文本框中的文本，并将其移至合适位置。

步骤 8　将右下角的小花放大，并稍向上移，贺卡便制作完成了，效果如图 5-95 所示。

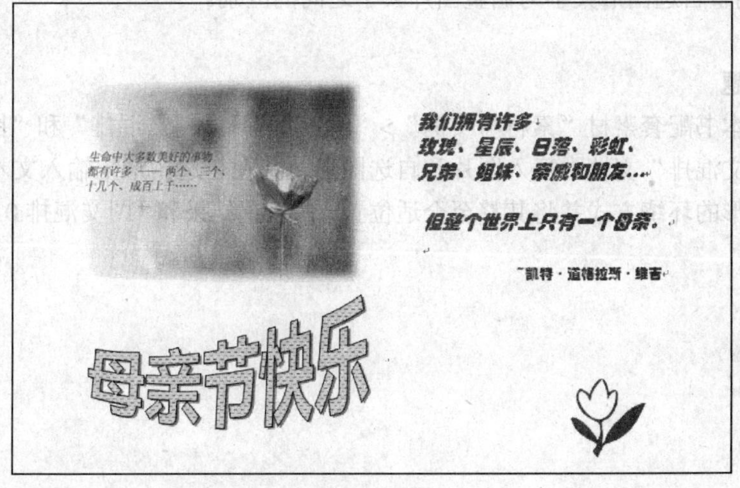

图 5-95　贺卡效果

5.8 学习总结

在文档中适当位置插入图片或图形，可以使整个文档更加生动、活泼。本章主要介绍了在文档中插入图片，添加自选图形，绘制文本框，创建艺术字的方法，以及设置这些对象属性的方法。通过本章的学习，我们不难发现，Word 中图片及各种图形对象的属性设置方法都有许多相似之处，在实际应用中，读者应举一反三，灵活运用所学知识解决实际问题。

5.9 思考与练习

一、填空题

1．________是由 Office 系统提供的，保存在剪辑库中。

2．默认情况下，图片是以______的方式插入到文档中的。在 Word 中，用户可根据需要将图片设置为嵌入型、________环绕、紧密型环绕、__________下方、浮于文字上方、上下型环绕或穿越型环绕。

3．在 Word 2007 中，可以使用________________、应用菜单命令和________________3 种方式来旋转图片。

4．如果要等比例调整自选图形大小，需单击“大小”组右下角的对话框启动器按钮，打开“设置自选图形格式”对话框，选中其中的________________复选框。

5．Word 中的文本框包括______文本框和______文本框两种类型。

二、简答题

1．简述调整图片大小的几种方法。

2．简述调整自选图形大小与调整图片大小之间的区别。

三、操作题

分别打开本书配套素材“素材与实例”>“第 5 章”>“图文混排”和“图文混排 01”文档，在“图文混排”文档中插入图片和自选图形，并在自选图形上输入文本，之后设置图片和自选图形的环绕方式并将其移至合适位置，使设置结果和“图文混排 01”文档一致。

第6章

应用表格

本章内容提要

章前导读

用表格可以将复杂的信息简单明了地表达出来。在 Word 2007 中，不仅可以快速创建各种各样的表格，还可以很方便地修改表格，移动表格位置或调整表格大小，实现文本和表格之间的相互转换，给表格或单元格添加各种边框和底纹等。此外，还可以对表格中的数据进行排序或简单的计算。

6.1 创建表格

表格是由水平的行和垂直的列组成的，行与列交叉形成的方框称为单元格，图 6-1 是一个典型的表格。

行　　单元格　　列

年份/分类		2003	2004	2005	2006	2007
教学	本科	34.5	40.5	43.6	50.5	52.5
	委培	40.7	34.6	30.7	36.2	39.7
	短训	20.8	30.8	35.5	41.9	43.8
科研		40.67	60.78	65.34	69.8	71.9

图 6-1　表格

在 Word 中，可以使用表格网格或“插入表格”对话框创建表格，还可以手绘表格，用户可根据需要自行选择，下面分别介绍。

6.1.1 用表格网格创建表格

使用表格网格，适合创建行、列数较少，并具有规范的行高和列宽的简单表格，具体操作如下。

步骤1 创建新文档，将插入点置于要创建表格的位置。

步骤2 单击“插入”选项卡“表格”组中的“表格”按钮，根据要创建表格的行、列数，在显示的网格中拖动鼠标。例如，要创建一个4行4列的表格，只需选择4行4列的网格，此时所选网格会突出显示，同时文档中实时显示出要创建的表格，如图6-2所示。

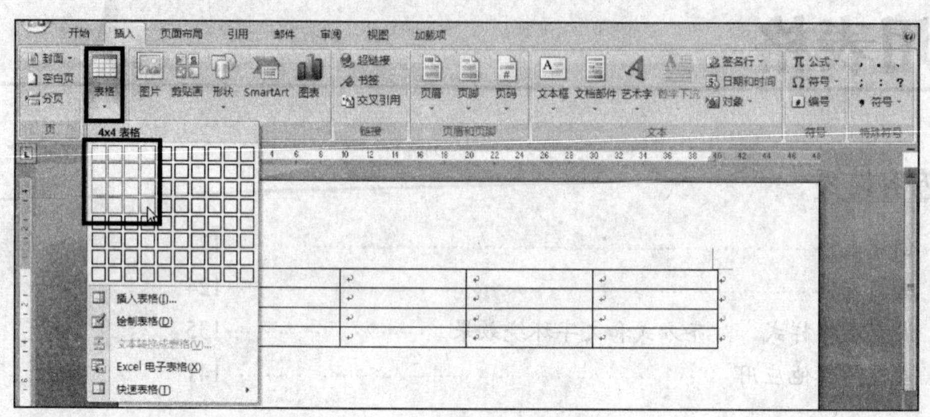

图6-2 使用表格网格创建表格

步骤3 单击鼠标，Word将在插入点所在位置插入一个4行4列的空表格。

提示

> 创建表格后，插入点被自动定位于表格左上角的单元格中。与此同时，系统会自动打开“表格工具”、“设计”选项卡，如图6-3所示。

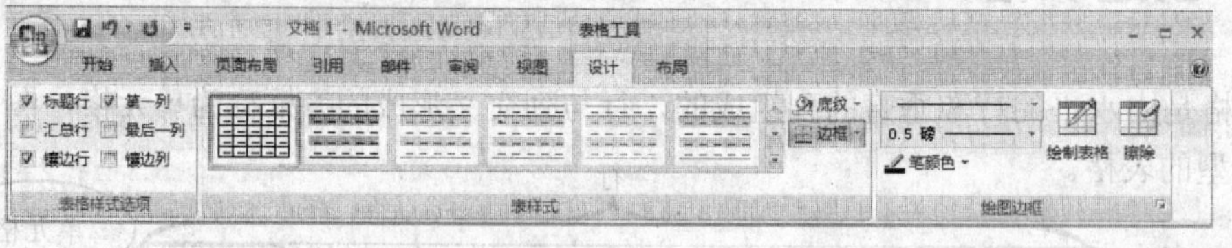

图6-3 “表格工具”、“设计”选项卡

6.1.2 用“插入表格”对话框创建表格

用“插入表格”对话框创建表格可以不受行、列数的限制，还可以设置表格格式，所以“插入表格”对话框是最常用的创建表格的方法，具体操作如下。

步骤1 创建新文档，将插入点置于要创建表格的位置。

步骤2 单击“插入”选项卡“表格”组中的“表格”按钮，在打开的下拉列表中选择“插入表格”命令，打开图6-4左图所示“插入表格”对话框。

步骤3 在“列数”和“行数”编辑框中分别设置表格的行数和列数，此处分别为5和2。

步骤4 在“‘自动调整’操作”选项区选择一种定义列宽的方式，此处选择“根据内容调整表格”。

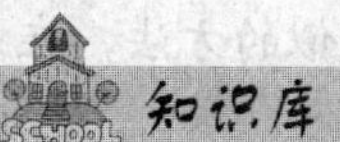

选中"固定列宽"并且给列宽指定一个确切的值，将按指定的列宽创建表格。

选中"固定列宽"并且选择"自动"，或选中"根据窗口调整表格"，则表格的宽度将与正文区宽度相同，单元格宽等于正文区宽度除以列数。

选中"根据内容调整表格"，表格列宽随每一列输入的内容多少而自动调整。

步骤5　单击"确定"按钮，创建一个2行5列的表格，如图6-4右图所示。

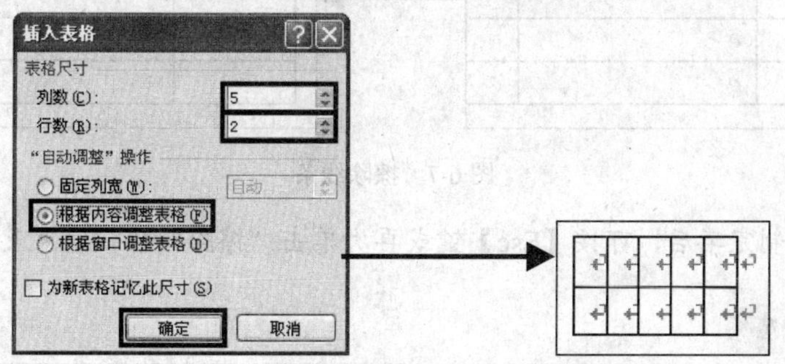

图6-4　用"插入表格"对话框创建表格

6.1.3　绘制表格

使用绘制表格工具可以非常灵活、方便地绘制那些行高、列宽不规则，或带有斜线表头（后面将详细介绍斜线表头的制作方法）的复杂表格。绘制表格的具体操作如下。

步骤1　单击"插入"选项卡"表格"组中的"表格"按钮，在打开的下拉列表中选择"绘制表格"命令。

步骤2　将光标移至文档编辑窗口，光标变为✎形状，单击并拖动鼠标，出现图6-5左图所示的可变虚线框。

步骤3　此时松开鼠标左键，即可画出表格的外边框，如图6-5右图所示。

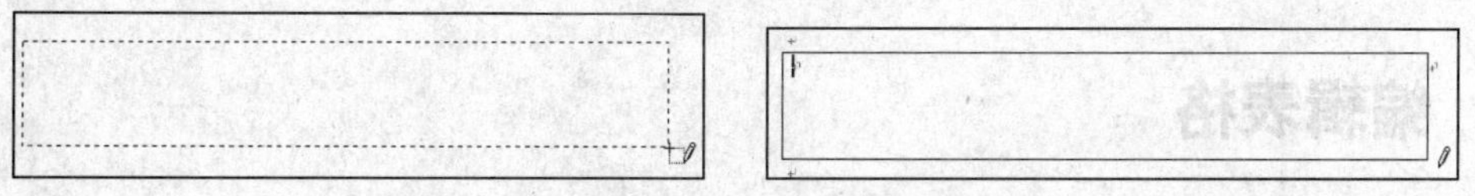

图6-5　绘制表格外边框

步骤4　移动光标到表格的左边框，按下鼠标左键，向右拖动鼠标，当屏幕上出现一个如图6-6所示的水平虚线后松开鼠标，即可画出表格中的一条横线。

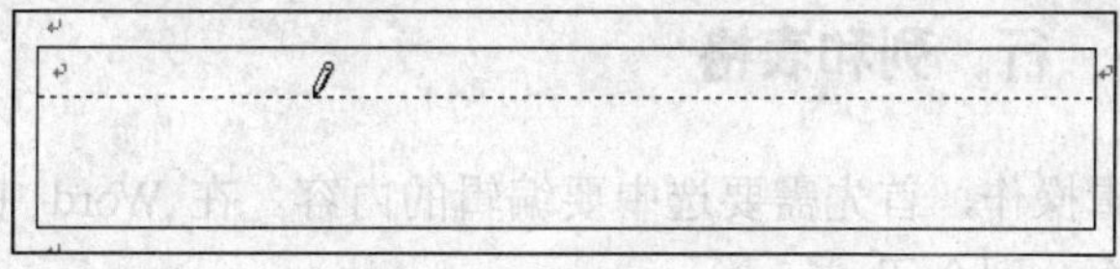

图6-6　绘制表格横线

步骤 5 重复上述操作，直至绘制出需要的行数为止。然后采用类似的方法，在表格中绘制竖线，直至完成表格的创建。

步骤 6 如果要擦除画错或不要的线条，可单击“表格工具”、“设计”选项卡“绘图边框”组中的“擦除”按钮，光标变成橡皮状。在要擦除的线条上单击即可将该线擦除，如图 6-7 所示。

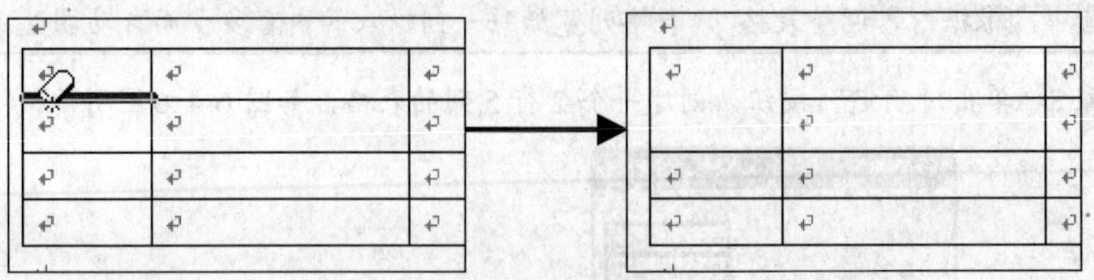

图 6-7 擦除线条

步骤 7 绘制完毕后，可按【Esc】键或再次单击“擦除”按钮结束表格绘制。

在 Word 中，表格线条默认为 0.5 磅的黑色单实线。在绘制表格时，可通过“表格工具”、“设计”选项卡“绘图边框”组中的“笔样式”、“笔画粗细”和“笔颜色”按钮重新设置表格的线型、线条宽度和颜色等。图 6-8 即是在设置“笔样式”和“笔颜色”后绘制的表格。

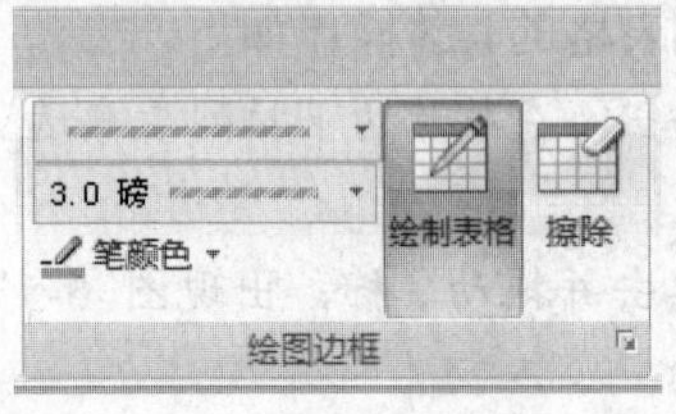

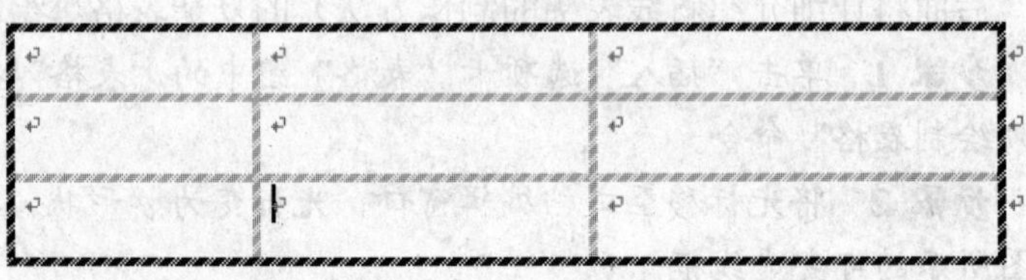

图 6-8 绘制特殊边线的表格

6.2 编辑表格

为满足用户在实际工作中的需要，Word 提供了多种方法来修改已经创建的表格。例如，插入行、列或单元格，删除多余的行、列或单元格，合并或拆分单元格，以及调整单元格的行高和列宽等。

6.2.1 选择单元格、行、列和表格

要对表格进行编辑操作，首先需要选中要编辑的内容。在 Word 中，常用选择表格内容的方法有两种，下面分别介绍。

1. 使用按钮选择单元格、行、列和表格

用“表格工具”、“布局”选项卡“表”组中的“选择”按钮可以非常方便地选择表格内容，具体操作如下。

步骤 1　打开本书配套素材“素材与实例”>“第 6 章”>“课程表”文档，将插入点置于第 2 行、第 1 列单元格中。

步骤 2　切换至“表格工具”、“布局”选项卡，单击“表”组中的“选择”按钮 选择 ，在打开的下拉列表中选择“选择单元格”命令，则插入点所在单元格呈蓝底显示，表示选中，如图 6-9 左图所示。

步骤 3　再次单击“选择”按钮 选择 ，在打开的下拉列表中选择“选择列”命令，则插入点所在的第 1 列呈蓝底显示，表示被选中，如图 6-9 右图所示。

课程表

	星期一	星期二	星期三	星期四	星期五
早自习	语文	英语	语文	英语	语文
1	语文	英语	数学	英语	语文
2	英语	数学	英语	数学	数学
3	体育	品德	音乐	体育	美术
4	数学	语文	语文	作文	英语
5	自然	美术	自然	作文	音乐
6	自习	自习	自习	自习	劳动

课程表

	星期一	星期二	星期三	星期四	星期五
早自习	语文	英语	语文	英语	语文
1	语文	英语	数学	英语	语文
2	英语	数学	英语	数学	数学
3	体育	品德	音乐	体育	美术
4	数学	语文	语文	作文	英语
5	自然	美术	自然	作文	音乐
6	自习	自习	自习	自习	劳动

图 6-9　选择单元格和列

步骤 4　采取同样的方法，可选择行或整个表格。

> 由于 Word 是依据插入点所在位置进行选择，所以在执行任何一个“选择”命令前，必须首先确定插入点位置。

2. 使用鼠标选择单元格、行、列和表格

除上面的方法外，还有一种更为快捷方便地选取表格内容的方法，下面具体说明。

- **选择单元格：**移动光标到单元格左边界，待光标变为向右上方黑色箭头时，单击鼠标左键可选中该单元格，如图 6-10 所示。如果此时双击，则选中该单元格所在的整个行。
- **选择行：**将光标移到目标行左边界的外侧，待光标变为形状后，单击鼠标左键，即可选中当前行，如图 6-11 所示。

课程表

	星期一	星期二	星期三	星期四	星期五
早自习	语文	英语	语文	英语	语文
1	语文	英语	数学	英语	语文
2	英语	数学	英语	数学	数学
3	体育	品德	音乐	体育	美术
4	数学	语文	语文	作文	英语
5	自然	美术	自然	作文	音乐
6	自习	自习	自习	自习	劳动

图 6-10　选择单元格

课程表

	星期一	星期二	星期三	星期四	星期五
早自习	语文	英语	语文	英语	语文
1	语文	英语	数学	英语	语文
2	英语	数学	英语	数学	数学
3	体育	品德	音乐	体育	美术
4	数学	语文	语文	作文	英语
5	自然	美术	自然	作文	音乐
6	自习	自习	自习	自习	劳动

图 6-11　选择行

➢ **选择列：** 将光标移至目标列顶端，待光标变为向下的黑色箭头⬇时，单击鼠标左键，即可选中当前列，如图 6-12 所示。

➢ **选择单元格区域：** 首先在某个单元格中单击，然后按住【Shift】键，将光标移至其他单元格中并单击，则这两个单元格构成的单元格区域将被选中，如图 6-13 所示。此外，首先在某个单元格中单击，然后按住鼠标左键向其他单元格拖动，也可选择单元格区域。

课程表

	星期一	星期二	星期三	星期四	星期五
早自习	语文	英语	语文	英语	语文
1	语文	英语	数学	英语	语文
2	英语	数学	英语	数学	数学
3	体育	品德	音乐	体育	美术
4	数学	语文	语文	作文	英语
5	自然	美术	自然	作文	音乐
6	自习	自习	自习	自习	劳动

图 6-12　选择列

课程表

	星期一	星期二	星期三	星期四	星期五
早自习	语文	英语	语文	英语	语文
1	语文	英语	数学	英语	语文
2	英语	数学	英语	数学	数学
3	体育	品德	音乐	体育	美术
4	数学	语文	语文	作文	英语
5	自然	美术	自然	作文	音乐
6	自习	自习	自习	自习	劳动

图 6-13　选择多个单元格

➢ **选择整个表格：** 将光标移至表格上方时，表格左上角会显示一个⊞图标，单击该图标，即可选中整个表格，如图 6-14 所示。

课程表

	星期一	星期二	星期三	星期四	星期五
早自习	语文	英语	语文	英语	语文
1	语文	英语	数学	英语	语文
2	英语	数学	英语	数学	数学
3	体育	品德	音乐	体育	美术
4	数学	语文	语文	作文	英语
5	自然	美术	自然	作文	音乐
6	自习	自习	自习	自习	劳动

图 6-14　选择整个表格

6.2.2　插入行、列或单元格

当需要向已有的表格中添加新的记录或数据时，就需要向表格中插入行、列或单元格，下面分别介绍。

1. 插入行或列

在表格的某个单元格中单击，切换至“表格工具”、“布局”选项卡，单击图 6-15 所示“行和列”组中的按钮，可在当前单元格上方或下方插入一行或者在当前单元格左侧或右侧插入一列，如图 6-16 所示。

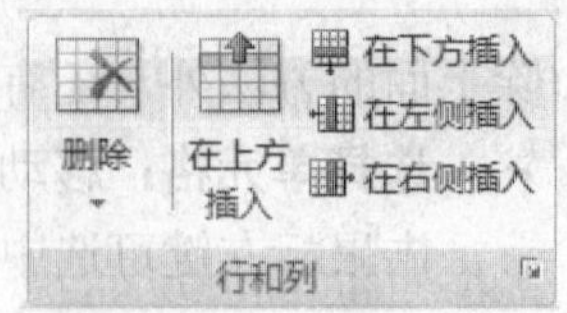

图 6-15　“行和列”组

在数字“3”或数字“4”所在行任意单元格中单击，单击“在下方插入”或“在上方插入”按钮，插入空行

					星期五
早自习					语文
1					语文
2					数学
3	体育	品德	音乐	体育	美术
4	数学	语文	语文	作文	英语
5	自然	美术	自然	作文	音乐
6	自习	自习	自习	自习	劳动

在“早自习”或“星期一”所在列的任意单元格中单击，单击“在右侧插入”或“在左侧插入”按钮，插入空列

		星期一	星期二	星期三	星期四	星期五
早自习		语文	英语	语文	英语	语文
1		语文	英语	数学	英语	语文
2		英语	数学	英语	数学	数学
3		体育	品德	音乐	体育	美术
4		数学	语文	语文	作文	英语
5		自然	美术	自然	作文	音乐
6		自习	自习	自习	自习	劳动

图 6-16　在当前单元格下方或上方插入一行或者左侧或右侧插入一列

如果当前选择了多行、多列或某个单元格区域，则单击“表格工具”、“布局”选项卡“行和列”组中的相关按钮，可在所选单元格区域的上方或下方插入多行，或者左侧或右侧插入多列，如图 6-17 所示。

	星期一	星期二	星期三	星期四	星期五
早自习	语文	英语	语文	英语	语文
1	语文	英语	数学	英语	语文
2	英语	数学	英语	数学	数学
3	体育	品德	音乐	体育	美术
4	数学	语文	语文	作文	英语
5	自然	美术	自然	作文	音乐
6	自习	自习	自习	自习	劳动

						星期一	星期二	星期三	星期四	星期五
					早自习	语文	英语	语文	英语	语文
					1	语文	英语	数学	英语	语文
					2	英语	数学	英语	数学	数学
					3	体育	品德	音乐	体育	美术
					4	数学	语文	语文	作文	英语
					5	自然	美术	自然	作文	音乐
					6	自习	自习	自习	自习	劳动

图 6-17　为表格一次插入多行或多列

2. 插入单元格

在 Word 中，除可以插入行和列外，还可以插入单个或多个单元格，具体操作如下。

步骤 1　打开本书配套素材“素材与实例”>“第 6 章”>“课程表”文档，将插入点置于第 2 行、第 1 列单元格中，如图 6-18 所示。

	星期一	星期二	星期三	星期四	星期五
早自习	语文	英语	语文	英语	语文
1	语文	英语	数学	英语	语文
2	英语	数学	英语	数学	数学
3	体育	品德	音乐	体育	美术
4	数学	语文	语文	作文	英语
5	自然	美术	自然	作文	音乐
6	自习	自习	自习	自习	劳动

图 6-18　定位插入点

步骤 2　单击“表格工具”、“布局”选项卡“行和列”组右下角的对话框启动器按钮，打开“插入单元格”对话框。

步骤 3　在“插入单元格”对话框中选中“活动单元格右移”单选项，单击“确定”按钮，将在插入点所在位置插入 1 个空单元格，原单元格及其后面的单元格全部右移，如图 6-19 所示。

插入单元格
活动单元格右移(I)
活动单元格下移(D)
整行插入(R)
整列插入(C)
确定　取消

	星期一	星期二	星期三	星期四	星期五	
	早自习	语文	英语	语文	英语	语文
1	语文	英语	数学	英语	语文	
2	英语	数学	英语	数学	数学	
3	体育	品德	音乐	体育	美术	
4	数学	语文	语文	作文	英语	
5	自然	美术	自然	作文	音乐	
6	自习	自习	自习	自习	劳动	

图 6-19　插入单元格

知识库

如果在“插入单元格”对话框中选中“活动单元格下移”单选项，可在当前单元格的上方插入新单元格，原单元格及其下方的单元格全部下移。

如果在“插入单元格”对话框中选中“整行插入”或“整列插入”单选项，可以在当前单元格的上方插入新行，或者左侧插入新列。

选中多个单元格时，执行“插入单元格”命令，可在所选单元格区域的左侧或上方插入相应数量的单元格、行或列，如图 6-20 所示。

	星期一	星期二	星期三	星期四	星期五
早自习	语文	英语	语文	英语	语文
1	语文	英语	数学	英语	语文
2	英语	数学	英语	数学	数学
3	体育	品德	音乐	体育	美术
4	数学	语文	语文	作文	英语
5	自然	美术	自然	作文	音乐
6	自习	自习	自习	自习	劳动

	星期一	星期二	星期三	星期四	星期五		
		早自习	语文	英语	语文	英语	语文
1	语文	英语	数学	英语	语文		
2	英语	数学	英语	数学	数学		
3	体育	品德	音乐	体育	美术		
4	数学	语文	语文	作文	英语		
5	自然	美术	自然	作文	音乐		
6	自习	自习	自习	自习	劳动		

图 6-20　一次插入多个单元格

6.2.3　删除单元格、列、行或表格

将光标定位在某个单元格中，或者事先选择好单元格区域、列、行或整个表格，切换至“表格工具”、“布局”选项卡，单击“删除”按钮，打开图 6-21 所示下拉列表。在打开的列表中选择相应命令，可删除单元格、列、行或表格。例如，选择表格中某行，或者将插入点定位在该行中任意单元格中，然后选择“删除”下拉列表中的“删除行”命令，即可删除选择行。

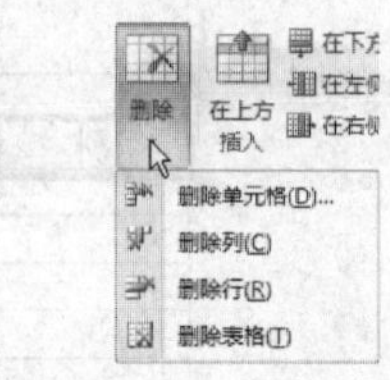

图 6-21　“删除”下拉列表

小技巧

选择单元格、列、行或表格，按【Backspace】键可删除所选对象；若只需要删除表格内数据，可按【Delete】键。

6.2.4　合并与拆分单元格或表格

前面我们讲过，使用“绘制表格”工具可以绘制那些行、列不规则的表格。另外，还可以先制作一个规则表格，然后通过对它进行单元格合并与拆分来制作不规则表格。

1. 合并单元格

使用“合并单元格”命令可以将多个单元格合并成一个单元格，此时原单元格中内容都被合并到新单元格中，具体操作如下。

步骤 1　打开本书配套素材“素材与实例”>“第 6 章”>“课程表”文档，选中要合并的两个或多个单元格，如图 6-22 所示。

步骤 2　单击“表格工具”、“布局”选项卡“合并”组中的“合并单元格”按钮合并单元格，

效果如图 6-23 所示。

	星期一	星期二	星期三	星期四	星期五
早自习	语文	英语	语文	英语	语文
1	语文	英语	数学	英语	语文
2	英语	数学	英语	数学	数学
3	体育	品德	音乐	体育	美术
4	数学	语文	语文	作文	英语
5	自然	美术	自然	作文	音乐
6	自习	自习	自习	自习	劳动

图 6-22　选择要合并的单元格

星期一		星期二	星期三	星期四	星期五
早自习	语文	英语	语文	英语	语文
1	语文	英语	数学	英语	语文
2	英语	数学	英语	数学	数学
3	体育	品德	音乐	体育	美术
4	数学	语文	语文	作文	英语
5	自然	美术	自然	作文	音乐
6	自习	自习	自习	自习	劳动

图 6-23　合并单元格

2. 拆分单元格

拆分单元格就是将当前单元格，或者选中的多个单元格拆分成多个小单元格，具体操作如下。

步骤 1　继续在前面的文档中操作，选中前面合并后的单元格。

步骤 2　单击“表格工具”、“布局”选项卡“合并”组中的“拆分单元格”按钮拆分单元格，打开“拆分单元格”对话框。

步骤 3　分别在“列数”和“行数”编辑框中指定要拆分的列数和行数，如图 6-24 左图所示。

步骤 4　单击“确定”按钮，单元格被拆分成两列，其中的数据自动移至左侧的单元格中，如图 6-24 右图所示。

拆分单元格
列数(C)：2
行数(R)：1
☑拆分前合并单元格(M)
确定　取消

星期一		星期二	星期三	星期四	星期五
早自习	语文	英语	语文	英语	语文
1	语文	英语	数学	英语	语文
2	英语	数学	英语	数学	数学
3	体育	品德	音乐	体育	美术
4	数学	语文	语文	作文	英语
5	自然	美术	自然	作文	音乐
6	自习	自习	自习	自习	劳动

图 6-24　拆分单元格

如果用户选择的是多个单元格，在“拆分单元格”对话框中选中“拆分前合并单元格”复选框，Word 会首先将所有选中的单元格合并成一个单元格，然后再按照指定的行、列数进行拆分；如不选中“拆分前合并单元格”复选框，Word 将对选中的每一个单元格按指定的行、列数进行拆分。

3. 拆分表格

有时候，需要将一个大表格拆分成两个小表格，以便在表格之间插入一些说明性文字，具体操作如下。

步骤 1　将插入点置于要拆分为第二个表格的首行，此处为第 4 行。

步骤 2　单击“表格工具”、“布局”选项卡“合并”组中的“拆分表格”按钮拆分表格，即可将表格拆分成两部分，如图 6-25 所示。

	星期一	星期二	星期三	星期四	星期五
早自习	语文	英语	语文	英语	语文
1	语文	英语	数学	英语	语文

2	英语	数学	英语	数学	数学
3	体育	品德	音乐	体育	美术
4	数学	语文	语文	作文	英语
5	自然	美术	自然	作文	音乐
6	自习	自习	自习	自习	劳动

图 6-25　拆分表格

如果某一页的第一行就是表格，要在表格前插入一个空行，只需在表格第一行中单击，然后单击“拆分表格”按钮拆分表格。

6.2.5　调整行高与列宽

默认情况下，单元格会随输入文字的多少而改变行高或列宽。为了得到指定效果的表格，经常需要调整其行高和列宽。

1. 调整列宽

调整列宽的方法主要有两种：一种是应用鼠标拖拽；另一种是在“表格工具”、“布局”选项卡“单元格大小”组中的编辑框中设置精确值，具体操作如下。

步骤 1　打开本书配套素材“素材与实例”>“第 6 章”>“年度销售表”文档，如图 6-26 所示。

	第一季度			第二季度			第三季度			第四季度			全年度	
	数量(万)	单价(元)	金额(万元)	数量(万)	单价(元)	金额(万元)	数量(万)	单价(元)	金额(万元)	数量(万)	单价(元)	金额(万元)	总量(万)	金额(万元)
学生用A型台灯	25	85		27.3	85		23	85		24.5	85			
学生用B型台灯	30.7	70		29.8	70		28	70		28.2	70			
学生用C型台灯	32	70		30	70		31.7	70		32.5	70			
学生用D型台灯	22	52		21	52		21.2	52		21.7	52			
家庭用A型床头灯	5.2	110		5.7	110		5.4	110		5.3	110			
家庭用B型床头灯	6	56		5.5	56		5.8	56		5.7	56			
家庭用C型床头灯	4	73		4.2	73		4.1	73		4.2	73			
家庭用D型床头灯	3.5	84		3.7	84		3.4	84		3.6	84			

图 6-26　年度销售表效果

步骤 2　在表格第 1 列的任意单元格中单击，切换至“表格工具”、“布局”选项卡。在“单元格大小”组“列宽”编辑框中输入数值 3.7，并按【Enter】键，如图 6-27 所示。

自动调整　1.24 厘米　分布行
3.7 厘米　分布列
单元格大小

年度销售表

销售表分为两大类：一是预算类、一是总结类。预算类销售表（年度）在销售型企业在下半年度开始之前必须要做的预算分析，其中的数据并不是凭空捏造的，而是根据往年的销售记录以及预算人员对于销售状况的了解所估的预测分析。总结类销售表（年度）不但可以如实的记录下本年企业产品销售情况，还可为预算分析提供原始资料。

下表为某企业 10种不同灯类产品年度销售表。

	第一季度			第二季度			第三季度			第四季度			全年度	
	数量(万)	单价(元)	金额(万元)	数量(万)	单价(元)	金额(万元)	数量(万)	单价(元)	金额(万元)	数量(万)	单价(元)	金额(万元)	总量(万)	金额(万元)
学生用 A 型台灯	25	85		27.3	85		23	85		24.5	85			
学生用 B 型台灯	30.7	70		29.8	70		28	70		28.2	70			
学生用 C 型台灯	32	70		30	70		31.7	70		32.5	70			
学生用 D 型台灯	22	52		21	52		21.2	52		21.7	52			
家庭用 A 型床头灯	5.2	110		5.7	110		5.4	110		5.3	110			
家庭用 B 型床头灯	6	56		5.5	56		5.8	56		5.7	56			
家庭用 C 型床头灯	4	73		4.2	73		4.1	73		4.2	73			
家庭用 D 型床头灯	3.5	84		3.7	84		3.4	84		3.6	84			
家庭吊顶 A 型装饰灯	8.3	160		7.5	160		7.8	160		8.2	160			
家庭吊顶 B 型装饰灯	10	210		12	210		13	210		10.5	210			

图 6-27　改变列宽

步骤 3　按【F12】键，另存文档为“年度销售表 01”。

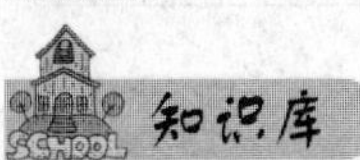

知识库

使用拖拽法设置列宽的方法为，将光标移至要调整列的边线上，当光标变为⫲形状时，按住鼠标左键并左右拖动，此时会显示一条虚线，指示边线将要到达的位置。释放鼠标，即可完成调整列宽的操作，如图 6-28 所示。

全年度	
总 量(万)	金 额(万元)

全年度	
总 量(万)	金 额(万元)

图 6-28　使用拖拽法调整列宽

知识库

选中多列后，单击“单元格大小”组中的“分布列”按钮，可在所选列总宽度不变的情况下，将所选列的列宽调整为相等。

2. 调整行高

调整行高与调整列宽的方法相同，也分为两种：鼠标拖拽与精确调整。

步骤 1　打开本书配套素材“素材与实例”>“第 6 章”>“年度销售表 01”文档。

步骤 2　将光标移至表格第三行左侧，当光标变为↗形状时，按住鼠标左键不放，拖动鼠标到最后一行，选中多行。

步骤 3　在“单元格大小”组中的“行高”编辑框中输入数值 1.1，按【Enter】键，得到图 6-29 所示效果。

步骤 4　按【F12】键，另存文档为“年度销售表 02”。

	第一季度			第二季度			第三季度			第四季度			全年度	
	数量(万)	单价(元)	金额(万元)	数量(万)	单价(元)	金额(万元)	数量(万)	单价(元)	金额(万元)	数量(万)	单价(元)	金额(万元)	总量(万)	金额(万元)
学生用A型台灯	25	85		27.3	85		23	85		24.5	85			
学生用B型台灯	30.7	70		29.8	70		28	70		28.2	70			
学生用C型台灯	32	70		30	70		31.7	70		32.5	70			
学生用D型台灯	22	52		21	52		21.2	52		21.7	52			
家庭用A型床头灯	5.2	110		5.7	110		5.4	110		5.3	110			
家庭用B型床头灯	6	56		5.5	56		5.8	56		5.7	56			
家庭用C型床头灯	4	73		4.2	73		4.1	73		4.2	73			
家庭用D型床头灯	3.5	84		3.7	84		3.4	84		3.6	84			
家庭吊顶A型装饰灯	8.3	160		7.5	160		7.8	160		8.2	160			
家庭吊顶B型装饰灯	10	210		12	210		13	210		10.5	210			

图 6-29　设置行高后效果

将光标移至表格行边线上，当光标变为 形状时向上或向下拖拽，可调整边线上方行的高度。

选中多行后，单击“单元格大小”组中的“分布行”按钮，可在保持所选行总高度不变的情况下，使所选行的行高调整为相等。

6.2.6　调整表格中文字的对齐方式

如果希望调整单元格中文字的对齐方式（包括水平和垂直），可首先选中单元格、行、列或表格，然后单击“表格工具”、“布局”选项卡“对齐方式”组中的相应按钮，如图 6-30 所示。

	星期一	星期二	星期三	星期四	星期五
早自习	语文	英语	语文	英语	语文
1	语文	英语	数学	英语	语文
2	英语	数学	英语	数学	数学
3	体育	品德	音乐	体育	美术
4	数学	语文	语文	作文	英语
5	自然	美术	自然	作文	音乐
6	自习	自习	自习	自习	劳动

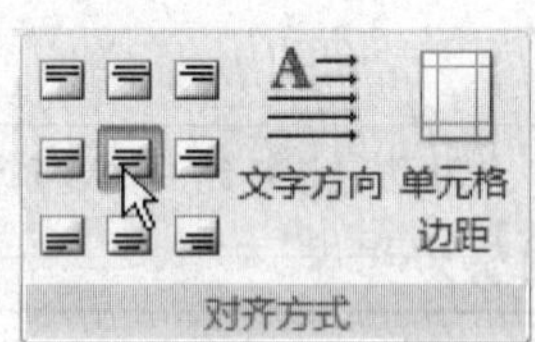

	星期一	星期二	星期三	星期四	星期五
早自习	语文	英语	语文	英语	语文
1	语文	英语	数学	英语	语文
2	英语	数学	英语	数学	数学
3	体育	品德	音乐	体育	美术
4	数学	语文	语文	作文	英语
5	自然	美术	自然	作文	音乐
6	自习	自习	自习	自习	劳动

图 6-30　使文字在单元格中水平和垂直对齐

下面以图示的方式列出了“对齐方式”组中各按钮的作用，如图 6-31 所示。

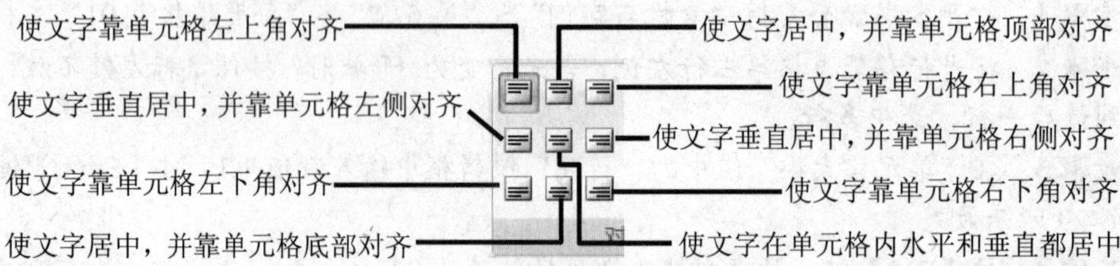

图 6-31　“对齐方式”组中各按钮作用

单击“对齐方式”组中任意按钮，可同时调整单元格中内容在水平和垂直两个方向的对齐方式。

如果希望调整表格在页面中的对齐方式，可首先选中整个表格，然后单击“开始”选项卡“段落”组中的对齐按钮。

6.3　上机实践——制作成绩表

本节通过制作一个成绩表，来练习创建和编辑表格的常用方法。

步骤 1　新建一个文档，将插入点置于要创建表格的位置。

步骤 2　单击“插入”选项卡“表格”组中的“表格”按钮，在打开的下拉列表中选择“插入表格”命令，打开“插入表格”对话框。

步骤 3　在“列数”和“行数”编辑框中分别输入 7 和 13，在“‘自动调整’操作”选项区选择“固定列宽”，如图 6-32 左图所示。

步骤 4　单击“确定”按钮，插入表格，效果如图 6-32 右图所示。

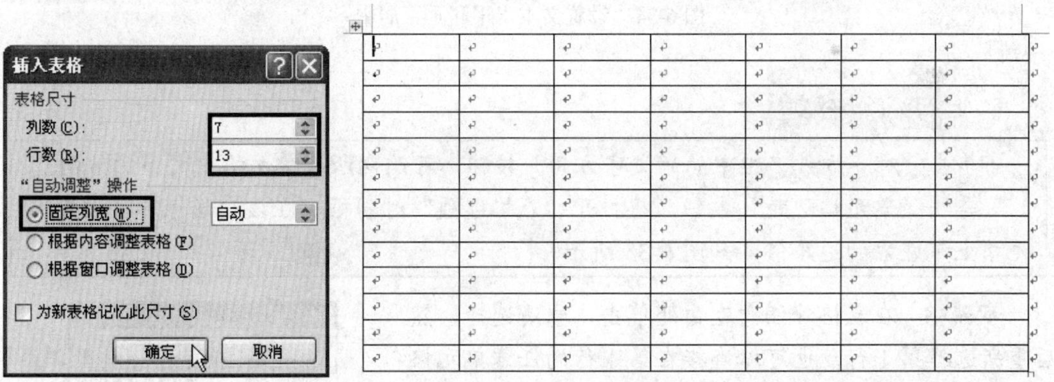

图 6-32　插入表格

步骤 5　在第 1 行第 2 列单元格中单击，输入文本“语文”。按【→】键，将插入点移至第 1 行第 3 列单元格中，然后输入文本“数学”。

按键盘上的方向键【→】【←】【↑】或【↓】，可使插入点在各单元格中移动。

步骤 6　按照类似方法在其他单元格中输入文本，最后效果如图 6-33 所示。

步骤 7　选中表格，单击“表格工具”、“布局”选项卡“对齐方式”组中的“水平居中”按钮，则各单元格中的文本在水平和垂直方向上居中对齐，如图 6-34 所示。

	语文	数学	英语	科学	计算机	总分
常小青	90	100	98	85	30	403
张益阳	92	95	98	85	20	390
李燕北	87	98	86	78	19	368
王秀丽	100	99	89	69	26	383
章冰雨	98	65	78	89	15	345
田甜	67	98	56	97	30	348
孙丽娟	93	89	87	90	28	387
赵一丁	62	98	52	98	27	337
丁志玉	87	86	86	68	23	350
孙永康	91	82	53	84	19	329
范冰芳	95	86	97	86	20	384
杨小蕊	65	97	80	78	29	349

图 6-33　输入文本

	语文	数学	英语	科学	计算机	总分
常小青	90	100	98	85	30	403
张益阳	92	95	98	85	20	390
李燕北	87	98	86	78	19	368
王秀丽	100	99	89	69	26	383
章冰雨	98	65	78	89	15	345
田甜	67	98	56	97	30	348
孙丽娟	93	89	87	90	28	387
赵一丁	62	98	52	98	27	337
丁志玉	87	86	86	68	23	350
孙永康	91	82	53	84	19	329
范冰芳	95	86	97	86	20	384
杨小蕊	65	97	80	78	29	349

图 6-34　设置文本水平和垂直居中

单击“对齐方式”组中的“文字方向”按钮，可改变所选单元格中文字的方向。

单击“单元格边距”按钮，将打开“表格选项”对话框，在该对话框中可设置单元格上下左右的边距值，如图 6-35 所示。

步骤 8　在表格外任意空白处单击，取消选择，然后重新选择第 1 行。也可以直接在第 1 行的任意单元格中单击，定位插入点在第 1 行。

步骤 9　在“表格工具”、“布局”选项卡“单元格大小”组“行高”编辑框中输入“1”，按【Enter】键确认，如图 6-36 所示。

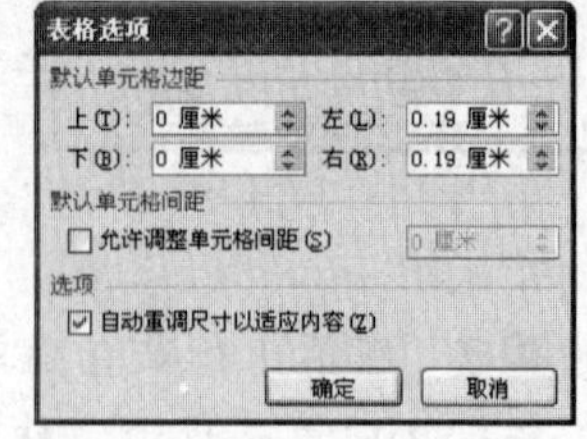

图 6-35　“表格选项”对话框

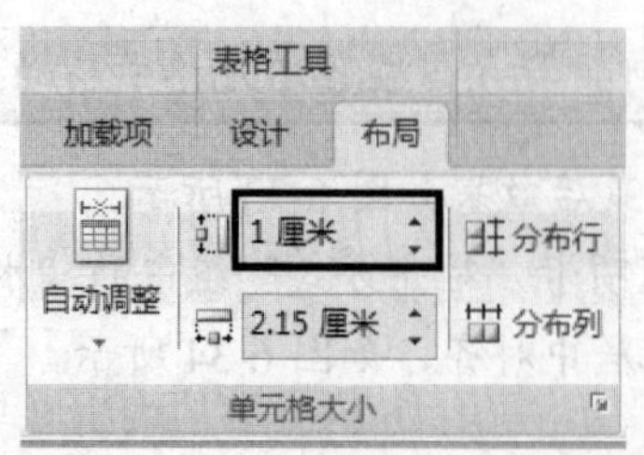

	语文	数学	英语	科学	计算机	总分
常小青	90	100	98	85	30	403
张益阳	92	95	98	85	20	390
李燕北	87	98	86	78	19	368
王秀丽	100	99	89	69	26	383
章冰雨	98	65	78	89	15	345
田甜	67	98	56	97	30	348
孙丽娟	93	89	87	90	28	387
赵一丁	62	98	52	98	27	337
丁志玉	87	86	86	68	23	350
孙永康	91	82	53	84	19	329
范冰芳	95	86	97	86	20	384
杨小蕊	65	97	80	78	29	349

图 6-36　设置第 1 行高度

步骤 10　参照前面的方法，选中第 1 行下面的所有行，并设置其高度为 0.8 厘米，如图 6-37 所示。

	语文	数学	英语	科学	计算机	总分
常小青	90	100	98	85	30	403
张益阳	92	95	98	85	20	390
李燕北	87	98	86	78	19	368
王秀丽	100	99	89	69	26	383
章冰雨	98	65	78	89	15	345
田甜	67	98	56	97	30	348
孙丽娟	93	89	87	90	28	387
赵一丁	62	98	52	98	27	337
丁志玉	87	86	86	68	23	350
孙永康	91	82	53	84	19	329
范冰芳	95	86	57	86	20	384
杨小蕊	65	97	80	78	29	349

图 6-37　设置其余行高度

步骤 11　按【Ctrl+S】组合键，将文档保存为“成绩表 01”。

6.4　设置表格样式、对齐方式和文字环绕效果

在 Word 中，可以对选中的表格应用内置表样式，也可以为整个表格、某个单元格或行、列设置边框和底纹。另外还可以设置表格相对页面的对齐方式，以及周边文字的环绕效果。

6.4.1　应用内置表样式

Word 2007 提供了 30 多种预置的表样式，无论是新建的空白表格还是已输入数据的表格，都可以通过套用内置的表样式来快速设置表格样式，具体操作如下。

步骤 1　打开本书配套素材“素材与实例”>“第 6 章”>“年度销售表 02”文档，将插入点置于表格中任意位置。

步骤 2　单击“表格工具”、“设计”选项卡“表样式”组中“样式”列表框右下方的“其他”按钮，在打开的下拉列表中选择要使用的表格样式，此处选择“中等深浅底纹 1-强调文字颜色 4”，如图 6-38 所示。

步骤 3　如果对已应用的表样式不甚满意，可将插入点置于表格中，然后在“其他”下拉列表中选择“修改表格样式”命令，此时将打开“修改样式”对话框。

步骤 4　在“格式”设置区“将格式应用于”下拉列表中选择“标题行”，在“字体”下拉列表中选择“汉仪超粗黑简”，在“字号”下拉列表中选择“小四”，在“字体颜色”下拉面板中选择“标准色”中的“黄色”，如图 6-39 左图所示。

步骤 5　单击“确定”按钮，则表格中的标题行已变成所设置的效果，如图 6-39 右图所示。

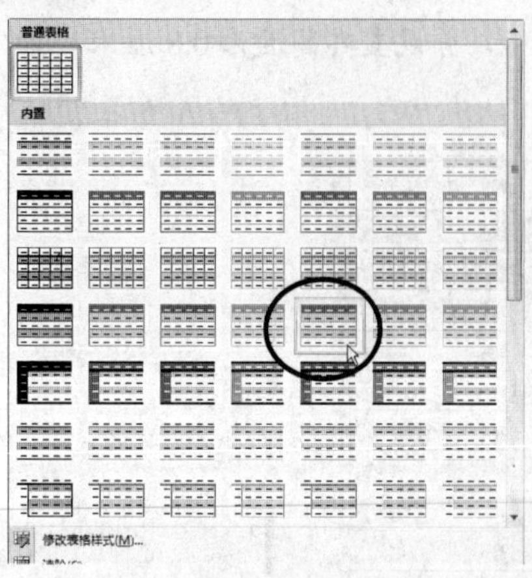

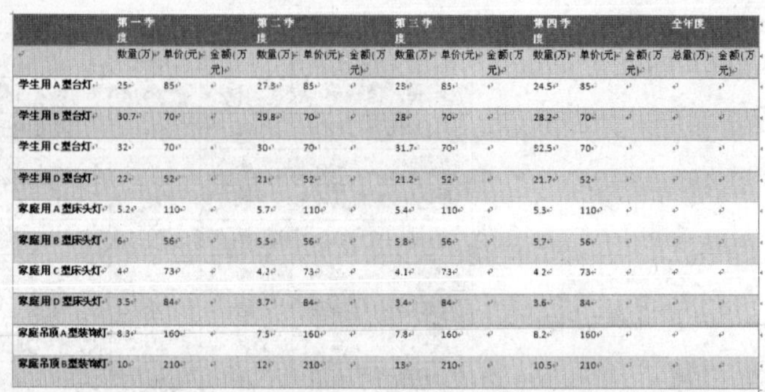

	第一季度			第二季度			第三季度			第四季度			全年度	
	数量(万)	单价(元)	金额(万元)	数量(万)	单价(元)	金额(万元)	数量(万)	单价(元)	金额(万元)	数量(万)	单价(元)	金额(万元)	总量(万)	金额(万元)
学生用 A 型台灯	25	85		27.3	85		23	85		24.5	85			
学生用 B 型台灯	30.7	70		29.8	70		28	70		28.2	70			
学生用 C 型台灯	32	70		30	70		31.7	70		32.5	70			
学生用 D 型台灯	22	52		21	52		21.2	52		21.7	52			
家庭用 A 型床头灯	5.2	110		5.7	110		5.4	110		5.3	110			
家庭用 B 型床头灯	6	56		5.5	56		5.8	56		5.7	56			
家庭用 C 型床头灯	4	73		4.2	73		4.1	73		4.2	73			
家庭用 D 型床头灯	3.5	84		3.7	84		3.4	84		3.6	84			
家庭吊顶 A 型装饰灯	8.3	160		7.5	160		7.8	160		8.2	160			
家庭吊顶 B 型装饰灯	10	210		12	210		13	210		10.5	210			

图 6-38　应用内置表样式

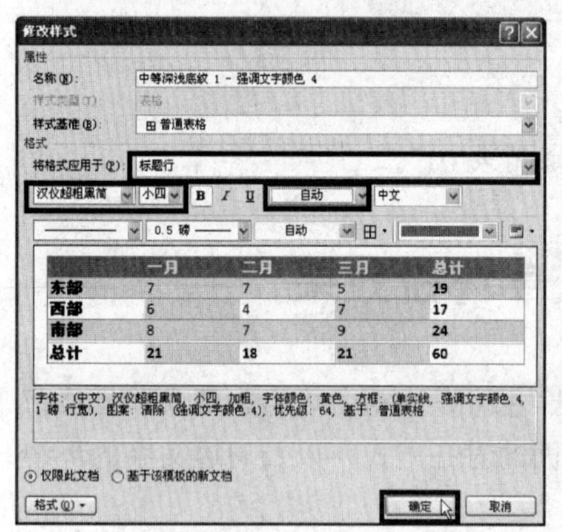

图 6-39　设置标题行样式

步骤 6　按【F12】键，另存文档为“年度销售表 03”。

6.4.2　设置表格边框和底纹

为突出显示表格中的某行或某列，还可以为表格或某部分单元格设置边框和底纹。

1. 设置边框

步骤 1　打开本书配套素材“素材与实例”>“第 6 章”>“年度销售表 02”文档，选择整个表格。

步骤 2　切换至“表格工具”、“设计”选项卡，打开“绘图边框”组中的“笔画粗细”下拉列表，从中选择“2.25 磅”，如图 6-40 所示。

步骤 3　单击“绘图边框”组中的“笔颜色”按钮，在打开的下拉面板中选择“主题颜色”组中的“橙色，强调文字颜色 6”，如图 6-41 所示。

步骤 4　单击“表样式”组“边框”按钮右侧的三角按钮，在打开的下拉列表中选择“外侧框线”命令，以将前面设置的样式应用于外侧框线，如图 6-42 所示。

图 6-40　设置笔画粗细

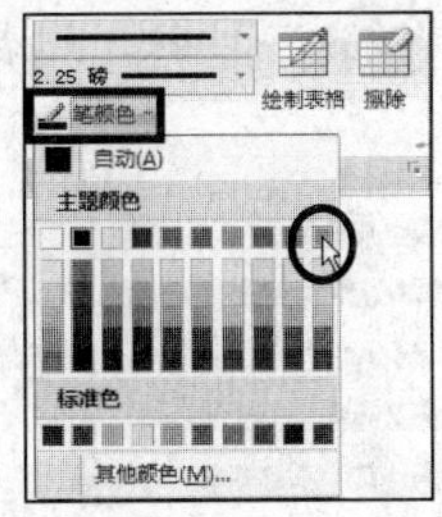

图 6-41　设置笔颜色

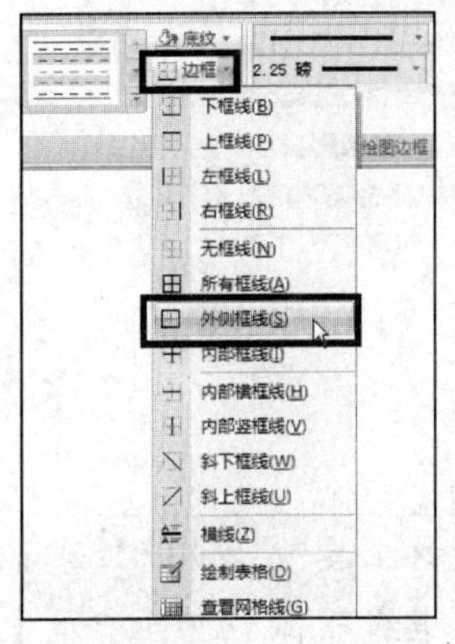

	第一季度			第二季度			第三季度			第四季度			全年度	
	数量(万)	单价(元)	金额(万元)	数量(万)	单价(元)	金额(万元)	数量(万)	单价(元)	金额(万元)	数量(万)	单价(元)	金额(万元)	总量(万)	金额(万元)
学生用 A 型台灯	25	85		27.3	85		23	85		24.5	85			
学生用 B 型台灯	30.7	70		29.8	70		28	70		28.2	70			
学生用 C 型台灯	32	70		30	70		31.7	70		32.5	70			
学生用 D 型台灯	22	52		21	52		21.2	52		21.7	52			
家庭用 A 型床头灯	5.2	110		5.7	110		5.4	110		5.3	110			
家庭用 B 型床头灯	6	56		5.5	56		5.8	56		5.7	56			
家庭用 C 型床头灯	4	73		4.2	73		4.1	73		4.2	73			
家庭用 D 型床头灯	3.5	84		3.7	84		3.4	84		3.6	84			
家庭吊顶 A 型装饰灯	8.3	160		7.5	160		7.8	160		8.2	160			
家庭吊顶 B 型装饰灯	10	210		12	210		13	210		10.5	210			

图 6-42　设置表格外边框效果

知识库

单击“绘图边框”组中的“绘制表格”按钮，光标变为画笔形状，在要改变的单元格边框线上单击，可将设置的样式应用于边框线。如果要将样式应用于连续的多个单元格边框线，可沿边框线拖动鼠标。

步骤 5　保持表格的选中状态，再次打开“表样式”组中的“边框”下拉列表，从中选择“边框和底纹”命令，此时将打开“边框和底纹”对话框。

步骤 6　在左侧的“设置”组中选择“自定义”选项，在“颜色”下拉面板中选择“主题颜色”组中的“橙色，强调文字颜色 6”，然后分别单击两次“预览”组中的按钮和按钮，如图 6-43 所示。

图 6-43　“边框和底纹”对话框

步骤 7 单击“确定”按钮，则表格的所有内框线都应用了新设边框样式，如图 6-44 所示。

	第一季度			第二季度			第三季度			第四季度			全年度	
	数量(万)	单价(元)	金额(万元)	数量(万)	单价(元)	金额(万元)	数量(万)	单价(元)	金额(万元)	数量(万)	单价(元)	金额(万元)	总量(万)	金额(万元)
学生用 A 型台灯	25	85		27.3	85		23	85		24.5	85			
学生用 B 型台灯	30.7	70		29.8	70		28	70		28.2	70			
学生用 C 型台灯	32	70		30	70		31.7	70		32.5	70			
学生用 D 型台灯	22	52		21	52		21.2	52		21.7	52			
家庭用 A 型床头灯	5.2	110		5.7	110		5.4	110		5.3	110			
家庭用 B 型床头灯	6	56		5.5	56		5.8	56		5.7	56			
家庭用 C 型床头灯	4	73		4.2	73		4.1	73		4.2	73			
家庭用 D 型床头灯	3.5	84		3.7	84		3.4	84		3.6	84			
家庭吊顶 A 型装饰灯	8.3	160		7.5	160		7.8	160		8.2	160			
家庭吊顶 B 型装饰灯	10	210		12	210		13	210		10.5	210			

图 6-44　设置表格内框线效果

如果要隐藏表格中所有线条，可选择整个表格，切换至“表格工具”、“设计”选项卡，单击“边框”按钮右侧的三角按钮，在下拉列表中选择“无框线”；或切换至“开始”选项卡，单击“段落”组中的“边框和底纹”按钮，在打开的下拉列表中选择“无框线”命令。

步骤 8 按【F12】键，另存文档为“年度销售表 04”。

2. 设置底纹

为强调某单元格中的内容，可为该单元格设置底纹，具体操作如下。

步骤 1 打开本书配套素材“素材与实例”>“第 6 章”>“年度销售表 04”文档。

步骤 2 按住【Ctrl】键的同时，分别在要选择的数量列和总量列上方单击鼠标，将其全部选中，如图 6-45 所示。

下表为某企业 10 种不同灯类产品年度销售表。

	第一季度			第二季度			第三季度			第四季度			全年度	
	数量(万)	单价(元)	金额(万元)	数量(万)	单价(元)	金额(万元)	数量(万)	单价(元)	金额(万元)	数量(万)	单价(元)	金额(万元)	总量(万)	金额(万元)
学生用 A 型台灯	25	85		27.3	85		23	85		24.5	85			
学生用 B 型台灯	30.7	70		29.8	70		28	70		28.2	70			
学生用 C 型台灯	32	70		30	70		31.7	70		32.5	70			
学生用 D 型台灯	22	52		21	52		21.2	52		21.7	52			
家庭用 A 型床头灯	5.2	110		5.7	110		5.4	110		5.3	110			
家庭用 B 型床头灯	6	56		5.5	56		5.8	56		5.7	56			
家庭用 C 型床头灯	4	73		4.2	73		4.1	73		4.2	73			
家庭用 D 型床头灯	3.5	84		3.7	84		3.4	84		3.6	84			
家庭吊顶 A 型装饰灯	8.3	160		7.5	160		7.8	160		8.2	160			
家庭吊顶 B 型装饰灯	10	210		12	210		13	210		10.5	210			

图 6-45　选择多个不连续的列

步骤 3 切换至“设计”选项卡，单击“表样式”组中的“底纹”按钮，在打开的下

拉面板中选择“主题颜色”组中的“橙色，强调文字颜色 6，淡色 80%”，如图 6-46 所示。

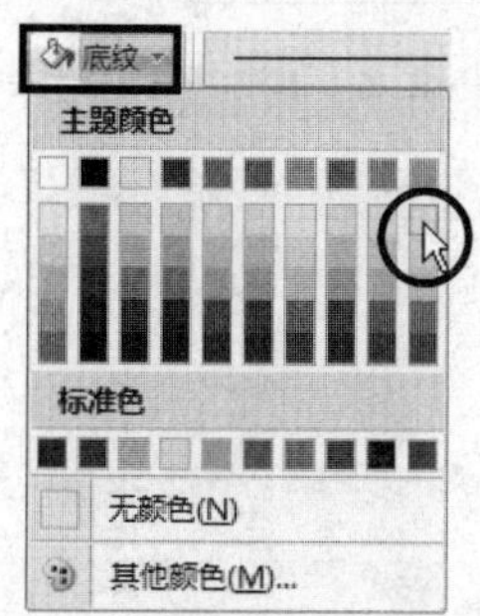

	第一季度			第二季度			第三季度			第四季度			全年度	
	数量(万)	单价(元)	金额(万元)	数量(万)	单价(元)	金额(万元)	数量(万)	单价(元)	金额(万元)	数量(万)	单价(元)	金额(万元)	总量(万)	金额(万元)
学生用 A 型台灯	25	85		27.3	85		23	85		24.5	85			
学生用 B 型台灯	30.7	70		29.8	70		28	70		28.2	70			
学生用 C 型台灯	32	70		30	70		31.7	70		32.5	70			
学生用 D 型台灯	22	52		21	52		21.2	52		21.7	52			
家庭用 A 型床头灯	5.2	110		5.7	110		5.4	110		5.3	110			
家庭用 B 型床头灯	6	56		5.5	56		5.8	56		5.7	56			
家庭用 C 型床头灯	4	73		4.2	73		4.1	73		4.2	73			
家庭用 D 型床头灯	3.5	84		3.7	84		3.4	84		3.6	84			
家庭吊顶 A 型装饰灯	8.3	160		7.5	160		7.8	160		8.2	160			
家庭吊顶 B 型装饰灯	10	210		12	210		13	210		10.5	210			

图 6-46　为选择单元格设置底纹

步骤 4　以同样的方式选择所有单价列，再次打开“底纹”下拉面板，从中选择“主题颜色”组中的“橙色，强调文字颜色 6，淡色 60%”，如图 6-47 所示。

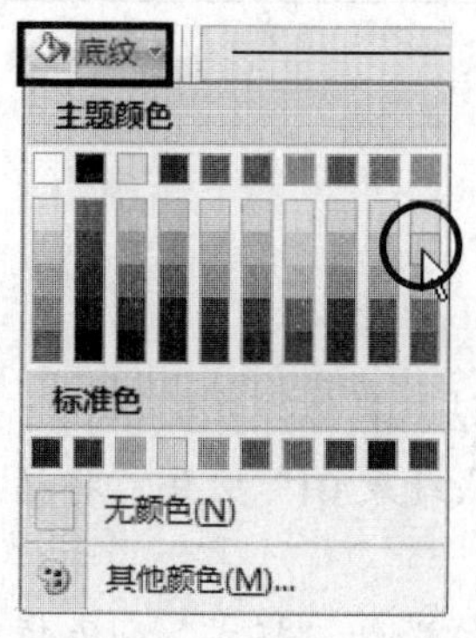

	第一季度			第二季度			第三季度			第四季度			全年度	
	数量(万)	单价(元)	金额(万元)	数量(万)	单价(元)	金额(万元)	数量(万)	单价(元)	金额(万元)	数量(万)	单价(元)	金额(万元)	总量(万)	金额(万元)
学生用 A 型台灯	25	85		27.3	85		23	85		24.5	85			
学生用 B 型台灯	30.7	70		29.8	70		28	70		28.2	70			
学生用 C 型台灯	32	70		30	70		31.7	70		32.5	70			
学生用 D 型台灯	22	52		21	52		21.2	52		21.7	52			
家庭用 A 型床头灯	5.2	110		5.7	110		5.4	110		5.3	110			
家庭用 B 型床头灯	6	56		5.5	56		5.8	56		5.7	56			
家庭用 C 型床头灯	4	73		4.2	73		4.1	73		4.2	73			
家庭用 D 型床头灯	3.5	84		3.7	84		3.4	84		3.6	84			
家庭吊顶 A 型装饰灯	8.3	160		7.5	160		7.8	160		8.2	160			
家庭吊顶 B 型装饰灯	10	210		12	210		13	210		10.5	210			

图 6-47　为选择单元格设置底纹

步骤 5　按【F12】键另存文档为“年度销售表 05”。

6.4.3　设置表格对齐方式和文字环绕效果

在实际工作中，有时候需要制作两个并排的表格，或在表格的某一边写上一些说明性文字，这就需要设置表格的对齐方式和文字环绕效果了，具体操作如下。

步骤 1　打开本书配套素材“素材与实例”>“第 6 章”>“年终总结”文档，将插入点置于表格中任意单元格中。

步骤 2　单击“表格工具”、“布局”选项卡“表”组中的“属性”按钮属性，打开“表格属性”对话框。

步骤 3　在“文字环绕”选项区选中“环绕”；在“对齐方式”选项区选择一种对齐方式，此处选择“右对齐”。

步骤 4　单击“确定”按钮，结果如图 6-48 所示。

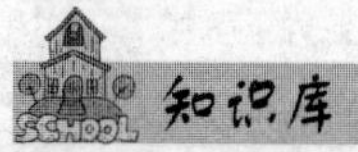

为表格设置环绕方式后，用户可通过单击并拖动表格左上角的⊞图标来随意调整表格的位置。

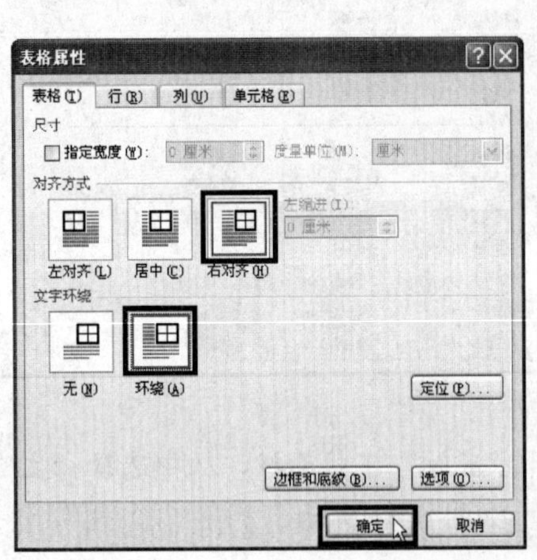

初二二班年终总结

一学期以来，我们初二二班全体教师都能做到勤勤恳恳，教书育人，工作上相互配合，积极进取，不但如期实施了本学期计划中的各项工作，还顺利完成了学校布置的各项任务，并取得了一定的成绩。

	语文	数学	英语	科学	计算机	总分
商慧霞	100	90	85	98	20	393
张国东	95	90	85	98	19	387
孙媛飞	86	89	90	100	18	383
郝万云	85	90	100	92	15	382
纪　军	84	100	92	85	17	378
郭和乾	80	90	85	95	18	368
岳永生	78	90	82	88	16	354
孔军利	65	78	85	82	18	328
欧阳宇	61	80	75	85	18	319
齐妮妮	65	70	69	65	14	283
平均分	79.9	86.7	84.8	88.8	17.3	357.5
最高分	100	100	100	100	20	393
最低分	61	70	69	65	14	283

本年级有 4 位教师，平时在本职岗位上勤勤恳恳，任劳任怨，不计较个人得失，始终如一，教师之间互相配合，诚心实意地交流思想，寻求共识，认真讨论班级工作中出现的各

图 6-48　设置表格对齐方式和文字环绕效果

6.5　上机实践——美化成绩表

本节通过美化前面制作的成绩表，来练习表格样式的设置方法，具体操作如下。

步骤 1　打开本书配套素材“素材与实例”>“第 6 章”>“成绩表 01”文档，将插入点置于表格的任意单元格中。

步骤 2　切换至“表格工具”、“设计”选项卡，单击“表样式”组“样式”列表框右下方的“其他”按钮，在打开的下拉列表中选择“中等深浅底纹 1-强调文字颜色 5”，如图 6-49 所示。

	语文	数学	英语	科学	计算机	总分
常小青	90	100	98	85	30	403
张益阳	92	95	98	85	20	390
李燕北	87	98	86	78	19	368
王秀丽	100	99	89	69	26	383
章冰雨	98	65	78	89	15	345
田甜	67	98	56	97	30	348
孙丽娟	93	89	87	90	28	387
赵一丁	62	98	52	98	27	337
丁志玉	87	86	86	68	23	350
孙永康	91	82	53	84	19	329
范冰芳	95	86	97	86	20	384
杨小蕊	65	97	80	78	29	349

图 6-49　设置表格样式

步骤 3 单击“表样式”组“边框”按钮□边框·后方的三角按钮，在打开的下拉列表中选择“边框和底纹”，打开“边框和底纹”对话框。

步骤 4 在“设置区”选择“网格”选项，然后单击“确定”按钮，如图 6-50 所示。

	语文	数学	英语	科学	计算机	总分
常小青	90	100	98	85	30	403
张益阳	92	95	98	85	20	390
李燕北	87	98	86	78	19	368
王秀丽	100	99	89	69	26	383
章冰雨	98	65	78	89	15	345
田甜	67	98	56	97	30	348
孙丽娟	93	89	87	90	28	387
赵一丁	62	98	52	98	27	337
丁志玉	87	86	86	68	23	350
孙永康	91	82	53	84	19	329
范冰芳	95	86	97	86	20	384
杨小茲	65	97	80	78	29	349

图 6-50 为表格设置内框线

步骤 5 按【F12】键，另存文档为“成绩表 02”。

6.6 表格的其他应用

通过前面几节的介绍，用户应该对表格的基本操作有所了解了，但在实际工作中，经常会遇到一些比较特殊的情况。例如，表格中的数据需要排序或计算，表格跨页时需要标题行重复，需要制作带有斜线的表头，以及表格和文本之间需要相互转换等。下面分别介绍。

6.6.1 表格排序

在 Word 中，可以按照递增或递减的顺序将表格内容按笔画、数字、拼音或日期等进行排序，具体操作如下。

步骤 1 打开本书配套素材“素材与实例”>“第 6 章”>“成绩表 02”文档，并选中整个表格。

步骤 2 单击“表格工具”、“布局”选项卡“数据”组中的“排序”按钮，打开“排序”对话框。

步骤 3 在“主要关键字”下拉列表中选择一种排序依据，此处选择“总分”。

步骤 4 在“类型”下拉列表中选择一种排序类型，此处选择“数字”；在其后方选择“升序”或“降序”单选钮，此处选择“升序”。

步骤 5 单击“确定”按钮，表格中的数据以总分为依据，按照从低到高的顺序自动排序，如图 6-51 所示。

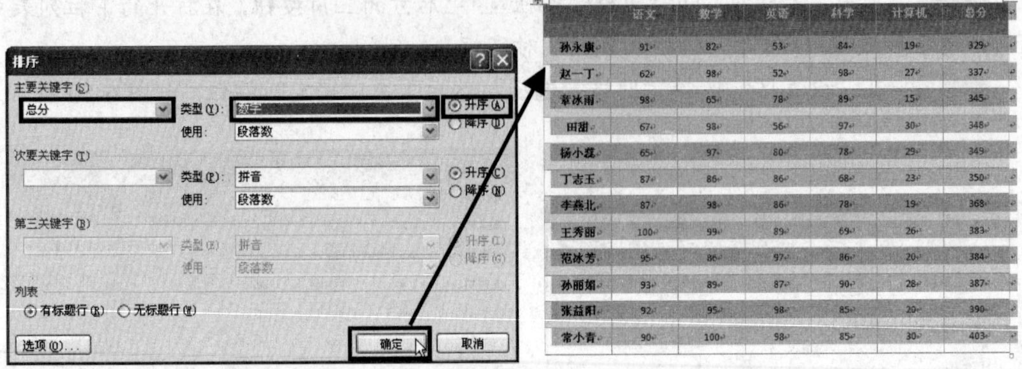

	语文	数学	英语	科学	计算机	总分
孙永康	91	82	53	84	19	329
赵一丁	62	98	52	98	27	337
章冰雨	98	65	78	89	15	345
田甜	67	98	56	97	30	348
杨小霞	65	97	80	78	29	349
丁志玉	87	86	86	68	23	350
李燕北	87	98	86	78	19	368
王秀丽	100	99	89	69	26	383
范冰芳	95	86	97	86	20	384
孙丽娟	93	89	87	90	28	387
张益阳	92	95	98	85	20	390
常小青	90	100	98	85	30	403

图 6-51 排序表格

步骤 6 按【F12】键另存文档为“成绩表 03”。

6.6.2 在表格中计算

在表格中，可以通过输入带有加、减、乘、除（+、-、*、/）等运算符的公式进行计算，也可以使用 Word 附带的函数进行较为复杂的计算。

1. 表格计算基础知识

表格中的计算都是以单元格或区域为单位进行的，为方便在单元格之间进行运算，Word 用 A1、B2、C3 等英文字母与数字的组合来标识表格中的单元格，我们称其为单元格的地址，其中字母 A、B、C……为列号，按顺序依次表示表格中从左到右的列，自然数 1、2、3……为行号，按顺序表示表格中从上到下的行，如图 6-52 所示。

	第一季度			第二季度			第三季度			第四季度			全年度		
	数量(万)	单价(元)	金额(万元)	数量(万)	单价(元)	金额(万元)	数量(万)	单价(元)	金额(万元)	数量(万)	单价(元)	金额(万元)	总量(万)	金额(万元)	2
学生用 A 型台灯	25	85		27.3	85		23	85		24.5	85				3
学生用 B 型台灯	30.7	70		29.8	70		28	70		28.2	70				4
学生用 C 型台灯	32	70		30	70		31.7	70		32.5	70				5
学生用 D 型台灯	22	52		21	52		21.2	52		21.7	52				6
家庭用 A 型床头灯	5.2	110		5.7	110		5.4	110		5.3	110				7
家庭用 B 型床头灯	6	56		5.5	56		5.8	56		5.7	56				8
家庭用 C 型床头灯	4	73		4.2	73		4.1	73		4.2	73				9
家庭用 D 型床头灯	3.5	84		3.7	84		3.4	84		3.6	84				10
家庭吊顶 A 型装饰灯	8.3	160		7.5	160		7.8	160		8.2	160				11
家庭吊顶 B 型装饰灯	10	210		12	210		13	210		10.5	210				12

(第一行右侧标注行号 1)

A B C D E F G H I J K L M N O

图 6-52 单元格地址

下面给出了表示一个单元格、一个单元格区域、一整行或一整列的方法。注意，各种表示方法中的逗号、冒号及函数名后面的括号均为半角符号。

➢ **B2：**表示位于第 2 列、第 2 行的单元格。

- **A1:C2**：表示由 A1、A2、B1、B2、C1、C2 六个单元格组成的矩形区域。
- **A1,B3**：表示 A1 和 B3 两个单元格。
- **1:1**：表示整个第 1 行。
- **E:E**：表示整个第 5 列。
- **SUM(A1:A4)**：SUM 是表示求和的函数。该式表示求 A1、A2、A3、A4 单元格数据的和。
- **Average(1:1,2:2)**：Average 是表示求平均值的函数。该式表示求第 1 行与第 2 行和的平均值。

2. 应用公式进行计算

当需要处理大量数据的时候，通常使用专用处理软件 Excel。Word 只能进行简单的计算，下面介绍应用 Word 中的公式进行简单计算的方法。

步骤 1　打开本书配套素材"素材与实例" > "第 6 章" > "年度销售表 05"文档，将插入点置于第一季度金额下方第 1 个空白单元格中。

步骤 2　切换至"表格工具"、"布局"选项卡，单击"数据"组中的"公式"按钮 fx 公式，打开"公式"对话框。

步骤 3　删除"公式"编辑框中的"SUM(LEFT)"，在"粘贴函数"下拉列表中选择"PRODUCT"选项（PRODUCT 函数表示乘法），如图 6-53 所示。

步骤 4　在"公式"编辑框中显示"=PRODUCT()"，在括号内输入"LEFT"参数，如图 6-54 所示。

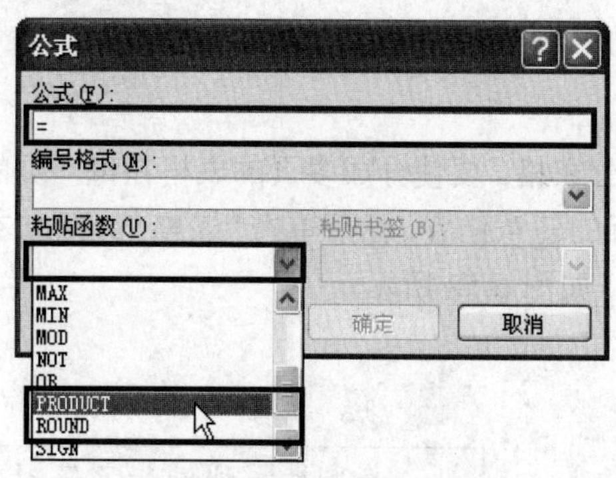

图 6-53　选择乘法函数

图 6-54　设置函数参数

参数"LEFT"表示当前单元格左侧的所有单元格。若要指定参与运算的单元格，可在括号内输入单元格地址，则上述公式表示为"=PRODUCT(B3,C3)"。此外，该公式也可表示为"=B3*C3"。

步骤 5　单击"确定"按钮，得到图 6-55 所示效果。

	第一季度		
	数量(万)	单价(元)	金额(万元)
学生用 A 型台灯	25	85	2125
学生用 B 型台灯	30.7	70	

图 6-55　显示计算结果

知识库

Word 提供了 20 多种计算函数，较常用的有：求和（SUM）、求积（PRODUCT）、求平均数（AVERAGE）、求项目数（COUNT）、求最大值（MAX）和最小值（MIN）等。

3. 计算结果的更新

表格中的计算公式均是以“域”的形式显示的。也就是说，当参与运算的单元格中的数值发生变化时，公式也可以快速更新计算结果，具体操作如下。

步骤 1　继续在上面的文档中操作，将第一季度“学生用 A 型台灯”的数量更改为 30，如图 6-56 所示。

步骤 2　在上一节的计算结果上单击鼠标，该数值显示灰色域底纹，按键盘上的【F9】键或右击灰色域底纹，在弹出的快捷菜单中选择“更新域”，则该单元格数值即被更新，如图 6-57 所示。

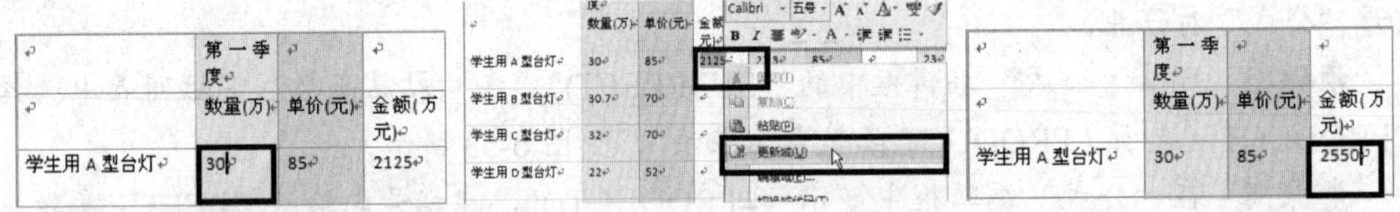

	第一季度		
	数量(万)	单价(元)	金额(万元)
学生用 A 型台灯	30	85	2125

	第一季度		
	数量(万)	单价(元)	金额(万元)
学生用 A 型台灯	30	85	2550

图 6-56　更改数量值　　　　图 6-57　更新计算结果

6.6.3　使跨页的表格重复标题行

如果创建的表格超过了一页，Word 会自动拆分表格。要使分成多页的表格在每一页的第一行都显示标题行，可将插入点置于表格标题行的任意位置，然后单击“表格工具”、“布局”选项卡“数据”组中的“重复标题行”按钮，如图 6-58 所示。

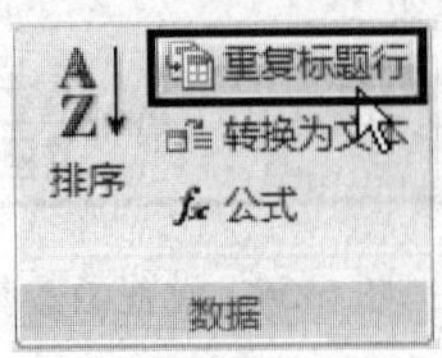

图 6-58　重复标题行

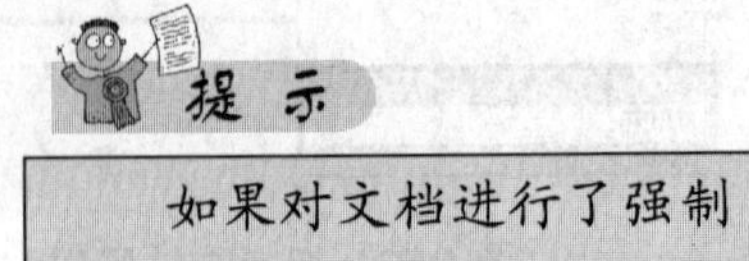

提示

如果对文档进行了强制分页，则该功能无效。

6.6.4　创建斜线表头

除了可以利用绘制表格工具绘制斜线表头外，Word 还提供了专门的绘制斜线表头功能。下面介绍具体操作。

步骤 1　打开本书配套素材“素材与实例”>“第 6 章”>“斜线表头”文档，将插入点置于第 1 行第 1 列单元格中，如图 6-59 所示。

步骤 2　切换至“表格工具”、“布局”选项卡，单击“表”组中的“绘制斜线表头”按钮，打开“插入斜线表头”对话框。

步骤 3　在“行标题”编辑框中输入文本“科目”，在“列标题”编辑框中输入文本“姓名”，如图 6-60 所示。

	语文	数学	英语	科学
常小青	90	100	98	85
张益阳	92	95	98	85
李燕北	87	98	86	78

图 6-59　定位插入点

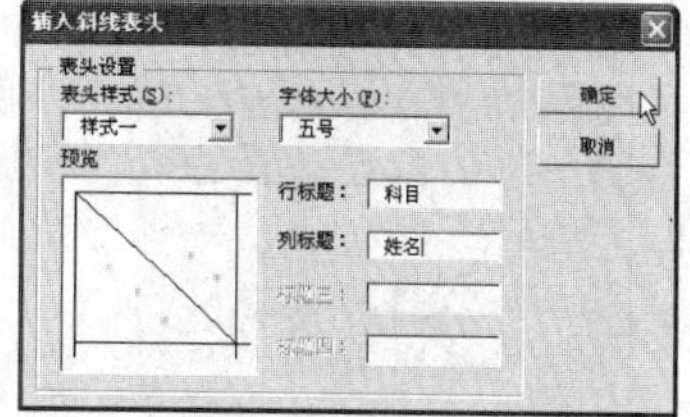

图 6-60　“插入斜线表头”对话框

步骤 4　单击“确定”按钮，得到图 6-61 所示效果。

如果要绘制斜线表头的单元格较小，系统会打开图 6-62 所示“插入斜线表头”提示框，提示用户需要重新设置单元格大小。

科目 姓名	语文	数学	英语
常小青	90	100	98
张益阳	92	95	98
李燕北	87	98	86

图 6-61　斜线表头效果

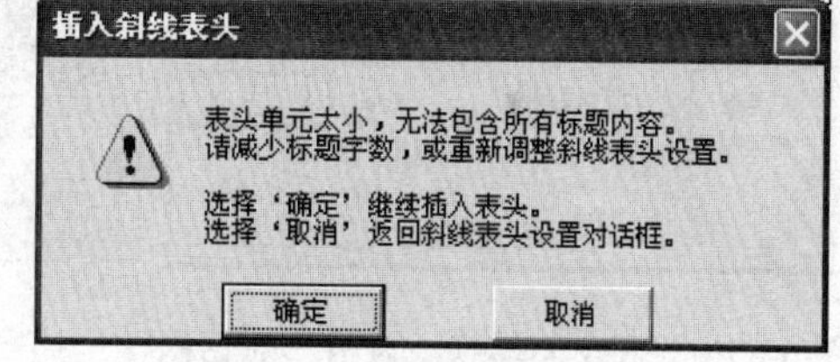

图 6-62　提示框

步骤 5　按【F12】键，另存文档为“斜线表头 01”。

6.6.5　文本和表格之间的相互转换

Word 允许用户将设置了分隔符的文本转换成表格，常用分隔符有：段落标记、制表符、逗号和空格。另外，用户也可以使用自己指定的符号作为分隔符。下面介绍把文本转换为表格的方法。

步骤 1　打开本书配套素材“素材与实例”>“第 6 章”>“文本”文档，该文档中分隔文本所用的符号为空格。

步骤 2　选择要转换为表格的所有文本，如图 6-63 所示。

步骤 3　切换至“插入”选项卡，单击“表格”按钮，在打开的下拉列表中选择“文本转换成表格”命令，如图 6-64 所示。

步骤 4　打开“将文本转换成表格”对话框，在“表格尺寸”组“列数”编辑框中自动显示数值 7，在“文字分隔位置”选项组中选择“空格”单选项，如图 6-65 所示。

步骤 5　单击“确定”按钮，得到如图 6-66 所示表格。

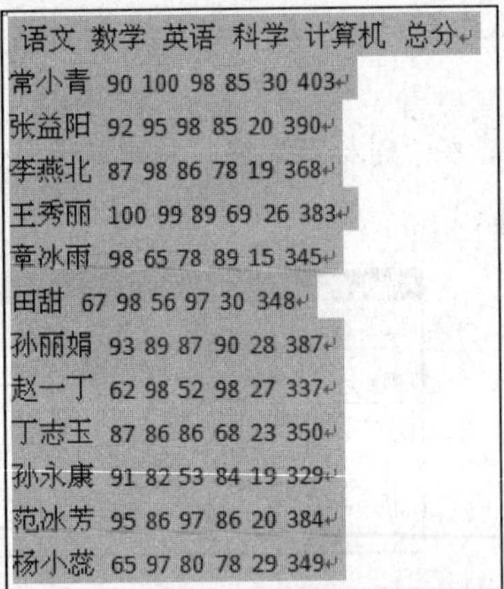
语文 数学 英语 科学 计算机 总分
常小青 90 100 98 85 30 403
张益阳 92 95 98 85 20 390
李燕北 87 98 86 78 19 368
王秀丽 100 99 89 69 26 383
章冰雨 98 65 78 89 15 345
田甜 67 98 56 97 30 348
孙丽娟 93 89 87 90 28 387
赵一丁 62 98 52 98 27 337
丁志玉 87 86 86 68 23 350
孙永康 91 82 53 84 19 329
范冰芳 95 86 97 86 20 384
杨小蕊 65 97 80 78 29 349

图 6-63　选择文本

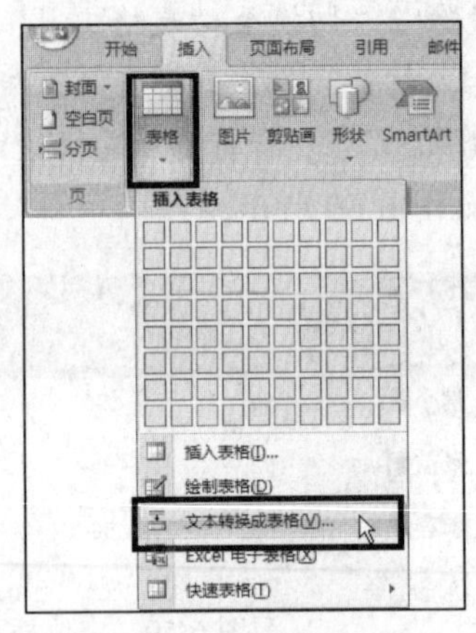

图 6-64　表格下拉列表

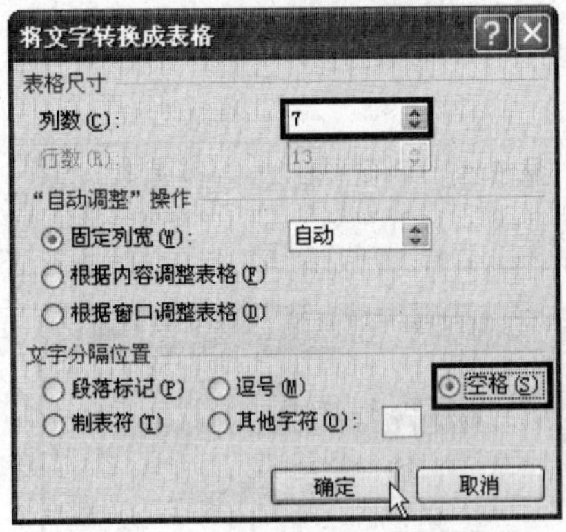

图 6-65　“将文本转换成表格”对话框

	语文	数学	英语	科学	计算机	总分
常小青	90	100	98	85	30	403
张益阳	92	95	98	85	20	390
李燕北	87	98	86	78	19	368
王秀丽	100	99	89	69	26	383
章冰雨	98	65	78	89	15	345
田甜	67	98	56	97	30	348
孙丽娟	93	89	87	90	28	387
赵一丁	62	98	52	98	27	337
丁志玉	87	86	86	68	23	350
孙永康	91	82	53	84	19	329
范冰芳	95	86	97	86	20	384
杨小蕊	65	97	80	78	29	349

图 6-66　文本转换为表格后的效果

选择表格或将插入点置于表格中，切换至“布局”选项卡，单击“数据”组中的“转换为文本”按钮 转换为文本，打开“表格转换成文本”对话框，选择一种文字分隔符，如“逗号”单选钮，单击“确定”按钮，可将表格转换为文本，如图 6-67 所示。

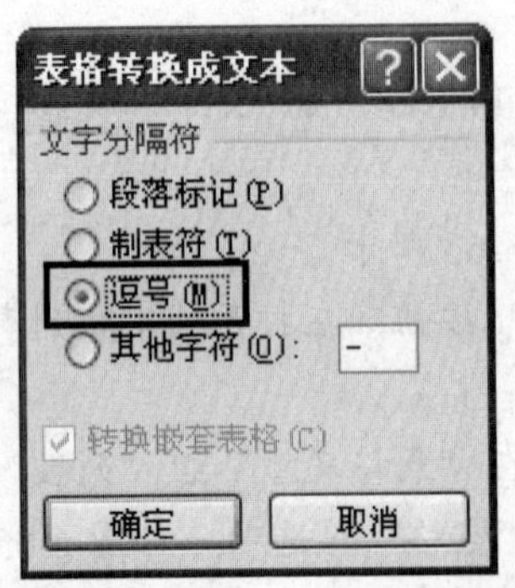

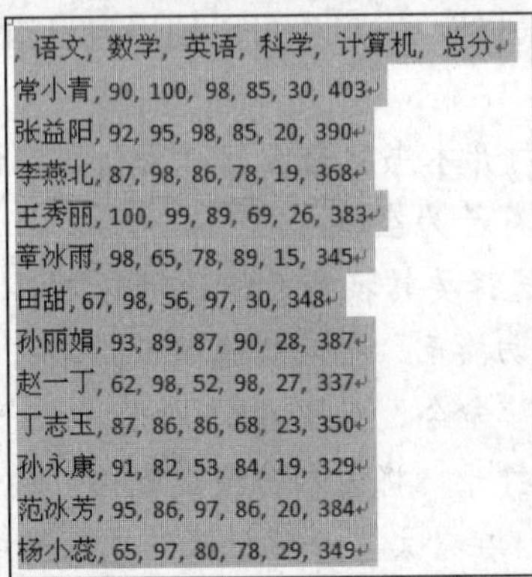
, 语文, 数学, 英语, 科学, 计算机, 总分
常小青, 90, 100, 98, 85, 30, 403
张益阳, 92, 95, 98, 85, 20, 390
李燕北, 87, 98, 86, 78, 19, 368
王秀丽, 100, 99, 89, 69, 26, 383
章冰雨, 98, 65, 78, 89, 15, 345
田甜, 67, 98, 56, 97, 30, 348
孙丽娟, 93, 89, 87, 90, 28, 387
赵一丁, 62, 98, 52, 98, 27, 337
丁志玉, 87, 86, 86, 68, 23, 350
孙永康, 91, 82, 53, 84, 19, 329
范冰芳, 95, 86, 97, 86, 20, 384
杨小蕊, 65, 97, 80, 78, 29, 349

图 6-67　表格转换为文本

6.7　上机实践——完善成绩表

本节通过完善前面制作的成绩表，来练习表格的其他应用，具体操作如下。

步骤 1　打开本书配套素材“素材与实例”>“第 6 章”>“成绩表 02”文档。选中第 1 列文本，在“表格工具”、“布局”选项卡上“单元格大小”组中的“表格列宽度”编辑框中输入“3”，设置列宽度为 3 厘米，如图 6-68 所示。

步骤 2　拖动鼠标选中右侧的所有列，设置列宽度为 2 厘米，表格效果如图 6-69 所示。

图 6-68　设置第 1 列宽度

	语文	数学	英语	科学	计算机	总分
常小青	90	100	98	85	30	403
张益阳	92	95	98	85	20	390
李燕北	87	98	86	78	19	368
王秀丽	100	99	89	69	26	383
章冰雨	98	65	78	89	15	345
田甜	67	98	56	97	30	348
孙丽娟	93	89	87	90	28	387
赵一丁	62	98	52	98	27	337
丁志玉	87	86	86	68	23	350
孙永康	91	82	53	84	19	329
范冰芳	95	86	97	86	20	384
杨小蕊	65	97	80	78	29	349

图 6-69　设置列宽度后效果

步骤 3　将插入点置于第 1 行第 1 列单元格中，单击“布局”选项卡“表”组中的“绘制斜线表头”按钮，打开“插入斜线表头”对话框。

步骤 4　在“行标题”编辑框中输入文本“科目”，在“列标题”编辑框中输入文本“姓名”，单击“确定”按钮，创建斜线表头，如图 6-70 所示。

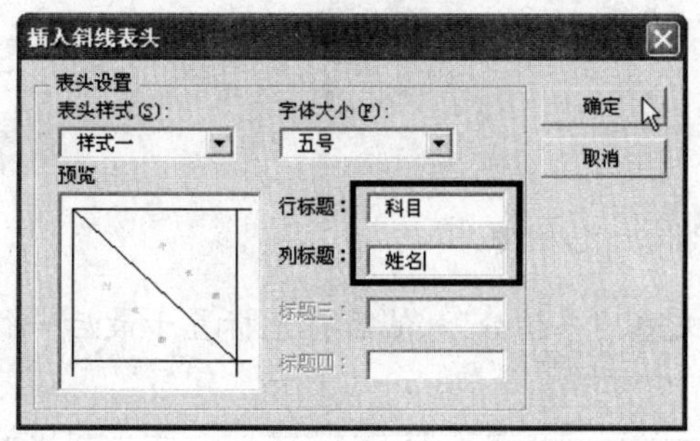

科目 姓名	语文	数学
常小青	90	100
张益阳	92	95
李燕北	87	98
王秀丽	100	99

图 6-70　创建斜线表头

步骤 5　选择表格最后一行，单击“表格工具”、“布局”选项卡“行和列”组中的“在下方插入”按钮 在下方插入，在最下面插入一行，如图 6-71 所示。

步骤 6　切换至“表格工具”、“设计”选项卡，在“绘图边框”组“笔画粗细”下拉列表中选择“1.0 磅”，在“笔颜色”下拉列表中选择“主题颜色”组中的“水绿色 强调文字颜色 5”，然后单击“绘制表格”按钮，如图 6-72 所示。

科目 姓名	语文	数学	英语	科学	计算机	总分
常小青	90	100	98	85	30	403
张益阳	92	95	98	85	20	390
李燕北	87	98	86	78	19	368
王秀丽	100	99	89	69	26	383
章冰雨	98	65	78	89	15	345
田甜	67	98	56	97	30	348
孙丽娟	93	89	87	90	28	387
赵一丁	62	98	52	98	27	337
丁志玉	87	86	86	68	23	350
孙永康	91	82	53	84	19	329
范冰芳	95	86	97	86	20	384
杨小蕊	65	97	80	78	29	349

图 6-71 在表格最下面插入 1 个空行

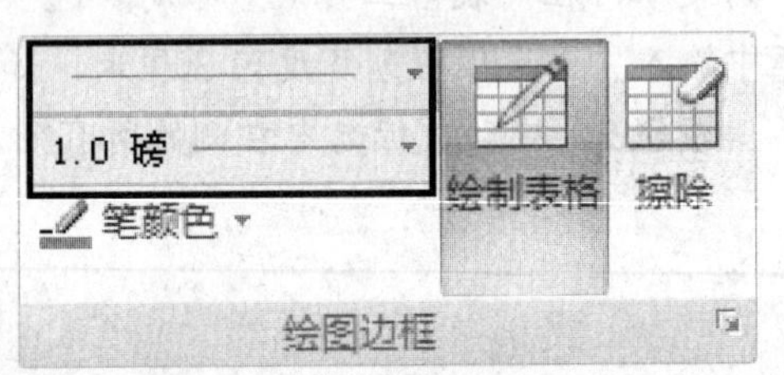

图 6-72 设置单元格边框线宽度和颜色

步骤 7 将光标移至最后一行第 1 列单元格的左边框线位置单击，为单元格绘制边框线，如图 6-73 左图所示。

步骤 8 采取同样的方法，为其他单元格绘制边框线，最后单击“绘制表格”按钮取消绘制操作，效果如图 6-73 右图所示。

科目 姓名	语文	数学	英语	科学	计算机	总分
常小青	90	100	98	85	30	403
张益阳	92	95	98	85	20	390
李燕北	87	98	86	78	19	368
王秀丽	100	99	89	69	26	383
章冰雨	98	65	78	89	15	345
田甜	67	98	56	97	30	348
孙丽娟	93	89	87	90	28	387
赵一丁	62	98	52	98	27	337
丁志玉	87	86	86	68	23	350
孙永康	91	82	53	84	19	329
范冰芳	95	86	97	86	20	384
杨小蕊	65	97	80	78	29	349

科目 姓名	语文	数学	英语	科学	计算机	总分
常小青	90	100	98	85	30	403
张益阳	92	95	98	85	20	390
李燕北	87	98	86	78	19	368
王秀丽	100	99	89	69	26	383
章冰雨	98	65	78	89	15	345
田甜	67	98	56	97	30	348
孙丽娟	93	89	87	90	28	387
赵一丁	62	98	52	98	27	337
丁志玉	87	86	86	68	23	350
孙永康	91	82	53	84	19	329
范冰芳	95	86	97	86	20	384
杨小蕊	65	97	80	78	29	349

图 6-73 为单元格绘制边框线

步骤 9 在最后一行第 1 列单元格中输入文本“平均分”，然后将光标置于最后一行第 2 列单元格中。

步骤 10 单击“布局”选项卡“数据”组中的“公式”按钮 fx 公式，打开“公式”对话框。

步骤 11 删除“公式”编辑框中的“SUM(ABOVE)”，在“粘贴函数”下拉列表中选择“AVERAGE”选项，然后在“公式”编辑框中 AVERAGE 后面的括号中输入“ABOVE”，如图 6-74 左图所示。

步骤 12 单击“确定”按钮，在指定单元格中显示语文成绩的平均值，如图 6-74 右图所示。

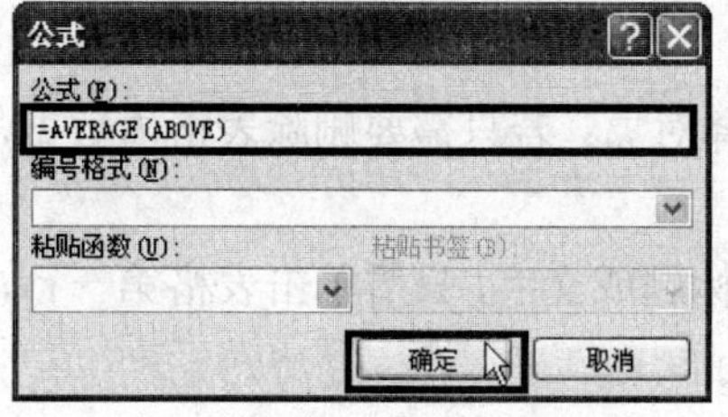

姓名 \ 科目	语文	数学	英语	科学	计算机	总分
常小青	90	100	98	85	30	403
张益阳	92	95	98	85	20	390
李燕北	87	98	86	78	19	368
王秀丽	100	99	89	69	26	383
章冰雨	98	65	78	89	15	345
田甜	67	98	56	97	30	348
孙丽娟	93	89	87	90	28	387
赵一丁	62	98	52	98	27	337
丁志玉	87	86	86	68	23	350
孙永康	91	82	53	84	19	329
范冰芳	95	86	97	86	20	384
杨小蕊	65	97	80	78	29	349
平均分	85.58					

图 6-74　应用公式计算平均值

步骤 13　参照上面的方法，计算其他科目的平均值，最后结果如图 6-75 所示。

姓名 \ 科目	语文	数学	英语	科学	计算机	总分
常小青	90	100	98	85	30	403
张益阳	92	95	98	85	20	390
李燕北	87	98	86	78	19	368
王秀丽	100	99	89	69	26	383
章冰雨	98	65	78	89	15	345
田甜	67	98	56	97	30	348
孙丽娟	93	89	87	90	28	387
赵一丁	62	98	52	98	27	337
丁志玉	87	86	86	68	23	350
孙永康	91	82	53	84	19	329
范冰芳	95	86	97	86	20	384
杨小蕊	65	97	80	78	29	349
平均分	85.58	91.08	80	83.92	23.83	364.42

图 6-75　计算所有科目的平均成绩

步骤 14　按【F12】键，另存文档为“成绩表 04”。

6.8　学习总结

本章全面介绍了在 Word 中创建和编辑表格的方法，设置表格样式、对齐方式和文字环绕效果的方法，对表格内容进行排序和计算的方法，以及表格和文本之间的相互转换等。表格的制作方法有多种，针对不同类型的表格，读者应学会使用恰当的制作方法，以便快速地制作出合适的表格。

6.9 思考与练习

一、填空题

1．表格由水平的___和垂直的___组成，行与列交叉形成的方框称为________。

2．用__________对话框创建表格可以不受行、列数的限制，还可以设置表格格式。

3．使用_________工具可以非常灵活、方便地绘制那些行高、列宽不规则，或带有斜线表头的复杂表格。

4．选择表格、行或列，按___________键可删除选择对象；若只需要删除表格内数据，可按________键。

5. 如果某一页的第一行就是表格，要在表格前输入标题或文字，只需单击表格第一行，并单击_________按钮，则可在表格的上方插入一个空行。

6．调整列宽的方法主要有两种：一种是应用_________；另一种是在“表格工具”、“布局”选项卡“单元格大小”组中的编辑框中设置精确值。

二、简答题

1．简述使用鼠标选择单元格、行、列和表格的方法。

2．简述删除表格、行、列或单元格的方法。

3．简述如何使跨页的表格重复标题行。

4．简述选择单元格区域的方法。

三、操作题

1．根据你所处的环境，创建一个座次表，并设置单元格边距为“0.4 厘米”，最后效果可参考素材文档“座次表”。

2．打开本书配套素材“素材与实例”>“第 6 章”>“座次表”和“座次表 01”文档，首先为“座次表”文档中的表格设置边框和底纹，然后为第 1、3、5 行设置底纹，使最后结果同“座次表 01”文档。

第 7 章

文档高级编排

本章内容提要

章前导读

通过前面的学习，相信读者已经能够制作和编辑简单的文档，但要制作出规范的文档，还需要对文档进行高级编排。本章主要介绍文档高级编排的相关知识，主要包括分页和分节，添加页眉和页脚，应用样式以及为文档添加脚注和尾注等。

7.1 文档分页和分节

通过为文档分页和分节，可以灵活安排文档内容。

7.1.1 设置分页

在编辑文档过程中，当文档内容满一整页时，后面的内容会自动转到下一页。若文档内容不满一页，而用户又希望使后面的内容显示在新的页面中，可以通过在该处插入分页符来实现。

步骤 1 打开本书配套素材“素材与实例”＞“第 7 章”＞“中国经典故事”文档。将插入点置于第 1 页第 6 行行首，如图 7-1 所示。

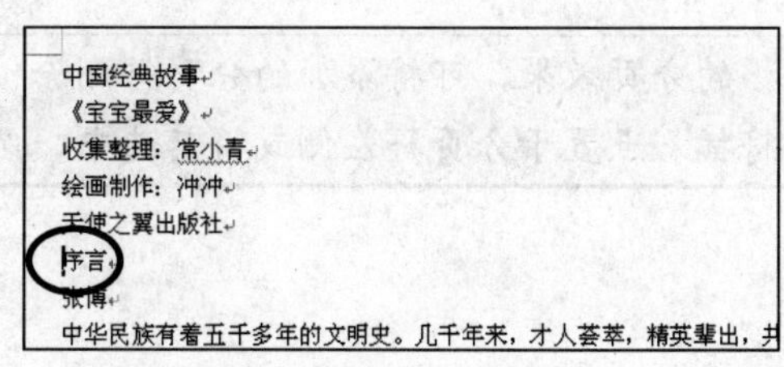

图 7-1 定位插入点

步骤 2 切换至“页面布局”选项卡，单击“页面设置”组中的“分隔符”按钮，在打开的下拉列表中选择“分页符”组中的“分页符”命令，第 6 行及其下方的内容就显示在新的页面中了，如图 7-2 所示。

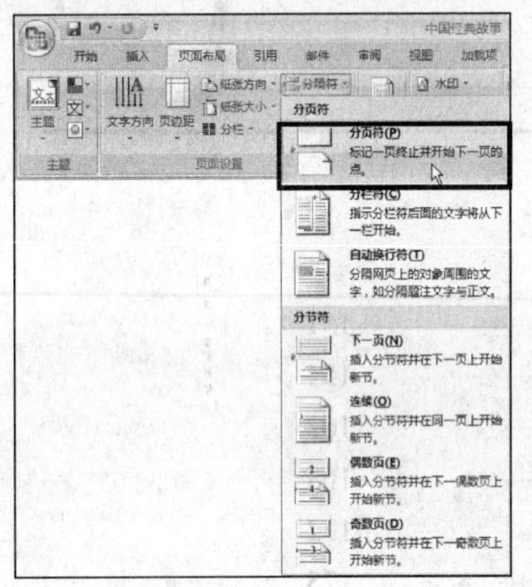

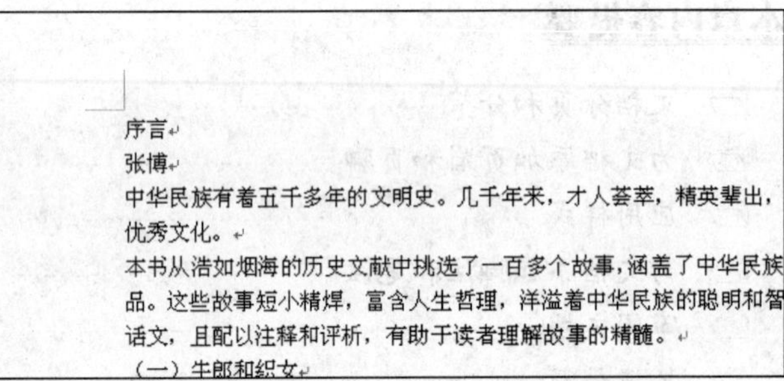

图 7-2 对文档强制分页

确定插入点后，切换至“插入”选项卡，单击“页”组中的“分页”按钮，同样可插入分页符。另外，按【Ctrl+Enter】组合键，可快速插入分页符。

对文档进行强制分页后，在上一页文档内容的末尾显示分页符，如图 7-3 所示。若分页符未显示，用户可单击“开始”选项卡“段落”组中的“显示/隐藏编辑标记”按钮。

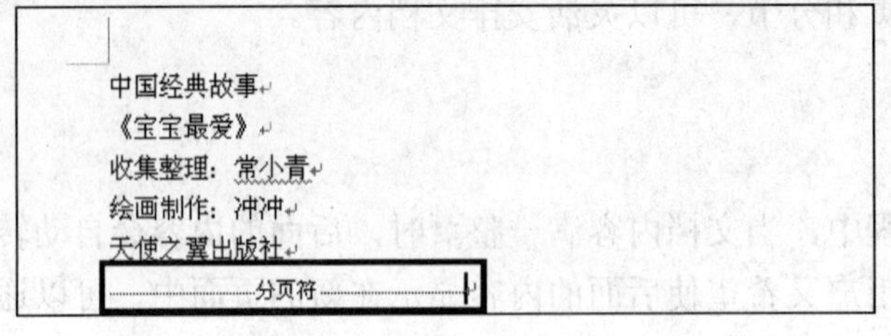

图 7-3 显示分页符

若用户要取消对文档的分页效果，可将添加的分页符删除。删除分页符的方法与删除普通文字相同，即将插入点置于分页符左侧或将其选中，然后按【Delete】键。

7.1.2 设置分节

为了能为同一文档中的不同部分设置不同的页眉和页脚，以及页边距、页面方向和分

栏版式等页面属性，用户可将文档分成多个节。下面就来介绍通过在文档中插入分节符来为文档分节的方法，具体操作如下。

步骤 1 接着在前面的文档中操作。将插入点置于文档第 2 页文本“(一)”左侧，如图 7-4 所示。

序言

张博

中华民族有着五千多年的文明史。几千年来，才人荟萃，精英辈出，共同创造了中华民族的优秀文化。

本书从浩如烟海的历史文献中挑选了一百多个故事，涵盖了中华民族各个历史时期的代表作品。这些故事短小精焊，富含人生哲理，洋溢着中华民族的聪明和智慧。每则故事都改成白话文，且配以注释和评析，有助于读者理解故事的精髓。

(一) 牛郎和织女

七夕节始终和牛郎织女的传说相连，这是一个很美丽的，千古流传的爱情故事，成为我国四大民间爱情传说之一 。

图 7-4 定位插入点

步骤 2 切换至“页面布局”选项卡，单击“页面设置”组中的“分隔符”按钮，在打开的下拉列表中选择“分节符”组中的“下一页”命令，如图 7-5 所示。

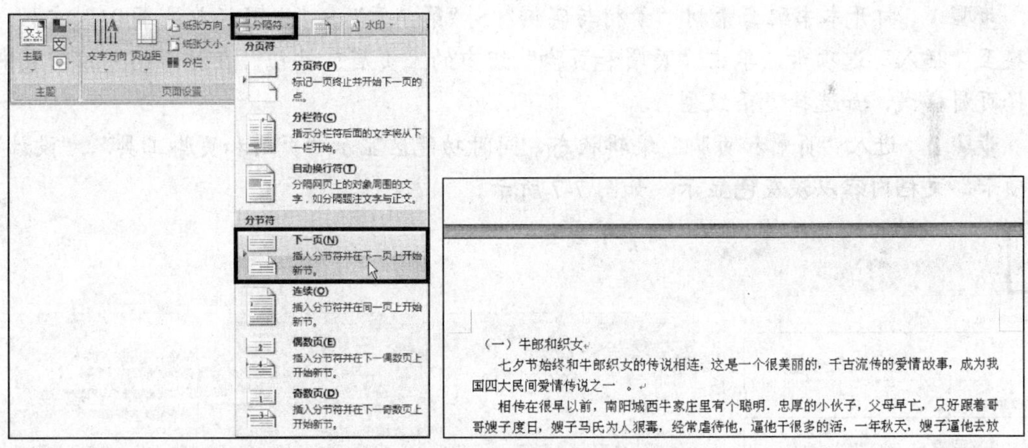

图 7-5 选择“下一页”命令

步骤 3 按【F12】键，另存文档为“中国经典故事 01”。

“分节符”组中除“下一页”外，还有连续、偶数页和奇数页。如选择“连续”，前后两节内容的位置并不发生改变，此类分节符适于在同一页面上进行多种版式编排，例如，将页面中的部分内容进行分栏（参见图 7-6）；如选择“偶数页”分节符，表示在下一个偶数页开始新节。例如，如果希望文档各章始终从偶数页开始，可选择此项；如选择“奇数页”分节符，表示在下一个奇数页开始新节。

这样，他又讨得了一个核桃。当阿凡提走到一条胡同口时，那个孩子又跑来用沙哑的声音向他施礼说："尊敬的阿凡提大哥，您这是上哪儿呀？"
这下，阿凡提听出了其中的奥秘，说道："看你，用礼貌换核桃吃，把嗓子都吃哑了，快去，别再吃核桃了！
分节符(连续)
鸡蛋与胡萝卜
父亲在帽子里藏了一个鸡蛋，问小阿凡提："孩子，你猜我帽子里藏着什么东西？"
"爸爸，请你先告诉我它的形
儿子骂您是一只非常狡猾的老狐狸。"
"没关系孩子，让他说去吧，他是一个非常可爱的狼崽子。"阿凡提的父亲不紧不慢地说道。

图 7-6　插入"连续"分节符

7.2　为文档添加页眉和页脚

页眉和页脚分别位于文档页面顶部和底部，常用来插入文档标题、页码、日期或公司徽标等。

7.2.1　设置页眉和页脚

下面通过为文档"中国经典故事 01"设置页眉和页脚，来学习最简单的页眉和页脚的设置方法。

步骤 1　打开本书配套素材"素材与实例">"第 7 章">"中国经典故事 01"文档。切换至"插入"选项卡，单击"页眉和页脚"组中的"页眉"按钮，在打开的下拉列表中选择页眉样式，如选择"条纹型"。

步骤 2　进入"页眉和页脚"编辑状态，同时功能区显示"页眉和页脚工具"、"设计"选项卡，文档内容以淡灰色显示，如图 7-7 所示。

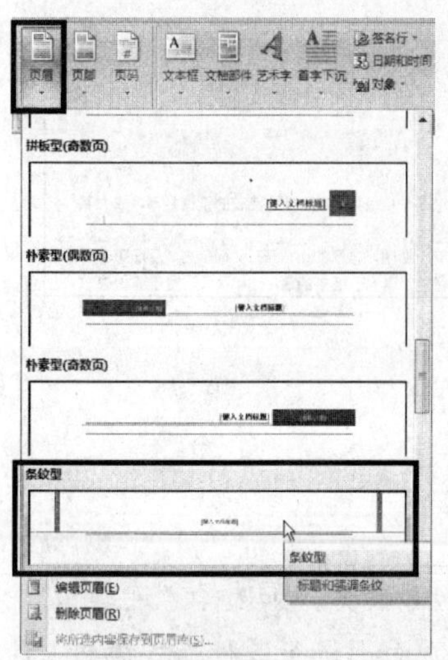

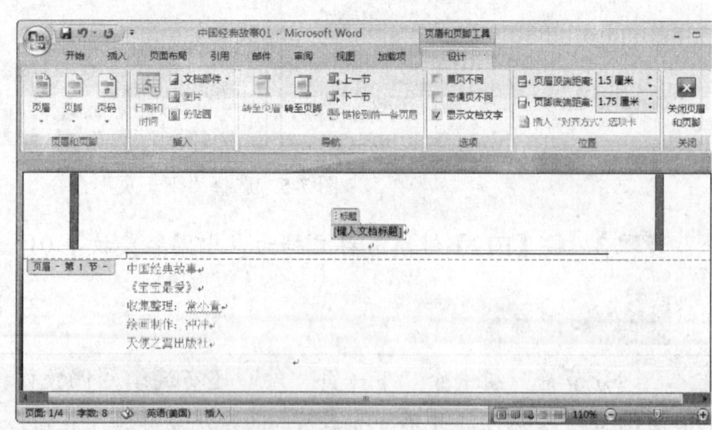

图 7-7　进入页眉和页脚编辑状态

> 如果用户不希望在页眉中使用样式，可在下拉列表中选择"编辑页眉"命令，直接进入页眉编辑状态。

步骤 3　在“键入文档标题”框中输入页眉文本“中国经典故事”，如图 7-8 所示。

图 7-8　输入页眉文本

步骤 4　单击“导航”组中的“转至页脚”按钮，插入点自动置于当前页页脚区域，如图 7-9 所示。

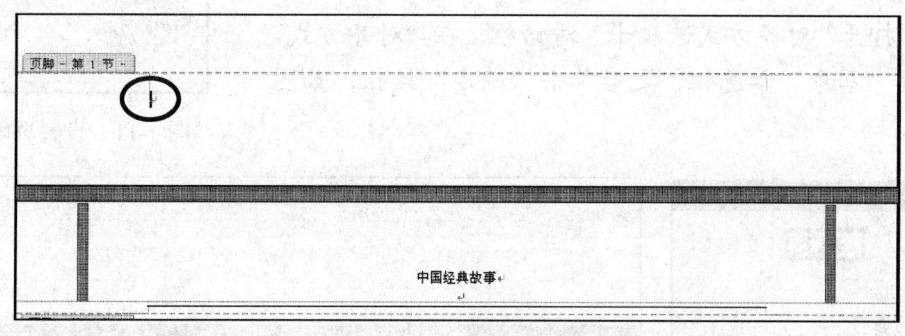

图 7-9　进入页脚编辑状态

步骤 5　单击“页眉和页脚”组中的“页码”按钮，在打开的下拉列表中选择“当前位置”，然后在其下级列表中选择“双线条”，如图 7-10 所示。

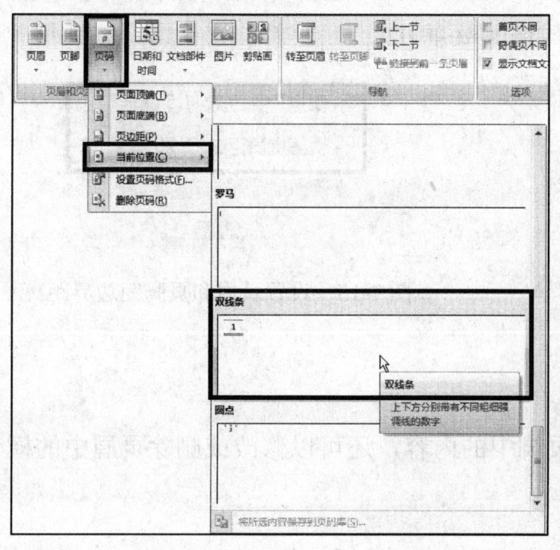

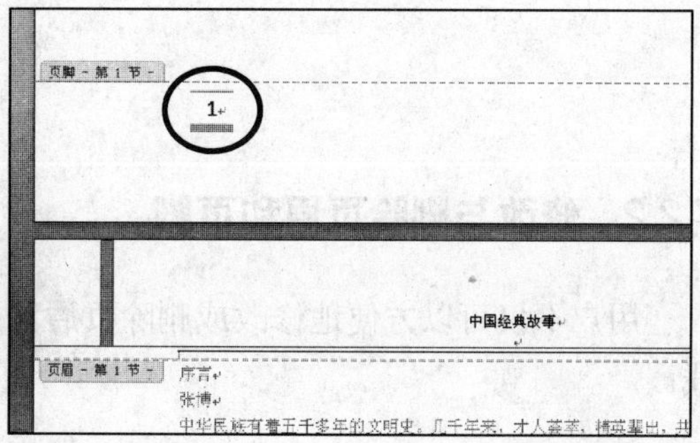

图 7-10　在页脚区插入页码

单击“页眉和页脚”组中的“页码”按钮，在打开的下拉列表中分别选择页面顶端、页面底端或页边距，然后在打开的下级列表中选择页码格式，可分别在页面顶端、底端或某一侧插入页码。

如果要对页脚应用样式，可单击“页眉和页脚”组中的“页脚”按钮，在打开的下拉列表中选择相应样式。

步骤 6 再次单击“页眉和页脚”组中的“页码”按钮，在打开的下拉列表中选择“设置页码格式”选项，打开“页码格式”对话框。在“页码编号”区选中“起始页码”单选钮，在其后的编辑框中输入“1”，如图 7-11 所示。

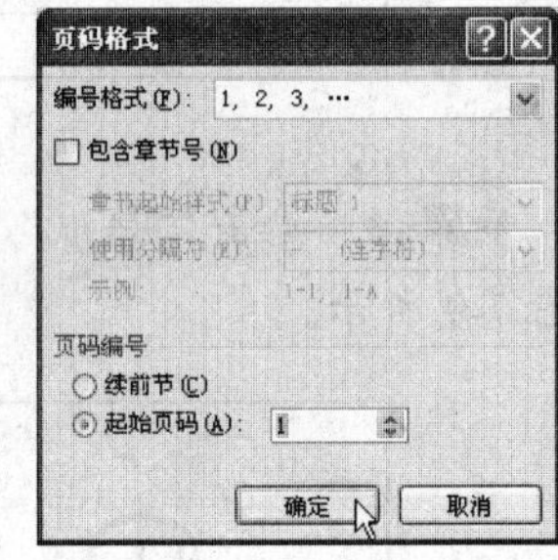

图 7-11 设置页码格式

步骤 7 单击“位置”组中的“插入‘对齐方式’选项卡”按钮，打开“对齐方式选项卡”对话框。在“对齐方式”设置区选择“居中”单选钮，之后单击“确定”按钮，如图 7-12 所示。

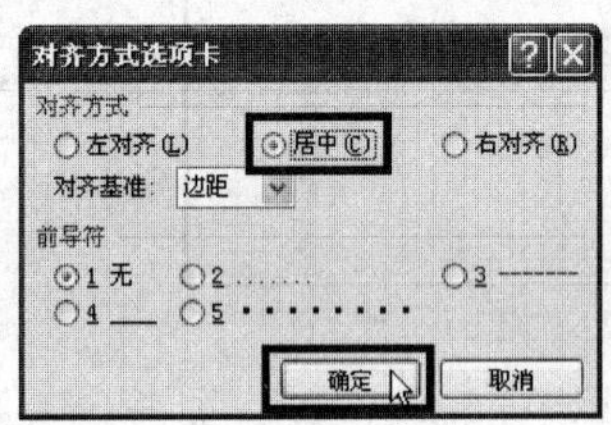

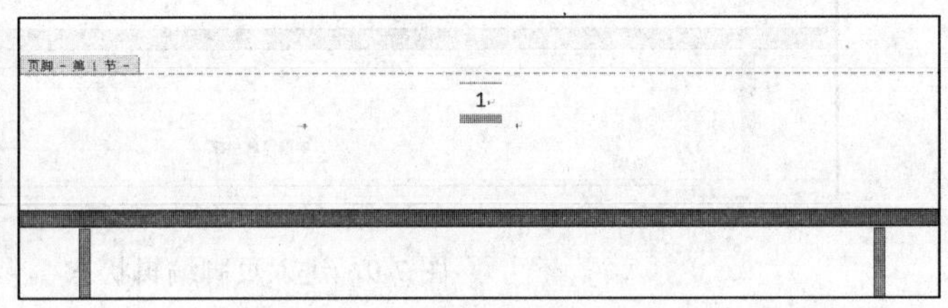

图 7-12 设置页脚居中对齐

步骤 8 单击“关闭”组中的“关闭页眉和页脚”按钮，退出页眉和页脚编辑状态。

步骤 9 按【F12】键，另存文档为“中国经典故事 02”。

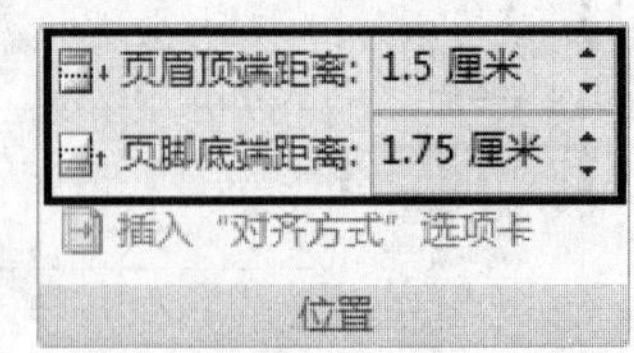

图 7-13 设置页眉和页脚距边界距离

7.2.2 修改与删除页眉和页脚

用户不仅可以方便地修改或删除页眉和页脚中的内容，还可以修改或删除页眉中的横线。

1. 修改或删除页眉和页脚

要修改页眉和页脚内容，只需在页眉或页脚位置双击鼠标，即可进入页眉和页脚编辑

状态。要更改页眉或页脚样式，可在进入编辑状态后，在页眉或页脚下拉列表中重新选择一个样式。

若要删除页眉或页脚，可在页眉或页脚下拉列表中选择“删除页眉”或“删除页脚”命令。

2. 修改或删除页眉中的横线

默认情况下，页眉中有一条横线。用户可以删除该横线或重新设置横线线型，具体操作如下。

步骤 1　在页眉区双击鼠标，进入页眉和页脚编辑状态。按【Ctrl+A】组合键选中页眉区的内容，如图 7-14 所示。

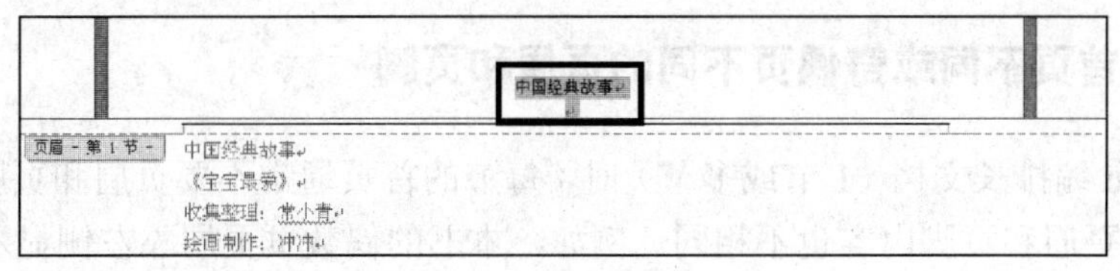

图 7-14　选择页眉内容

步骤 2　单击“开始”选项卡“段落”组中边框样式右侧的三角按钮，在打开的下拉列表中选择“无框线”命令，清除页眉或页脚中的横线，如图 7-15 所示。

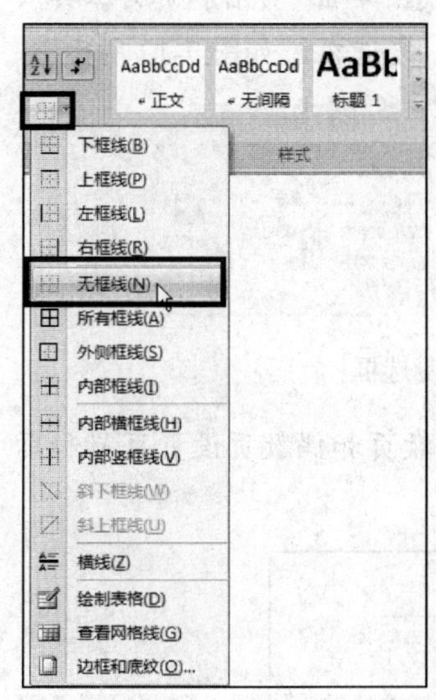

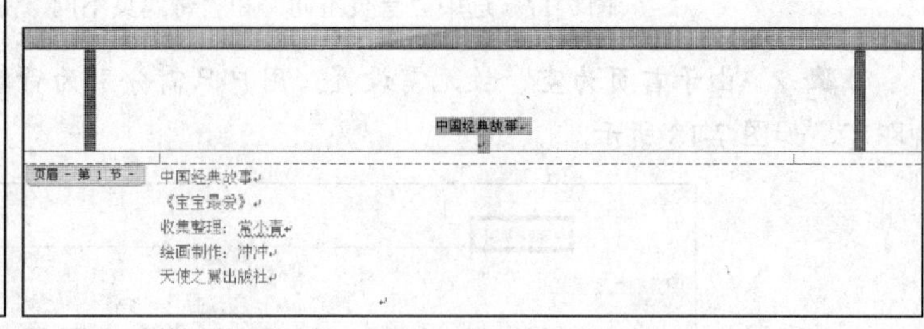

图 7-15　清除页眉或页脚中的横线

步骤 3　如果要重新设置横线样式，可选择下拉列表中的“边框和底纹”命令，打开“边框和底纹”对话框，然后设置框线类型和样式，如图 7-16 所示。

提示

切换至“底纹”选项卡，可像设置正文底纹一样，设置页眉或页脚的底纹。

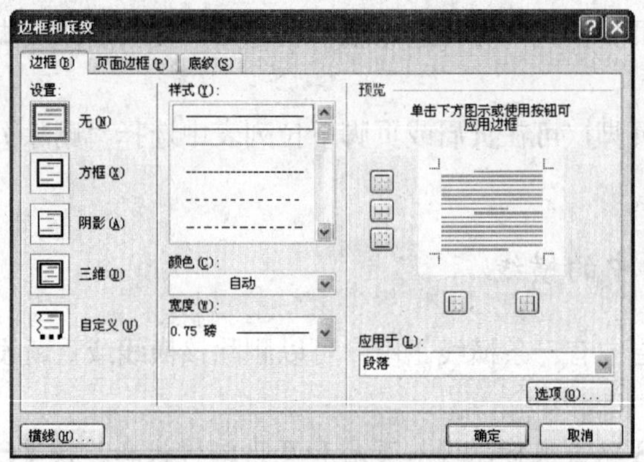

图 7-16 “边框和底纹”对话框

7.2.3 设置首页不同或奇偶页不同的页眉和页脚

使用 Word 编排长文档（1 节或多节）时，每节的首页通常不要页眉和页脚，并且奇数页和偶数页的页眉和页脚内容也不相同。例如，本书的偶数页页眉靠左侧显示了书名，且页脚区的页码也靠左显示；而奇数页的页眉靠右显示了章名，且页脚区的页码靠右显示。

下面我们就来看如何创建首页不要页眉和页脚，且奇数页和偶数页页眉和页脚内容不同的文档，具体操作如下。

步骤 1 在页眉或页脚区双击鼠标，进入页眉和页脚编辑状态。单击“页眉和页脚工具”、“设计”选项卡“选项”组中的“首页不同”和“奇偶页不同”复选框，如图 7-17 所示。

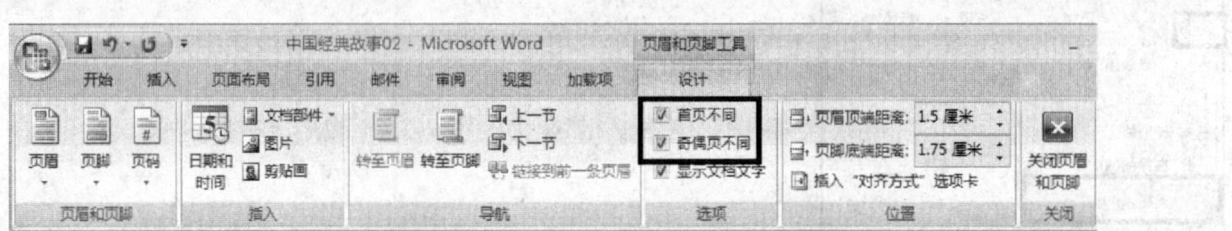

图 7-17 选中“首页不同”和“奇偶页不同”复选框

步骤 2 由于首页为空，故无需设置。用户只需分别为奇数页和偶数页设置页眉和页脚即可，如图 7-18 所示。

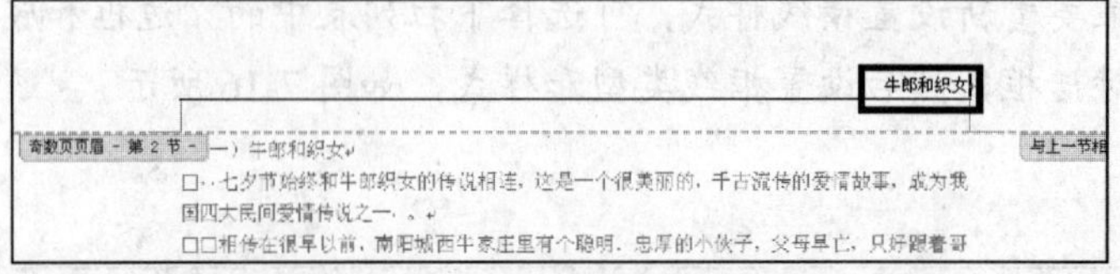

图 7-18 分别为奇偶页设置不同的页眉和页脚

对于包含多节的文档，我们还可以分别为每节设置不同的页眉和页脚，具体可参考下面的例子。

7.3　上机实践——设计杂志内页页眉和页脚

本节通过为杂志内页设置页眉和页脚，来学习页眉和页脚在实际工作中的应用。

步骤 1　打开本书配套素材“素材与实例”>“第 7 章”>“杂志 02”文档。在首页页眉处双击，进入页眉和页脚编辑状态，选中“选项”区的“首页不同”和“奇偶页不同”复选框，如图 7-19 所示。

步骤 2　在第 2 页页眉处单击，可看到其页眉右下角显示“与上一节相同”字样，这表示本节的页眉与上一节相同，如图 7-20 所示。

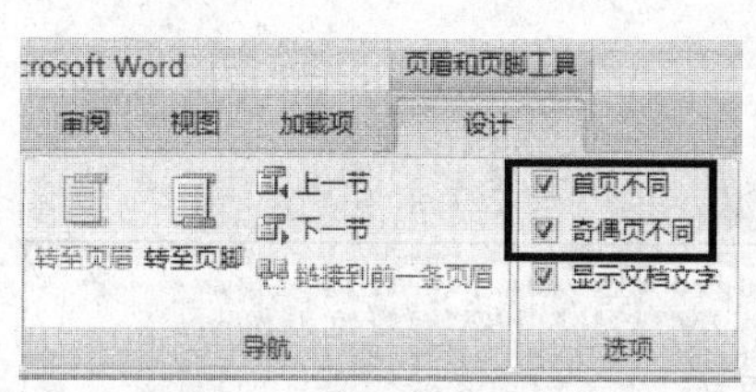

图 7-19　选中所需复选框

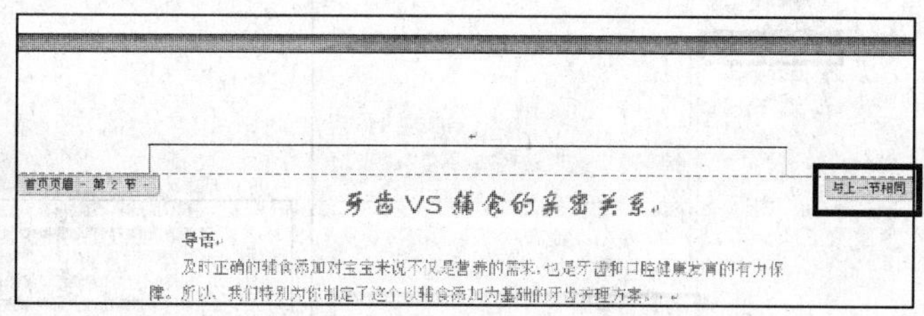

图 7-20　查看第 2 节首页页眉

步骤 3　单击“导航”组中的“链接到前一条页眉”按钮，取消它与上一节页眉的链接。此时页眉右下角的“与上一节相同”字样消失。

步骤 4　单击“页眉和页脚”组中的“页眉”按钮，在打开的下拉列表中选择“运动型（偶数页）”，如图 7-21 所示。

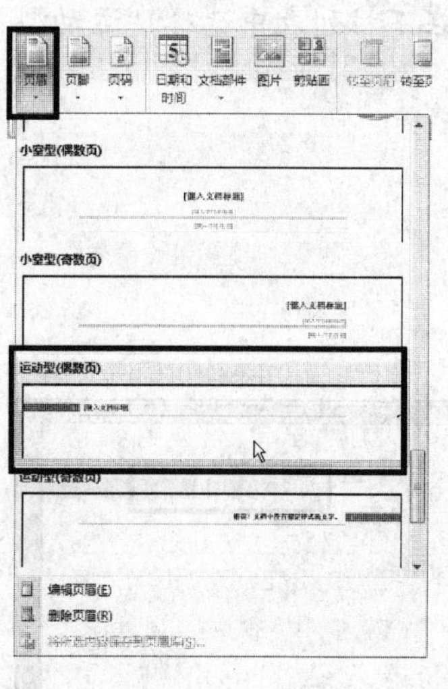

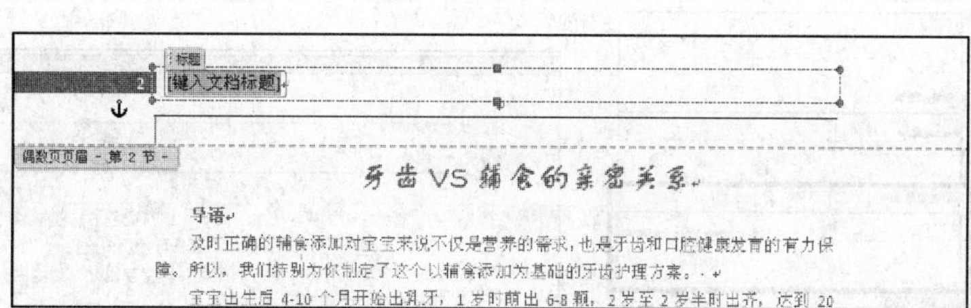

图 7-21　设置第 2 节首页页眉

步骤 5 在“键入文档标题”框中输入页眉文本“健康之道”，如图 7-22 所示。

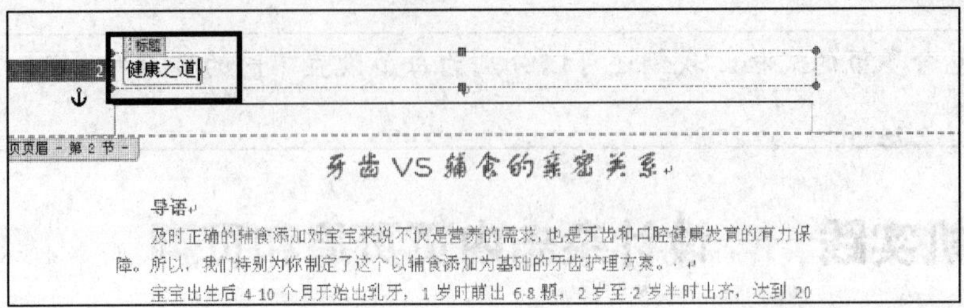

图 7-22　输入页眉文本

步骤 6 将插入点置于页面下方的页脚编辑区，单击“页码”按钮，在打开的下拉列表中选择“当前位置”，然后在其下级列表中选择“大型彩色”，如图 7-23 所示。

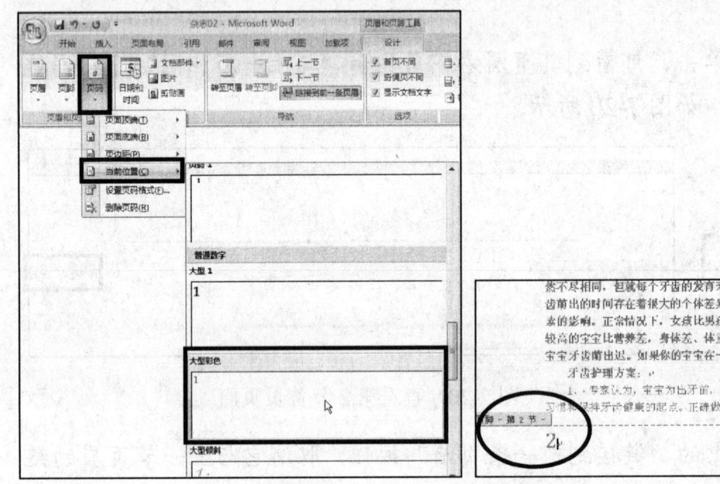

图 7-23　设置偶数页页脚

步骤 7 将插入点置于第 3 页页眉编辑区，单击“导航”组中的“链接到前一条页眉”按钮，取消它与上一节页眉的链接。然后单击“页眉”按钮，在下拉列表中选择“运动型（奇数页）”，之后编辑页眉内容，如图 7-24 所示。

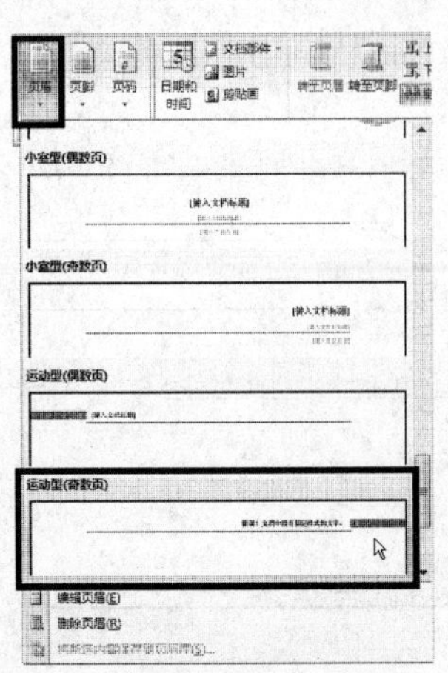

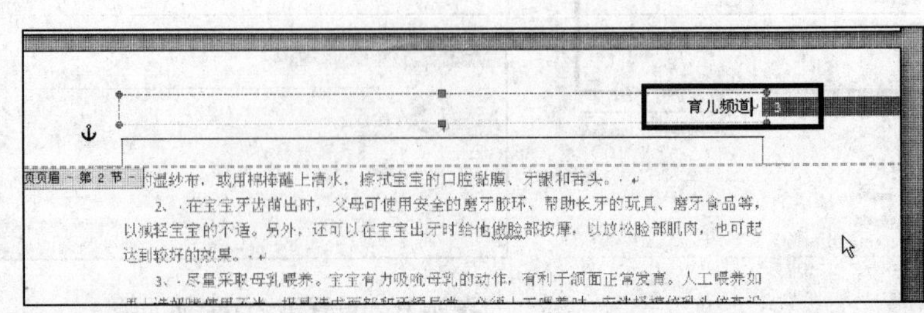

图 7-24　设置第 2 节奇数页页眉

步骤 8　按照同样的方法，插入奇数页页脚，并单击“开始”选项卡“段落”组中的“文本右对齐”按钮，设置其右对齐，效果如图 7-25 所示。

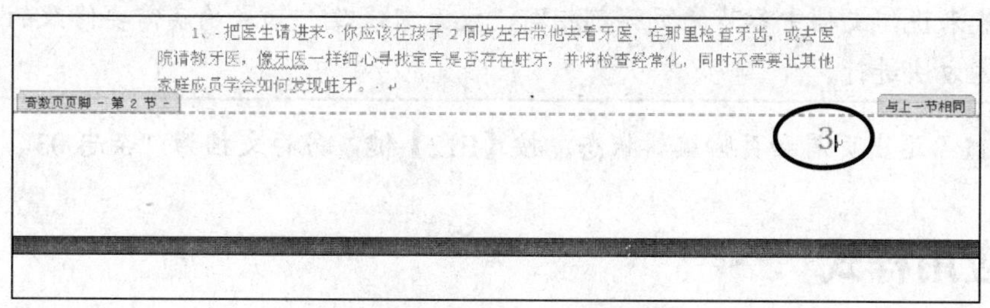

图 7-25　设置奇数页页脚

步骤 9　在“导航”组中单击“下一节”按钮，将插入点置于第 5 页页眉编辑区，其右下角显示了“与上一节相同”字样，如图 7-26 所示。

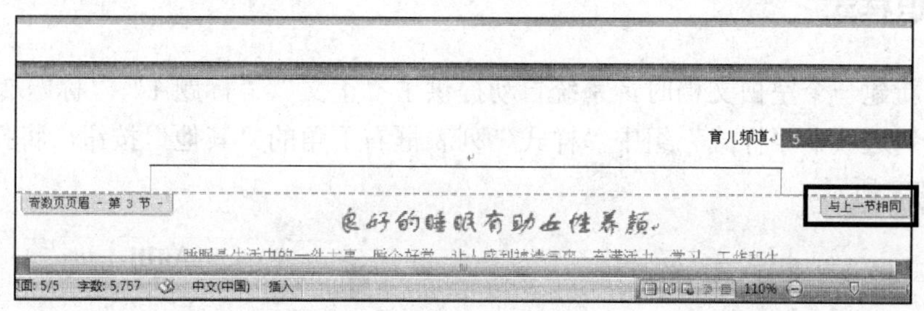

图 7-26　查看第 3 节奇数页页眉

提　示

在“导航”组中单击“上一节”或“下一节”按钮，可分别在各节的页眉、页脚之间切换。

步骤 10　单击“导航”组中的“链接到前一条页眉”按钮，取消它与上一节页眉的链接。此时页眉右下角的“与上一节相同”字样消失，将页眉内容更改为“女性频道”，如图 7-27 所示。

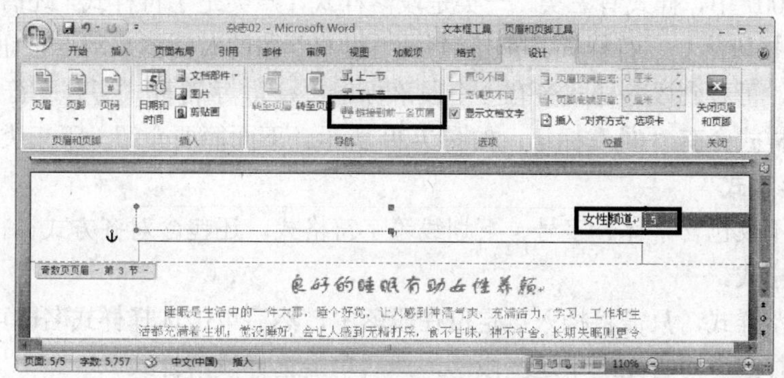

图 7-27　设置第 3 节奇数页页眉

提 示

一般来说，文档中各节的页脚都相同，故无需修改。如果确实需要修改的话，可参照上述方法进行。

步骤 11 退出页眉和页脚编辑状态。按【F12】键，另存文档为“杂志 03”。

7.4 应用样式

利用样式可以快速统一格式，一旦修改了某个样式，所有应用该样式的内容格式会自动更新。同时，利用样式还可辅助提取目录。

7.4.1 认识样式

当我们新建一个空白文档时，系统自动提供了“正文”、“标题 1”、“标题 2”等样式。单击“开始”选项卡“样式”组中“样式”列表框右下角的“其他”按钮，将打开样式列表，如图 7-28 所示。

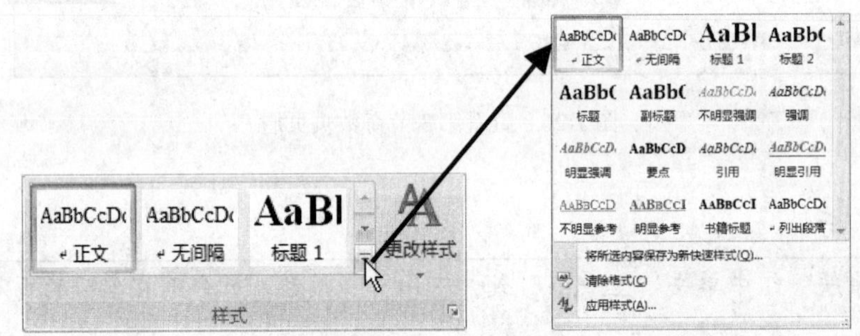

图 7-28 打开样式列表

在图 7-28 中，“正文”样式被加上了一个方框，表明它是当前样式。默认情况下，文档中的所有正文均使用“正文”样式。

在 Word 2007 中，样式有三类，一类是段落样式，一类是字符样式，还有一类是 Word 2007 新增的链接段落和字符样式。单击“样式”组右下角的对话框启动器按钮，打开“样式”任务窗格，可看到段落样式旁有一个段落标记“↵”，字符样式旁有字符图标“a”链接段落和字符样式旁有“↵a”标记，如图 7-29 所示。下面简要介绍一下三类样式的特点。

（1）段落样式

段落样式不仅包含字体、字号、下划线等字符格式，还包含对齐方式、行间距、边框和底纹等段落格式。

要使用段落样式，只需将插入点定位在段落中，然后单击选择样式名即可；如希望对多个段落设置样式，可首先选中这些段落，然后单击选择段落样式。

（2）字符样式

字符样式用于为选定文本设置字体、字号、粗体、斜体、下划线等字符格式。

（3）链接段落和字符样式

这类样式包含了字符格式和段落格式设置，它既可用于段落，也可用于选定字符。

可以对一段文本应用段落样式，对其中的部分文本应用字符样式。

要查看样式设置信息，只需将光标指向“样式”任务窗格中的样式即可，如图 7-30 所示。

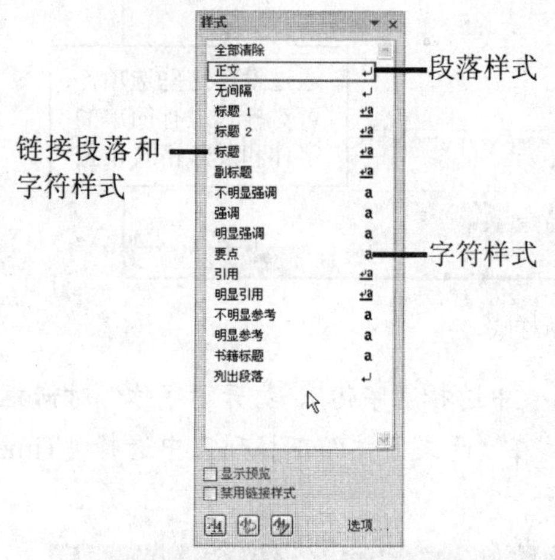

图 7-29 “样式”任务窗格

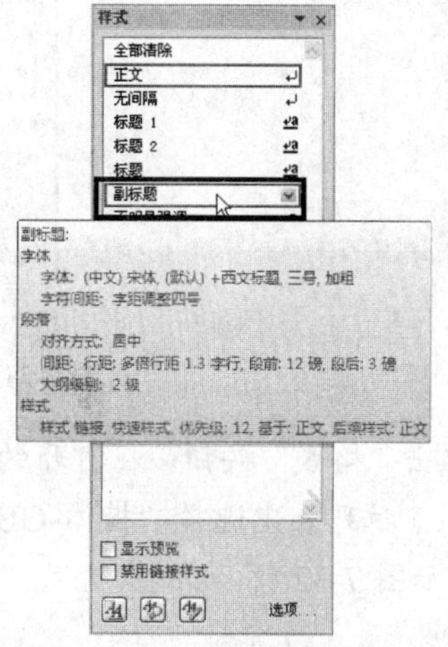

图 7-30 查看样式设置信息

7.4.2 创建和修改样式

除系统自带的样式外，用户还可根据需要自定义样式，具体操作如下。

步骤 1 启动 Word 2007，新建文档。

步骤 2 单击“开始”选项卡“样式”组右下角的对话框启动器按钮，打开“样式”任务窗格。

步骤 3 单击窗格左下角的“新建样式”按钮，打开“根据格式设置创建新样式”对话框，在“名称”编辑框中输入新样式名称，如“提示”；在“样式类型”下拉列表中选择样式类型，如“段落”。

步骤 4 在“样式基准”下拉列表中选择一个作为创建基准的样式，表示新样式中未定义的段落格式与字符格式均与其相同；在“后续段落样式”下拉列表中选择一个样式（只对段落样式有效），如图 7-31 所示。

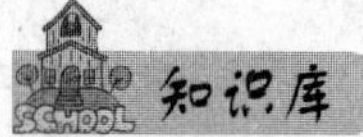

若用户为某样式选择了基准样式，则对基准样式进行修改后，该样式也将被修改。

当对某段文本应用当前样式后，则按回车键后得到的下段文本将自动套用其后续段落样式。

若用户选择的“样式类型”为“字符”，单击“格式”按钮时，在弹出的菜单中只有字符格式选项可以应用，如“字体”、“边框”等。

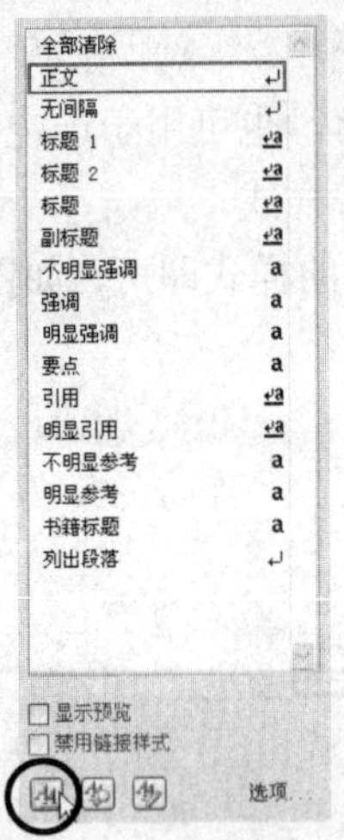
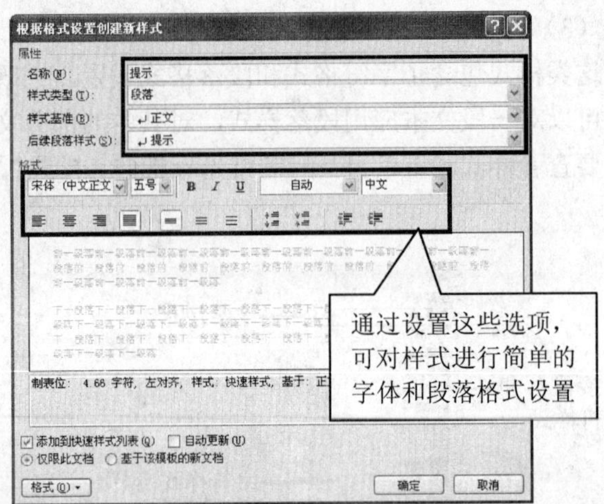

图 7-31　创建新样式

步骤 5　单击“格式”按钮，在打开的下拉列表中选择“字体”，打开“字体”对话框。在“中文字体”下拉列表中选择“楷体-GB2312”，在“西文字体”下拉列表中选择“Times New Roman”，如图 7-32 所示。

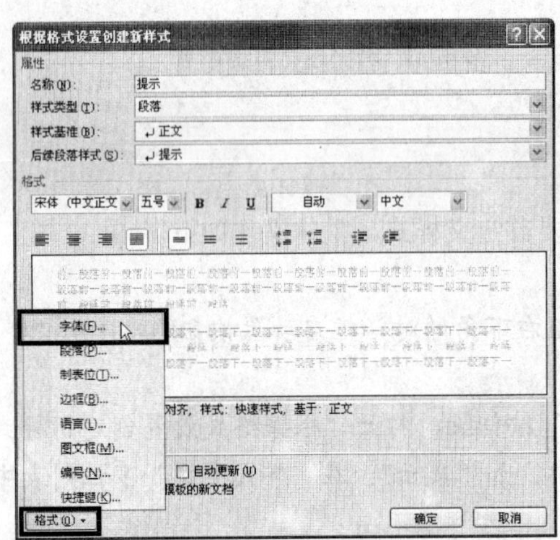
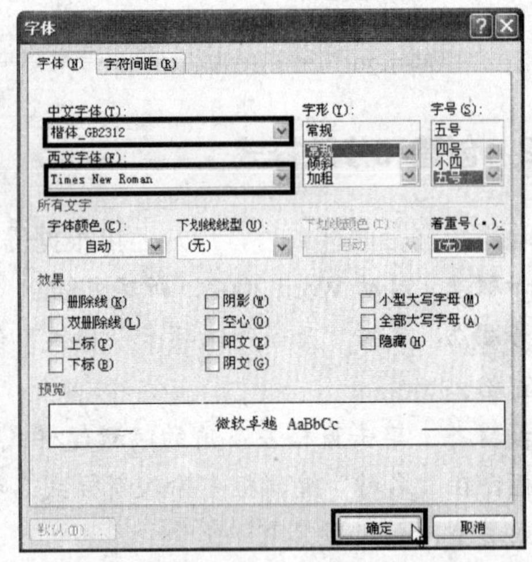

图 7-32　设置字体属性

步骤 6　单击“确定”按钮，返回“根据格式设置创建新样式”对话框。再次单击“格式”按钮，在打开的下拉列表中选择“段落”，打开“段落”对话框。

步骤 7　在“缩进”设置区设置“左侧”和“右侧”均为“1 字符”；在“特殊格式”下拉列表中选择“首行缩进”，“磅值”为“2 字符”；在“间距”设置区设置“段后”为“0.5 行”，如图 7-33 所示。

步骤 8　单击“确定”按钮，返回“根据格式设置创建新样式”对话框。再次单击“格式”按钮，在打开的下拉列表中选择“边框”，打开“边框和底纹”对话框。

步骤 9　在“设置”区选择“阴影”，然后单击“确定”按钮，关闭“边框和底纹”对话框，如图 7-34 所示。

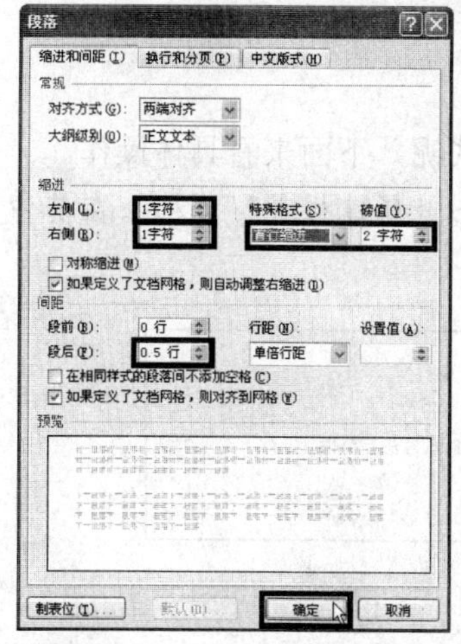

图 7-33　设置段落格式

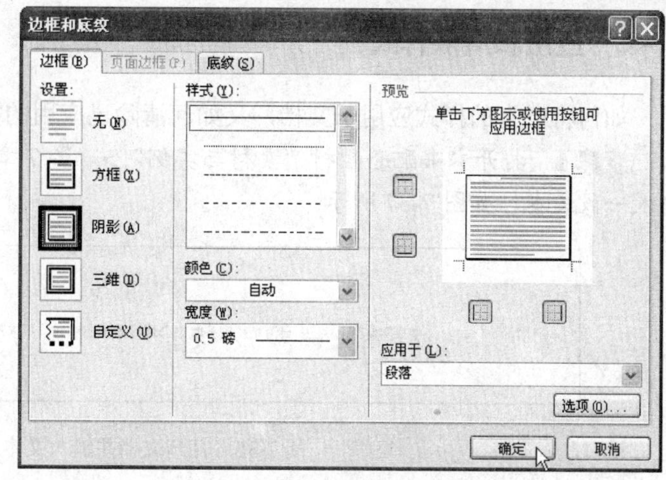

图 7-34　设置边框和底纹

步骤 10　在"根据格式设置创建新样式"对话框中单击"确定"按钮，可看到"样式"列表中出现了新建的样式，如图 7-35 所示。

步骤 11　要修改样式，可在"样式"列表中右击样式名称，在弹出的快捷菜单中选择"修改"命令，打开"修改样式"对话框，在其中对样式进行修改即可，如图 7-36 所示。

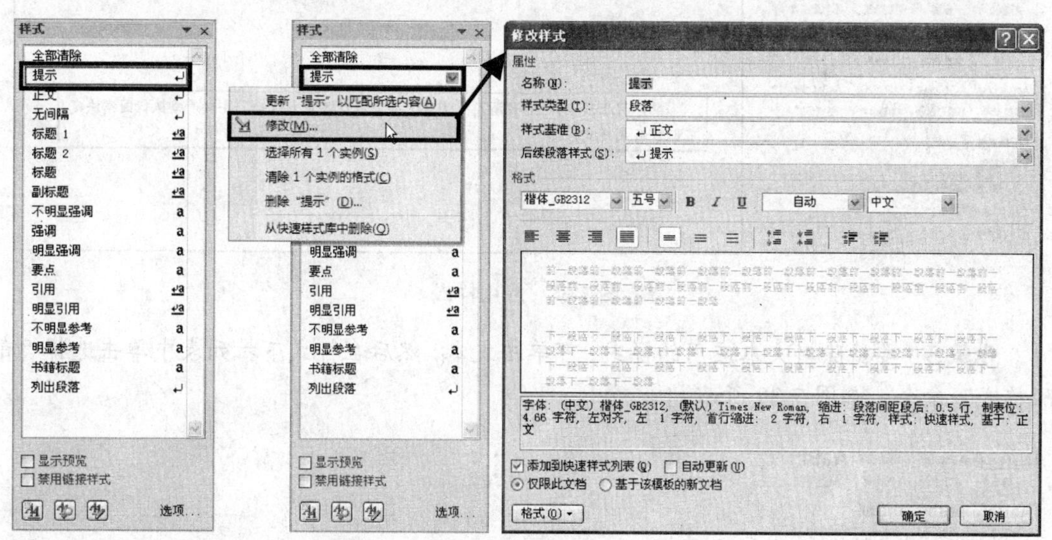

图 7-35　创建"提示"样式　　　图 7-36　修改样式

在图 7-36 左图中，从样式快捷菜单中选择相应菜单项可分别选中应用该样式的文本，为应用该样式的文本清除样式，以及删除样式等。其中，清除样式和删除样式后，所有应用该样式的文本将应用正文样式。

步骤 12　按【Ctrl+S】组合键，将文档保存为"新建样式"。

7.4.3 应用和清除样式

如何将已有的样式应用于文档，又如何清除已应用的样式呢？下面来看具体操作。

步骤 1 打开本书配套素材“素材与实例”>“第 7 章”>“新建样式”文档。在其中输入一段文本，如图 7-37 所示。

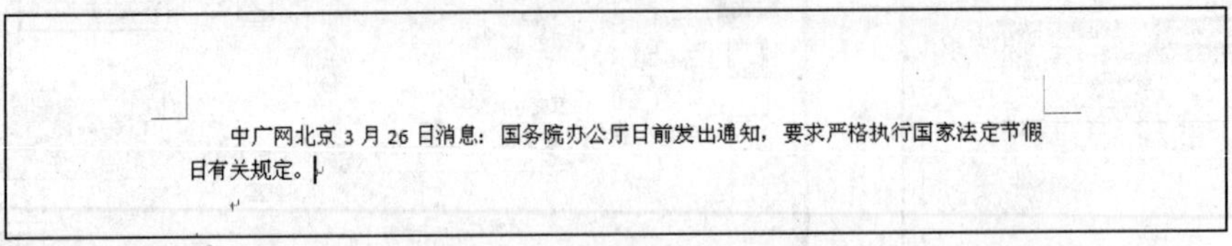

中广网北京 3 月 26 日消息：国务院办公厅日前发出通知，要求严格执行国家法定节假日有关规定。

图 7-37　打开文档并输入文本

步骤 2 将插入点置于刚输入的段落文本中。单击“开始”选项卡“样式”组“样式”列表框右下角的“其他”按钮，在打开的下拉列表中单击选择上节创建的样式“提示”，如图 7-38 所示。

提示
正文
无间隔
标题 1
标题 2
标题
副标题
不明显强调
强调
明显强调
要点
引用
明显引用
不明显参考
明显参考
书籍标题
列出段落
将所选内容保存为新快速样式(Q)...
清除格式(C)
应用样式(A)...
中广网北京 3 月 26 日消息：国务院办公厅日前发出通知，要求严格执行国家法定节假日有关规定。

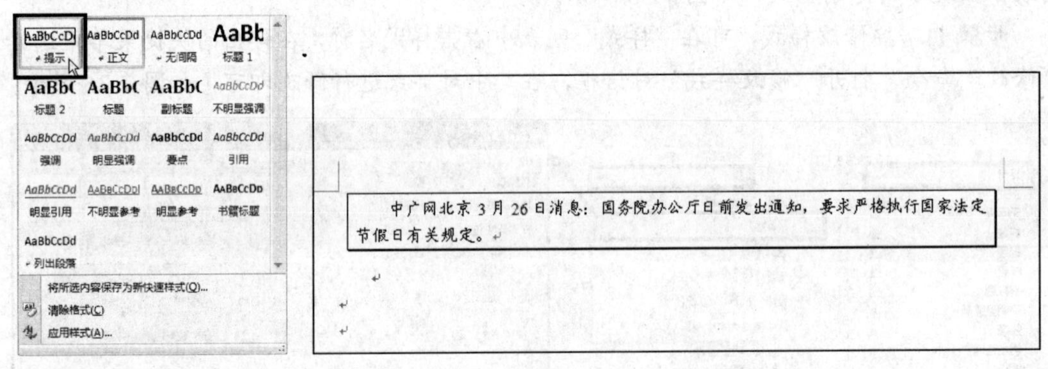

图 7-38　应用样式

步骤 3 要清除对文本应用的样式，可单击文本，然后在样式下拉列表中单击选择“清除格式”命令，如图 7-39 所示。

提示
正文
无间隔
标题 1
标题 2
标题
副标题
不明显强调
强调
明显强调
要点
引用
明显引用
不明显参考
明显参考
书籍标题
列出段落
将所选内容保存为新快速样式(Q)...
清除格式(C)
应用样式(A)...
清除格式
中广网北京 3 月 26 日消息：国务院办公厅日前发出通知，要求严格执行国家法定节假日有关规定。

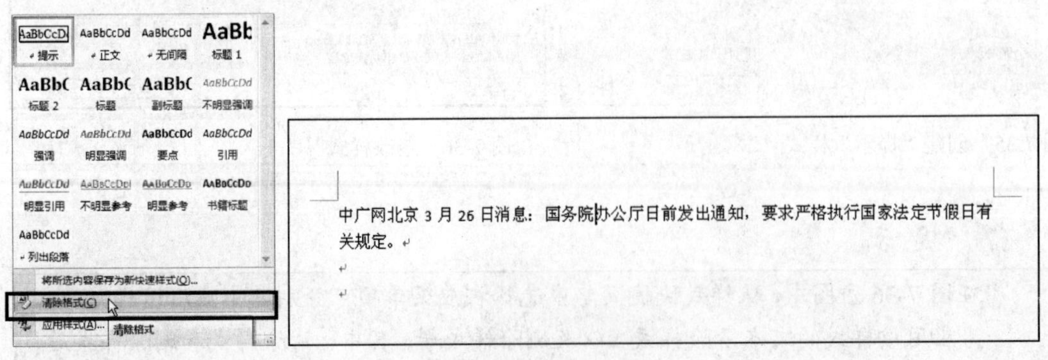

图 7-39　清除对文本应用的样式

步骤 4 如果希望调整“样式”任务窗格中显示的样式，可以单击“样式”任务窗格右下角的“选项”按钮，此时系统将打开“样式窗格选项”对话框。例如，在“选择要显

示的样式”下拉列表中选择“当前文档中的样式”，单击“确定”按钮，则“样式”任务窗格中将只显示当前文档中定义的样式，如图 7-40 所示。

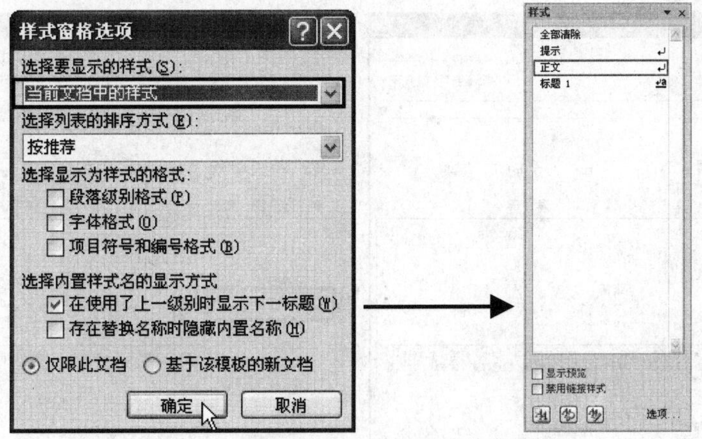

图 7-40　调整在“样式”任务窗格中显示的样式

7.5　上机实践——应用样式设置文档格式

本节通过为文档“中国经典故事 03”中的序言设置样式，来练习样式在实际工作中的应用。

步骤 1　打开本书配套素材“素材与实例”>“第 7 章”>“中国经典故事 03”文档。将插入点置于第一段文本“序言”中。

步骤 2　单击“开始”选项卡“样式”组“样式”列表框右下角的“其他”按钮，在打开的下拉列表中单击选择“标题”样式，对第一段文本应用该样式，如图 7-41 所示。

步骤 3　在“样式”下拉列表中右键单击“副标题”样式，在弹出的快捷菜单中选择“修改”命令，如图 7-42 所示。

图 7-41　应用“标题”样式

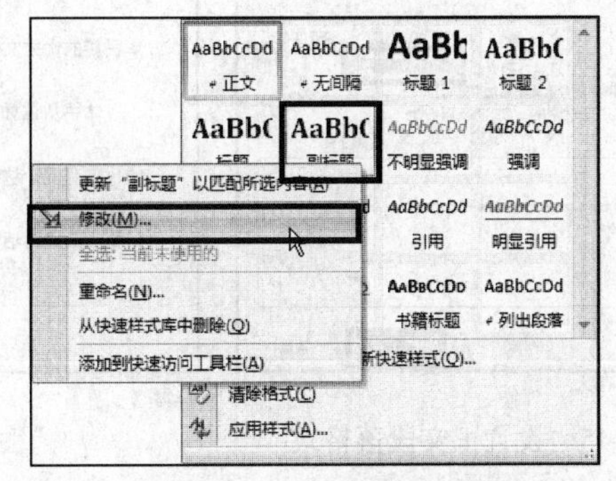

图 7-42　选择“修改”命令

步骤 4　打开“修改样式”对话框，在“样式”设置区“字号”下拉列表中选择“四号”，然后单击“确定”按钮，如图 7-43 所示。

步骤 5　将修改后的“副标题”样式应用于第 2 段文本“张博”。

步骤 6　在“样式”下拉列表中右键单击“正文”样式，在弹出的快捷菜单中选择“修改”命令，打开“修改样式”对话框。单击“格式”按钮，在下拉列表中选择“段落”，如图 7-44 所示。

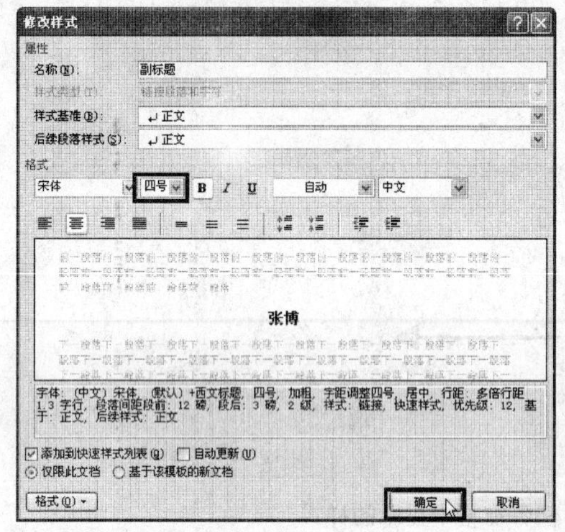

图 7-43　修改副标题字号

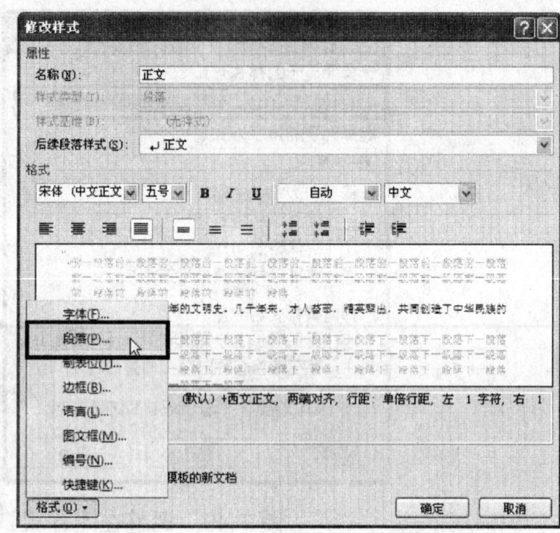

图 7-44　在“格式”下拉列表中选择“段落”

步骤 7　打开“段落”对话框，在“特殊格式”下拉列表中选择“首行缩进”，“磅值”为“2 字符”；在“行距”下拉列表中选择“2 倍行距”，如图 7-45 所示。

步骤 8　单击两次“确定”按钮，依次关闭“段落”对话框和“修改样式”对话框。此时可以看到，文档中的正文格式已被修改，如图 7-46 所示。

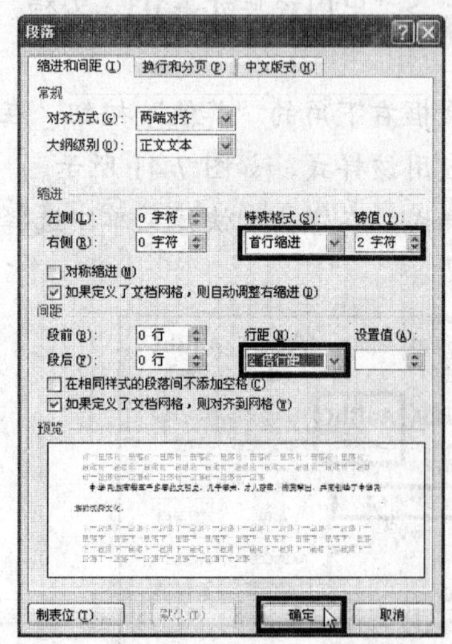

图 7-45　设置正文段落格式

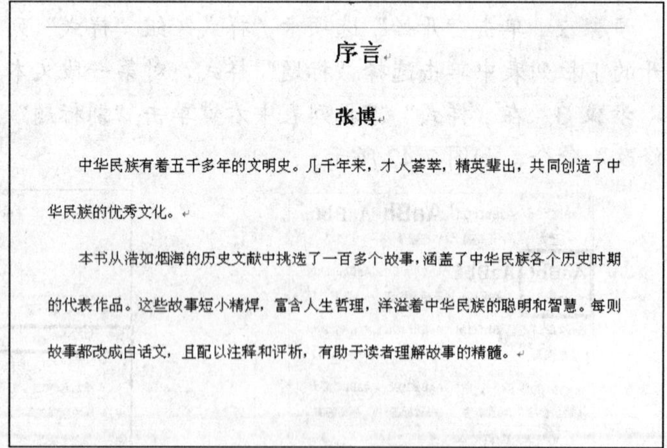
序言

张博

中华民族有着五千多年的文明史。几千年来，才人荟萃，精英辈出，共同创造了中华民族的优秀文化。

本书从浩如烟海的历史文献中挑选了一百多个故事，涵盖了中华民族各个历史时期的代表作品。这些故事短小精焊，富含人生哲理，洋溢着中华民族的聪明和智慧。每则故事都改成白话文，且配以注释和评析，有助于读者理解故事的精髓。

图 7-46　修改样式后的文档

7.6　为文档添加脚注和尾注

脚注和尾注在文档中的作用完全相同，都是对文档内容的补充说明，如术语解析、背景说明，或提供文档中引用内容的来源等。

7.6.1　创建脚注和尾注

脚注由两个相关联的部分——“脚注标记”和“脚注内容”组成。“脚注标记”出现在正文中，一般是一个上角标记字符，用来表示脚注的存在；脚注内容在页面底端或文字下方，是对脚注标记的解释。创建脚注的具体操作如下。

步骤 1　打开本书配套素材“素材与实例”>“第 7 章”>“抱犊寨”文档。将插入点置于第一段中文本“韩信”的后面，单击“引用”选项卡“脚注”组中的“插入脚注”按钮。

步骤 2　在插入点所在位置插入一个脚注标记“1”，同时插入点自动置于该页下方脚注内容区，如图 7-47 所示。

步骤 3　输入对韩信的简介，作为脚注内容。按照同样的方法，在文档中创建其他脚注。

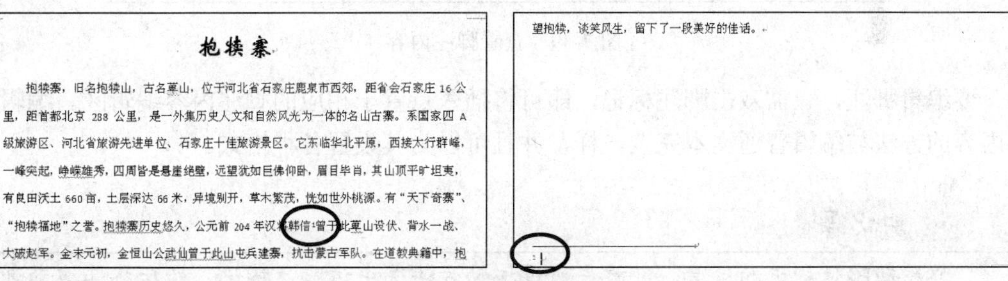

抱犊寨

抱犊寨，旧名抱犊山，古名萆山，位于河北省石家庄鹿泉市西郊，距省会石家庄 16 公里，距首都北京 288 公里，是一处集历史人文和自然风光为一体的名山古寨。系国家四 A 级旅游区、河北省旅游先进单位、石家庄十佳旅游景区。它东临华北平原，西接太行群峰，一峰突起，峥嵘雄秀，四周皆是悬崖绝壁，远望犹如巨佛仰卧，眉目毕肖，其山顶平旷坦夷，有良田沃土 660 亩，土层深达 66 米，异境别开，草木繁茂，恍如世外桃源。有“天下奇寨”、“抱犊福地”之誉。抱犊寨历史悠久，公元前 204 年汉将韩信[1]曾于此萆山设伏、背水一战、大破赵军。金末元初，金恒山公武仙曾于此山屯兵建寨，抗击蒙古军队。在道教典籍中，抱

望抱犊，谈笑风生，留下了一段美好的佳话。

1

图 7-47　创建脚注

要改变脚注的位置和格式，可单击“引用”选项卡“脚注”组右下角的对话框启动器按钮，打开“脚注和尾注”对话框，然后进行相应设置，如图 7-48 所示。

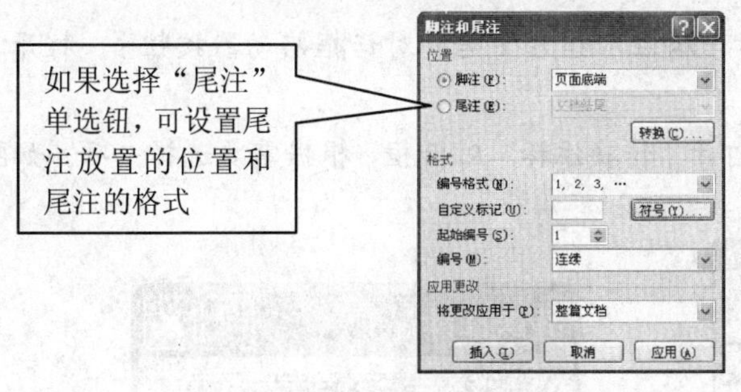

图 7-48　自定义脚注标记

尾注的创建方法与脚注类似，不同之处在于尾注内容通常出现在节的结尾或整个文档的最后（默认）。

7.6.2　查看与编辑脚注和尾注

脚注和尾注的查看与编辑方法类似，这里仅以脚注为例进行说明。

要查看脚注，只需将光标指向要查看的脚注标记，页面中将出现一个提示框，其中显示了脚注内容，如图 7-49 所示。另外，在垂直滚动条上单击“选择浏览对象”按钮，然后在弹出的列表中选择“按脚注浏览”图标，可以很方便地在脚注标记间前后移动。

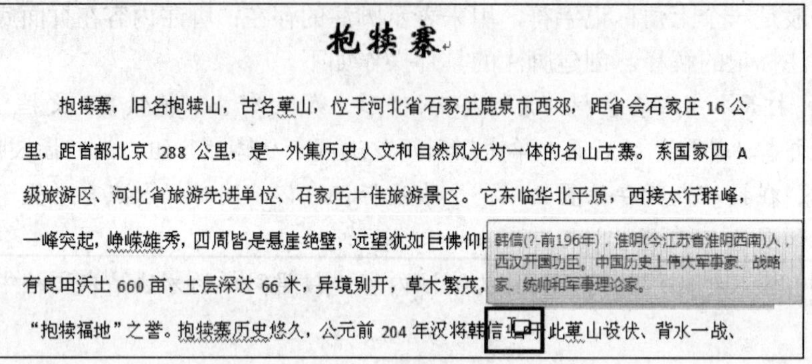

图 7-49　查看脚注内容

要编辑脚注，只需双击脚注标记，即可将插入点置于相应的脚注内容编辑区。编辑脚注内容的方法与编辑普通文本完全一样，并且可以为其设置各种格式。

要移动脚注标记的位置，可首先通过拖动方法选中该脚注标记，然后将其拖动到新位置。要删除脚注标记和脚注内容，可在选中脚注标记后按【Delete】键。

7.6.3　转换脚注和尾注

脚注和尾注之间是可以相互转换的，这种转换可以在一类注释间进行，也可以在所有脚注和尾注间进行。

步骤 1　单击“引用”选项卡“脚注”组右下角的对话框启动器按钮，打开“脚注和尾注”对话框。

步骤 2　单击“转换”按钮，打开“转换注释”对话框，根据需要选择一项，如图 7-50 所示。

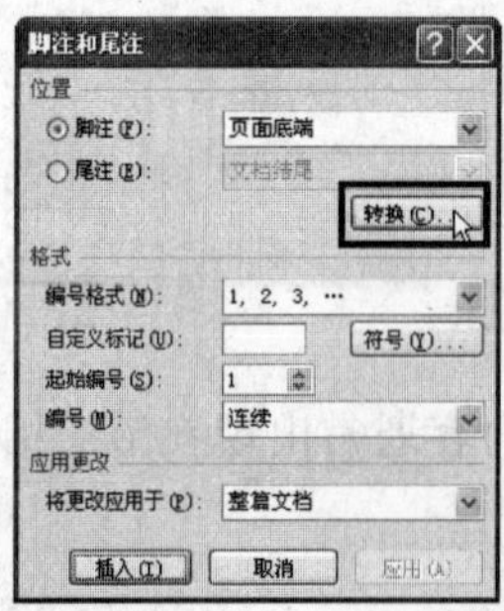

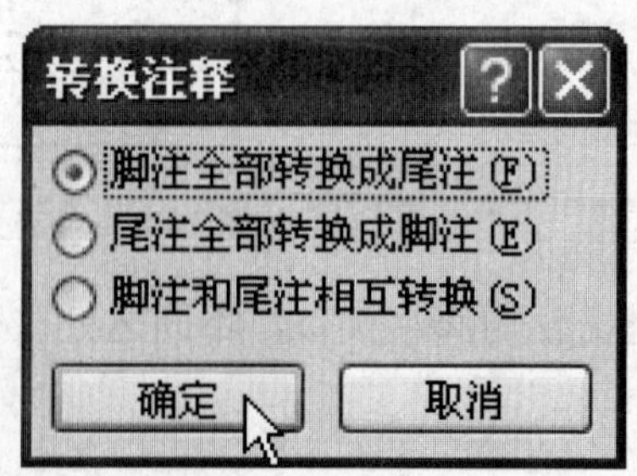

图 7-50　转换脚注和尾注

步骤 3　单击“确定”按钮，返回“脚注和尾注”对话框。单击“关闭”按钮，关闭“脚注和尾注”对话框，完成转换。

7.7　上机实践——为文档做注释

本节通过为文档“唐诗三百首”做注释，来练习脚注和尾注的应用。

步骤 1　打开本书配套素材“素材与实例”>“第 7 章”>“唐诗三百首”文档，将插入点置于第一段文本“唐诗三百首(部分)”的后面。

步骤 2　单击“引用”选项卡“脚注”组中的“插入尾注”按钮，则插入点自动置于文档内容下方尾注编辑区，在其中输入文本作为尾注内容，如图 7-51 所示。

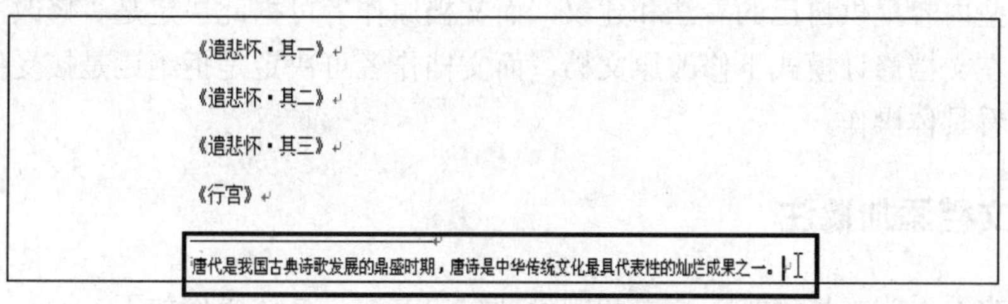

图 7-51　插入尾注

步骤 3　将插入点置于第二段文本“马戴”后面。单击“引用”选项卡“脚注”组中的“插入脚注”按钮，则插入点自动置于页面下方脚注编辑区，输入文本作为脚注内容，如图 7-52 所示。

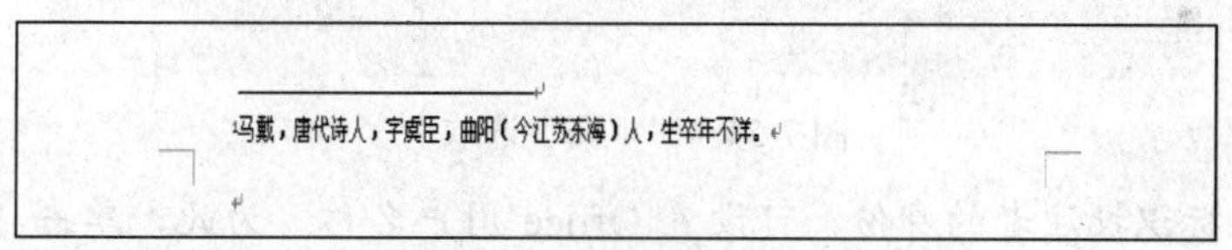

图 7-52　插入脚注

步骤 4　采用同样的方法，在其他作者后面插入脚注，并设置内容。

步骤 5　单击“引用”选项卡“脚注”组右下角的对话框启动器按钮，打开“脚注和尾注”对话框。

步骤 6　在“位置”设置区选择“尾注”单选钮，然后在“编号格式”下拉列表中选择“一,二,三（简）...”。

步骤 7　单击“应用”按钮，关闭对话框。则尾注编号变为所设格式，如图 7-53 所示。

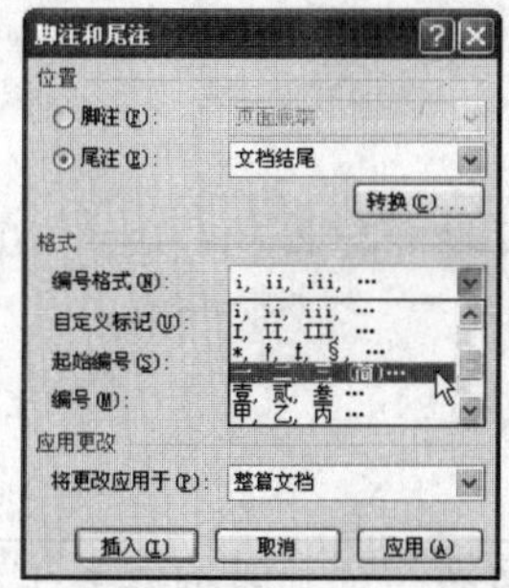

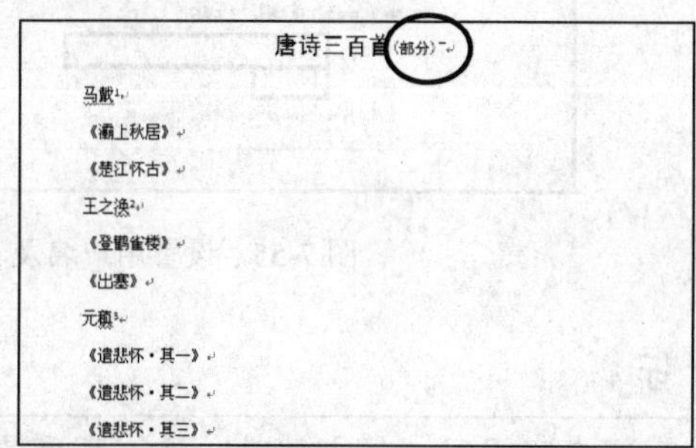

图 7-53　设置尾注编号格式

步骤 8 按【F12】键，另存文档为“唐诗三百首 01”。

7.8 审阅文档

我们在编写好一篇文章、论文或一本书后，经常希望请相关专家审阅一下。为此，Word 2007 提供了审阅文档的功能。

Word 的文档审阅功能主要包括两个方面，一是文档审阅者可通过为文档添加批注方式对文档的某些内容提供自己的看法和建议，而文档原作者可据此决定是否修改文档；二是文档审阅者在文档修订模式下修改原文档，而文档作者可决定是拒绝还是接受修订。下面我们就来看看具体操作。

7.8.1 为文档添加批注

下面就来看看为文档添加、查看和删除批注的方法，具体操作如下。

步骤 1 打开本书配套素材“素材与实例”>“第 7 章”>“秋天 01”文档，切换至“审阅”选项卡，如图 7-54 所示。

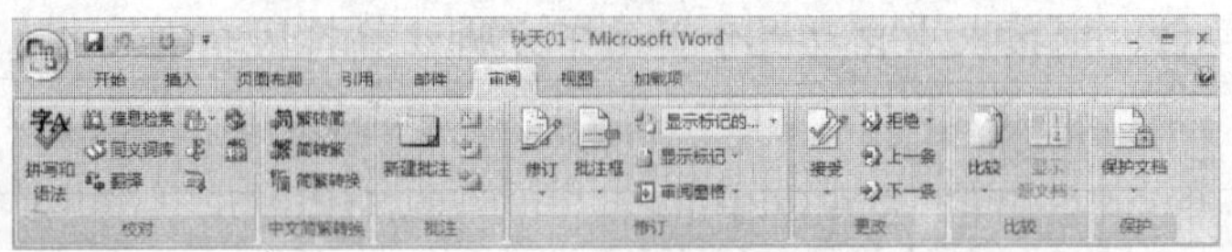

图 7-54 “审阅”选项卡

步骤 2 为标识批注者的身份，可设置 Office 用户名称。为此，单击“修订”组中的“修订”按钮，在弹出的菜单中选择“更改用户名”选项，打开“Word 选项”对话框，然后在右侧的“用户名”和“缩写”编辑框中输入用户名及其缩写，如图 7-55 所示。

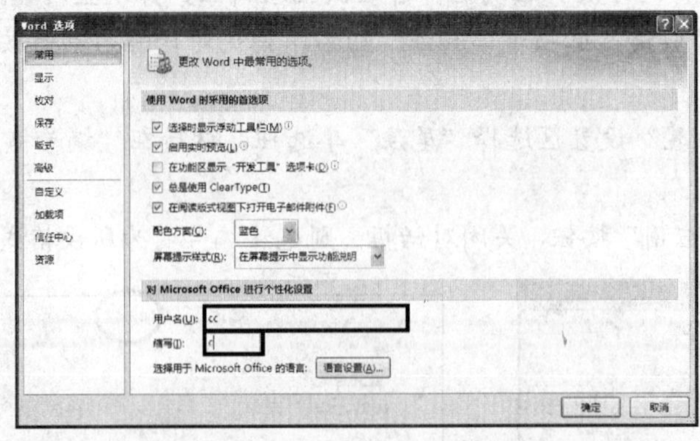

图 7-55 设置用户名及其缩写

当多个审阅者审阅同一篇文档时，这一步更是必须的，否则我们将无法得知批注内容是哪个人的意见。

步骤 3　单击“确定”按钮，关闭“Word 选项”对话框。利用拖动方法选中要增加批注的文字，单击“批注”组中的“新建批注”按钮，在打开的批注框中输入批注内容，如图 7-56 所示。

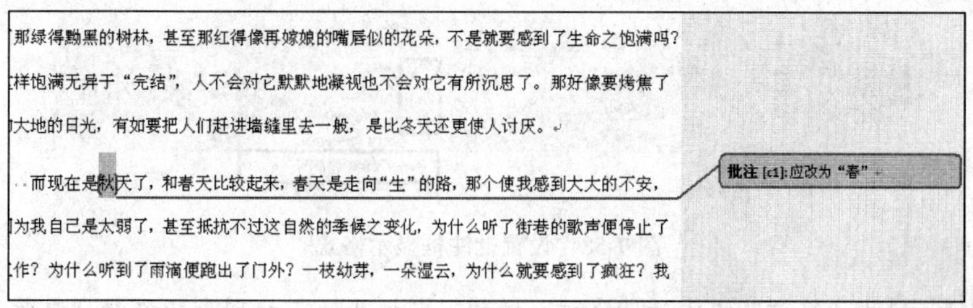

图 7-56　为文档添加批注

步骤 4　依据类似方法，继续为文档增加其他批注。

步骤 5　按【F12】键，另存文档为“秋天 02”。

当文档原作者拿到经过批注的文档后，可按照如下方法查看或删除批注。

步骤 1　打开本书配套素材“素材与实例”>“第 7 章”>“秋天 02”文档，切换至“审阅”选项卡。

步骤 2　在“批注”组中单击“上一条”或“下一条”按钮，可查看各条批注。

步骤 3　如果希望删除批注，可首先将插入点定位在被批注的文本区或批注框中，然后单击“批注”组中的“删除”按钮，如图 7-57 所示。

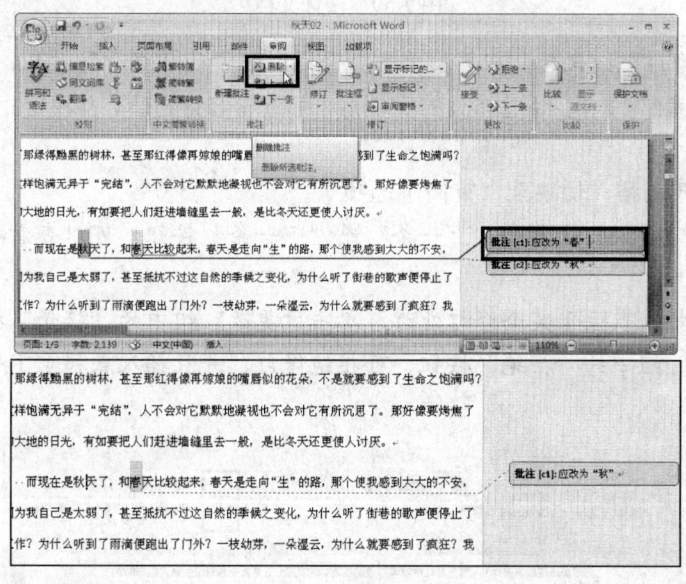

图 7-57　删除批注

7.8.2　修订文档

下面我们首先看看如何修订文档，具体操作如下。

步骤 1　默认情况下，为文档添加的批注内容显示在批注框中。修订文档时，为文档增加的内容直接显示在文档中（文字为蓝色，且带下划线），而删除的内容显示在批注框中。如果希望修订内容都显示在文档中，可单击“修订”组中的“批注框”按钮，在弹出的列表中选择“以嵌入方式显示所有修订”，如图 7-58 所示。

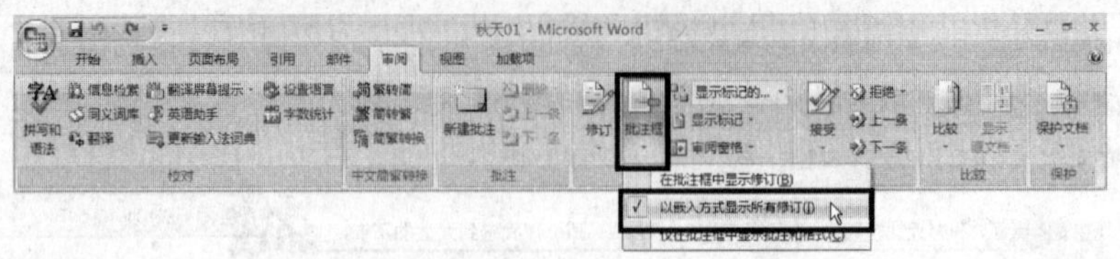

图 7-58　设置批注框显示格式

步骤 2　单击“修订”组中的“修订”按钮，在打开的下拉列表中选择“更改用户名”，设置修订者名称。

步骤 3　单击“修订”组中的“修订”按钮，在打开的下拉列表中选择“修订”，进入修订状态，修订文档，如图 7-59 所示。

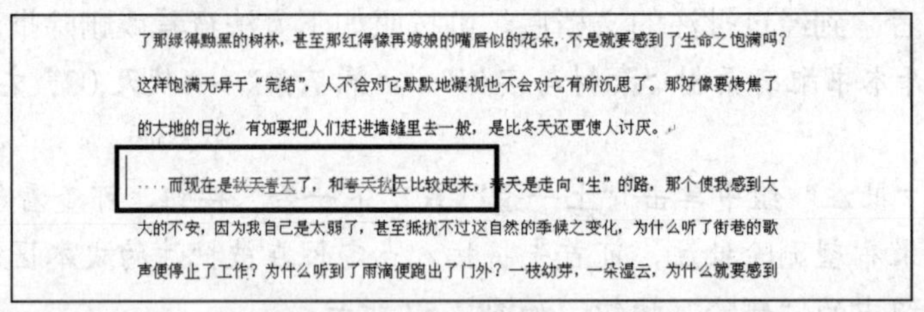

图 7-59　修订文档

步骤 4　“修订”结束后，可再次单击“修订”组中的“修订”按钮，退出修订状态。

当文档原作者拿到一篇经过修改的文档后，可查看修订内容，并决定拒绝或接受修订，具体操作如下。

步骤 1　打开文档，切换至“审阅”选项卡。

步骤 2　在“更改”区单击“上一条”或“下一条”按钮，可以查看各条批注和修订内容。

步骤 3　当插入点位于某个修订处时，单击“更改”组中的“接受”按钮，可接受修订，单击“更改”组中的“拒绝”按钮，可拒绝修订，并且插入点移至下一处修订，如图 7-60 所示。

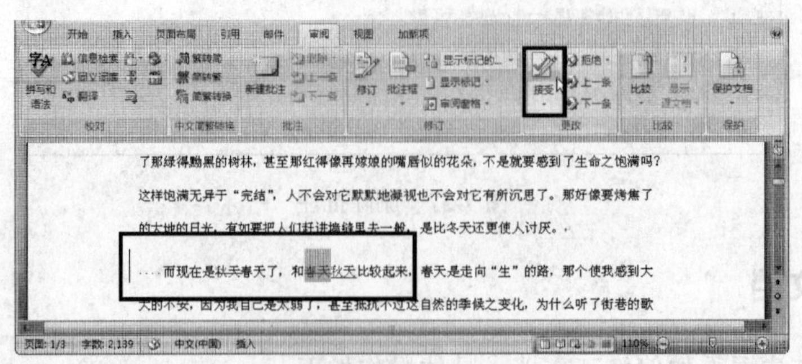

图 7-60　接受文档修订

步骤 4　如果决定接受全部修订，可单击“更改”组中的“接受”按钮，在其下拉列表中选择“接受对文档的所有修订”；如果决定全部拒绝修订，可单击“更改”组中“拒绝”按钮右侧的三角按钮▾，然后在弹出的列表中选择“拒绝对文档的全部修订”，如图 7-61 所示。

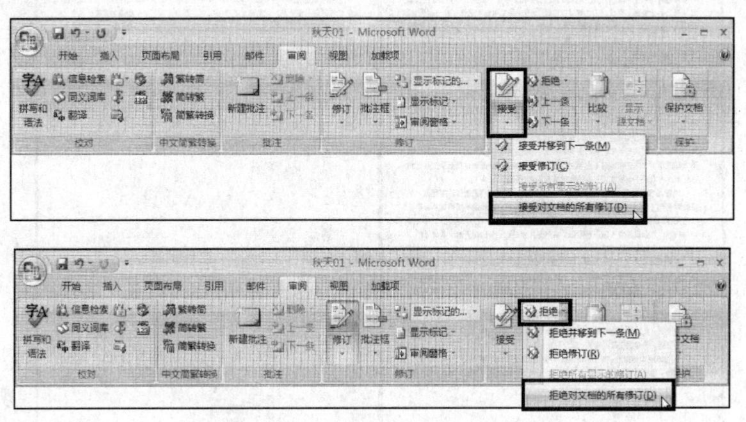

图 7-61　一次接受或拒绝全部修订

7.9 拾遗补阙

在本节中，我们再来告诉读者一些经常用到，但前面没有讲述的小技巧。

7.9.1 文档各种视图的特点

为便于用户使用，Word 提供了页面视图、阅读版式视图、Web 版式视图、大纲视图和普通视图 5 种视图。切换至“视图”选项卡，单击“文档视图”组中的按钮可进入相应的视图模式；另外，单击状态栏右侧的视图模式按钮，也可进入相应视图模式，如图 7-62 所示。

图 7-62　视图模式

下面分别介绍其特点及使用方法。

- **页面视图：**默认情况下，Word 显示的是页面视图，它是使用最多的一种视图，前面讲述的各种操作都是在该视图下进行的。
- **阅读版式视图：**阅读版式视图只显示文档正文区域中的所有信息，方便用户阅读文档，如图 7-63 所示。通过单击窗口正上方的◂和▸按钮，可在各个页面之间切换；单击“视图选项”按钮，在其下拉列表中选择各项，可设置文本显示字号和一次显示页数等。例如，要增大文本显示的字号，可在其下拉列表中选择“增大文本字号”命令，要一次阅读一页，可选择“显示一页”命令。单击右侧的“关闭”按钮，可退出“阅读版式视图”。

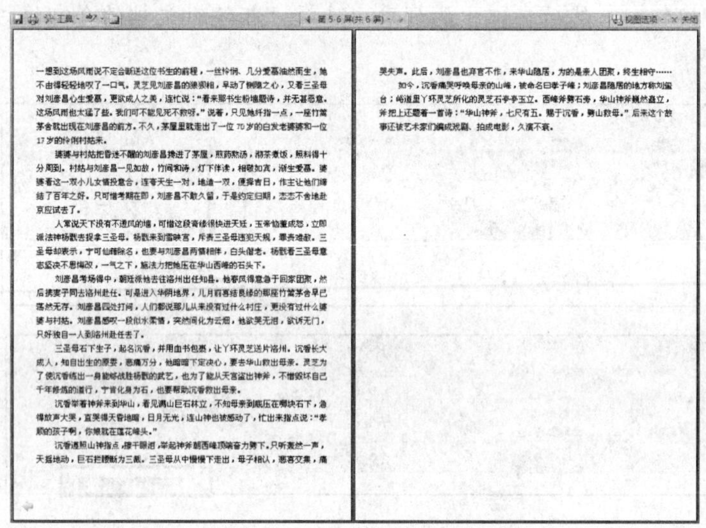

图 7-63　阅读版式视图

➢ **Web 版式视图**：Web 版式视图以 Web 浏览器的模式显示文档，即文档将显示为一整页，且文本和表格将自动换行以适应窗口的大小。图 7-64 所示为 Web 版式视图模式。

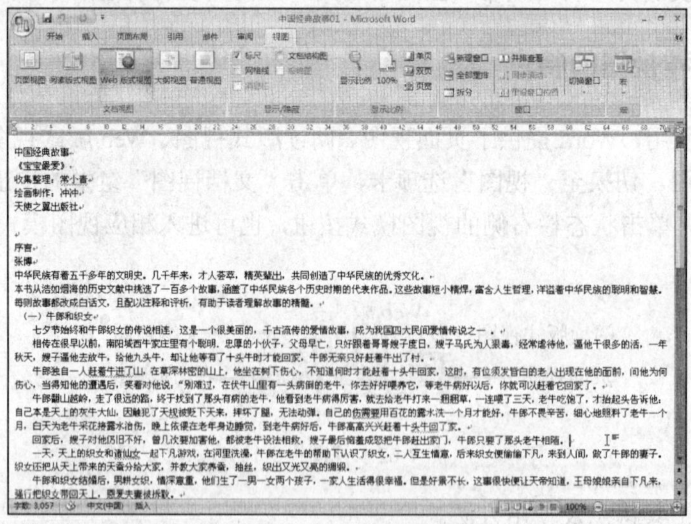

图 7-64　Web 版式视图模式

➢ **大纲视图**：在大纲视图中，文档内容会以大纲的形式显示，且可以设置显示大纲的级别。在第 8 章中将详细介绍大纲试图的应用，故此处不再多做解释。

➢ **普通视图**：普通视图一般用于快速录入文本、图形及表格，并进行简单的排版。值得注意的是，该视图模式不能显示及编辑页眉、页脚和页码，也不能显示形状、分栏等效果。图 7-65 所示为普通视图模式。

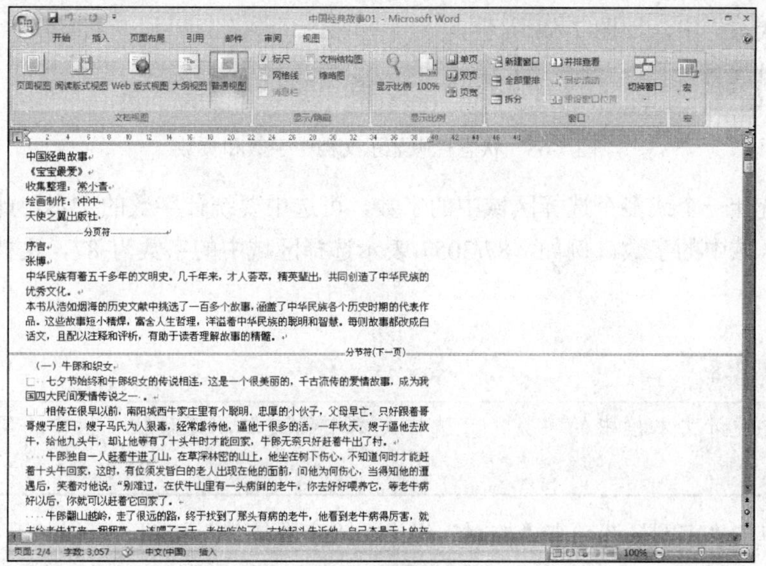

图 7-65　普通视图模式

7.9.2　在当前文档中插入其他 Word 文档

在实际工作中，有时候需要将多个文档合并成一个文档，或将其他文档中的文本插入到正在编辑的文档中，下面我们来看具体操作。

步骤 1　将插入点置于原文档中要插入文本的位置。

步骤 2　切换至“插入”选项卡，单击“文本”组中“对象”按钮右侧的三角按钮，在打开的下拉列表中选择“文件中的文字”命令，如图 7-66 所示。

步骤 3　打开“插入文件”对话框，从中选择要插入的文件，如图 7-67 所示。

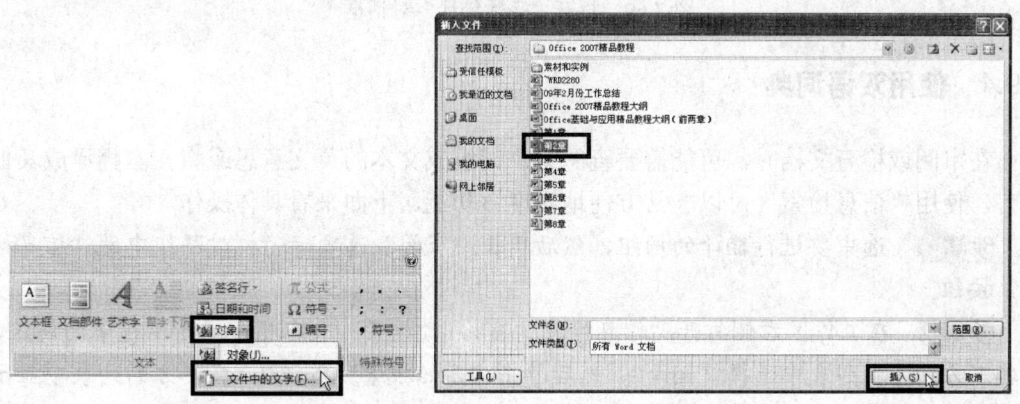

图 7-66　选择“文件中的文字”命令　　　　图 7-67　插入文件

步骤 4　单击“插入”按钮，即可将文档内容插入到指定位置。

7.9.3　统计文档字数

在文档中输入文本时，Word 2007 会自动统计文档中的页数和字数，并将其显示在工

作区底部的状态栏中，如图 7-68 所示。

页面: 4/4 字数: 3,057 中文(中国) 插入

图 7-68 状态栏中显示文档中字数和页数

如果要统计一个或多个选择区域中的字数，可选中要统计字数的文本，此时状态栏中将显示选择区域中的字数。例如，87/3057 表示选择区域中的字数为 87，文档中的总字数为 3057。

知识库

如果要统计文本框中的字数，可选择文本中的文本，此时状态栏中将显示文本框中的文本。

另外，单击“审阅”选项卡“校对”组中的“字数统计”按钮，可以打开“字数统计”对话框，在该对话框中可以查看文档中的页数、字数、段落数和行数等，并且可以设置是否包括文本框、脚注和尾注内容，如图 7-69 所示。

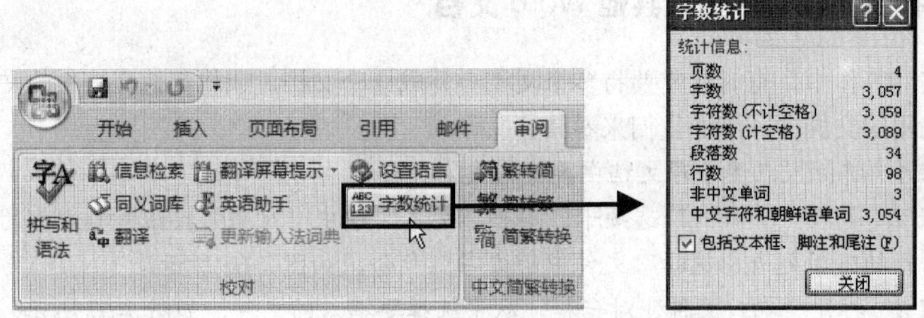

图 7-69 打开“字数统计”对话框

7.9.4 使用双语词典

在审阅或检查文档时，可能需要查阅某个词组或文本的英文意思或将文本翻译成其他语言，使用“信息检索”可以非常方便地实现该功能，下面来看具体操作。

步骤 1 选中要进行翻译的词组，然后单击“审阅”选项卡“校对”组中的“信息检索”按钮。

步骤 2 在工作区右侧打开“信息检索”窗格，“搜索”文本框中显示刚选中的词组，在其下方的下拉列表中选择“翻译”，然后单击“开始搜索”按钮，在下方的列表中显示翻译结果，如图 7-70 所示。

提 示

如果还要查阅其他词组，可以在“搜索”文本框中输入词组，然后单击“开始搜索”按钮，继续查阅。

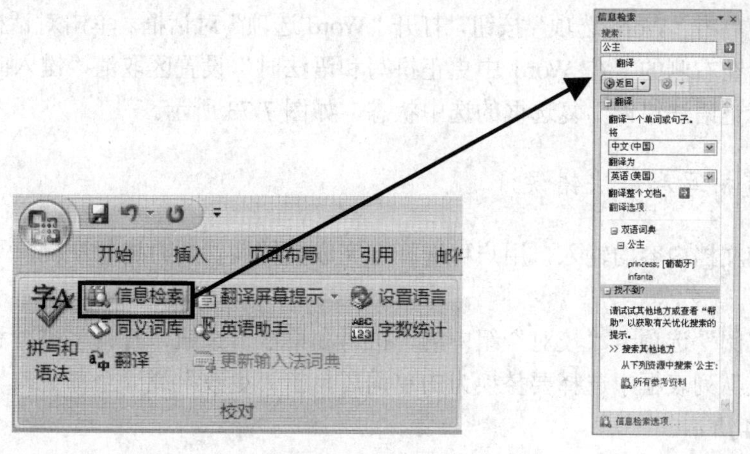

图 7-70 翻译词组

7.9.5 拼写和语法检查

Word 2007 提供了拼写和语法检查功能，可在输入文本的同时检查拼写及语法错误，或在文档编辑完成后集中检查并提出修改建议，为提高输入的准确性提供了很好的帮助。

1. 自动检查拼写和语法错误

在文档编辑过程中，如果出现了拼写错误或不可识别的单词，Word 2007 会在该单词下方用红色波浪线进行标记；如果出现了语法错误，则用绿色波浪线进行标记，如图 7-71 所示。在带有波浪线的文字上右击鼠标，在弹出的快捷菜单中列出了修改建议，如图 7-72 所示。

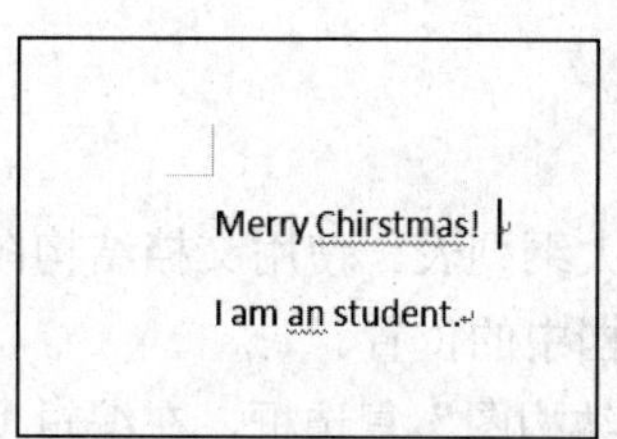

图 7-71 标记错误

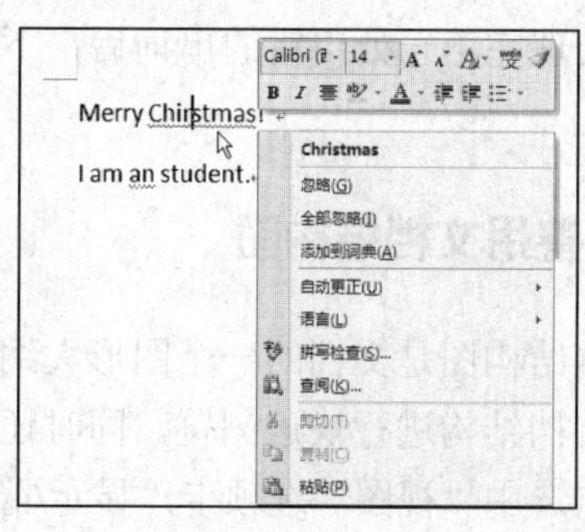

图 7-72 快捷菜单

在快捷菜单中单击选择正确的单词，例如图 7-72 中的“Christmas”，就可以将错误的单词替换为正确的单词。快捷菜单中各选项的意义如下。

- **忽略：**忽略拼写和语法错误的单词，并继续进行检查。
- **全部忽略：**忽略文档中所有该单词的拼写和语法错误。
- **添加到词典：**将该单词添加到 Word 的词典中，Word 将不再视该单词为错误项。
- **拼写检查：**打开“拼写”对话框，以设置更详细的检查措施。

若要取消在输入文档内容时自动检查拼写和语法功能，可单击“Office 按钮”，在弹出的菜单中单击“Word 选项”按钮，打开“Word 选项”对话框。单击对话框左侧的“校对”项，然后在右侧的“在 Word 中更正拼写和语法时”设置区取消“键入时检查拼写”和“键入时标记语法错误”复选框的选中状态，如图 7-73 所示。

2. 集中检查拼写和语法错误

为不影响文档内容的输入，用户可选择在完成文档编辑后再进行文档拼写和语法检查工作。

单击“审阅”选项卡“校对”组中的“拼写和语法”按钮，打开“拼写和语法”对话框，在“建议”列表框中选择要替换为的单词后单击“更改”或“全部更改”按钮进行更正，如图 7-74 所示。

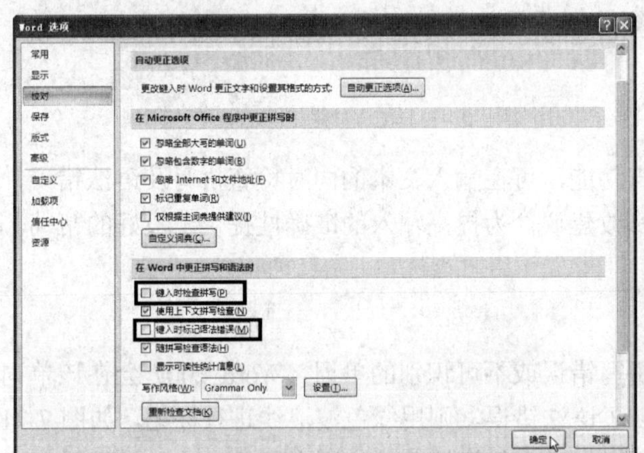

图 7-73　取消自动检查拼写和语法错误

图 7-74　更正错误

在处理完第一处出错的单词后，下一处出错的单词被标记，可以用同样的方法对其进行修改。

7.9.6　善用文档结构图

文档结构图是文档的一个图形大纲，能够显示文档的大纲列表。使用文档结构图可以对整个文档结构进行快速浏览，同时还能跟踪插入点在文档中的位置。

单击选中“视图”选项卡“显示/隐藏”组中的“文档结构图”复选框，在编辑窗口左侧将打开文档结构图窗口，如图 7-75 所示。

文档结构图中显示了文档的各级标题，单击标题名，可跳转到相应内容。单击标题左侧的⊞符号，可展开其下级标题，且⊞符号变为⊟符号。单击⊟符号，可重新折叠下级标题。

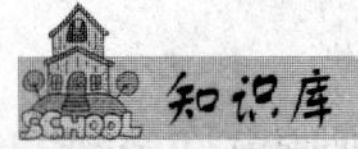

如果要隐藏“文档结构图”任务窗格，可取消选择“文档结构图”复选框，或单击文档结构图窗口右上方的“关闭”按钮×。

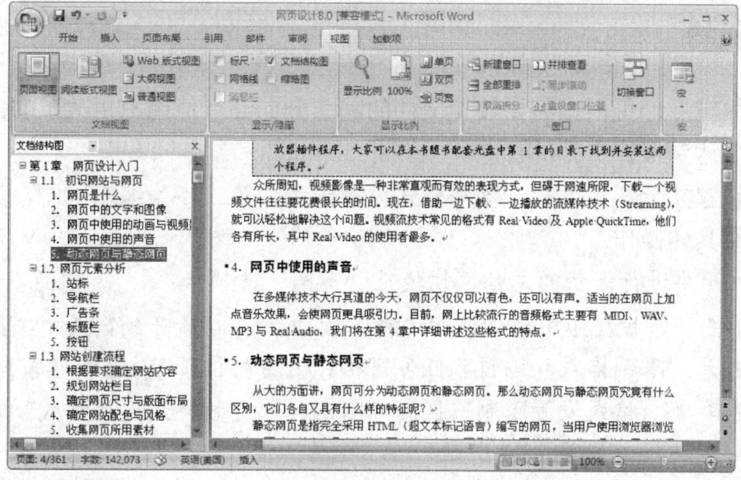

图 7-75　文档结构图

7.9.7　创建文档封面

Word 2007 中集成了可供使用的"封面"快速样式，可以非常方便地创建文档封面。

打开要创建封面的文档，单击"插入"选项卡"页"组中的"封面"按钮，在打开的列表框中选择一种封面样式，则在该文档的起始页将插入选中的封面模板，如图 7-76 所示。

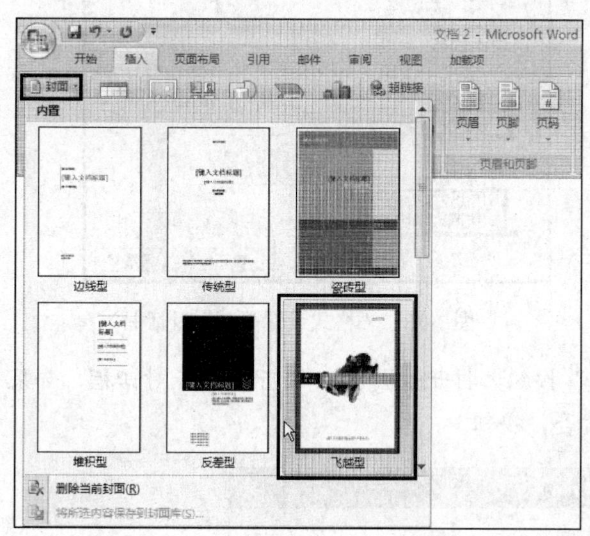

图 7-76　插入封面

分别在选取日期、键入文档标题和键入文档副标题文本框中设置相应内容，一个文档封面就制作完成了。

知识库

如要删除封面，可将插入点置于封面中，在"封面"下拉列表中选择"删除当前封面"命令。

7.9.8 文档保护

完成文档编辑后，可根据需要设置文档的哪部分允许其他用户更改，哪部分不允许其他用户更改，以达到保护文档的目的。

保护文档设置共分 3 步，第一步为格式设置限制，第二步为编辑限制，第三步为强制保护，下面介绍具体操作。

步骤 1 打开要进行保护的文档，切换至“审阅”选项卡。

步骤 2 单击“保护”组中的“保护文档”按钮，在展开的列表中选择“限制格式和编辑”项，打开“限制格式和编辑”任务窗格，该窗格位于 Word 编辑窗口右侧。

步骤 3 选择“1. 格式设置限制”区的“限制对选定的样式设置格式”复选框，单击其下的“设置”超链接，如图 7-77 所示。

步骤 4 打开“格式设置限制”对话框，单击列表框下方的“全部”按钮，并选择“阻止主题或方案切换”和“阻止快速样式集切换”复选框，如图 7-78 所示。

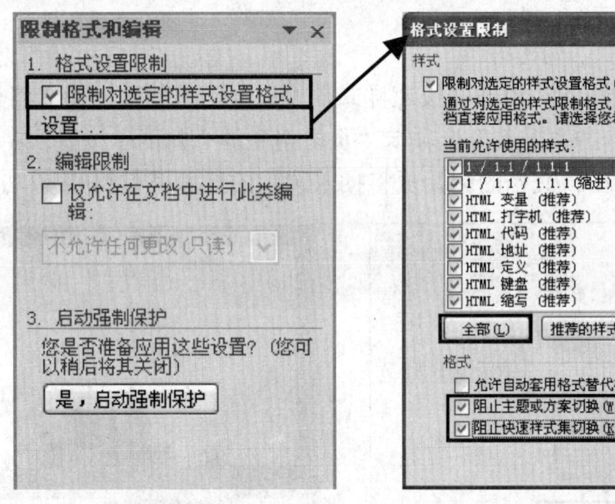

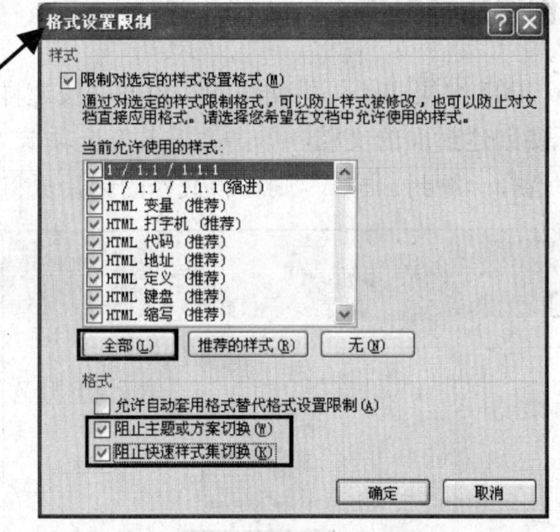

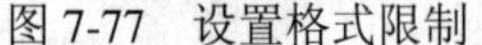

图 7-77 设置格式限制　　　　图 7-78 “格式设置限制”对话框

步骤 5 设置完毕后，单击“确定”按钮，打开如图 7-79 所示的提示对话框，如果不希望删除文档中的格式或样式，单击“否”按钮。

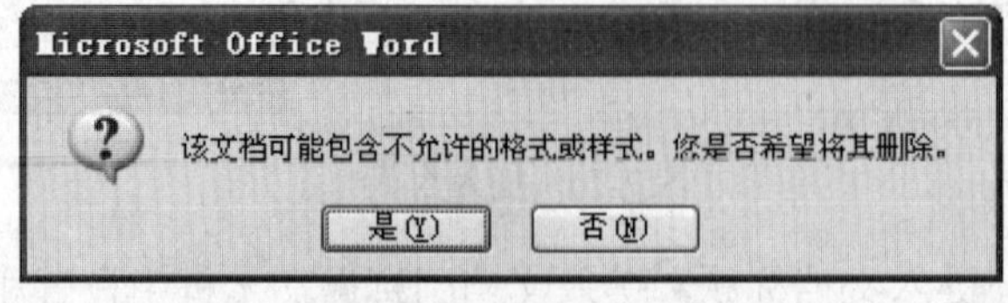

图 7-79 提示对话框

步骤 6 选择“2. 编辑限制”下的“仅允许在文档中进行此类编辑”复选框，打开该选项组中的下拉列表框，从中选择“批注”选项，如图 7-80 所示。

步骤 7 单击“3. 启动强制保护”下的“是，启动强制保护”按钮，如图 7-81 所示。

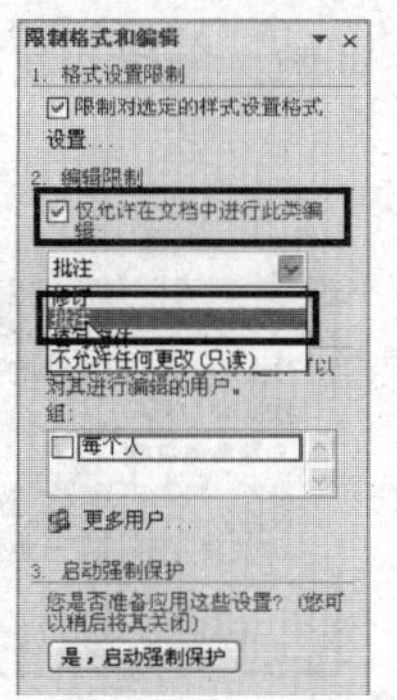
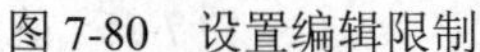

图 7-80 设置编辑限制

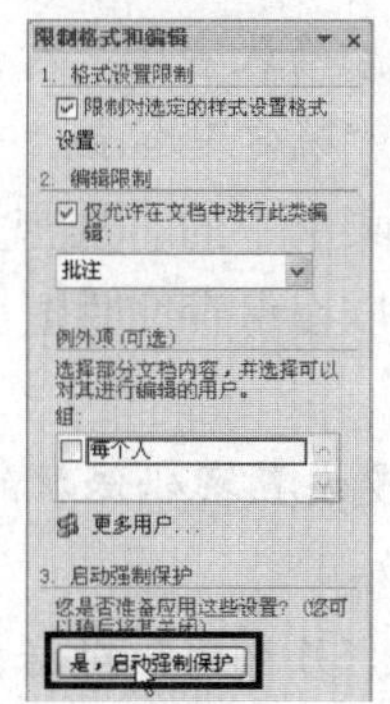

图 7-81 启动强制保护

步骤 8 打开“启动强制保护”对话框，在“新密码”编辑框中输入密码 123456，在“确认新密码”编辑框中再次输入刚才输入的密码，完成设置后单击“确定”按钮，如图 7-82 所示。

在设置保护文档时，允许指定特定用户编辑文档，例如设置组中每位用户均可编辑文档，可选择“组”列表框中的“每个人”复选框，如图 7-83 所示。

图 7-82 设置强制保护密码

图 7-83 设置允许编辑的用户

7.9.9 为文档设置密码

如果用户希望为文档设置一个密码，只允许知道密码的用户打开文档并加以修正，可执行下面的操作。

步骤 1 打开需要设置密码的文档。

步骤 2 单击“Office 按钮”，在弹出的菜单中选择“准备”>“加密文档”命令，如图 7-84 所示。

步骤 3 打开“加密文档”对话框，在“密码”编辑框中输入打开文件需要的密码（如 123456），单击“确定”按钮，如图 7-85 所示。

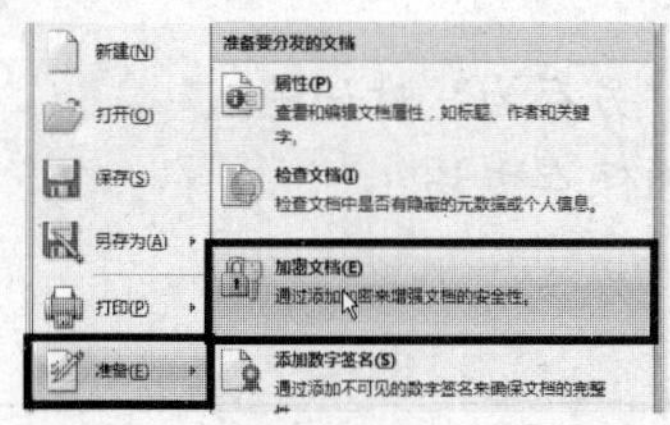

图 7-84 选择“加密文档”命令

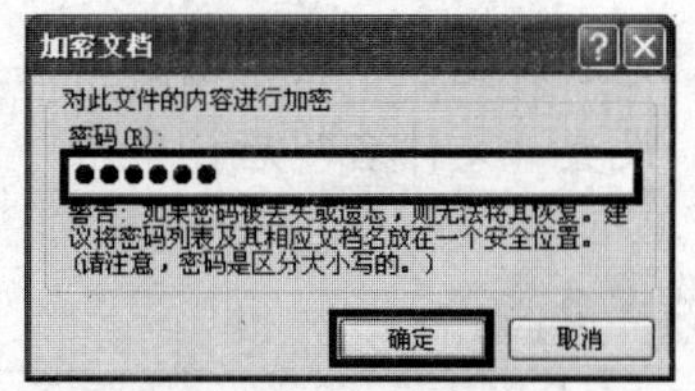

图 7-85 设置密码

步骤 4 打开“确认密码”对话框，在“重新输入密码”编辑框中输入上一编辑框中输入的密码，单击“确定”按钮，如图 7-86 所示。

除应用 Office 菜单中的“加密文档”命令为文件加密外，用户还可以在保存文件时为文档设置密码，具体操作如下。

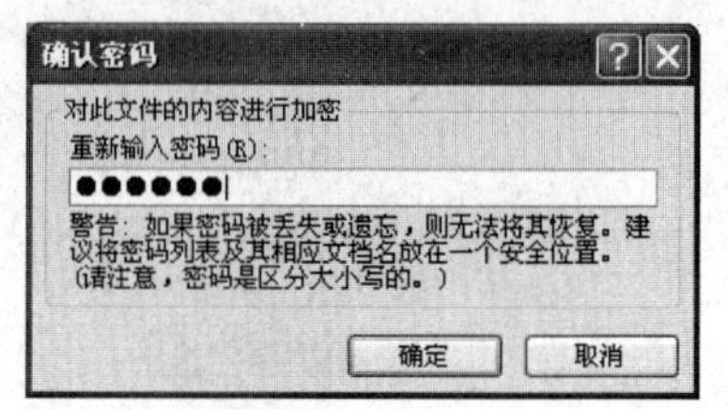

图 7-86 确认密码

步骤 1 打开要设置密码保护的文档，按【F12】键另存文档。

步骤 2 打开“另存为”对话框，单击左下角的“工具”按钮，在打开的下拉菜单中选择“常规选项”命令，如图 7-87 所示。

步骤 3 打开“常规选项”对话框，在“打开文件时的密码”编辑框中输入打开文件时所需密码（如 123456），如图 7-88 所示。

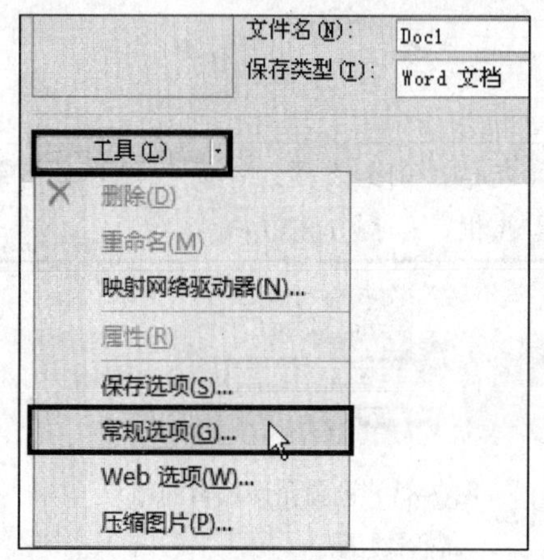

图 7-87 选择“常规选项”命令

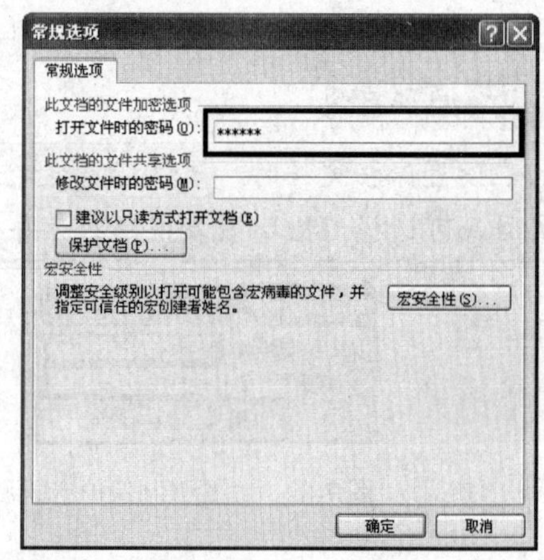

图 7-88 输入密码

步骤 4 单击“确定”按钮，打开“确认密码”对话框，在编辑框中输入前面设置的密码 123456，如图 7-89 所示。

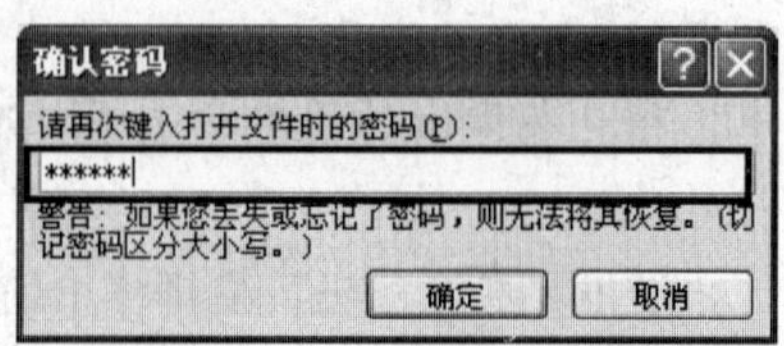

图 7-89 确认密码

步骤 5 完成设置，单击“确定”按钮，返回“另存为”对话框。

步骤 6 设置“文件名”后，单击“保存”按钮保存文档。

打开“常规选项”对话框，在“修改文件时的密码”编辑框中输入修改文件时所需密码，表示用户须正确输入密码才能修改文件，否则只能以只读方式打开文档。

7.10　学习总结

本章主要介绍了文档高级编排的相关知识，如分页和分节，添加页眉和页脚，应用样式，为文档添加脚注和尾注，以及审阅文档的方法等。通过这些设置，可以使文档更加规范，从而制作出高标准的文档。

7.11　思考与练习

一、填空题

1. 为了能为同一文档中的不同部分设置不同的页眉和页脚，以及页边距、页面方向和分栏版式等页面属性，用户可将文档分成多个____。

2. _____和_____分别位于文档页面顶部和底部，常用来插入标题、页码、日期或公司徽标等。

3. 要修改页眉和页脚内容，只需在页眉或页脚位置_____鼠标，即可进入页眉和页脚编辑状态。

4. 有些书中章节的首页没有页眉和页脚，这是设置了__________的页眉和页脚。另外，通过设置______________，还可以为奇数页和偶数页设置不同的页眉和页脚。

5. 利用_____可以快速统一格式，一旦修改了某个样式，所有应用该样式的内容格式会自动更新。

6. 在 Word 2007 中，常用的样式有三类，一类是______样式，一类是_____样式，另一类是____________________样式。

7. 脚注由两个相关联的部分——“脚注_____”和“脚注_____”组成。

8. 为便于用户使用，Word 提供了_____视图、阅读版式视图、Web 版式视图、_____视图和普通视图 5 种视图。

9. 在文档中输入文本时，Word 2007 会自动统计文档中的页数和字数，并将其显示在工作区底部的_______中。

二、简答题

1. 简述修改页眉和页脚的方法。
2. 简述段落样式和字符样式的区别。
3. 简述查看和编辑脚注的方法。
4. 简述为文档增加批注和修订文档的方法
5. 简述接受和拒绝修订的方法，以及删除批注的方法。

三、操作题

分别打开本书配套素材“素材与实例”>“第 7 章”>“故乡杂记 01”和“故乡杂记 02”文档，通过为文档“故乡杂记 01”设置页眉、页脚和样式，使设置结果同“故乡杂记 02”文档。

第8章 长文档编排

本章内容提要

章前导读

为便于管理长文档，特别是由若干小文档（又称子文档）组成的长文档，Word专门设计了一些用于长文档编排的功能和特性。例如，用大纲视图组织文档，用主控文档来合并和管理子文档，以及在文档中编制目录和索引等。

8.1 使用大纲视图组织文档

大纲视图常用于编写和修改具有多层标题的长文档。使用大纲视图不仅可以方便地编写文档大纲，还可以重新组织文档结构。

8.1.1 在大纲视图下创建文档结构

一般在创建文档之前，都要先设计好文档结构，以使文档的编写过程更顺利。借助大纲视图可以非常方便地创建文档结构，具体操作如下。

步骤1 启动Word 2007，新建空白文档。切换至“视图”选项卡，单击“文档视图”组中的“大纲视图”按钮，切换至大纲视图模式，如图8-1所示。

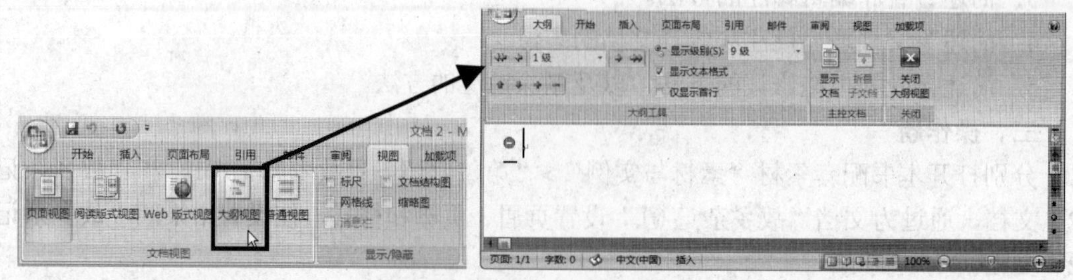

图8-1 切换至大纲视图模式

步骤 2　输入第一个标题"第一部分　简单认识 Office 2007"，如图 8-2 所示。

图 8-2　输入第一个标题

步骤 3　按【Enter】键后，在第 2 行输入第二个标题。可按照同样的方法，依次输入其他标题，如图 8-3 所示。

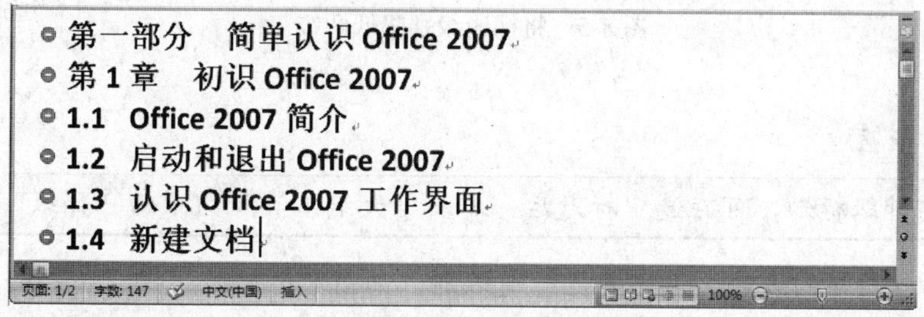

图 8-3　输入其他标题

步骤 4　按【Ctrl+S】组合键，保存文档为"大纲视图"。

8.1.2　改变标题级别

在大纲视图模式下，通过提升或降低正文及各级标题的级别，可以更方便、快捷地组织文档结构，具体操作如下。

步骤 1　打开本书配套素材"素材与实例">"第 8 章">"大纲视图"文档。单击并拖动鼠标，选中需要降低级别的标题，此处为"第 1 章 初识 Office 2007"。

步骤 2　单击"大纲工具"组中的"降级"按钮，将其降为 2 级，如图 8-4 所示。

图 8-4　降低标题级别

步骤 3　选中第 1 章下方的所有小节，单击两次"降级"按钮，将其降为 3 级，如图 8-5 所示。

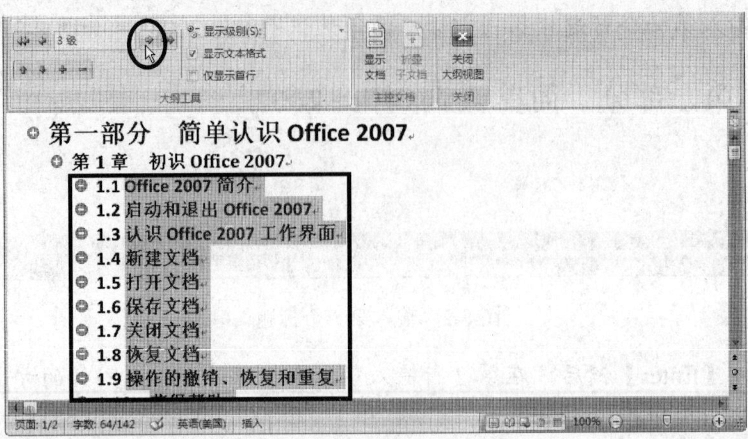

图 8-5　将标题级别降低两级

如果要升级标题，可在选中标题后，单击“大纲工具”组中的“升级”按钮。

步骤 4　以同样的方法，调整其他标题级别，如图 8-6 所示。

1.4 新建文档
1.5 打开文档
1.6 保存文档
1.7 关闭文档
1.8 恢复文档
1.9 操作的撤销、恢复和重复
1.10　获得帮助
第二部分　Word 2007 使用详解
第 2 章　简单文档编辑与处理
2.1　在 Word 文档中输入文本
2.2　上机实践——用 Word 写日记
2.3　区域选择
2.4　编辑文本
2.5　文档浏览与定位
2.6　上机实践——修改日记内容

图 8-6　调整其他标题级别

在大致构建出文档结构后，就可以切换至普通视图或页面视图，开始文档的写作了。

步骤 5　按【F12】键，另存文档为“大纲视图 01”。

将光标移至标题左侧，待光标变为形状时，按下鼠标并向右（或向左）拖动，等出现一条垂直线后释放鼠标，也可调整标题级别，如图 8-7 所示。

图 8-7　使用鼠标升级标题

用户还可以用键盘来改变标题级别。将插入点置于需要改变级别的标题中，然后直接按【Tab】（或【Shift+Tab】）键，每按一次【Tab】（或【Shift+Tab】）键，标题就降低（或提升）一个级别。

8.1.3　标题的展开与折叠

在大纲视图模式下，利用“大纲工具”组中的“展开”按钮或“折叠”按钮，可以非常方便地展开或折叠标题下面的内容。如要折叠某一标题下面的内容，可在该标题行中单击，然后单击“大纲工具”组中的“折叠”按钮，如图 8-8 所示。

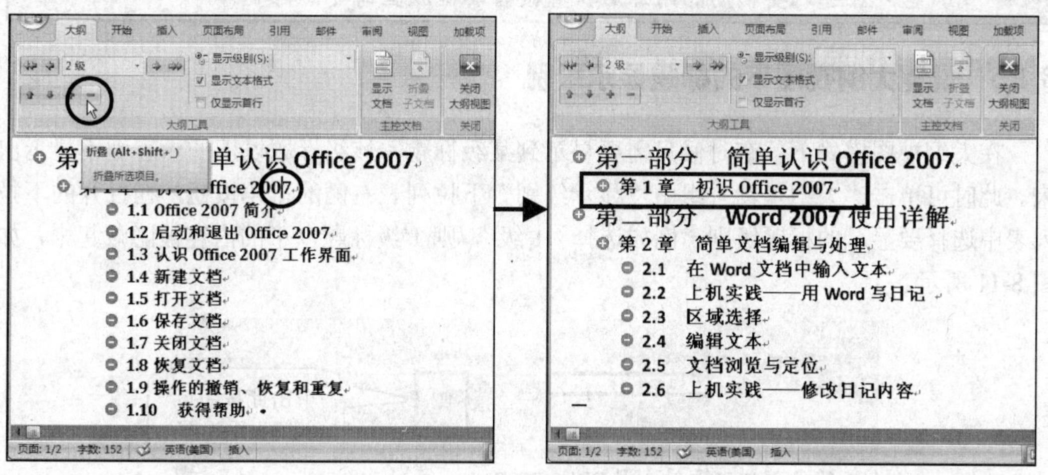

图 8-8　折叠标题

双击标题前面的符号，也可展开或折叠该标题下面的内容。

8.1.4　移动标题

在大纲视图下移动或复制标题时，可以将该标题下所有次级标题及正文文本一起移动或复制，这使得重新安排各部分内容的次序变得十分方便。

单击要移动标题前面的符号，选取该标题及其下面的内容，如图 8-9 所示。单击或重复单击“大纲工具”组中的“上移”按钮，将其移至需要的位置，如图 8-10 所示。

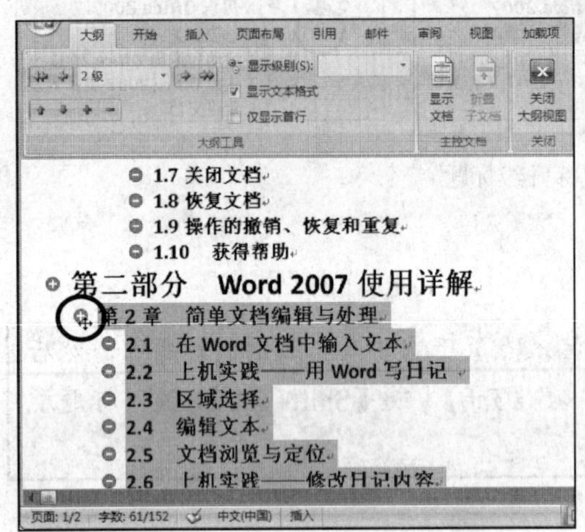

图 8-9　选取标题及其下面内容

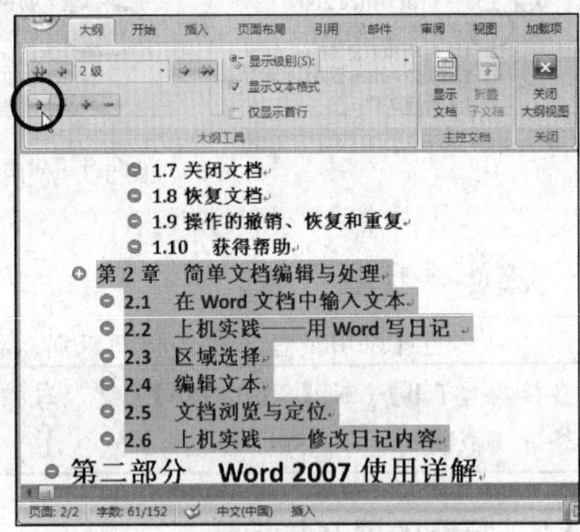

图 8-10　向上移动标题

用户也可在选取要移动的内容后，直接将其拖放至需要的位置。

8.1.5　设置大纲视图下的标题显示级别

在大纲视图模式下，有时候只需要显示到某级标题，该级标题以下的内容则不显示出来。此时可单击“大纲工具”组中“显示级别”下拉列表右侧的三角按钮，在打开的下拉列表中选择要显示的标题级别，例如选择“1 级”，则 1 级标题以下的内容被隐藏起来，如图 8-11 所示。

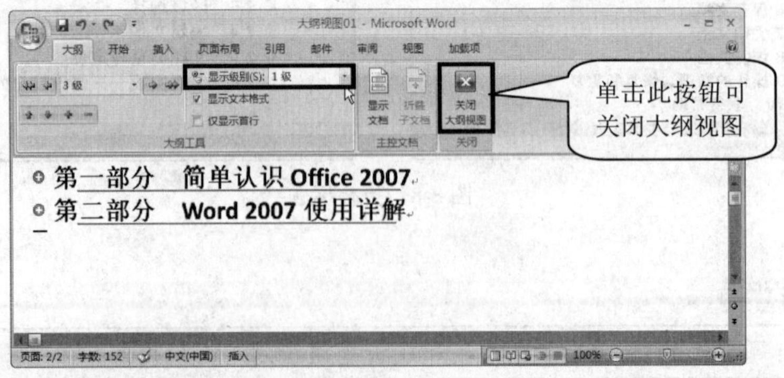

图 8-11　设置标题显示级别

8.2　上机实践——制作婴幼儿米粉调查报告

下面我们通过创建一个婴幼儿米粉调查报告，来看看大纲视图在实际工作中的应用。

步骤 1　新建 Word 文档，切换至大纲视图。输入标题文字“婴幼儿米粉调查报告”，如图 8-12 所示。

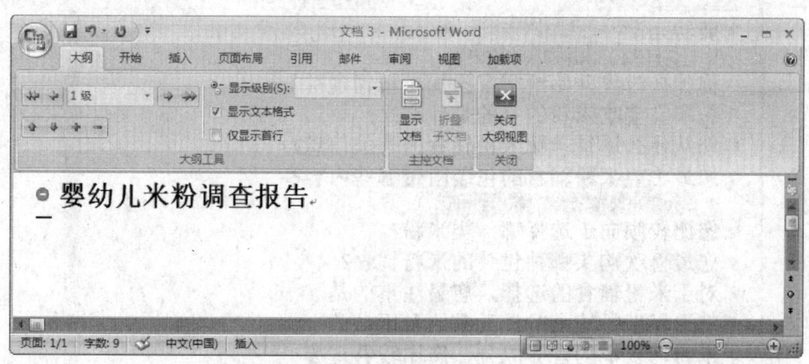

图 8-12　新建文档并输入标题文字

步骤 2　按【Enter】键换行，输入下一个标题文字“一、用户对宝宝辅食添加的认知”。

步骤 3　按照同样的方法，依次输入所有标题文字，结果如图 8-13 所示。

- 婴幼儿米粉调查报告
- 一、用户对宝宝辅食添加的认知
- 你什么时候开始给宝宝添加米粉辅食?
- 您喂宝宝吃米粉的目的是什么?
- 您从什么途径了解米粉辅食的有关信息?
- 您最希望米粉辅食的包装附带哪些内容?
- 二、用户选择米粉品牌心理分析
- 您比较倾向于选择哪一类米粉?
- 您最喜欢购买哪种包装的米粉辅食?
- 对于米粉辅食的选择，您最注重的是
- 您选择米粉辅食时最看重的食用功效
- 米粉辅食中的营养成分，您比较看重哪些?
- 三、用户的米粉购买和使用状况分析

图 8-13　输入所有标题文字

步骤 4　首先选择“一、用户对宝宝辅食添加的认知”，然后按住【Ctrl】键，依次选择其他要降为 2 级的标题。

步骤 5　单击“大纲工具”组中的“降级”按钮，将其降为 2 级，如图 8-14 所示。

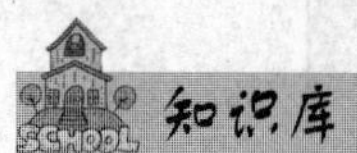

除单击“降级”按钮来设置标题级别外，还可以单击“大纲级别”编辑框 1 级 右侧的三角按钮，在打开的下拉列表中直接选择标题级别。

步骤 6　按照同样的方法，选定要作为 3 级标题的文字，然后单击两次“降级”按钮，结果如图 8-15 所示。

步骤 7　单击“关闭”组中的“关闭大纲视图”按钮，切换至页面视图，在各标题下输入文档正文，如图 8-16 所示。

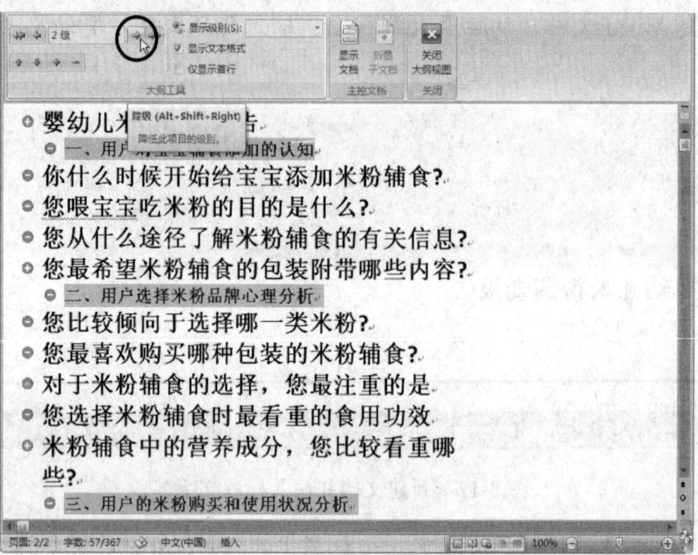

图 8-14　设置 2 级标题

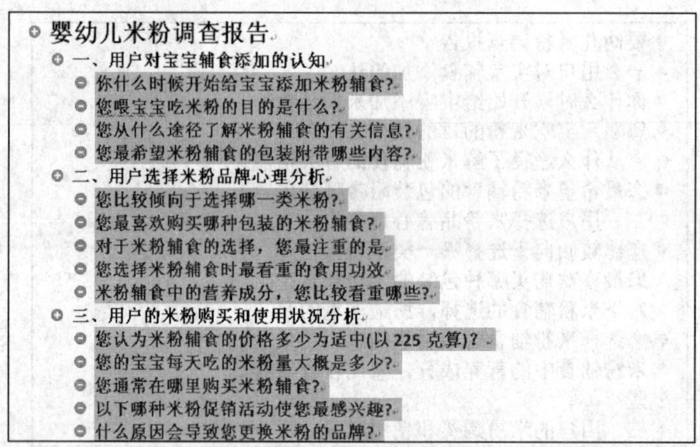

图 8-15　设置 3 级标题

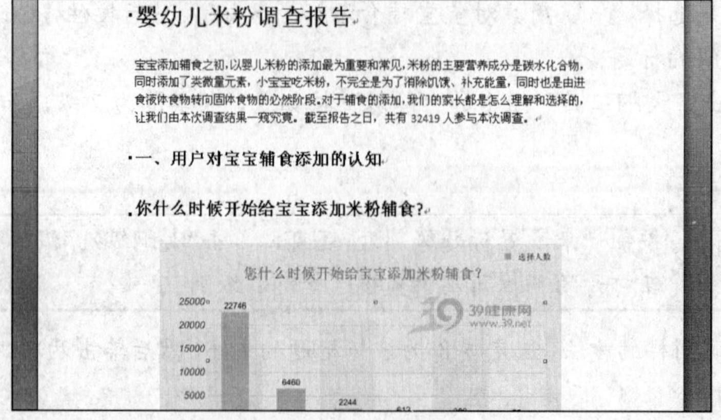

图 8-16　输入文档正文

步骤 8　按【Ctrl+S】组合键，保存文档为“婴幼儿米粉调查报告”。

8.3　使用主控文档

在处理由若干部分组成的长文档时，使用主控文档可以非常方便地将各个章、节子文档进行组合，并统一设置其章、节标题和正文格式。

8.3.1　创建主控文档与子文档

如果要创建一个由几个部分组成的长文档，可先创建一个主控文档，并在这个主控文档中创建文档大纲，然后再根据需要将某些标题设置为子文档。

创建主控文档和子文档的具体操作如下。

步骤 1　新建一个空白文档，并切换至大纲视图模式。

步骤 2　输入文档大纲，并设置好各级标题，然后单击“主控文档”组中的“显示文档”按钮，展开“主控文档”组，如图 8-17 所示。

图 8-17　展开“主控文档”组

步骤 3　选择希望设置为子文档的标题“四、当前米粉辅食市场的分析”，单击“主控文档”组中的“创建”按钮，如图 8-18 所示。

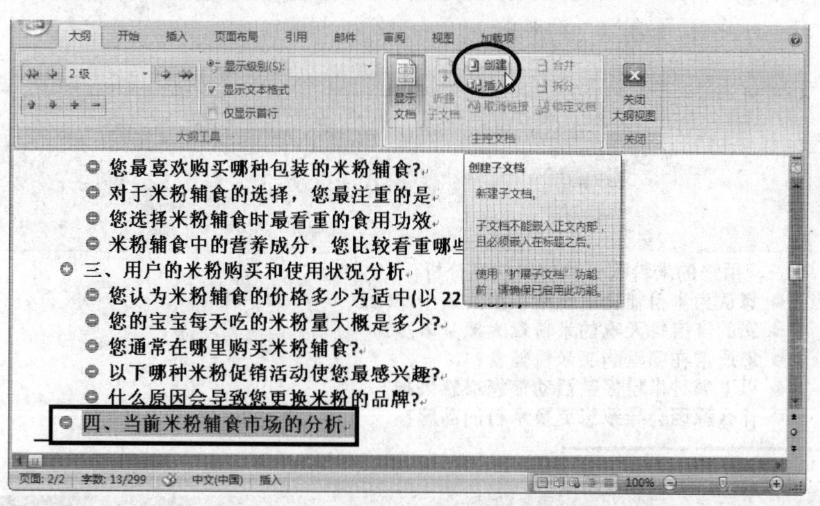

图 8-18　创建子文档

步骤 4　该标题被设置为一个子文档，这个标题的样式成为子文档的起始标题样式。Word 用一个虚线框来标识该子文档，以区别于主控文档中的内容和其他子文档，如图 8-19 所示。

- 三、用户的米粉购买和使用状况分析
  - 您认为米粉辅食的价格多少为适中(以 225 克算)？
  - 您的宝宝每天吃的米粉量大概是多少?
  - 您通常在哪里购买米粉辅食?
  - 以下哪种米粉促销活动使您最感兴趣?
  - 什么原因会导致您更换米粉的品牌?
- 四、当前米粉辅食市场的分析

图 8-19　子文档

步骤 5　重复步骤 3 和步骤 4，根据需要逐个设置子文档。

步骤 6　设置完子文档后，该文档即变成一个主控文档。按【Ctrl+S】组合键，保存文档为“主控文档”。

在保存主控文档时，Word 会自动将所有子文档保存至同一目录下，并以最高级别的大纲标题作为子文档的文件名。与此同时，各级大纲内容也会被存储到子文档中。

8.3.2　在主控文档中插入子文档

除在主控文档中设置子文档外，用户也可以将普通的 Word 文档转换成子文档，并插入到主控文档中，具体操作如下。

步骤 1　在主控文档中，将插入点置于要插入子文档的位置，单击“主控文档”组中的“插入”按钮，如图 8-20 所示。

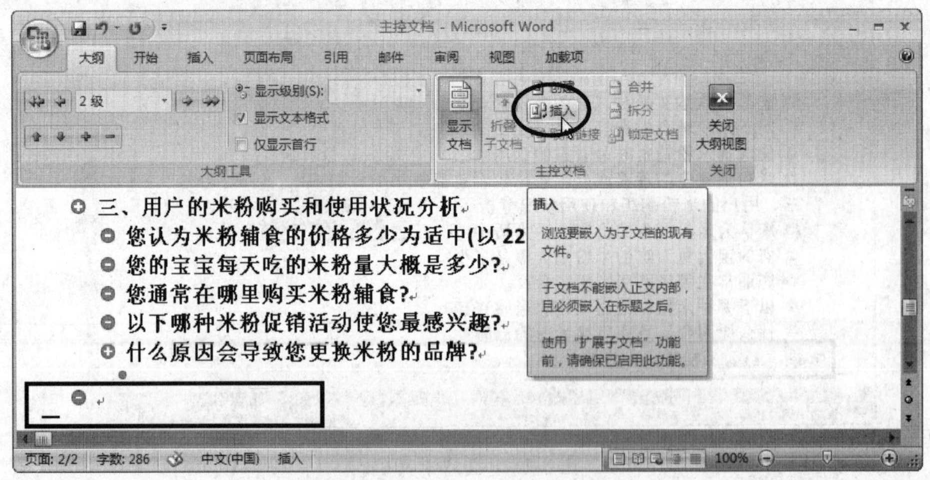

图 8-20　单击“插入”按钮

步骤 2　打开“插入子文档”对话框，选择要插入的文档，单击“打开”按钮，所选文档被作为一个子文档插入到主控文档中，如图 8-21 所示。

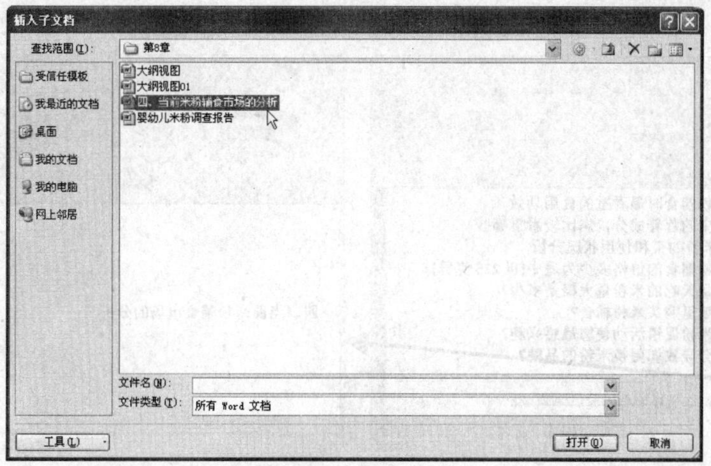

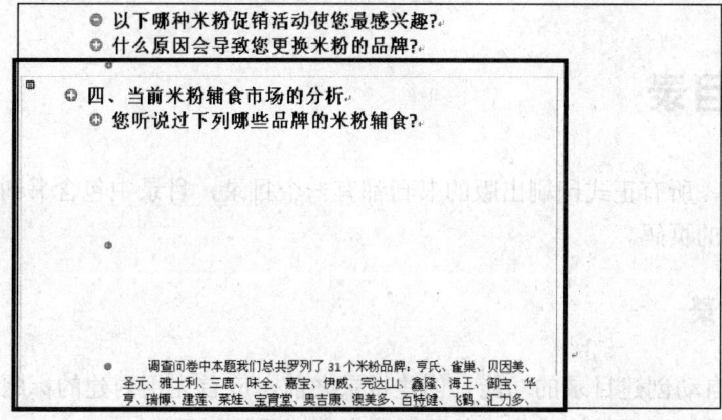

图 8-21　插入子文档

知识库

如果要断开子文档与主控文档之间的链接，使其成为主控文档中的内容，可在选中子文档内容后，单击“主控文档”组中的“取消链接”按钮。

取消链接操作只是断开了该子文档与主控文档的联系，该子文档内容依然存在。要将选中的子文档内容从主控文档中删除，可按【Delete】键。

8.3.3　编辑子文档

在主控文档中，可以对某个子文档进行单独编辑，具体操作如下。

步骤 1　打开主控文档，切换至大纲视图，使“主控文档”组中的“显示文档”按钮处于按下状态。

步骤 2　双击要编辑的子文档左上角的图标，Word 将单独打开该子文档，如图 8-22 所示。

步骤 3　编辑好子文档后，按【Ctrl+S】组合键保存子文档。最后关闭子文档并返回到主控文档中。

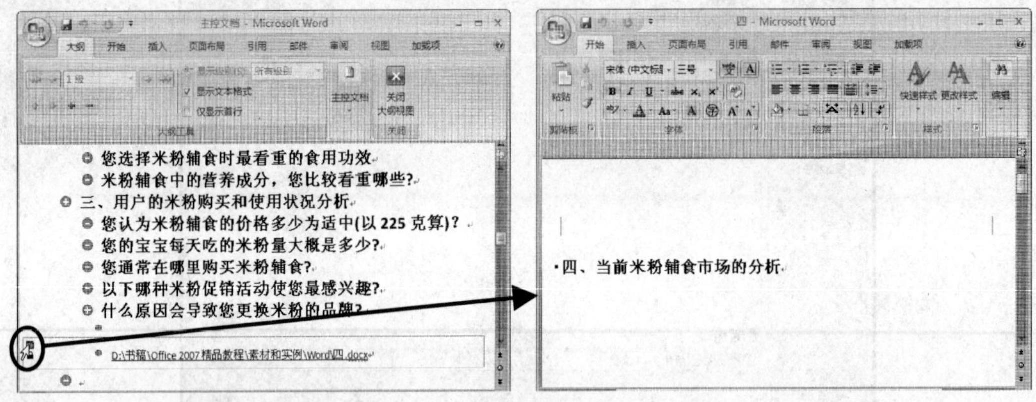

图 8-22　打开子文档

8.4　编制目录

一般情况下，所有正式印刷出版的书刊都有一个目录，目录中包含书刊中的章、节标题和各标题所在的页码。

8.4.1　创建目录

Word 具有自动创建目录的功能。创建目录之前，应首先用内建的标题样式（标题 1 到标题 9）对各级标题进行格式化，并且必须为文档添加页码。

步骤 1　打开要创建目录的文档，将插入点置于文档中要放置目录的位置。

步骤 2　单击“引用”选项卡“目录”组中的“目录”按钮，在打开的下拉列表中选择“自动目录 1”，如图 8-23 所示。

步骤 3　Word 将搜索整个文档的标题，以及标题所在的页码，并把它们编制成为目录，如图 8-24 所示。

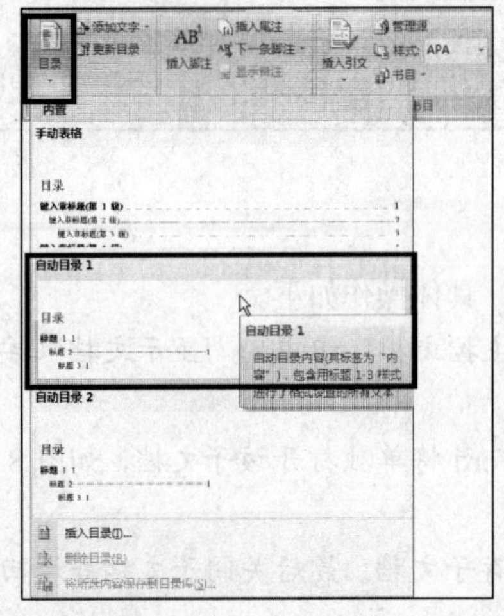

图 8-23　选择目录样式

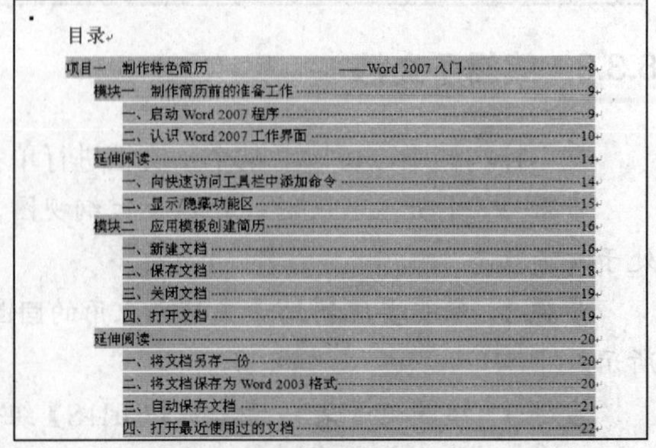

图 8-24　创建目录

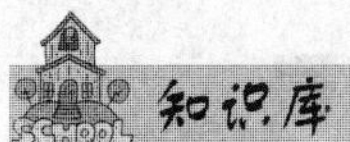

如果用户不想使用系统自带的目录样式，可在“目录”下拉列表中选择“插入目录”命令，打开“目录”对话框，以自定义目录样式，如图8-25所示。

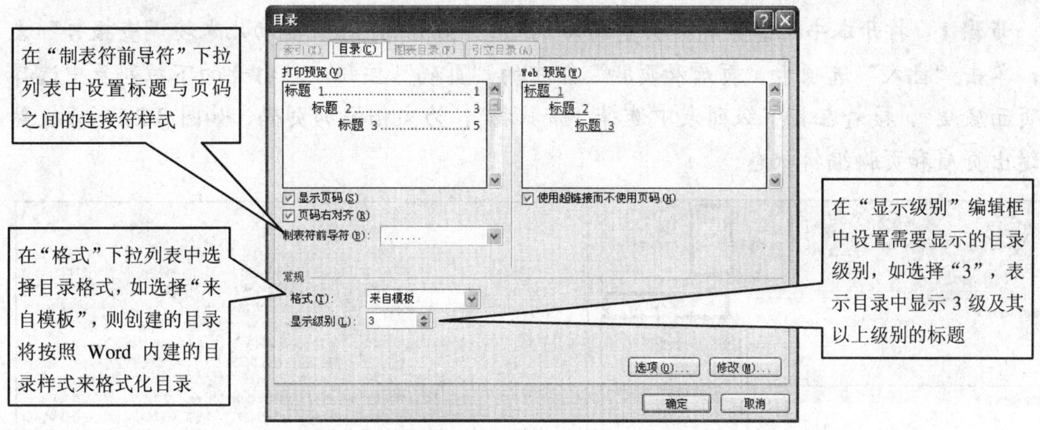

图8-25　“目录”对话框

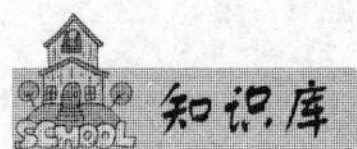

用户只需在按住【Ctrl】键的同时单击目录中的某个标题，就可以跳转到相应的页码。

8.4.2　更新目录

创建目录后，如果在文档中进行增加或删除文本操作，引起了页码变化，或在文档中标记了新的目录项，都需要更新目录。为此，可执行如下操作。

步骤1　将插入点置于需要更新的目录中，单击“目录”组中的“更新目录”按钮[更新目录]，打开“更新目录”对话框，如图8-26所示。

步骤2　如果只是页码发生了变化，可以选择“只更新页码”单选钮；如果在文档中标记了新的目录项，就需要选择“更新整个目录”单选钮。

步骤3　单击“确定”按钮，即可更新目录。

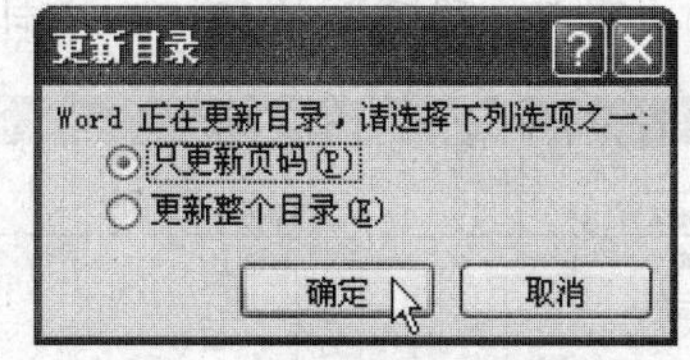

图8-26　“更新目录”对话框

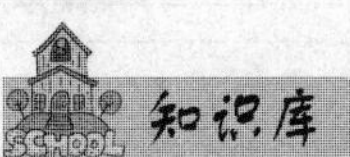

目录是以“域”的形式插入到文档中的，当把目录移动或复制到其他文档时，由于Word不能找到目录对应的内容，因此在更新目录时，会显示“未找到目录项”。因此，在将生成的目录移动或复制到其他文档时，应首先选中目录，然后按【Ctrl+Shift+F9】组合键，将其转换为普通文字。

8.5 上机实践——编制婴幼儿米粉调查报告目录

本节通过为 8.2 节创建的文档“婴幼儿米粉调查报告”编制目录，来学习编制目录在实际工作中的应用。

步骤 1 打开本书配套素材“素材与实例”>“第 8 章”>“婴幼儿米粉调查报告”文档，单击“插入”选项卡“页眉和页脚”组中的“页码”按钮，在打开的下拉列表中选择“页面底端”，接着在其下级列表中选择“带状物”，为文档添加页码，如图 8-27 所示。然后退出页眉和页脚编辑状态。

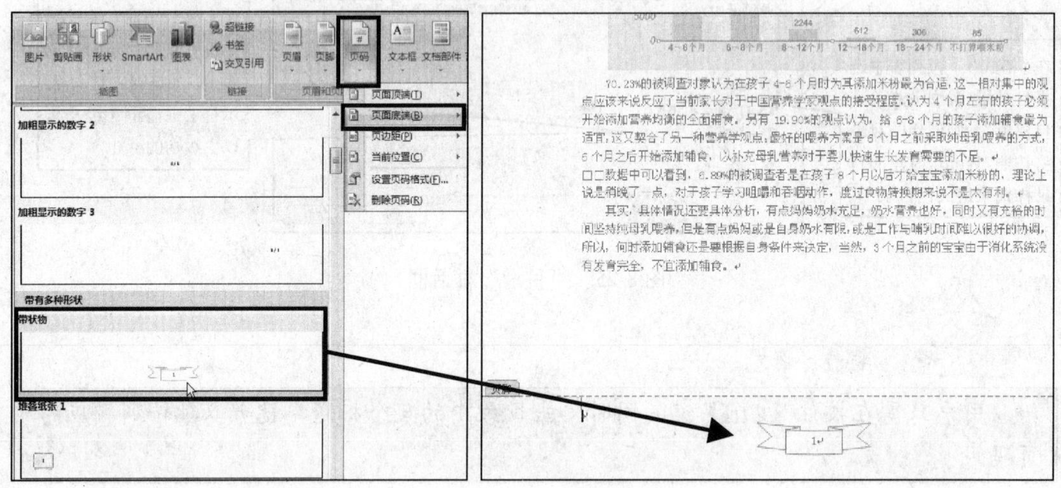

图 8-27 插入页码

步骤 2 在文档末尾插入一空行，然后单击“引用”选项卡“目录”组中的“目录”按钮，在打开的下拉列表中选择“插入目录”命令，打开“目录”对话框。

步骤 3 在“制表符前导符”下拉列表中选择虚线，在“格式”下拉列表中选择“正式”，单击“确定”按钮，生成目录，如图 8-28 所示。

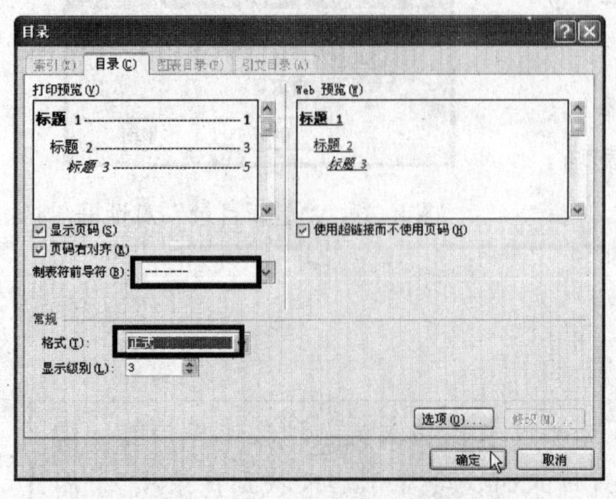

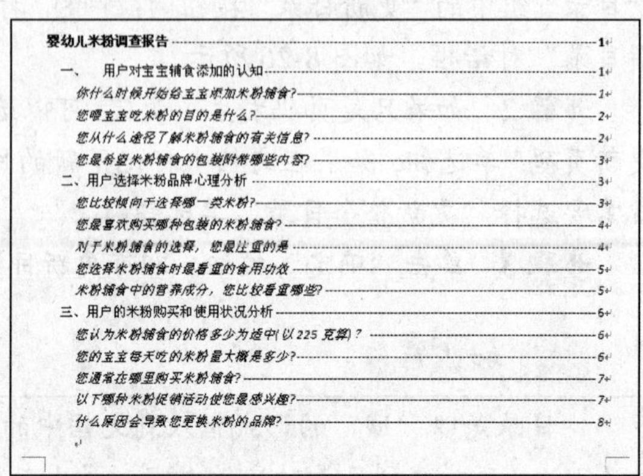

图 8-28 生成目录

步骤 4 按【F12】键，另存文档为“婴幼儿米粉调查报告 01”。

8.6　编制索引

编制索引，实际上就是根据某种需要，将文档中的一些单词、词组或短语单独列出来，并标出它们的页码，这样有助于用户方便、快捷地查阅有关内容。

8.6.1　标记索引项

要创建索引，首先要标记文档中的索引项，标记索引项的具体操作如下。

步骤 1　打开要创建索引的文档，在文档编辑窗口中选取要作为索引项的文本，或在要插入索引项的地方，键入作为索引项的文本。

步骤 2　单击“引用”选项卡“索引”组中的“标记索引项”按钮，打开“标记索引项”对话框，如图 8-29 所示。

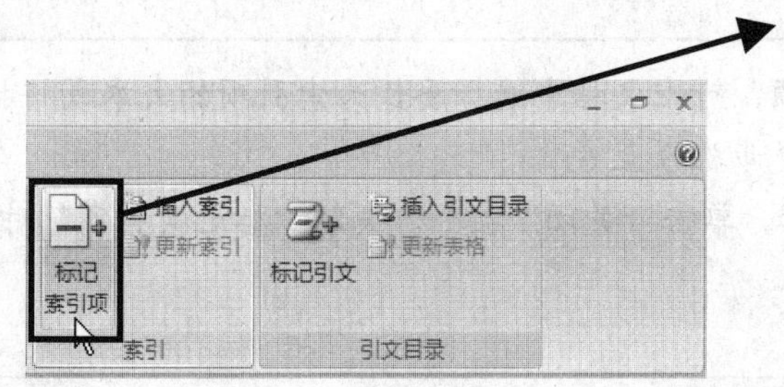

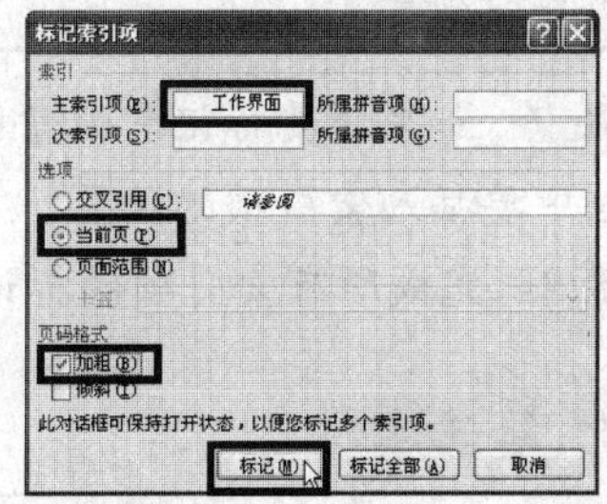

图 8-29　打开并设置标记索引项对话框

步骤 3　在“主索引项”文本框中键入主索引项文本。如果在文档中已选中了要作为索引项的文本，则选定的文本将自动出现在该文本框中。

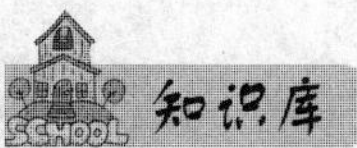

如果需要次索引项，可在“次索引项”文本框中键入次索引项文本。如果希望包含第三级索引项，可在键入第二级索引项后键入冒号，然后键入第三级索引项文本。

步骤 4　在“页码格式”选项区选中“加粗”复选框，设置索引项页码为粗体。

步骤 5　在“选项”区选择“当前页”单选钮，表示当前的索引项只与其所在的页有关，生成的索引目录中将只标出其所在页的页码。

如该索引项与另一索引项有关，可选择“交叉引用”，然后在后面的文本框中键入提示文字和交叉引用对象，如输入“详见 第三章”，“详见”为提示文字，而“第三章”即为交叉引用对象。键入的提示文字和交叉引用对象间至少要有一个空格。

若与某一索引项有关的内容不只存在于该索引项所在的页，而是跨越了若干页（如第 6 页至第 8 页），可选择“页面范围”，然后在“书签”下拉列表中选定标识对应范围的书签名。这样做的前提是：已为与该索引项有关的页加了书签。

步骤 6　单击“标记”按钮。Word 即在所选文本的后面插入了一个索引项域 XE，如图 8-30 所示。

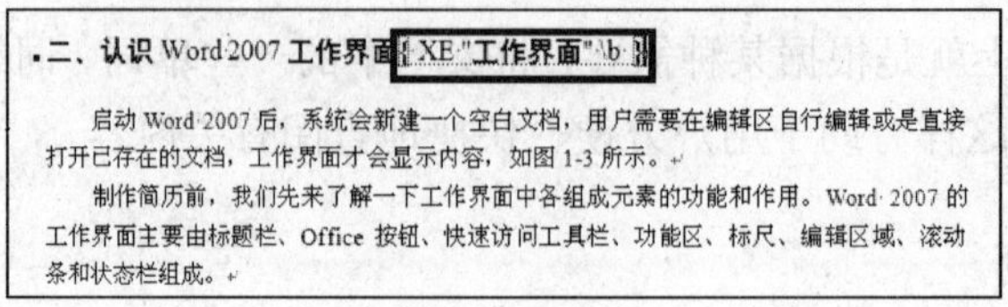

二、认识 Word 2007 工作界面{ XE "工作界面" \b }

启动 Word 2007 后，系统会新建一个空白文档，用户需要在编辑区自行编辑或是直接打开已存在的文档，工作界面才会显示内容，如图 1-3 所示。

制作简历前，我们先来了解一下工作界面中各组成元素的功能和作用。Word 2007 的工作界面主要由标题栏、Office 按钮、快速访问工具栏、功能区、标尺、编辑区域、滚动条和状态栏组成。

图 8-30　标记索引项

如果某个作为索引项的文本在文档中多处出现，可单击“标记全部”按钮，Word 会将文档中各处出现的该文本都加上索引标记。这将使得该文本所在各页的页码都出现在该索引项中。

步骤 7　如果还要标记其他索引项，可在文档中选择要作为索引项的文本或将插入点置于文档中要插入索引项的位置，重复步骤 3 至 6。

步骤 8　完成所有索引项的标记后，单击“关闭”按钮，关闭“标记索引项”对话框。

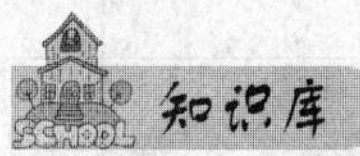

如果要删除某一索引项，首先要选中整个索引项域（如{ XE "工作界面" \b }），然后按【Delete】键。如果要修改某一索引项，只需更改索引项域中的文字即可。

8.6.2　编制索引目录

标记了索引项后，就可以编制索引目录了，由于索引标记也占用文档空间，所以在撮索引前，需单击“开始”选项卡上“段落”组中的“显示/隐藏编辑标记”按钮，隐藏索引标记，否则会导致索引中的页码错误。具体操作如下。

步骤 1　打开已标记索引项的文档，将插入点置于文档末尾空白处。

步骤 2　单击“引用”选项卡“索引”组中的“插入索引”按钮，如图 8-31 左图所示，打开“索引”对话框。

步骤 3　在“类型”选项区选择索引项的排列方式，此处选择“缩进式”，表示主索引项和对应的次索引项呈梯状按层次排列。

若选择“接排式”，主索引项和对应的次索引项排列在同一行中，主索引项在前，次索引项在后，中间用冒号隔开。

步骤 4　在“栏数”编辑框中设置值为“2”；在“语言”下拉列表中选择“中文（中国）”；在“排序依据”下拉列表中选择“拼音”。

步骤 5　选中“页码右对齐”复选框，然后在“制表符前导符”下拉列表中选定索引

项和对应页码间的分隔符。在“格式”下拉列表中指定索引格式，此处选择“正式”，如图 8-31 右图所示。

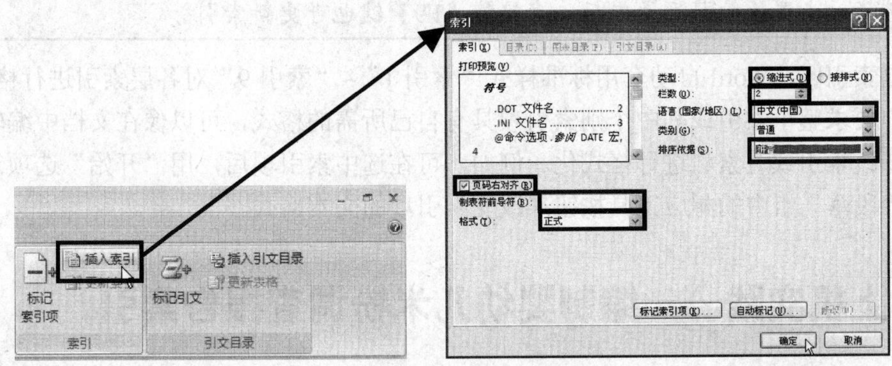

图 8-31　打开“索引”对话框

步骤 6　单击“确定”按钮，系统自动在插入点所在位置插入一个“分节符”，在分节符下方生成索引目录，如图 8-32 所示。

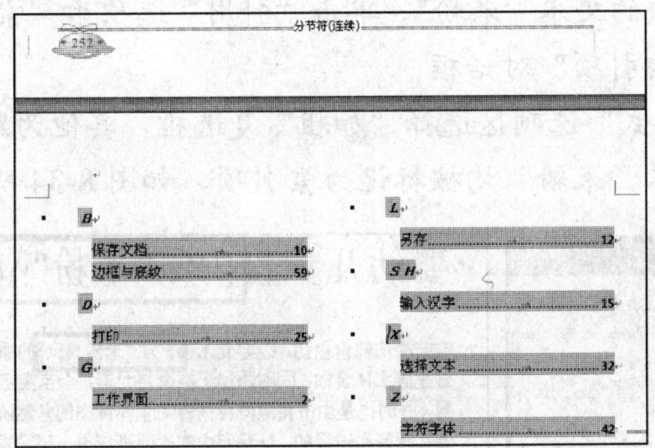

图 8-32　生成索引目录

8.6.3　更新或格式化索引

编制索引目录后，如果又在文档中标记了新的索引项，或对文档进行了编辑，使分页情况发生了变化，就必须更新索引。具体操作为：将插入点置于索引目录中的任意位置，单击鼠标右键，在弹出的快捷菜单中选择“更新域”命令，如图 8-33 所示。

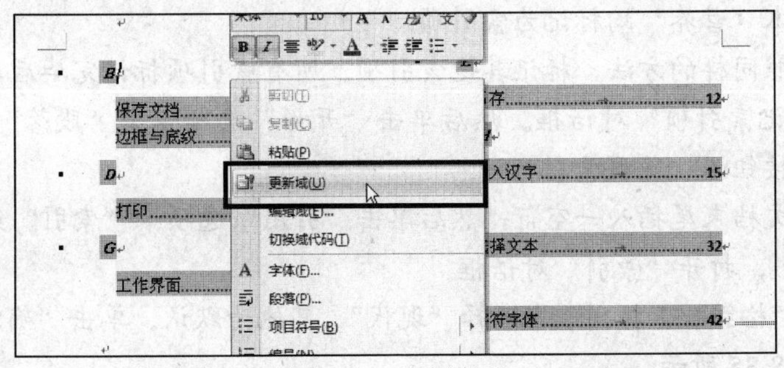

图 8-33　更新索引

> 将插入点置于索引目录中后，直接按【F9】键也可更新索引。

编制索引时，Word 自动套用标准样式“索引 1”～“索引 9”对各层索引进行格式化。如果用户要求整个索引或其中个别索引项具有自己所需的格式，可以像在文档中编辑文本一样来修改索引或对索引进行格式化。例如，可在选中索引项后，用“开始”选项卡“字体”和“段落”组中的相应工具按钮来改变索引项的文本格式。

8.7 上机实践——编制婴幼儿米粉调查报告索引

本节通过为“婴幼儿米粉调查报告”编制关键字索引，来学习编制索引在实际工作中的应用。

步骤 1 打开本书配套素材“素材与实例”>“第 8 章”>“婴幼儿米粉调查报告 01”文档。选中要作为索引项的文本“米粉”，单击“引用”选项卡“索引”组中的“标记索引项”按钮，打开“标记索引项”对话框。

步骤 2 在“页码格式”选项区选择“加粗”复选框，其他为默认。单击“标记全部”按钮，则文档中所有文本“米粉”均被标记为索引项，如图 8-34 所示。

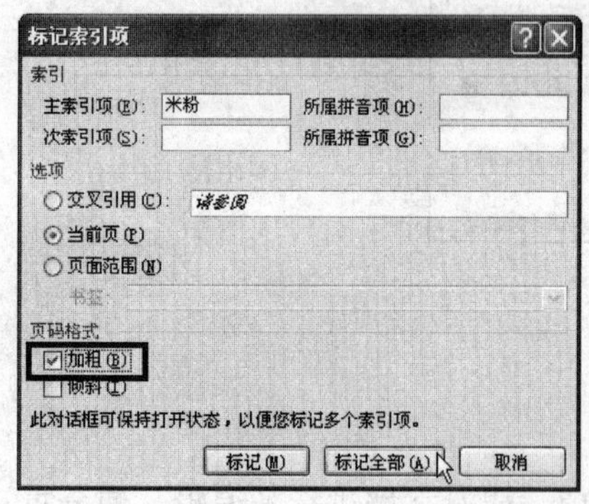

图 8-34 标记索引项

步骤 3 选择文本“营养”，再次单击“标记索引项”文本框中的“标记全部”按钮，将文档中所有文本“营养”均标记为索引项。

步骤 4 按照同样的方法，标记其他索引项。所有索引项标记完毕后，单击“关闭”按钮，关闭“标记索引项”对话框。然后单击“开始”选项卡上“段落”组中的“显示/隐藏编辑标记”按钮，隐藏索引标记。

步骤 5 在文档末尾插入一空行，然后单击“引用”选项卡“索引”组中的“插入索引”按钮，打开“索引”对话框。

步骤 6 在“格式”下拉列表中选择“现代”，其他为默认。单击“确定”按钮，插入索引目录，如图 8-35 所示。

步骤 7 按【F12】键，另存文档为“婴幼儿米粉调查报告 02”。

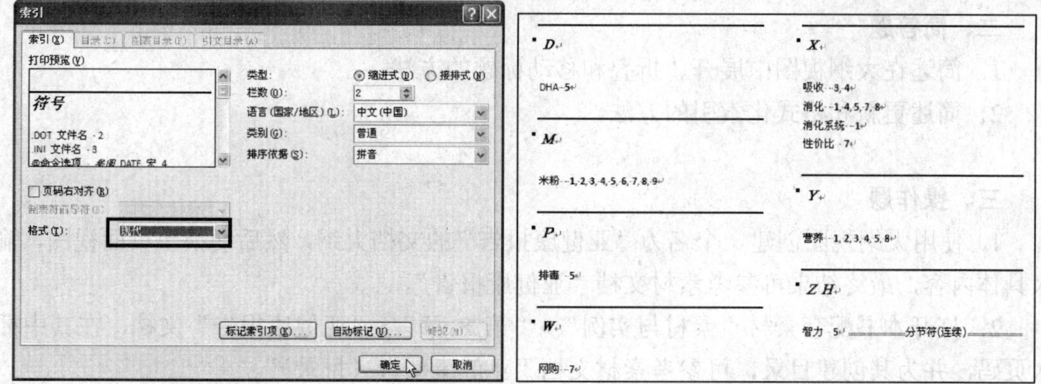

图 8-35　插入索引目录

8.8　学习总结

本章主要介绍了 Word 2007 在处理长文档方面的应用，如使用大纲视图组织文档，使用主控文档管理多个子文档，为文档编制目录，以及在文档中标记和编制索引等。当我们编写比较长的文档时，使用这些操作可以给我们的工作带来事半功倍的效果。

8.9　思考与练习

一、填空题

1．一般在创建文档之前，都要先设计好________，以使文档的编写过程更顺利。借助大纲视图可以非常方便地创建文档结构。

2．用户还可以用键盘来改变标题级别。将插入点置于需要改变级别的标题中，然后直接按______（或【Shift+Tab】）键，每按一次______（或【Shift+Tab】）键，标题就降低（或提升）一个级别。

3．在大纲视图下移动或复制标题时，可以将该标题下所有次级标题及__________一起移动或复制，这使得重新安排各部分内容的次序变得十分方便。

4．在处理由若干部分组成的长文档时，使用_________，可以非常方便地将各个章、节子文档进行组合，并统一设置其章、节标题和正文格式。

5．一般情况下，所有正式印刷出版的书刊都有一个目录，目录中包含书刊中的章、节标题和各标题所在的_____。

6．创建目录后，如果在文档中进行增加或删除文本操作，引起了页码变化，或在文档中标记了新的目录项，都需要_____目录。

7．编制_____，实际上就是根据某种需要，将文档中的一些单词、词组或短语单独列出来，并标出它们的页码。

二、简答题

1．简述在大纲视图中展开、折叠和移动标题的方法。

2．简述更新和格式化索引的方法。

三、操作题

1．使用大纲视图创建一个名为“亚健康报告”的文档大纲，然后切换至页面视图，输入具体内容，最终结果可参考素材文档“亚健康报告”。

2．打开本书配套素材“素材与实例”>“第 8 章”>“亚健康报告”文档，在其中插入页码，并为其创建目录，可参考素材文档“亚健康报告（目录）”。

第 9 章

Excel 基本操作与数据输入

本章内容提要

章前导读

Excel 2007 是一款专业的电子表格处理软件，它在以前版本的基础上提供了更加人性化的软件界面，使用户可以轻松完成电子表格的制作，并且通过 Excel 2007 提供的各种公式、函数和格式化命令可以使用户快速完成复杂的数据运算、数据分析和预测等操作。本章将介绍 Excel 2007 的基本操作和输入数据的方法。

9.1 Excel 2007 工作界面

Excel 2007 的工作界面与 Word 2007 大同小异，如图 9-1 所示。对于工作界面中功能相近的组成部分此处不予赘述，本节主要介绍工作簿、工作表与单元格以及工作表标签的概念和作用。

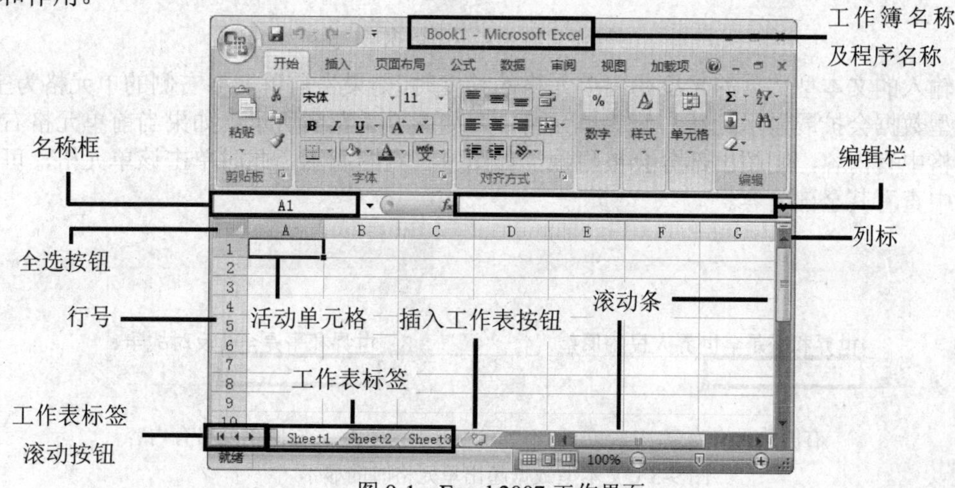

图 9-1　Excel 2007 工作界面

- **工作簿：**Excel 中用于储存数据的电子表格就是工作簿，其扩展名为“.xlsx”，启动 Excel 2007 后系统会自动生成一个工作簿，如图 9-1 所示。
- **工作表：**是显示在工作簿中由单元格、行号、列标以及工作表标签组成的表格。行号显示在工作表的左侧，依次用数字 1、2……1048576 表示；列标显示在工作表上方，依次用字母 A、B……XFD 表示，如图 9-1 所示。默认情况下，一个工作簿包括 3 个工作表，用户可根据实际需要添加或删除工作表。
- **单元格与活动单元格：**它是电子表格中最小的组成单位。工作表编辑区中每一个长方形的小格就是一个单元格，每一个单元格都用其所在的单元格地址来标示，并显示在名称框中，例如 C3 单元格表示位于第 C 列第 3 行的单元格。工作表中被黑色边框包围的单元格被称为当前单元格或活动单元格，用户只能对活动单元格进行操作。
- **工作表标签：**工作表是通过工作表标签来标识的，单击不同的工作表标签可在工作表之间进行切换。

9.2 基本数据输入

Excel 中的数据分为文本型数据和数值型数据两大类，文本型数据主要用于描述事物，而数值型数据主要用于数学运算。它们的输入方法和格式各不相同，下面分别进行介绍。

9.2.1 输入文本型数据

文本型数据是指由汉字、英文或数字组成的文本串，如“季度 1”、“AK47”等都属于文本型数据。单击要输入文本的单元格，然后直接输入文本内容，输入的内容会同时显示在编辑栏中，输入完毕后，按【Enter】键或单击编辑栏中的“输入”按钮确认输入，如图 9-2 所示。

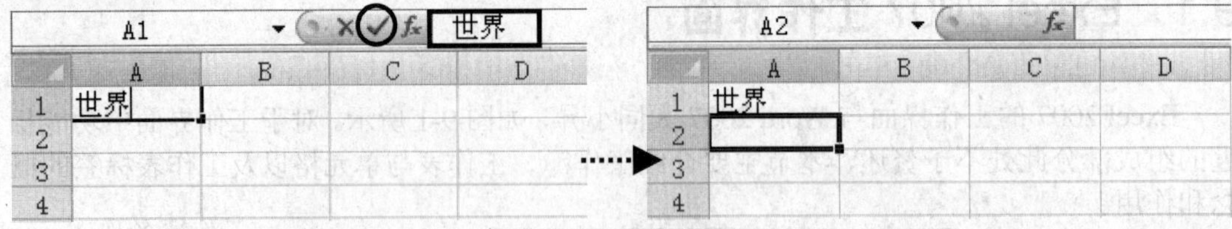

图 9-2 输入文本型数据

当输入的文本型数据的长度超出单元格的长度时，如果当前单元格右侧的单元格为空，则文本型数据会扩展显示到其右侧的单元格中，如图 9-3 左图所示；如果当前单元格右侧的单元格中有内容，则超出部分会被隐藏，如图 9-3 右图所示。此时单击该单元格，可在编辑栏中查看其全部内容。

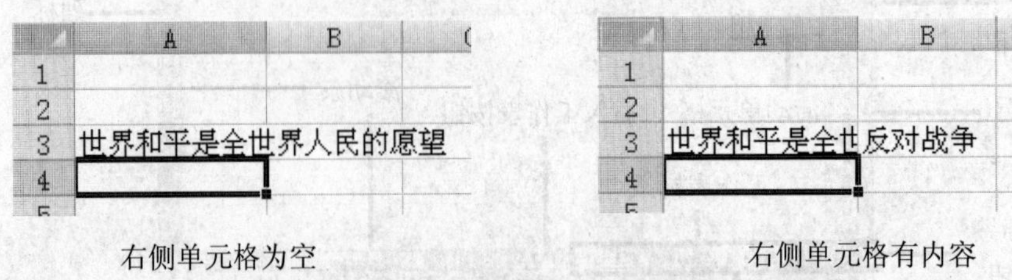

右侧单元格为空　　右侧单元格有内容

图 9-3 文本型数据超出单元格时的显示

如果在输入数据的过程中出现错误，可以使用【Backspace】键删除错误的文本；也可以将光标定位在编辑栏中，在编辑栏中进行修改。如果确认输入过后才发现错误，则需双击需要修改的单元格，然后在该单元格中进行修改。如果单击某个有数据的单元格，然后输入数据，则单元格中原来的数据将被替换，这与双击单元格的操作效果是不同的。

此外，单击某个单元格，然后按【Dlete】键或【Backspace】键，可删除该单元格中的全部内容。在输入数据时，还可以通过单击编辑栏中的“取消”按钮×或按【Esc】键取消本次输入。

在按【Enter】键确认输入时，光标会跳转至当前单元格的下方单元格中。若要是光标跳转至当前单元格的右侧单元格中，可按【Tab】键或【→】键。此外，按【←】键可将光标移动到当前单元格左侧的单元格中。

9.2.2　输入数值型数据

在 Excel 中，数值型数据包括数值、日期和时间，它是使用最多，也是最为复杂的数据类型，一般由数字 0~9、正号、负号、小数点、分数号“/”、百分号“%”、指数符号“E”或“e”、货币符号“$”或“￥”和千位分隔符“,”等组成，Excel 自动将数值型数据沿单元格右侧对齐，如图 9-4 所示。

1. 输入负数

如果要输入负数，必须在数字前加一个负号“-”，或在数字两端添加圆括号。例如输入“-5”或“(5)”，都可以在单元格中得到-5，如图 9-5 所示。

A4

	A	B	C
1	70%		
2	12月3日		
3	14:30		
4			
5			

图 9-4　数值型数据沿单元格右侧对齐

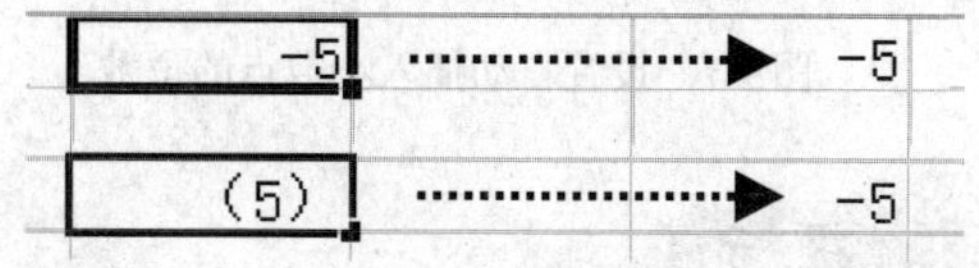

图 9-5　在单元格中输入负数

2. 输入分数

分数的格式通常为“分子/分母”，如果要在单元格中输入分数，如 2/5，应先输入“0”和一个空格，然后再输入“2/5”，单击编辑栏上的“输入”按钮✓后单元格中显示“2/5”，编辑栏中则显示“0.4”；如果不输入“0”直接输入“2/5”，Excel 会将该数据作为日期格式处理，显示为“2 月 5 日”，如图 9-6 所示。

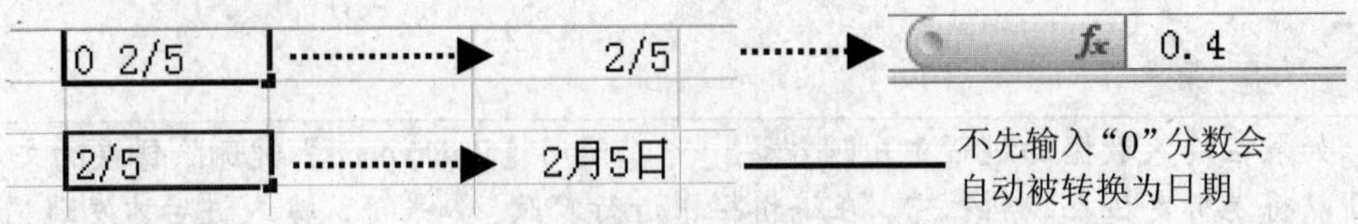

图 9-6　输入分数

> 注意，利用这种方法输入分数，分数的分母不能大于 99，否则数值将无法正常显示在单元格中。

3. 输入小数

如果要输入小数，直接在相应位置插入小数点即可。当输入的数据量较大，且具有相同的小数位数时，可以利用“自动插入小数点”功能输入小数。具体方法如下：

步骤 1　单击“Office 按钮”，在展开的列表中单击“Excel 选项”按钮，在打开的“Excel 选项”对话框中单击左侧的“高级”选项，选中“自动插入小数点”复选框，在“位数”编辑框中输入或通过调节按钮设置相应的小数位数，例如将其指定为“2”，如图 9-7 所示，设置小数位数后单击“确定”按钮。

步骤 2　在单元格中输入数值，系统会自动为数值设置指定的小数点位数，如图 9-8 所示。

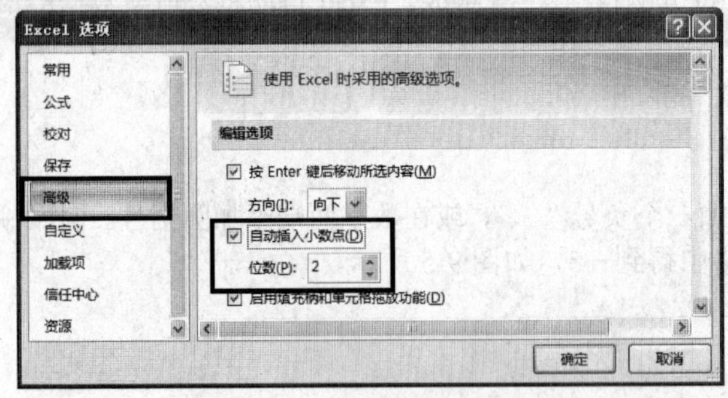

图 9-7　设置自动插入小数点的位数

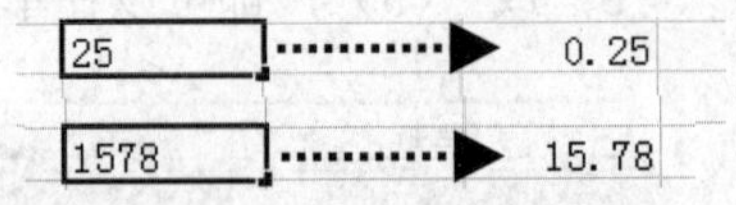

图 9-8　自动为输入的数值设置小数点位数

> 在输入完相同小数位数的数值后，应取消勾选“自动设置小数点”复选框，以免影响后面的输入。

4. 数值格式设置

当输入的数据位数较多时，如果输入的数据是整数，则数据会自动转换为科学计数表示方法，如图 9-9 所示。如果输入的是小数，在单元格能够完全显示，则不会进行任何调整；如果小数不能完全显示，系统会根据情况进行四舍五入调整，如图 9-10 所示。

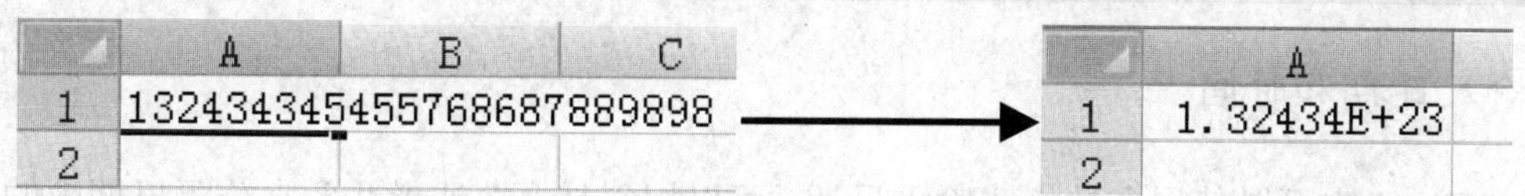

图 9-9　整数转换为科学计数表示

图 9-10　在单元格中显示不下的小数会被系统四舍五入

无论数据在单元格中如何显示，单元格中存储的依旧是用户输入的数据，通过编辑栏便可以看到这一点。

通过单击“开始”选项卡上“数字”组中的“增加小数位数”按钮和“减少小数位数”按钮，可调整当前单元格中的小数位数，如图 9-11 所示。

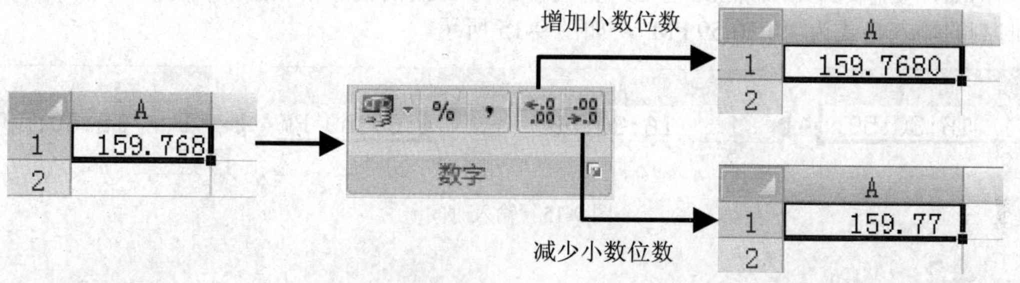

图 9-11　调整小数位数

利用“开始”选项卡上“数字”组中的按钮，可以为数值设置会计数字格式、百分比样式和千位分隔样式，如图 9-12 所示。利用“数字格式”下拉列表还可以为单元格快速设置各种特定格式，如图 9-13 所示。

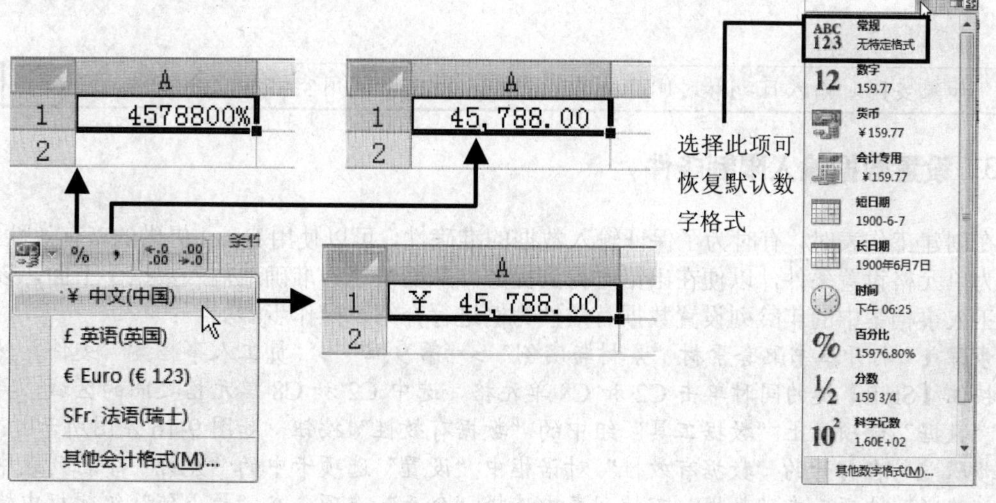

图 9-12　为数值设置样式

图 9-13　“数字格式”下拉列表

5. 输入日期和时间

在 Excel 中可以使用多种格式输入日期，可以用斜杠“/”或者“-”来分隔日期中的年、月、日部分。比如要输入“1989 年 1 月 3 日”，可以在单元格中输入“1989/1/3”或者“1989-1-3”。如果省略年份，则系统以当前的年份作为默认值，显示在编辑栏中，如图 9-14 所示。

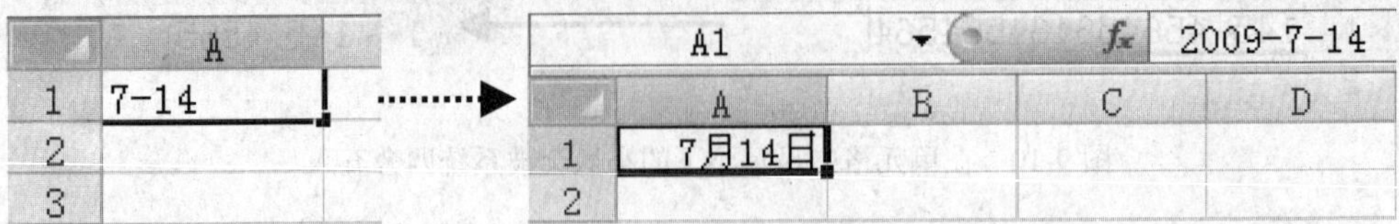

图 9-14　输入日期

在 Excel 中输入时间时，可以用冒号“:”分开时间中的时、分、秒。系统默认的时间是按 24 小时制的方式输入，因此，如果要以 12 小时制的方式输入，应该在输入的时间后面键入一个空格，然后输入“AM”或“PM”。如果缺少空格，则所键入的数据会被当作文本型数据处理。

例如，要输入下午 4 点 30 分 59 秒，用 24 小时制的输入格式为“16:30:59”，而用 12 小时制的输入格式为“4:30:59 PM”，如图 9-15 所示。

图 9-15　输入时间

按快捷键【Ctrl +;】，可在单元格中插入当前日期；按快捷键【Ctrl + Shift +;】，可在单元格中插入当前时间。

如果要同时输入日期和时间，则应在日期与时间之间用空格加以分隔。

9.2.3　设置数据输入限制条件

在创建工作表时，有时为了保证输入数据的准确性，可以使用 Excel 提供的“有效性”命令为单元格设置条件，以便在出错时得到提醒，从而快速、准确地输入数据。下面，以为员工人事档案中的年龄列设置数据有效性为例进行介绍，操作步骤如下：

步骤 1　打开本书配套素材“素材与实例”>“第 9 章”>“员工人事档案”文件，然后在按住【Shift】键的同时单击 C2 和 C8 单元格，选中 C2 和 C8 单元格之间的区域，再单击“数据”选项卡上“数据工具”组中的“数据有效性”按钮，如图 9-16 左图所示。

步骤 2　在打开的“数据有效性”对话框中“设置”选项卡中的“允许”下拉列表中选择“整数”选项，在“数据”下拉列表中选择“介于”选项，在“最小值”编辑框中输入“18”，在“最大值”编辑框中输入“60”，如图 9-16 右图所示。

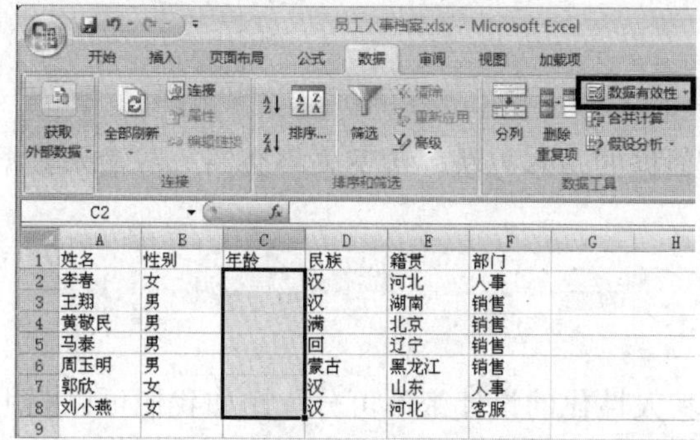

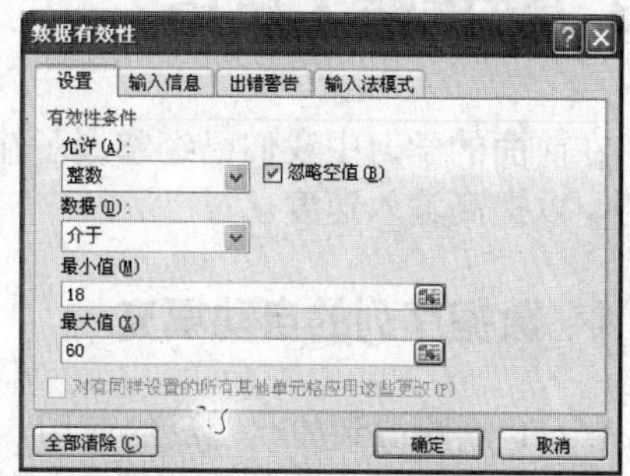

图 9-16　为选定单元格设置数据有效性

步骤 3　单击“输入信息”选项卡，然后在“标题”编辑框中输入“提示”，在“输入信息”编辑框中输入“请输入 18~60 之间的数值”，如图 9-17 所示。

步骤 4　单击“出错警告”选项卡，然后在“样式”下拉列表中选择“停止”选项、在“标题”编辑框中输入“错误”，在“错误信息”编辑框中输入“输入的数值超出允许范围”，如图 9-18 所示。然后单击“确定”按钮。

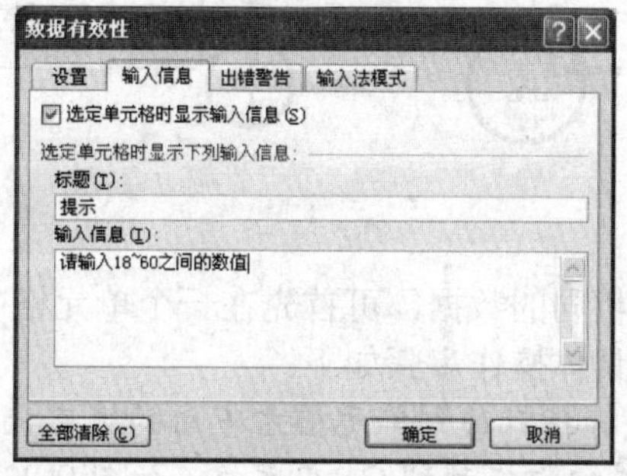

图 9-17　设置“输入信息”选项卡

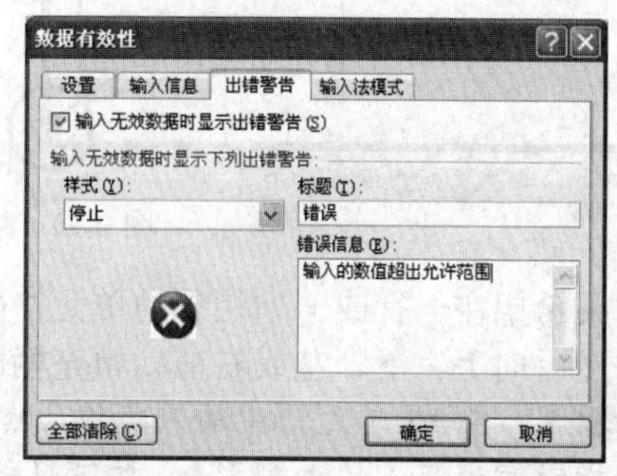

图 9-18　设置“出错警告”选项卡

步骤 5　单击设置了数据有效性的单元格，会显示输入信息提示，如图 9-19 所示。

步骤 6　当在设置了数据有效性的单元格中输入了不符合条件的数据时，会出现“错误”提示框，如图 9-20 所示。

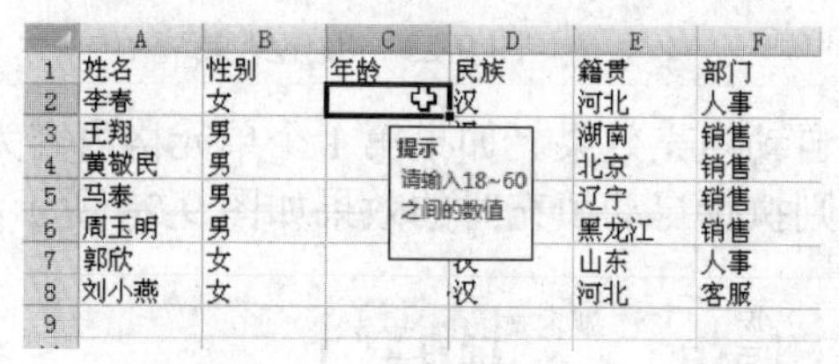

图 9-19　单元格提示

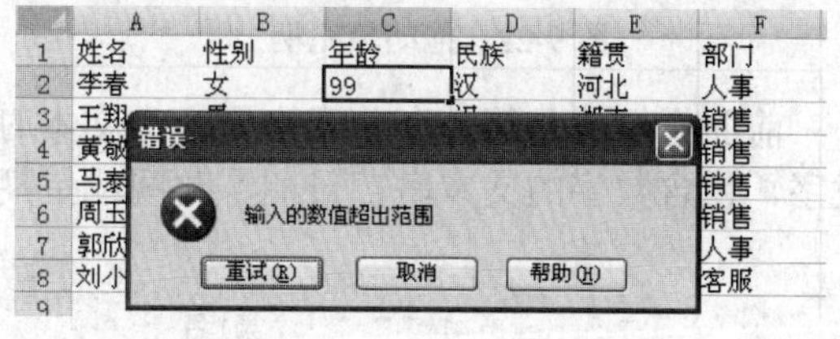

图 9-20　“错误”提示框

步骤 7　单击“错误”提示框中的“重试”按钮，可重新输入数据；单击“取消”按钮，会取消用户当前的操作。

如果要清除单元格的有效性设置，只需打开“数据有效性”对话框，并单击“全部清除”按钮即可。

9.3 数据输入技巧

在前面的学习中我们已经掌握了输入数据的基本方法，接下来将介绍一些输入数据的技巧，以提高输入速度。

9.3.1 数据序列的自动填充

Excel 能够得到如此广泛的应用，与其人性化的设计密不可分。比如我们可以利用简单的操作实现数据序列的快速填充，从而大大提高输入速度，下面介绍具体操作。

1. 利用填充柄快速填充数据

填充柄是位于选定单元格或单元格区域右下角的黑色小方块。将鼠标指针移动到填充柄上时，鼠标指针会由白色的空心十字形变为黑色的实心十字形，如图 9-21 所示。

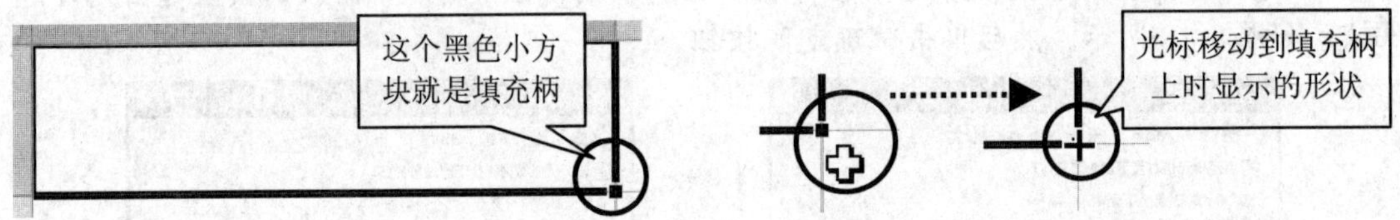

图 9-21　填充柄

如果希望在一行或一列相邻的单元格中输入相同的数据，可首先在一个单元格中输入数据，然后向上、下、左或右拖动填充柄即可，具体操作步骤如下：

步骤 1　在 A1 单元格中输入数据，然后将鼠标指针移到单元格右下角的填充柄上，此时鼠标指针变为实心的十字形+，按下鼠标左键并向右拖动到 C1 单元格，如图 9-22 所示。

步骤 2　释放鼠标即可完成数据的填充，结果如图 9-23 所示。

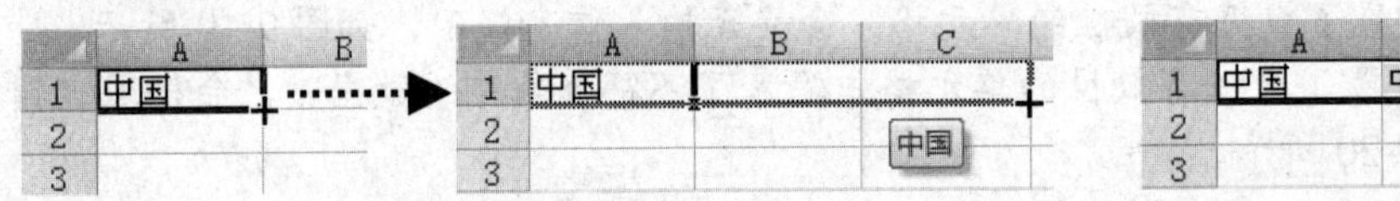

图 9-22　拖动填充柄

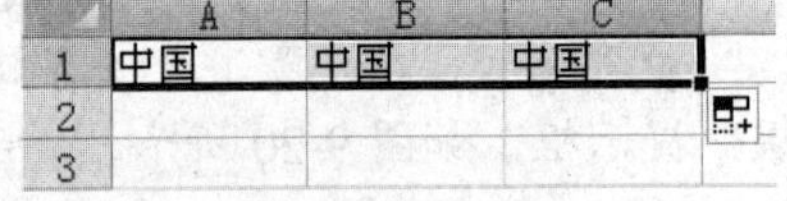

图 9-23　填充结果

前面介绍的是第 1 个单元格内容为文本时的自动填充效果。如果第 1 个单元格内容为数字、包含数字的文本串、日期、时间或星期，则执行自动填充时的效果如图 9-24 所示。

	A	B	C	D	E	F	G	H
1	1		第1名		1月1日		星期一	
2	1		第2名		1月2日		星期二	
3	1		第3名		1月3日		星期三	
4	1		第4名		1月4日		星期四	
5	1		第5名		1月5日		星期五	
6	1		第6名		1月6日		星期六	
7	1		第7名		1月7日		星期日	
8								

数字　　包含数字的文本串　　日期　　星期

图 9-24　各类数据的自动填充效果

在这种情况下，如果我们希望改变自动填充结果，例如，填充星期时在各单元格中都填充“星期一”（第 1 个单元格的内容），填充纯数字时在各单元格中填充一个数值序列，也很容易实现。

不知大家是否注意到，每次当我们执行完自动填充操作后，都会在填充区域的右下角出现一个图标。这个图标被称为“自动填充选项”按钮，单击它将打开一个填充选项列表，从中选择不同选项，即可修改默认的自动填充效果，如图 9-25 所示。

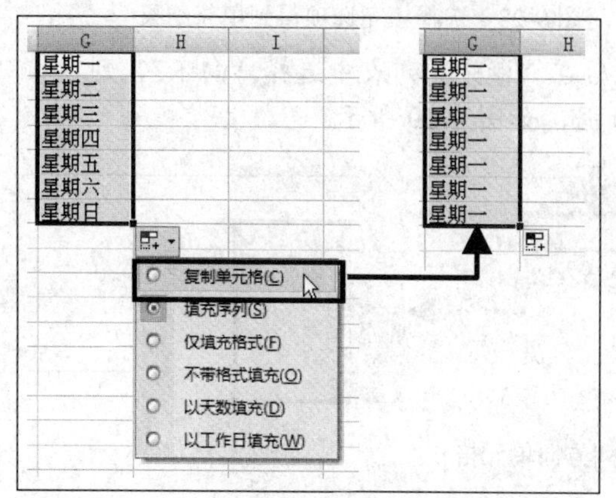

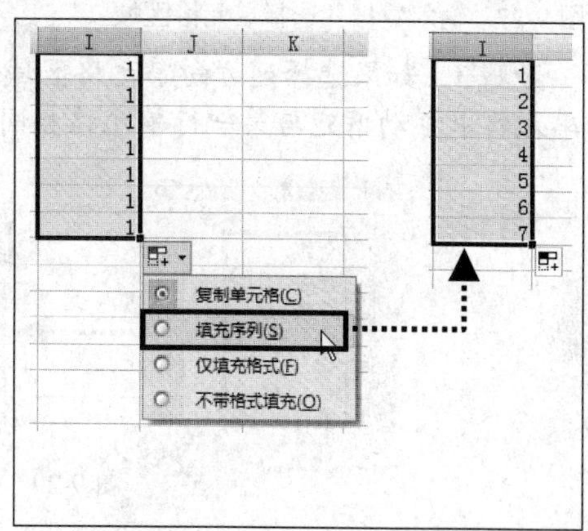

图 9-25 修改默认的数据自动填充效果

如果在拖动填充柄时按住【Ctrl】键，那么，当第 1 个单元格数据为包含数字的文本串、日期、时间或星期时，其余单元格均以相同数据填充；如果第 1 个单元格数据为数字，则其余单元格将以序列填充，如图 9-26 所示。

	A	B	C	D	E	F
1	第3天	第3天	第3天	第3天	第3天	
2						
3						
4	1	2	3	4	5	
5						

图 9-26 拖动填充柄时按住【Ctrl】键的效果

2. 利用“填充”列表快速填充

利用“填充”列表可以将当前单元格或单元格区域中的内容向上、下、左、右相邻单元格或单元格区域做快速填充。

下面以利用“填充”列表向右和向下填充数据为例进行介绍（向上和向左填充的方法与此类似，在此不再详述），具体步骤如下：

步骤 1 在单元格 A2 至 A4 中输入数据，然后拖动鼠标选中要填充的单元格区域，例如要向右填充，就选中当前单元格及其右侧的单元格区域，如图 9-27 所示。

步骤 2 单击“开始”选项卡上“编辑”组中的“填充”按钮，展开填充列表，并选择相应的选项，如“向右”选项，即可在相邻的单元格中自动填充与第一列单元格相同的数据，如图 9-28 所示。

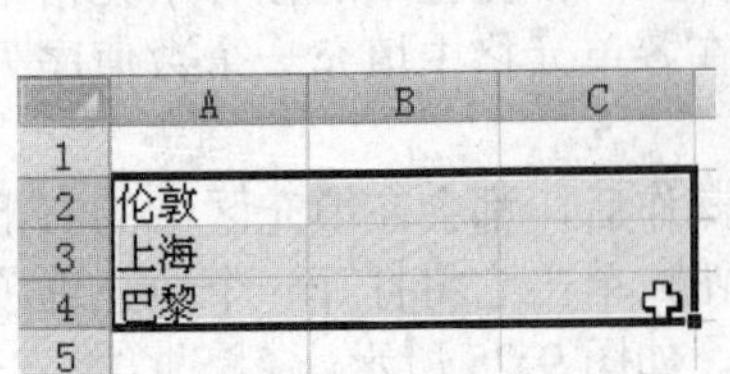

图 9-27　输入数据并选择单元格区域

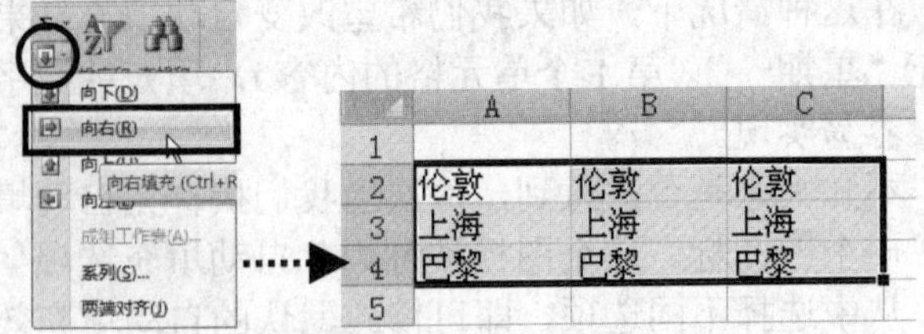

图 9-28　选择填充选项得到填充结果

步骤 3　如果选择列方向单元格区域，然后在“填充”列表中选择“向下”，则在相邻的单元格中自动填充与第一行单元格相同的数据，如图 9-29 所示。

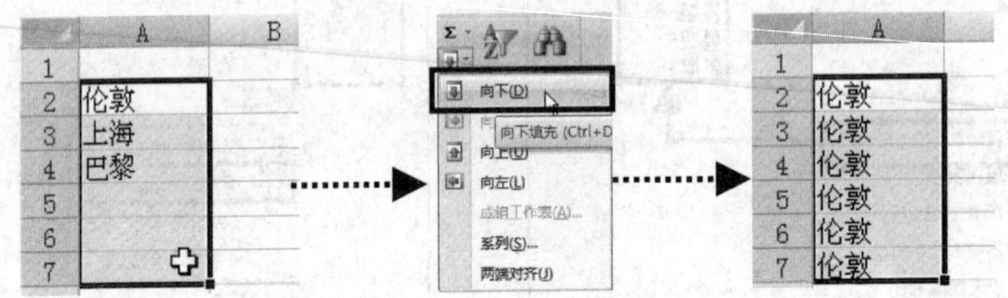

图 9-29　填充列方向单元格

若要用当前单元格上方或左侧的单元格中的内容快速填充当前单元格，可以按【Ctrl+D】或【Ctrl+R】组合键，如图 9-30 所示。

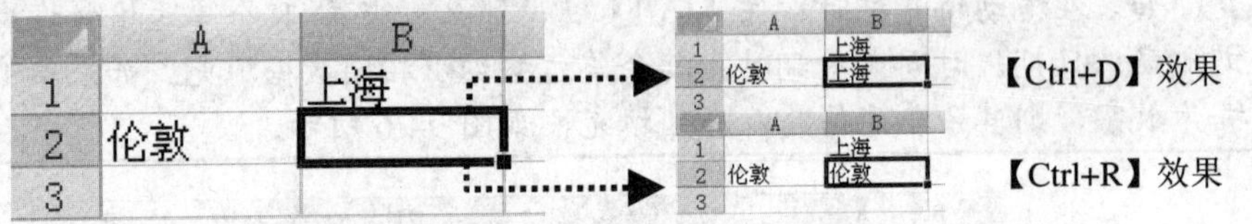

图 9-30　利用快捷键快速填充当前单元格

3. 多组序列的自动填充

除了单独填充一个数据序列外，我们还可以同时填充多个数据序列。例如，在单元格 A1 到 A5 中填充星期的同时，在单元格 B1 至 B5 中填充对应的日期，可按如下操作步骤进行：

步骤 1　在 A1 和 B1 单元格中输入序列的初始值，然后同时选中 A1 和 B1 单元格，向指定方向拖动该单元格区域右下角的填充柄，如图 9-31 左图所示。

步骤 2　释放鼠标后，Excel 将自动填充序列的其他值，如图 9-31 右图所示。

图 9-31　填充时间和日期序列

9.3.2 等差序列与等比序列的自动填充

在 Excel 中，我们除了可以像前面介绍的那样直接填充简单数据序列外，还可以进行一些更复杂的数据序列的自动填充，如等差序列、等比序列等。

1. 等差序列

对于等差序列的自动填充，可以采用输入等差序列的前两组或前两个数值，以确定序列的首项和步长值，然后再拖动填充柄向上、下、左、右进行填充，具体操作步骤如下：

步骤 1 在前两组单元格 A2 至 B3 中分别输入前两组数据，然后拖动鼠标选中 A2 至 B3 单元格区域，如图 9-32 所示。

步骤 2 将鼠标指针移动到所选区域右下角的填充柄上，然后向下拖动鼠标选中下方的单元格区域，即可完成等差序列的输入，如图 9-33 所示。

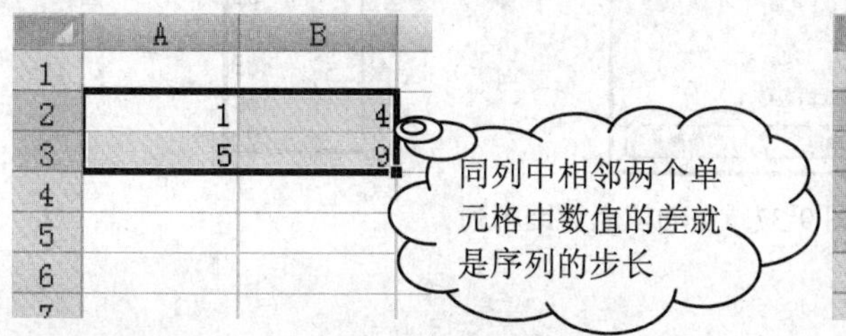

图 9-32 输入前两组数据并选择单元格区域

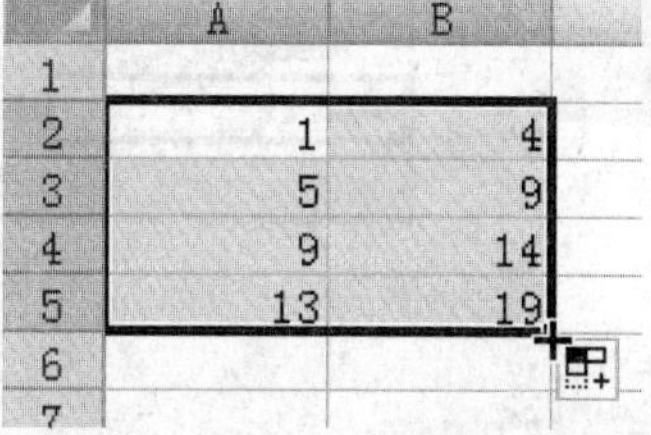

图 9-33 自动填充等差序列

提 示

如果是向左右两侧相邻单元格区域拖动填充序列，那么同行中两个单元格中数值的差就是序列的步长，如图 9-34 所示。

	A	B	C	D
1				
2	1	4	7	10
3	5	9	13	17
4				

图 9-34 横向填充等差序列

2. 等比序列

要用等比序列填充单元格区域，可参考如下操作步骤：

步骤 1 在 A2 单元格中输入等比序列的第一个数据“7”，然后拖动鼠标选中 A2 至 A7 单元格区域，如图 9-35 所示。

步骤 2 单击“开始”选项卡上“编辑”组中的“填充”按钮，在展开的列表中单击“系列”项，如图 9-36 所示。

步骤 3 选中“等比序列”单选钮，在“步长值”编辑框中输入“3”，如图 9-37 左图所示，然后单击“确定”按钮，即可在所选单元格区域按所设置条件填充等比序列，如图

9-37 右图所示。

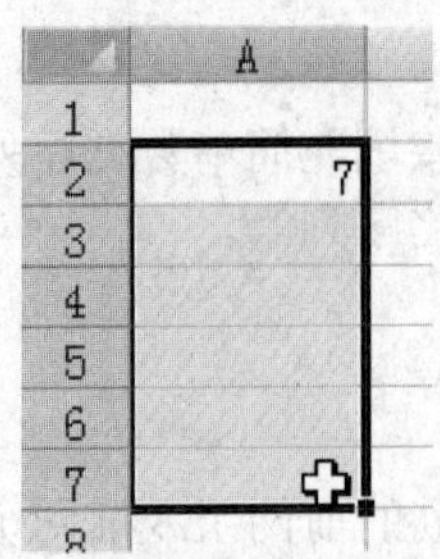

图 9-35　输入第一个数据并选择单元格区域

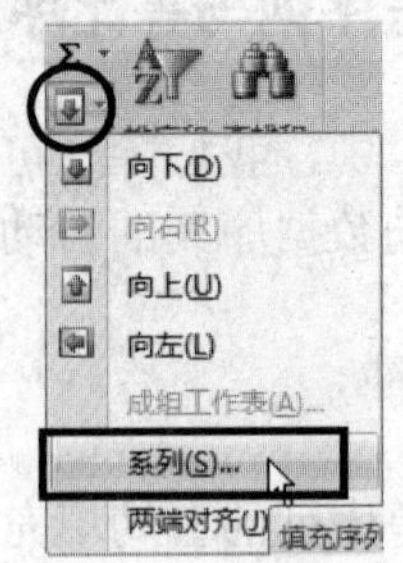

图 9-36　选择“系列”选项

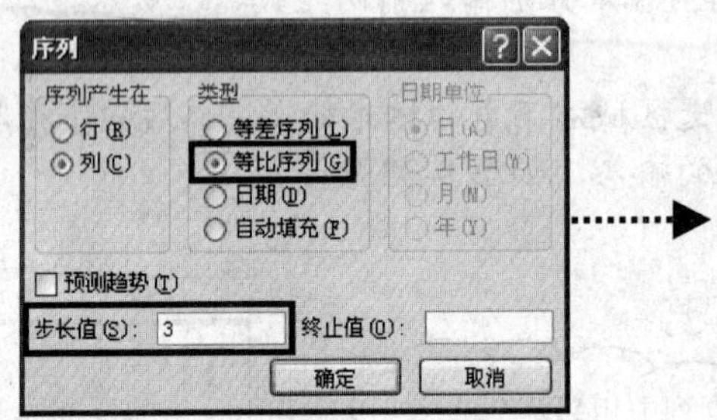

	A
1	
2	7
3	21
4	63
5	189
6	567
7	1701

图 9-37　自动填充等比序列

提 示

步长值可以是负数，也可以是小数。

9.4　上机实践——制作学生成绩表

下面通过制作一个学生成绩表，来熟悉输入数据与设置数据输入限制条件的操作，具体步骤如下：

步骤 1　启动 Excel 2007，此时系统会自动创建一个名为“Book1”的工作簿，在工作表中的 B1 单元格输入“数学考试年级前十名学生成绩”，在 A2 单元格输入“姓名”，在 B2 单元格输入“名次”，在 C2 单元格输入“成绩”，在 D2 单元格输入“班级”，如图 9-38 所示。

步骤 2　在工作表的 A3 至 A12 单元格中输入学生的姓名，如图 9-39 所示。

	A	B	C	D
1		数学考试年级前十名学生成绩		
2	姓名	名次	成绩	班级
3				

图 9-38　输入成绩表的表头和标题行

	A	B	C	D
1		数学考试年级前十名学生成绩		
2	姓名	名次	成绩	班级
3	李明伟			
4	杜德辉			
5	刘欣			
6	王璐璐			
7	李响			
8	郭明			
9	刘思雨			
10	李丽丽			
11	姜小鹏			
12	李思			

图 9-39　输入学生的姓名

步骤 3　在 B3 单元格输入“1”，如图 9-40 左图所示。

步骤 4　将鼠标指针移动到 B3 单元格的填充柄上，然后在按住【Ctrl】键的同时将填充柄向下拖动至 B12 单元格，如图 9-40 中图所示，释放鼠标后即可自动完成“名次”列的填充，如图 9-40 右图所示。

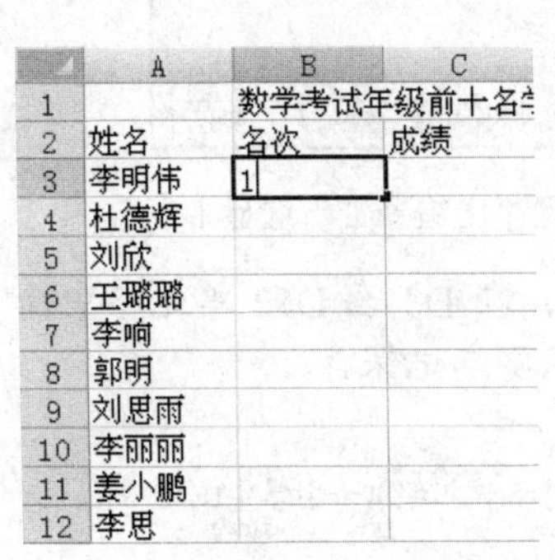

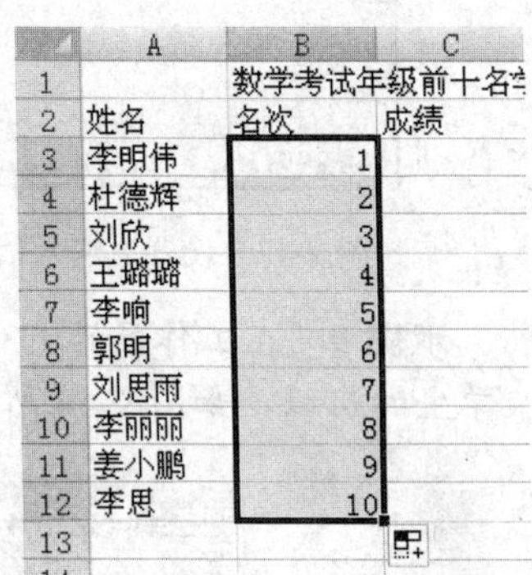

图 9-40　紫铜填充“名次”列

步骤 5　在按住【Shift】键的同时单击 C3 和 C12 单元格，选中 C3 和 C12 单元格之间的区域，再单击“数据”选项卡上“数据工具”组中的“数据有效性”按钮，如图 9-41 左图所示。

步骤 6　在打开的“数据有效性”对话框中“设置”选项卡中的“允许”下拉列表中选择“小数”选项，在“数据”下拉列表中选择“介于”选项，在“最小值”编辑框中输入“0”，在“最大值”编辑框中输入“100”，如图 9-41 右图所示。

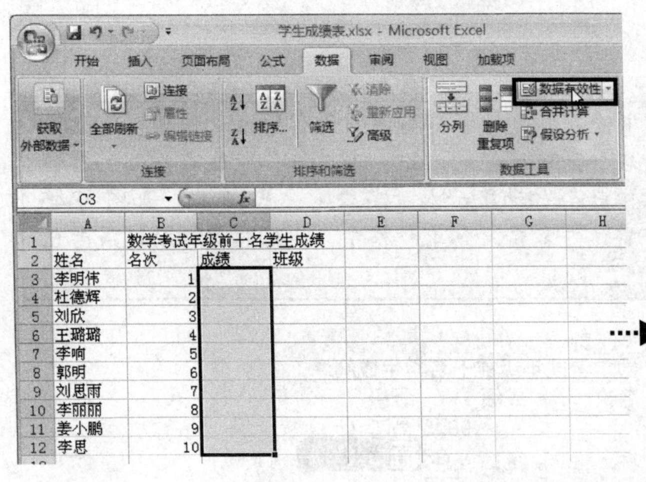

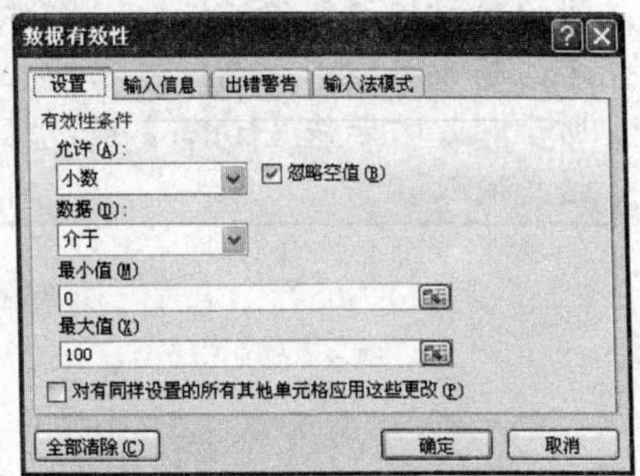

图 9-41　为“成绩”列设置数据有效性

步骤 7　单击“输入信息”选项卡，然后在“标题”编辑框中输入“提示”字样，在“输入信息”编辑框中输入“请输入 0~100 之间的数值”，如图 9-42 所示。

步骤 8　单击“出错警告”选项卡，然后在“样式”下拉列表中选择“停止”选项，在“标题”编辑框中输入“错误”字样，在“错误信息”编辑框中输入“输入的数值错误”，如图 9-43 所示。然后单击“确定”按钮。

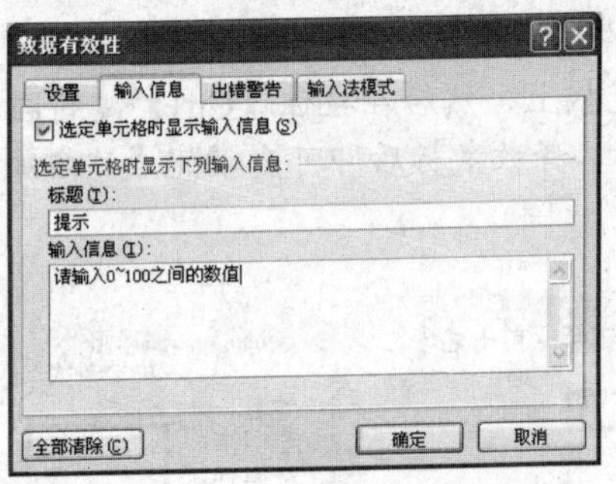

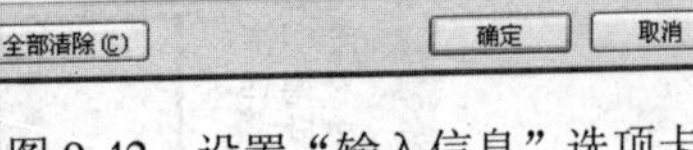

图 9-42　设置“输入信息”选项卡

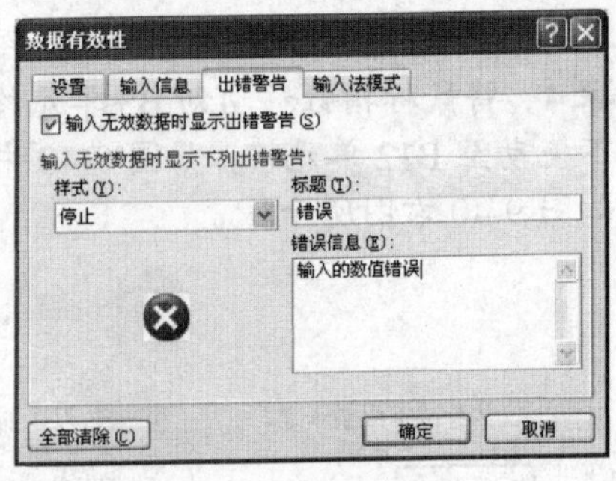

图 9-43　设置“出错警告”选显卡

步骤 9　在工作表的 C3 至 C12 单元格中输入学生的成绩，在 D3 至 D12 单元格中输入学生的班级，如图 9-44 所示。至此成绩表就制作完成了，不要忘记保存。

	A	B	C	D
1		数学考试年级前十名学生成绩		
2	姓名	名次	成绩	班级
3	李明伟	1	99.5	
4	杜德辉	2	98	
5	刘欣	3	97.5	
6	王璐璐	4	提示 请输入0~100之间的数值	
7	李响	5		
8	郭明	6		
9	刘思雨	7		
10	李丽丽	8		
11	姜小鹏	9		
12	李思	10		

	A	B	C	D
1		数学考试年级前十名学生成绩		
2	姓名	名次	成绩	班级
3	李明伟	1	99.5	高二（一）
4	杜德辉	2	98	高二（三）
5	刘欣	3	97.5	高二（四）
6	王璐璐	4	95	高二（二）
7	李响	5	93.5	高二（三）
8	郭明	6	92	高二（一）
9	刘思雨	7	91.5	高二（一）
10	李丽丽	8	91	高二（二）
11	姜小鹏	9	90.5	高二（三）
12	李思	10	90	高二（一）

图 9-44　输入学生的成绩和班级

在输入数据时，如果在单元格中输入的起始字符与该列已有的录入项相符，Excel 可以自动填写其余的字符。例如，在一列中已经输入过“高二（一）”，在该列的其他单元格中再输入“高”字，单元格中就会自动显示出“高二（一）”字样，如图 9-45 所示，此时若按【Enter】键，就可将该内容输入到单元格中，我们将这种功能成为记忆式输入。

	A	B	C	D
1		数学考试年级前十名学生成绩		
2	姓名	名次	成绩	班级
3	李明伟	1	99.5	高二（一）
4	杜德辉	2	98	高二（一）
5	刘欣	3	97.5	

图 9-45　记忆式输入

9.5　公式的应用

公式是对工作表中数据进行计算的表达式。利用公式可对同一工作表的各单元格、同一工作簿中不同工作表的单元格，以及不同工作簿的工作表中单元格的数值进行加、减、

乘、除、乘方等各种运算。

要输入公式必需先输入“=”，然后再在后面输入表达式，否则 Excel 会将输入的内容作为文本型数据处理。表达式由运算符和参与运算的操作数组成。运算符可以是算术运算符、比较运算符、文本运算符和引用运算符；操作数可以是常量、单元格地址和函数等。

9.5.1　公式中的运算符

运算符是用来对公式中的元素进行运算而规定的特殊符号。Excel 2007 中包含算术运算符、比较运算符、文本运算符和引用运算符 4 种类型的运算符，下面分别进行介绍。

1. 算术运算符

算术运算符有 6 个，如表 9-1 所示。其作用是进行基本的数学运算，并产生运算结果。

表 9-1　算术运算符及其含义

算术运算符	含义	示例
+（加号）	加法	A1+A2
-（减号）	减法或负数	A1-A2
*（星号）	乘法	A1*2
/（正斜杠）	除法	A1/3
%（百分号）	百分比	50%
^（脱字号）	乘方	2^3

2. 比较运算符

比较运算符也有 6 个，如表 9-2 所示。它们的作用是比较两个值，并得出一个逻辑值，即“TRUE（真）”或“FALSE（假）”。

表 9-2　比较运算符及其含义

比较运算符	含义	示例
>（大于号）	大于	A1>B1
<（小于号）	小于	A1<B1
=（等于号）	等于	A1=B1
>=（大于等于号）	大于等于	A1>=B1
<=（小于等于号）	小于等于	A1<=B1
<>（不等于号）	不等于	A1<>B1

3. 文本运算符

文本运算符只有一个，如表9-3所示。是用文本运算符（&），可加入或连接一个或多个文本串，以产生一个长文本。例如："世界人民"&"热爱和平"就会产生"世界人民热爱和平"。

表9-3　文本运算符及其含义

文本运算符	含义	示例
&（与号）	将两个文本值连接或串起来产生一个连续的文本值	"North"&"Wind"

4. 引用运算符

引用运算符有3个，如表9-4所示。它们的作用是将单元格区域进行合并运算。

表9-4　引用运算符及其含义

引用运算符	含义	示例
:（冒号）	区域运算符，用于引用单元格区域	B5:D15
,（逗号）	联合运算符，用于引用多个单元格区域	B5:D15,F5:I15
（空格）	交叉运算符，用于引用两个单元格区域的交叉部分	B7:D7 C6:C8

9.5.2　公式中的运算顺序

通常情况下，如果公式中只用了一种类型的运算符，Excel 会按照运算符的特定顺序从左向右计算公式；如果公式中用到了多种类型的运算符，Excel 会按照一定的优先级由高到低进行运算，如表9-5所示。

表9-5　运算符的优先级

运算符	含义	优先级
:（冒号）	引用运算符	1
（空格）		
,（逗号）		
-（负号）	负数（如-1）	2
%（百分号）	百分比	3
^（脱字号）	乘方	4
*和/（星号和正斜杠）	乘和除	5
+和-（加号和减号）	加和减	6
&（与号）	连接两个文本字符串	7

续表 9-5

运算符	含义	优先级
=（等号）	比较运算符	8
<和>（小于和大于）		
<=（小于等于）		
>=（大于等于）		
<>（不等于）		

若要更改运算的顺序，可以将公式中要先进行运算的部分用括号括起来。

例如：公式“=36+5*6”，优先计算“5*6”，再计算“36+30”，得出结果是“66”。但如果将公式改为“=（36+5）*6”，则优先计算“36+5”，再计算“41*5”，得出结果是“205”。

提 示

Excel 中的公式没有大括号{ }和中括号[ ]，一律以小括号代替，当多个小括号嵌套使用时，Excel 会优先处理最内层小括号中的运算。

9.5.3 输入公式

了解了 Excel 中公式的组成元素、运算符和运算顺序后，我们再来了解在单元格中输入公式的方法。

对于简单的公式，可以在单元格中直接输入。下面以计算“季度商品销售情况表”中的“利润”为例，介绍在单元格直接输入公式的方法：

步骤 1　打开本书配套素材“素材与实例”>“第 9 章”文件夹>“季度商品销售情况表”文件，然后单击要输入公式的单元格 E3，并输入等号“=”，再在等号“=”右侧输入操作数和运算符“(B3-C3) *D3”，如图 9-46 所示。

步骤 2　输入公式后，单击编辑栏上的“输入”按钮✓或按【Enter】键完成输入，可在当前单元格中得到计算结果，如图 9-47 所示。

	A	B	C	D	E	F
1		1季度商品销售情况表				
2	产品名称	售价	进价	销售数量	利润	
3	29寸长虹彩电	2900	1980	1	=(B3-C3)*D3	
4	海尔XQB50洗衣机	3450	2976			
5	九阳电磁炉	398	327	21		
6	光明优酸乳	3.6	2.7	1589		
7	费列罗巧克力T16	5.2	4.1	896		
8	飘柔护理去屑洗发水	13.9	9.8	977		
9						

图 9-46　在单元格中输入公式

	A	B	C	D	E
1		1季度商品销售情况表			
2	产品名称	售价	进价	销售数量	利润
3	29寸长虹彩电	2900	1980	15	13800
4	海尔XQB50洗衣机	3450	2976	7	
5	九阳电磁炉	398	327	21	
6	光明优酸乳	3.6	2.7	1589	
7	费列罗巧克力T16	5.2	4.1	896	
8	飘柔护理去屑洗发水	13.9	9.8	977	
9					

图 9-47　得到运算结果

提 示

我们还可以在输入等号“=”后，单击要引用的单元格，将其引用到公式中，然后输入运算符，再单击下一个要引用的单元格来完成公式的输入。

9.5.4 编辑公式

在单元格中输入公式后，如果发现错误，可以对其进行修改，也可以将公式删除。

要修改公式，可单击含有公式的单元格，然后在编辑栏中进行修改，修改完毕按【Enter】键即可。

要删除公式，可单击含有公式的单元格，然后按【Delete】键，如图 9-48 和图 9-49 所示。

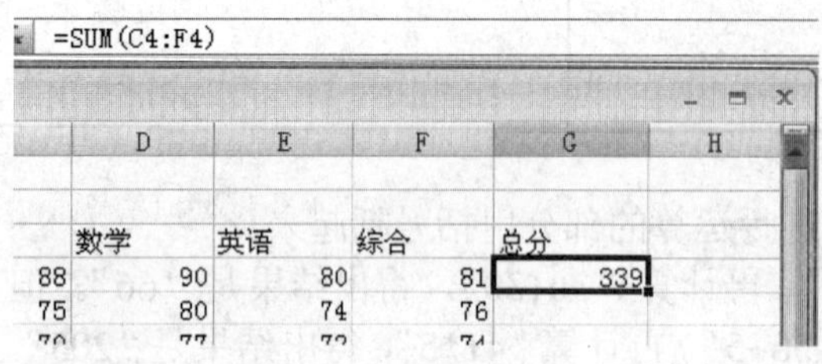

图 9-48　删除公式前

图 9-49　删除公式后

默认情况下，包含公式的单元格中显示的是计算结果，按【Ctrl+`】组合键，可在单元格中显示公式。再次按【Ctrl+`】组合键，可恢复默认显示。

9.5.5 移动与复制公式

同单元格内容一样，单元格中的公式也可以移动或复制到其他单元格中。移动公式时，公式内的单元格引用不会更改，而复制公式时，单元格引用会根据所用引用类型而变化。

1. 移动公式

要移动公式，应首先选中包含公式的单元格，然后将鼠标指针移到单元格的边框线上，当鼠标指针呈十字箭头形状时，按住鼠标左键不放，将其拖到目标单元格后释放鼠标即可，如图 9-50 所示。

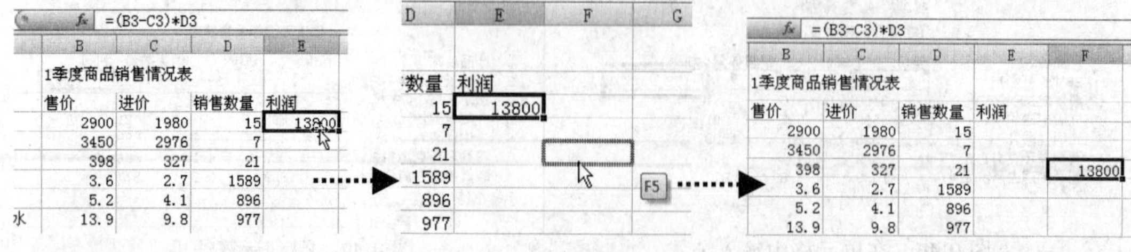

图 9-50　移动公式

2. 复制公式

若要复制公式，应先选中含有公式的单元格，然后将鼠标移动到单元格的右下角的填充柄处，此时光标呈黑色十字形状，按住鼠标左键不放并拖动，将其拖到目标单元格后

释放鼠标即可快速复制公式，如图 9-51 所示。

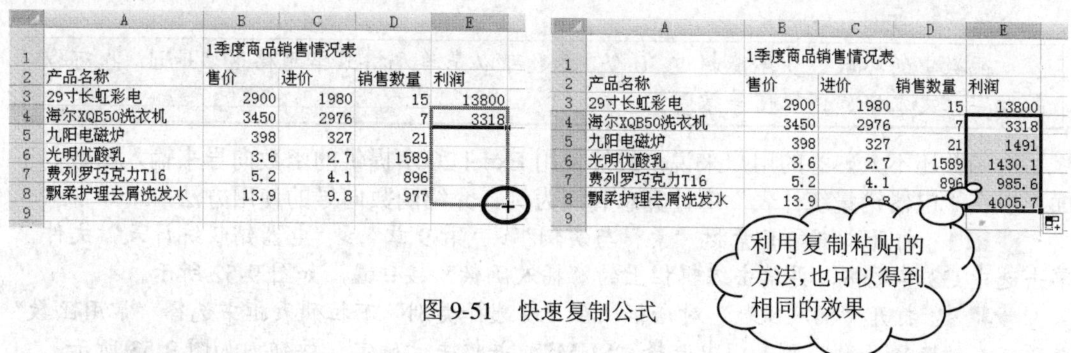

图 9-51　快速复制公式

9.6　函数的应用

函数即是事先定义好的表达式，它必须包含在公式中才起作用。每个函数都由函数名和变量组成，其中函数名表示将执行的操作，变量表示函数将作用的值的单元格地址，通常是一个单元格区域，也可以是更复杂的内容。在公式中合理地使用函数，可以使用户轻松完成求和、逻辑判断、财务分析等众多数据处理。

9.6.1　函数分类

Excel 2007 中提供了大量的函数，可分为以下几种类型：

- **财务函数**：可以进行一般的财务计算。例如：确定贷款的支付额、投资的未来值或净现值，以及债券或息票的价值等。
- **时间和日期函数**：可以在公式中分析和处理日期值和时间值。
- **数学和三角函数**：可以处理简单和复杂的数学运算
- **统计函数**：用于对数据进行统计分析。
- **查找和引用函数**：在工作表中查找特定的数值或引用的单元格。
- **数据库函数**：分析工作表中的数值是否符合特定条件。
- **文本函数**：可以在公式中处理文字串。
- **逻辑函数**：可以进行真假值判断，或者进行复合检验。
- **信息函数**：用于确定存储在单元格中的数据类型。
- **工程函数**：用于工程分析。
- **多维数据集函数**：主要用于返回多维数据集的重要性能指标、属性、层次结构中三位成员或组等。

9.6.2　函数应用方法

如用户已经熟悉了函数的名称和使用方法，可直接在单元格中输入函数。使用函数时，应先在单元格中输入等号“=”进入公式编辑状态，然后输入函数名称，再输入一对括号，在括号内可输入一个或多个参数，参数之间要用逗号分隔。

例如：=SUM（A1:B5,C1:E5），表示计算 A1 到 B5 单元格区域、C1 到 E5 单元格区域的总和。其中 SUM 为“求和”函数，A1:B5 和 C1:E5 是 SUM 函数的参数。

函数中的参数最多不能超过 30 个，参数可以是单元格或单元格区域地址，也可以是数字、文本串、逻辑值等常量。

对函数还不太熟悉的用户来说，最好使用 Excel 2007 提供的函数向导来输入函数。下面，以在“电器销量统计表”中计算总利润为例，介绍函数向导的使用方法：

步骤 1 打开本书配套素材“素材与实例”>“第 9 章”>“电器销售统计表”文件，单击选中 G3 单元格，再单击编辑栏上的“插入函数”按钮 f_x，如图 9-52 所示。

步骤 2 打开“插入函数”对话框，在“或选择类别”下拉列表框中选择“常用函数”选项，在“选择函数”列表框中选择“SUM”，并单击“确定”按钮，如图 9-53 所示。

	A	B	C	D	E	F	G
1		6月份电器销量统计表					
2	产品名称	售价	进价	销售数量	利润		总利润
3	美的空调	1280	970	15	4650		
4	澳柯玛PCD183G冰柜	2780	2430	8	2800		
5	25寸康佳彩电	1500	1270	23	5290		
6	佳能数码相机	2480	2170	31	9610		
7	海尔XQB50洗衣机	1428	1189	28	6692		
8	17寸三星液晶显示器	1245	978	45	12015		

图 9-52 单击“插入函数”按钮

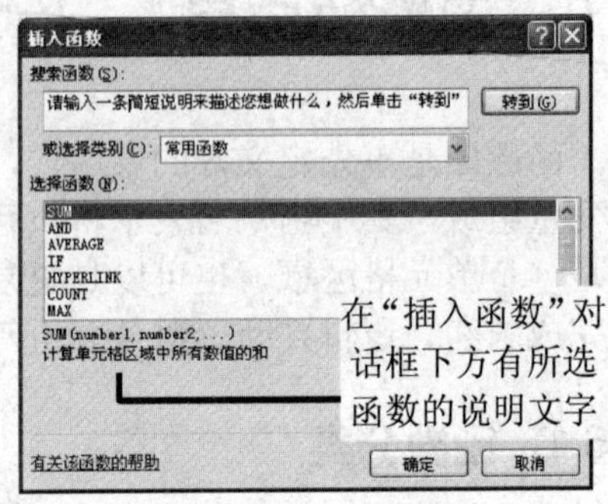

图 9-53 选择“SUM”函数

步骤 3 在打开的“函数参数”对话框中，单击第一个参数右侧的压缩对话框按钮，如图 9-54 左图所示。

步骤 4 在按住【Shift】键的同时单击工作表中的 E3 单元格和 E8 单元格，然后单击展开对话框按钮，如图 9-54 右图所示。

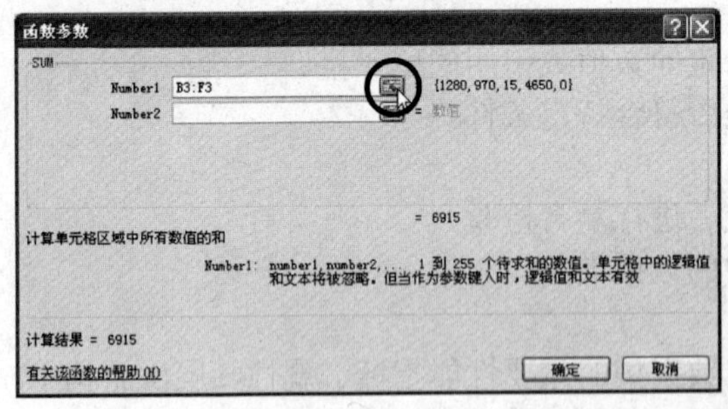

	B	C	D	E	F	G	H	I
1	6月份电器销量统计表							
2	售价	进价	销售数量	利润		总利润		
3	1280	970	15	4650		E3:E8)		
4	2780	2430	8	2800				
5	1500	1270	23	5290				
6	2480	2170	31	9610				
7	1428	1189	28	6692				
8	1245	978	45	12015				

函数参数
E3:E8

图 9-54 选择参数区域

步骤 5 单击“函数参数”对话框中的“确定”按钮返回工作表，即可在 G3 单元格得到计算结果，如图 9-55 所示。

	A	B	C	D	E	F	G
1		6月份电器销量统计表					
2	产品名称	售价	进价	销售数量	利润		总利润
3	美的空调	1280	970	15	4650		41057
4	澳柯玛PCD183G冰柜	2780	2430	8	2800		
5	25寸康佳彩电	1500	1270	23	5290		
6	佳能数码相机	2480	2170	31	9610		
7	海尔XQB50洗衣机	1428	1189	28	6692		
8	17寸三星液晶显示器	1245	978	45	12015		

图 9-55 计算结果

选择要计算的单元格区域后，单击“开始”选项卡上“编辑”组中的“求和”按钮右侧的三角按钮，在展开的列表中选择要使用的函数，可快速对一行或一列数据进行计算，并将运算结果显示在一行数据的右侧或一列数据的下方，如图 9-56 所示。

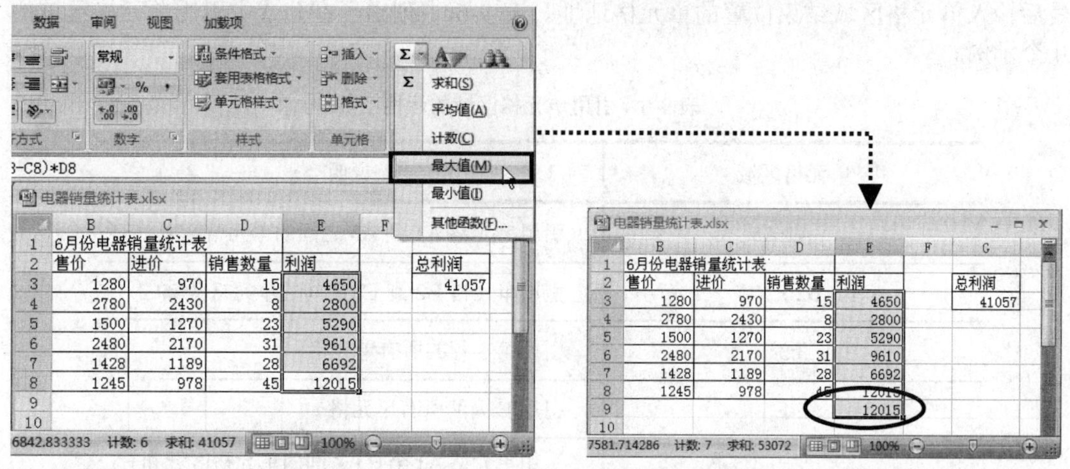

图 9-56　利用“求和”按钮快速得到运算结果

此外，在“公式”选项卡的“函数库”组中，系统为我们分类列出了各种函数，单击某个分类函数按钮，可在打开函数的列表中选择所需函数，将光标移到某个函数上并稍等片刻，会弹出该函数的帮助信息，如图 9-57 所示。

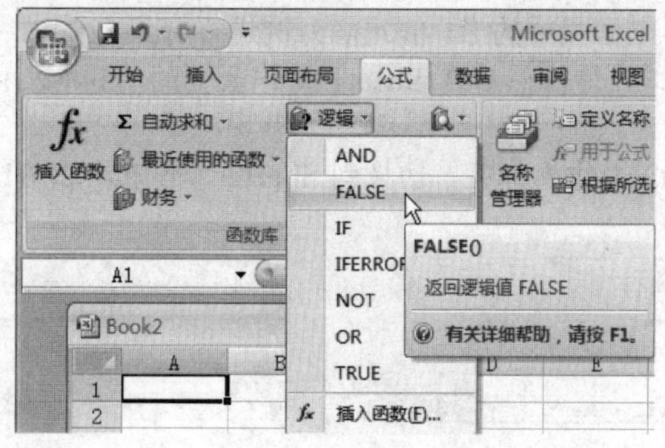

图 9-57　“公式”选项卡“函数库”中的分类函数列表

9.7　单元格引用

通过单元格的引用，可以在一个公式中使用工作表不同部分的数据，或者在多个公式中使用一个单元格中的数据，还可以引用同一个工作簿中不同工作表中的单元格，甚至还可以引用不同工作簿中的数据，这在实际应用中无疑是一个非常方便的设计。

9.7.1 引用单元格和单元格区域

公式是利用单元格地址引用单元格或单元格区域的。通过前面的学习，我们已经知道在公式中引用单元格的操作方法。

如果要引用单元格区域，应先输入单元格区域起始位置的单元格地址，再输入冒号(:)，最后输入单元格区域结束位置的单元格地址。表 9-6 中列出了在公式中引用单元格区域的几个示例。

表 9-6 引用单元格区域的示例

单元格区域	说明
A1:A5	引用单元格 A1 到 A5 之间的单元格区域
B2:F2	引用单元格 B2 到 F2 之间的单元格区域
3:3	引用第 3 行的所有单元格
E:E	引用 E 列的所有单元格
A1:C3,E5	引用单元格 A1 至 C3 之间的单元格区域和 E5 单元格

9.7.2 引用不同工作表中的单元格

要引用同一工作簿中不同工作表中的单元格或单元格区域，应先输入工作表名称，然后输入惊叹号“!”，再输入单元格地址。例如：**Sheet2!C3**。

下面以引用 Sheet2 工作表中的 B1 单元格为例进行介绍：

步骤 1 新建一个工作簿，然后在 Sheet1 工作表中的 A1 单元格中输入“100”，如图 9-58 左图所示。

步骤 2 单击 Sheet2 工作表标签，切换到 Sheet2 工作表，在 B1 单元格输入“50”，如图 9-58 右图所示。

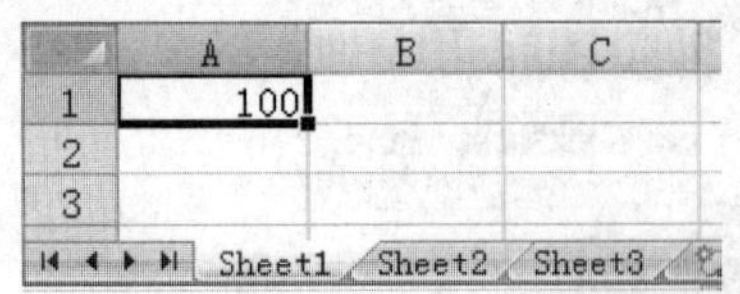

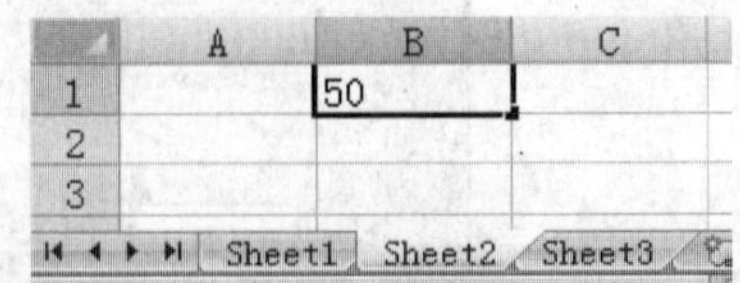

图 9-58 输入数值

步骤 3 单击“Sheet1”工作表标签，返回 Sheet1 工作表，在 C1 单元格输入公式“=A1+Sheet2!B1”，然后按【Enter】键完成输入，即可得到运算结果，如图 9-59 所示。

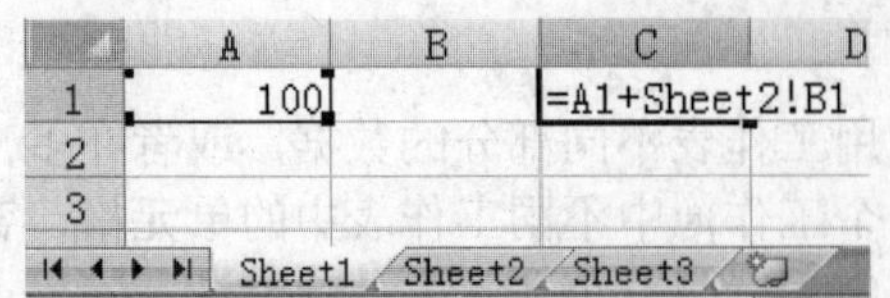

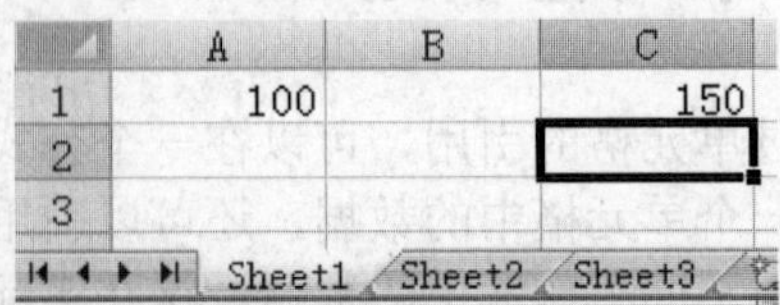

图 9-59 引用同一工作簿不同工作表中的单元格

提示

在引用不同工作表或不同工作簿中的单元格时，同样可以利用单击引用的方法。

9.7.3　引用不同工作簿中的单元格

要引用不同工作簿中的单元格或单元格区域，应先输入方括号“[]”，再在方括号“[]”中输入工作簿名称，然后输入工作表名称，再输入惊叹号“!”，最后输入单元格地址。由于要输入的内容较多，为避免输入错误，我们通常采用单击选取引用的方法输入。

下面以一个简单的实例，介绍引用不同工作簿中单元格的方法：

步骤 1　打开本书配套素材“素材与实例”>“第 9 章”>“上半年收入”和“下半年收入”文件，如图 9-60 所示。

	A	B
1	公司上半年收入	5800000
2		
3	公司全年总收入	

	A	B
1	公司下半年收入	4890000
2		
3		

图 9-60　打开素材文件

步骤 2　单击“上半年收入”工作簿 Sheet1 工作表中的 B3 单元格，然后输入等号“=”，并单击 B1 单元格，如图 9-61 所示。

	A	B
1	公司上半年收入	5800000
2		
3	公司全年总收入	=

	A	B
1	公司上半年收入	5800000
2		
3	公司全年总收入	=B1

图 9-61　引用 B1 单元格

步骤 3　在 B3 单元格中输入加号“+”，如图 9-62 左图所示。然后切换到“下半年收入”工作簿，并单击 Sheet1 工作表中的 B1 单元格，如图 9-62 右图所示。

	A	B
1	公司上半年收入	5800000
2		
3	公司全年总收入	=B1+

	A	B
1	公司下半年收入	4890000
2		
3		

图 9-62　引用“下半年收入”工作簿中的 B1 单元格

步骤 4　返回“上半年收入”工作簿，按【Enter】键得到计算结果，如图 9-63 所示。

	A	B	C	D	E
1	公司上半年收入	5800000			
2					
3	公司全年总收入	=B1+[下半年收入.xlsx]Sheet1!$B$1			

	A	B
1	公司上半年收入	5800000
2		
3	公司全年总收入	10690000
4		

图 9-63　得到计算结果

> 在公式中出现的“$”符号表示对单元格的引用是绝对引用，我们将在后面对其进行介绍。

9.7.4 相对引用、绝对引用与混合引用

在 Excel 2007 中为我们提供了相对引用、绝对引用和混合引用 3 种引用类型，以适应不同的需要，下面分别进行介绍。

1. 相对引用

相对引用即是指引用单元格的相对地址，其引用形式为直接用列标和行号表示单元格，例如 A1。如果公式所在单元格的位置改变，引用也随之改变。默认情况下，公式使用相对引用。

在复制公式时，由于公式所在单元格的位置改变，Excel 会自动调整复制公式的引用，以便引用相对于当前公式位置的其他单元格。例如在单元格 E3 中输入公式“=(B3-C3)*D3”，当将 E3 单元格中的公式复制到单元格 E4 时，其中的公式自动变为“=(B4-C4)*D4”，这在编辑栏中会显示出来，如图 9-64 所示。

	A	B	C	D	E
1		1季度商品销售情况表			
2	产品名称	售价	进价	销售数量	利润
3	29寸长虹彩电	2900	1980	15	=(B3-C3)*D3
4	海尔XQB50洗衣机	3450	2976	7	
5	九阳电磁炉	398	327	21	
6	光明优酸乳	3.6	2.7	1589	
7	费列罗巧克力T16	5.2	4.1	896	
8	飘柔护理去屑洗发水	13.9	9.8	977	

E4　=(B4-C4)*D4

	A	B	C	D	E
1		1季度商品销售情况表			
2	产品名称	售价	进价	销售数量	利润
3	29寸长虹彩电	2900	1980	15	13800
4	海尔XQB50洗衣机	3450	2976	7	3318
5	九阳电磁炉	398	327	21	
6	光明优酸乳	3.6	2.7	1589	
7	费列罗巧克力T16	5.2	4.1	896	
8	飘柔护理去屑洗发水	13.9	9.8	977	

图 9-64　相对引用

2. 绝对引用

绝对引用即是指引用单元格的精确地址，与包含公式的单元格位置无关，其引用形式为在列标和行号的前面都加上“$”符号。例如，公式中引用$B$5，不论公式复制或移动到什么位置，引用的单元格地址都不会改变。

下面以一个计算矿泉水销售总额的实例，介绍绝对引用的使用，具体操作如下：

步骤 1　打开本书配套素材“素材与实例”>“第 9 章”>“矿泉水一季度销售情况表”文件，然后在 D6 单元格输入公式“=B6*$B$3”，并按【Enter】键得到 1 月的销售总额，如图 9-65 所示。

	A	B	C	D
1	矿泉水一季度销售情况表			
2				
3	每瓶价格:	1.5		
4				
5	时间	销售数量		销售总额
6	1月	405		=B6*$B$3
7	2月	564		
8	3月	876		

	A	B	C	D
1	矿泉水一季度销售情况表			
2				
3	每瓶价格:	1.5		
4				
5	时间	销售数量		销售总额
6	1月	405		607.5
7	2月	564		
8	3月	876		

图 9-65　输入包含绝对引用的公式

步骤 2　向下拖动 D6 单元格右下角的填充柄，至 D8 单元格后释放鼠标，得到另外两个月的销售总额，如图 9-66 所示。

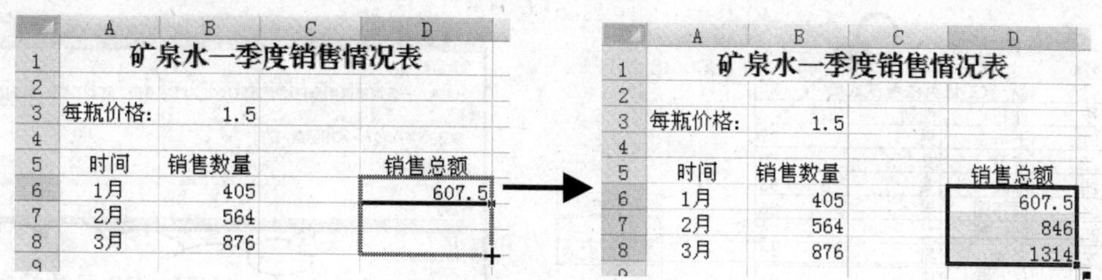

	A	B	C	D
1	矿泉水一季度销售情况表			
2				
3	每瓶价格:	1.5		
4				
5	时间	销售数量		销售总额
6	1月	405		607.5
7	2月	564		
8	3月	876		

	A	B	C	D
1	矿泉水一季度销售情况表			
2				
3	每瓶价格:	1.5		
4				
5	时间	销售数量		销售总额
6	1月	405		607.5
7	2月	564		846
8	3月	876		1314

图 9-66　复制公式

步骤 3　单击 D7 和 D8 单元格，可从编辑栏中看到，公式中绝对引用的部分没有发生任何变化，如图 9-67 所示。

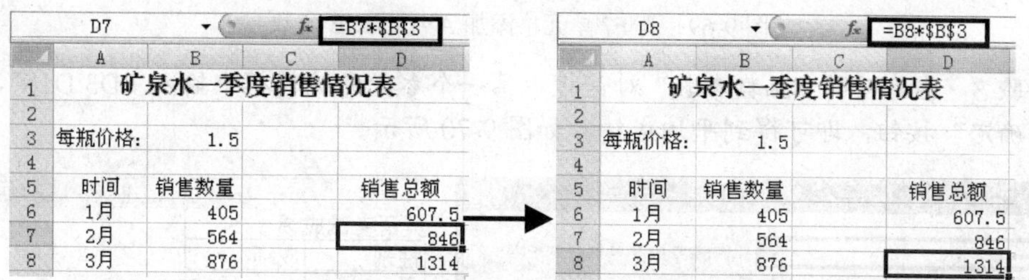

D7　=B7*$B$3

	A	B	C	D
1	矿泉水一季度销售情况表			
2				
3	每瓶价格:	1.5		
4				
5	时间	销售数量		销售总额
6	1月	405		607.5
7	2月	564		846
8	3月	876		1314

D8　=B8*$B$3

	A	B	C	D
1	矿泉水一季度销售情况表			
2				
3	每瓶价格:	1.5		
4				
5	时间	销售数量		销售总额
6	1月	405		607.5
7	2月	564		846
8	3月	876		1314

图 9-67　绝对引用未发生变化

3. 混合引用

混合引用既是指既包含绝对引用又包含相对引用的引用，如 B$5 或$B5 等，用于表示列变行不变或列不变行变的引用。

如果公式所在单元格的位置改变，则相对引用改变，而绝对引用不变。图 9-68 所示单元格 D3 中的公式为：=$B3*$C3，当将其复制到 D4 单元格中时，公式变为：=$B4*$C4。

D3　=$B3*$C3

	A	B	C	D
1	6月份电器销量统计表			
2	产品名称	售价	销售数量	利润
3	美的空调	1280	15	19200
4	澳柯玛PCD183G冰柜	2780	8	
5	25寸康佳彩电	1500	23	

D4　=$B4*$C4

	A	B	C	D
1	6月份电器销量统计表			
2	产品名称	售价	销售数量	利润
3	美的空调	1280	15	19200
4	澳柯玛PCD183G冰柜	2780	8	22240
5	25寸康佳彩电	1500	23	

图 9-68　混合引用

9.8　上机实践——统计成绩表中的学生成绩

下面，通过一个统计班级英语考试成绩的平均成绩、男生总成绩、女生总成绩、最高分和最低分的实例来熟悉公式与函数的运用，具体步骤如下：

步骤 1　打开本书配套素材“素材与实例”>“第 9 章”>“英语成绩表”文件，单击选中 F7 单元格，再单击编辑栏上的“插入函数”按钮 fx，如图 9-69 左图所示。

步骤 2 在打开的“插入函数”对话框中选择“AVERAGE”函数，然后单击“确定”按钮，如图 9-69 右图所示。

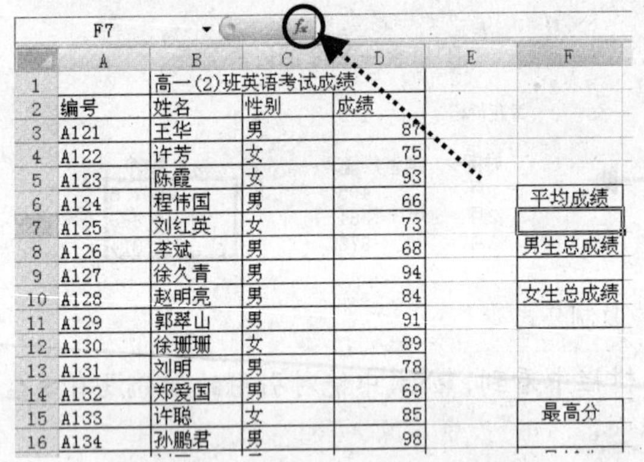

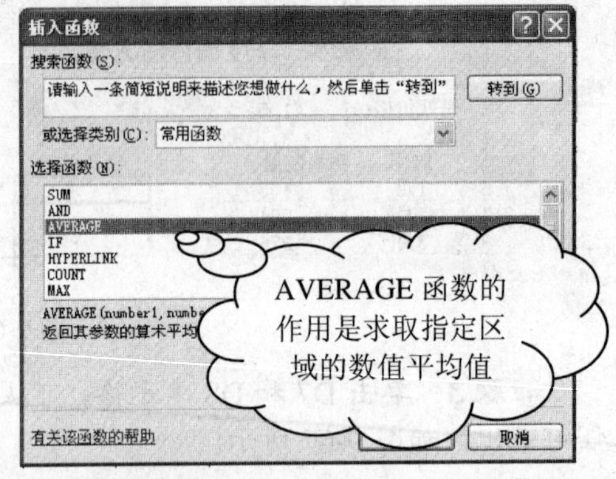

图 9-69 为 F7 单元格添加 AVERAGE 函数

步骤 3 在打开的“函数参数”对话框中第一个参数的编辑框中输入“D3:D18”，然后单击“确定”按钮，即可得到平均成绩，如图 9-70 所示。

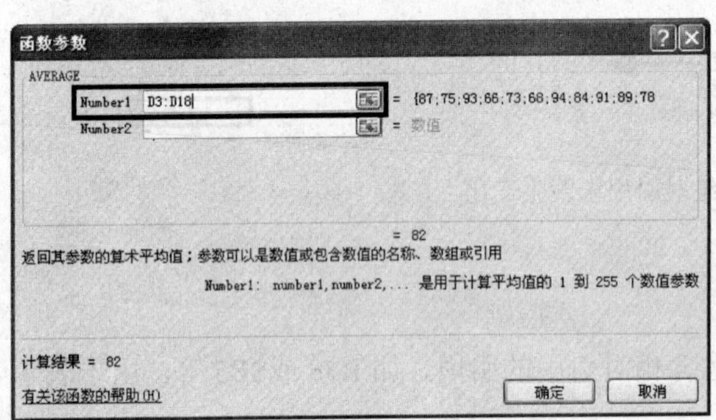

图 9-70 求取平均成绩

步骤 4 单击 F9 单元格，然后单击编辑栏上的“插入函数”按钮 f_x，在打开的“插入函数”对话框中选择“SUMIF”函数，如图 9-71 所示，然后单击“确定”按钮。

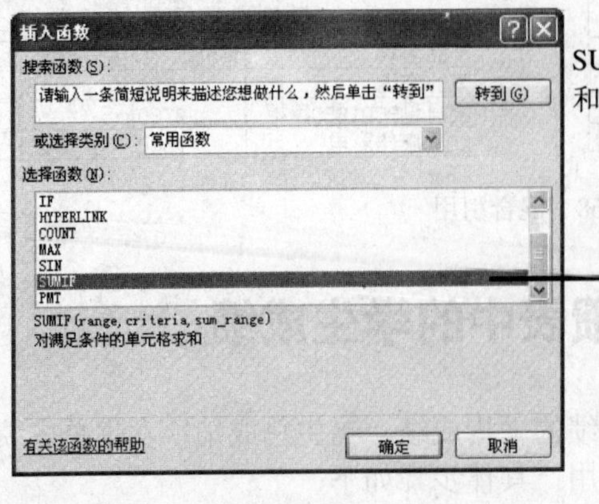

图 9-71 为 F9 单元格添加 SUMIF 函数

步骤 5 在打开的“函数参数”对话框中第一个参数的编辑框中输入“C3:C18”，如图

9-72 所示。

步骤 6　单击“函数参数”对话框第二个参数右侧的压缩对话框按钮，然后在工作表中单击作为相加条件的单元格 C3，如图 9-73 所示，再单击展开对话框按钮返回。

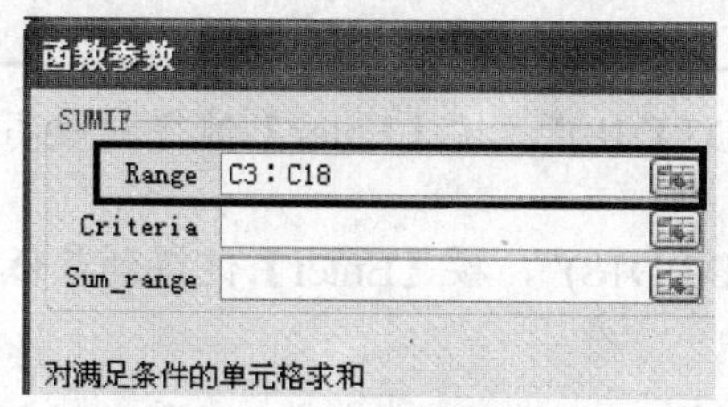

图 9-72　设置“Range”参数

图 9-73　设置“Criteria”参数

“Criteria”参数可设为 C3、C6、C8、C11、C13、C14、C16、C17、C18 单元格中的任何一个。

步骤 7　单击第三个参数右侧的压缩对话框按钮，在工作表中选择要实际相加的单元格区域 D3:D18，如图 9-74 所示，然后单击展开对话框按钮返回“函数参数”对话框，并单击“确定”按钮。

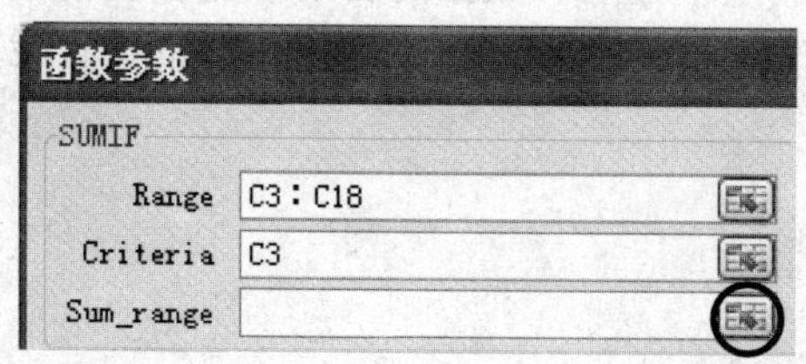

图 9-74　设置“Sum_range”参数

步骤 8　单击“函数参数”对话框中的“确定”按钮，得到男生总成绩，如图 9-75 左图所示。利用同样的方法得到女生总成绩，如图 9-75 右图所示。

C	D	E	F
英语考试成绩			
性别	成绩		
男	87		
女	75		
女	93		
男	66		平均成绩
女	73		82
男	68		男生总成绩
男	94		897
男	84		女生总成绩
男	91		

C	D	E	F
英语考试成绩			
性别	成绩		
男	87		
女	75		
女	93		
男	66		平均成绩
女	73		82
男	68		男生总成绩
男	94		897
男	84		女生总成绩
男	91		415

图 9-75　得到男生总成绩和女生总成绩

在求取女生总成绩时，可将“Criteria”参数设为 C4、C5、C7、C12、C15 单元格中的任何一个。

步骤 9 单击 F16 单元格，然后输入“= MAX(D3:D18)”，按【Enter】键得到最高分，如图 9-76 所示。

步骤 10 单击 F18 单元格，然后输入“= MIN(D3:D18)”，按【Enter】键得到最低分，如图 9-77 所示。至此，实例就完成了。

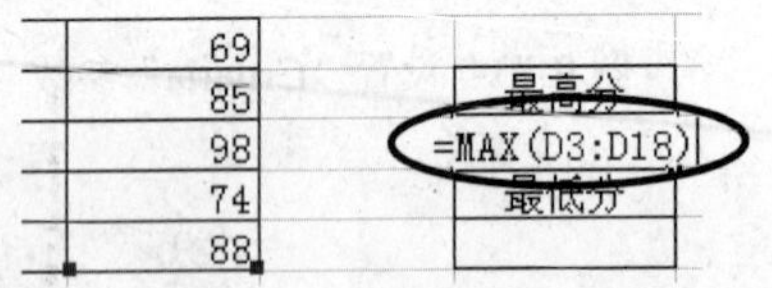

图 9-76 求取最高分

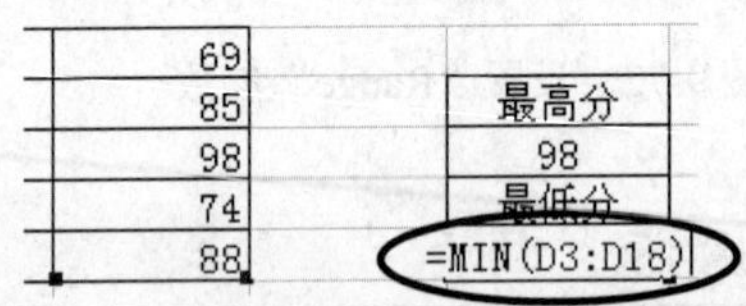

图 9-77 求取最低分

MAX 函数的作用是求取指定区域中的最高值；MIN 函数的作用是求取指定区域中的最低值。

9.9 学习总结

本章主要介绍了 Excel 2007 的界面组成、数据的基本输入、数据的自动填充以及公式和函数的应用等内容。这些都是 Excel 在实际应用中最基本和最常用的操作，希望读者能够认真阅读，确实掌握。

9.10 思考与练习

一、填空题

1. 默认情况下，一个工作簿包含______个工作表。
2. 在单元格输入的数据可分为________和________两种类型。
3. 如果要输入负数，必须在数字前加一个负号“-”，或在数字两端添加________。
4. 在输入公式和函数时，必须先输入______符号。
5. 公式中的运算符可分为______类。
6. 函数由________和________两部分组成。

二、简答题

1. 如何输入时间和日期？
2. 在输入数量较大，且具有相同的小数位数的数值时，可使用什么功能？如何使用？
3. 如何为单元格或单元格区域设置数据输入限制条件？
4. 在公式中使用了多种类型的运算符后，Excel 会以怎样的顺序进行运算？在公式中添加什么符号可更改运算的顺序？

5．如何引用不同工作簿、不同工作表中的单元格和单元格区域？

6．输入函数的方法有几种？分别是什么？

三、操作题

利用本章所学知识制作一个如图 9-78 所示的成考成绩表。本例最终效果可参考本书配套素材“素材与实例”>“第 9 章”>“成考成绩表”。

	A	B	C	D	E	F	G	H	I
1		09年成考文（一）班成绩							
2	编号	姓名	语文	数学	英语	史地	总成绩		
3	A01001	张娜	95	84	77	96	352		
4	A01002	李蕊	79	81	93	87	340		
5	A01003	冯昱超	83	94	65	78	320		
6	A01004	赵建国	91	67	73	95	326		
7	A01005	刘安民	84.5	76	93	64	317.5		
8	A01006	董瑞	76	85	68	82.5	311.5		
9	A01007	宋定邦	67	82	59	72	280		
10	A01008	赵钱瑞	61	55	63	84	263		
11	A01009	刘杉	78	96	84	79.5	337.5		
12	A01010	周涛	76	94	74	88	332		
13	A01011	吴清	83	98	66	75	322		
14	A01012	宋佳	83	88.5	78	86	335.5		
15	A01013	李欣	67	75	73	94	309		所有学生总成绩
16	A01014	孙梁	84	91	37	76	288		4434
17									

图 9-78　成考成绩表

提示：

（1）新建一个工作簿后先输入表头和标题行，然后在 A3 单元格输入第一个学生编号，再拖动 A3 单元格的填充柄，快速填充其他学生编号。

（2）在 B 列输入学生的姓名，再分别在 C 列 D 列、E 列和 F 列输入学生的各科成绩。

（3）在 G3 单元格利用公式求出第一个学生的总成绩，并拖动 G3 单元格的填充柄，快速求出其他学生的总成绩。

（4）在 I16 单元格利用 SUM 函数求出所有学生的总成绩。

第10章

编辑工作表

本章内容提要

章前导读

利用 Excel 提供的编辑功能，可以对工作表以及工作表中的单元格进行添加、删除工作表、调整工作表的结构、调整行高与列宽等操作，以方便工作表的管理。此外，还可以通过对工作表的审核，确保用户工作表中数据的正确性；通过对工作簿和工作表的保护，防止误操作带来不必要的损失。

10.1 单元格和单元格区域的选定

要对单元格和进行输入，或对单元格区域进行编辑，首先要选中它们，下面便来介绍单元格和单元格区域的选择方法。

10.1.1 选择单元格

要选择单元格，通常有三种方法，下面分别进行介绍：

- **通过单击选择：**将鼠标指针移至要选择的单元格上单击，即可选中该单元格，选中的单元格以黑色边框显示，此时该单元格所在行号上的数字和列标上的字母将突出显示。
- **通过方向键选择：**利用键盘上的【↑】、【↓】、【→】、【←】键移动黑色方块到指定的单元格，也可选择单个单元格。
- **利用"名称框"选择：**在工作表左上角的名称框中输入单元格地址，然后按下【Enter】键，即可选中与地址相对应的单元格，如图 10-1 所示。

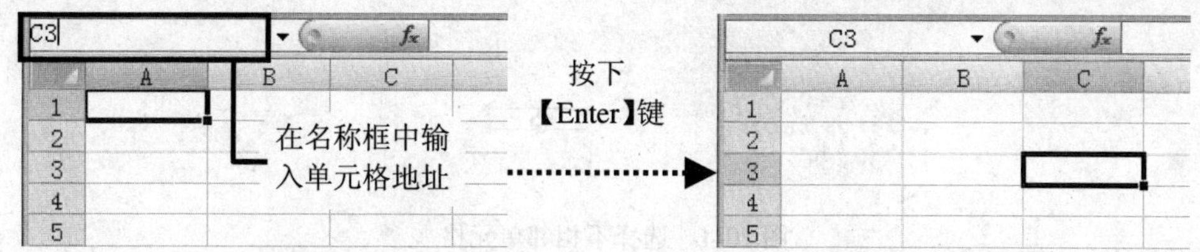

图 10-1　利用“名称框”选择单元格

10.1.2　选择单元格区域

当同时选中多个单元格时，便形成了单元格区域。下面介绍选择单元格区域的具体方法。

1. 选择相邻的单元格区域

要选择相邻的单元格区域，有两种常用方法：

➢ 按下鼠标左键拖过想要选择的单元格，然后释放鼠标，即可选中拖动轨迹上的单元格区域，如图 10-2 所示。

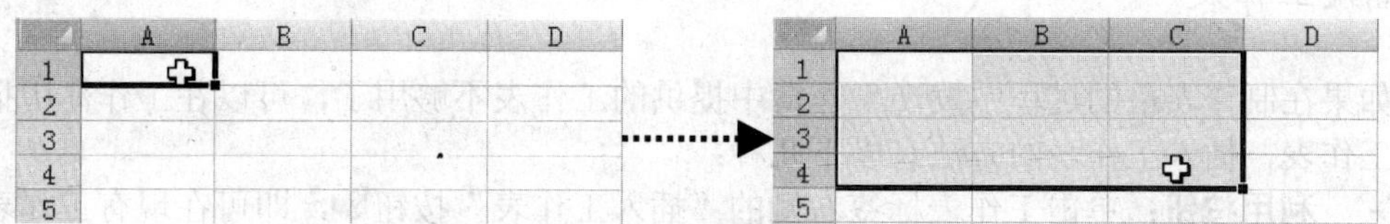

图 10-2　通过拖动选择单元格区域

➢ 单击要选择区域的第一个单元格，然后在按住【Shift】键的同时单击要选择区域的最后一个单元格，即可选择它们之间的多个单元格，如图 10-3 所示。

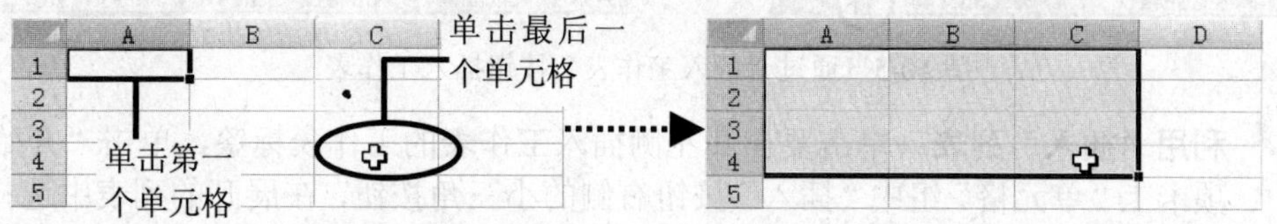

图 10-3　利用【Shift】键选择相邻单元格区域

单击工作表中的行号，可选中整行单元格区域；单击工作表中的列标，可选中整列单元格区域；按【Ctrl + A】组合键或单击工作表左上角行号与列标交叉处的“全选”按钮，可以选取工作表中的所有单元格。

2. 选择不相邻的单元格区域

要选择不相邻的多个单元格，应首先单击要选择的任意一个单元格，然后在按住【Ctrl】键的同时，单击其他要选择的单元格即可，如图 10-4 所示。

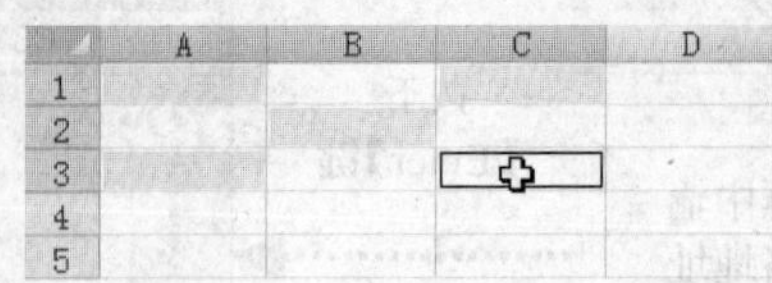

图 10-4　选择不相邻单元格

10.2　操作工作表

Excel 的工作簿中包含多个工作表，我们可以根据自己的实际需要对工作表进行添加、删除、移动、复制和重命名等操作，还可将多个工作表设为工作表组。

10.2.1　插入和删除工作表

默认情况下，新建的工作簿中包含 3 张工作表，我们可根据实际需要在工作簿中插入工作表，或将不需要的工作表删除。

1. 插入工作表

如果在制作表格的过程中发现工作簿中提供的工作表不够用了，可以在工作簿中插入新的工作表，插入工作表的方法有以下几种：

- **利用按钮**：单击工作表标签右侧的“插入工作表”按钮，即可在现有工作表右侧插入一个新的工作表，如图 10-5 所示。

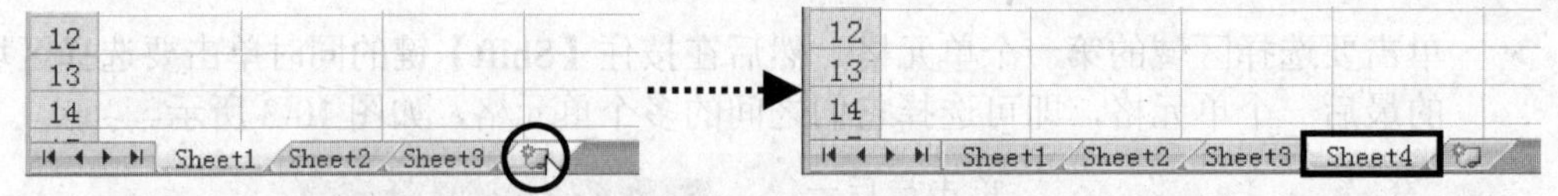

图 10-5　通过“插入工作表”按钮插入工作表

- **利用“插入”列表**：单击要在其左侧插入工作表的工作表标签，单击“开始”选项卡上“单元格”组中“插入”按钮右侧的小三角按钮，在展开的列表中选择“插入工作表”选项，即可在所选工作表的左侧插入一个新的工作表，如图 10-6 所示。

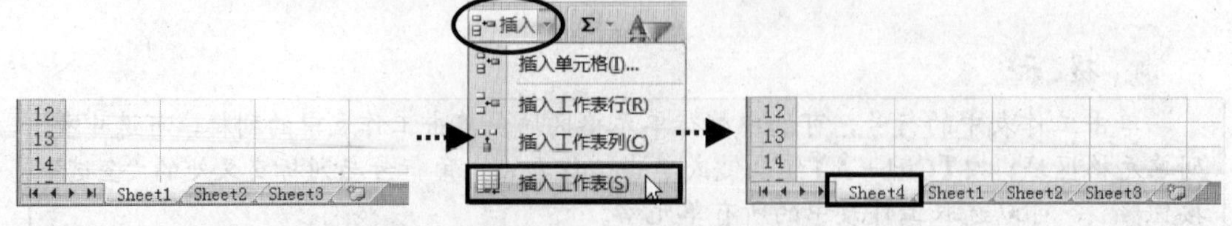

图 10-6　利用“插入”列表插入工作表

2. 删除工作表

当工作簿中有多余的工作表时，可将其删除，删除工作表有以下几种方法：

- **利用快捷菜单**：右击要删除的工作表标签，然后在弹出的快捷菜单中选择“删除”菜单，即可删除所选工作表，如图 10-7 所示。

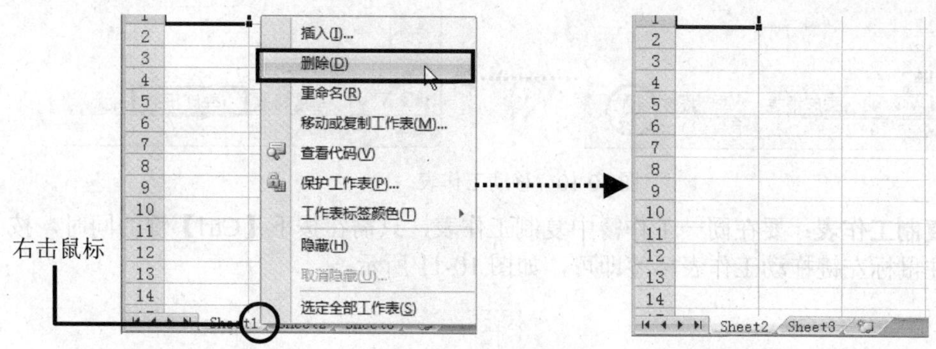

图 10-7　利用快捷菜单删除工作表

➢ **利用“删除”列表**：单击要删除的工作表标签，然后单击“开始”选项卡上“单元格”组中“删除”按钮右侧的小三角按钮，在展开的列表中选择“删除工作表”选项，即可删除所选工作表，如图 10-8 所示。

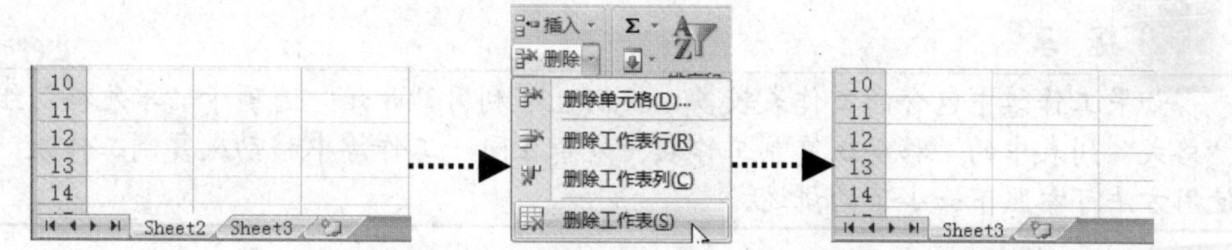

图 10-8　利用“删除”列表删除工作表

提　示

如果要删除的工作表中有数据，那么执行删除工作表操作时，会弹出图 10-9 所示的删除提示对话框，单击“删除”按钮，即可删除所选工作表。

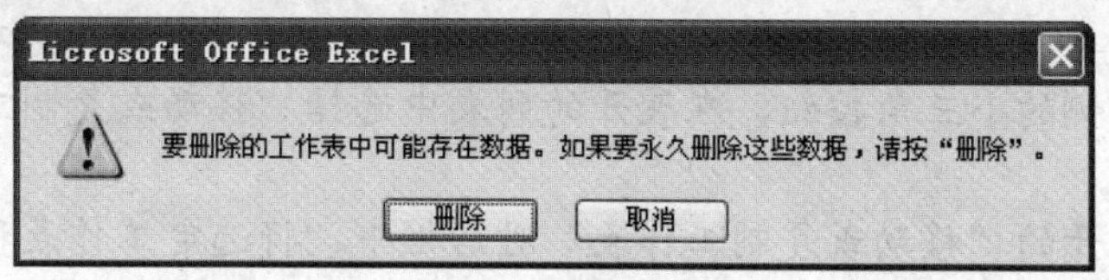

图 10-9　删除提示框

10.2.2　移动和复制工作表

在 Excel 中，我们可以将工作表移动或复制到同一工作簿的其他位置或不同工作簿中。但在移动或复制工作表时应注意，若移动了工作表，则基于工作表数据的计算可能出错。下面分别介绍在同一工作簿和不同工作簿中移动、复制工作表的方法。

1. 在同一工作簿中的移动和复制工作表

下面介绍在同一工作簿移动和复制工作表的方法：

➢ **移动工作表**：在同一个工作簿中，将工作表标签直接拖动至所需位置，即可实现工作表的移动，如图 10-10 所示。

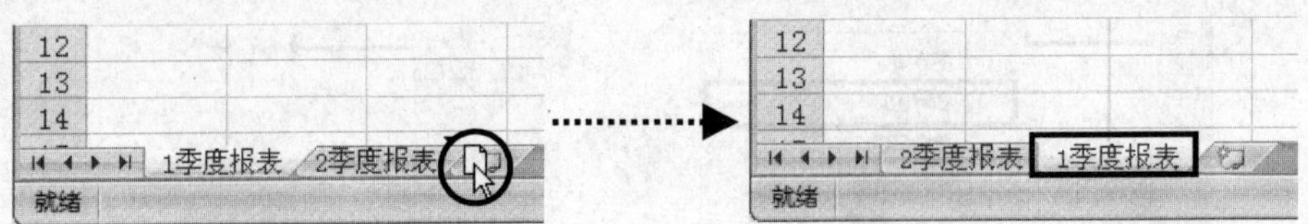

图 10-10　移动工作表

➢ **复制工作表：**要在同一工作簿中复制工作表，只需在按下【Ctrl】键的同时，按住鼠标左键拖动工作表标签即可，如图 10-11 所示。

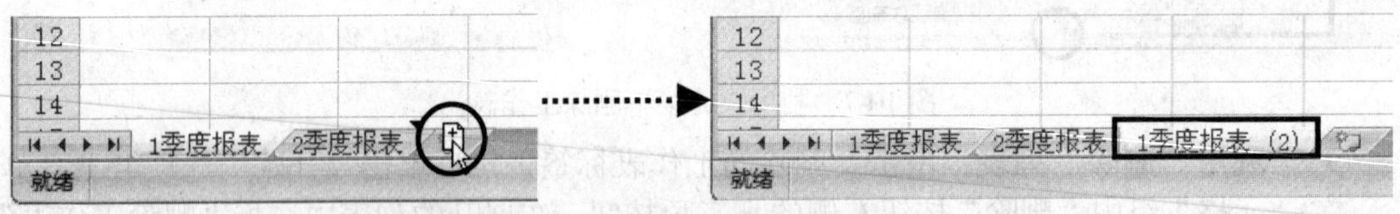

图 10-11　复制工作表

如果工作簿中包含的工作表较多，我们也可利用“开始”选项卡“单元格”组中“格式”列表中的“移动或复制工作表”命令在同一工作簿中移动或复制工作表，其使用方法可参照下一小节的讲述。

2. 不同工作簿间的移动和复制

利用“开始”选项卡上“单元格”组中“格式”列表中的“移动或复制工作表”命令，可以在不同工作簿之间移动或复制工作表。下面我们以移动工作表为例进行介绍，具体步骤如下：

步骤 1　打开本书配套素材“素材与实例”>“第 10 章”>“目标”和“源”文件，然后选定源工作簿中要移动或复制的工作表标签“5 月”，单击“开始”选项卡“单元格”组中“格式”按钮右侧的小三角按钮，在展开的列表中选择“移动或复制工作表”选项，如图 10-12 左图所示。

步骤 2　在打开的“移动或复制工作表”对话框中“将选定工作表移至工作簿”下拉列表中选择目标工作簿，在“下列选定工作表之前”列表中选择要将工作表复制或移动到的位置，如图 10-12 右图所示。

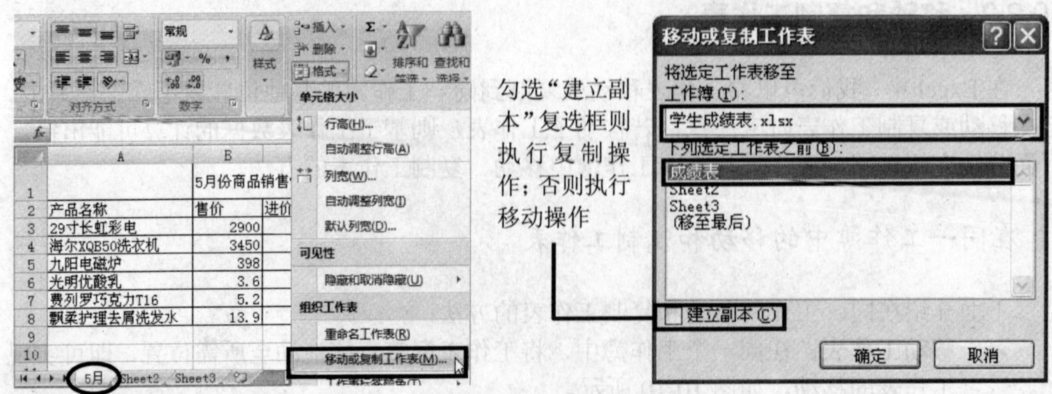

图 10-12　设置移动选项

步骤 3　单击“确定”按钮后，所选工作表被移动到目标工作簿“成绩表”工作表的前面，如图 10-13 所示。

7	费列罗巧克力T16	5.2
8	飘柔护理去屑洗发水	13.9
9		
10		

5月　成绩表　Sheet2　Sheet3

图 10-13　将工作表移动至目标工作簿的指定位置

10.2.3　重命名工作表

默认情况下，工作表名称是以“Shee1”、“Sheet2”、“Sheet3”……的方式显示的，为方便管理、记忆和查找，我们可以为工作表另起一个能反映其特点的名字。下面便来介绍重命名工作表的方法。

1. 通过双击重命名

用鼠标双击要命名的工作表标签，此时该工作表标签呈高亮显示，处于可编辑状态，输入工作表名称，然后单击除该标签以外工作表的任意处或按【Enter】键即可重命名工作表，如图 10-14 所示。

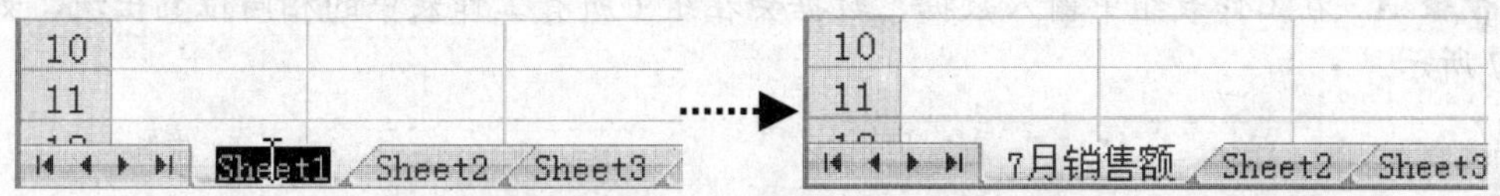

图 10-14　通过双击重命名工作表

2. 利用快捷菜单

右击要重命名的工作表标签，在弹出的快捷菜单中选择“重命名”菜单，然后输入工作表的新名称，并按【Enter】键即可重命名工作表，如图 10-15 所示。

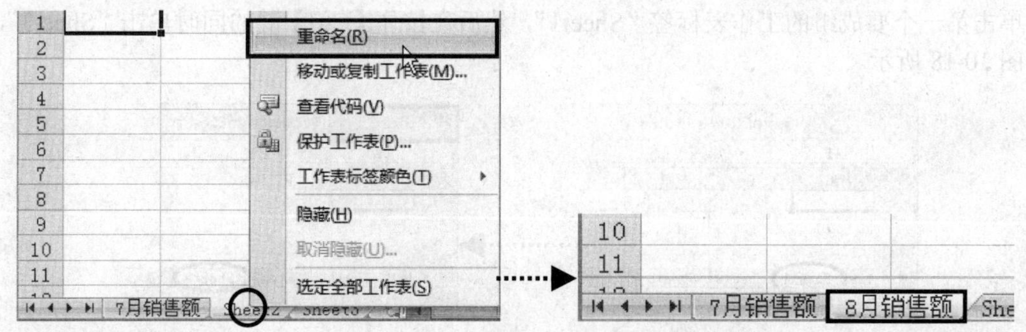

图 10-15　利用快捷菜单重命名工作表

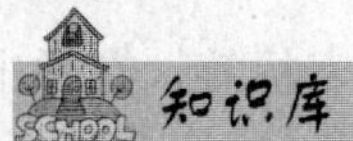

单击要重命名的工作表标签，然后单击“开始”选项卡上“单元格”组中的“格式”按钮，在展开的列表中选择“重命名工作表”项，也可重命名工作表。

10.2.4　设置工作表组

利用 Excel 提供的工作表组功能，可以实现同时对多个工作表中相同位置的单元各进行编辑，这样可以大大提高我们的工作效率。

若要成组相邻工作表，可在按住【Shift】键的同时单击要成组的工作表标签，具体步骤如下：

步骤 1　单击第一个要成组的工作表标签“Sheet1”，成组工作表的标签高亮显示，如图 10-16 左图所示。

步骤 2　在按住【Shift】键的同时单击“Sheet3”，此时工作簿窗口的标题栏中显示“工作组”字样，如图 10-16 右图所示。

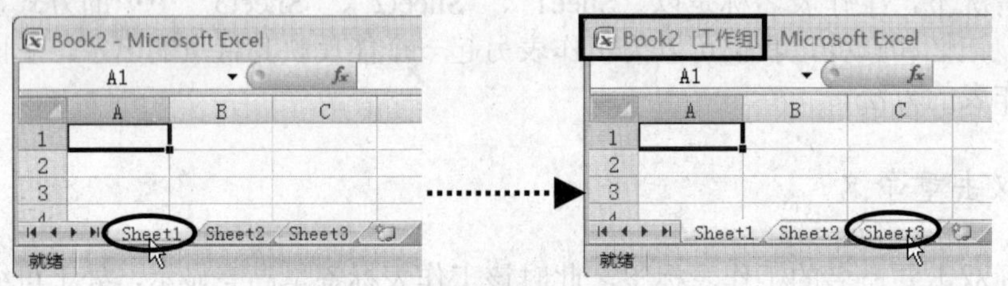

图 10-16　将相邻的工作表成组

步骤 3　在工作表组中输入数据，数据会在组中所有工作表中的相同位置出现，如图 10-17 所示。

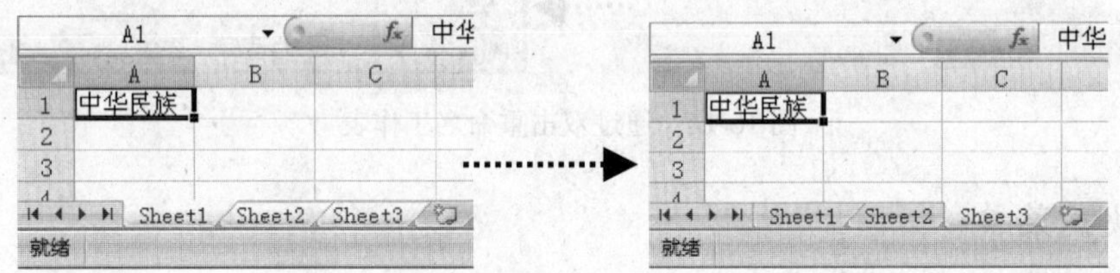

图 10-17　工作表组中的数据

若要成组不相邻的工作表，可在按住【Ctrl】键的同时单击要成组的工作表标签，例如单击第一个要成组的工作表标签“Sheet1”，然后在按住【Ctrl】键的同时单击“Sheet3”，如图 10-18 所示。

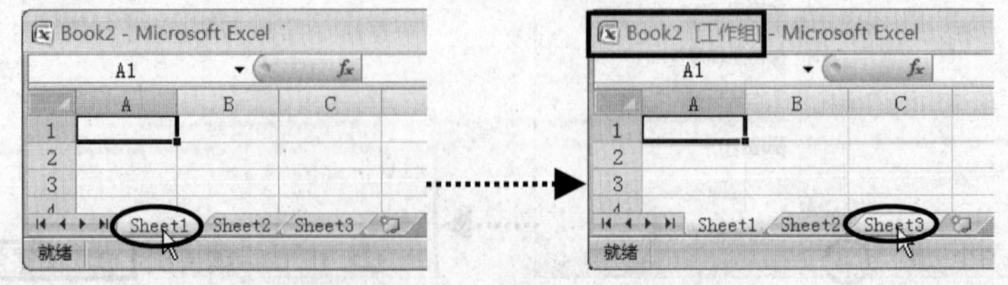

图 10-18　将不相邻的工作表成组

此外，要将工作簿中的所有工作表成组，可右击要成组的任意工作表标签，在弹出的快捷菜单中选择“选定全部工作表”菜单，如图 10-19 所示。

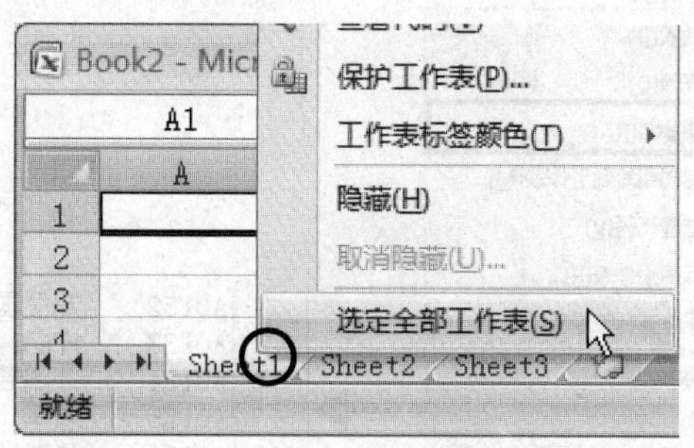

图 10-19　将全部工作表成组

单击任意一个工作表标签可取消工作组，此时标题栏上的“工作组”字样消失。

10.3　上机实践——操作成绩表

下面，通过一个对成绩表进行操作的实例，来熟悉工作表的操作，具体步骤如下：

步骤 1　打开本书配套素材“素材与实例”>“第 10 章”>“成绩表”文件，双击“Sheet1”工作表标签，进入其编辑状态，然后输入“数学”，并按【Enter】键，对其进行重命名，如图 10-20 所示。

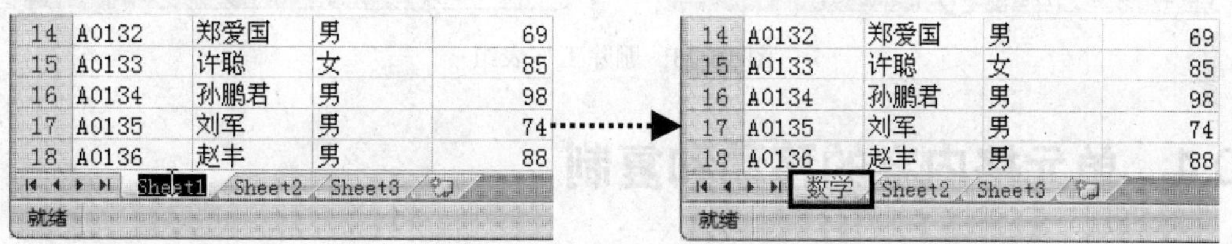

图 10-20　双击重命名工作表

步骤 2　在按住【Ctrl】键的同时，将“数学”工作表标签拖到“Sheet2”工作表标签左侧，复制该工作表，如图 10-21 所示。

图 10-21　复制工作表

步骤 3　在“数学（2）”工作表标签上右击鼠标，在弹出的快捷菜单中选择“重命名”菜单，然后输入“英语”，并按【Enter】键，对其进行重命名，如图 10-22 所示，然后修改其中的数据。

步骤 4　单击“Sheet2”工作表标签后按住【Shift】键单击“Sheet3”工作表标签，将其设置为工作表组，然后在工作表组上右击鼠标，在弹出的快捷菜单中选择“删除”菜单，将其删除，如图 10-23 所示。最后将工作簿另存为“数学英语成绩表”文件。

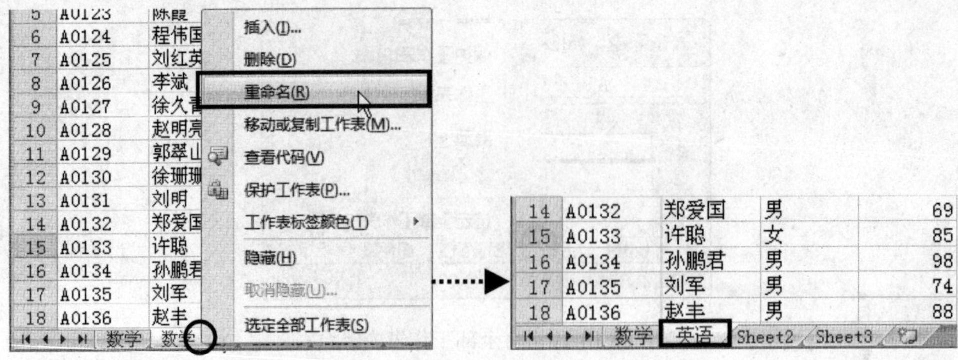

图 10-22　通过快捷菜单重命名工作表

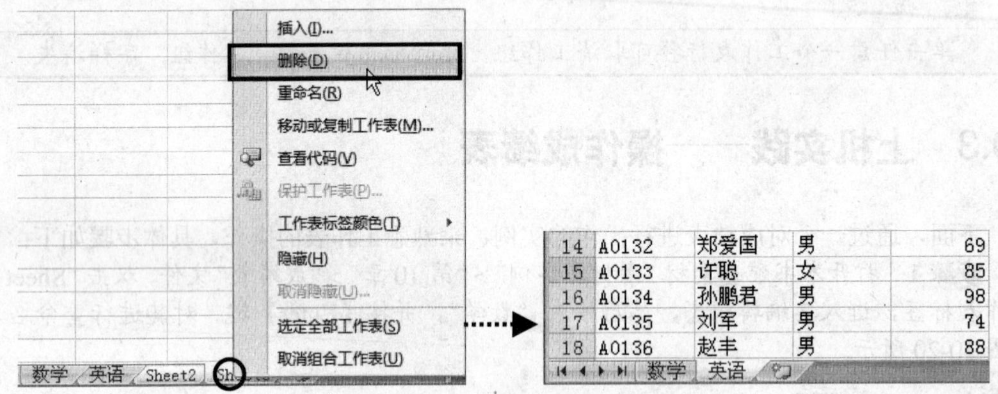

图 10-23　删除工作表组

10.4　单元格内容的移动和复制

通过对单元格中内容的移动和复制，可以减少重复输入的操作，以节省输入时间。此外，在复制的过程中，还可以有选择地复制对象的特定内容。

10.4.1　通过拖动方法移动和复制单元格内容

我们可以利用移动或复制单元格内容的方法对单元格内容进行调整。要移动和复制单元格内容可进行如下操作：

步骤 1　选中要移动的单元格或单元格区域，然后将光标移至单元格区域边缘，并按下鼠标左键，此时光标呈 ↖ 形状，如图 10-24 左图所示。

步骤 2　将光标移动到目标位置并释放鼠标，即可移动单元格或单元格区域中的内容，如图 10-24 右图所示。

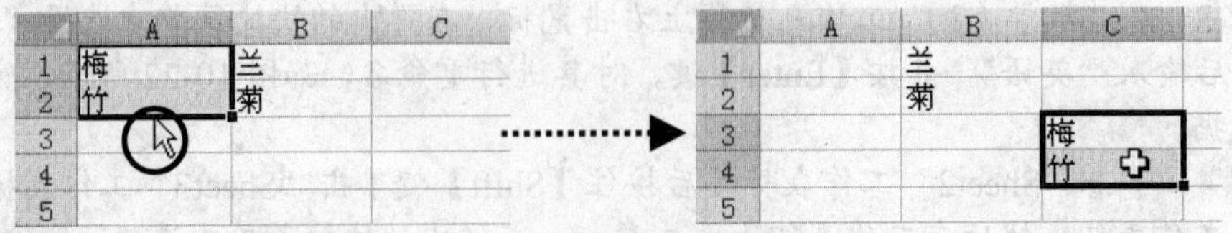

图 10-24　移动单元格内容

步骤 3　如果在拖动鼠标的同时按下【Ctrl】键，光标会变为形状，将光标移动到目标位置并释放鼠标后，即可复制单元格或单元格区域中的内容，如图 10-25 所示。

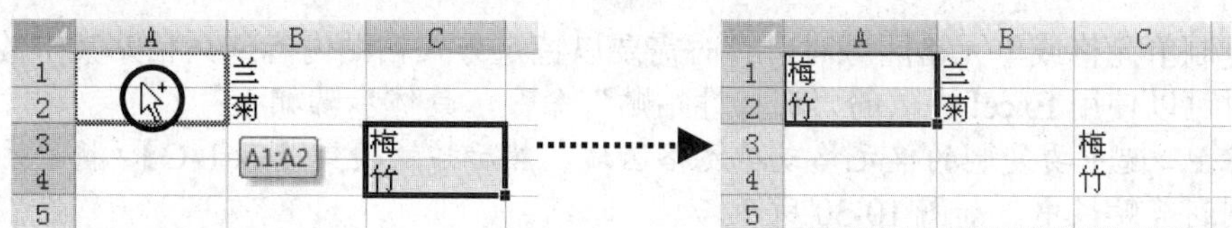

图 10-25　复制单元格内容

提 示

用户也可以通过单击“剪贴板”组中的“剪切”、“复制”和“粘贴”按钮来移动和复制单元格中的内容。如果移动或复制的单元格中包含公式，那么这些公式会自动调整，以适应新位置。

10.4.2　使用插入方式复制单元格内容

如果目标单元格区域中已存在数据，需要在复制内容的同时调整目标区域已存在数据的位置，可以使用插入方式来复制数据，具体步骤如下：

步骤 1　选中要复制的单元格或单元格区域，然后按快捷键【Ctrl+C】，将单元格中的数据复制到剪贴板中，如图 10-26 所示。

步骤 2　选中待复制的目标区域左上角的单元格，然后单击“开始”选项卡上“单元格”组中“插入”按钮右侧的小三角按钮，在弹出的下拉列表中选择“插入复制的单元格”选项，如图 10-27 所示。

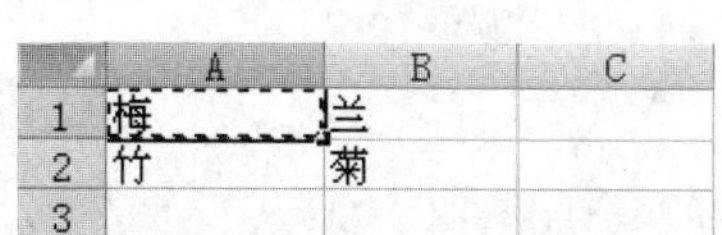

图 10-26　将单元格内容复制到剪贴板

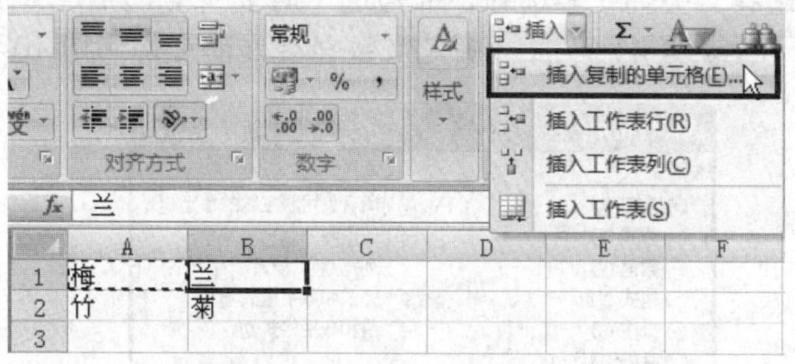

图 10-27　选择“插入复制的单元格”选项

步骤 3　在打开的“插入粘贴”对话框中可根据需要选择原单元格中内容的移动方向，比如选择“活动单元格下移”单选钮，如图 10-28 所示。

步骤 4　单击“确定”按钮后，即可将原有单元格中的内容向下移动，并将“剪贴板”中的数据粘贴到目标单元格，如图 10-29 所示。

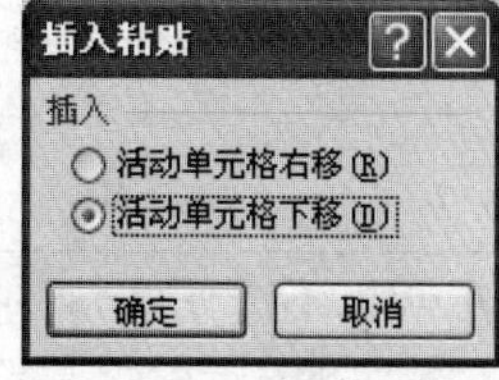

图 10-28　选择原单元格中内容的移动方向

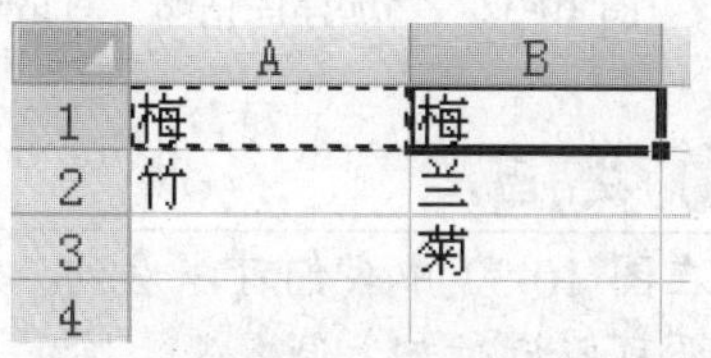

图 10-29　插入粘贴后的效果

10.4.3 利用选择性粘贴方法以特定方式粘贴内容

在复制单元格或单元格区域时，有时需要以特定方式粘贴内容或只粘贴其中的部分内容，此时可以使用 Excel 提供的“选择性粘贴”命令，具体步骤如下：

步骤 1 选中要复制的单元格或单元格区域，然后按快捷键【Ctrl+C】，将单元格中的数据复制到剪贴板中，如图 10-30 所示。

步骤 2 选中待复制的目标区域左上角的单元格，然后单击“剪贴板”组中“粘贴”按钮下方的小三角按钮，在打开的下拉列表中选择“选择性粘贴”选项，如图 10-31 所示。

	A	B
1	梅	兰
2	竹	菊
3		
4		
5		
6		

图 10-30 将单元格内容复制到剪贴板

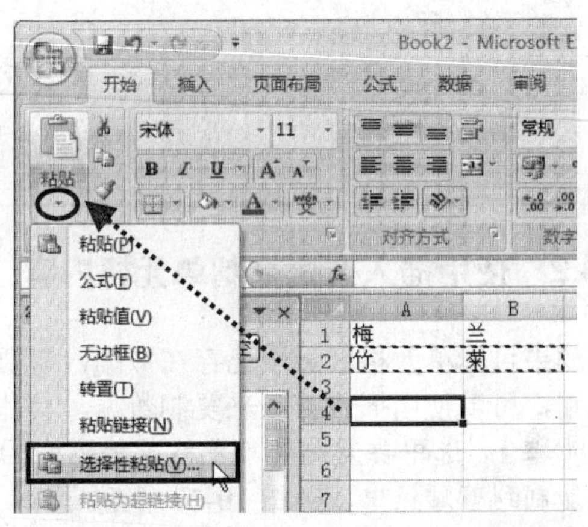

图 10-31 选择“选择性粘贴”选项

步骤 3 在打开的“选择性粘贴”对话框中可根据需要选择要粘贴的内容，这里我们选择“全部”单选钮，并勾选“转置”复选框，如图 10-32 所示。

步骤 4 单击“确定”按钮后，即可得到图 10-33 所示的效果。

选择性粘贴

粘贴
- 全部(A)
- 公式(F)
- 数值(V)
- 格式(T)
- 批注(C)
- 有效性验证(N)
- 所有使用源主题的单元(H)
- 边框除外(X)
- 列宽(W)
- 公式和数字格式(R)
- 值和数字格式(U)

运算
- 无(O)
- 加(D)
- 减(S)
- 乘(M)
- 除(I)

跳过空单元(B)　转置(E)

粘贴链接(L)　确定　取消

图 10-32 “选择性粘贴”对话框

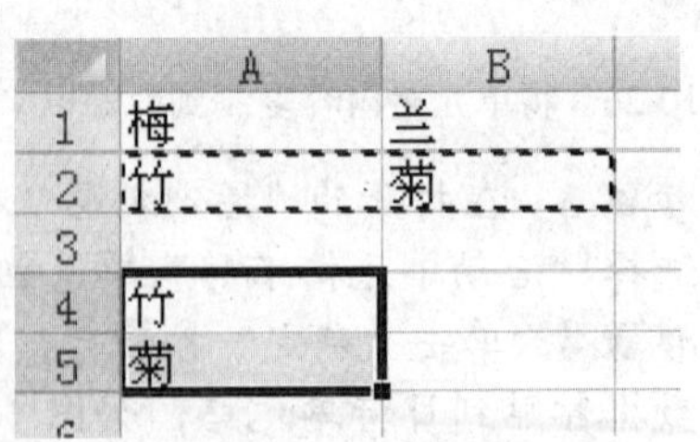

图 10-33 最终效果

提 示

在图 10-32 中我们可以看到，利用“选择性粘贴”对话框不但可以粘贴指定的内容，还可以进行加、减、乘、除的数学运算。

10.5　编辑行、列和单元格

在实际工作中，有时需要对已经建好的工作表中的单元格和单元格区域进行编辑。如添加或删除若干行、列等，下面便来介绍操作方法。

10.5.1　插入行、列、单元格或单元格区域

要在已建好的工作表中的指定位置添加新的内容，就需要插入行、列、单元格或单元格区域，下面分别进行介绍。

1. 插入行和列

要在工作表的指定位置插入一行，可执行如下操作：

步骤 1　选中要插入行的任一单元格或单击行号选中一整行，如图 10-34 所示。

步骤 2　单击“开始”选项卡上“单元格”组中的“插入”按钮右侧的小三角按钮，在展开的列表中选择“插入工作表行”选项，Excel 即可在当前位置上方插入一个空行，原有的行自动下移，如图 10-35 所示

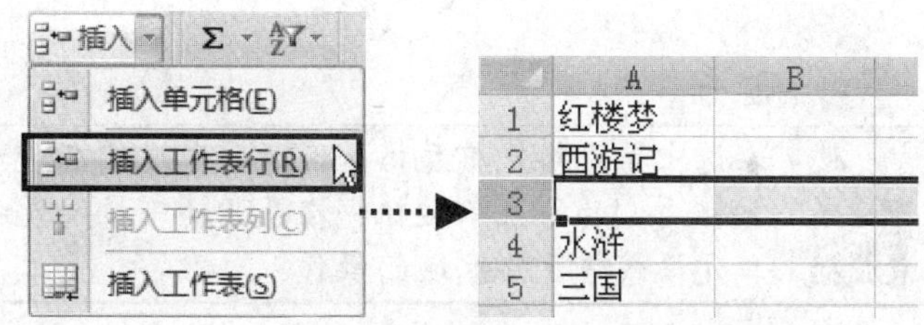

图 10-34　选择要插入行的位置　　图 10-35　插入行

步骤 3　选中要插入列位置的任一单元格或单击列标选中一整列，如图 10-36 所示。

步骤 4　单击“开始”选项卡上“单元格”组中的“插入”按钮右侧的小三角按钮，在展开的列表中选择“插入工作表列”选项，Excel 即可在当前位置的左侧插入一个空列，原有的列自动右移，如图 10-37 所示。

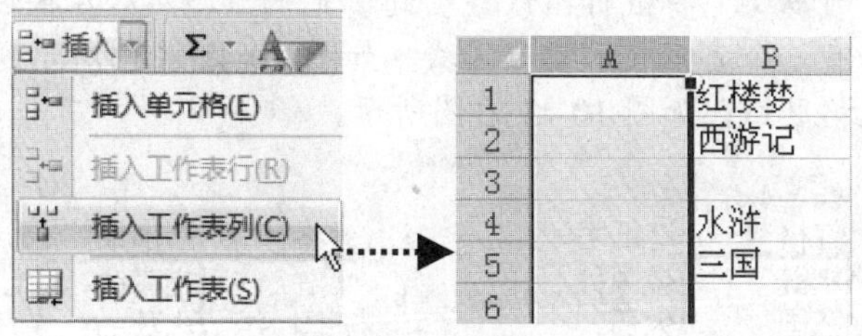

图 10-36　选择要插入列的位置　　图 10-37　插入列

> 如果选中多个行或列，然后单击“插入”按钮，在展开的下拉列表中选择“插入工作表行”或“插入工作表列”选项，可一次插入多个行或列。此外，插入行和列的操作也可通过快捷菜单完成。

2. 插入单元格或单元格区域

如果要在工作表的指定位置插入单元格或单元格区域，可执行以下操作：

步骤 1 在要插入单元格的位置选中单元格或单元格区域，例如选中单元格区域 A2:A4，然后在选中的单元格或单元格区域上右击，在弹出的快捷菜单中选择“插入”菜单，如图 10-38 所示。

步骤 2 在打开的“插入”对话框中选择原单元格区域中内容的移动方向，例如选择“活动单元格右移”单选钮，如图 10-39 所示。单击“确定”按钮后，即可得到图 10-40 所示的效果。

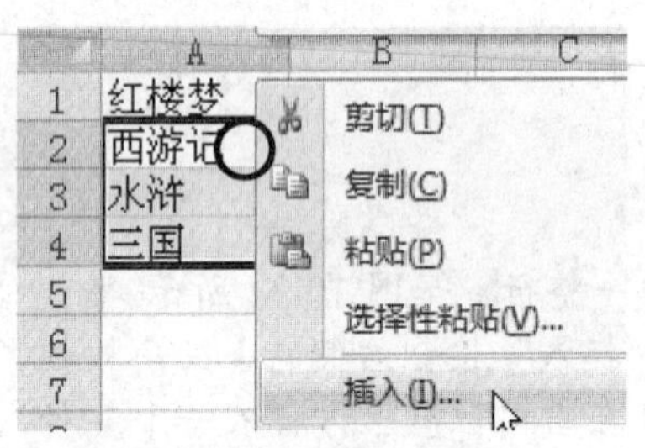

图 10-38 选择“插入”菜单

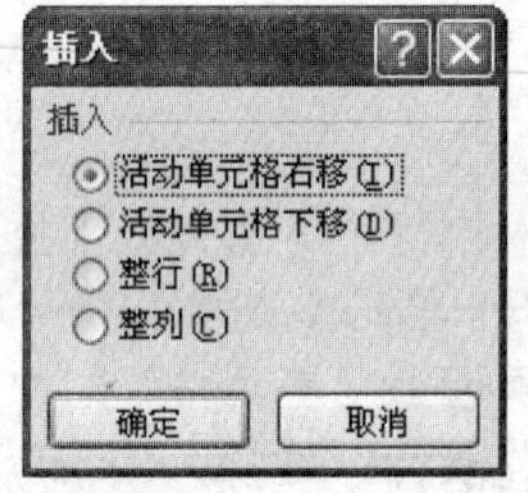

图 10-39 设置插入单元格方式

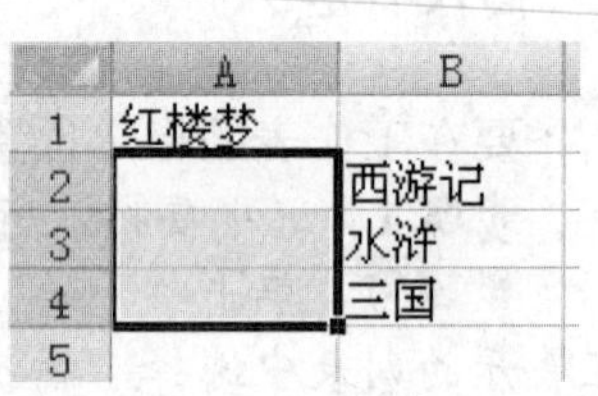

图 10-40 最终效果

也可在选中单元格或单元格区域后，通过单击“开始”选项卡上“单元格”组中“插入”按钮右侧的小三角按钮，在展开的下拉列表中选择“插入单元格”选项，来完成插入单元格或单元格区域的操作。

3. 使用鼠标插入行、列、单元格或单元格区域

除了上述方法外，我们还可以通过鼠标拖动来插入行、列、单元格或单元格区域，在此，我们以单元各区域的插入方法为例介绍操作方法。具体步骤如下：

步骤 1 选中单元格或单元格区域，例如选择 A2: A3 单元格区域，如图 10-41 所示。

步骤 2 将鼠标指针移动到填充柄上，然后在按住【Shift】键的同时进行拖动，拖动时会有一个虚框表示插入区域，如图 10-42 左图所示。到目标位置后释放鼠标，即可插入单元格区域，如图 10-42 右图所示。

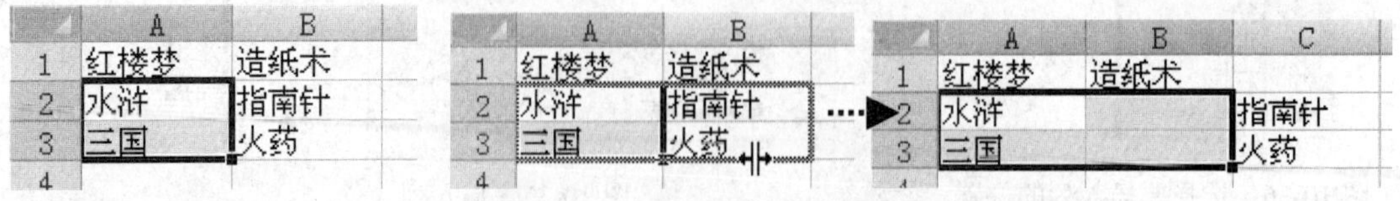

图 10-41 选择单元格区域

图 10-42 插入单元格区域

10.5.2 删除或清除行、列、单元格及单元格区域

当工作表中的某些数据及其单元格位置不再需要时，可以将其删除。删除后空出的位置由周围的单元格补充。

1. 删除单元格和单元格区域

如果要在工作表中删除某个单元格或单元格区域，可执行如下操作：

步骤 1　选中要删除的单元格或单元格区域，比如 A2：B2，如图 10-43 所示。

步骤 2　单击"开始"选项卡上"单元格"组中"删除"按钮右侧的小三角按钮，再在展开的列表中选择"删除单元格"选项，如图 10-44 所示。

	A	B
1	红楼梦	造纸术
2	西游记	印刷术
3	水浒	指南针
4	三国	火药

图 10-43　选择要删除的单元格区域

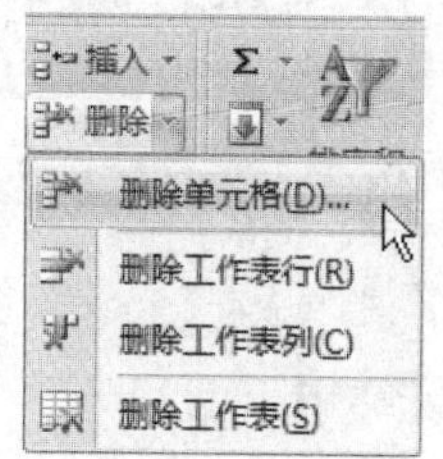

图 10-44　选择"删除单元格"选项

步骤 3　在打开的"删除"对话框中可选择由哪个方向的单元格补充空出来的位置，例如我们选择"下方单元格上移"单选钮，如图 10-45 所示。

步骤 4　单击"删除"对话框中的"确定"按钮，即可得到图 10-46 所示的效果。

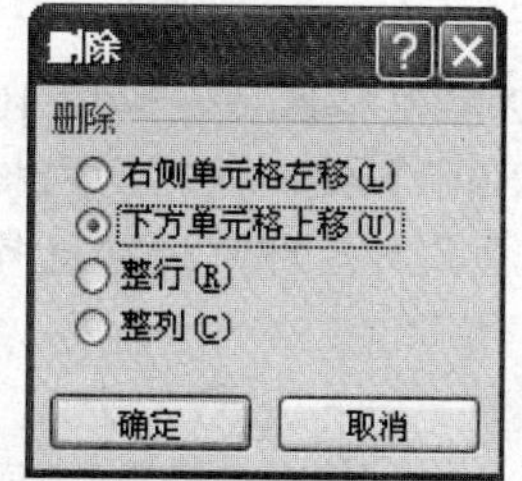

图 10-45　设置"删除"对话框

	A	B
1	红楼梦	造纸术
2	水浒	指南针
3	三国	火药
4		

图 10-46　删除单元格区域

2. 删除行和列

如果要在工作表中删除某行或某列，可执行以下操作：

步骤 1　单击要删除的行号，例如单击行号 3，然后单击"开始"选项卡上"单元格"组中"删除"按钮右侧的小三角按钮，再在展开的列表中选择"删除工作表行"选项，如图 10-47 左图所示。

步骤 2　被选中的行被删除，其下方各行会自动上移，如图 10-47 右图所示。

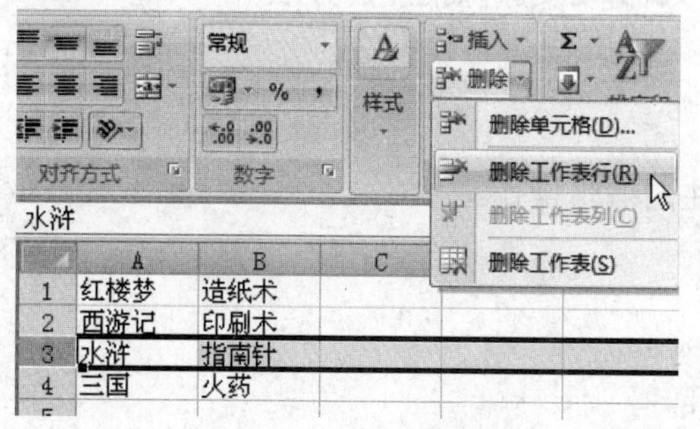

	A	B
1	红楼梦	造纸术
2	西游记	印刷术
3	三国	火药
4		

图 10-47　删除工作表中的行

步骤 3 单击要删除的列标，例如单击列标 A，然后单击“开始”选项卡上“单元格”组中“删除”按钮右侧的小三角按钮，再在展开的列表中选择“删除工作表列”选项，如图 10-48 左图所示。

步骤 4 被选中的列被删除，其右侧各列会自动左移，如图 10-48 右图所示。

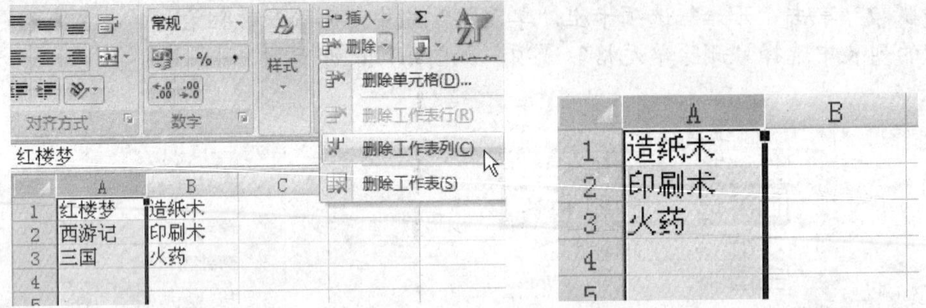

图 10-48 删除工作表中的列

3. 使用鼠标拖动删除行、列、单元格或单元格区域

除了上述方法外，也可以通过拖动鼠标删除行、列、单元格或单元格区域，在此，以删除单元格区域为例进行介绍。具体步骤如下：

步骤 1 选中要删除的单元格区域，例如选择 A1：B2 单元格区域，如图 10-49 所示。

步骤 2 将鼠标指针移动到填充柄上，然后在按住【Shift】键的同时向内拖动，此时选择的区域会变为灰色的阴影，如图 10-50 左图所示。释放鼠标后即可删除选择的区域，如图 10-50 右图所示。

	A	B
1	红楼梦	造纸术
2	西游记	印刷术
3	水浒	指南针
4	三国	火药

图 10-49 选择要删除的区域

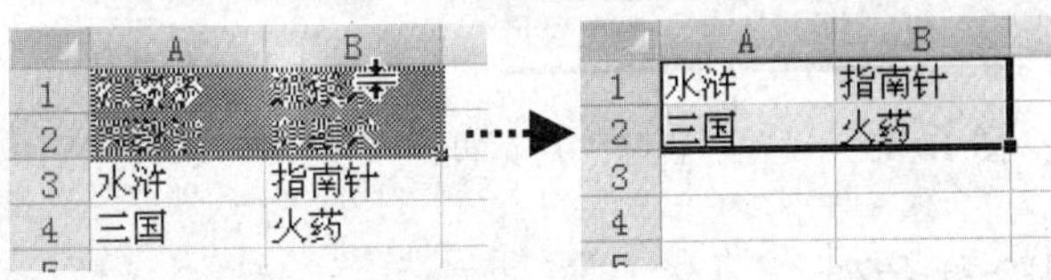

图 10-50 删除单元格区域

10.6 在 Excel 中使用批注

利用 Excel 提供的批注功能，可以为复杂的公式或特定的单元格添加批注，使别人更容易了解工作表中的内容。下面介绍添加、编辑以及删除批注的方法。

10.6.1 插入与编辑批注

首先介绍在单元格中插入批注以及批注的编辑操作。

1. 为单元格添加批注

要为单元格添加批注，可执行如下操作：

步骤 1 选中要添加批注的单元格，例如 A1，然后单击“审阅”选项卡上“批注”组

中的“新建批注”按钮，如图10-51左图所示。也可以在选中的单元格上右击鼠标，在弹出的快捷菜单中选择“插入批注”菜单。

步骤2　在弹出的批注框中输入批注内容，如图10-51右图所示。输入完毕后，单击批注框外任意单元格，即可完成批注的添加。

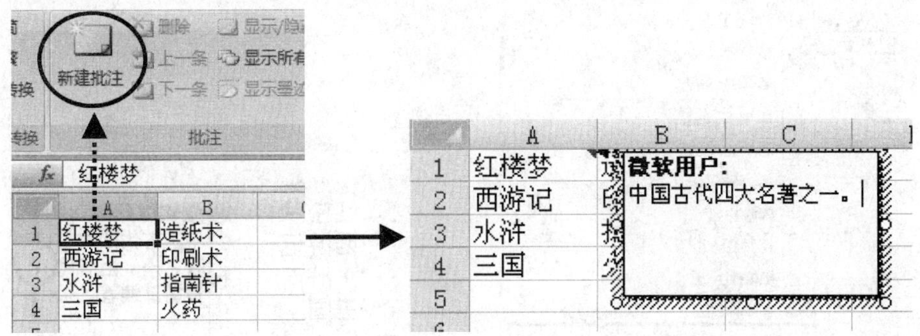

图10-51　为单元格添加批注

添加批注后，将光标移动到包含批注的单元格上，就会显示批注；单击“审阅”选项卡“批注”组中的按钮，可按照顺序查看批注或显示所有批注。

2. 编辑批注

添加批注后，如果想修改其中的内容，可执行如下操作：

步骤1　单击选中包含批注的单元格，然后单击“审阅”选项卡“批注”组中的“编辑批注”按钮，如图10-52左图所示。或在包含批注的单元格上右击鼠标，在弹出的快捷菜单中选择“编辑批注”菜单。

步骤2　此时批注框进入编辑状态，在批注框中编辑批注内容，如图10-52右图所示。然后单击批注框外任意单元格，即可完成批注的编辑。

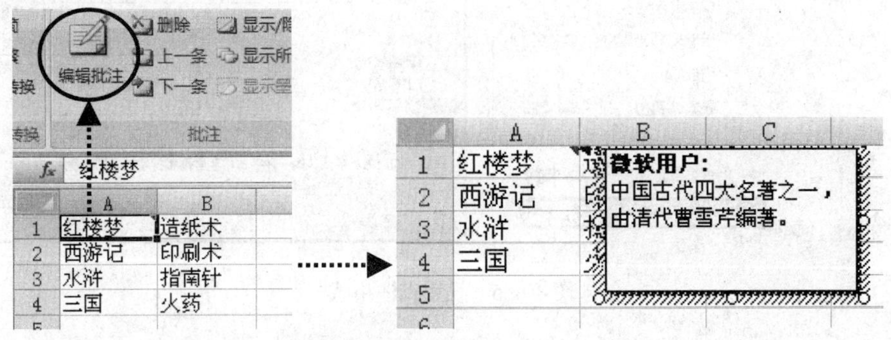

图10-52　编辑批注

10.6.2　设置批注格式

添加批注后，为使其更加美观，可设置其批注格式，具体操作如下：

步骤1　右击包含批注的单元格，在弹出的快捷菜单中选择“显示/隐藏批注”菜单，

如图 10-53 所示。

步骤 2 单击出现的批注框进入其编辑状态，拖动批注框四周的节点可调整批注框的宽度和高度，如图 10-54 所示。

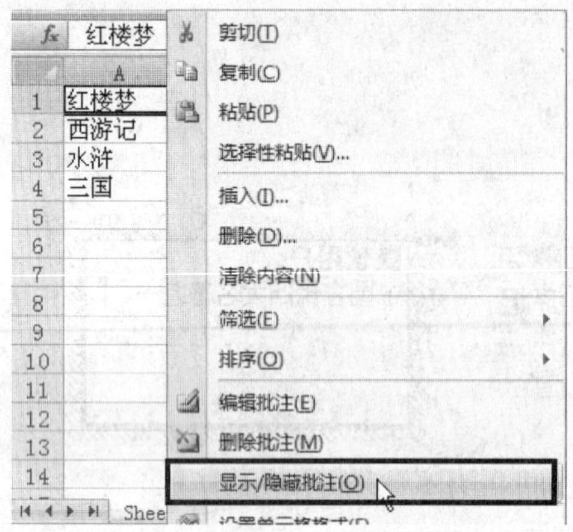

图 10-53 选择“显示/隐藏批注”菜单

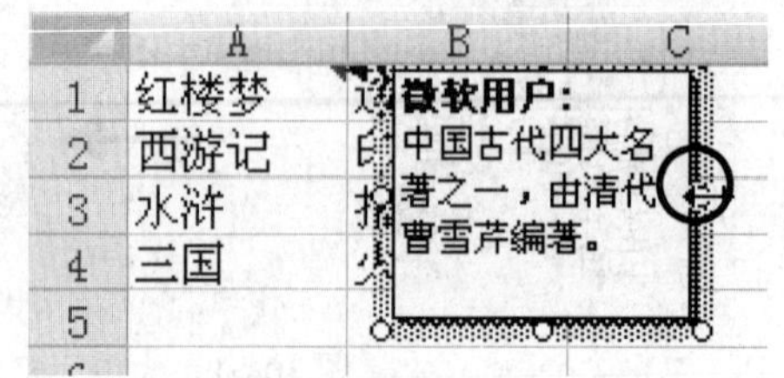

图 10-54 调整批注框的宽度

步骤 3 在批注框的边缘右击鼠标，在弹出的快捷菜单中选择“设置批注格式”菜单，如图 10-55 左图所示。

步骤 4 在打开的“设置批注格式”对话框中，可根据需要设置相应的选项，如图 10-55 右图所示。设置完成后单击“确定”按钮，然后右击包含批注的单元格，在弹出的快捷菜单中选择“隐藏批注”菜单，再次将批注隐藏。

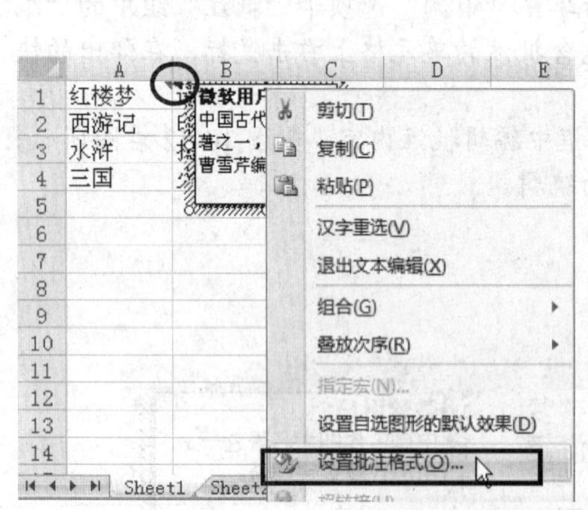

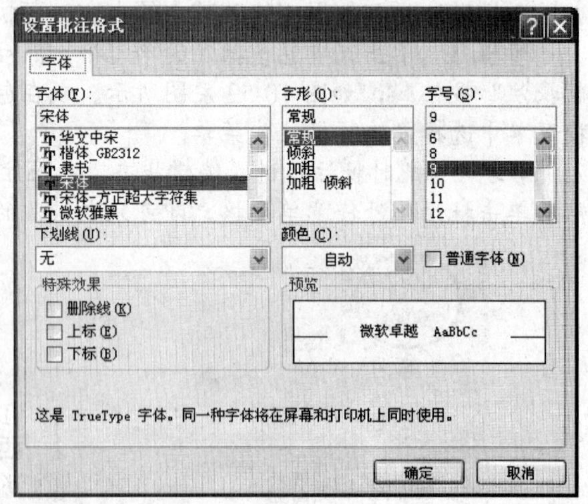

图 10-55 设置批注格式

10.6.3 删除批注

如果某个批注不再需要了，我们可以将其删除。单击选中包含批注的单元格，然后选择“审阅”选项卡上“批注”组中的“删除”按钮，即可删除该单元格中的批注，如图 10-56 所示。

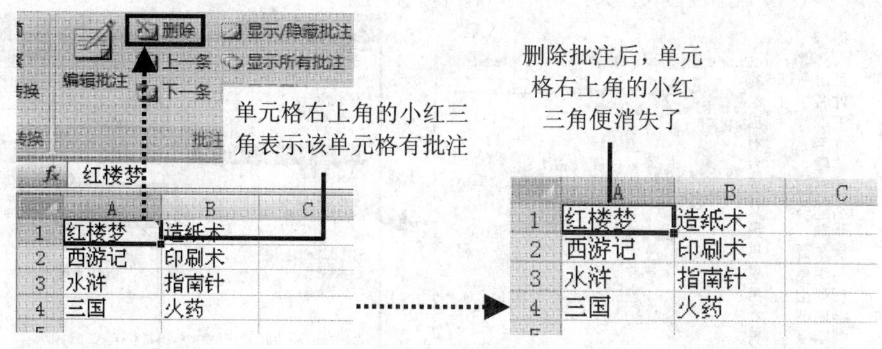

图 10-56　删除批注

10.7　上机实践——在成绩表中添加批注

下面通过在成绩表中添加批注，并设置批注格式，来熟悉添加和编辑批注的操作。具体步骤如下：

步骤 1　打开上一个实例中保存的“数学英语成绩表”文件，然后单击“英语”工作表标签，再选择 B3 单元格，并单击“审阅”选项卡上“批注”组中的“新建批注”按钮，如图 10-57 所示。

步骤 2　在出现的批注框中输入“再接再厉!”字样，如图 10-58 所示。

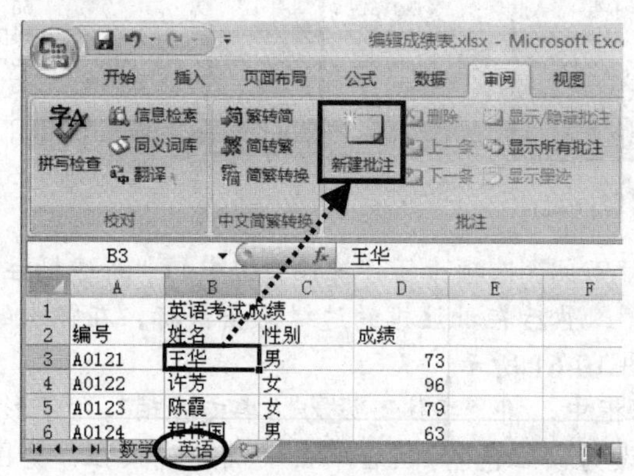

图 10-57　单击“新建批注”按钮

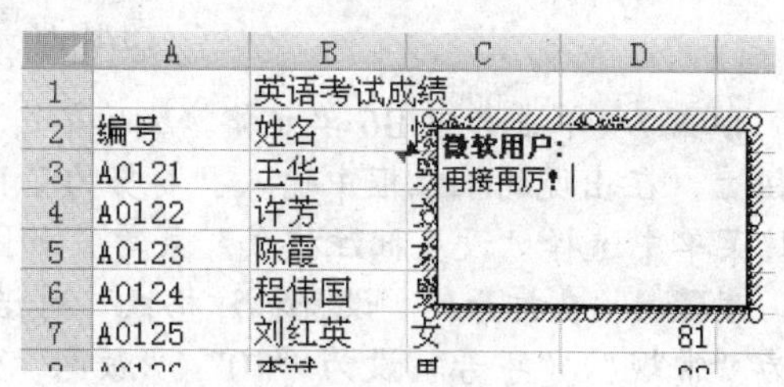

图 10-58　输入批注

步骤 3　在批注框的边缘右击鼠标，在弹出的快捷菜单中选择“设置批注格式”菜单，如图 10-59 左图所示。

步骤 4　在打开的“设置批注格式”对话框中，将“字体”设为“华文琥珀”，“字形”设为“常规”，“字号”设为“10”，“颜色”设为“绿色”，然后单击“确定”按钮，如图 10-59 右图所示。

步骤 5　单击选中 B3 单元格，然后按快捷键【Ctrl+C】将其复制到剪贴板，然后在按住【Ctrl】键的同时，选中所有成绩在 70 分以上的学生姓名，再单击“开始”选项卡上“剪贴板”组中“粘贴”按钮下方的小三角按钮，在展开的列表中选择“选择性粘贴”选项。如图 10-60 左图所示。

步骤 6　在打开的“选择性粘贴”对话框中选择“批注”单选钮，如图 10-60 中图所示，单击“确定”按钮后，即可在选定的单元格中粘贴批注，如图 10-60 右图所示。

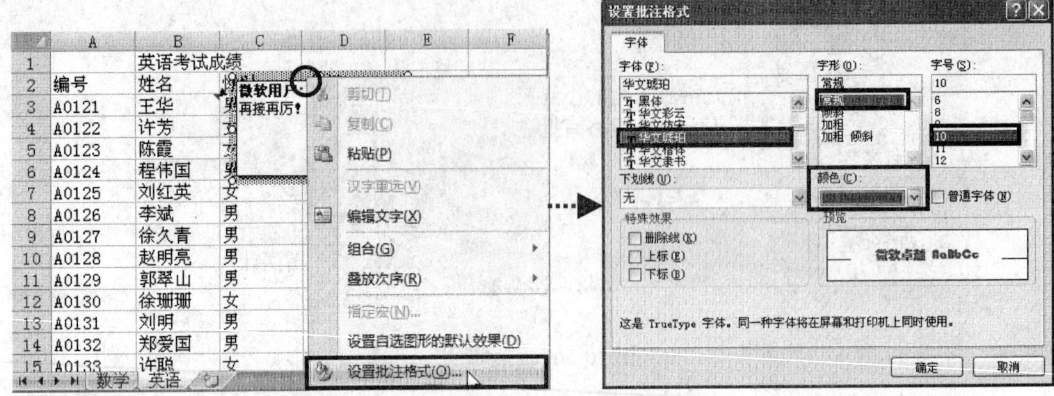

图 10-59　设置批注格式

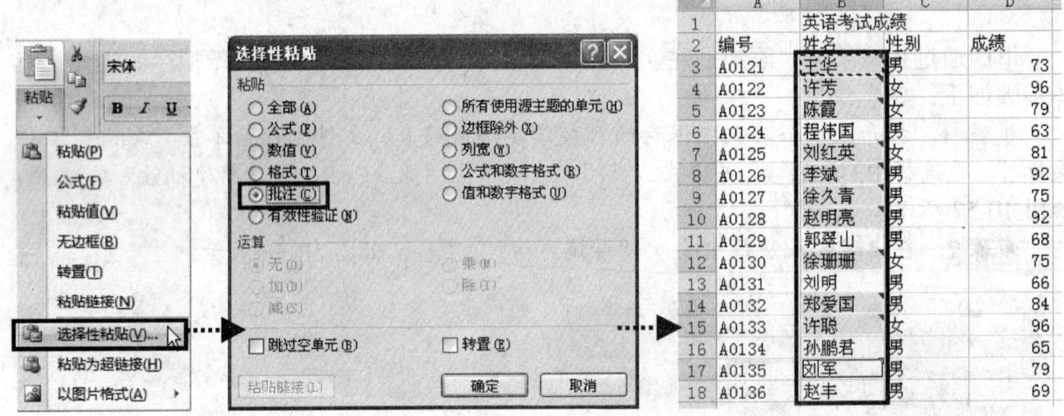

图 10-60　复制批注

步骤 7　单击选中 B6 单元格，然后单击“审阅”选项卡上“批注”组中的“新建批注”按钮，在出现的批注框中输入“要努力了！”，然后在批注框的边缘右击鼠标，在弹出的快捷菜单中选择“设置批注格式”菜单，如图 10-61 所示。

步骤 8　在打开的“设置批注格式”对话框中，将“字体”设为“华文琥珀”，“字形”设为“常规”，“字号”设为“10”，“颜色”设为“红色”，然后单击“确定”按钮，如图 10-61 右图所示。

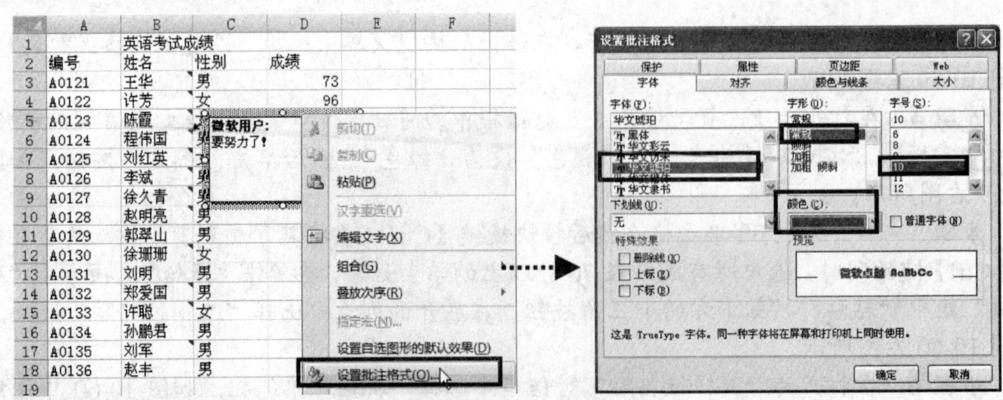

图 10-61　新建批注并设置批注格式

步骤 9　参考步骤 5 和步骤 6 的操作，利用“选择性粘贴”命令，为所有 70 分以下学生姓名的添加批注，如图 10-62 所示。最后将文件另存为“添加批注”。

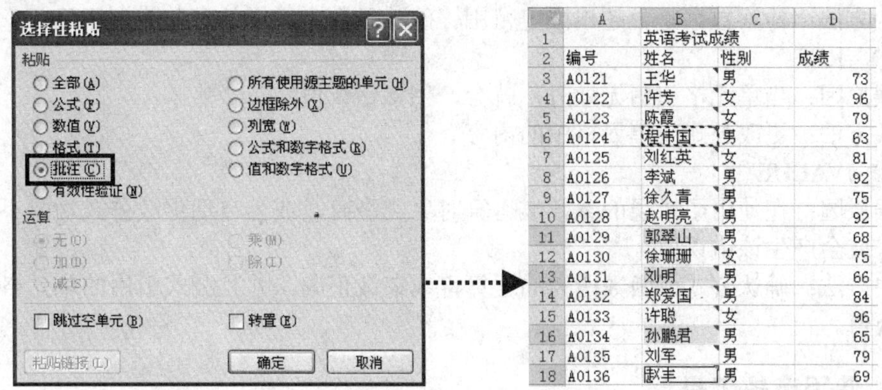

图 10-62　为 70 分以下学生姓名添加批注

10.8　审核工作表

为保证工作表中数据的正确性，在输入完成后，应对工作表中的数据进行审核。在 Excel 中内置了一些命令、宏和错误值，可帮助用户在工作表中发现错误，下面就来介绍它们的使用方法。

10.8.1　显示错误提示信息

在输入数据时，有时会因为输入错误，而在单元格中出现错误信息。根据错误信息对数据进行修改，便是审核工作的一部分。下面列出了一些常见错误信息的发生原因及解决方法。

（1）#####

错误原因：输入到单元格中的数据太长或公式产生的结果太长，单元格容纳不下。

解决方法：拖动列表的左右边缘，增加该列的宽度。

（2）#DIV/O

错误原因：当公式被 0（零）除时，就会产生该错误值。

解决方法：修改单元格引用，或在用作除数的单元格内输入不为零的数值。

（3）#N/A

错误原因：当在函数或公式中没有可用的数值时，就会产生该错误值。

解决方法：如果在公式引用的单元格中没有数值，请在这些单元格中输入“#N/A”，这样公式在引用这些单元格时就不会进行数值运算，而是返回#N/A。

（4）#NAME?

错误原因：在公式中使用了 Microsoft Excel 不能识别的文本时，就会产生该错误值。

解决方法：确认使用的名称确实存在。若所需名称没有被列出，则应添加相应的名称。若名称存在拼写错误，则应对其进行修改。

（5）#NULL!

错误原因：当试图为两个并不相交的区域指定交叉点时，就会产生该错误值。

解决方法：如果要引用两个不相交的区域，应在它们之间使用联合运算符（逗号）。

（6）#NUM！

错误原因：当公式或函数中某些数字存在问题时，就会产生该错误值。

解决方法：检察数字是否超出限定范围，确认函数中使用的参数类型正确。

（7）#REF

错误原因：当单元格引用无效时，就会产生该错误值。

解决方法：更改公式或单元格中的内容。

（8）#VALUE

错误原因：在使用了错误的参数或运算对象类型时，或当自动更改公式功能不能更正公式时，就会产生该错误值。

解决方法：确认公式或函数所需的运算符或参数正确，并且公式引用的单元格中包含有效的数值。

10.8.2 使用审核工具

Excel 2007 提供了公式审核功能，通过它可以检察工作表中各单元格之间的关系，并指出错误。

1. “公式审核”组

在“公式”选项卡上的“公式审核”组中可以看到如图 10-63 所示的按钮。

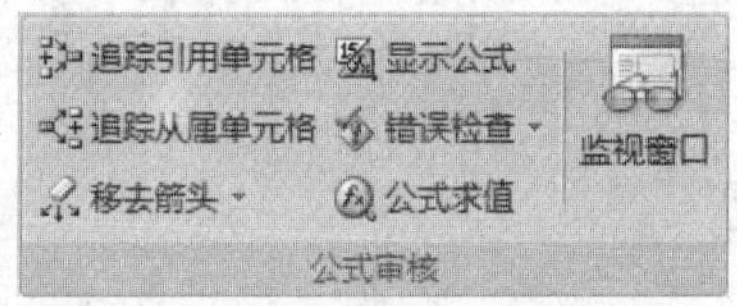

图 10-63 “公式审核”组中的按钮

表 10-1 中列出了“公式审核”组中各按钮的名称及作用。

表 10-1 “公式审核”组中各按钮的作用

图标	名称	功能
	追踪引用单元格	追踪引用单元格，并在工作表上显示追踪箭头，表明追踪的结果。
	追踪从属单元格	追踪从属单元格，并在工作表上显示追踪箭头，表明追踪的结果。
	移去箭头	删除工作表中的所有追踪箭头。
	显示公式	在包含公式的单元格中显示公式，而不是计算结果。
	错误检察	检察公式中的常见错误。
	公式求值	单击该按钮可打开“公式求值”对话框。
	监视窗口	单击该按钮可打开“监视窗口”对话框。

2. 查找与公式相关的单元格

如果要查找公式中引用的单元格，可执行如下操作：

步骤 1 选中包含公式的单元格。

步骤 2 单击“公式”选项卡上“公式审核”组中的“追踪引用单元格”按钮，此

时将显示蓝色追踪箭头穿过所有公式中引用的单元格，指向公式所在单元格，在追踪箭头上显示的蓝色圆点指示每一个引用单元格所在位置，如图 10-64 所示。

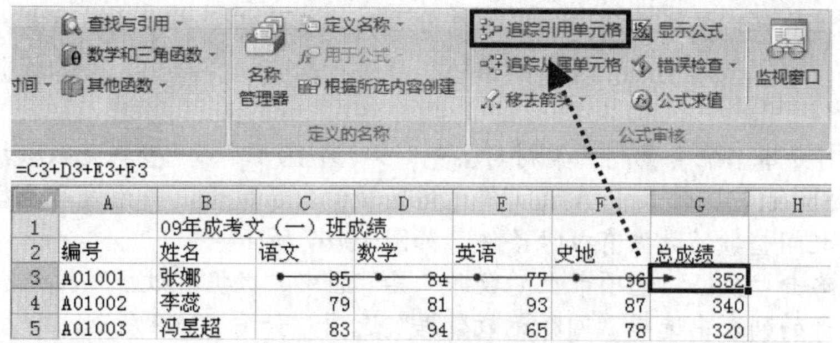

图 10-64　追踪引用单元格

如果想查找某单元格被哪些公式所引用，可执行如下操作：

步骤 1　选中要观察的单元格。

步骤 2　单击“公式”选项卡上“公式审核”组中的“追踪从属单元格”按钮，此时将显示蓝色追踪箭头从公式引用单元格指向公式所在的单元格，如图 10-65 所示。

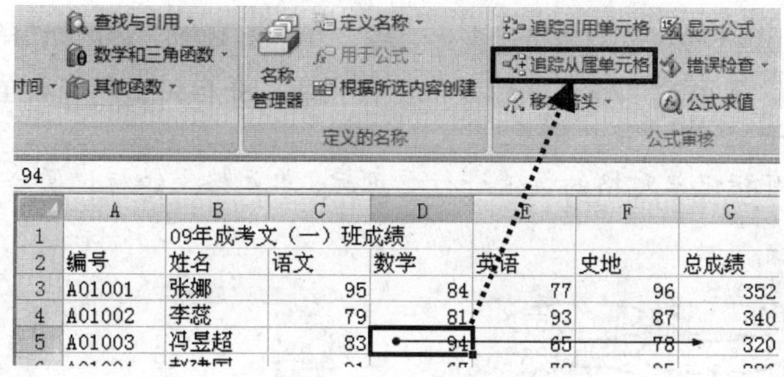

图 10-65　追踪从属单元格

3. 追踪导致公式错误的单元格

当单元格中的公式出现错误时，使用审核工具可以方便地查出错误是由哪些单元格引起的，具体操作如下：

步骤 1　选中显示错误值的单元格。

步骤 2　单击“公式”选项卡上“公式审核”组中“错误检查”按钮右侧的小三角按钮，在展开的列表中选择“追踪错误”选项，如图 10-66 左图所示。此时将显示蓝色追踪箭头指明包含错误数据的单元格，如图 10-66 右图所示。

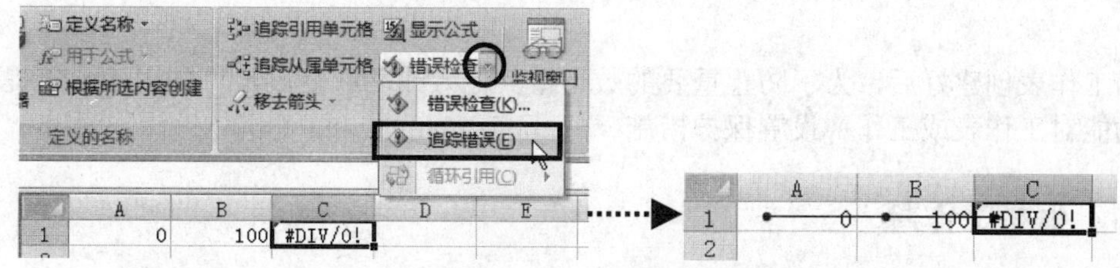

图 10-66　追踪导致公式错误的单元格

10.8.3 查找工作表中的无效数据

在对已存在的数据的单元格区域设置数据有效性条件后，为了确保已存在的数据都在其有效范围内，可以使用 Excel 提供的审核工具进行检查，并找出无效的数据。具体操作如下：

步骤 1 打开本书配套素材“素材与实例”>“第 10 章”>“查找无效数据”文件，会发现已经在“Sheet1”工作表中 A1:C4 单元格区域输入了数值，并为该单元各区域设置了介于 0 至 100 之间整数的数据有效性条件，如图 10-67 所示。

步骤 2 单击“数据”选项卡上“数据工具”组中“数据有效性”按钮右侧的小三角按钮，在展开的列表中选择“圈释无效数据”选项，如图 10-68 所示。

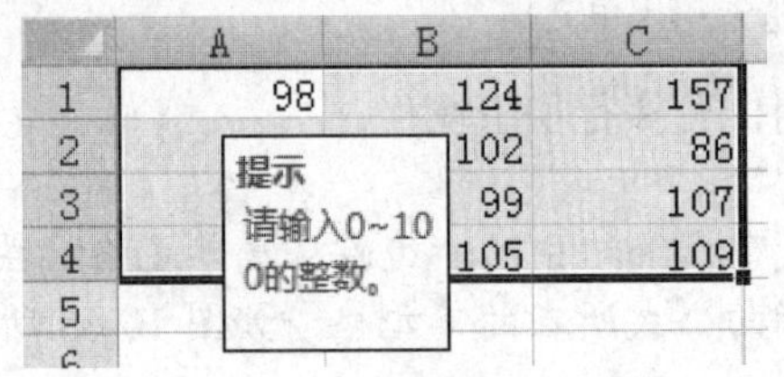

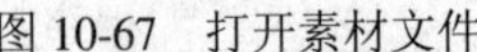
图 10-67 打开素材文件

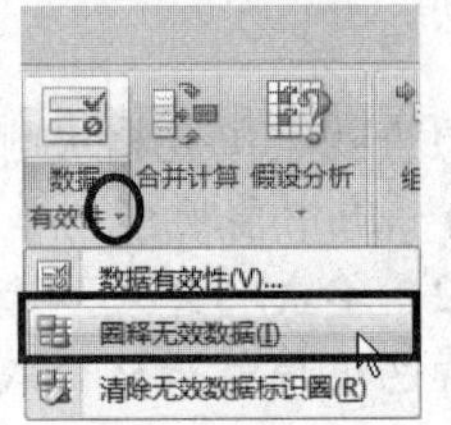

图 10-68 选择“圈释无效数据”选项

步骤 3 此时，便会对工作表中的数值进行判断，并标记出所有数值超出范围的单元格，如图 10-69 所示。

步骤 4 对带有标记单元格的数值进行更正后，单元格上的标记便会消失，如图 10-70 所示。

	A	B	C
1	98	124	157
2	110	102	86
3	78	99	107
4	153	105	109
5			

图 10-69 标记出超出范围的单元格

	A	B	C
1	98	99	100
2	66	79	86
3	78	99	51
4	63	84	87
5			

图 10-70 更正单元格中的数值

当更正无效的数值后，单元格上的标记便会消失。如果要隐藏无效数据上的标识圈，可选择图 10-67 所示列表中的“清除无效数据标识圈”选项。

10.9 保护工作簿和工作表

当工作表创建好后，为了防止重要的数据被其他人改动或复制，可利用 Excel 提供的保护功能对工作表或工作簿设置保护措施。

10.9.1 保护工作薄

如果要防止他人添加或删除工作簿中的工作表，查看工作簿中的隐藏工作表，改变工作簿窗口的大小和位置等操作，可以为工作簿设置保护措施，具体操作如下：

步骤 1　打开要保护的工作簿，单击“审阅”选项卡上“更改”组中“保护工作簿”按钮右侧的小三角按钮，在展开的列表中选择“保护结构和窗口”选项，如图 10-71 所示。

步骤 2　在打开的“保护结构和窗口”对话框中选择“结构”复选框和“窗口”复选框，然后在“密码”编辑框中输入要设置的密码，如图 10-72 所示。

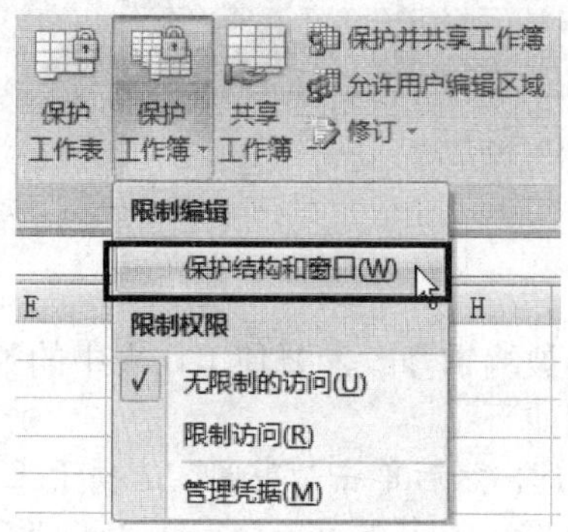

图 10-71　选择“保护结构和窗口”选项

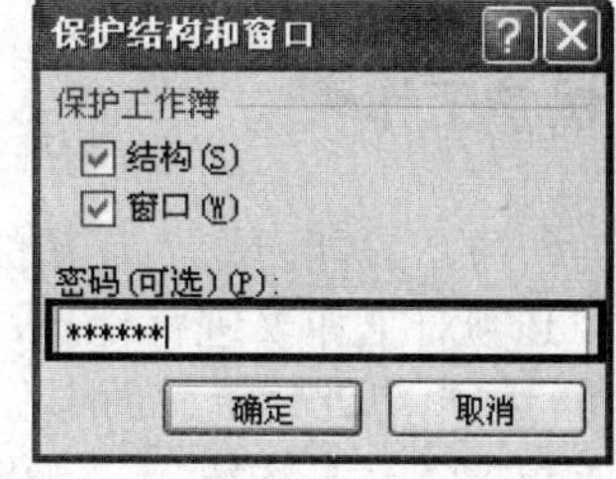

图 10-72　设置“保护结构和窗口”对话框

“保护结构和窗口”对话框中各选项作用如下：

- **“结构”复选框**：勾选该复选框后可使工作簿保持现有格式，删除、移动、复制、重命名、隐藏工作表或插入新的工作表等操作均无法进行。
- **“窗口”复选框**：勾选该复选框后可使工作簿的窗口保持当前状况，无法被移动、调整大小、隐藏或关闭。
- **“密码”编辑框**：在此编辑框中输入密码，可防止未授权的用户取消工作簿的保护。密码区分大小写，它可以由字母、数字、符号和空格组成。

步骤 3　单击“确定”按钮后，在弹出的“确认密码”对话框中重新输入一遍刚才设置的密码，如图 10-73 所示。

步骤 4　单击“确定”按钮后，工作簿便处于保护状态了，在工作表标签上右击鼠标，会发现很多选项都不能执行了，如图 10-74 所示。

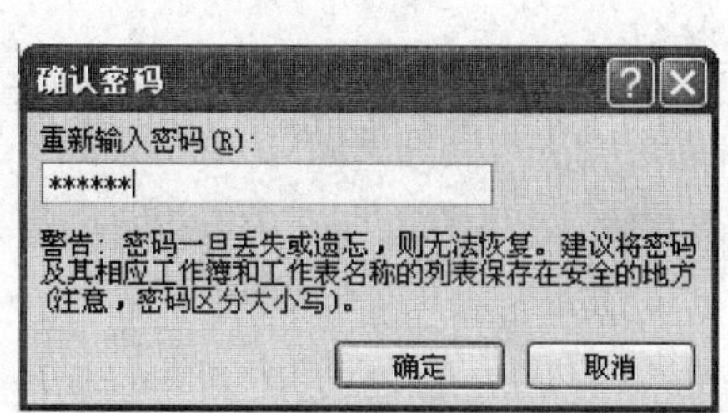

图 10-73　再输入一次密码

图 10-74　工作簿处于保护状态

步骤 5　要撤销工作簿的保护，可单击“审阅”选项卡上“更改”组中“保护工作簿”按钮右侧的小三角按钮，在展开的列表中取消勾选“保护结构和窗口”选项，如图 10-75 左图所示。

步骤 6　若设置了密码保护，会打开如图 10-75 右图所示的“撤销工作簿保护”对话框，输入正确的密码，即可撤销工作簿的保护。

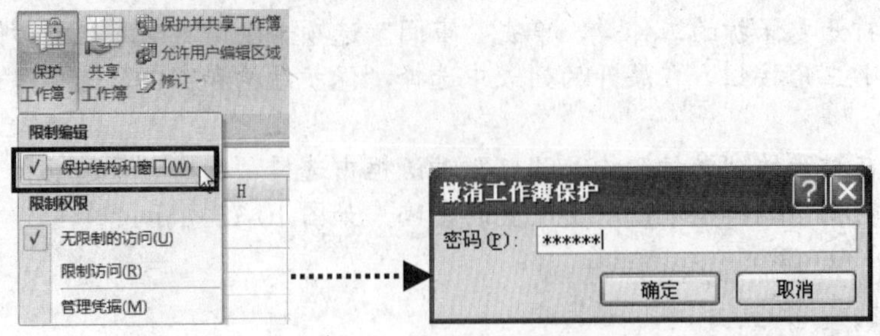

图 10-75　撤销工作簿保护

10.9.2　保护工作表

保护工作簿，只能防止工作簿的结构和窗口不被编辑修改，要使工作表中的数据不被他人修改，必须对工作表进行保护，具体操作步骤如下：

步骤 1　打开要进行保护的工作表，如“Sheet1”，然后单击“审阅”选项卡上“更改”组中的“保护工作表”按钮，如图 10-76 所示。

	A	B	C	D	E
1		6月份电器销量统计表			
2	产品名称	售价	进价	销售数量	利润
3	美的空调	1280	970	15	4650
4	澳柯玛PCD183G冰柜	2780	2430	8	2800
5	25寸康佳彩电	1500	1270	23	5290
6	佳能数码相机	2480	2170	31	9610
7	海尔XQB50洗衣机	1428	1189	28	6692
8	17寸三星液晶显示器	1245	978	45	12015

图 10-76　单击“保护工作表”按钮

步骤 2　在打开的“保护工作表”对话框中，取消所有选项的选中状态，然后输入密码，如图 10-77 左图所示，然后单击“确定”按钮。

步骤 3　在打开的“确认密码”对话框中再次输入刚才的密码，如图 10-77 右图所示，然后单击“确定”按钮。

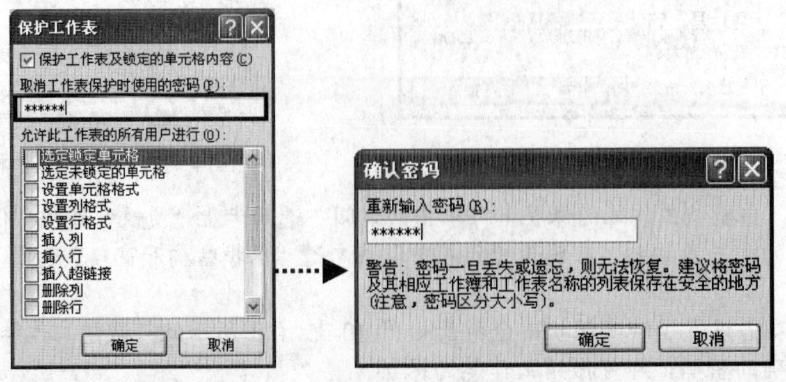

图 10-77　保护工作表

步骤 4　此时工作表中的所有单元格都被保护起来，不能进行任何操作。如果试图进行编辑、修改操作，系统会弹出如图 10-78 所示的提示对话框，提示用户该工作表是受保护且只读的。

图 10-78　提示对话框

步骤 5　要撤销工作表的保护，只需单击"审阅"选项卡上"更改"组中的"撤销工作表保护"按钮。若设置了密码保护，会打开"撤销工作表保护"对话框，输入正确的密码，即可撤销工作表的保护，如图 10-79 所示。

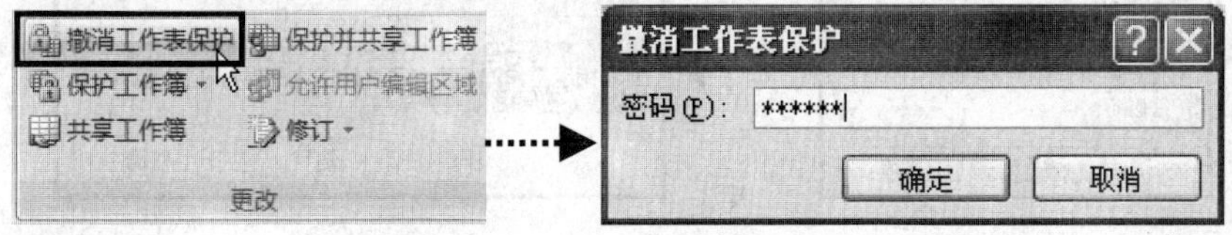

图 10-79　撤销工作表保护

10.9.3　保护单元格

对工作表设置保护后，工作表的所有单元格都不能修改。这样，如果用户想对该工作表的单元格进行修改，就显得不太方便。我们可以只对工作表中确定不用改动的单元格实施保护，而其他单元格的内容则可以随时改动，具体步骤如下：

步骤 1　选中不需要进行保护的单元格区域，如图 10-80 所示。

	A	B	C	D	E
1		6月份电器销量统计表			
2	产品名称	售价	进价	销售数量	利润
3	美的空调	1280	970	15	4650
4	澳柯玛PCD183G冰柜	2780	2430	8	2800
5	25寸康佳彩电	1500	1270	23	5290
6	佳能数码相机	2480	2170	31	9610
7	海尔XQB50洗衣机	1428	1189	28	6692
8	17寸三星液晶显示器	1245	978	45	12[illegible]5

图 10-80　选中不需要进行保护的单元格区域

步骤 2　单击"开始"选项卡上"字体"组右下角的对话框启动器按钮，打开"设置单元格格式"对话框，在"保护"选项卡中取消勾选"锁定"复选框，如图 10-81 所示，然后单击"确定"按钮。

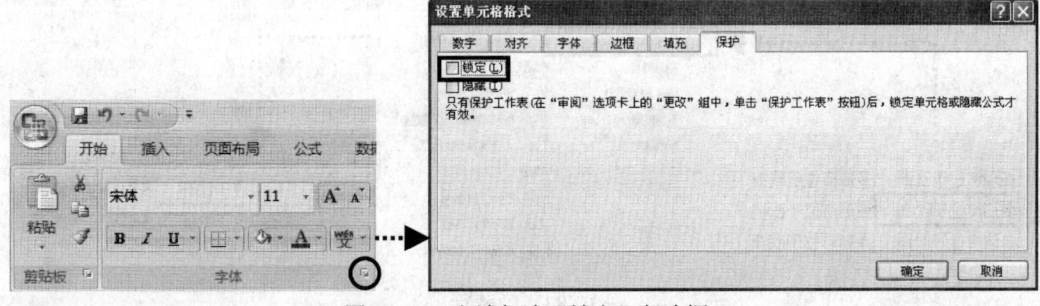

图 10-81　取消勾选"锁定"复选框

步骤 3 单击“审阅”选项卡上“更改”组中的“保护工作表”按钮，在打开的“保护工作表”对话框中只勾选“选定未锁定的单元格”复选框，并设置保护密码，如图 10-82 左图所示，然后单击“确定”按钮。

步骤 4 在打开的“确认密码”对话框中再次输入刚才的密码，如图 10-82 右图所示，然后单击“确定”按钮。

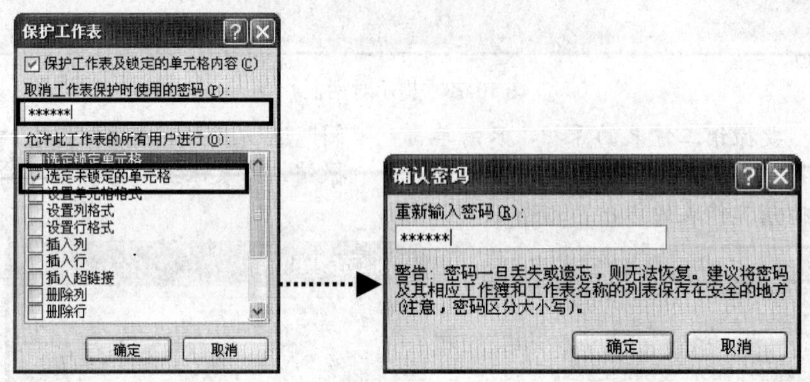

图 10-82　设置保护选项

步骤 5 这样对工作表中的单元格进行保护后，便只能对选定区域进行编辑，而其他单元格则受到保护。

10.10　隐藏或取消隐藏单元格

利用 Excel 提供的“隐藏”命令，可以将工作表中可能执行误操作，或不想让别人看到的数据隐藏起来，需要查看时再利用“取消隐藏”命令将其显示。

选中要隐藏的单元格后，单击“开始”选项卡上“单元格”组中的“格式”按钮，在展开的列表中选择“隐藏和取消隐藏”>“隐藏行”或“隐藏列”选项即可隐藏包含该单元格的行或列，图 10-83 所示为选择“隐藏行”选项的效果。

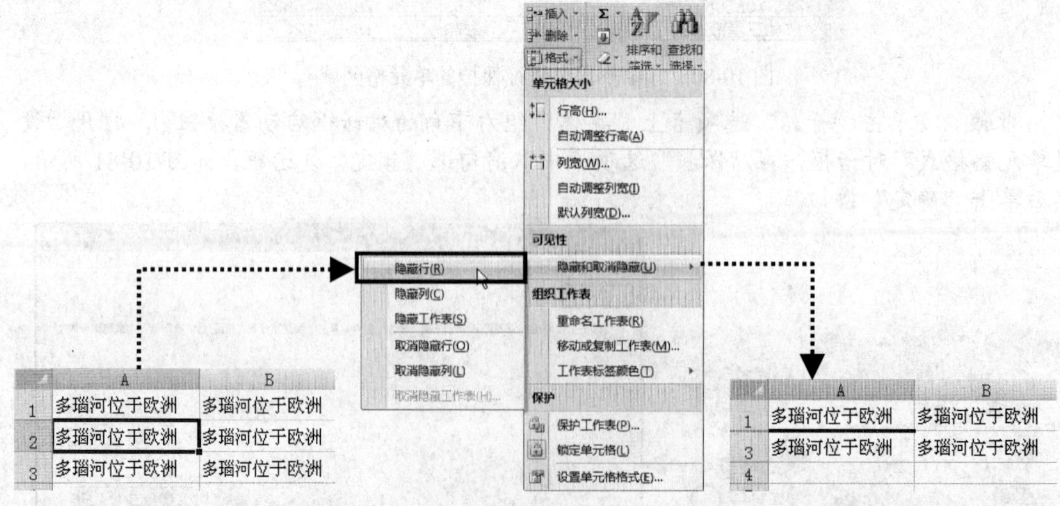

图 10-83　隐藏行

要恢复隐藏的行或列，可先选定整个工作表，然后单击“开始”选项卡上“单元格”组中的“格式”按钮，在展开的列表中选择“取消隐藏行”或“取消隐藏列”选项即可。

隐藏行和列后，在打印时就不会打印其中的内容了，但行号和列标不会自动重新，所以很容易看出工作表中有无隐藏的行和列。

10.11　学习总结

本章主要介绍了单元格、单元格区域和工作表的基本编辑，在工作表中添加、编辑和删除批注，审核工作表中的内容，以及保护工作簿和工作表的操作。这些操作都是在实际应用中会经常用到的，希望读者能够熟练掌握。此外，还希望读者能够熟记各种错误信息所代表的含义，这可使我们快速、准确地更正工作表中的错误。

10.12　思考与练习

一、填空题

1. 单击要选择区域的第一个单元格，然后在按住________键的同时单击要选择区域的最后一个单元格，即可选择它们之间的多个单元格。

2. 要在同一工作簿中复制工作表，应在按下________键的同时，按住鼠标左键拖动工作表标签。

3. 如果想将单元格的内容复制到其他单元格中，又不想覆盖目标单元格中已有的数据，可以使用________方式来复制数据。

4. 产生________错误值的原因是，在公式中使用了 Microsoft Excel 不能识别的文本。

5. 利用________命令可标示出工作表中包含无效数据的单元格。

二、简答题

1. 如何选择不相邻的单元格区域？
2. 如何在不同工作簿之间移动和复制工作表？
3. 如何设置工作表组？设置工作表组的好处是什么？
4. 如何使用插入方式复制单元格内容？
5. 如何为单元格添加批注？添加批注后如何设置其格式？
6. 如何保护工作簿和工作表？

三、操作题

参照本章所学知识，保护本书配套素材“素材与实例”>“第 10 章”文件夹>“添加批注”文件“数学”和“英语”工作表中除 D3：D18 单元格区域外的其他单元格，本例最终效果可参考本书配套素材“素材与实例”>“第 10 章”>“保护单元格区域”文件，其密码是“000000”。

第 11 章

使工作表规范化

本章内容提要

章前导读

工作表创建好后，应对其进行格式化，如设置单元格格式，为表格添加边框和底纹，利用条件格式使某些单元格突出显示，自动套用表格格式和单元格样式等操作，这样可以使工作表更加便于阅读且更加美观。

11.1 设置文本和单元格基本格式

在单元格中输入数据后，我们可以根据需要对单元格数据的字体、字号、对齐方式等格式进行设置，还可以设置单元格的边框和图案等。

11.1.1 设置字体、字号、字形和颜色

在单元格中输入数据时，默认的字体为“宋体”、字号为“11”、颜色为“黑色”，为了使版面更加美观，或使某些文字更加突出，可以对单元格中内容的“字体”、“字号”等进行设置，常用设置方法如下。

1. 利用“字体”组中的按钮

利用“字体”组中的按钮，可以快捷地为所选单元格或单元格区域中的内容设置字体和字号等属性，具体操作步骤如下：

步骤 1 选中要改变内容字体和字号的单元格或单元格区域，如图 11-1 所示。

步骤 2 单击“开始”选项卡上“字体”组中“字体”列表框右侧的三角按钮，在展开的下拉列表中选择一种字体，如“创艺简楷体”；单击“字号”列表框右侧的三角按钮，在展开的下拉列表中选择一种字号，例如“10”，如图 11-2 所示。

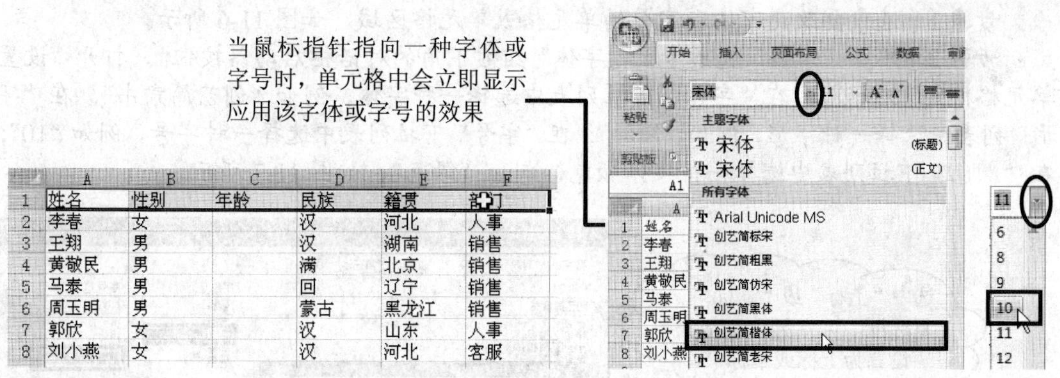

图 11-1　选择要设置的单元格区域　　图 11-2　设置字体和字号

步骤 3　单击“开始”选项卡上“字体”组中“字体颜色”选项右侧的三角按钮，可在展开的颜色列表中设置字体的颜色，比如选择“蓝色”，如图 11-3 所示。

步骤 4　改变字体、字号和字体颜色后的效果如图 11-4 所示。

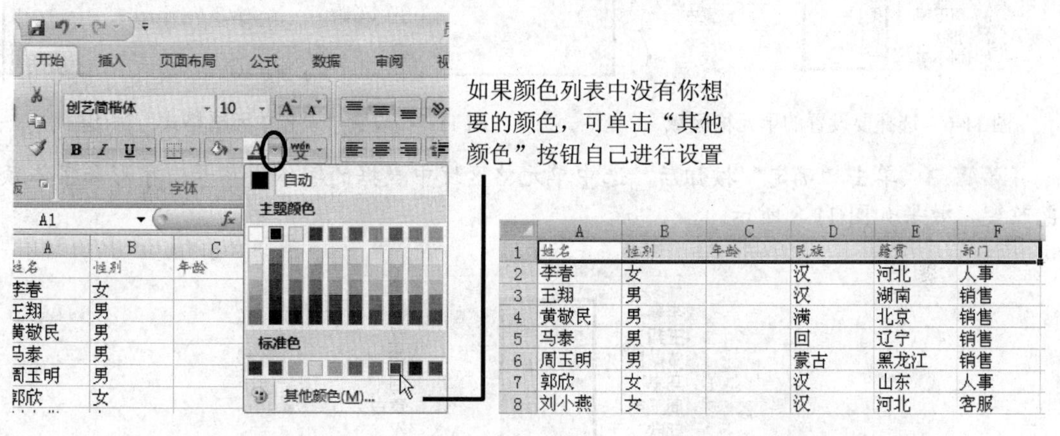

图 11-3　设置字体颜色　　图 11-4　设置后的效果

“字体”组中其他按钮的意义如图 11-5 所示。

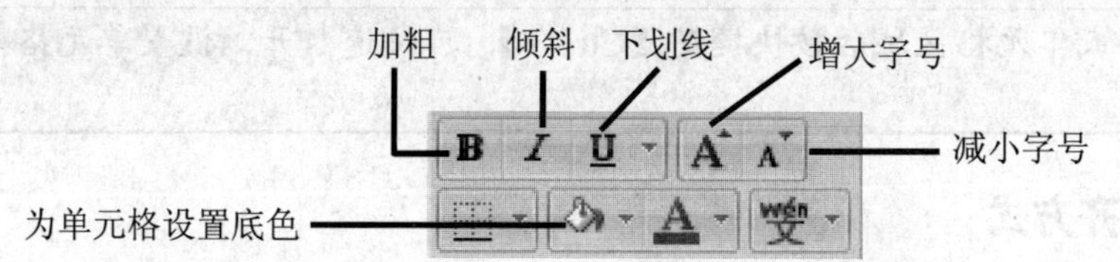

图 11-5　字体”组中其他按钮的意义

2. 利用“设置单元格格式”对话框

除了使用“字体”组中的按钮外，利用“设置单元格格式”对话框，也可方便地为单元格中的数据设置字体、字号、字形和颜色等属性，具体步骤如下：

步骤 1　选中要改变字体和字号的单元格或单元格区域，如图 11-6 所示。

步骤 2　单击“开始”选项卡上“字体”组右下角的对话框启动器按钮，打开“设置单元格格式”对话框，在“字体”下拉列表中选择一种字体，例如“创艺简隶书”；在“字形”列表中选择一种字形，例如“倾斜”；在“字号”下拉列表中选择一种字号，例如“10”；在“颜色”下拉列表中选择一种字体颜色，例如“绿色”，如图 11-7 所示。

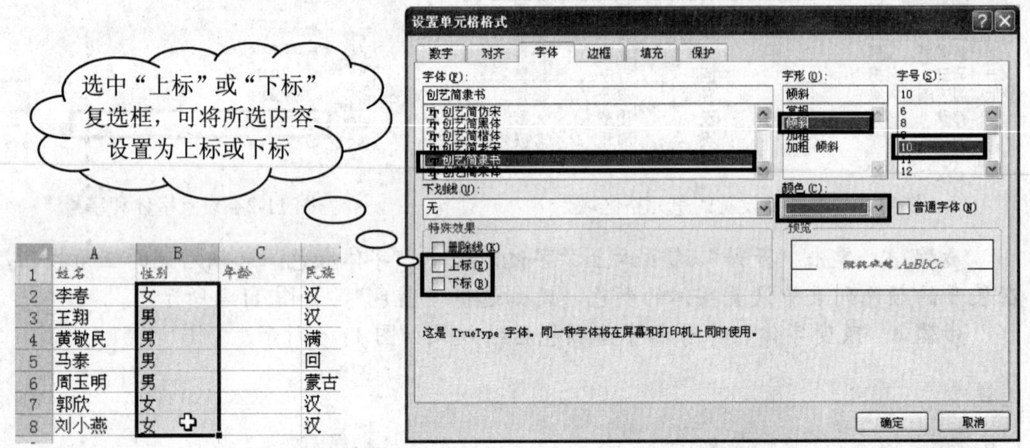

	A	B	C	D
1	姓名	性别	年龄	民族
2	李春	女		汉
3	王翔	男		汉
4	黄敬民	男		满
5	马泰	男		回
6	周玉明	男		蒙古
7	郭欣	女		汉
8	刘小燕	女		汉

图 11-6　选择要设置的单元格区域　　　　图 11-7　设置“设置单元格格式”对话框

步骤 3　单击“确定”按钮后，选中单元格区域中数据的字体、字号、字形和字体颜色改变，效果如图 11-8 所示。

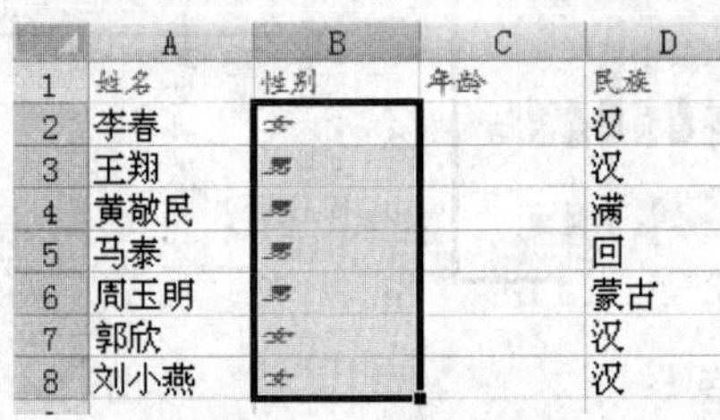

	A	B	C	D
1	姓名	性别	年龄	民族
2	李春	女		汉
3	王翔	男		汉
4	黄敬民	男		满
5	马泰	男		回
6	周玉明	男		蒙古
7	郭欣	女		汉
8	刘小燕	女		汉

图 11-8　设置后的效果

选中单元格或单元格区域后按快捷键【Ctrl+1】，可快速打开“设置单元格格式”对话框。

11.1.2　设置对齐方式

通常情况下，输入到单元格中的文本为左对齐，数字为右对齐，逻辑值和错误值为居中对齐。我们可以通过设置单元格的对齐方式，使整个表格看起来更加美观。

1. 利用“对齐方式”组中的按钮

利用“开始”选项卡上“对齐方式”组中的“对齐方式”按钮，可以设置单元格中内容的对齐方式，具体步骤如下：

步骤 1 选中要设置对齐方式的单元格或单元格区域，如图 11-9 所示。

步骤 2 在“开始”选项卡的“对齐方式”组中选择一种对齐方式，如“居中”，使所选单元格区域的内容居中对齐，如图 11-10 所示。

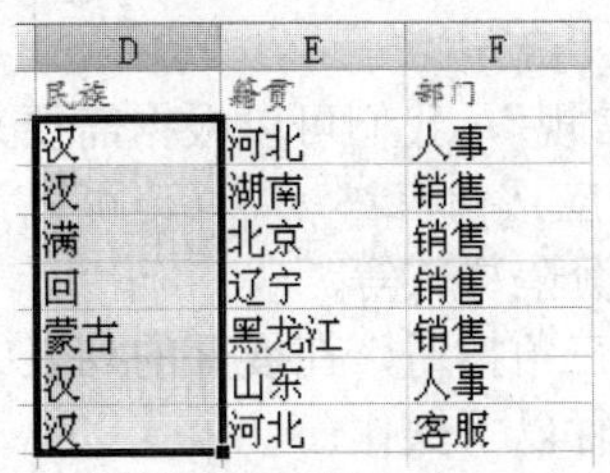

D	E	F
民族	籍贯	部门
汉	河北	人事
汉	湖南	销售
满	北京	销售
回	辽宁	销售
蒙古	黑龙江	销售
汉	山东	人事
汉	河北	客服

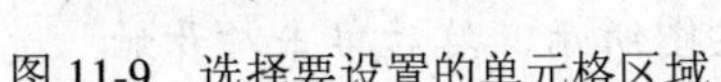
图 11-9 选择要设置的单元格区域

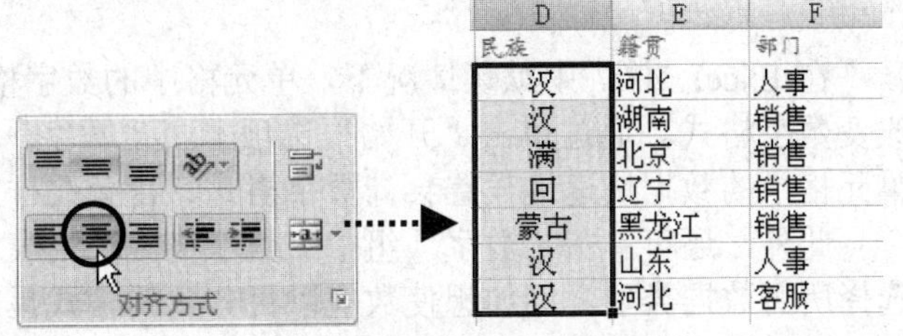

D	E	F
民族	籍贯	部门
汉	河北	人事
汉	湖南	销售
满	北京	销售
回	辽宁	销售
蒙古	黑龙江	销售
汉	山东	人事
汉	河北	客服

图 11-10 设置单元格的对齐方式

2. 利用“设置单元格格式”对话框

对于简单的对齐操作，利用“对齐方式”组中的按钮就可以了，而对于较复杂的对齐操作，则可以利用“设置单元格格式”对话框来进行。下面以设置缩进对齐为例介绍操作方法：

步骤 1 选择要设置对齐方式的单元格区域，如图 11-11 所示。

步骤 2 单击“对齐方式”组右下角的对话框启动器按钮，打开“设置单元格格式”对话框，在“水平对齐”选项的下拉列表中选择“靠左（缩进）”项；在“缩进”编辑框中输入数值“1”（或单击右侧的微调按钮进行微调）；在“垂直对齐”选项的下拉列表中选择“居中”项，如图 11-12 所示。

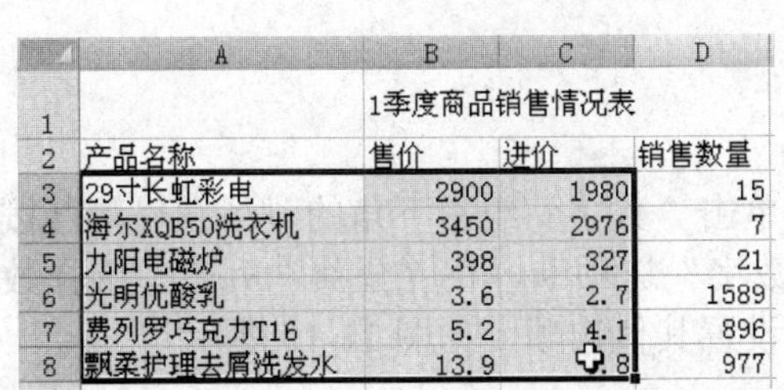

	A	B	C	D
1		1季度商品销售情况表		
2	产品名称	售价	进价	销售数量
3	29寸长虹彩电	2900	1980	15
4	海尔XQB50洗衣机	3450	2976	7
5	九阳电磁炉	398	327	21
6	光明优酸乳	3.6	2.7	1589
7	费列罗巧克力T16	5.2	4.1	896
8	飘柔护理去屑洗发水	13.9	9.8	977

图 11-11 选择要设置对齐的单元格

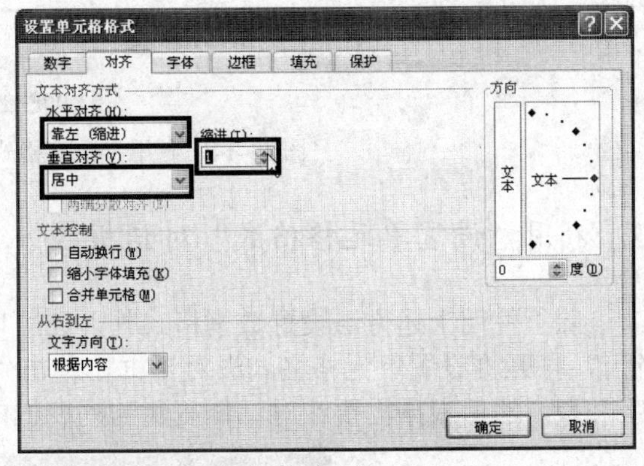

图 11-12 设置对齐选项

步骤 3 设置好后单击“确定”按钮，即可得到图 11-13 所示的效果。

	A	B	C	D	E
1		1季度商品销售情况表			
2	产品名称	售价	进价	销售数量	利润
3	29寸长虹彩电	2900	1980	15	
4	海尔XQB50洗衣机	3450	2976	7	
5	九阳电磁炉	398	327	21	
6	光明优酸乳	3.6	2.7	1589	
7	费列罗巧克力T16	5.2	4.1	896	
8	飘柔护理去屑洗发	13.9	9.8	977	

图 11-13 最终效果

11.1.3 设置数字格式

1. 利用“数字格式”列表

在 Excel 2007 中默认情况下，单元格中的数字格式为“常规”，我们可以根据需要来改变数字格式。通过单击“开始”选项卡上“数字”组中的相应按钮，可以为单元格中的数据快速地设置会计数字格式、百分比样式或千位分隔样式等。

此外，还可单击“数字”组中“数字格式”列表框右侧的三角按钮，在展开的列表中选择所需数据类型。例如想使数值以百分比的格式显示，可执行以下操作：

步骤 1 选中要改变显示格式的单元格，如图 11-14 左图所示，然后单击“开始”选项卡上“数字”组中“数字格式”列表框右侧的三角按钮，在展开的列表中选择“百分比”选项，如图 11-14 中图所示。

步骤 2 所选单元格中的数字以百分比的格式显示，如图 11-14 右图所示。

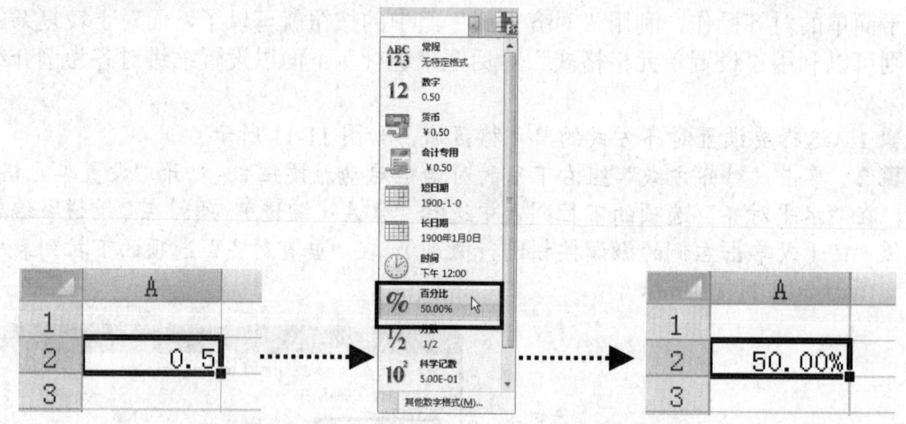

图 11-14 利用“数字格式”列表设置数据格式

2. 利用“设置单元格格式”对话框

除了使用上述方法设置数字格式外，还可以单击“数字”组右下角的对话框启动器按钮，打开“设置单元格格式”对话框，单击“数字”选项卡，在“分类”列表中选择数字类型，然后根据需要在对话框右侧的列表框中设置其他选项，如图 11-15 所示。

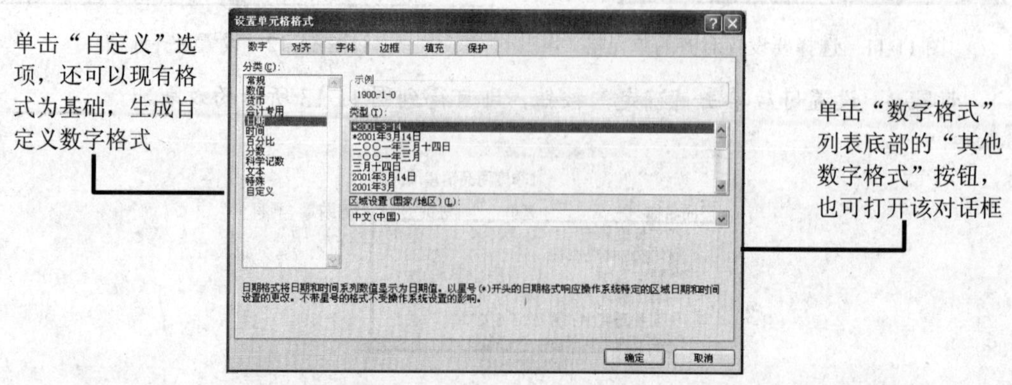

图 11-15 “设置单元格格式”对话框

11.1.4　设置单元格边框和底纹

为了突出某些单元格的数据或使整个工作表结构更加清晰，可以对单元格的边框和底纹进行设置。

1. 设置单元格边框

默认情况下，单元格都带有浅灰色的网格线，但这种网格线只是 Excel 为了方便用户操作而显示的，在实际打印时是不会出现的。而在制作财务、统计等报表时，为了使数据层次更加清晰，需要将报表设计成各种表格形式，这就需要通过设置单元格的边框来实现。

对于简单的单元格边框设置，可执行如下操作：

步骤 1　选定要设置边框的单元格或单元格区域，如图 11-16 所示。

步骤 2　单击"开始"选项卡上"边框"按钮右侧的三角按钮，然后在展开的列表中选择所需的边框线，例如选择"所有框线"选项，如图 11-17 左图所示，即可得到如图 11-7 右图所示的效果。

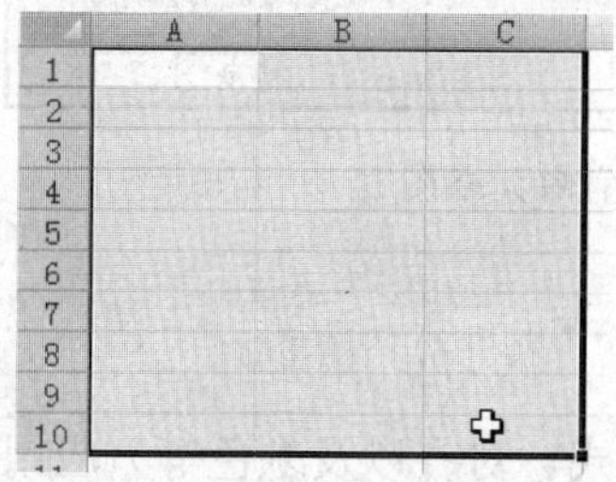

图 11-16　选定要设置边框的单元格区域

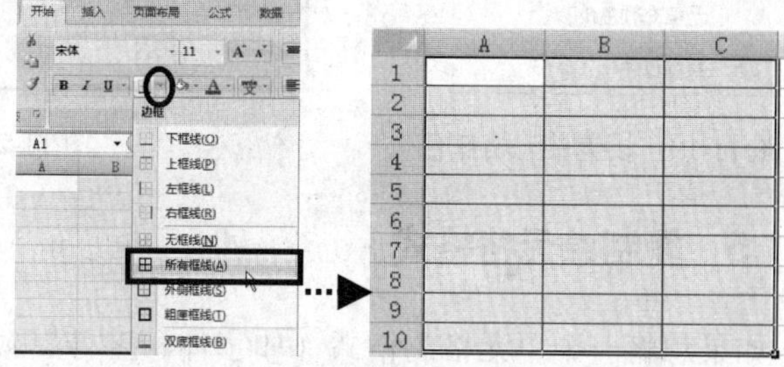

图 11-17　设置单元格边框

利用"边框"按钮下拉列表设置单元格边框，无法改变边框线条的样式和颜色等属性，如果要对这些属性进行更改，可单击"开始"选项卡上任一组右下角的对话框启动器按钮，打开"设置单元格格式"对话框，然后单击切换到"边框"选项卡，如图 11-18 所示。用户在其中可根据需要进行设置，设置完成后，单击"确定"按钮即可。

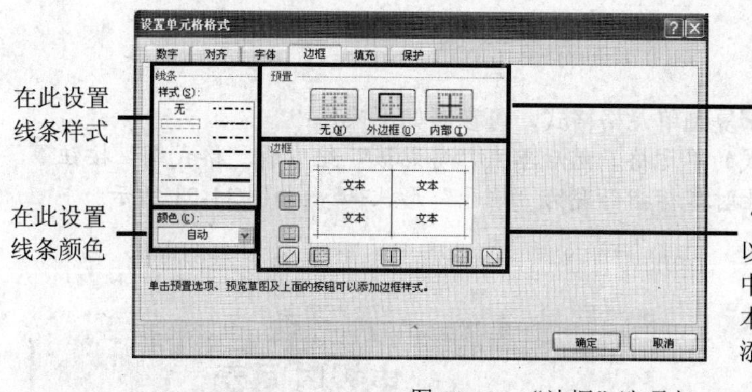

图 11-18　"边框"选项卡

2. 设置单元格底纹

为单元格设置图案后，可使该单元格中的内容更加突出。如果只想设置单元格的底色，可单击“开始”选项卡上“字体”组中“填充颜色”按钮右侧的三角按钮，然后在展开的颜色列表中进行设置即可，如图 11-19 所示。

如果除了设置底色外还想为单元格添加图案，可以单击“开始”选项卡上任一组右下角的对话框启动器按钮，打开“设置单元格格式”对话框，然后切换到“填充”选项卡，设置图案的颜色和样式，如图 11-20 所示。

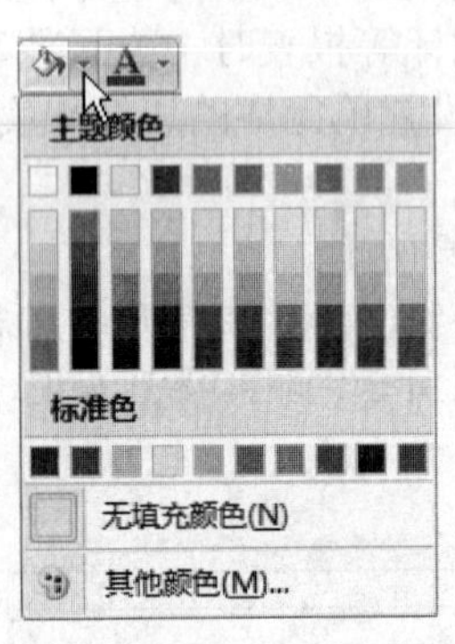

图 11-19　设置单元格底色

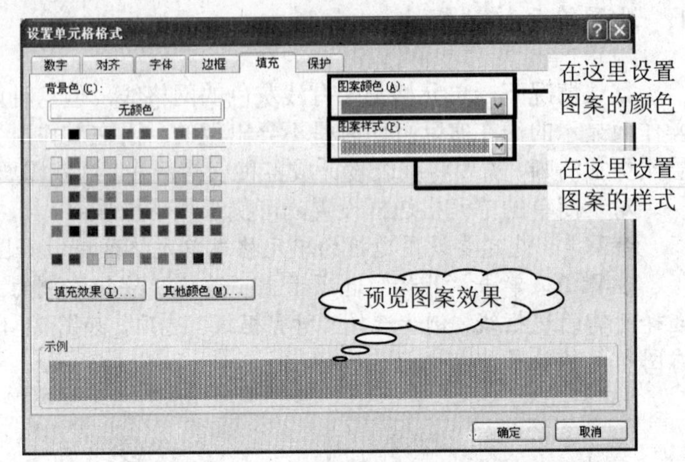

图 11-20　设置单元格图案

11.1.5　复制单元格格式

如果想将一个单元格的格式（如字体、字号、数字格式、对齐以及颜色等）应用到其他单元格中（包括其他工作表和其他工作簿中的单元格），可以利用 Excel 2007 提供的“格式刷”按钮或“选择性粘贴”命令，这可以大大提高我们的工作效率。

提　示

复制单元格的格式只是对其格式进行复制，并不复制单元格的内容。

1. 利用“格式刷”按钮

要利用“格式刷”按钮复制单元格格式，可参照如下操作：

步骤 1　选中设置好格式的单元格，然后单击“剪贴板”组中的“格式刷”按钮，移动鼠标指针到工作表中，此时鼠标指针变为“刷子”形状，如图 11-21 所示。

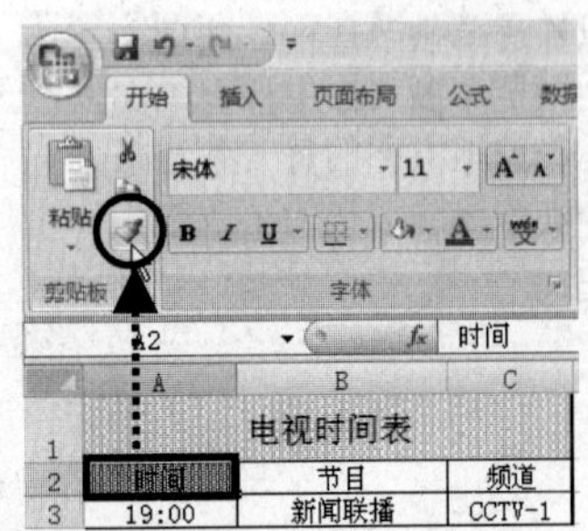

	A	B	C
1	电视时间表		
2	时间	节目	频道
3	19:00	新闻联播	CCTV-1
4	19:30	天气预报	CCTV-1

图 11-21　复制格式

步骤 2　将鼠标指针移到某个单元格上然后单击，可将格式复制到一个单元格中；若按下鼠标左键拖过单元格区域后释放鼠标，则可将复制格式应用于选取的单元格区域，如图 11-22 所示。

	A	B	C
1	电视时间表		
2	时间	节目	频道
3	19:00	新闻联播	CCTV-1
4	19:30	天气预报	CCTV-1
5	19:45	焦点访谈	CCTV-1

	A	B	C
1	电视时间表		
2	时间	节目	频道
3	19:00	新闻联播	CCTV-1
4	19:30	天气预报	CCTV-1
5	19:45	焦点访谈	CCTV-1

图 11-22　将格式应用于拖过的单元格区域

2. 利用“选择性粘贴”命令

要利用“选择性粘贴”命令来复制单元格格式，可参照以下步骤：

步骤 1　选定设置好格式的单元格，单击“剪贴板”组中的“复制”按钮，如图 11-23 左图所示。

步骤 2　选中要应用该格式的目标单元格或单元格区域，如图 11-23 右图所示。

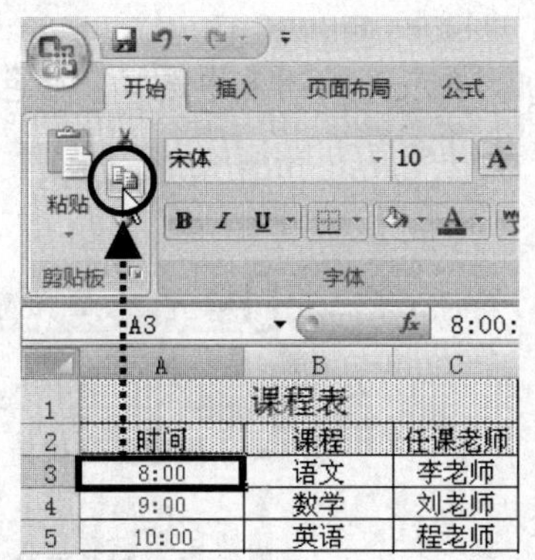

	A	B	C
1	电视节目表		
2	时间	节目	频道
3	19:00	新闻联播	CCTV-1
4	19:30	天气预报	CCTV-1
5	19:45	焦点访谈	CCTV-1
6	21:00	黄金剧场	CCTV-1
7	22:45	人与自然	CCTV-1
8	0:00:	午夜剧场	CCTV-1

图 11-23　复制格式并选择要应用格式的单元格区域

步骤 3　单击“剪贴板”组中“粘贴”按钮下方的三角按钮，在展开的列表中选择“选择性粘贴”项，如图 11-24 左图所示，在打开的对话框中选中“格式”单选钮，如图 11-24 中图所示，然后单击“确定”按钮，所选目标单元格区域的格式改变，如图 11-24 右图所示。

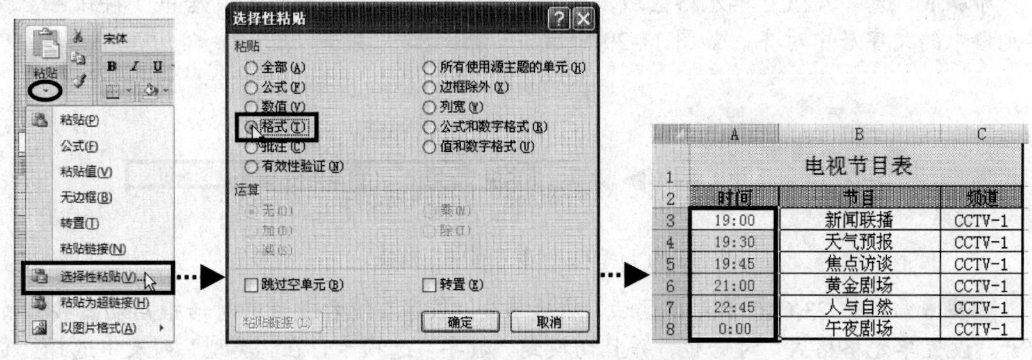

图 11-24　利用“选择性粘贴”命令复制单元格格式

11.2 上机实践——美化商品报价单

下面通过对商品报价表进行美化，巩固前面所学的知识。具体步骤如下：

步骤 1 打开本书配套素材“素材与实例”>“第 11 章”>“商品报价单”文件，然后选中 A1:C1 单元格区域，如图 11-25 所示。

步骤 2 单击“开始”选项卡上“对齐方式”组中的“合并后居中”按钮，如图 11-26 所示。

	A	B	C
1	美达百货商品报价表		
2	商品编号	商品名称	单价
3	B01001	光明牛奶	3
4	B01002	美的空调	1280

图 11-25 选择 A1:C1 单元格区域

图 11-26 单击“合并后居中”按钮

步骤 3 单击“字体”组中“字体”列表框右侧的三角按钮，在展开的列表中选择“创艺简标宋”，如图 11-27 左图所示。再单击“字号”列表框右侧的三角按钮，在展开的列表中选择“14”，如图 11-27 右图所示。

步骤 4 单击“字体颜色”列表框右侧的三角按钮，在展开的列表中选择“蓝色”，如图 11-28 所示。

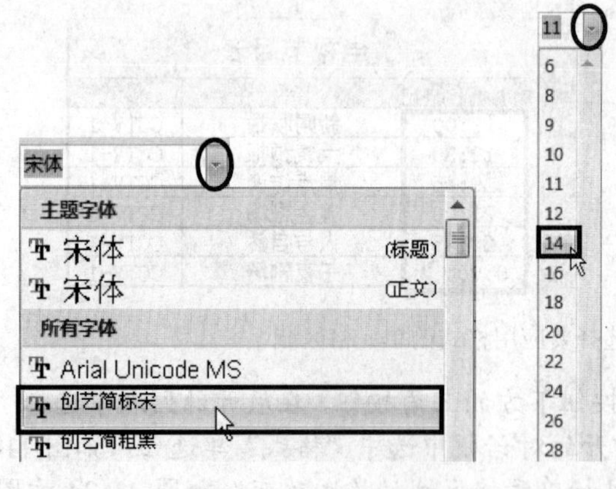

图 11-27 设置字体和字号

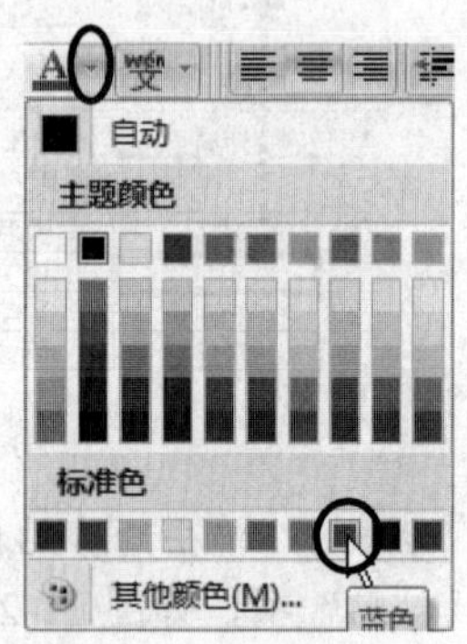

图 11-28 设置字体颜色

步骤 5 选中 A2:C2 单元格区域，然后单击“对齐方式”组中的“居中”按钮，使单元格中的文字居中对齐，如图 11-29 所示。

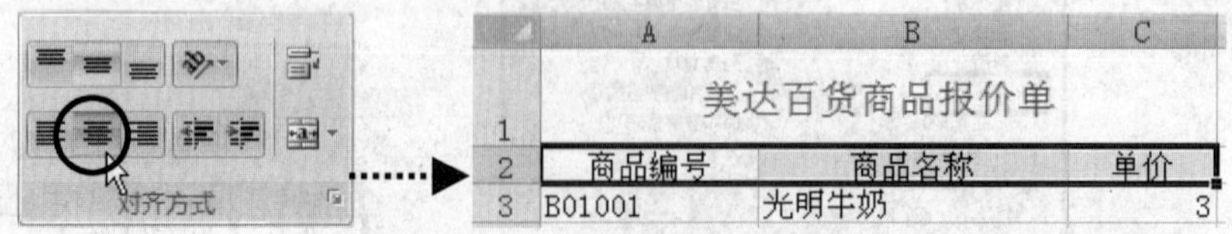

图 11-29 单击“居中”按钮

步骤 6 选中 C3:C10 单元格区域，然后单击“数字”组右下角的对话框启动器按钮，打开“设置单元格格式”对话框，并且切换到“数字”选项卡，在“类型”列表中选择“货币”，然后单击“确定”按钮，如图 11-30 所示。

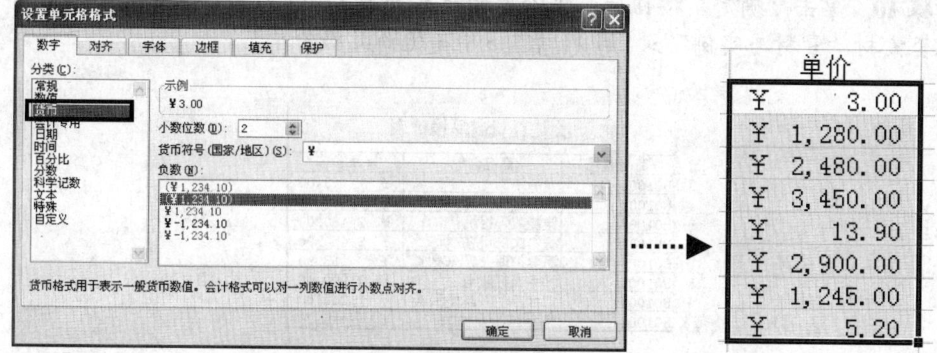

图 11-30　为单元格区域设置货币格式

步骤 7　选中 A1:C10 单元格区域，然后单击“开始”选项卡上任一组右下角的对话框启动器按钮，打开“设置单元格格式”对话框，再单击切换到“边框”选项卡，在“样式”列表中选择一种较粗的线条样式，然后单击“外边框”按钮，如图 11-31 左图所示。

步骤 8　再在“样式”列表中选择一种较细的线段样式，然后单击“内部”按钮，并单击“确定”按钮，如图 11-31 右图所示。

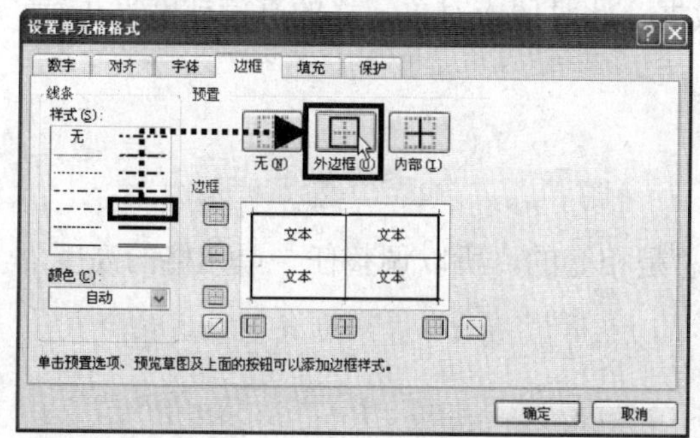

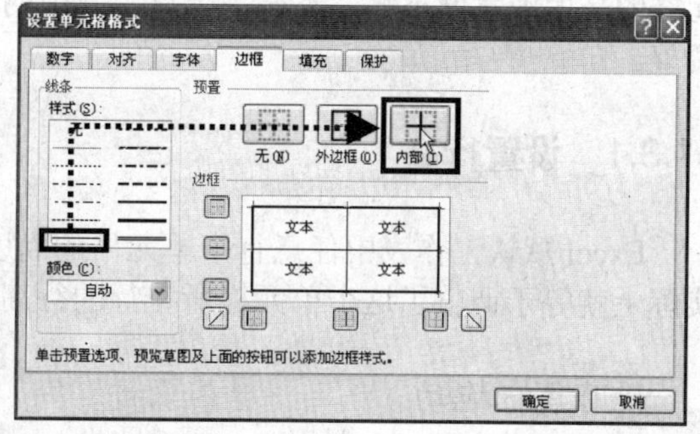

图 11-31　为单元格区域添加边框

步骤 9　选中 A2:C10 单元格区域，然后单击“开始”选项卡上任一组右下角的对话框启动器按钮，打开“设置单元格格式”对话框，再单击切换到“填充”选项卡，在“图案颜色”下拉列表中选择深度为 10%的“茶色”，在“图案样式”下拉列表中选择“25%灰色”，然后单击“确定”按钮，如图 11-32 所示。

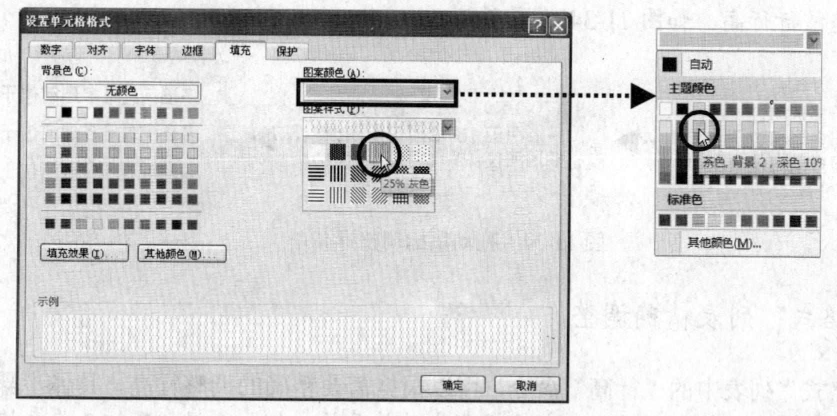

图 11-32　设置单元格底纹

步骤 10 单击“确定”按钮后，报价单的效果如图 11-33 所示，本例最终效果可参考本书配套素材“素材与实例”>“第 11 章”>“美化商品报价单”。

	A	B	C
1	美达百货商品报价表		
2	商品编号	商品名称	单价
3	B01001	光明牛奶	￥ 3.00
4	B01002	美的空调	￥ 1,280.00
5	B01003	佳能数码相机	￥ 2,480.00
6	B01004	海尔XQB50洗衣机	￥ 3,450.00
7	B01005	飘柔护理去屑洗发水	￥ 13.90
8	B01006	29寸长虹彩电	￥ 2,900.00
9	B01007	17寸三星液晶显示器	￥ 1,245.00
10	B01008	费列罗巧克力T16	￥ 5.20

图 11-33　最终效果

11.3　设置行高和列宽

在单元格输入数据时，有时会发生单元格中的文字只显示了一半，或者显示的是一串“#”号，而在编辑栏中却能正确显示单元格中数据的情况。发生这种情况的原因是由于单元格的高度或宽度不够，不能完全显示其中的数据，此时便应对单元格的高度或宽度进行调整。

11.3.1　设置行高

Excel 默认工作表中任意行中单元格的高度总是相等的，所以调整任一单元格的高度，实际上就等于调整了这个单元格所在行的行高。

1. 利用鼠标拖动

在对行高要求不是十分精确时，可利用拖动鼠标的方法进行调整，具体步骤如下：

步骤 1 将鼠标指针移动到要调整行高的行号下框线上，此时光标呈 ✛ 形状，如图 11-34 左图所示。

步骤 2 按下鼠标左键上下拖动，在拖动过程中，工作表中显示一条横向虚线标识移动的位置，同时会显示此时的高度值，如图 11-34 中图所示，调整到合适的高度后释放鼠标，即可调整该行行高，如图 11-34 右图所示。

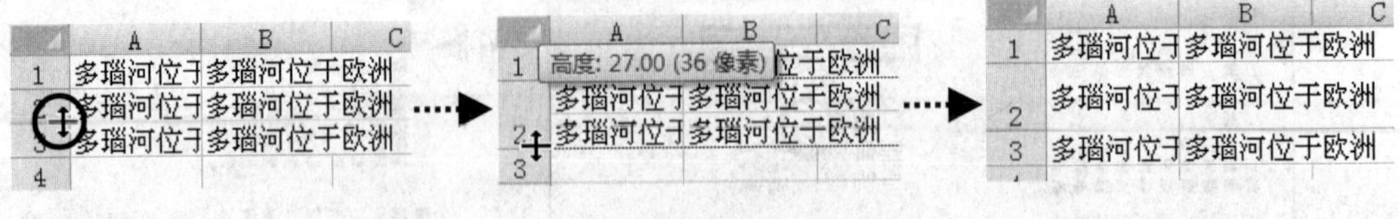

图 11-34　拖动鼠标调整行高

2. 利用“格式”列表精确调整

使用“格式”列表中的“行高”命令，可以根据需要精确的调整行高，具体步骤如下：

步骤 1 选择要调整行高的行，或选择行中的单元格，例如选择 A1: A3 单元格区域，如图 11-35 所示。

步骤 2　单击“开始”选项卡上“单元格”组中“格式”按钮右侧的三角按钮，在展开的列表中选择“行高”选项，如图 11-36 左图所示，在打开的“行高”对话框中输入要设定的行高，例如输入“20”，如图 11-36 右图所示。

	A	B	C
1	多瑙河位于	多瑙河位于欧洲	
2	多瑙河位于	多瑙河位于欧洲	
3	多瑙河位于	多瑙河位于欧洲	

图 11-35　选择要调整行中的单元格

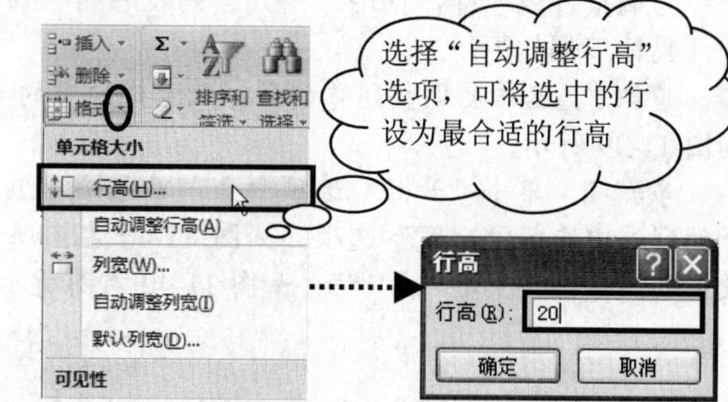

图 11-36　设置行高

步骤 3　单击“确定”按钮后，即可调整所选单元格所在行的行高，如图 11-37 所示。

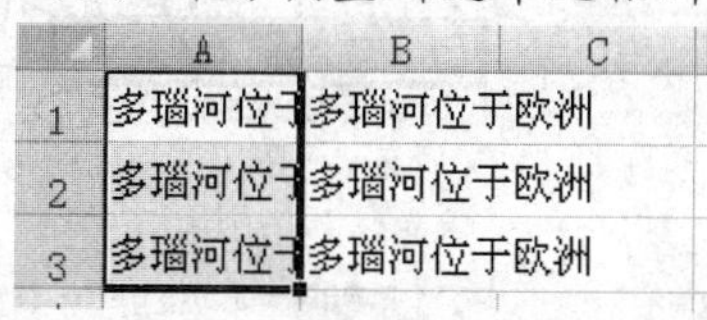

图 11-37　调整行高后的效果

11.3.2　设置列宽

与行高不同，Excel 默认单元格的列宽为固定值，不会随数据的长度自动调整。因此，用户需要经常调整列宽。

1. 利用鼠标拖动

在对列宽的精度要求不是十分严格时，可参照如下步骤进行调整：

步骤 1　将鼠标指针移到要调整列宽的列标的右侧，此时光标呈┿形状，如图 11-38 左图所示。

步骤 2　按下鼠标左键左右拖动，在拖动过程中，工作表中有一条纵向虚线，同时会显示此时的宽度值，如图 11-38 中图所示，到合适宽度后释放鼠标，即可调整该列列宽，如图 11-38 右图所示。

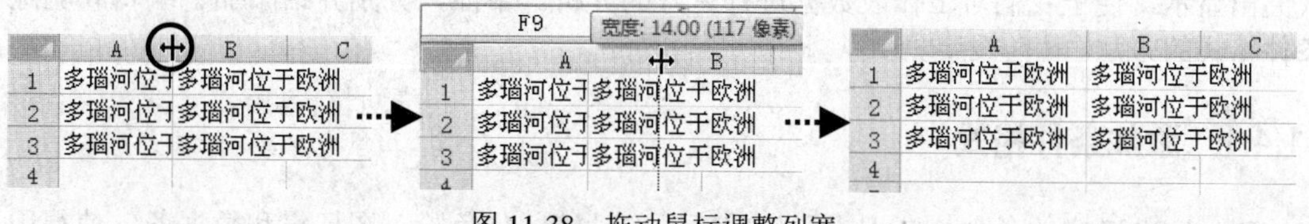

图 11-38　拖动鼠标调整列宽

提　示

在行号的下边框和列标的右边框上双击鼠标，Excel 会根据单元格中的内容自动调整行高和列宽。

2. 利用“格式”列表精确调整

与调整行高一样，使用“格式”列表中的“列宽”命令，可以根据需要精确地调整列宽，具体步骤如下：

步骤 1 选择要调整列宽的列，或选择列中的单元格，例如选择 A2: B2 单元格区域，如图 11-39 所示。

步骤 2 单击“开始”选项卡上“单元格”组中“格式”按钮右侧的三角按钮，在展开的列表中选择“列宽”选项，如图 11-40 左图所示，在打开的“列宽”对话框中输入要设定的列宽，例如输入“15”，如图 11-40 右图所示。

	A	B	C
1	多瑙河位于	多瑙河位于欧洲	
2	多瑙河位于	多瑙河位于欧洲	
3	多瑙河位于	多瑙河位于欧洲	

图 11-39 选择要调整列中的单元格

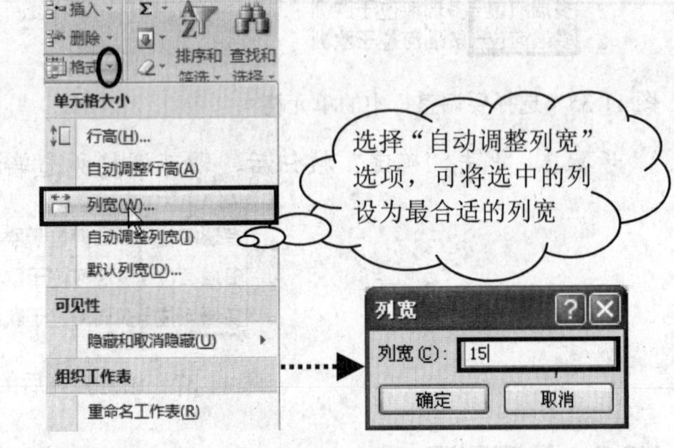

图 11-40 设置列宽

步骤 3 单击“确定”按钮后，即可调整所选单元格所在列的列宽，如图 11-41 所示。

	A	B
1	多瑙河位于欧洲	多瑙河位于欧洲
2	多瑙河位于欧洲	多瑙河位于欧洲
3	多瑙河位于欧洲	多瑙河位于欧洲

图 11-41 调整列宽后的效果

11.4 应用条件格式

在 Excel 中应用条件格式，可以让符合特定条件的单元格数据以醒目且易于理解的方式突出显示，便于我们对工作表数据进行更好的分析。下面，分别介绍添加、编辑和删除条件格式的方法。

11.4.1 添加条件格式

Excel 2007 中的条件格式引入了一些新颖的功能，如色阶、图标集和数据条，使得用户能以一种易于理解的可视化方式分析数据。

若想为单元格或单元格区域添加条件格式，首先选定要添加条件格式的单元格或单元格区域，然后单击“开始”选项卡上“样式”组中的“条件格式”按钮，在展开的列表中列出了 5 种条件规则，选择某个条件规则，然后在其子列表中选择某个选项，如图 11-42 所示，再在打开的对话框中进行相应设置，即可快速对所选区域格式化（添加条件格式）。

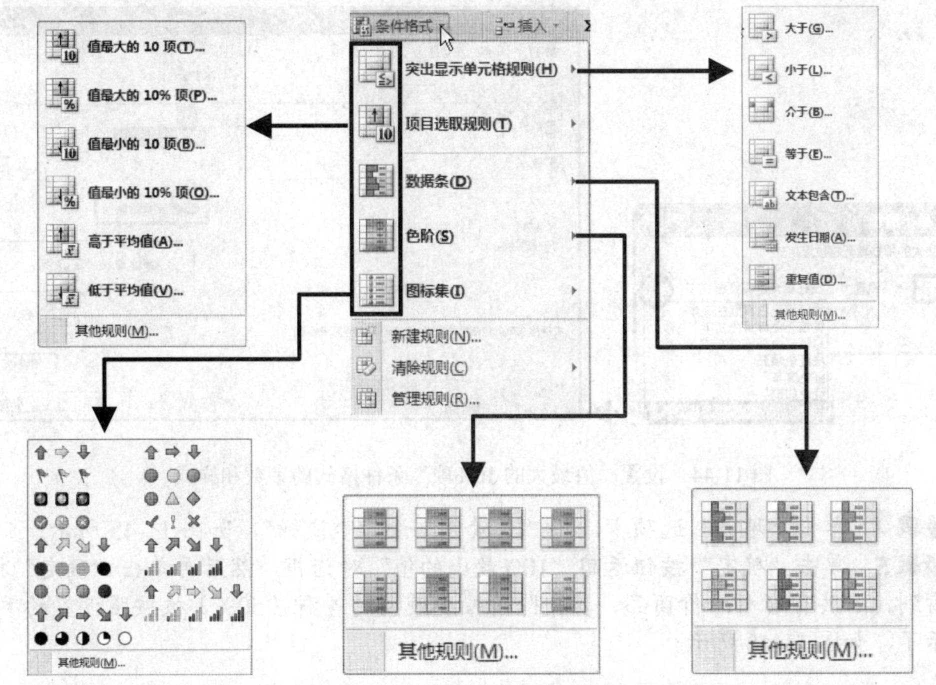

图 11-42　“条件格式”列表

下面以使用“项目选取规则”设置单元格为例，介绍添加条件格式的方法：

步骤 1　选择要应用条件格式的单元格区域，例如选择 E3:E10 单元格区域，然后单击“开始”选项卡上“样式”组中的“条件格式”按钮，在展开的列表中选择“项目选取规则”>“值最大的 10%项”选项，如图 11-43 所示。

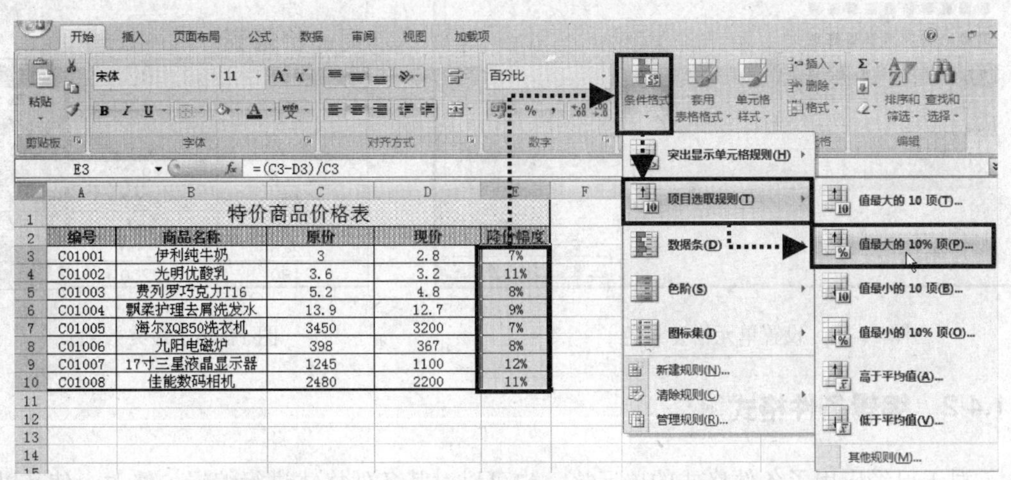

图 11-43　选择“值最大的 10%项”选项

步骤 2　在“10%最小的值”对话框的“为值最大的那些单元格设置格式”编辑框中输入“50”，然后在“设置为”下拉列表中选择“自定义格式”选项，如图 11-44 左图所示。

步骤 3　在打开的“设置单元格格式”对话框中单击“字体”选项卡，将“字形”设为“加粗”，字体颜色设为“红色”，如图 11-44 右图所示。

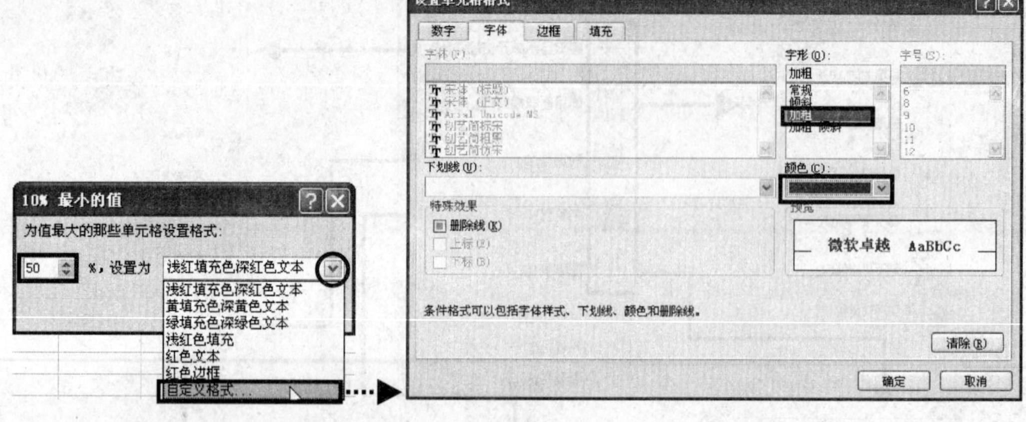

图 11-44　设置“值最大的 10%项”条件格式的参数和样式

步骤 4　单击“填充”选项卡，将“背景色”设为“浅绿”，如图 11-45 所示。

步骤 5　单击“确定”按钮返回“10%最小的值”对话框，然后再单击“确定”按钮，可以看到，一共有 8 种降价商品，其中降价幅度最大的 4 种（50%）被按照设置的参数实出显示了，如图 11-46 所示。

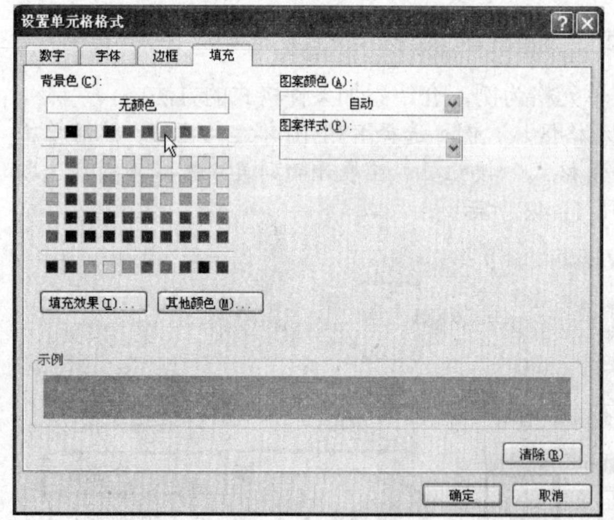

图 11-45　设置单元格背景色

C	D	E
商品价格表		
原价	现价	降价幅度
3	2.8	7%
3.6	3.2	11%
5.2	4.8	8%
13.9	12.7	9%
3450	3200	7%
398	367	8%
1245	1100	12%
2480	2200	11%

图 11-46　最终效果

11.4.2　编辑条件格式

对于已经应用了条件格式的单元格，也可以对其条件格式进行编辑、修改，使其以另外的格式显示。下面，以修改应用了“色阶”条件格式的单元格为例进行介绍：

步骤 1　打开本书配套素材“素材与实例”>“第 11 章”>“色阶”文件，会发现“降价幅度”列中含有数值的单元格已经添加了“红-黄-绿色阶”条件格式（红色表示数值最大、黄色一般、绿色最小），如图 11-47 左图所示。

步骤 2　选择 E3:E10 单元格区域，在“条件格式”列表中选择“管理规则”选项，如图 11-47 右图所示。

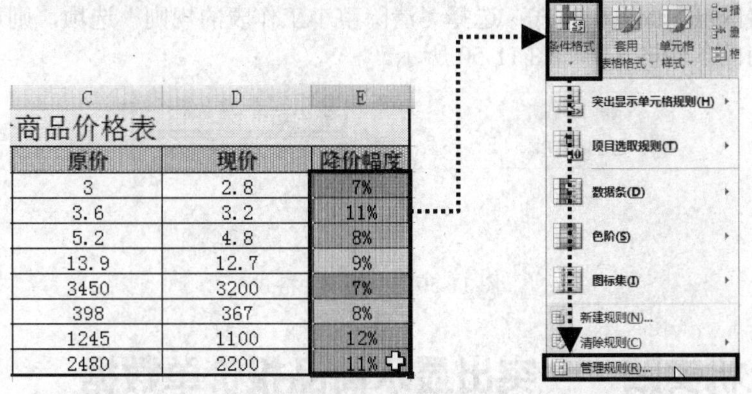

原价	现价	降价幅度
3	2.8	7%
3.6	3.2	11%
5.2	4.8	8%
13.9	12.7	9%
3450	3200	7%
398	367	8%
1245	1100	12%
2480	2200	11%

图 11-47　选择“管理规则”选项

步骤 3　在打开的“条件格式规则管理器”对话框中单击“编辑规则”按钮，如图 11-48 左图所示，打开“编辑格式规则”对话框，分别在“最小值”、“中间值”和“最大值”的“颜色”下拉列表中选择“红色”、“紫色”和“橙黄色”，如图 11-48 右图所示。

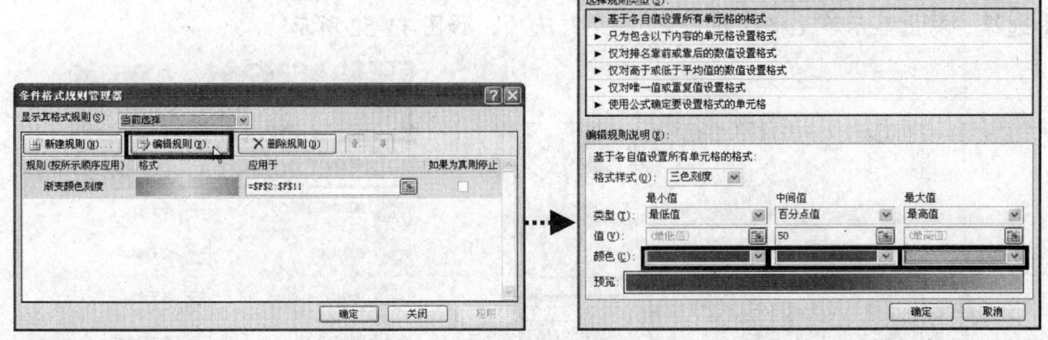

图 11-48　编辑规则

步骤 4　单击“确定”按钮返回“条件格式规则管理器”对话框，再单击对话框中的“确定”按钮，结果如图 11-49 所示。

商品价格表

原价	现价	降价幅度
3	2.8	7%
3.6	3.2	11%
5.2	4.8	8%
13.9	12.7	9%
3450	3200	7%
398	367	8%
1245	1100	12%
2480	2200	11%

商品价格表

原价	现价	降价幅度
3	2.8	7%
3.6	3.2	11%
5.2	4.8	8%
13.9	12.7	9%
3450	3200	7%
398	367	8%
1245	1100	12%
2480	2200	11%

图 11-49　修改规则后的效果

11.4.3　清除条件格式

如果要清除已应用的条件格式，可执行以下操作：打开应用了条件格式的工作表，在“条件格式”列表中选择“清除规则”>“清除所选单元格的规则”选项，可清除选定单

元格或单元格区域内的条件格式；选择“清除整个工作表的规则”选项，则可以清除整个工作表中应用的条件格式，如图 11-50 所示。

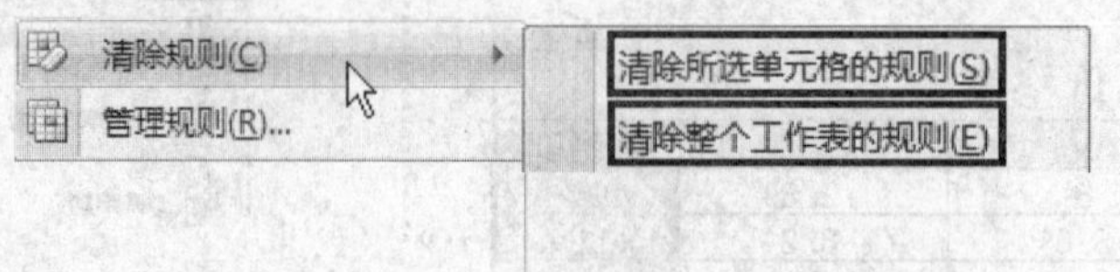

图 11-50　清除条件格式

11.5　上机实践——突出显示商品报价单数据

下面利用一个突出显示商品报价单数据的实例，来进一步熟悉条件格式的应用。具体操作如下：

步骤 1　打开本书配套素材“素材与实例”>“第 11 章”>“美化商品报价单”文件，然后选择 C3:C10 单元格区域，如图 11-51 所示。

步骤 2　单击“开始”选项卡上“样式”组中的“条件格式”按钮，在展开的列表中选择“突出显示单元格规则”>“大于”选项，如图 11-52 所示。

	A	B	C
1	美达百货商品报价表		
2	商品编号	商品名称	单价
3	B01001	光明牛奶	￥ 3.00
4	B01002	美的空调	￥ 1,280.00
5	B01003	佳能数码相机	￥ 2,480.00
6	B01004	海尔XQB50洗衣机	￥ 3,450.00
7	B01005	飘柔护理去屑洗发水	￥ 13.90
8	B01006	29寸长虹彩电	￥ 2,900.00
9	B01007	17寸三星液晶显示器	￥ 1,245.00
10	B01008	费列罗巧克力T16	￥ 5.20

图 11-51　选择要突出显示的单元格区域

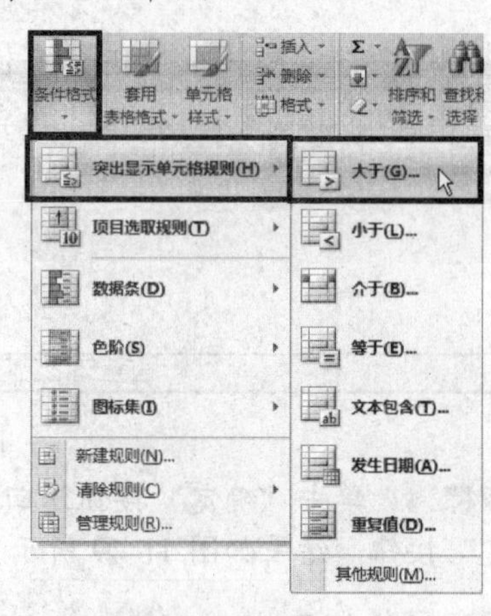

图 11-52　选择“大于”选项

步骤 3　在打开的“大于”对话框的“为大于以下值的单元格设置格式”编辑框中输入“￥1000”，然后在“设置为”下拉列表中选择“自定义格式”选项，如图 11-53 所示。

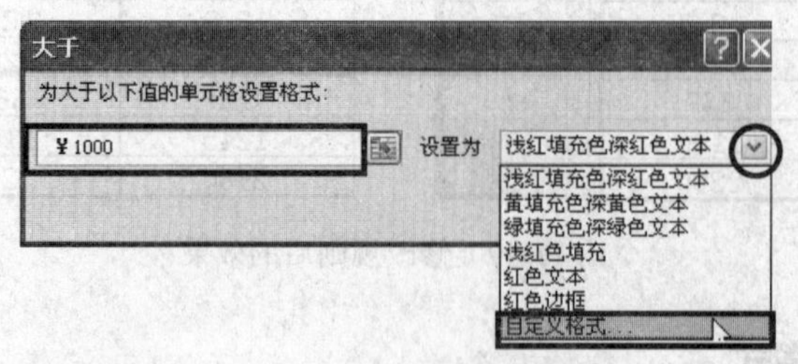

图 11-53　设置“大于”条件格式的参数

步骤 4　在打开的“设置单元格格式”对话框中单击“字体”选项卡，将“颜色”设为“蓝色”，如图 11-54 左图所示。

步骤 5　单击“填充”选项卡，将“图案颜色”设为“绿色”、“图案样式”设为“25% 灰色”，如图 11-54 右图所示。

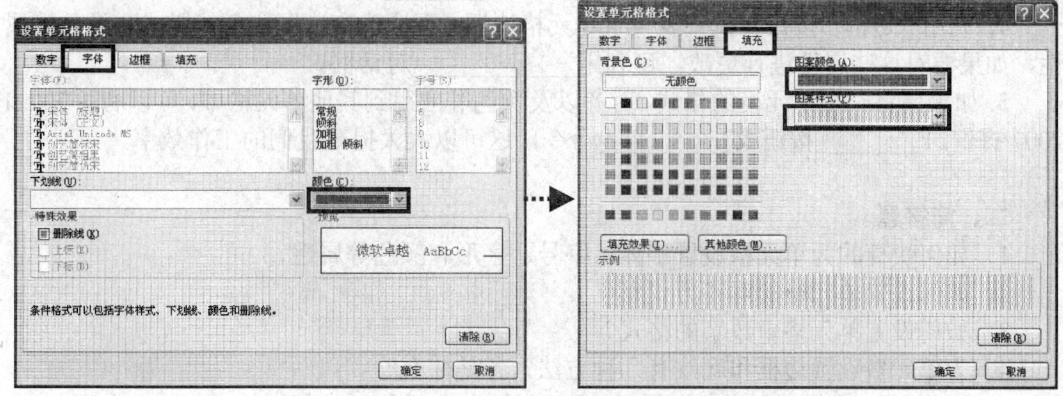

图 11-54　设置文字和单元格底纹的颜色和样式

步骤 6　单击“确定”按钮后返回“大于”对话框，再次单击“确定”按钮，即可得到如图 11-55 所示的效果，高于￥1000 的商品价格，会以刚才设置的格式显示。本例最终效果可参考本书配套素材“素材与实例”>“第 11 章”>“突出显示商品报价单”。

	A	B	C
1	美达百货商品报价表		
2	商品编号	商品名称	单价
3	B01001	光明牛奶	￥ 3.00
4	B01002	美的空调	￥ 1,280.00
5	B01003	佳能数码相机	￥ 2,480.00
6	B01004	海尔XQB50洗衣机	￥ 3,450.00
7	B01005	飘柔护理去屑洗发水	￥ 13.90
8	B01006	29寸长虹彩电	￥ 2,900.00
9	B01007	17寸三星液晶显示器	￥ 1,245.00
10	B01008	费列罗巧克力T16	￥ 5.20

图 11-55　最终效果

11.6　学习总结

本章主要介绍了设置单元格格式、为表格添加边框和底纹、设置行高和列宽，以及为单元格应用条件格式等美化工作表的操作。掌握了本章所学的知识，并将其应用到实际操作中，就可以制作出符合自己要求、外观精美的工作表了。

11.7　思考与练习

一、填空题

1. 除了使用“字体”组中的按钮外，还可以利用__________对话框，为单元格内容设置字体、字号、字形和颜色等属性。

2. 对于简单的对齐操作，利用“对齐方式”组中的按钮就可以了，而对于较复杂的对齐操作，则可以利用____________对话框来进行。

3．通过单击“开始”选项卡上“数字”组中的相应按钮，可以为单元格中的数据快速地设置________格式、________样式或________样式以及增加或减少小数位数 。

4．利用“边框”按钮下拉列表设置单元格边框，无法改变边框线条的样式和颜色等属性，如果要对这些属性进行更改，可利用____________对话框。

5．如果想将一个单元格的格式、对齐以及颜色等应用到其他单元格中，可以利用 Excel 2007 提供的________按钮或__________命令，这可以大大提高我们的工作效率。

二、简答题

1．如何快捷的为单元格设置字体、字号、字形和颜色等属性？

2．如何设置单元格的对齐方式？

3．如何设置单元格中数字的格式？

4．为单元格设置边框和底纹有几种方法？各是什么？

5．要复制单元格格式，可使用哪两种方法？如何操作？

6．如何使 Excel 自动调整行高和列宽？

7．为单元格设置条件格式的目的是什么？该如何添加条件格式？

三、操作题

打开本书配套素材“素材与实例”>“第 11 章”>“商品销售情况表”文件（如图 11-56 左图所示），将表头文字的“字体”设为“创艺简宋体”，“字号”设为“14”，“颜色”设为“蓝色”，然后将除表头文字外的所有单元格设为“居中”对齐，利用“设置单元格格式”对话框为所有包含数据的单元格添加边框，并为包含表头和项目文字的单元格添加底纹，最后为 E3:E8 单元格区域添加“红-黄-绿色阶”条件格式。本例最终效果可参考本书配套素材“素材与实例”>“第 11 章”>“课后练习”（如图 11-56 右图所示）。

	A	B	C	D	E
1	商品销售情况表				
2	产品名称	售价	进价	销售数量	利润
3	29寸长虹彩电	2900	1980	15	13800
4	海尔XQB50洗衣机	3450	2976	7	3318
5	九阳电磁炉	398	327	21	1491
6	光明优酸乳	3.6	2.7	1589	1430.1
7	费列罗巧克力T16	5.2	4.1	896	985.6
8	飘柔护理去屑洗发水	13.9	9.8	977	4005.7

	A	B	C	D	E
1	商品销售情况表				
2	产品名称	售价	进价	销售数量	利润
3	29寸长虹彩电	2900	1980	15	13800
4	海尔XQB50洗衣机	3450	2976	7	3318
5	九阳电磁炉	398	327	21	1491
6	光明优酸乳	3.6	2.7	1589	1430.1
7	费列罗巧克力T16	5.2	4.1	896	985.6
8	飘柔护理去屑洗发水	13.9	9.8	977	4005.7

图 11-56　课后练习

第 12 章

Excel 页面设置与打印输出

本章内容提要

章前导读

工作表制作完成后，一般会将其打印出来。在打印之前，我们应先对工作表进行页面设置、设置打印区域，有时还需要为工作表添加页眉或页脚，本章便针对这些操作进行介绍。

12.1 页面设置

不同行业需要打印的报表各不相同，每个用户都可能有自己的特殊要求。此时，通过页面设置便可设置纸张大小、页边距及打印方向等参数。

12.1.1 设置纸张

我们都知道，打印纸一般有固定的规格，如 A4、B5……。工作表制作好后，单击“页面布局”选项卡上“页面设置”组中的“纸张大小”按钮，在展开的列表中可以选择需要的纸张规格，如图 12-1 所示。

如果列表中的没有需要的纸张规格，可单击列表底部的“其他纸张大小”选项，打开“页面设置”对话框，在“纸张大小”下拉列表中提供了更多的纸张规格供我们选择，如图 12-2 所示。

此外，纸张方向有“纵向”与“横向”两种。单击“页面布局”选项卡上“页面设置”组中的“纸张方向”按钮，在展开的列表中可以进行选择，如图 12-3 所示。

当要打印文件的高度大于宽度时，选择“纵向”；当宽度大于高度时，选择“横向”。

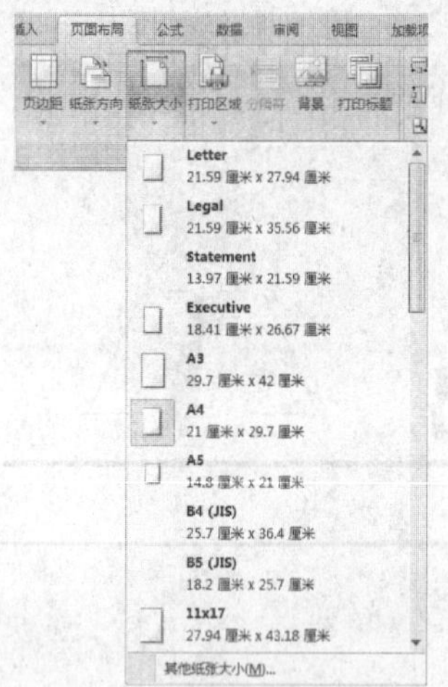

图 12-1 “纸张大小”列表

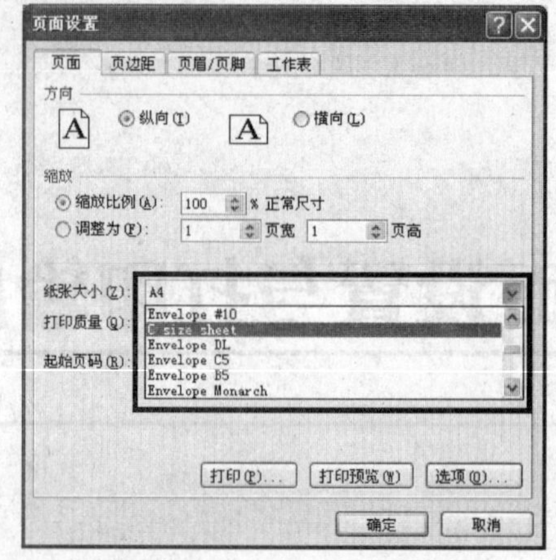

图 12-2 “页面设置”对话框

图 12-3 选择纸张方向

12.1.2 设置页边距

所谓页边距是指页面上打印区域之外的空白区域。要设置页边距，可单击“页面布局”选项卡上“页面设置”组中的“页边距”按钮，在展开的列表中可选择“普通”、“宽”或“窄”样式，如图 12-4 所示。

此外，还可以自定义页边距。单击“页边距”列表底部的“自定义边距”按钮，在打开的“页面设置”对话框中单击“页边距”选项卡，在该选项卡中可分别设置上、下、左、右页边距的值，如图 12-5 所示。

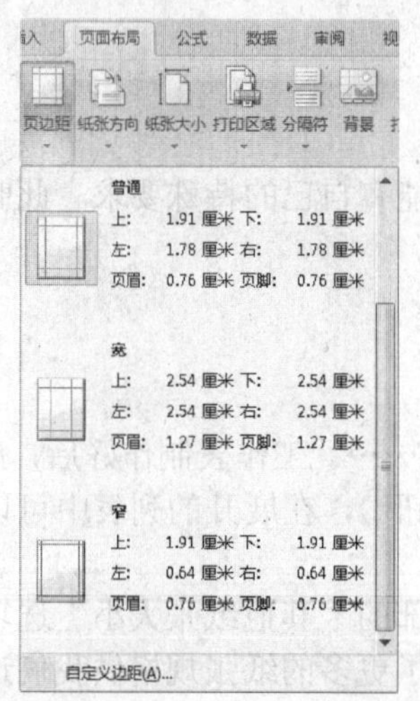

图 12-4 “页边距”列表

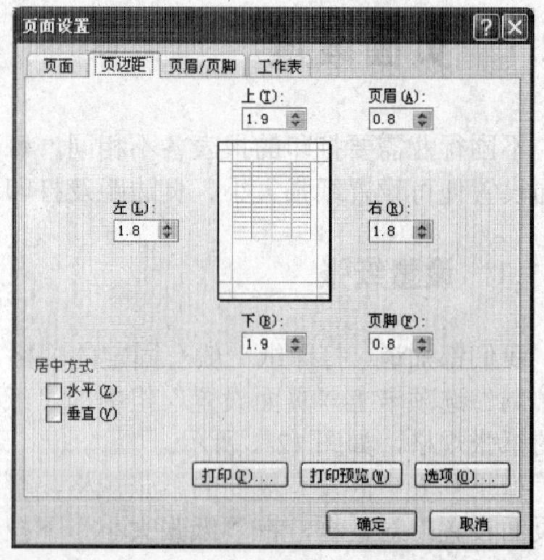

图 12-5 “页边距”选项卡

提 示

选中“页边距”选项卡中的“水平”复选框，可使打印的表格在打印纸上水平居中；选中“垂直”复选框，可使打印的表格在打印纸上垂直居中。

12.1.3　设置页眉或页脚

页眉和页脚分别位于打印页的顶端和底端，用来显示表格名称、页码、作者名称或时间等内容。用户可为工作表添加预定义的页眉或页脚，也可以添加自定义的页眉或页脚，还可在页眉或页脚中添加特定元素。

如果要为工作表添加预定义的页眉和页脚，可参考以下操作：

步骤 1　打开本书配套素材“素材与实例”>“第 12 章”>“学生成绩表”文件，然后单击“插入”选项卡上“文本”组中的“页眉和页脚”按钮，如图 12-6 所示。

步骤 2　此时，Excel 在“页面布局”视图中显示工作表，“页眉和页脚工具”、“设计”选项卡自动出现，单击工作表页面顶部中间（也可单击左侧或右侧）的编辑框，如图 12-7 所示。

图 12-6　单击“页眉和页脚”按钮

页眉

数学考试年级前十名学生成绩			
姓名	名次	成绩	班级
李明伟	1	99.5	高二（一）
杜德辉	2	98	高二（三）
刘欣	3	97.5	高二（四）
王璐璐	4	95	高二（二）
李响	5	93.5	高二（三）
郭明	6	92	高二（一）
刘思雨	7	91.5	高二（一）
李丽丽	8	91	高二（二）
姜小鹏	9	90.5	高二（三）
李思	10	90	高二（一）

图 12-7　单击左侧编辑框

步骤 3　单击“设计”选项卡上“页眉和页脚”组中的“页眉”按钮，在展开的列表中选择所需的预定义页眉，例如选择“学生成绩表”，如图 12-8 左图所示，效果如图 12-8 右图所示。

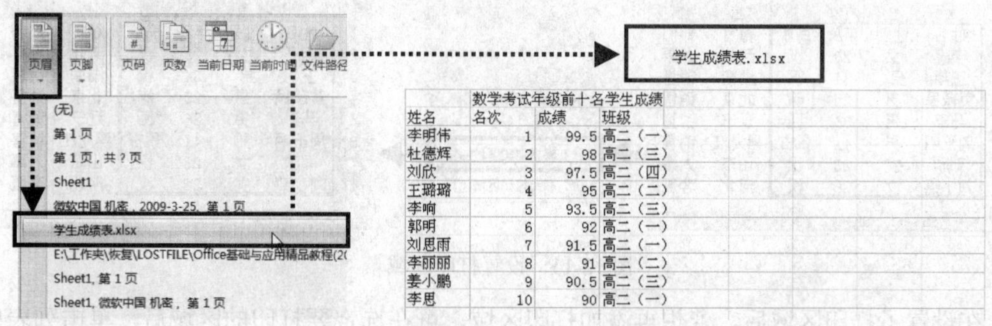

数学考试年级前十名学生成绩			
姓名	名次	成绩	班级
李明伟	1	99.5	高二（一）
杜德辉	2	98	高二（三）
刘欣	3	97.5	高二（四）
王璐璐	4	95	高二（二）
李响	5	93.5	高二（三）
郭明	6	92	高二（一）
刘思雨	7	91.5	高二（一）
李丽丽	8	91	高二（二）
姜小鹏	9	90.5	高二（三）
李思	10	90	高二（一）

图 12-8　选择页眉样式

步骤 4　单击页眉区，然后在“设计”选项卡上“页眉和页脚”组中单击“转至页脚”按钮，然后单击“页脚”按钮，在展开的列表中选择所需的预定义页脚，如图 12-9 左图所示，效果如图 12-9 右图所示。

直接在页眉或页脚编辑框输入文本，即可添加自定义的页眉或页脚。要在页眉或页脚中添加特定元素，应首先单击页眉或页脚编辑框，然后单击“页眉和页脚元素”组中的相应按钮，如图 12-10 所示。

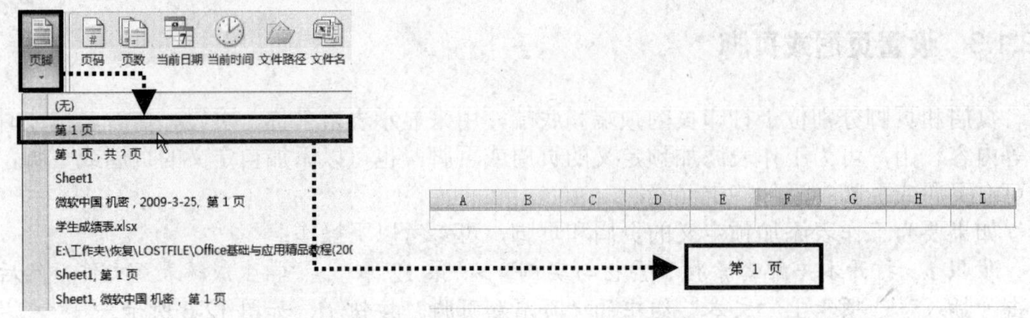

图 12-9 选择页脚样式

图 12-10 “页眉和页脚元素”组中的按钮

12.2 设置打印区域

默认情况下，Excel 会自动选择有文字的最大行和列作为打印区域。在实际工作中，为了节省资源，我们可以进行打印区域的设置，只将需要的部分打印出来。

要重新设置打印区域，应先选定要打印的单元格区域，然后单击“页面布局”选项卡上“页面设置”组中的“打印区域”按钮，在展开的列表中选择“设置打印区域”选项即可，此时所选区域出现虚线框，如图 12-11 右图所示，未被框选的部分不会被打印。

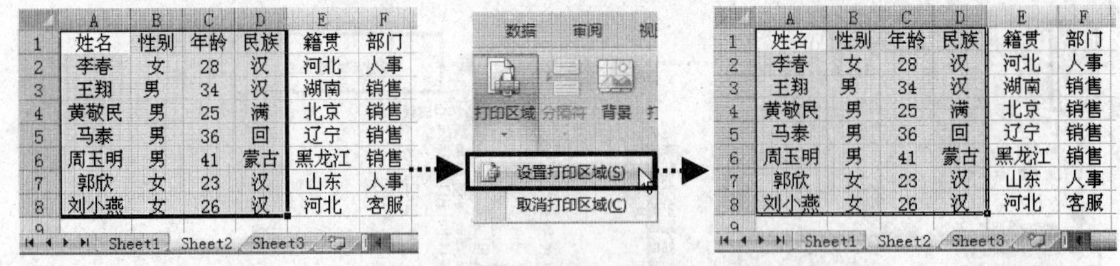

图 12-11 设置打印区域

在设置了打印区域后，若想再添加打印区域，可在选定要打印的区域后，单击列表中的“添加到打印区域”选项，如图 12-12 所示。

图 12-12 添加到打印区域

要取消所设置的打印区域，可单击工作表的任意单元格，然后在“打印区域”列表中单击“取消打印区域”选项，此时，Excel 会自动恢复到系统默认设置的打印区域。

12.3　分页预览与分页符调整

利用分页预览可以使工作表以打印方式显示，以帮助用户更加方便地完成打印前的准备工作，如调整打印区域的大小、调整当前工作表的分页符等。

12.3.1　分页预览

单击“视图”选项卡上“工作簿视图”组中的“分页预览”按钮，如图 12-13 左图所示，或单击“状态栏”上的“分页预览”按钮，可以将工作表从“普通”视图切换到“分页预览”视图，如图 12-13 右图所示。

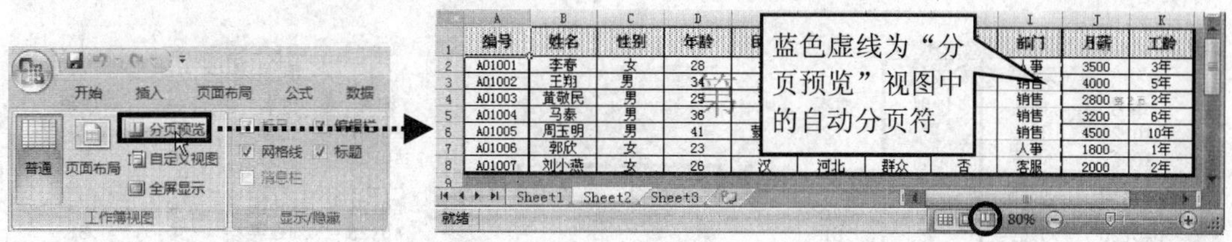

图 12-13　进入分页预览视图

如果需要打印的工作表中的内容不止一页，Excel 会自动插入分页符，将工作表分成多页，如图 12-13 右图所示。

默认情况下，当用户进入“分页预览”视图或进行了页面设置后，返回“普通”视图时，Excel 会自动在工作表编辑窗口插入虚线分页符，如图 12-14 所示。

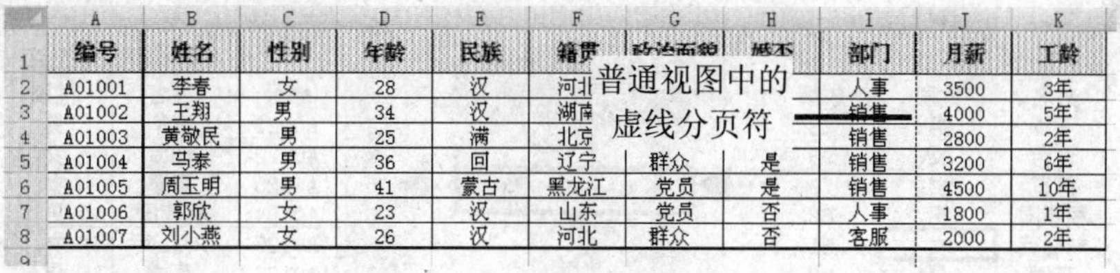

编号	姓名	性别	年龄	民族	籍贯	政治面貌	婚否	部门	月薪	工龄
A01001	李春	女	28	汉	河北			人事	3500	3年
A01002	王翔	男	34	汉	湖南			销售	4000	5年
A01003	黄敬民	男	25	满	北京			销售	2800	2年
A01004	马泰	男	36	回	辽宁	群众	是	销售	3200	6年
A01005	周玉明	男	41	蒙古	黑龙江	党员	是	销售	4500	10年
A01006	郭欣	女	23	汉	山东	党员	否	人事	1800	1年
A01007	刘小燕	女	26	汉	河北	群众	否	客服	2000	2年

普通视图中的虚线分页符

图 12-14　普通视图中的虚线分页符

12.3.2　调整分页符

分页符的位置取决于纸张的大小、页边距设置等。我们可以通过插入水平分页符来改变页面上数据行的数量或插入垂直分页符来改变页面上数据列的数量。在“分页预览”视图中，还可以用鼠标拖动分页符的方法来改变它在工作表上的位置。

1. 插入分页符

在打印工作表时，可能会遇到将一张表格打印成两页或多页的情况，这时就可以用插入分页符的方法来实现。要插入分页符可参考以下操作：

要插入水平分页符，应首先选中要插入分页符位置下方的行，然后单击“页面布局”选项卡上“页面设置”组中的“分隔符”按钮，在展开的列表中选择“插入分页符”选项，如图 12-15 所示。

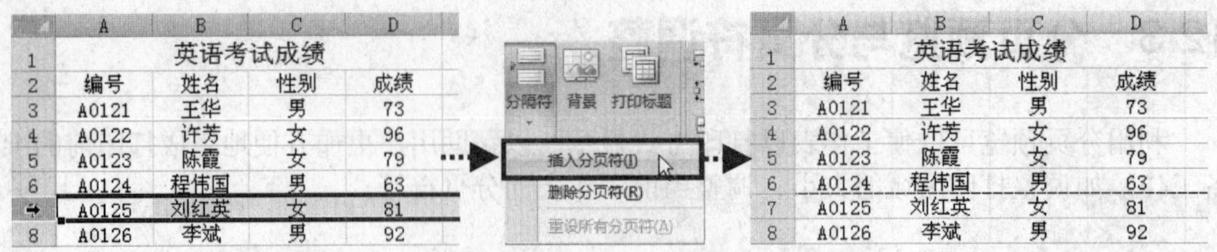

	A	B	C	D
1	英语考试成绩			
2	编号	姓名	性别	成绩
3	A0121	王华	男	73
4	A0122	许芳	女	96
5	A0123	陈霞	女	79
6	A0124	程伟国	男	63
7	A0125	刘红英	女	81
8	A0126	李斌	男	92

图 12-15　插入水平分页符

要插入垂直分页符，应首先选中要插入分页符位置右侧的列，然后单击“页面布局”选项卡上“页面设置”组中的“分隔符”按钮，在展开的列表中选择“插入分页符”选项即可，如图 12-16 所示。

	A	B	C	D
1	英语考试成绩			
2	编号	姓名	性别	成绩
3	A0121	王华	男	73
4	A0122	许芳	女	96
5	A0123	陈霞	女	79
6	A0124	程伟国	男	63
7	A0125	刘红英	女	81
8	A0126	李斌	男	92

图 12-16　插入垂直分页符

选择工作表中的任意单元格，然后单击“页面布局”选项卡上“页面设置”组中的“分隔符”按钮，在展开的列表中选择“插入分页符”选项，Excel 将同时插入水平分页符和垂直分页符，将 1 页分成 4 页，如图 12-17 所示。

	A	B	C	D
1	英语考试成绩			
2	编号	姓名	性别	成绩
3	A0121	王华	男	73
4	A0122	许芳	女	96
5	A0123	陈霞	女	79
6	A0124	程伟国	男	63
7	A0125	刘红英	女	81
8	A0126	李斌	男	92

图 12-17　同时插入水平分页符和垂直分页符

2. 移动分页符

当进入“分页预览”视图时，会看到有蓝色框线的分页符，我们可以通过拖动分页符来改变页面，具体方法如下：

步骤 1　将鼠标指针移到要需要调整的分页符上，此时鼠标指针变成左右双向箭头，如图 12-18 所示。

	E	F	G	H	I	J	K
1	民族	籍贯	政治面貌	婚否	部门	月薪	工龄
2	汉	河北	群众	是	人事	3500	3年
3	汉	湖南	党员	是	销售	4000	5年
4	满	北京	群众	否	销售	2800	2年
5	回	辽宁	群众	是	销售	3200	6年
6	蒙古	黑龙江	党员	是	销售	4500	10年
7	汉	山东	党员	否	人事	1800	1年
8	汉	河北	群众	否	客服	2000	2年

图 12-18　将鼠标指针移到要需要调整的分页符上

步骤 2　按住鼠标左键并拖动，工作表中显示灰色的线标识移动位置，至所需位置后释放鼠标左键即可移动分页符，如图 12-19 所示。

G	H	I	J	K
政治面貌	婚否	部门	月薪	工龄
群众	是	人事	3500	3年
党员	是	销售	4000	5年
群众	否	销售	2800	2年
群众	是	销售	3200	6年
党员	是	销售	4500	10年
党员	否	人事	1800	1年
群众	否	客服	2000	2年

G	H	I	J	K
政治面貌	婚否	部门	月薪	工龄
群众	是	人事	3500	3年
党员	是	销售	4000	5年
群众	否	销售	2800	2年
群众	是	销售	3200	6年
党员	是	销售	4500	10年
党员	否	人事	1800	1年
群众	否	客服	2000	2年

图 12-19　将分页符拖至新位置

在“分页预览”视图中，手动插入的分页符显示为实线，自动分页符显示为虚线。移动自动分页符将使其变成手动分页符。

3. 删除分页符

我们所说的删除分页符，一般是指删除手动插入的分隔符。要删除分页符，可参考如下操作：

单击垂直分页符右侧的单元格，然后选择“分页符”列表中的“删除分页符”选项，可删除插入的垂直分页符，如图 12-20 所示。

	A	B	C	D
1		数学考试成绩		
2	编号	姓名	性别	成绩
3	A0121	王华	男	87
4	A0122	许芳	女	75
5	A0123	陈霞	女	93
6	A0124	程伟国	男	66
7	A0125	刘红英	女	73
8	A0126	李斌	男	68

分隔符　背景　打印标题

插入分页符(I)

删除分页符(R)

重设所有分页符(A)

	A	B	C	D
1		数学考试成绩		
2	编号	姓名	性别	成绩
3	A0121	王华	男	87
4	A0122	许芳	女	75
5	A0123	陈霞	女	93
6	A0124	程伟国	男	66
7	A0125	刘红英	女	73
8	A0126	李斌	男	68

图 12-20　删除垂直分页符

单击水平分页符下方的单元格，然后选择“分隔符”列表中的“删除分页符”选项，可删除插入的水平分页符，如图 12-21 所示。

	A	B	C	D
1		数学考试成绩		
2	编号	姓名	性别	成绩
3	A0121	王华	男	87
4	A0122	许芳	女	75
5	A0123	陈霞	女	93
6	A0124	程伟国	男	66
7	A0125	刘红英	女	73
8	A0126	李斌	男	68

分隔符　背景　打印标题

插入分页符(I)

删除分页符(R)

重设所有分页符(A)

	A	B	C	D
1		数学考试成绩		
2	编号	姓名	性别	成绩
3	A0121	王华	男	87
4	A0122	许芳	女	75
5	A0123	陈霞	女	93
6	A0124	程伟国	男	66
7	A0125	刘红英	女	73
8	A0126	李斌	男	68

图 12-21　删除水平分页符

单击垂直分页符和水平分页符交叉处右下角的单元格，然后选择“分隔符”列表中的“删除分页符”选项，可删除同时插入的垂直和水平分页符，如图 12-22 所示。

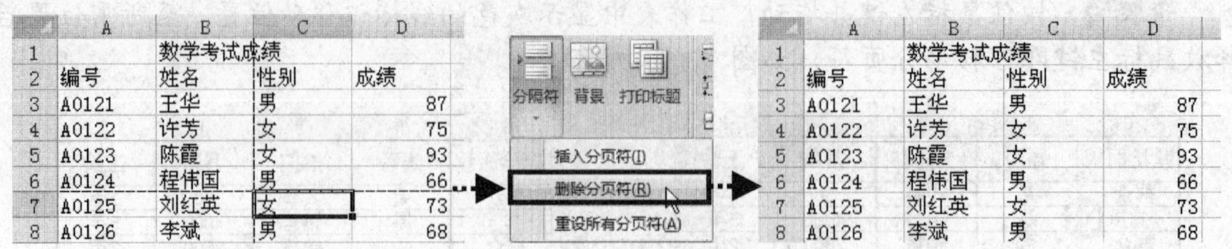

	A	B	C	D
1		数学考试成绩		
2	编号	姓名	性别	成绩
3	A0121	王华	男	87
4	A0122	许芳	女	75
5	A0123	陈霞	女	93
6	A0124	程伟国	男	66
7	A0125	刘红英	女	73
8	A0126	李斌	男	68

图 12-22　同时删除水平和垂直分页符

要一次性删除所有手动分页符，可单击工作表上的任一单元格，然后选择“分隔符”列表中的“重设所有分页符”选项即可。

12.4　上机实践——对数码相机报价单进行打印设置

下面通过对数码相机报价单进行打印设置，来熟悉设置纸张大小、页边距、打印区域、页眉页脚以及分页符的方法。具体操作如下：

步骤 1　打开本书配套素材“素材与实例”>“第 12 章”>“数码相机报价单”文件，单击“页面布局”选项卡上“页面设置”组中的“纸张大小”按钮，在展开的列表中选择一种纸张样式，例如选择“B5”，如图 12-23 所示。

	A	B	C	D	E	F
1	项目 编号	品牌	产品型号	原价	现价	降价幅度
2	S001	佳能	EOS 20D	8650	7890	9%
3	S002	松下	DMC-FZ7	3650	2980	18%
4	S003	理光	CaplioR1	1350	1297	4%
5	S004	爱普生	R-D1	29000	27800	4%
6	S005	索尼	DSC-T7	2650	2400	9%
7	S006	卡西欧	EX-S500	2350	1860	21%
8	S007	尼康	D50	5400	4800	11%
9	S008	柯达	V570	3150	2900	8%
10	S009	奥林巴斯	E-330	7050	6700	5%
11						
12						

图 12-23　设置纸张大小

步骤 2　单击“页面设置”组中的“页边距”按钮，在展开的列表中选择“自定义边距”选项，如图 12-24 所示。

步骤 3　打开“页面设置”对话框的“页边距”选项卡，分别设置上、下、左、右页边距值为“2”，页眉和页脚的页边距为“1.5”，并选中“水平”和“垂直”复选框，如图 12-25 所示，然后单击“确定”按钮。

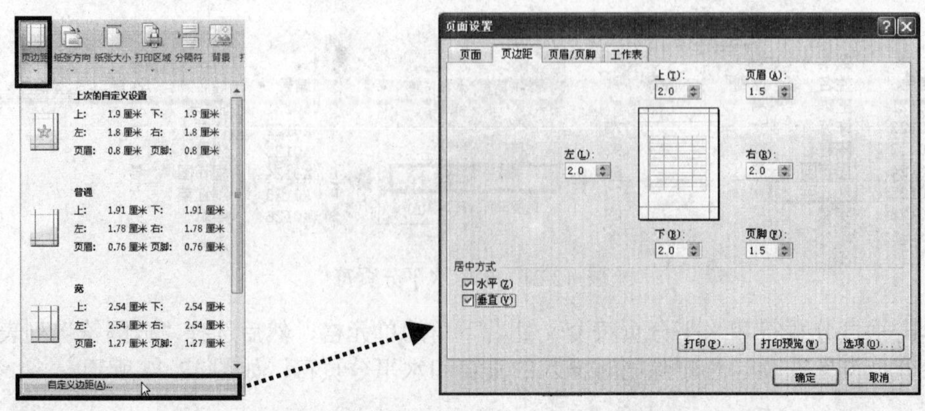

图 12-24　选择“自定义边距”选项　　　　图 12-25　设置页边距

步骤 4　在工作表中选择要打印的区域，然后单击“页面布局”选项卡上“页面设置”组中的“打印区域”按钮，在展开的列表中选择“设置打印区域”选项，如图 12-26 所示。

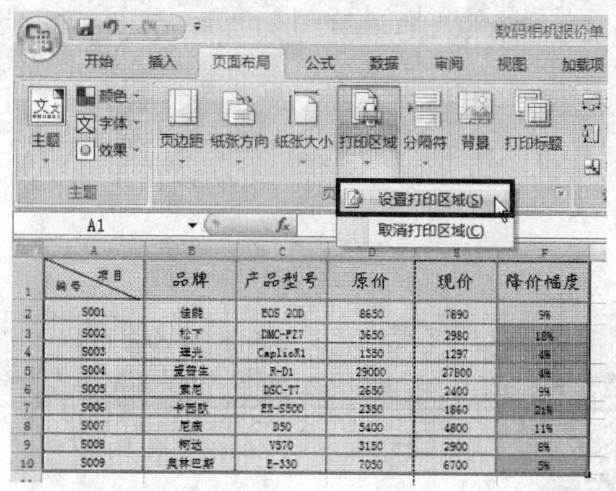

图 12-26　设置打印区域

步骤 5　单击“插入”选项卡上“文本”组中的“页眉和页脚”按钮，然后单击“页眉和页脚”组中的“页眉”按钮，在展开的列表中选择所需页眉，这里选择“数码相机报价单”选项，如图 12-27 所示。

步骤 6　单击页眉中的文字进入页眉和页脚编辑状态，然后单击“导航”组中的“转至页脚”按钮，切换到页脚区，如图 12-28 所示。

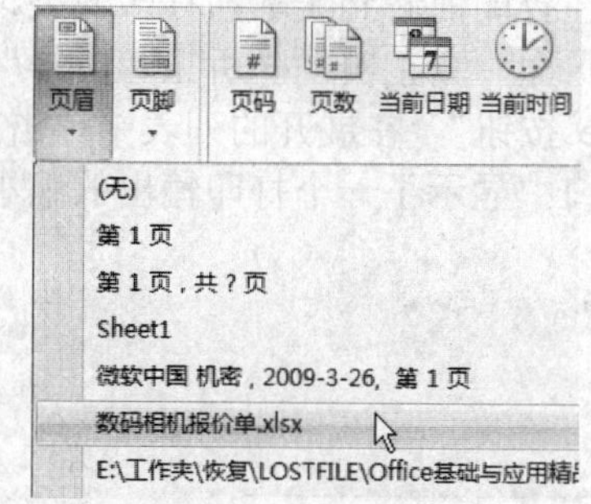

图 12-27　选择页眉样式

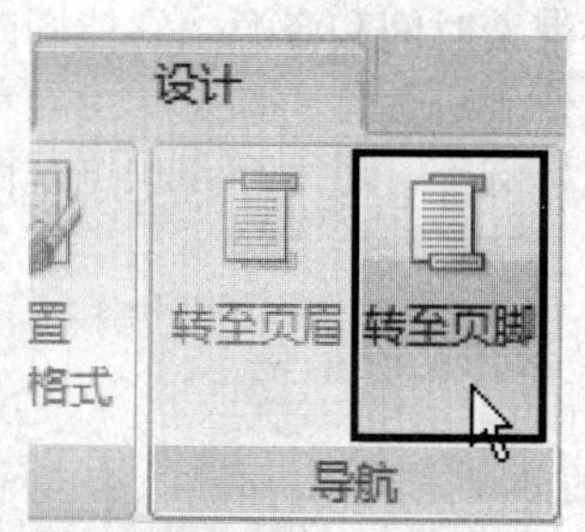

图 12-28　单击“转至页脚”按钮

步骤 7　单击中间区域的编辑框，然后单击“页眉和页脚元素”组中的“页数”按钮，再单击页脚区外的任意位置，查看设置的页脚效果，如图 12-29 所示。

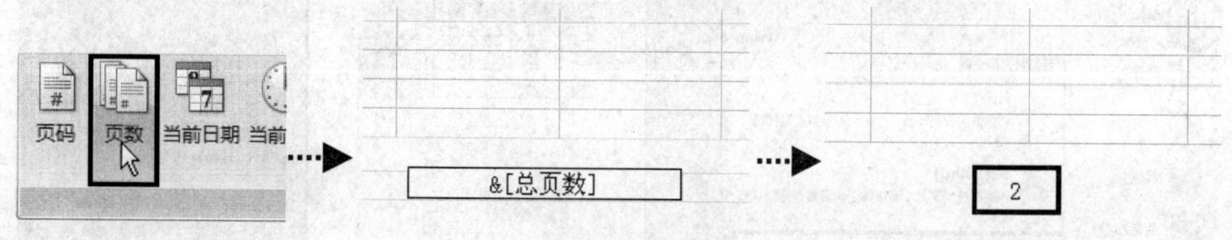

图 12-29　设置页脚

步骤 8　单击“状态栏”上的“分页预览”按钮，进入“分页预览”视图，将鼠标指针移到垂直分页符上，然后将其拖到“降价幅度”列的右侧，如图 12-30 所示，使工作表显示在一页中，然后将工作簿另存为“页面设置”，至此实例就完成了。

	A	B	C	D	E	F
1	项目 编号	品牌	产品型号	原价	现价	降价幅度
2	S001	佳能	EOS 20D	8650	7890	9%
3	S002	松下	DMC-FZ7	3650	2980	18%
4	S003	理光	CaplioR1	1350	1297	4%
5	S004	爱普生	R-D1	29000	27800	4%
6	S005	索尼	DSC-T7	2650	2400	9%
7	S006	卡西欧	EX-S500	2350	1860	21%
8	S007	尼康	D50	5400	4800	11%
9	S008	柯达	V570	3150	2900	8%
10	S009	奥林巴斯	E-330	7050	6700	5%

	A	B	C	D	E	F
1	项目 编号	品牌	产品型号	原价	现价	降价幅度
2	S001	佳能	EOS 20D	8650	7890	9%
3	S002	松下	DMC-FZ7	3650	2980	18%
4	S003	理光	CaplioR1	1350	1297	4%
5	S004	爱普生	R-D1	29000	27800	4%
6	S005	索尼	DSC-T7	2650	2400	9%
7	S006	卡西欧	EX-S500	2350	1860	21%
8	S007	尼康	D50	5400	4800	11%
9	S008	柯达	V570	3150	2900	8%
10	S009	奥林巴斯	E-330	7050	6700	5%

图 12-30　调整分页符位置

在实际工作中对于宽度大于高度的表格，应将纸张方向设为“横向”，本例中为了便于向读者介绍调整分页符的方法，所以才将纸张方向设为“纵向”。

12.5　打印工作表

在选定打印区域并设置好页面后，便可以打印工作表了。不过一般在打印前，我们会先对工作表进行打印预览。下面便介绍打印预览和打印的具体操作。

12.5.1　打印预览

利用 Excel 提供的“打印预览”功能，可以在打印前看到实际的打印效果，避免多次打印调整，浪费时间和资源。它能同时看到全部页面，真正实现“所见即所得”。

要对工作表进行打印预览，可先单击“Office 按钮”，在展开的列表中单击“打印”>“打印预览”选项，进入打印预览视图，即在窗口中显示了一个打印输出的缩小版，如图 12-31 所示。

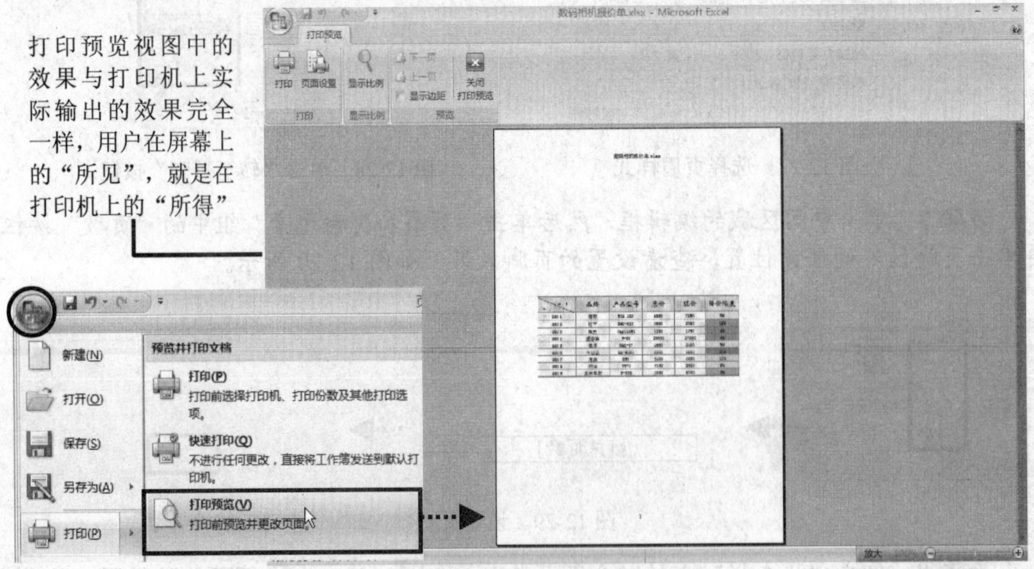

图 12-31　进入打印预览视图

从图 12-31 中可以看到，打印预览窗口与编辑窗口不太相同，用户通过打印预览窗口

中的按钮，可调整版面的编排。此外，屏幕底部的状态栏显示了当前的页号和选定工作表的总页数。

如果对显示的效果不满意，可单击打印预览视图中的“关闭打印预览”按钮，返回编辑窗口，重新进行设置和修改，直到满意为止。

打印预览视图各按钮的意义如下：

- **“打印”按钮**：单击该按钮，打开“打印内容”对话框。
- **“页面设置”按钮**：单击该按钮，打开“页面设置”对话框。
- **“上一页”按钮**：单击该按钮，显示下一页。如果下面没有可显示页，按钮呈灰色。
- **“下一页”按钮**：单击该按钮，显示前一页。如果上面没有可显示页，按钮呈灰色。
- **“显示边距”复选框**：勾选该复选框后，工作表的四周会出现边界虚线，虚线两端各有一个小黑方块状的控制柄，用鼠标拖动控制柄或边界虚线，可快速地改变页边距的有关设置，如图 12-32 所示。

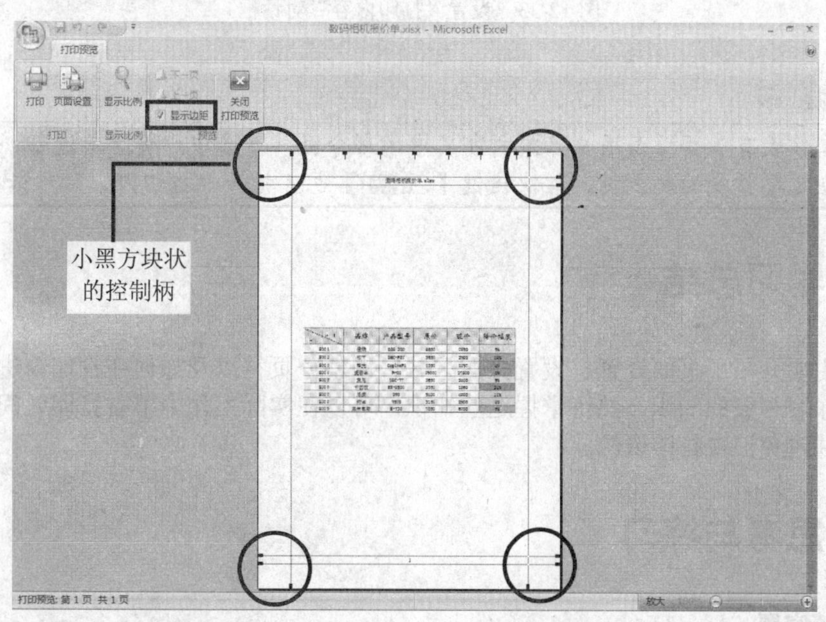

图 12-32　选中“显示边距”复选框后的打印预览窗口

- **“关闭打印预览”按钮**：单击该按钮，关闭打印预览窗口并显示活动工作表。

将鼠标指针移至预览窗口中，当鼠标指针变为“🔍”形状时单击，可放大显示表格内容；此时鼠标指针变为“↖”形状，再次单击鼠标可缩小显示表格内容。

12.5.2　打印工作表

对工作表进行打印预览后，如果对效果满意，就可以进行打印输出了。打印工作表的操作步骤如下：

步骤 1　单击“Office 按钮”展开列表，然后选择“打印”>“打印”选项，如图 12-33 左图所示。

步骤 2　在打开的“打印内容”对话框中的“名称”列表中选择要使用的打印机，在“打印范围”设置区中选择打印范围，在“打印内容”设置区中选择要打印的内容，在“份数”设置区中设置要打印的份数，最后单击“确定”按钮，如图 12-33 右图所示，系统将按照设置打印工作表。

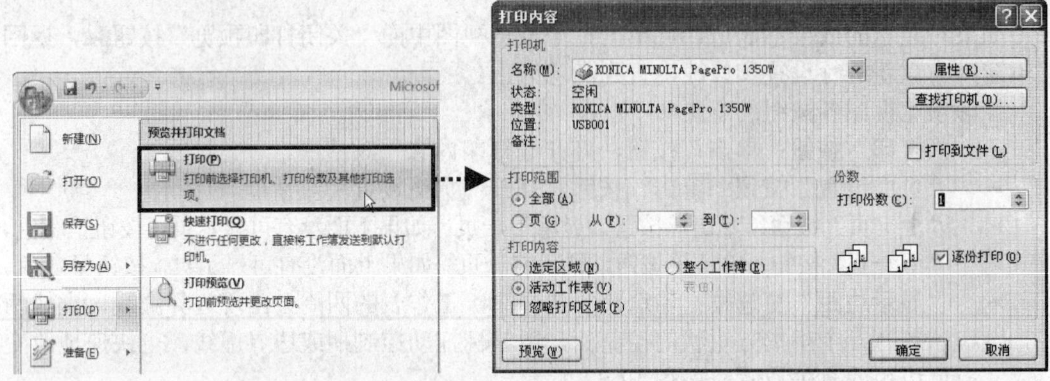

图 12-33　设置“打印内容”对话框

若工作表有多页，而用户只想打印其中的部分页，可选中“页”单选钮，然后在其右侧指定要打印的起止页。按快捷键【Ctrl+P】也可打开“打印内容”对话框。

12.6　学习总结

本章主要介绍了页面设置、设置打印区域、调整分页符以及如何在打印前进行预览等与打印工作表相关的知识。熟练掌握这些知识，可以在实际工作中节省打印时间，提高工作效率，并避免浪费打印资源。

12.7　思考与练习

一、填空题

1. 工作表制作好后，单击________选项卡上________组中的________按钮，在展开的列表中可以选择需要的纸张规格。

2. 要设置页边距，可单击________选项卡上________组中的________按钮，在展开的列表中选择页边距的样式。

3. 要重新设置打印区域，应先选定要打印的单元格区域，然后单击________选项卡上________组中的________按钮，在展开的列表中选择__________选项。

4. 利用________可以使工作表以打印方式显示，以帮助用户更加方便地完成打印前的准备工作，如调整当前工作表的打印区域或分页符等。

5. 在打印工作表时，可能会遇到将一张表格打印成两页或多页的情况，这时就可以用__________的方法来实现。

6. 一般在打印前，我们会先对工作表进行________，避免浪费打印资源。

二、简答题

1. 工作表的页面设置主要包括哪些内容？

2．如何设置工作表的打印区域？设置打印区域后，如何添加新的打印区域？

3．如何为工作表添加页眉和页脚？

4．如何在工作表中插入分页符？

5．如何在打印预览视图中改变页边距？

6．如何打印工作表的部分页？

三、操作题

对本书配套素材“素材与实例”>“第 12 章”>“员工人事档案”文件进行页面设置，并进行打印预览，如图 12-34 所示。

提示：

首先将“纸张大小”设为“B5”，并将“纸张方向”设为“横向”然后将“页边距”设为“宽”，再为其添加页眉和页脚，接着为其设置打印区域，并在分页预览中查看分页符位置（此时在表格中应看不到分页符），最后对工作表进行打印预览。

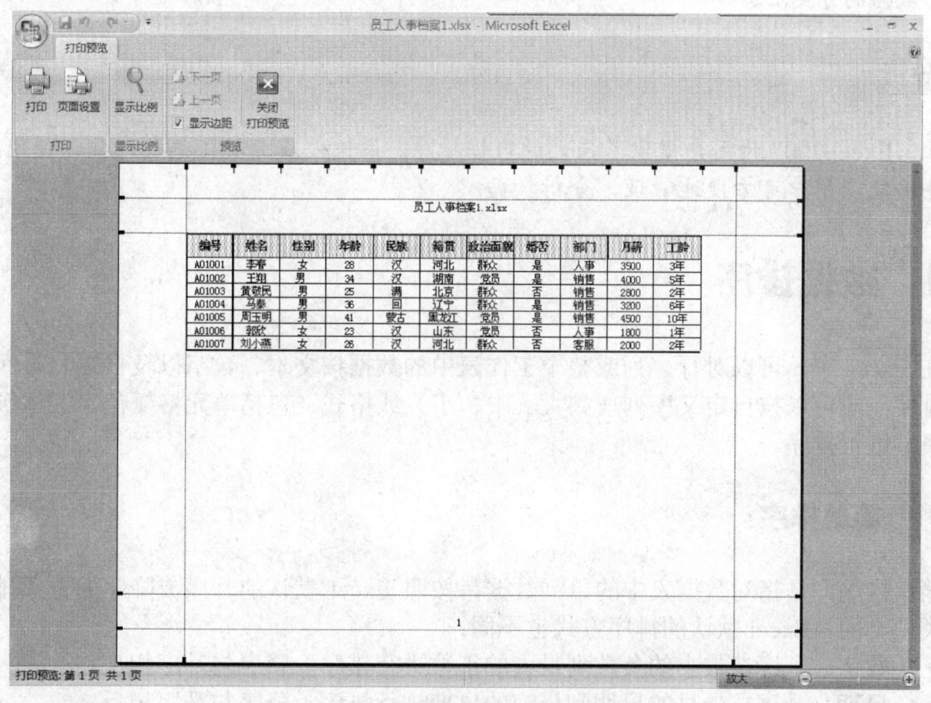

图 12-34　对工作表进行页面设置并打印预览

第13章

数据排序、筛选与分类汇总

本章内容提要

章前导读

Excel 2007为用户提供了强大的数据排序、筛选以及分类汇总等功能。使用这些功能，用户可方便地管理、分析数据。

13.1 数据排序

在Excel中，可以对行、列或整个工作表中的数据按文本、数字以及日期和时间顺序进行排序，还可以按自定义序列（如大、中、小）或格式（包括单元格颜色、字体颜色或图标集）进行排序。

13.1.1 简单排序

简单排序即是指对数据表中的单列数据，按照Excel默认的升序或降序的方式排列。数据类型不同，Excel默认的排序方式也不同：

- **数字**：升序按最小的负数到最大的正数进行排序。降序与升序相反。
- **日期**：升序按最早的日期到最晚的日期进行排序。降序与升序相反。
- **文本**：升序按照特殊字符、数字（0~9）、小写英文字母（a~z）、大写英文字母（A~Z）、汉字（以拼音排序）排序。降序与升序相反。

排序文本时，撇号（'）和连字符（-）会被忽略，但若两个文本字符串除了连字符不同外其余都相同，则带连字符的文本排在后面。此外，隐藏行不会被排序，除非它是分级显示的一部分。

要进行简单排序，可利用排序按钮进行，具体方法可参考如下操作：

步骤1 打开本书配套素材“素材与实例”>“第13章”>“排序”文件，然后单击“数

量”列中的任意非空单元格，如 C3 单元格，再单击“数据”选项卡上“排序和筛选”组中的“升序”按钮，如图 13-1 左图所示，效果如图 13-1 右图所示。

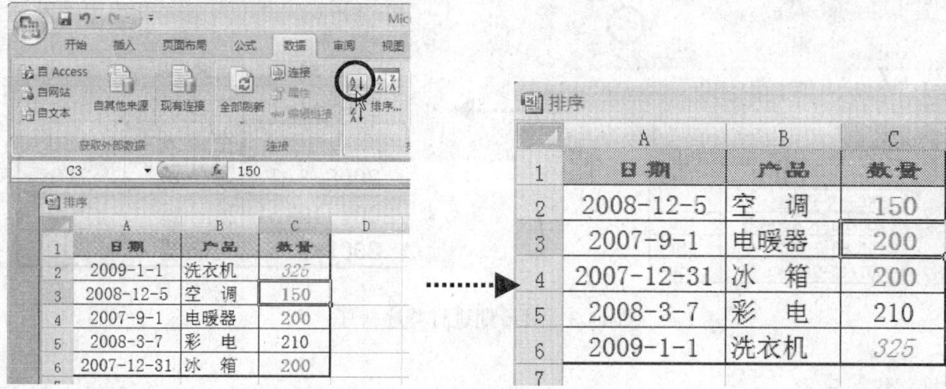

图 13-1　对数值进行升序排序

> 如果数值没有正确排序，可能是因为该列中包含存储为文本的数字，此时需要将存储为文本的数字转换为数字，为此可单击“开始”选项卡上的“数字”组中“数字格式”按钮右侧的三角按钮，在展开的列表中选择“数字”。
>
> 有时候从其他应用程序导入的数据前面会有前导空格，请在排序前先删除这些前导空格。

步骤 2　单击“产品”列中的任意非空单元格，如 B3 单元格，然后单击“排序和筛选”组中的“降序”按钮，如图 13-2 左图所示，效果如图 13-2 右图所示。

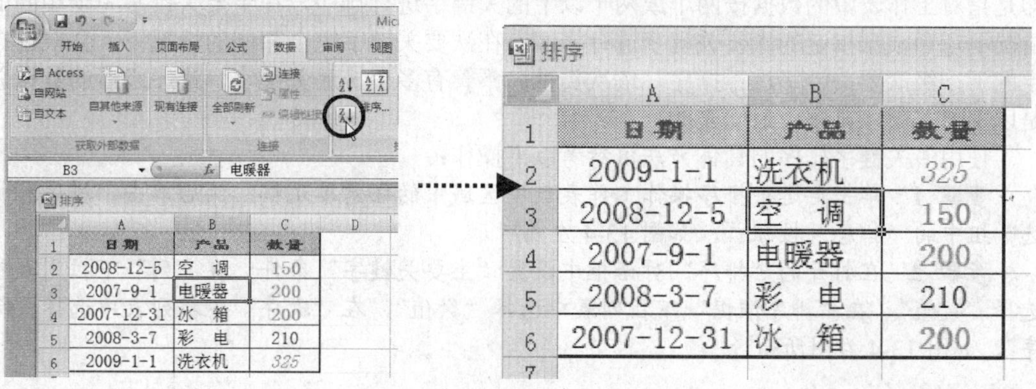

图 13-2　对文本进行降序排序

> 如果要排序的列中包含的数字既有作为数字存储的，又有作为文本存储的，则需要将所有数字均设置为文本格式，否则，作为数字存储的数字将排在作为文本存储的数字前面。要将选定的所有数据设置为文本格式，转换方法可参考“数字”排序提示。

步骤 3　单击“日期”列中的任意非空单元格，如 A3 单元格，然后单击“排序和筛选”组中的“降序”按钮，如图 13-3 左图所示，结果如图 13-3 右图所示。

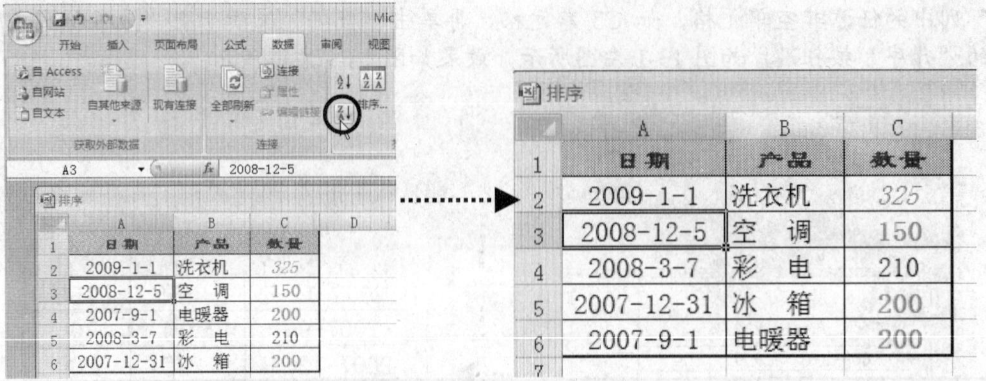

图 13-3　对日期进行降序排序

如果日期没有正确排序，可能是因为该列中包含存储为文本的日期或时间。要使 Excel 正确地对日期和时间进行排序，该列中的所有日期和时间都必须存储为日期或时间系列数值。如果 Excel 无法将值识别为日期或时间值，就会将该日期或时间存储为文本。将文本转换为数字的方法可参考“数字”排序提示。

此外，不管是按列或按行排序，当数据表中的单元格引用了其他单元格内的数据时，有可能因排序的关系，使公式的引用地址错误，从而使数据表中的数据发生错误。

13.1.2　多关键字排序

当要进行排序的列或行中有多个相同的数据时，可使用多关键字排序。多关键字排序即是指对工作表中的数据按两个或两个以上的关键字进行排序，在主要关键字完全相同的情况下，会根据指定的次要关键字进行排序；在次要关键字完全相同的情况下，会根据指定的下一级次要关键字进行排序，依次类推。不管有多少排序关键字，排序之后的数据总是以主要关键字排序为最优先的。

使用多关键字排序的具体方法可参考以下操作：

步骤 1　单击要进行排序操作工作表数据区域中的任意单元格，然后单击“排序和筛选”组中的“排序”按钮，如图 13-4 左图所示。

步骤 2　在打开的“排序”对话框中设置“主要关键字”条件：在“列”下拉列表中选择“数值”，在“排序依据”下拉列表中选择“数值”，在“次序”下拉列表中选择“降序”，如图 13-4 右图所示。

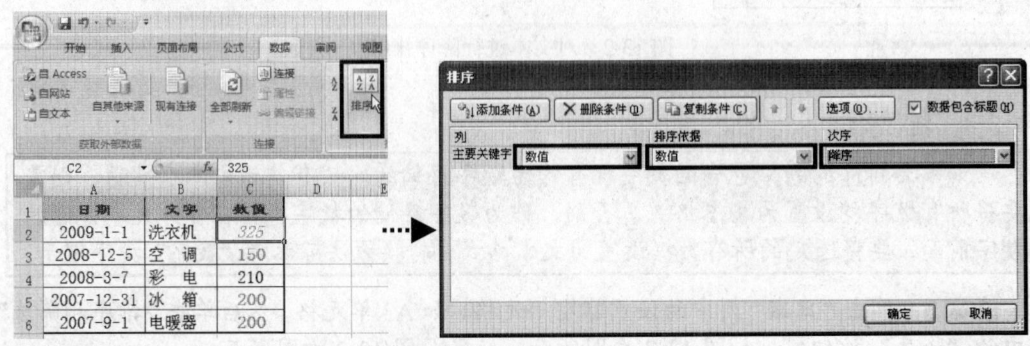

图 13-4　设置“主要关键字”条件

步骤 3　因为在“数值”列有两个相同的数值，所以我们单击“排序”对话框中的“添加条件”按钮，添加一个次要条件，并设置次要关键字条件：在“列”下拉列表中选择“日期”，在“排序依据”下拉列表中选择“数值”，在“次序”下拉列表中选择“升序”，如图 13-5 所示。

步骤 4　单击“确定”按钮后，即可得到排序结果，如图 13-6 所示。

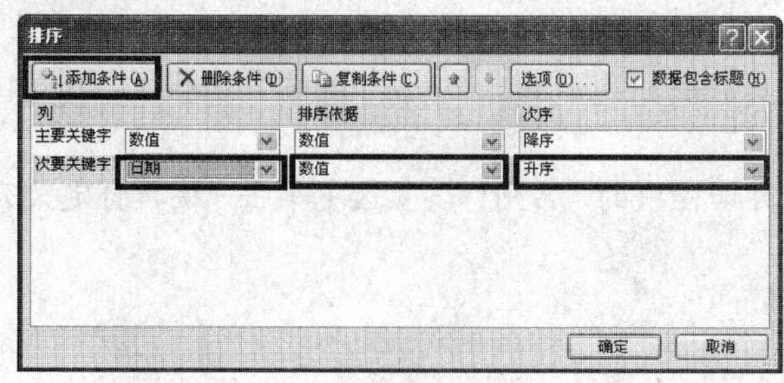

图 13-5　设置次要关键字条件

	A	B	C
1	日期	文字	数值
2	2009-1-1	洗衣机	325
3	2008-3-7	彩　电	210
4	2007-9-1	电暖器	200
5	2007-12-31	冰　箱	200
6	2008-12-5	空　调	150

图 13-6　多关键字排序结果

“排序”对话框中各选项意义如下：

➢ **“添加条件”、“复制条件”和“删除条件”按钮**：单击这三个按钮可分别添加、复制和删除排序关键字。

➢ **“上移”按钮和“下移”按钮**：单击这两个按钮，可改变排序关键字的优先等级。

➢ **“排序依据”下拉列表**：若要按文本、数字或日期和时间进行排序，选择“数值”；若要按格式进行排序，选择“单元格颜色”、“字体颜色”或“单元格图标”。

提　示

如果用户按单元格颜色或字体颜色手动或有条件地设置了单元格区域或工作表列的格式，那么，也可以按这些颜色进行排序，或者按某个单元格图标进行排序，这个图标是通过条件格式创建的。

➢ **“次序”下拉列表**：对于文本值、数值、日期或时间值，选择“升序”或“降序”；若要基于自定义序列进行排序，选择“自定义序列”。

➢ **“次要关键字”**：数据按“主要关键字”排序后，“主要关键字”相同的数据按“次要关键字”排序。可以为排序设置多个次要关键字。

➢ **“数据包含标题”复选框**：选中该复选框（默认），表示选定区域的第一行作为标题，不参加排序，始终放在原来的行位置。取消该复选框，表示选定区域第一行作为普通数据看待，参与排序。

如果要对工作表中的数据按行进行排序，可选择单元格区域中的一行数据，然后单击“排序”按钮打开“排序”对话框，再单击“选项”按钮，打开“排序选项”对话框，选中“按行排序”单选钮，如图 13-7 所示，然后单击“确定”按钮返回“排序”对话框，再参考按列排序的操作进行设置，最后单击“确定”按钮即可。

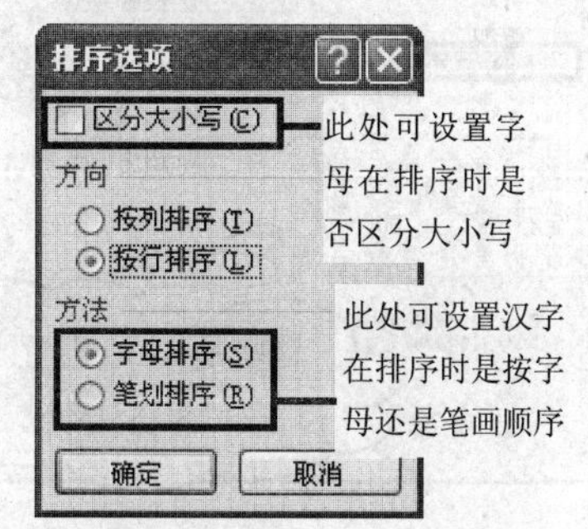

图 13-7　“排序选项”对话框

13.1.3 自定义排序

有时现有的排序规则不能满足我们的要求，这时可以用自定义排序规则来解决。除了可以使用 Excel 2007 内置的自定义序列进行排序外，用户还可根据需要创建自己的自定义序列，并按创建的自定义序列进行排序。

首先介绍创建自定义序列的方法：

步骤 1 单击“Office 按钮”，在展开的列表中单击“Excel 选项”按钮，如图 13-8 左图所示。

步骤 2 在打开的“Excel 选项”对话框中的“常用”设置区中单击“编辑自定义列表”按钮，如图 13-8 右图所示。

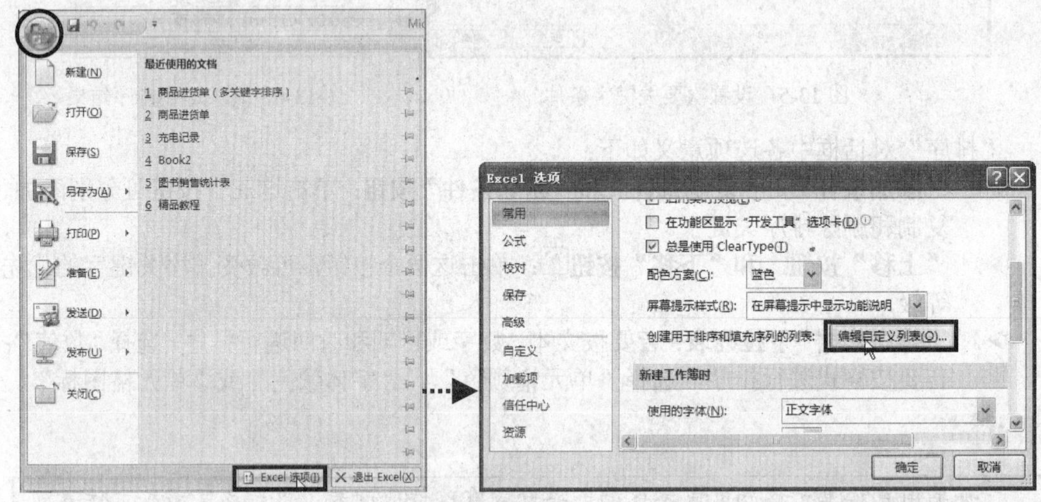

图 13-8 单击“编辑自定义列表”按钮

步骤 3 在“自定义序列”对话框的“自定义序列”列表框中可以看到 Excel 内置的自定义序列，我们选择“新序列”选项，此时光标会在右侧的“输入序列”编辑框内闪烁，如图 13-9 左图所示。

步骤 4 在“输入序列”编辑框内输入新序列“四环内”然后按下【Enter】键，再输入“四环外”，如图 13-9 右图所示。

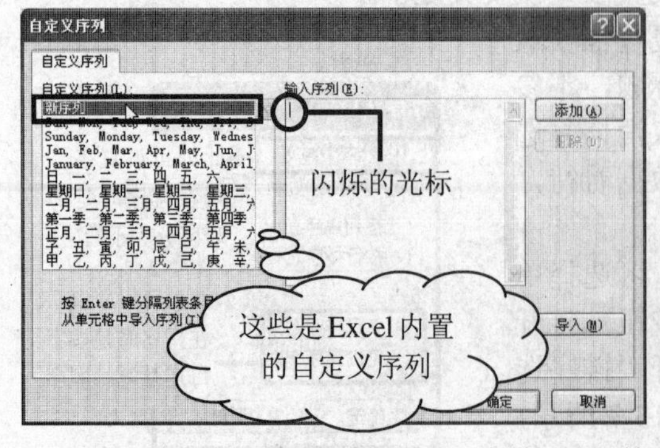

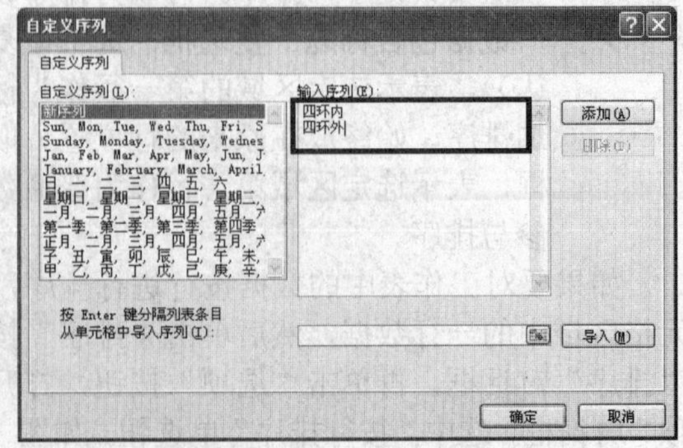

图 13-9 输入新的序列值

步骤 5 单击“添加”按钮即可将序列添加到“自定义序列”中备用，如图 13-10 所示。连续单击“确定”按钮完成自定义序列的创建。

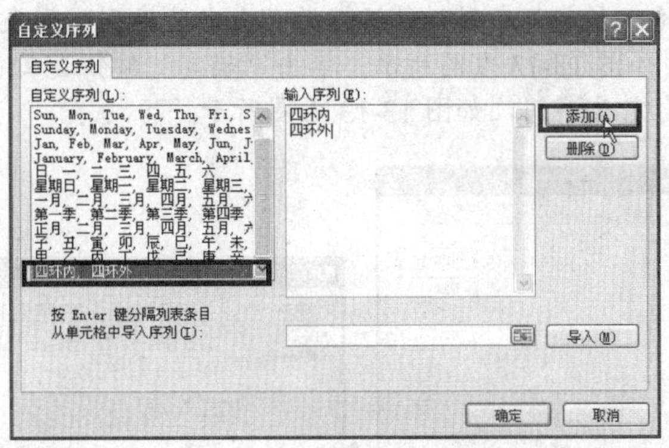

图 13-10　添加新序列

如果序列已经存在于工作表中，可以在“从单元格中导入序列”编辑框中输入单元格区域的地址，然后单击“导入”按钮，这些序列会被自动加入“输入序列”和“自定义序列”列表中，如图 13-11 所示。

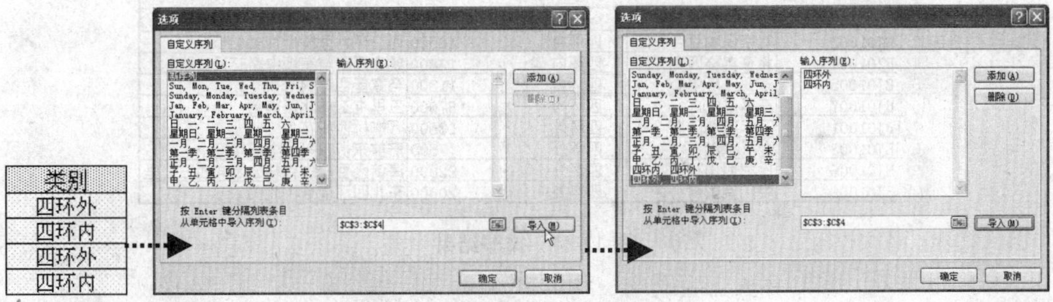

图 13-11　从现有工作表中导入序列

下面使用刚才自定义的序列来为工作表排序，具体步骤如下：

步骤 1　打开本书配套素材“素材与实例”>“第 13 章”>“楼盘报价”文件，然后选中要进行排序工作表中的任意非空单元格，并单击“数据”选项卡上“排序和筛选”组中的“排序”按钮，如图 13-12 左图所示。

步骤 2　在“排序”对话框中设置主要关键字条件：列为“类别”、排序依据为“数值”，在“次序”下拉列表中选择“自定义序列”选项，如图 13-12 右图所示。

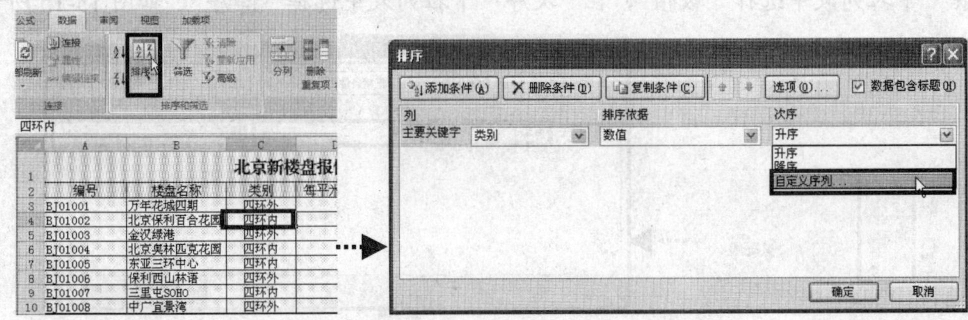

图 13-12　选择“自定义序列”选项

步骤 3 在打开的“自定义序列”对话框的“自定义序列”列表中选择刚才定义的序列“四环内,四环外”，如图 13-13 左图所示。单击“确定”按钮返回“排序”对话框，“次序”框中显示选择的自定义序列，如图 13-13 右图所示。

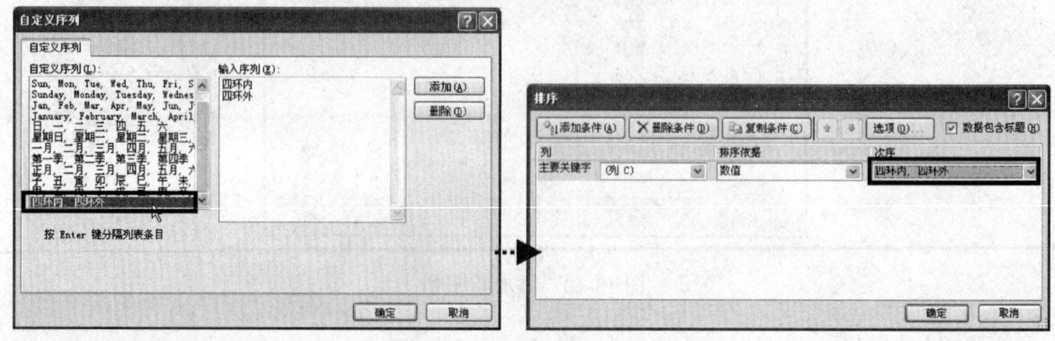

图 13-13　选择自定义的序列

步骤 4 再次单击“确定”按钮，排序结果如图 13-14 所示。

	A	B	C	D	E
1	北京新楼盘报价单				
2	编号	楼盘名称	类别	每平米价格	地址
3	BJ01002	北京保利百合花园	四环内	16500	西三环六里桥桥南300米路西
4	BJ01004	北京奥林匹克花园	四环内	13800	姚家园路与东坝中路交叉口路北
5	BJ01005	东亚三环中心	四环内	11300	马家堡西路14号院
6	BJ01007	三里屯SOHO	四环内	37000	三里屯工体北路南侧
7	BJ01001	万年花城四期	四环外	13500	万柳桥西南花乡
8	BJ01003	金汉绿港	四环外	7500	府前东街东兴路金汉绿港
9	BJ01006	保利西山林语	四环外	22000	海淀区百望山森林公园向西三公里
10	BJ01008	中广宜景湾	四环外	20000	东北四环望京桥北侧

图 13-14　排序结果

13.2　上机实践——对学生成绩表进行排序

下面利用前面所学知识，对学生成绩表进行排序。由于有的学生科目分数相同，所以要使用多关键字排序和自定义排序功能，具体操作如下：

步骤 1 打开本书配套素材“素材与实例”>“第 13 章”>“学生成绩表”文件，然后选中工作表中的任意非空单元格，并单击“数据”选项卡上“排序和筛选”组中的“排序”按钮，在打开的“排序”对话框中“主要关键字”的“列”下拉列表中选择“语文”，在“排序依据”下拉列表中选择“数值”，在“次序”下拉列表中选择“降序”，如图 13-15 所示。

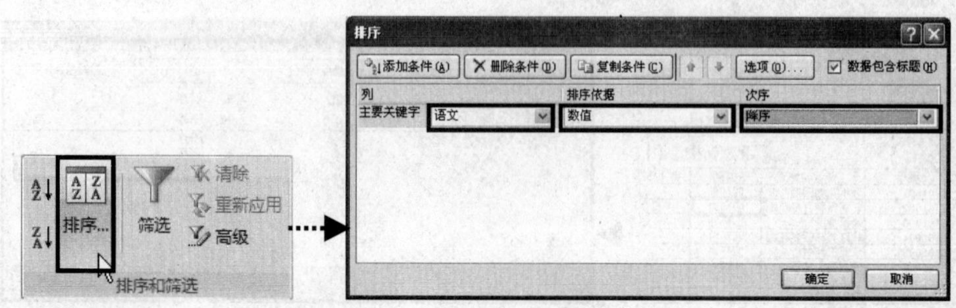

图 13-15　设置“主要关键字”条件

步骤 2　单击“排序”对话框中的“添加条件”按钮，添加一个次要条件，在次要关键字的“列”下拉列表中选择“数学”，在“排序依据”下拉列表中选择“数值”，在“次序”下拉列表中选择“降序”，如图 13-16 左图所示。

步骤 3　单击“添加条件”按钮，添加第二个次要条件，在次要关键字的“列”下拉列表中选择“英语”，在“排序依据”下拉列表中选择“数值”，在“次序”下拉列表中选择“降序”，如图 13-16 右图所示。

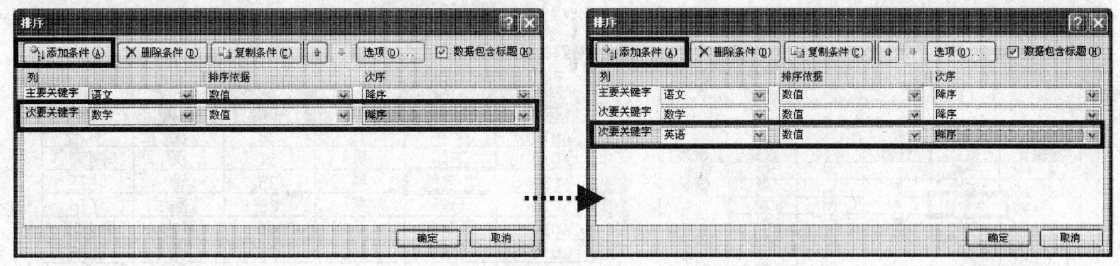

图 13-16　设置第 1 和第 2 个“次要关键字”条件

步骤 4　单击“添加条件”按钮，添加第三个次要条件，在次要关键字的“列”下拉列表中选择“姓名”，在“排序依据”下拉列表中选择“数值”，在“次序”下拉列表中选择“升序”选项，如图 13-17 所示。

步骤 5　单击“确定”按钮返回“排序”对话框，再次单击“确定”按钮，最终效果如图 13-18 所示。

图 13-17　设置第 3 个“次要关键字”条件

	A	B	C	D	E
1	文（一）班成绩				
2	编号	姓名	语文	数学	英语
3	A01001	张娜	95	84	77
4	A01004	赵建国	91	67	73
5	A01005	刘安民	84.5	76	93
6	A01014	孙粱	84	91	37
7	A01012	宋佳	83	98	66
8	A01011	吴清	83	98	66
9	A01003	冯昱超	83	94	65
10	A01002	李蕊	79	81	93
11	A01009	刘杉	78	96	84
12	A01010	周涛	76	94	74
13	A01006	董瑞	67	82	68
14	A01007	宋定邦	67	82	59
15	A01013	李欣	67	75	73
16	A01008	赵钱瑞	61	55	63

图 13-18　最终效果

13.3　数据筛选

利用 Excel 的数据筛选功能，可以快捷地查询数据，它可以使工作表只显示符合条件的数据，而将不符合条件的数据隐藏起来，且隐藏起来的数据不会被打印出来。要进行筛选操作，数据表中必须有列标签。数据筛选的方式分为自动筛选和高级筛选两种，利用自动筛选方式可以快速地显示出工作表中满足条件的记录行，高级筛选则能完成比较复杂的多条件查询。

13.3.1　自动筛选

自动筛选一般用于简单的条件筛选，我们可以创建 3 种筛选类型：按列表值、按格式和按条件。需要注意的是，这 3 种筛选类型是互斥的，用户只能选择其中的一种。

下面以筛选员工档案为例，介绍自动筛选的操作方法：

步骤 1 打开本书配套素材“素材与实例”>“第 13 章”>“员工档案”文件，然后选中工作表中的任意非空单元格，单击“数据”选项卡上“排序和筛选”组中的“筛选”按钮，如图 13-19 左图所示。此时，工作表标题行中的每个单元格右侧会显示“筛选”按钮，如图 13-19 右图所示。

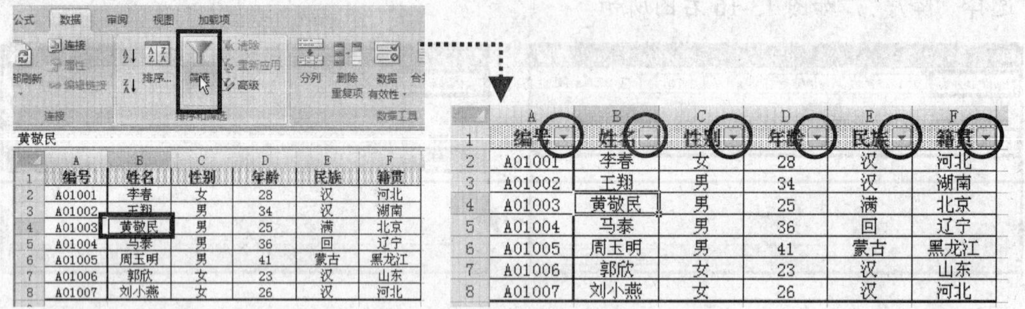

图 13-19 单击“筛选”按钮

步骤 2 单击“年龄”右侧的“筛选”按钮，在展开的列表中选择“数字筛选”>“大于”选项，如图 13-20 左图所示。在打开的“自定义自动筛选方式”对话框中，“大于”右侧的编辑框中输入“30”，如图 13-20 右图所示。

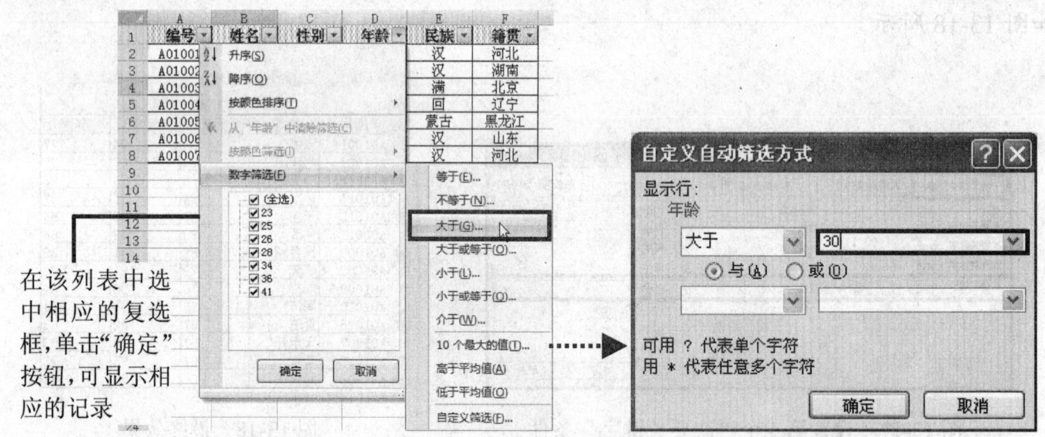

图 13-20 设置数字筛选条件

步骤 3 单击“确定”按钮后，即可得到筛选结果，如图 13-21 所示。

	A	B	C	D	E	F
1	编号	姓名	性别	年龄	民族	籍贯
3	A01002	王翔	男	34	汉	湖南
5	A01004	马泰	男	36	回	辽宁
6	A01005	周玉明	男	41	蒙古	黑龙江

图 13-21 筛选结果

提 示

进行筛选操作后，筛选按钮由变成形状，即添加上了一个筛选标记，此时单击该按钮，在展开的列表中选中“全选”复选框，然后单击“确定”按钮，可重新显示所有数据。

上面介绍的是按"数字"进行筛选的方法，如果要按"文本"进行筛选，可参考以下操作：

步骤 1　选中工作表中的任意非空单元格，然后单击"数据"选项卡上"排序和筛选"组中的"筛选"按钮，单击"性别"右侧的"筛选"按钮，在展开的列表中选择"文本筛选">"等于"选项，如图 13-22 左图所示。

步骤 2　在"自定义自动筛选方式"对话框"等于"右侧编辑框中输入"女"字，如图 13-22 右图所示。

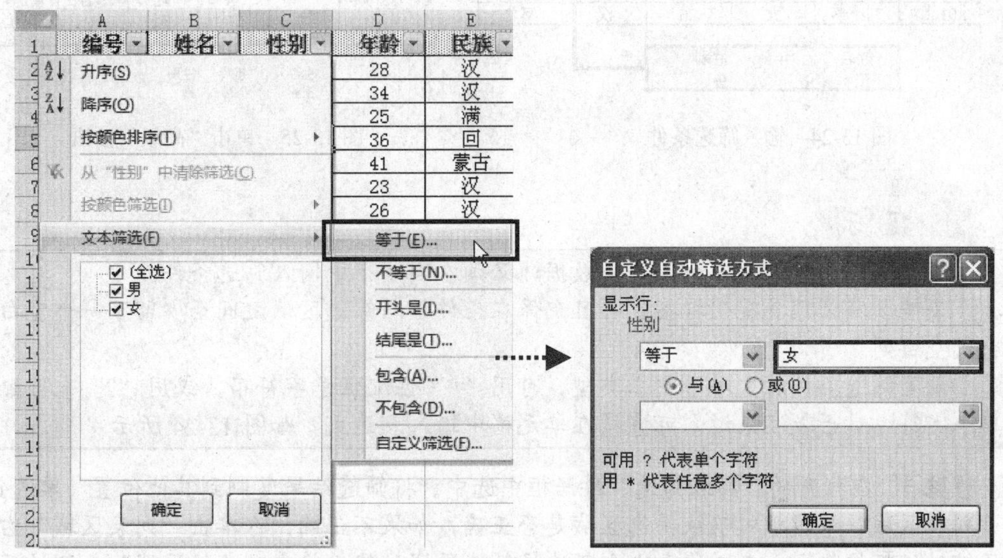

图 13-22　设置文字筛选条件

步骤 3　单击"确定"按钮后，即可得到筛选结果，如图 13-23 所示。

	A	B	C	D	E	F
1	编号	姓名	性别	年龄	民族	籍贯
2	A01001	李春	女	28	汉	河北
7	A01006	郭欣	女	23	汉	山东
8	A01007	刘小燕	女	26	汉	河北

图 13-23　筛选结果

13.3.2　高级筛选

高级筛选用于根据多个条件来查询数据。而在高级筛选中，筛选条件又可分为多条件筛选和多选一条件筛选，下面分别介绍。

1. 多条件筛选

多条件筛选即利用高级筛选功能查找出同时满足多个条件的数据。下面以在员工档案中查找年龄在"30"岁以上，性别为"男"的"王"姓员工为例，介绍多条件筛选的操作。

步骤 1　在要进行筛选操作的工作表中输入列标签与筛选条件，如图 13-24 所示。

步骤 2　单击要进行筛选操作工作表中的任意非空单元格，然后单击"排序和筛选"组中的"高级"按钮，如图 13-25 所示。

筛选条件可以是一个文本，也可以是一个数值，或一个表达式，还可以使用通配符来表示。条件区域的字符必须与数据表中的字符完全匹配

	A	B	C	D	E	F
1	编号	姓名	性别	年龄	民族	籍贯
2	A01001	李春	女	28	汉	河北
3	A01002	王翔	男	34	汉	湖南
4	A01003	黄敬民	男	25	满	北京
5	A01004	马泰	男	36	回	辽宁
6	A01005	周玉明	男	41	蒙古	黑龙江
7	A01006	郭欣	女	23	汉	山东
8	A01007	刘小燕	女	26	汉	河北
9						
10		姓名	年龄	性别		
11		王*	>30	男		

图 13-24　输入筛选条件

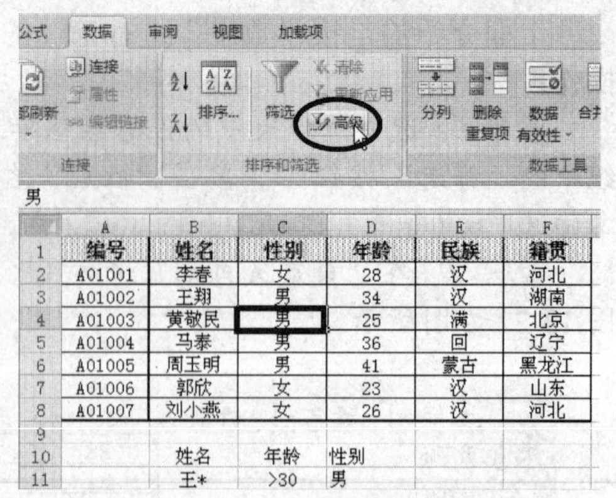

图 13-25　单击“高级”按钮

要筛选出同时满足多个条件的数据，必须在同一行中输入筛选条件。

条件区域必须具有列标签，并且确保在条件值与筛选区域之间至少留了一个空白行或空白列。

设置筛选条件时，对于文本类型，可用“*”匹配任意字符串，或用“?”来匹配单个字符；对于数字来说，可直接在单元格中输入表达式，如图 13-24 所示。

步骤 3　在打开的“高级筛选”对话框中选中“将筛选结果复制到其他位置”单选钮，在“列表区域”编辑框中确认筛选区域是否正确，如果不正确，可单击“列表区域”右侧的压缩对话框按钮，在工作表中重新选择筛选区域，然后单击“条件区域”右侧的压缩对话框按钮，如图 13-26 左图所示。

步骤 4　在工作表中选择筛选条件，如图 13-26 右图所示。

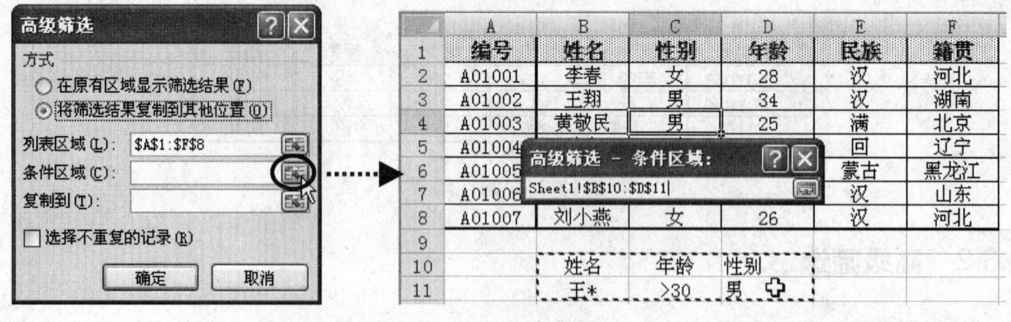

图 13-26　选择筛选条件

- 选择“在原有区域显示筛选结果”单选钮，会将筛选结果被放置在原数据处，不符合条件的行将被隐藏。
- 选中“将筛选结果复制到其他位置”单选钮，筛选结果被复制到工作表中的指定位置。

步骤 5　单击展开对话框按钮返回“高级筛选”对话框，然后单击“复制到”右侧的压缩对话框按钮，如图 13-27 左图所示。

步骤 6　在工作表中选择要放置结果区域的左上角单元格，如图 13-27 右图所示。

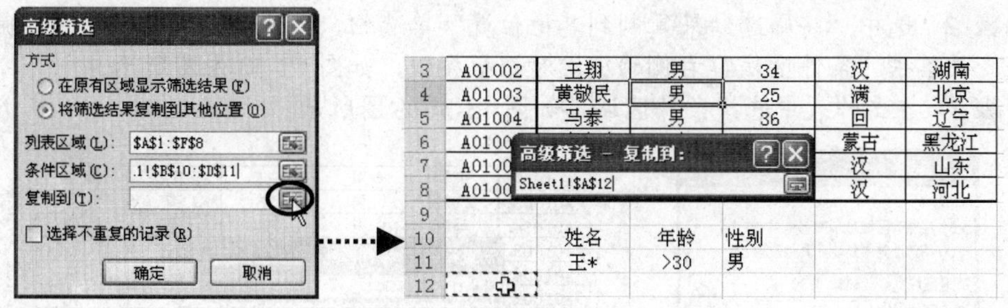

图 13-27　选择放置结果的位置

步骤 7　单击展开对话框按钮返回“高级筛选”对话框，并单击“确定”按钮，即可在指定位置得到满足多个条件的筛选结果，如图 13-28 所示。

	A	B	C	D	E	F
1	编号	姓名	性别	年龄	民族	籍贯
2	A01001	李春	女	28	汉	河北
3	A01002	王翔	男	34	汉	湖南
4	A01003	黄敬民	男	25	满	北京
5	A01004	马泰	男	36	回	辽宁
6	A01005	周玉明	男	41	蒙古	黑龙江
7	A01006	郭欣	女	23	汉	山东
8	A01007	刘小燕	女	26	汉	河北
9						
10		姓名	年龄	性别		
11		王*	>30	男		
12	编号	姓名	性别	年龄	民族	籍贯
13	A01002	王翔	男	34	汉	湖南

图 13-28　满足多条件的筛选结果

2. 多选一条件筛选

多选一条件筛选，即是在查找时只要满足几个条件当中的一个，数据就会显示出来。如要在员工档案中查找出年龄在“30”岁以上或性别为“男”或姓“刘”的员工，可进行如下操作：

步骤 1　在工作表中输入筛选条件，然后单击要进行筛选操作工作表中的任意非空单元格，再单击“高级”按钮，如图 13-29 所示。

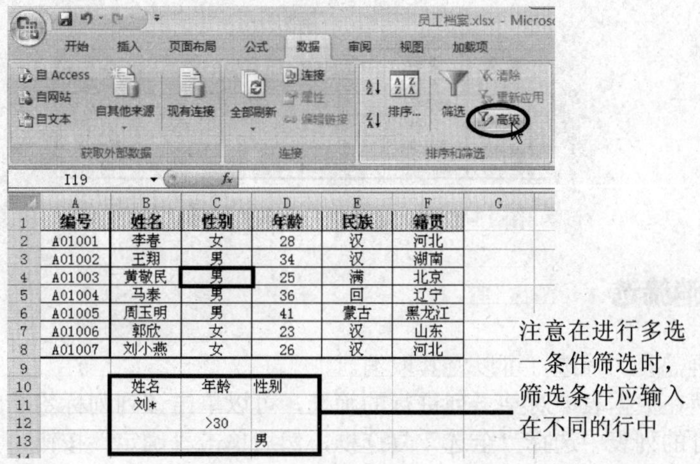

图 13-29　输入筛选条件

步骤 2 选中“将筛选结果复制到其他位置”单选钮，确认“列表区域”中的筛选数据区域，并单击“条件区域”右侧的压缩对话框按钮，如图 13-30 左图所示。

步骤 3 在工作表中选择条件区域，如图 13-30 右图所示。

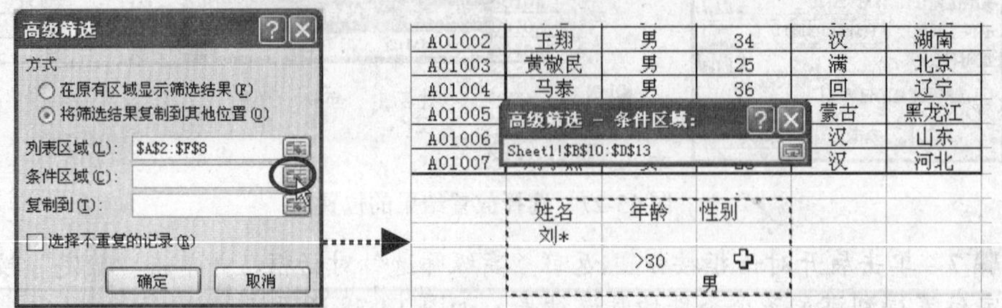

图 13-30 选择筛选条件

步骤 4 单击展开对话框按钮返回“高级筛选”对话框，单击“复制到”右侧的压缩对话框按钮，如图 13-31 左图所示。

步骤 5 在工作表中选择要放置结果区域的左上角单元格，如图 13-31 右图所示。

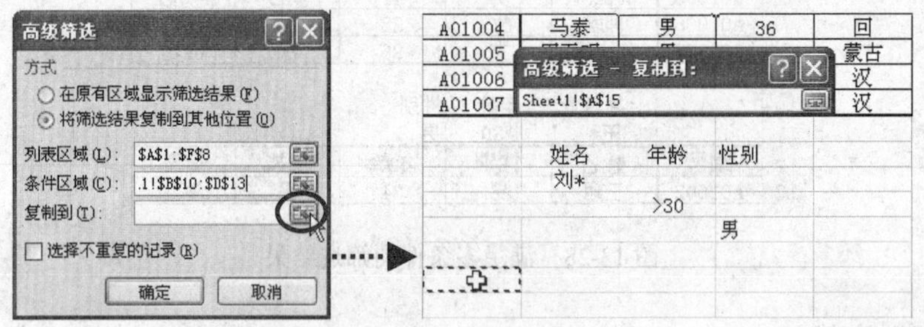

图 13-31 选择放置结果的位置

步骤 6 单击展开对话框按钮返回“高级筛选”对话框，单击“确定”按钮，即可在指定位置得到满足其中一个条件的筛选结果，如图 13-32 所示。

7	A01006	郭欣	女	23	汉	山东
8	A01007	刘小燕	女	26	汉	河北
9						
10		姓名	年龄	性别		
11		刘*				
12			>30			
13				男		
14						
15	编号	姓名	性别	年龄	民族	籍贯
16	A01002	王翔	男	34	汉	湖南
17	A01003	黄敬民	男	25	满	北京
18	A01004	马泰	男	36	回	辽宁
19	A01005	周玉明	男	41	蒙古	黑龙江
20	A01007	刘小燕	女	26	汉	河北

图 13-32 满足其中一个条件的筛选结果

13.3.3 取消筛选

对于不再需要的筛选，可以将其取消。

若要取消在数据表中对某一列进行的筛选，可以单击该列列标签单元格右侧的筛选按钮，在展开的列表中选择“全选”复选框，然后单击“确定”按钮，如图 13-33 所示。此时筛选标记消失，该列所有数据显示出来。

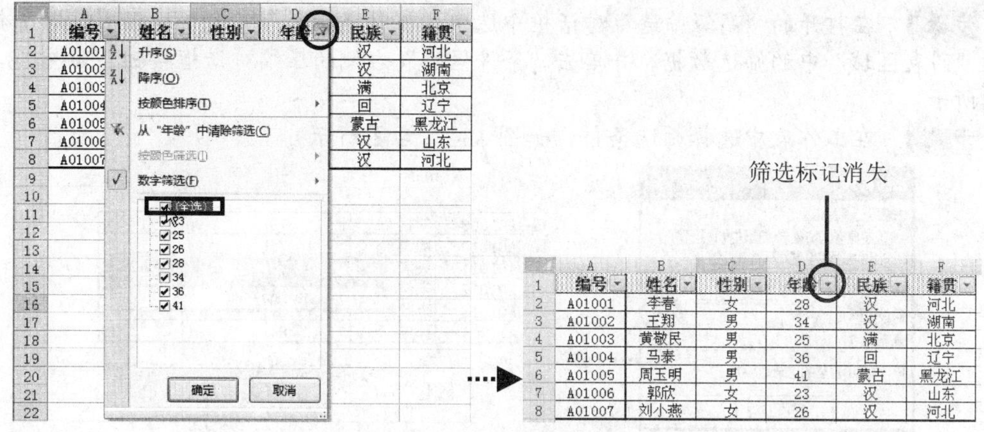

图 13-33　取消某列的筛选

若要取消在数据表中进行的所有筛选，可单击“数据”选项卡上“排序和筛选”组中的“清除”按钮，如图 13-34 所示，此时筛选标记消失，所有数据都会显示出来。

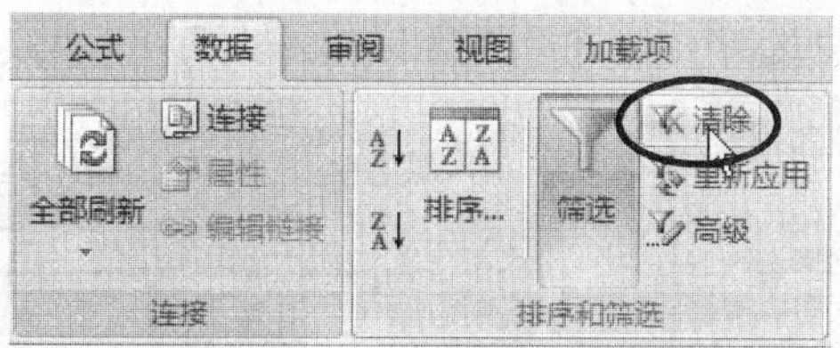

图 13-34　取消所有筛选

若要删除数据表中的三角筛选按钮，只需单击“数据”选项卡上“排序和筛选”组中的“筛选”按钮即可。

13.4　上机实践——对学生成绩表进行筛选

下面，利用数据筛选功能，将学生成绩表中所有成绩在 70 分以上的学生成绩数据显示在指定位置，具体操作如下：

步骤 1　打开本书配套素材“素材与实例”>“第 13 章”>“学生成绩表”文件，然后在学生成绩表下方空一行的位置输入列标签与筛选条件，如图 13-35 所示。

步骤 2　单击学生成绩表中的任意非空单元格，然后单击“数据”选项卡上“排序和筛选”组中的“高级”按钮，如图 13-36 所示。

9	A01007	宋定邦	67	82	59
10	A01008	赵钱瑞	61	55	63
11	A01009	刘杉	78	96	84
12	A01010	周涛	76	94	74
13	A01011	吴清	83	98	66
14	A01012	宋佳	83	98	66
15	A01013	李欣	67	75	73
16	A01014	孙梁	84	91	37
17					
18			语文	数学	英语
19			>70	>70	>70
20					

图 13-35　输入筛选条件

	A	B	C	D	E
1	文（一）班成绩				
2	编号	姓名	语文	数学	英语
3	A01001	张娜	95	84	77
4	A01002	李蕊	79	81	93
5	A01003	冯昱超	83	94	65

图 13-36　单击“高级”按钮

步骤 3 在打开的“高级筛选”对话框中选中“将筛选结果复制到其他位置”单选钮，确认“列表区域”中的筛选数据，并单击“条件区域”右侧的压缩对话框按钮，如图 13-37 左图所示。

步骤 4 在工作表中选择筛选条件，如图 13-37 右图所示。

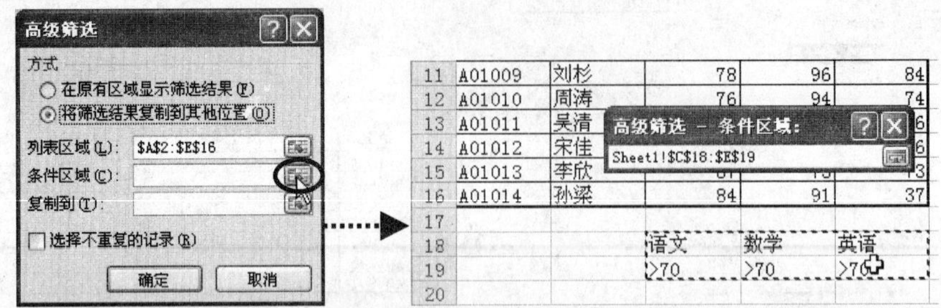

图 13-37 选择筛选条件

步骤 5 单击展开对话框按钮返回“高级筛选”对话框，单击“复制到”右侧的压缩对话框按钮，如图 13-38 左图所示。

步骤 6 单在工作表中选择要放置结果区域的左上角单元格，如图 13-38 右图所示。

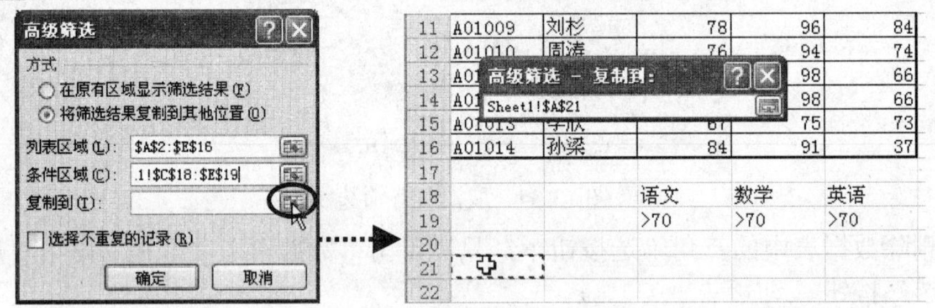

图 13-38 选择放置结果的位置

步骤 7 单击展开对话框按钮返回“高级筛选”对话框，单击“确定”按钮，即可在指定位置得到筛选结果，如图 13-39 所示。本例最终效果可参考本书配套素材“素材与实例”>“第 13 章”文件夹>“筛选学生成绩表”。

13	A01011	吴清	83	98	66
14	A01012	宋佳	83	98	66
15	A01013	李欣	67	75	73
16	A01014	孙梁	84	91	37
17					
18			语文	数学	英语
19			>70	>70	>70
20					
21	编号	姓名	语文	数学	英语
22	A01001	张娜	95	84	77
23	A01002	李蕊	79	81	93
24	A01005	刘安民	84.5	76	93
25	A01009	刘杉	78	96	84
26	A01010	周涛	76	94	74

图 13-39 筛选结果

13.5 数据的分类汇总

分类汇总是把数据表中的数据分门别类地统计处理，无须建立公式，Excel 将会自动对各类别的数据进行求和、求平均值等多种计算，并且分级显示汇总的结果，增加了工作表的可读性，使用户能更快捷地获得需要的数据并做出判断。

提 示

> 要进行分类汇总的数据表的第一行必须有列标签，而且在分类汇总之前必须先对数据进行排序，以使数据中拥有同一关键字的记录集中在一起，然后再对记录进行分类汇总操作。

13.5.1　简单分类汇总

简单分类汇总指对数据表中的某一列以一种汇总方式进行分类汇总。例如，要对“龙光百货 1 季度销售情况表”中按“时间”对“销量”进行分类汇总，可进行如下操作：

步骤 1　打开本书素材文件“素材与实例”>“第 13 章”>“1 季度销售情况表”文件，然后选中“时间”列中的任意非空单元格，并单击“数据”选项卡上“排序和筛选”组中的“升序”按钮，如图 13-40 所示。

龙光百货一季度销售情况表

时间	产品名称	单价	销量	销售额
1月	29寸长虹彩电	￥ 2,900.00	15	￥ 43,500.00
2月	29寸长虹彩电	￥ 2,900.00	21	￥ 60,900.00
3月	费列罗巧克力T16	￥ 5.20	543	￥ 2,823.60
2月	费列罗巧克力T16	￥ 5.20	400	￥ 2,080.00
1月	光明优酸乳	￥ 3.60	1589	￥ 5,720.40
3月	光明优酸乳	￥ 3.60	1721	￥ 6,195.60
2月	海尔XQB50洗衣机	￥ 3,450.00	7	￥ 24,150.00
1月	九阳电磁炉	￥ 398.00	78	￥ 31,044.00
3月	飘柔护理去屑洗发水	￥ 13.90	1200	￥ 16,680.00

时间	产品名称
1月	29寸长虹彩电
1月	光明优酸乳
1月	九阳电磁炉
2月	29寸长虹彩电
2月	费列罗巧克力T16
2月	海尔XQB50洗衣机
3月	费列罗巧克力T16
3月	光明优酸乳
3月	飘柔护理去屑洗发

图 13-40　对“时间”列进行升序排序

步骤 2　单击“数据”选项卡上“分级显示”组中的“分类汇总”按钮，如图 13-41 左图所示。

步骤 3　打开“分类汇总”对话框，在“分类字段”下拉列表中选择“时间”，在“汇总方式”下拉列表中选择“求和”，在“选定汇总项”列表中取消勾选“销售额”复选框，然后选中“销量”复选框，如图 13-41 右图所示。

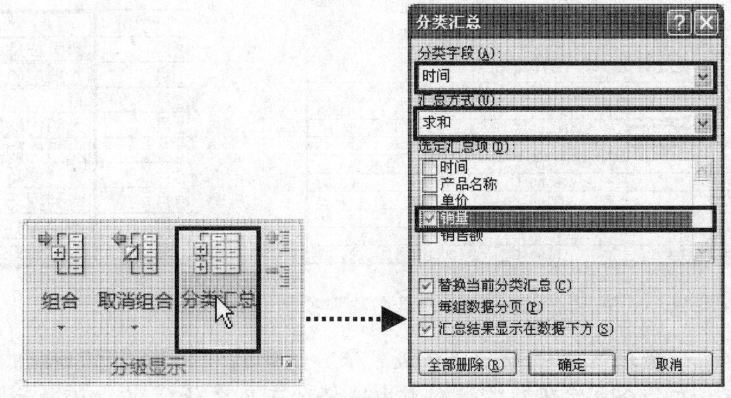

图 13-41　设置分类汇总选项

“替换当前分类汇总”和“汇总结果显示在数据下方”复选框是默认选定的。如要保留先前对数据表执行的分类汇总，则必须清除“替换当前分类汇总”复选框。如果选中“每组数据分页”复选框，Excel 则把每类数据分页显示，这样更有利于保存和查阅，还可以将其分别打印出来。

步骤 4 设置好汇总选项后单击“确定”按钮，即可得到汇总结果，如图 13-42 所示。

	A	B	C	D	E
1	龙光百货一季度销售情况表				
2	时间	产品名称	单价	销量	销售额
3	1月	29寸长虹彩电	￥ 2,900.00	15	￥ 43,500.00
4	1月	光明优酸乳	￥ 3.60	1589	￥ 5,720.40
5	1月	九阳电磁炉	￥ 398.00	78	￥ 31,044.00
6	1月 汇总			1682	
7	2月	29寸长虹彩电	￥ 2,900.00	21	￥ 60,900.00
8	2月	费列罗巧克力T16	￥ 5.20	400	￥ 2,080.00
9	2月	海尔XQB50洗衣机	￥ 3,450.00	7	￥ 24,150.00
10	2月 汇总			428	
11	3月	费列罗巧克力T16	￥ 5.20	543	￥ 2,823.60
12	3月	光明优酸乳	￥ 3.60	1721	￥ 6,195.60
13	3月	飘柔护理去屑洗发水	￥ 13.90	1200	￥ 16,680.00
14	3月 汇总			3464	
15	总计			5574	

图 13-42 简单分类汇总结果

13.5.2 多重分类汇总

对工作表中的某列数据按照两种或两种以上的汇总方式或汇总项进行汇总，就叫多重分类汇总，也就是说，多重分类汇总每次用的“分类字段”总是相同的，“汇总方式”或“汇总项”不同。

下面以对“龙光百货一季度销售情况表”中各产品的“销售量”进行“求和”，并对各产品的“销售额”求“最大值”为例，介绍多重分类汇总的操作方法。具体操作如下：

步骤 1 选中“产品名称”列中的任意非空单元格，并单击“数据”选项卡上“排序和筛选”组中的“降序”按钮，如图 13-43 所示。

海尔XQB50洗衣机

	A	B	C	D	E
1	龙光百货一季度销售情况表				
2	时间	产品名称	单价	销量	销售额
3	1月	29寸长虹彩电	￥ 2,900.00	15	￥ 43,500.00
4	2月	海尔XQB50洗衣机	￥ 3,450.00	7	￥ 24,150.00
5	3月	费列罗巧克力T16	￥ 5.20	543	￥ 2,823.60
6	1月	光明优酸乳	￥ 3.60	1589	￥ 5,720.40
7	2月	29寸长虹彩电	￥ 2,900.00	21	￥ 60,900.00
8	1月	九阳电磁炉	￥ 398.00	78	￥ 31,044.00
9	3月	光明优酸乳	￥ 3.60	1721	￥ 6,195.60
10	2月	费列罗巧克力T16	￥ 5.20	400	￥ 2,080.00
11	3月	飘柔护理去屑洗发水	￥ 13.90	1200	￥ 16,680.00

	A	B
1		龙光百货
2	时间	产品名称
3	3月	飘柔护理去屑洗发水
4	1月	九阳电磁炉
5	2月	海尔XQB50洗衣机
6	1月	光明优酸乳
7	3月	光明优酸乳
8	3月	费列罗巧克力T16
9	2月	费列罗巧克力T16
10	1月	29寸长虹彩电
11	2月	29寸长虹彩电

图 13-43 对“产品名称”列进行降序排序

步骤 2 单击“数据”选项卡上“分级显示”组中的“分类汇总”按钮，打开“分类汇总”对话框，在“分类字段”下拉列表中选择“产品名称”，在“汇总方式”下拉列表中选择“求和”，在“选定汇总项”列表中取消勾选“销售额”复选框，然后选中“销量”复选框，如图 13-44 左图所示，然后单击“确定”按钮，汇总结果如图 14-44 右图所示。

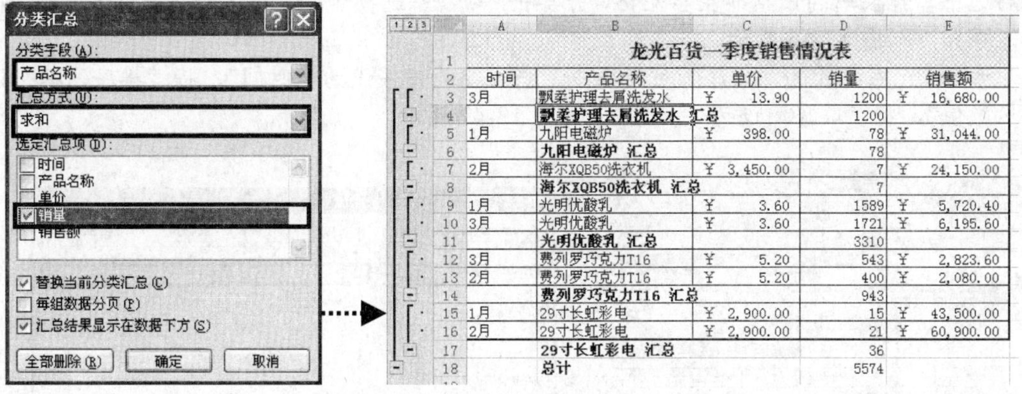

	A	B	C	D	E
1	龙光百货一季度销售情况表				
2	时间	产品名称	单价	销量	销售额
3	3月	飘柔护理去屑洗发水	￥ 13.90	1200	￥ 16,680.00
4		飘柔护理去屑洗发水 汇总		1200	
5	1月	九阳电磁炉	￥ 398.00	78	￥ 31,044.00
6		九阳电磁炉 汇总		78	
7	2月	海尔XQB50洗衣机	￥ 3,450.00	7	￥ 24,150.00
8		海尔XQB50洗衣机 汇总		7	
9	1月	光明优酸乳	￥ 3.60	1589	￥ 5,720.40
10	3月	光明优酸乳	￥ 3.60	1721	￥ 6,195.60
11		光明优酸乳 汇总		3310	
12	3月	费列罗巧克力T16	￥ 5.20	543	￥ 2,823.60
13	2月	费列罗巧克力T16	￥ 5.20	400	￥ 2,080.00
14		费列罗巧克力T16 汇总		943	
15	1月	29寸长虹彩电	￥ 2,900.00	15	￥ 43,500.00
16	2月	29寸长虹彩电	￥ 2,900.00	21	￥ 60,900.00
17		29寸长虹彩电 汇总		36	
18		总计		5574	

图 13-44　设置第一次汇总选项

步骤 3　再次打开“分类汇总”对话框，设置“分类字段”为“产品名称”，“汇总方式”为“最大值”，“选定汇总项”为“销售额”，并取消勾选“替换当前分类汇总”复选框，如图 13-45 左图所示，单击“确定”按钮，即可得到多重分类汇总结果，如图 13-45 右图所示。

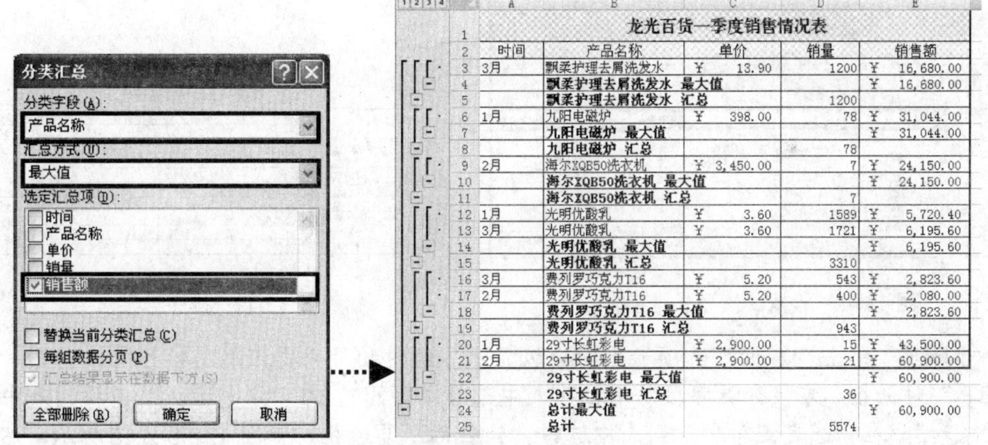

	A	B	C	D	E
1	龙光百货一季度销售情况表				
2	时间	产品名称	单价	销量	销售额
3	3月	飘柔护理去屑洗发水	￥ 13.90	1200	￥ 16,680.00
4		飘柔护理去屑洗发水 最大值			￥ 16,680.00
5		飘柔护理去屑洗发水 汇总		1200	
6	1月	九阳电磁炉	￥ 398.00	78	￥ 31,044.00
7		九阳电磁炉 最大值			￥ 31,044.00
8		九阳电磁炉 汇总		78	
9	2月	海尔XQB50洗衣机	￥ 3,450.00	7	￥ 24,150.00
10		海尔XQB50洗衣机 最大值			￥ 24,150.00
11		海尔XQB50洗衣机 汇总		7	
12	1月	光明优酸乳	￥ 3.60	1589	￥ 5,720.40
13	3月	光明优酸乳	￥ 3.60	1721	￥ 6,195.60
14		光明优酸乳 最大值			￥ 6,195.60
15		光明优酸乳 汇总		3310	
16	3月	费列罗巧克力T16	￥ 5.20	543	￥ 2,823.60
17	2月	费列罗巧克力T16	￥ 5.20	400	￥ 2,080.00
18		费列罗巧克力T16 最大值			￥ 2,823.60
19		费列罗巧克力T16 汇总		943	
20	1月	29寸长虹彩电	￥ 2,900.00	15	￥ 43,500.00
21	2月	29寸长虹彩电	￥ 2,900.00	21	￥ 60,900.00
22		29寸长虹彩电 最大值			￥ 60,900.00
23		29寸长虹彩电 汇总		36	
24		总计最大值			￥ 60,900.00
25		总计		5574	

图 13-45　多重分类汇总结果

13.5.3　嵌套分类汇总

嵌套分类汇总是指在一个已经建立了分类汇总的工作表中再进行另外一种分类汇总，两次分类汇总的分类字段是不相同的。

在建立嵌套分类汇总前同样要先对工作表中需要进行分类汇总的字段进行排序，排序的主要关键字应该是第 1 级汇总关键字，排序的次要关键字应该是第 2 级汇总关键字，其他的依次类推。

有几套分类汇总就需要进行几次分类汇总操作，第 2 次汇总是在第 1 次汇总的结果上进行操作的，第 3 次汇总操作是在第 2 次汇总的结果上进行的，依次类推。

下面以对“龙光百货一季度销售情况表”同时按“时间”和“产品名称”查看“销售额”为例，介绍嵌套分类汇总的操作方法。具体操作如下：

步骤 1　打开本书素材文件“素材与实例”>“第 13 章”>“1 季度销售情况表”文件，

然后选中工作表中的任意非空单元格，并单击“数据”选项卡上“排序和筛选”组中的“排序”按钮，如图 13-46 所示。

步骤 2 在打开的“排序”对话框中，将主要关键字设为“时间”，将“排序依据”设为“数值”，将“次序”设为“升序”，如图 13-47 所示。

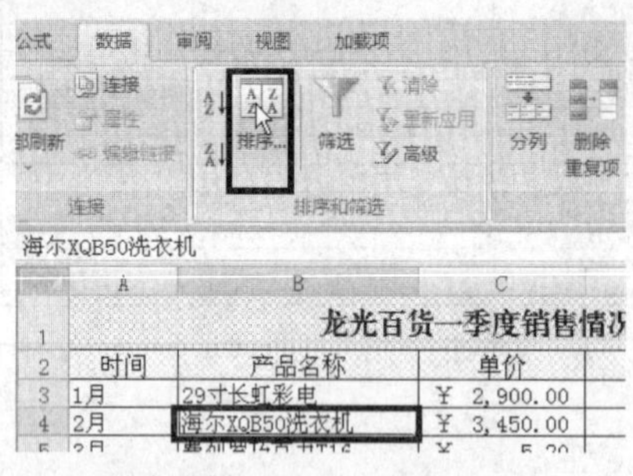
图 13-46 单击“排序”按钮

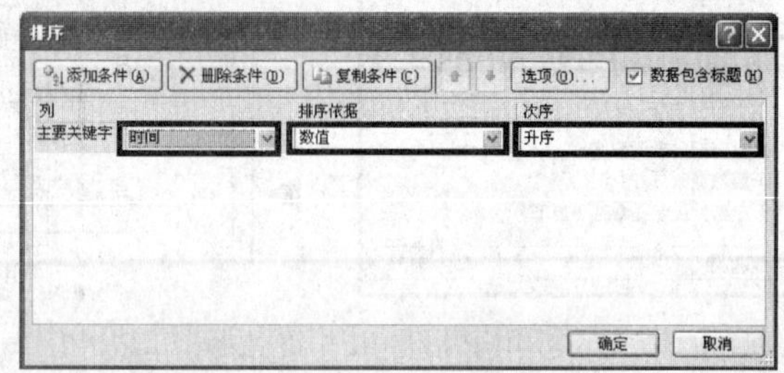
图 13-47 设置“主要关键字”条件

步骤 3 单击“添加条件”按钮，添加一个次要条件，将“次要关键字”设为“产品名称”，将“排序依据”设为“数值”，将“次序”设为“降序”，如图 13-48 所示。

步骤 4 单击“确定”按钮后，即可得到排序结果，如图 13-49 所示。

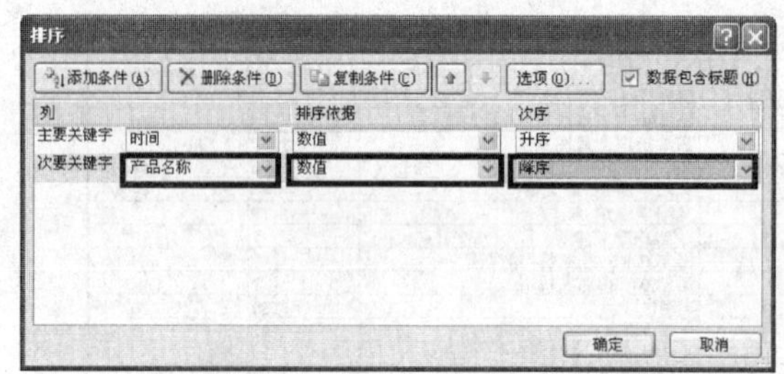
图 13-48 设置“次要关键字”条件

	A	B	C	D	E
1	龙光百货一季度销售情况表				
2	时间	产品名称	单价	销量	销售额
3	1月	九阳电磁炉	¥ 398.00	78	¥ 31,044.00
4	1月	光明优酸乳	¥ 3.60	1589	¥ 5,720.40
5	1月	29寸长虹彩电	¥ 2,900.00	15	¥ 43,500.00
6	2月	海尔XQB50洗衣机	¥ 3,450.00	7	¥ 24,150.00
7	2月	费列罗巧克力T16	¥ 5.20	400	¥ 2,080.00
8	2月	29寸长虹彩电	¥ 2,900.00	21	¥ 60,900.00
9	3月	飘柔护理去屑洗发水	¥ 13.90	1200	¥ 16,680.00
10	3月	光明优酸乳	¥ 3.60	1721	¥ 6,195.60
11	3月	费列罗巧克力T16	¥ 5.20	543	¥ 2,823.60

图 13-49 排序结果

步骤 5 单击“数据”选项卡上“分级显示”组中的“分类汇总”按钮，打开“分类汇总”对话框，在“分类字段”下拉列表中选择“时间”，在“汇总方式”下拉列表中选择“求和”，在“选定汇总项”列表中选择“销售额”复选框，如图 13-50 左图所示，然后单击“确定”按钮，汇总结果如图 13-50 右图所示。

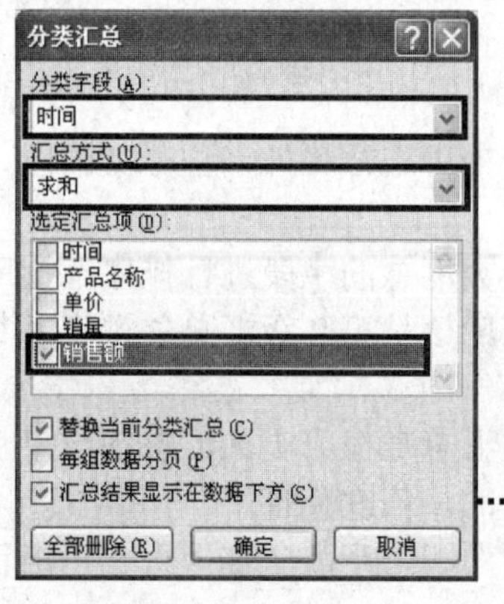

	A	B	C	D	E
1	龙光百货一季度销售情况表				
2	时间	产品名称	单价	销量	销售额
3	1月	九阳电磁炉	¥ 398.00	78	¥ 31,044.00
4	1月	光明优酸乳	¥ 3.60	1589	¥ 5,720.40
5	1月	29寸长虹彩电	¥ 2,900.00	15	¥ 43,500.00
6	1月 汇总				¥ 80,264.40
7	2月	海尔XQB50洗衣机	¥ 3,450.00	7	¥ 24,150.00
8	2月	费列罗巧克力T16	¥ 5.20	400	¥ 2,080.00
9	2月	29寸长虹彩电	¥ 2,900.00	21	¥ 60,900.00
10	2月 汇总				¥ 87,130.00
11	3月	飘柔护理去屑洗发水	¥ 13.90	1200	¥ 16,680.00
12	3月	光明优酸乳	¥ 3.60	1721	¥ 6,195.60
13	3月	费列罗巧克力T16	¥ 5.20	543	¥ 2,823.60
14	3月 汇总				¥ 25,699.20
15	总计				¥ 193,093.60

图 13-50 设置第一次分类汇总

步骤 6 再次单击“分类汇总”按钮，打开“分类汇总”对话框，在“分类字段”

下拉列表中选择“产品名称”，在“汇总方式”下拉列表中选择“求和”，在“选定汇总项”列表中选择“销售额”复选框，并取消勾选“替换当前分类汇总”复选框，如图 13-51 左图所示，然后单击“确定”按钮，汇总结果如图 13-51 右图所示。

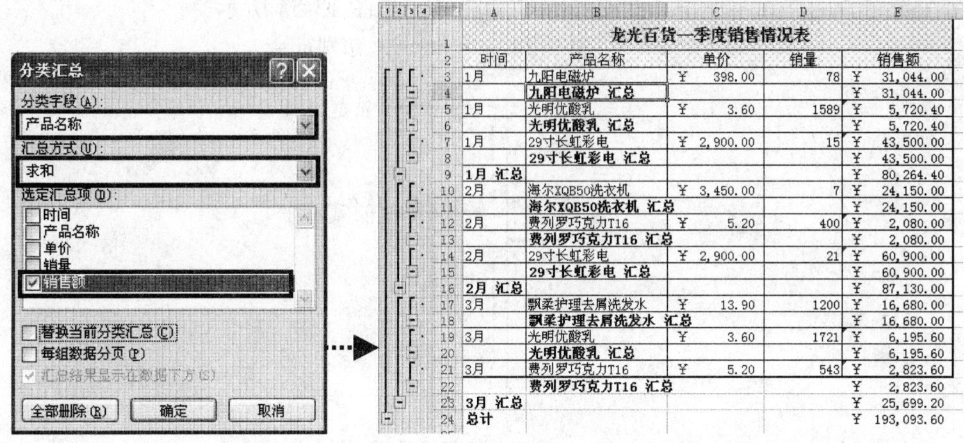

	A	B	C	D	E
1	龙光百货一季度销售情况表				
2	时间	产品名称	单价	销量	销售额
3	1月	九阳电磁炉	¥ 398.00	78	¥ 31,044.00
4		九阳电磁炉 汇总			¥ 31,044.00
5	1月	光明优酸乳	¥ 3.60	1589	¥ 5,720.40
6		光明优酸乳 汇总			¥ 5,720.40
7	1月	29寸长虹彩电	¥ 2,900.00	15	¥ 43,500.00
8		29寸长虹彩电 汇总			¥ 43,500.00
9	1月 汇总				¥ 80,264.40
10	2月	海尔XQB50洗衣机	¥ 3,450.00	7	¥ 24,150.00
11		海尔XQB50洗衣机 汇总			¥ 24,150.00
12	2月	费列罗巧克力T16	¥ 5.20	400	¥ 2,080.00
13		费列罗巧克力T16 汇总			¥ 2,080.00
14	2月	29寸长虹彩电	¥ 2,900.00	21	¥ 60,900.00
15		29寸长虹彩电 汇总			¥ 60,900.00
16	2月 汇总				¥ 87,130.00
17	3月	飘柔护理去屑洗发水	¥ 13.90	1200	¥ 16,680.00
18		飘柔护理去屑洗发水 汇总			¥ 16,680.00
19	3月	光明优酸乳	¥ 3.60	1721	¥ 6,195.60
20		光明优酸乳 汇总			¥ 6,195.60
21	3月	费列罗巧克力T16	¥ 5.20	543	¥ 2,823.60
22		费列罗巧克力T16 汇总			¥ 2,823.60
23	3月 汇总				¥ 25,699.20
24	总计				¥ 193,093.60

图 13-51　对工作表进行嵌套分类汇总

13.5.4　分级显示数据

对工作表中的数据执行分类汇总后，Excel 会自动按汇总时的分类分级显示数据。

1. 显示或隐藏明细数据

单击工作表左侧的折叠按钮⊟可以根据需要隐藏原始数据，此时该按钮变为⊞，单击该按钮显示组中的原始数据，如图 13-52 所示。

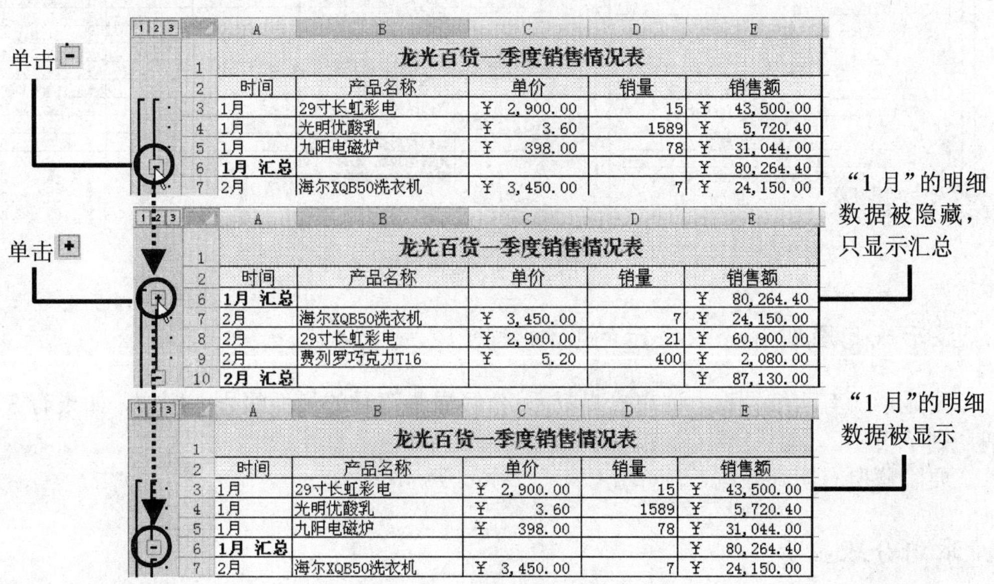

	A	B	C	D	E
1	龙光百货一季度销售情况表				
2	时间	产品名称	单价	销量	销售额
3	1月	29寸长虹彩电	¥ 2,900.00	15	¥ 43,500.00
4	1月	光明优酸乳	¥ 3.60	1589	¥ 5,720.40
5	1月	九阳电磁炉	¥ 398.00	78	¥ 31,044.00
6	1月 汇总				¥ 80,264.40
7	2月	海尔XQB50洗衣机	¥ 3,450.00	7	¥ 24,150.00

	A	B	C	D	E
1	龙光百货一季度销售情况表				
2	时间	产品名称	单价	销量	销售额
6	1月 汇总				¥ 80,264.40
7	2月	海尔XQB50洗衣机	¥ 3,450.00	7	¥ 24,150.00
8	2月	29寸长虹彩电	¥ 2,900.00	21	¥ 60,900.00
9	2月	费列罗巧克力T16	¥ 5.20	400	¥ 2,080.00
10	2月 汇总				¥ 87,130.00

	A	B	C	D	E
1	龙光百货一季度销售情况表				
2	时间	产品名称	单价	销量	销售额
3	1月	29寸长虹彩电	¥ 2,900.00	15	¥ 43,500.00
4	1月	光明优酸乳	¥ 3.60	1589	¥ 5,720.40
5	1月	九阳电磁炉	¥ 398.00	78	¥ 31,044.00
6	1月 汇总				¥ 80,264.40
7	2月	海尔XQB50洗衣机	¥ 3,450.00	7	¥ 24,150.00

图 13-52　显示或隐藏明细数据

2. 将整个分级显示展开或折叠到特定级别

进行分类汇总后，工作表窗口行号左边出现了“1”、“2”、“3”的数字，还有“-”、大括号等符号，这些符号是 Excel 的分级显示符号，如图 13-53 所示。

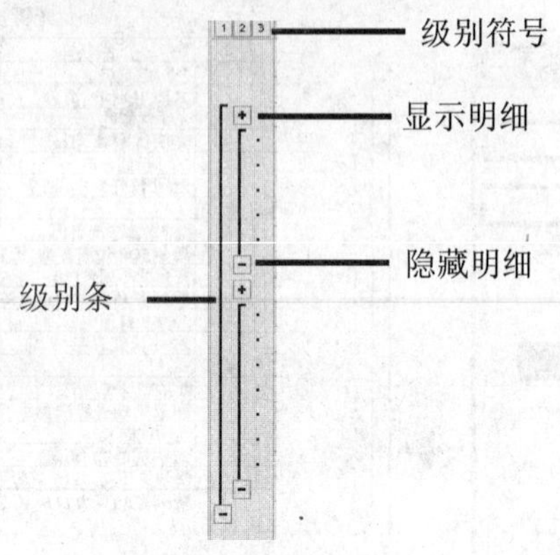

图 13-53　分级显示符号

在 1 2 3 分级显示符号中，单击所需级别的数字，较低级别的明细数据会隐藏起来。

例如，如果分级显示有 4 个级别，则可通过单击 3 隐藏第三级别而显示其他级别，如图 13-54 所示。

图 13-54　隐藏级别

3. 显示或隐藏所有分级显示的明细数据

要显示所有明细数据，请单击 1 2 3 分级显示符号的最低级别。例如，如果有 3 个级别，则单击 3 。

要隐藏所有明细数据，应单击 1 。

4. 取消分级显示

不需要分级显示时，可以根据需要将部分或全部的分级删除。

选择要取消分级显示的行，然后单击“数据”选项卡上“分级显示”组中的“取消组

合”>“清除分级显示”选项，可取消部分分级显示，如图 13-55 所示。

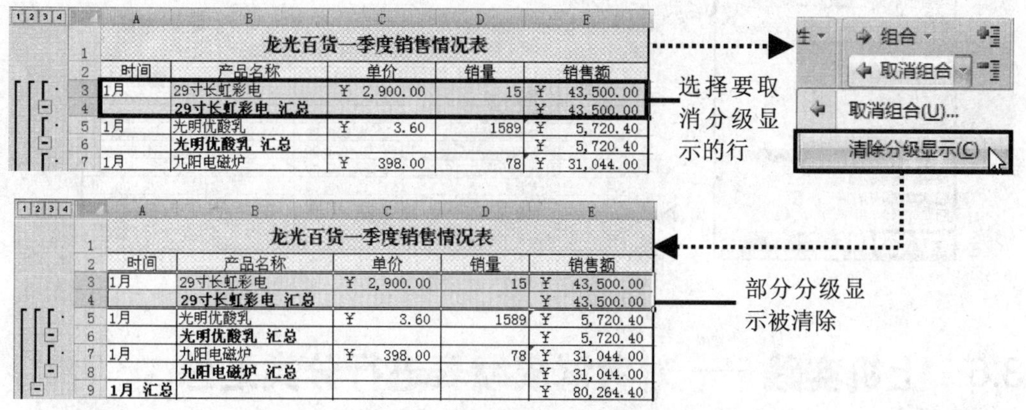

图 13-55　取消部分行的分级显示

要取消全部分级显示，可单击分类汇总后的任意单元格，然后单击“数据”选项卡上“分级显示”组中的“取消组合”>“清除分级显示”选项即可。

13.5.5 取消分类汇总

删除分类汇总的同时，Excel 会删除与分类汇总一起插入列表中的分级显示，下面介绍删除分类汇总的具体操作：

步骤 1　单击包含分类汇总的工作表中的任意单元格，如图 13-56 左图所示。

步骤 2　单击“数据”选项卡上“分级显示”组中的“分类汇总”按钮，如图 13-56 右图所示。

	A	B	C	D	E
1	龙光百货一季度销售情况表				
2	时间	产品名称	单价	销量	销售额
3	1月	九阳电磁炉	¥ 398.00	78	¥ 31,044.00
4		**九阳电磁炉 汇总**			¥ 31,044.00
5	1月	光明优酸乳	¥ 3.60	1589	¥ 5,720.40
6		**光明优酸乳 汇总**			¥ 5,720.40
7	1月	29寸长虹彩电	¥ 2,900.00	15	¥ 43,500.00
8		**29寸长虹彩电 汇总**			¥ 43,500.00
9	**1月 汇总**				¥ 80,264.40
10	2月	海尔XQB50洗衣机	¥ 3,450.00	7	¥ 24,150.00
11		**海尔XQB50洗衣机 汇总**			¥ 24,150.00
12	2月	费列罗巧克力T16	¥ 5.20	400	¥ 2,080.00
13		**费列罗巧克力T16 汇总**			¥ 2,080.00
14	2月	29寸长虹彩电	¥ 2,900.00	21	¥ 60,900.00
15		**29寸长虹彩电 汇总**			¥ 60,900.00
16	**2月 汇总**				¥ 87,130.00
17	3月	飘柔护理去屑洗发水	¥ 13.90	1200	¥ 16,680.00
18		**飘柔护理去屑洗发水 汇总**			¥ 16,680.00
19	3月	光明优酸乳	¥ 3.60	1721	¥ 6,195.60
20		**光明优酸乳 汇总**			¥ 6,195.60
21	3月	费列罗巧克力T16	¥ 5.20	543	¥ 2,823.60
22		**费列罗巧克力T16 汇总**			¥ 2,823.60
23	**3月 汇总**				¥ 25,699.20
24	**总计**				¥ 193,093.60

组合　取消组合　分类汇总
分级显示

图 13-56　单击“分类汇总”按钮

步骤 3　在打开的“分类汇总”对话框中单击“全部删除”按钮，即可取消工作表中的分类汇总，如图 13-57 右图所示。

	A	B	C	D	E
1	龙光百货一季度销售情况表				
2	时间	产品名称	单价	销量	销售额
3	1月	九阳电磁炉	￥ 398.00	78	￥ 31,044.00
4	1月	光明优酸乳	￥ 3.60	1589	￥ 5,720.40
5	1月	29寸长虹彩电	￥ 2,900.00	15	￥ 43,500.00
6	2月	海尔XQB50洗衣机	￥ 3,450.00	7	￥ 24,150.00
7	2月	费列罗巧克力T16	￥ 5.20	400	￥ 2,080.00
8	2月	29寸长虹彩电	￥ 2,900.00	21	￥ 60,900.00
9	3月	飘柔护理去屑洗发水	￥ 13.90	1200	￥ 16,680.00
10	3月	光明优酸乳	￥ 3.60	1721	￥ 6,195.60
11	3月	费列罗巧克力T16	￥ 5.20	543	￥ 2,823.60

图 13-57　取消分类汇总

13.6　上机实践——对考试成绩表进行分类汇总

下面，我们以对“09 年初二（一）班考试成绩表”进行“姓名”和“类别”字段的嵌套分类汇总，来巩固前面所学的知识。具体操作如下：

步骤 1　打开本书素材文件“素材与实例”>“第 13 章”>“考试成绩表”文件，然后选中工作表中的任意非空单元格，并单击“数据”选项卡上“排序和筛选”组中的“排序”按钮，如图 13-58 所示。

步骤 2　在打开的“排序”对话框中，将主要关键字设为“姓名”，将“排序依据”设为“数值”，将“次序”设为“升序”，如图 13-59 所示。

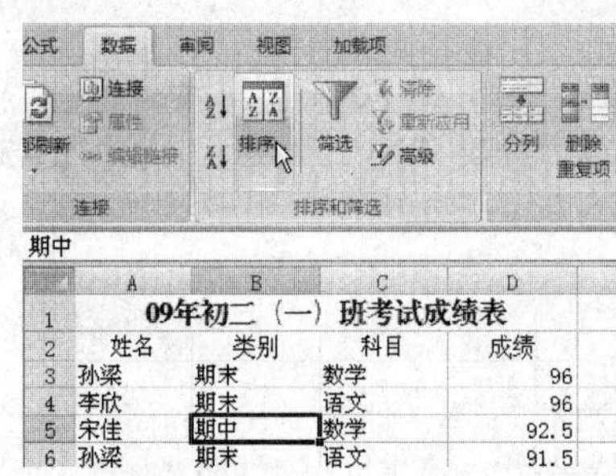

	A	B	C	D
1	09年初二（一）班考试成绩表			
2	姓名	类别	科目	成绩
3	孙梁	期末	数学	96
4	李欣	期末	语文	96
5	宋佳	期中	数学	92.5
6	孙梁	期末	语文	91.5

图 13-58　单击“排序”按钮

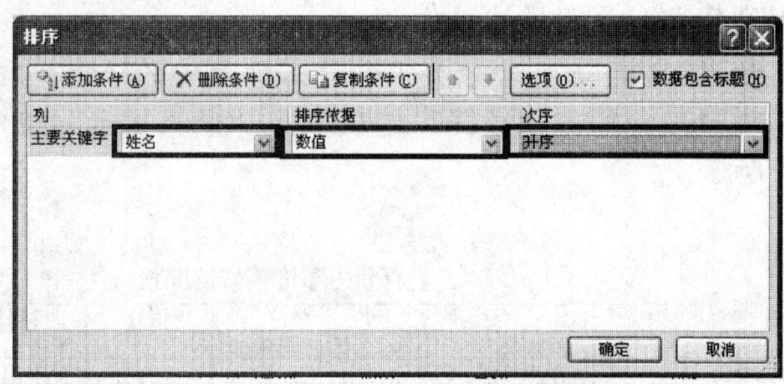

图 13-59　设置“主要关键字”条件

步骤 3　单击“添加条件”按钮，添加一个次要条件，将“次要关键字”设为“类别”，将“排序依据”设为“数值”，将“次序”设为“降序”，如图 13-60 所示。

步骤 4　单击“确定”按钮后，即可得到排序结果，如图 13-61 所示。

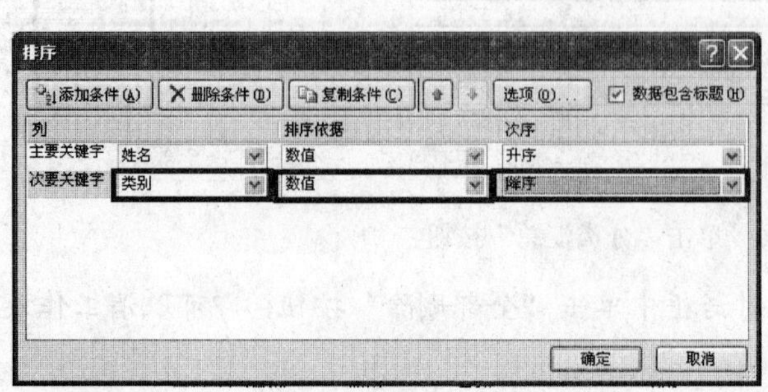

图 13-60　设置“次要关键字”条件

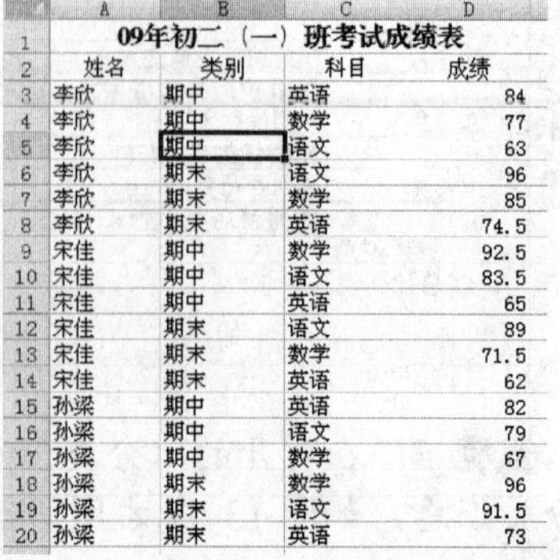

	A	B	C	D
1	09年初二（一）班考试成绩表			
2	姓名	类别	科目	成绩
3	李欣	期中	英语	84
4	李欣	期中	数学	77
5	李欣	期中	语文	63
6	李欣	期末	语文	96
7	李欣	期末	数学	85
8	李欣	期末	英语	74.5
9	宋佳	期中	数学	92.5
10	宋佳	期中	语文	83.5
11	宋佳	期中	英语	65
12	宋佳	期末	语文	89
13	宋佳	期末	数学	71.5
14	宋佳	期末	英语	62
15	孙梁	期中	英语	82
16	孙梁	期中	语文	79
17	孙梁	期中	数学	67
18	孙梁	期末	数学	96
19	孙梁	期末	语文	91.5
20	孙梁	期末	英语	73

图 13-61　排序结果

步骤 5　单击“数据”选项卡上“分级显示”组中的“分类汇总”按钮，打开“分类汇总”对话框，在“分类字段”下拉列表中选择“姓名”，在“汇总方式”下拉列表中选择“求和”，在“选定汇总项”列表中选择“成绩”复选框，如图 13-62 左图所示，然后单击“确定”按钮，汇总结果如图 13-62 右图所示。

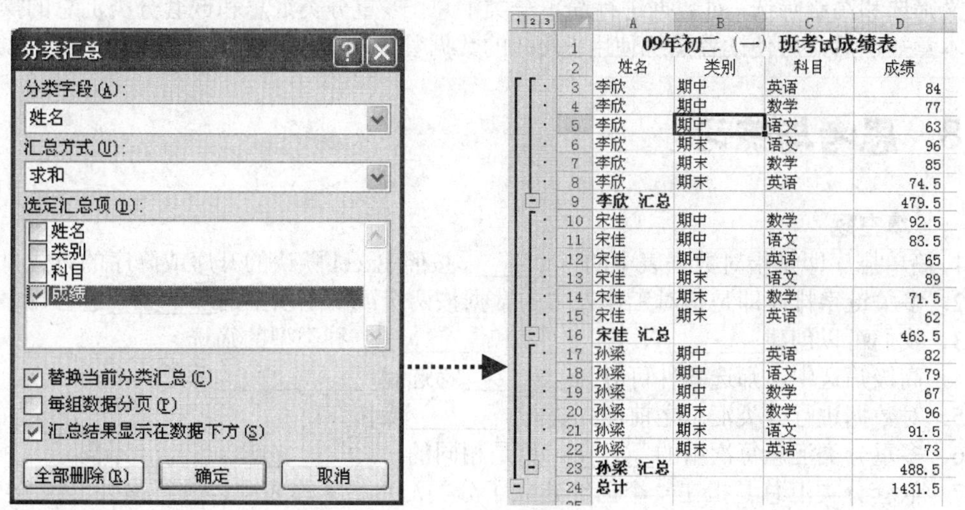

	A	B	C	D
1	09年初二（一）班考试成绩表			
2	姓名	类别	科目	成绩
3	李欣	期中	英语	84
4	李欣	期中	数学	77
5	李欣	期中	语文	63
6	李欣	期末	语文	96
7	李欣	期末	数学	85
8	李欣	期末	英语	74.5
9	李欣 汇总			479.5
10	宋佳	期中	数学	92.5
11	宋佳	期中	语文	83.5
12	宋佳	期中	英语	65
13	宋佳	期末	语文	89
14	宋佳	期末	数学	71.5
15	宋佳	期末	英语	62
16	宋佳 汇总			463.5
17	孙梁	期中	英语	82
18	孙梁	期中	语文	79
19	孙梁	期中	数学	67
20	孙梁	期末	数学	96
21	孙梁	期末	语文	91.5
22	孙梁	期末	英语	73
23	孙梁 汇总			488.5
24	总计			1431.5

图 13-62　设置第一次分类汇总

步骤 6　再次单击“分类汇总”按钮，打开“分类汇总”对话框，在“分类字段”下拉列表中选择“类别”，在“汇总方式”下拉列表中选择“求和”，在“选定汇总项”列表中选择“成绩”复选框，并取消勾选“替换当前分类汇总”复选框，如图 13-63 左图所示，然后单击“确定”按钮，即可得到汇总结果，如图 13-63 右图所示。本例最终效果可参考本书素材文件“素材与实例”>“第 13 章”文件夹>“分类汇总”。

分类汇总
分类字段(A):
类别
汇总方式(U):
求和
选定汇总项(D):
姓名
类别
科目
成绩
替换当前分类汇总(C)
每组数据分页(P)
汇总结果显示在数据下方(S)
全部删除(R)
确定
取消

	A	B	C	D
1	09年初二（一）班考试成绩表			
2	姓名	类别	科目	成绩
3	李欣	期中	英语	84
4	李欣	期中	数学	77
5	李欣	期中	语文	63
6		期中 汇总		224
7	李欣	期末	语文	96
8	李欣	期末	数学	85
9	李欣	期末	英语	74.5
10		期末 汇总		255.5
11	李欣 汇总			479.5
12	宋佳	期中	数学	92.5
13	宋佳	期中	语文	83.5
14	宋佳	期中	英语	65
15		期中 汇总		241
16	宋佳	期末	语文	89
17	宋佳	期末	数学	71.5
18	宋佳	期末	英语	62
19		期末 汇总		222.5
20	宋佳 汇总			463.5
21	孙梁	期中	英语	82
22	孙梁	期中	语文	79
23	孙梁	期中	数学	67
24		期中 汇总		228
25	孙梁	期末	数学	96
26	孙梁	期末	语文	91.5
27	孙梁	期末	英语	73
28		期末 汇总		260.5
29	孙梁 汇总			488.5
30	总计			1431.5

图 13-63　设置第 2 次分类汇总项

13.7　学习总结

本章主要介绍了对数据进行简单排序、多关键字和自定义排序，对数据进行自动筛选、自定义筛选和高级筛选，对数据进行简单分类汇总、多重分类汇总和嵌套分类汇总的操作。掌握本章知识后，可使读者熟练使用 Excel 的数据管理功能，从而大大提高工作效率。

13.8　思考与练习

一、填空题

1. 简单排序即是指对数据表中的________，按照 Excel 默认的升序或降序的方式排列。

2．多关键字排序即是指对工作表中的数据按两个或两个以上的________进行排序。

3．我们可以创建________、________和________三种类型的筛选。

4．高级筛选中，筛选条件可分为________筛选和____________筛选。

5．对数据进行分类汇总之前应先进行________操作。

6．多重分类汇总每次用的________总是相同的，________或________不同。

7．嵌套分类汇总是指在一个已经建立了分类汇总的工作表中再进行另外一种分类汇总，两次分类汇总的________是不相同的。

二、简答题

1．Excel 中数字、日期和文本类数据的默认排序方式是怎样的？

2．如何对数据进行多关键字排序？

3．Excel 的筛选方式有哪几种？各有什么特点？

4．多重分类汇总和嵌套分类汇总的主要区别是什么？

5．如何显示或隐藏分级显示中的明细数据？

三、操作题

打开本书素材文件“素材与实例”>“第 13 章”>“楼盘报价”文件，然后对工作表进行排序、筛选和分类汇总操作，找出四环内最便宜的楼盘。本例最终效果可参考本书素材文件“素材与实例”>“第 13 章”>“课后练习”

提示：

（1）利用“类别”作为主要关键字，“每平米价格”作为次要关键字，对工作表进行降序排列。

（2）筛选出四环内每平米价格在 2 万元以下的记录。

（3）利用分类汇总找出四环内每平米价格最便宜的楼盘（将“分类字段”设为“类别”，将“汇总方式”设为“最小值”，将“选定汇总项”设为“每平米价格”）。

第 14 章

使用图表分析数据

本章内容提要

章前导读

利用 Excel 提供的图表功能，可以形象、直观地反映工作表中的数据，使枯燥的数据变得生动，并方便用户进行数据的比较和预测。

14.1 创建与设置图表结构

图表以图形化方式直观地表示工作表中的数据。图表具有较好的视觉效果，方便用户查看数据的差异和预测趋势。此外，使用图表还可以让平面的数据立体化，更易于比较数据。

在创建和编辑图表前，我们先来认识一下图表的结构，如图 14-1 所示。

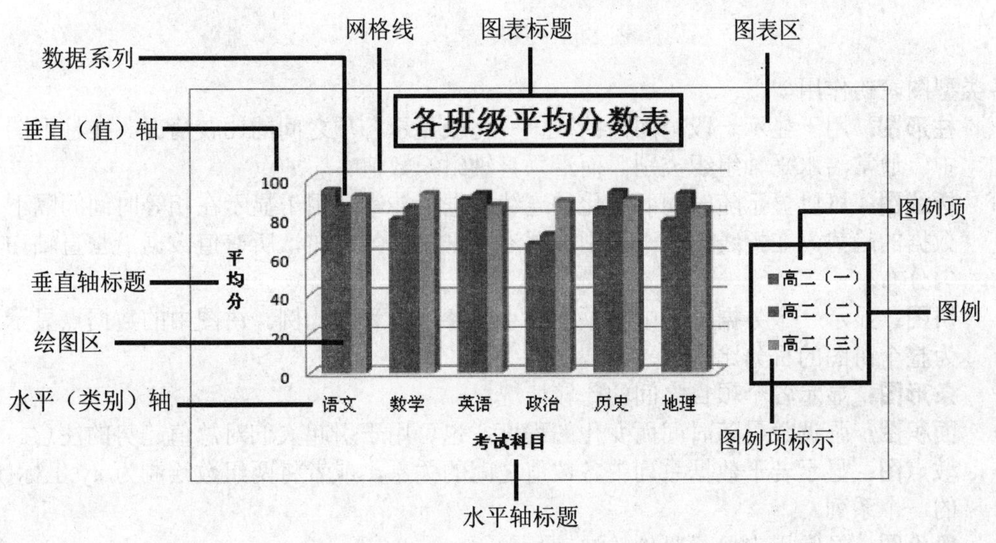

图 14-1 图表组成元素

14.1.1 图表类型

Excel 2007 支持多种类型的图表，我们可根据需要进行选择。单击“插入”选项卡上“图表”组中各图表类型按钮，然后可在展开的列表中看到图表子类型，如图 14-2 所示。

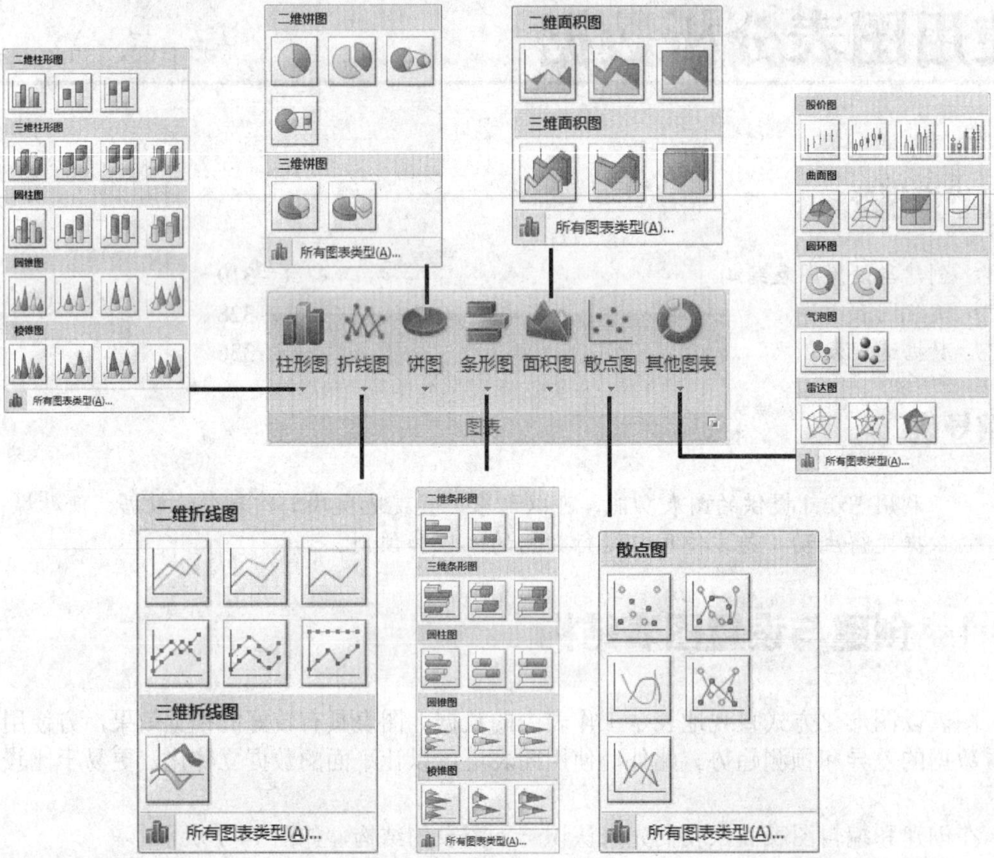

图 14-2 图表类型

各类型图表的作用如下：

- **柱形图**：用于显示一段时间内的数据变化或显示各项之间的比较情况。在柱形图中，通常沿水平轴组织类别，而沿垂直轴组织数值。
- **折线图**：可以显示随时间而变化的连续数据，非常适用于显示在相等时间间隔下数据的趋势。在折线图中，类别数据沿水平轴均匀分布，所有值数据沿垂直轴均匀分布。
- **饼图**：显示一个数据系列中各项的大小与各项总和的比例。饼图中的数据点显示为整个饼图的百分比。
- **条形图**：显示各个项目之间的比较情况。
- **面积图**：强调数量随时间而变化的程度，也可用于引起人们对总值趋势的注意。
- **散点图**：显示若干数据系列中各数值之间的关系，或者将两组数绘制为 xy 坐标的一个系列。
- **股价图**：经常用来显示股价的波动。
- **曲面图**：显示两组数据之间的最佳组合。

- **圆环图**：像饼图一样，圆环图显示各个部分与整体之间的关系，但是它可以包含多个数据系列。
- **气泡图**：排列在工作表列中的数据可以绘制在气泡图中。
- **雷达图**：比较若干数据系列的聚合值。

对于大多数图表，如柱形图和条形图，可以将工作表的行或列中排列的数据绘制在图表中，而有些图表类型，如饼图和气泡图，则需要特定的数据排列方式。

14.1.2　创建图表

要创建图表，首先要打开或在工作表中输入用于创建图表的数据，然后选择该数据并选择一种图表类型即可。

1. 嵌入式图表

嵌入式图表即与源数据显示在同一个工作表中的图表。下面，以为“高二年级模拟考试各年级平均分数表”中的“Sheet1”工作表创建一个嵌入式图表为例，介绍创建嵌入式图表的方法。具体步骤如下：

步骤 1　打开本书配套素材“素材与实例”>“第 14 章”>“高二年级模拟考试各年级平均分数表”文件，单击要创建图表数据区域的任意非空单元格，然后单击“插入”选项卡上“图表”组中的“柱形图”按钮，在展开的列表中选择“三维簇状柱形图”选项，如图 14-3 所示。

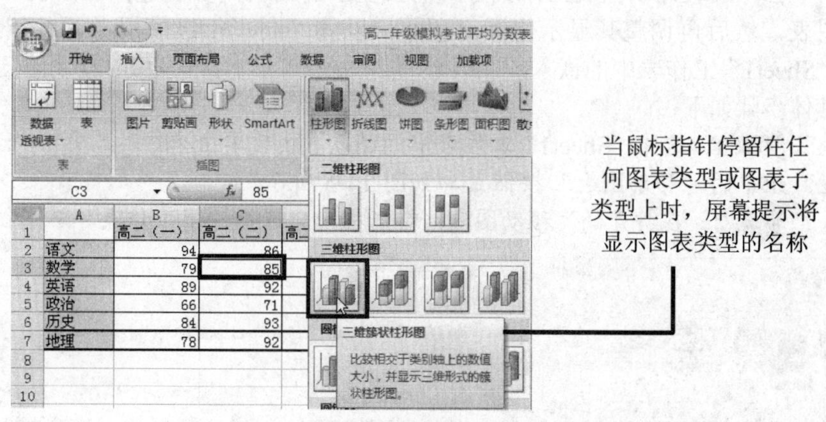

图 14-3　选择单元格和图表类型

如果只选择一个单元格，则 Excel 自动将紧邻该单元格的包含数据的所有单元格绘制在图表中。

步骤 2　此时，会在工作表中插入一张嵌入式图表，并显示“图表工具”、“设计”选项卡，如图 14-4 所示。

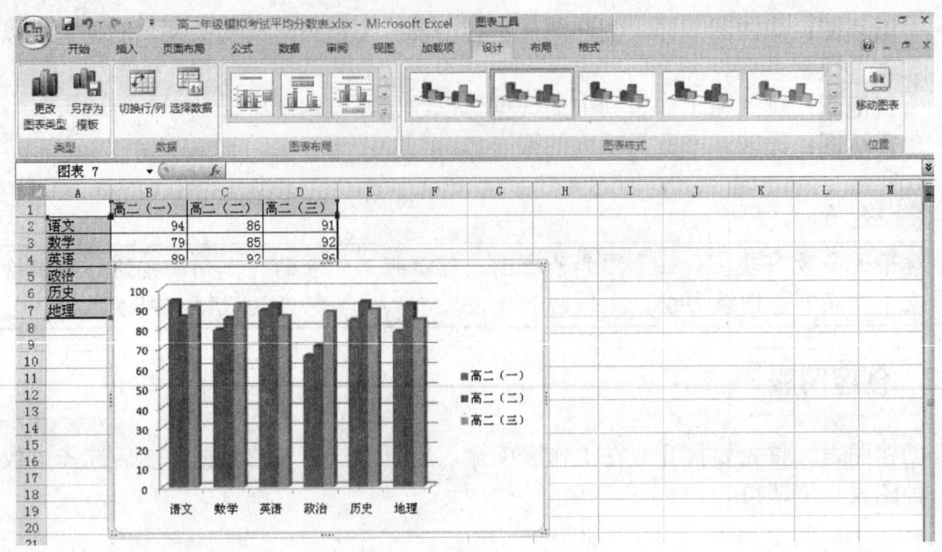

图 14-4　插入的嵌入式图表

在常规状态下，一般运用柱形图比较数据间的数量关系；用折线图反映数据间的趋势关系；用饼图表现数据间的比例分配关系。

2. 独立图表

独立图表即以图表工作表方式单独显示的图表，要创建独立图表，必须先创建嵌入式图表，然后再调整其显示位置。下面，以将“高二年级模拟考试各年级平均分数表”中“Sheet1”工作表中的嵌入式图表放置于单独的工作表中为例，介绍创建独立图表的方法。具体步骤如下：

步骤 1　选中“Sheet1”工作表中的图表，然后单击“图表工具”、“设计”选项卡上“位置”组中的“移动图表”按钮，如图 14-5 所示。

步骤 2　在打开的“移动图表”对话框中，选择“新工作表”单选钮，如图 14-6 所示。

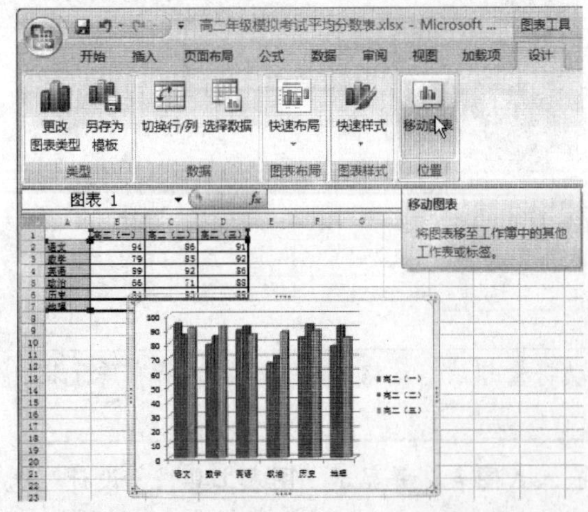

图 14-5　单击“移动图表”按钮

可在这里设置图表工作表的名称

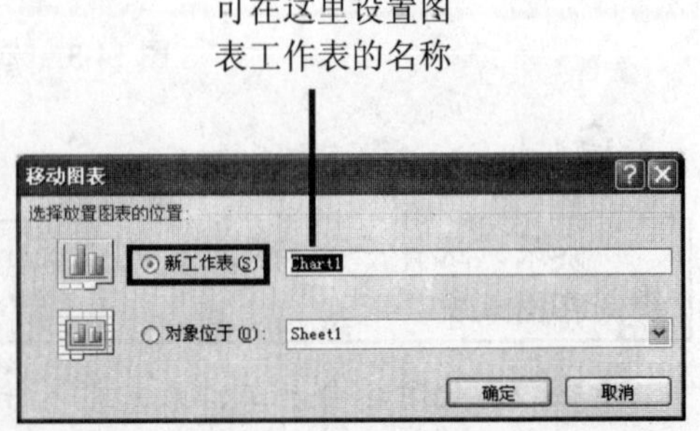

图 14-6　选择“新工作表”单选钮

步骤 3 保持“移动图表”对话框中其他参数默认不变，并单击“确定”按钮，即可在原工作表的前面插入一个名为“Chart1”的图表工作表，以放置创建的图表，如图 14-7 所示。

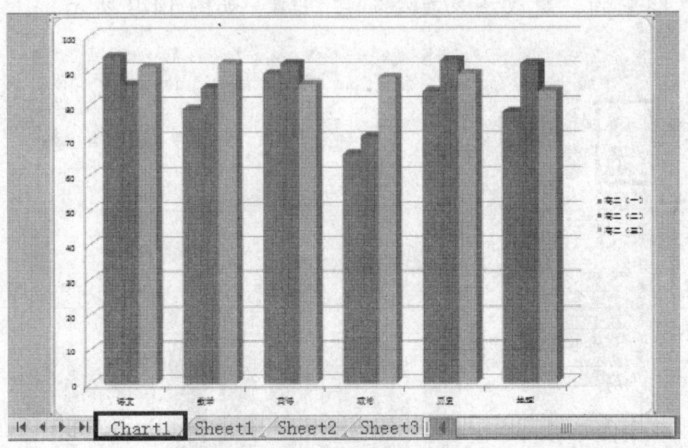

图 14-7 创建独立图表

所谓图表工作表即指只包含图表的工作表，当希望单独查看图表时，图表工作表非常有用。

14.1.3 编辑图表

创建图表后，标题栏上会出现“图表工具”选项卡，在其下方有“设计”、“布局”和“格式”三个子选项卡。用户可以使用这些子选项卡中的命令修改图表，以使图表满足用户的需要，如图 14-8 所示。

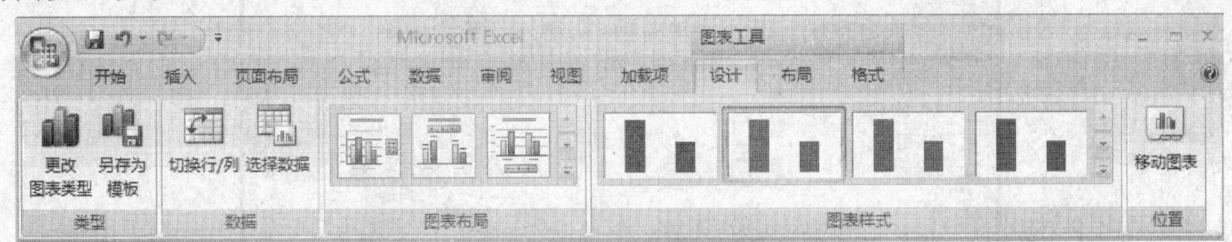

图 14-8 “图表工具”选项卡下的子选项卡

1. 更改图表类型

对于大多数二维图表，可以更改整个图表的图表类型，使其外观完全改变，也可以为任意单个数据系列更换图表类型，使图表转换为组合图表。对于气泡图和大多数三维图表，只能更改整个图表的图表类型。

数据系列是在图表中绘制的相关数据点，这些数据源自数据表的行或列。图表中的每个数据系列具有唯一的颜色或图案并且在图表的图例中表示。可以在图表中绘制一个或多个数据系列。饼图只有一个数据系列。

要更改现有图表的图表类型，可参考如下操作：

步骤 1 若要更改整个图表的图表类型，单击图表的图表区或绘图区以显示图表工具（若要更改单个数据系列的图表类型，则单击该数据系列），然后单击“图表工具”、“设计”选项卡上“类型”组中的“更改图表类型”按钮，如图 14-9 所示。

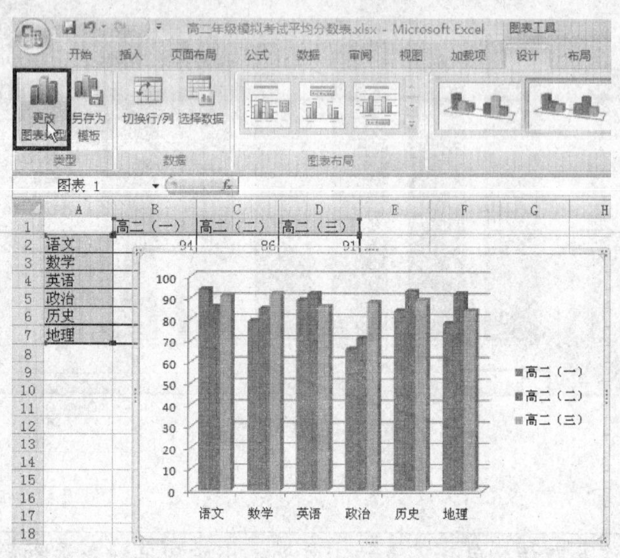

图 14-9 单击“更改图表类型”按钮

步骤 2 打开“更改图表类型”对话框，选择一种图表类型，如“条形图”，然后选择一种子图表，如“簇状条形图”，如图 14-10 所示。

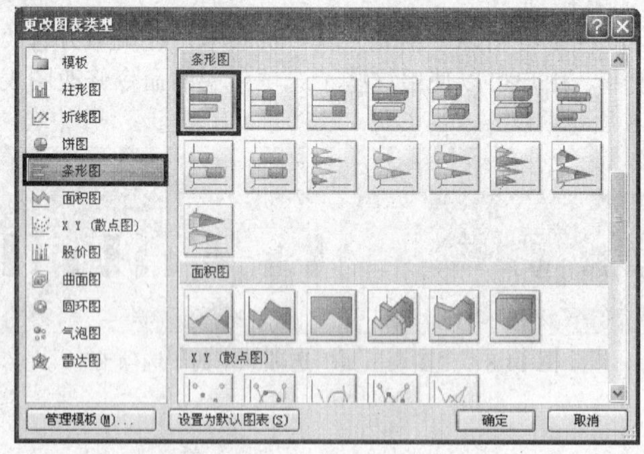

图 14-10 选择图表类型

提 示

如果用户想在创建图表时快速使用自定的图表类型，可以在“更改图表类型”对话框中选择图表类型和图表子类型后，单击“设置为默认图表”按钮，将该图表类型设置为默认的图表类型即可。

步骤 3 单击“确定”按钮后，即可更改图表的类型，如图 14-11 所示。

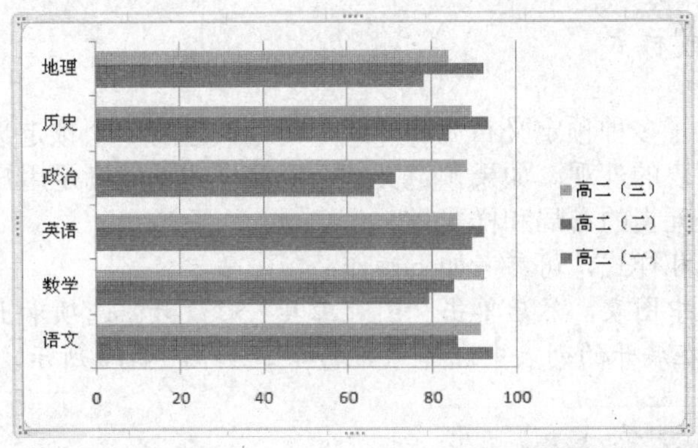

图 14-11　更改图表类型后的图表

2. 将图表行、列数据对换

如果想将图表中用于表示源数据表中行和列的数据对换，可参考如下操作：

步骤 1　单击图表区，然后单击“图表工具”、“设计”选项卡上“数据”组中的“切换行/列”按钮，如图 14-12 所示。

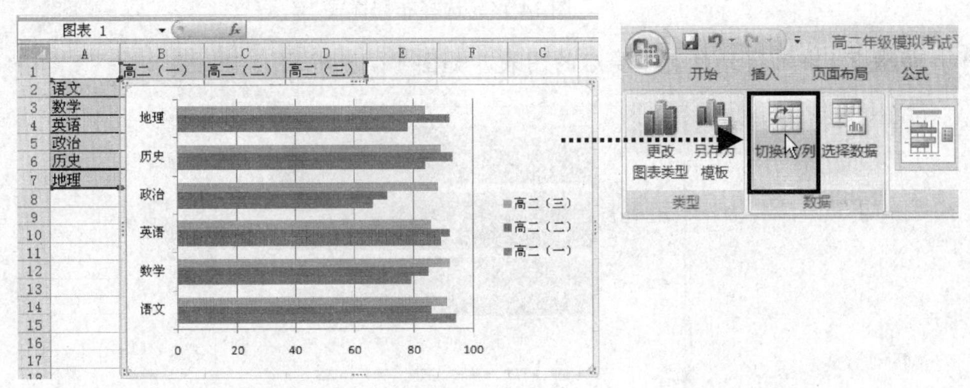

图 14-12　单击“切换行/列”按钮

步骤 2　此时，即可得到切换行、列后的效果，如图 14-13 所示。

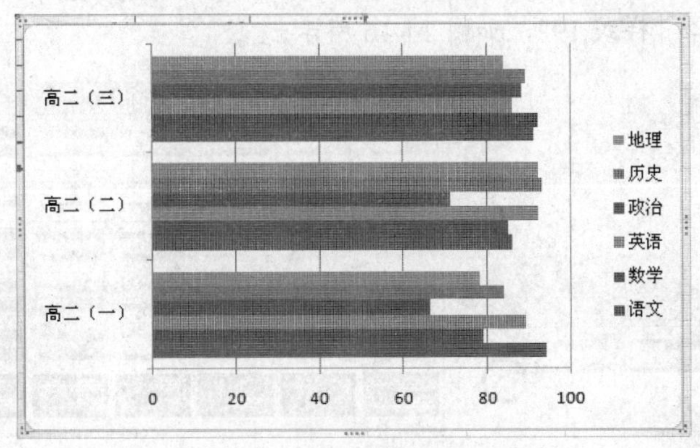

图 14-13　切换行、列后的效果

3. 改变图表布局或样式

Excel 2007 提供了多种预定义布局和样式，可以快速将一个预定义布局和样式应用到图表中，从而更改图表的外观。如果预定义的布局和样式不能满足用户的需要，还可以通过手动更改单个图表元素的布局和样式。

要更改图表布局和样式，可参考如下操作：

步骤 1 单击选中图表，然后单击“图表工具”、“设计”选项卡上“图表布局”组中的“其他”按钮，在展开的列表中选择“布局 4”，如图 14-14 所示。

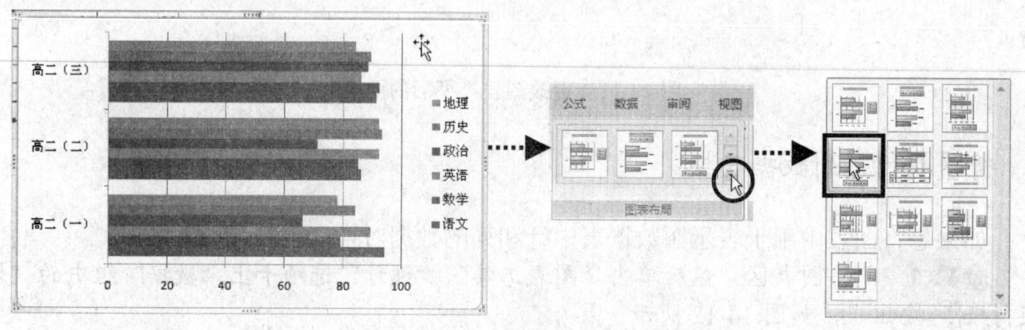

图 14-14 选择布局样式

步骤 2 即可得到改变布局后的图表，如图 14-15 所示。

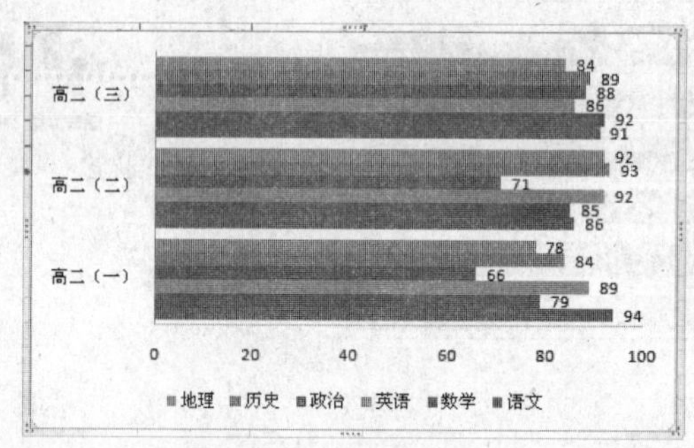

图 14-15 改变布局后的图表

步骤 3 单击“图表工具”、“设计”选项卡上“图表样式”组中的“其他”按钮，在展开的列表中选择“样式 19”，如图 14-16 所示。

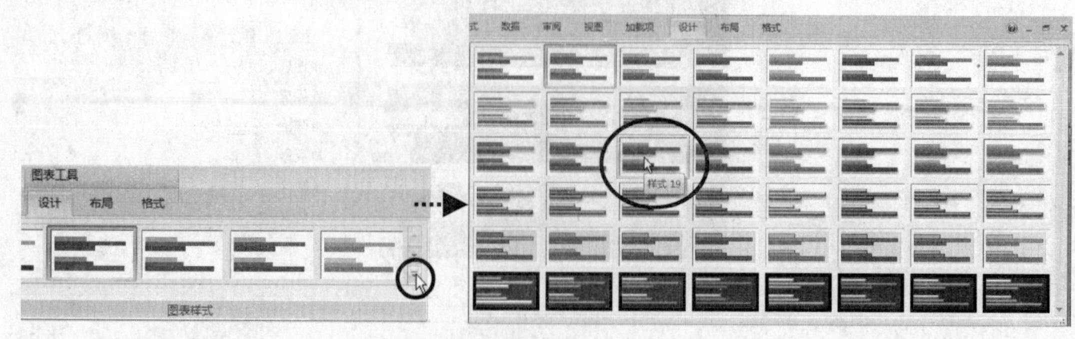

图 14-16 选择“样式 19”

步骤 4　即可得到改变图表样式后的图表，如图 14-17 所示。

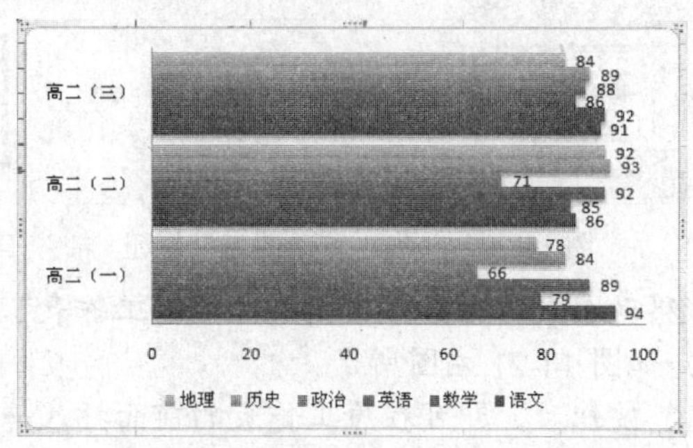

图 14-17　改变图表样式后的图表

14.2　上机实践——创建居民消费价格指数图表

下面以为“2008 年上半年主要城市居民消费指数”工作表创建一个独立的图表，并将图表行、列数据对换为例，进一步熟悉创建和编辑图表的操作。具体步骤如下：

步骤 1　打开本书配套素材“素材与实例”>“第 14 章”>“居民消费指数”文件，然后选中“Sheet1”工作表中的 A2：G7 单元格区域，如图 14-18 所示。

	A	B	C	D	E	F	G
1	2008年上半年主要城市居民消费指数						
2		1月	2月	3月	4月	5月	6月
3	北京	101.5	103.4	102.5	104.1	102.3	103.5
4	天津	102.3	101.2	103.2	105.8	102.6	101.9
5	上海	103.8	103.7	102.9	101.4	103.3	102.5
6	深圳	101.7	103.1	102	102.9	101.7	102.1
7	呼和浩特	103.2	103.5	102.6	103.6	102.8	[illegible]
8	注：以上年同期价格为100						

图 14-18　选择单元格区域

步骤 2　单击“插入”选项卡上“图表”组中的“柱形图”按钮，在展开的列表中选择“三维簇状柱形图”选项，如图 14-19 左图所示，即可创建一个嵌入式图表，如图 14-19 右图所示。

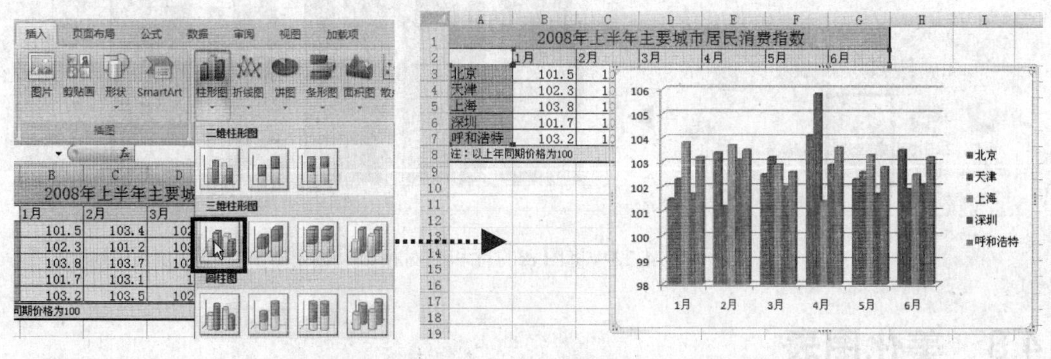

图 14-19　选择图表类型创建嵌入式图表

步骤 3　单击“图表工具”、“设计”选项卡上“位置”组中的“移动图表”按钮，如图 14-20 所示。

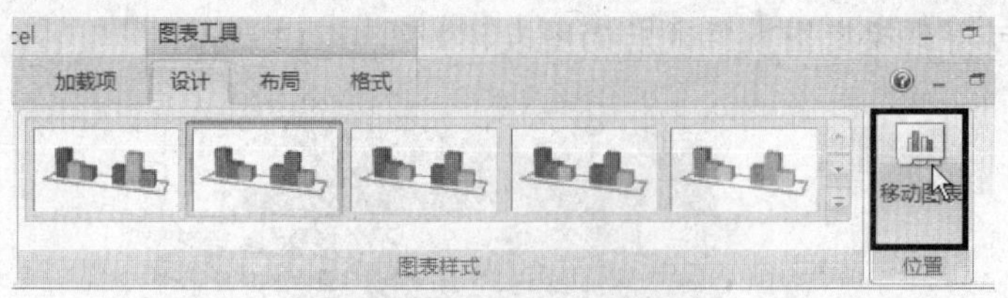

图 14-20　单击“移动图表”按钮

步骤 4　在打开的“移动图表”对话框中，选择“新工作表”单选钮，然后在其右侧的编辑框中输入“图表”，如图 14-21 左图所示。

步骤 5　单击“确定”按钮后，即可在原工作表的前面插入一个名为“图表”的图表工作表，原有的图表显示在其中，如图 14-21 右图所示。

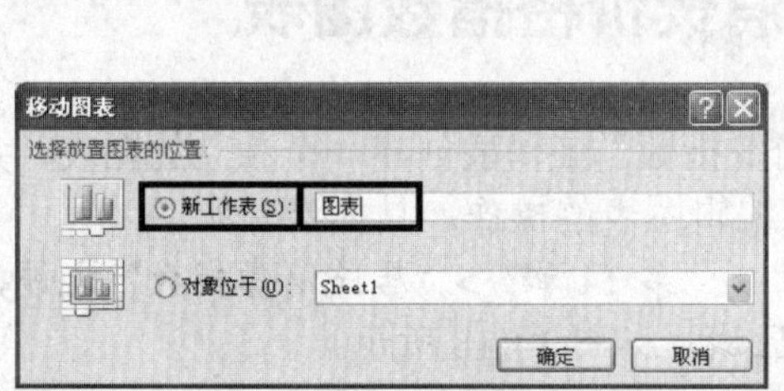

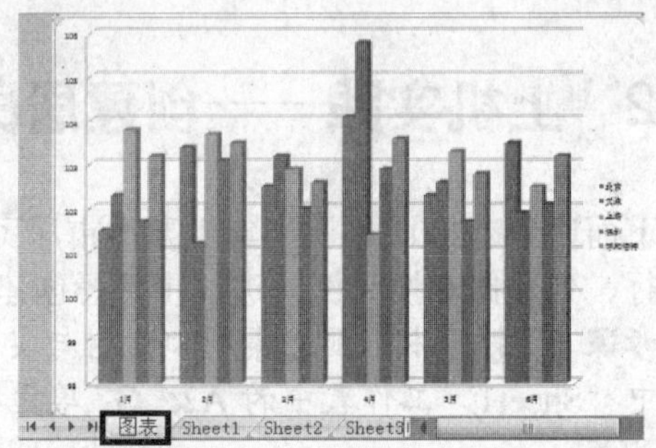

图 14-21　创建独立图表

步骤 6　单击“图表工具”、“设计”选项卡上“数据”组中的“切换行/列”按钮，如图 14-22 左图所示，即可将图表中行和列的数据对换，如图 14-22 右图所示。至此实例就完成了，最终效果可参考本书配套素材“素材与实例”>“第 14 章”>“居民消费指数图表”。

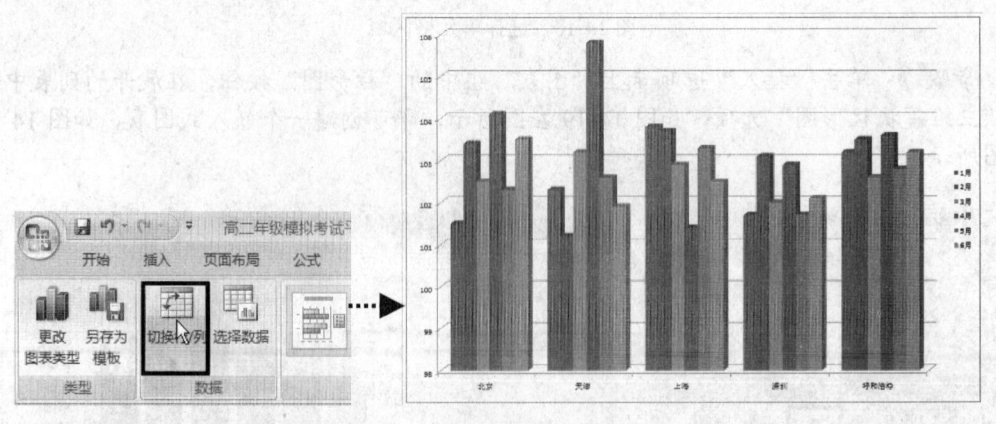

图 14-22　将图表的行和列对换

14.3　美化图表

创建图表后，用户还可设置各个图表元素的格式，如图表区、绘图区、数据系列、坐标轴、标题、数据标签或图例等，以使图表更加美观。

14.3.1　设置图表区格式

要设置图表区格式，可参考以下操作：

步骤 1　单击图表，显示“图表工具”选项卡，再单击“布局”选项卡，在“当前所选内容”组中单击“图表元素”按钮右侧的三角按钮（此按钮名称随所选图表元素不同而编辑框中文字有所不同），在展开的列表中选择“图表区”，如图 14-23 所示。

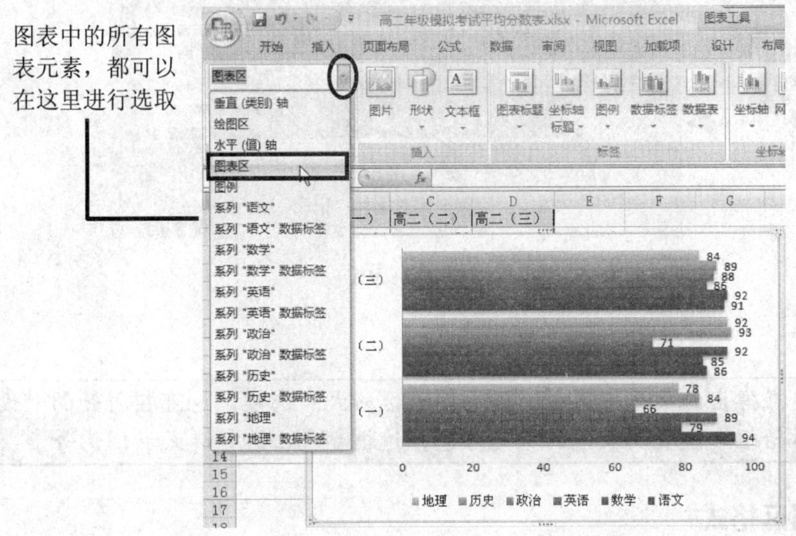

图 14-23　选择“图表区”元素

步骤 2　单击“格式”选项卡上“形状样式”组中的“形状填充”按钮，在展开的列表中选择“浅绿色”，如图 14-24 左图所示。

步骤 3　单击“形状轮廓”按钮，在展开的列表中选择“粗细”>“6 磅”，如图 14-24 右图所示。

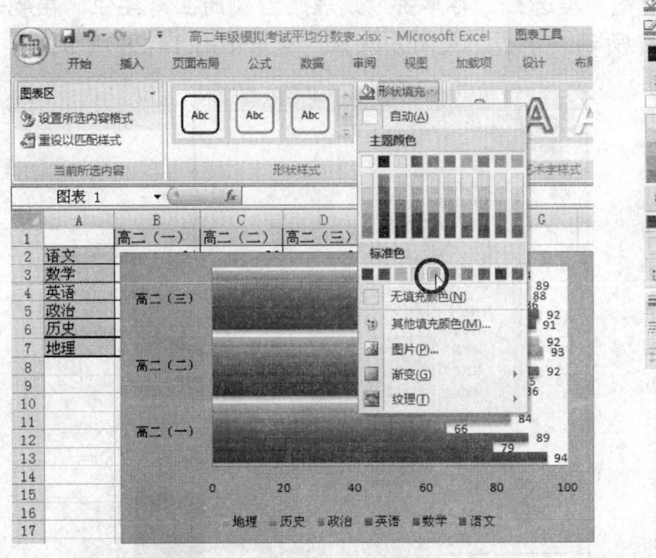

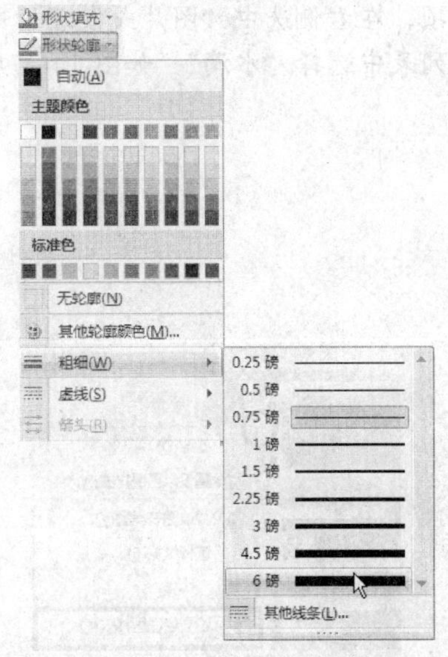

图 14-24　选择形状的填充颜色和轮廓线的粗细

步骤 4 再次单击“形状轮廓”按钮，在“形状轮廓”列表中单击“橙色”，将轮廓线的颜色设置为橙色，如图 14-25 所示。

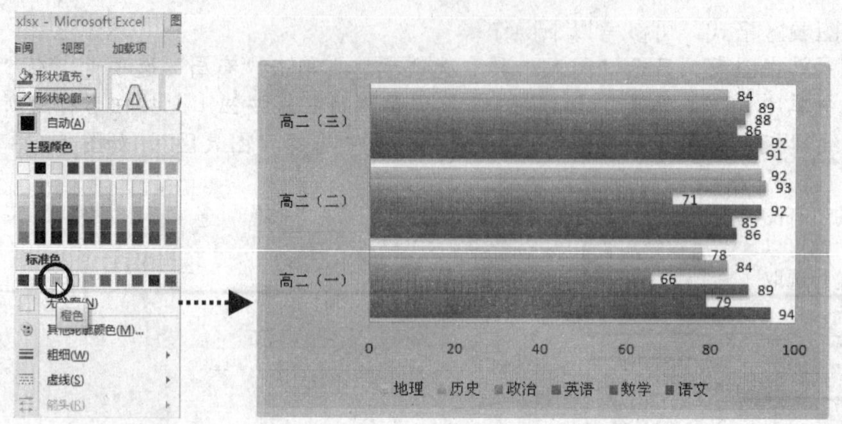

图 14-25 设置轮廓线的颜色

右击图表区，在弹出的菜单中选择“设置图表区格式”选项，也可在打开的“设置图表区格式”对话框中设置图表区的填充颜色、边框颜色、边框样式和阴影等。

14.3.2 设置绘图区格式

绘图区的背景默认为白色，用户可根据自己的喜好为其设置填充色或图案纹理，具体操作如下：

步骤 1 将鼠标指针移到图表中的空白区域，待鼠标指针显示“绘图区”时右击，在弹出的快捷菜单中选择“设置绘图区格式”菜单，如图 14-26 所示。

步骤 2 在打开的“设置绘图区格式”对话框，左侧的设置项目列表区中选择“填充”选项，在右侧选中“图片或纹理填充”单选钮，再单击“纹理”右侧的三角按钮，在展开的列表中选择“水滴”，如图 14-27 所示，单击“关闭”按钮，结果如图 14-28 所示。

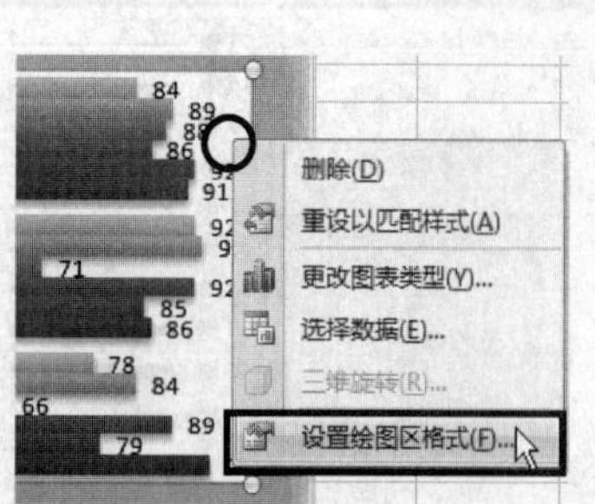

图 14-26 选择“设置绘图区格式”菜单

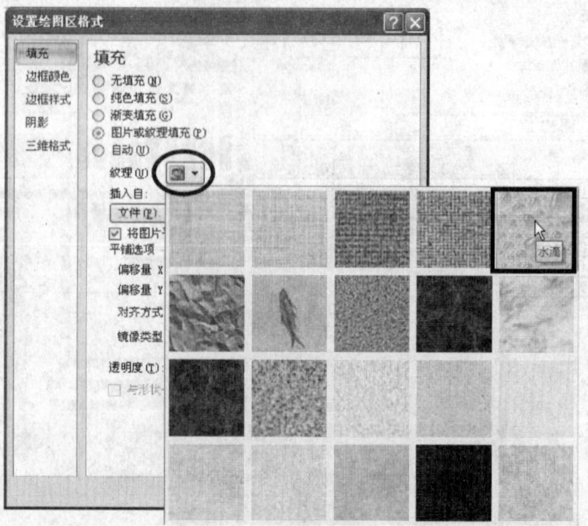

图 14-27 设置绘图区纹理

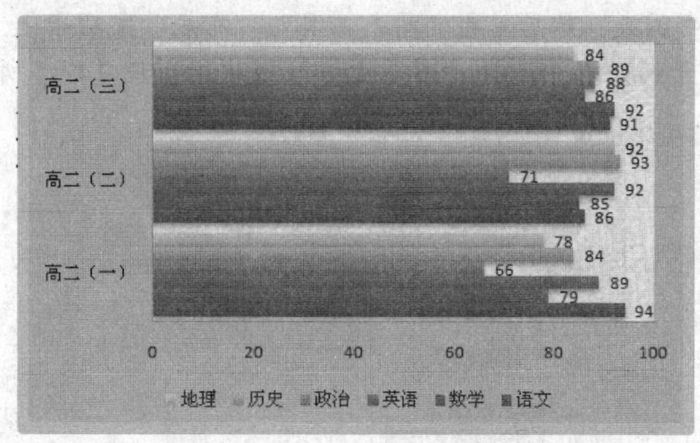

图 14-28　设置绘图区格式后的效果

14.3.3　设置图例项格式

要设置图例项的格式，可参考以下操作：

步骤 1　单击选中图表中的图例项，然后单击“图表工具”、“格式”选项卡上“形状样式”组中的“其他”按钮，在展开的列表中选择“强烈效果-强调颜色 1”选项，如图 14-29 所示。

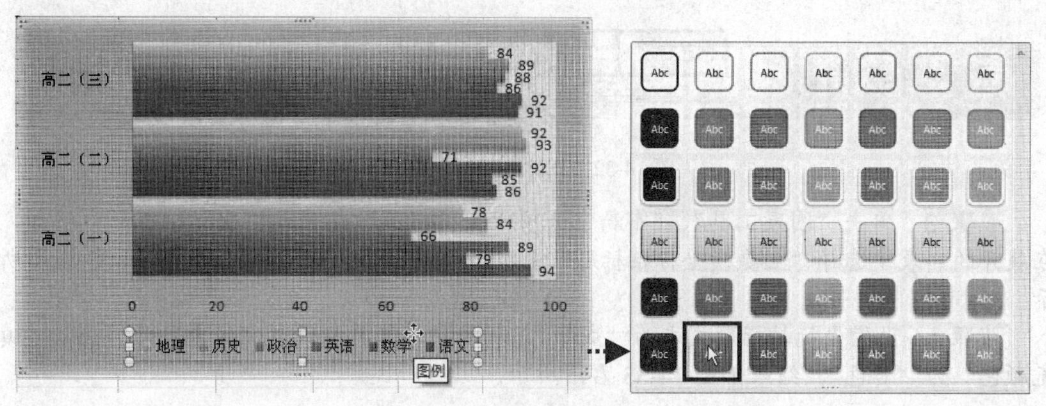

图 14-29　选择图例项的形状样式

步骤 2　右击图例项，在弹出的浮动工具栏中单击“加粗”按钮，在“字号”下拉列表中选择“12”，效果如图 14-30 所示。

图 14-30　设置图例项的字体格式

14.3.4　添加并设置图表、分类轴和数据轴标题

为图表、分类轴和数据轴添加标题，可以使图表的结构更加清晰。下面介绍为图表、分类轴和数据轴添加标题的具体步骤：

步骤 1　单击选中图表，然后单击“图表工具”、“布局”选项卡上“标签”组中的“图表标题”按钮，在展开的列表中选择“图表上方”选项，如图 14-31 所示。

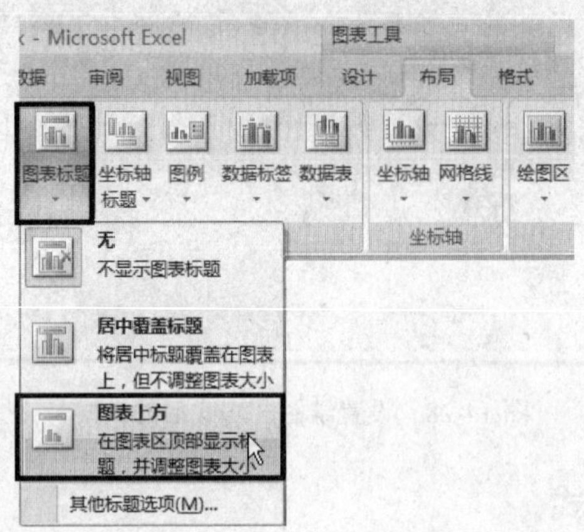

图 14-31　选择“图表上方”选项

步骤 2　将“图表标题”文本替换为“居民消费指数”，然后选中图表标题文字，在弹出的浮动工具栏中设置“字体”为“创艺简标宋”，“字号为“20”，“填充颜色”为“黄色”，如图 14-32 所示。

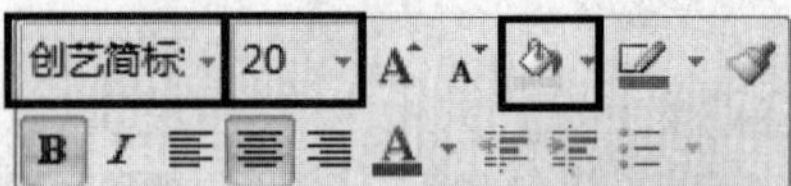

图 14-32　设置图表标题格式

步骤 3　单击“图表工具”、“布局”选项卡上“标签”组中的“坐标轴标题”按钮，在展开的列表中选择“主要横坐标轴标题”>“坐标轴下方标题”选项，如图 14-33 左图所示。

步骤 4　设置坐标轴标题文本为“成绩”，利用浮动工具栏设置“字号”为“16”，“填充颜色”为“黄色”，结果如图 14-33 右图所示。

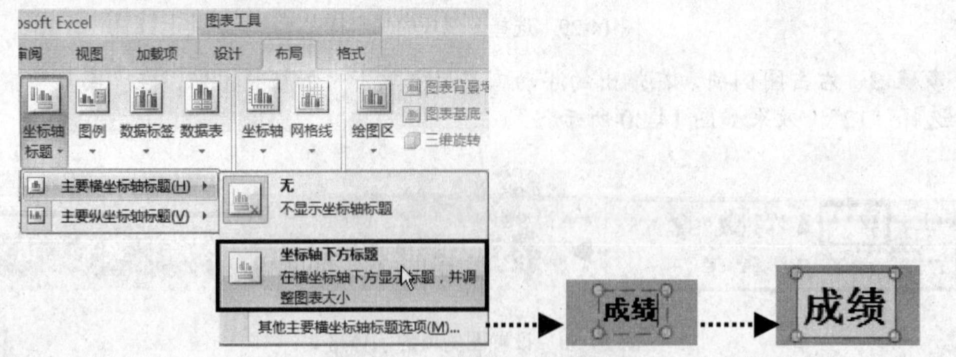

图 14-33　设置横坐标轴标题

步骤 5　单击“图表工具”、“布局”选项卡上“标签”组中的“坐标轴标题”按钮，在展开的列表中选择“主要纵坐标轴标题”>“旋转过的标题”选项，如图 14-34 左图所示。设置坐标轴标题文本为“班级”，利用浮动工具栏设置“字号”为“16”，“填充颜色”为“黄

色"，结果如图 14-34 右图所示，美化图表后最终结果如图 14-35 所示。

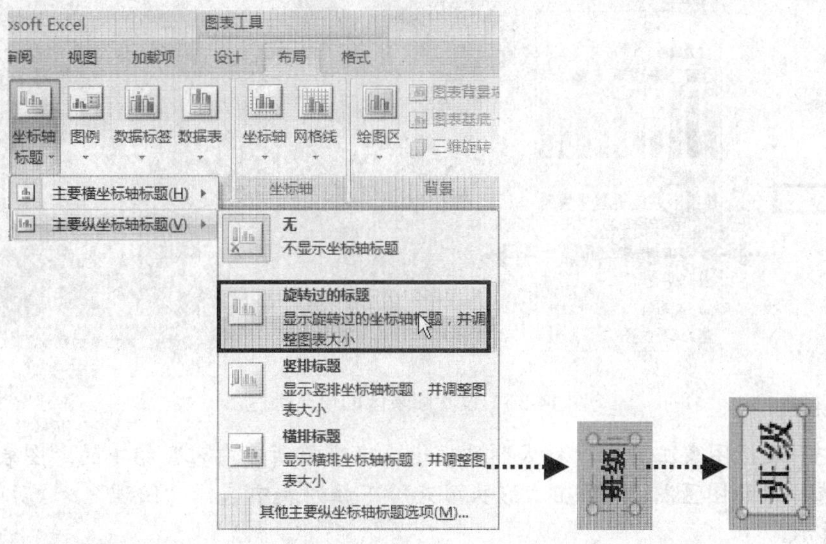

图 14-34　设置纵坐标标题

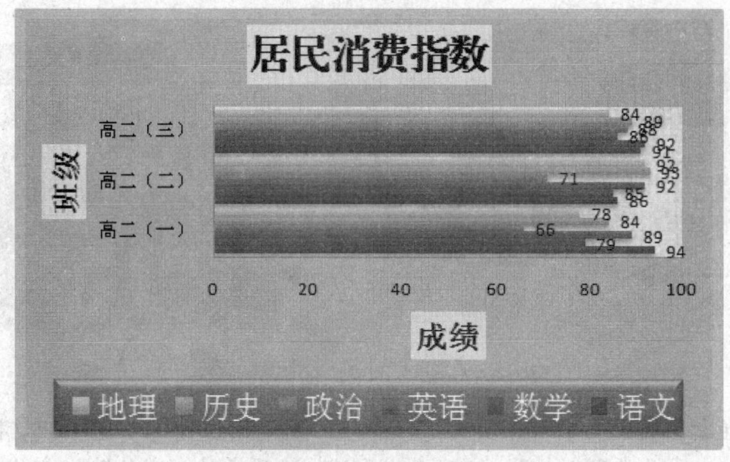

图 14-35　美化后的图表

14.4　上机实践——美化居民消费价格指数图表

下面通过美化上个实例中创建的"居民消费指数图表"，来进一步熟悉美化图表的操作。具体步骤如下：

步骤 1　打开本书配套素材"素材与实例" > "第 14 章" > "居民消费指数图表"文件。

步骤 2　单击选中"图表"工作表中的图表，在"图表工具"、"格式"选项卡上"当前所选内容"组中的"图表元素"下拉列表中选择"图表区"，再单击"图表工具"、"格式"选项卡上"形状样式"组中的"形状填充"按钮右侧的三角按钮，在展开的列表中选择"橙色"，如图 14-36 所示。

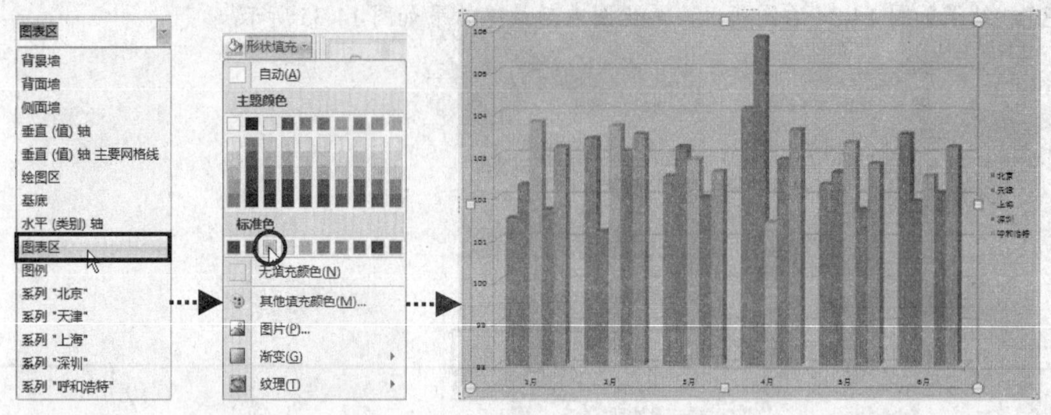

图 14-36　设置图表区的填充颜色

步骤 3　在“图表工具”、“格式”选项卡上“当前所选内容”组中的“图表元素”下拉列表中选择“绘图区”，然后在“形状填充”下拉列表中选择“纹理”>“新闻纸”，如图 14-37 所示。

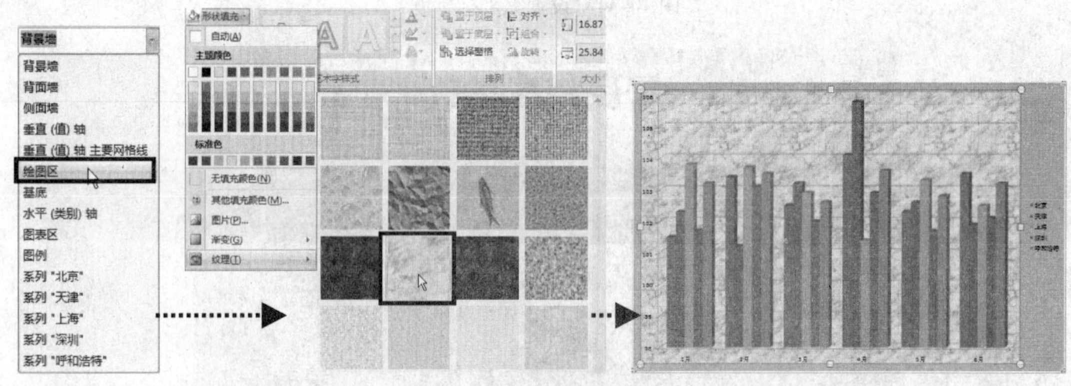

图 14-37　设置图表区的填充颜色

步骤 4　在“图表工具”、“格式”选项卡上“当前所选内容”组中的“图表元素”下拉列表中选择“水平（类别）轴”，然后在“开始”选项卡的“字体”组中将水平轴的“字号”设为“14”，“填充颜色”为“浅绿”，如图 14-38 所示。

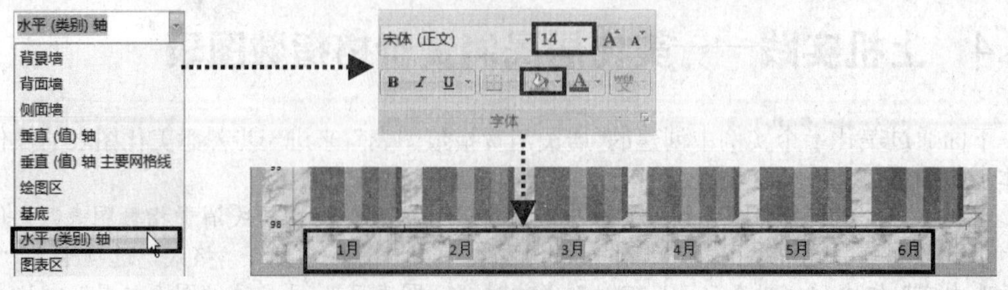

图 14-38　设置水平（类别）轴格式

步骤 5　单击选中图表中的“图例”，然后单击“图表工具”、“格式”选项卡上“形状样式”组中的“其他”按钮，在展开的列表中选择“强烈效果-强调颜色 5”选项，如图 14-39 左图所示。再在“开始”选项卡的“字体”组中将图例区的“字号”设为“14”，并

单击“加粗”按钮，如图 14-39 中图所示，效果如图 14-39 右图所示。

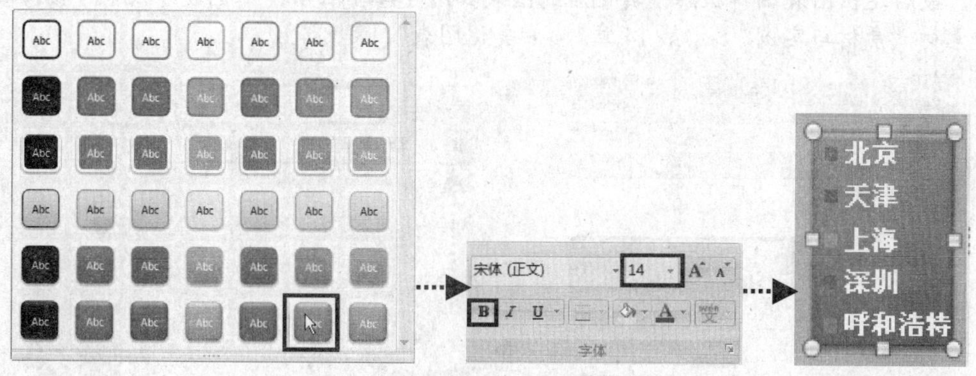

图 14-39　设置图例格式

步骤 6　在“图表工具”、“布局”选项卡中单击“标签”组中的“图表标题”按钮，在展开的列表中选择“图表上方”选项，然后输入图表标题“居民消费指数表”，如图 14-40 所示。

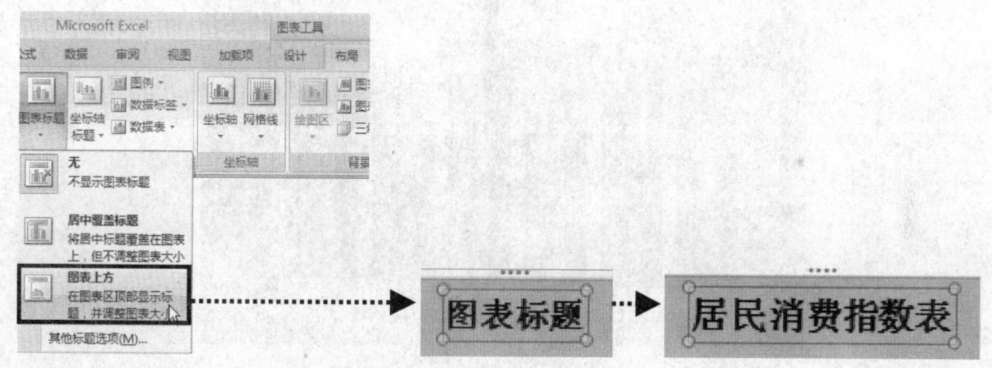

图 14-40　输入图表标题

步骤 7　在“图表工具”、“布局”选项卡中单击“标签”组中的“坐标轴标题”按钮，在展开的列表中选择“主要横坐标轴标题”>“坐标轴下方标题”选项，然后输入标题文字“月份”，选中标题文字，在弹出的浮动工具栏中将“字号设为“14”，如图 14-41 所示。

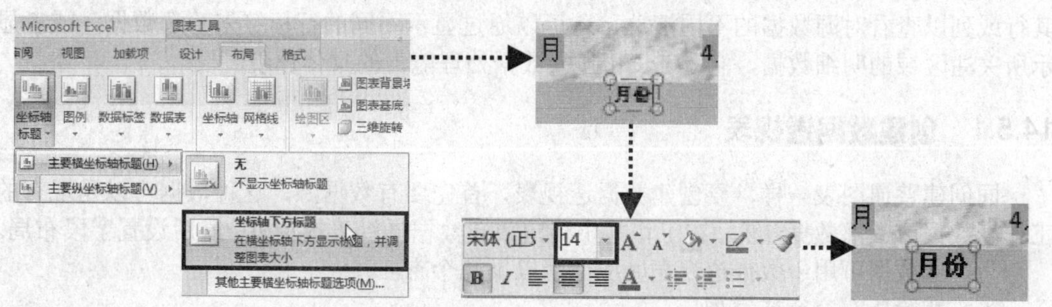

图 14-41　输入并设置主要横坐标轴标题

步骤 8　在“图表工具”、“布局”选项卡中单击“标签”组中的“主要纵坐标轴标题”按钮，在展开的列表中选择“主要纵坐标轴标题”>“旋转过的标题”选项，然后输入标题文字“消费指数”，选中标题文字，在弹出的浮动工具栏中将“字号设为“14”，如图 14-42 所示。最后退出图表编辑状态，美化后的图表如图 14-43 所示。本例最终效果可参考本书配套素材“素材与实例”>“第 14 章”>“美化图表”。

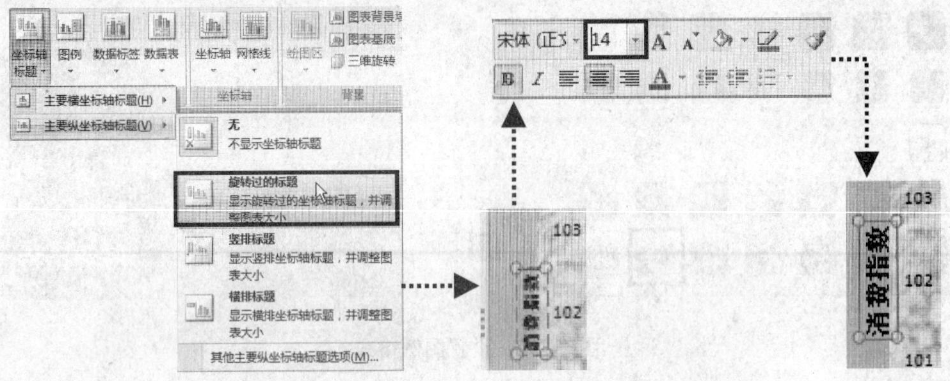

图 14-42　输入并设置主要纵坐标轴标题

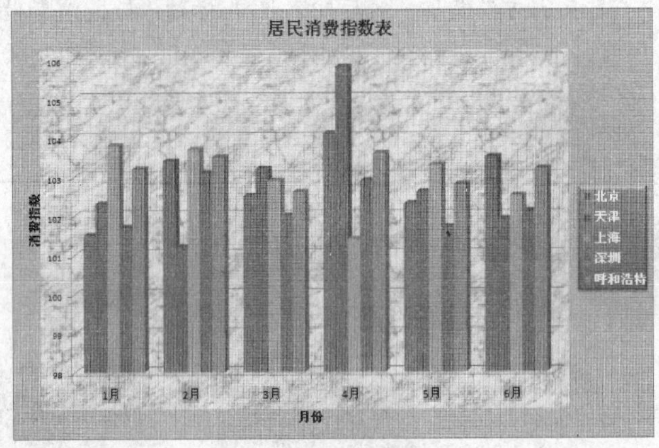

图 14-43　美化后的图表

14.5　数据透视表

数据透视表是一种对大量数据快速汇总和建立交叉列表的交互式表格，用户可以旋转其行或列以查看对源数据的不同汇总，还可以通过显示不同的行标签来筛选数据，或者显示所关注区域的明细数据，它是 Excel 强大数据处理能力的具体体现。

14.5.1　创建数据透视表

同创建普通图表一样，要创建数据透视表，首先要有数据源，这种数据可以是现有的工作表数据或外部数据，然后在工作簿中指定放置数据透视表的位置，最后设置字段布局。

为确保数据可用于数据透视表，应注意以下几个方面：

- 删除所有空行或空列。
- 删除所有自动小计。
- 确保第一行包含各列的描述性标题，即列标签。确保各列只包含一种类型的数据，而不能是文本与数字的混合。

下面以创建产品销售数据透视表为例，介绍创建数据透视表的方法，具体步骤如下：

步骤 1　打开本书配套素材“素材与实例”>“第 14 章”>“电器销售数量表”文件，然后单击工作表中的任意非空单元格，再单击“插入”选项卡上“表”组中的“数据透视表”按钮，在展开的列表中选择“数据透视表”选项，如图 14-44 所示。

步骤 2　在打开的“创建数据透视表”对话框中的“表/区域”编辑框中自动显示工作表名称和单元格区域的引用，并选择“新工作表”单选钮，如图 14-45 所示。

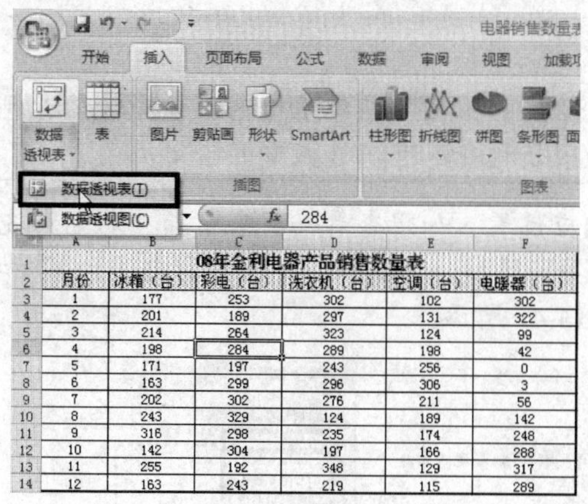

月份	冰箱（台）	彩电（台）	洗衣机（台）	空调（台）	电暖器（台）
1	177	253	302	102	302
2	201	189	297	131	322
3	214	264	323	124	99
4	198	284	289	198	42
5	171	197	243	256	0
6	163	299	296	306	3
7	202	302	276	211	56
8	243	329	124	189	142
9	316	298	235	174	248
10	142	304	197	166	288
11	255	192	348	129	317
12	163	243	219	115	289

图 14-44　选择“数据透视表”选项

如果显示的单元格区域引用不正确，可以单击其右侧的压缩对话框按钮，然后在工作表中重新选择

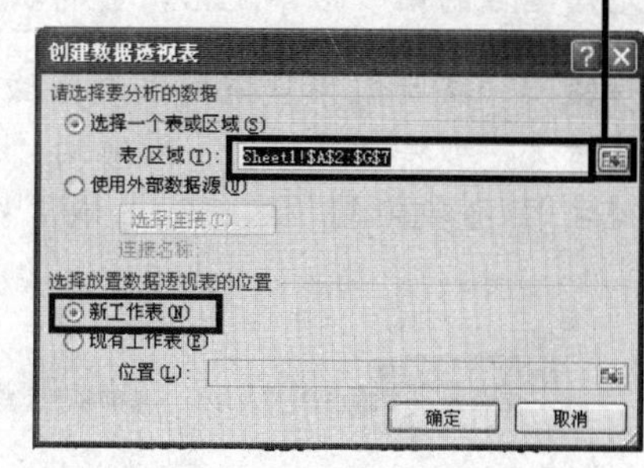

图 14-45　“创建数据透视表”对话框

如果要选择外部数据，可以在选中“使用外部数据源”单选钮后单击“选择连接”按钮，然后在打开的对话框中根据提示进行设置即可。

步骤 3　单击“确定”按钮后，一个空的数据透视表会添加到新建的工作表中，“数据透视表工具”选项卡自动显示，窗口右侧显示数据透视表字段列表，以便用户添加字段、创建布局和自定义数据透视表，如图 14-46 所示。

默认情况下，数据透视表字段列表显示两部分：上方的字段部分用于添加和删除字段，下方的布局部分用于重新排列和重新定位字段

图 14-46　插入新的工作表

数据透视表字段列表下方“在以下区域间拖动字段”中各报表区域意义如下：

- **报表筛选**：基于报表筛选中的选定项来筛选整个报表。
- **列标签**：用于将字段显示为报表顶部的列。
- **行标签**：用于将字段显示为报表侧面的行。
- **数值**：用于显示汇总数值数据。

如果选中“现有工作表”单选钮，然后在“位置”编辑框中输入放置数据透视表单元格区域的第一个单元格，会将数据透视表放在现有工作表中的指定位置。

步骤 4 将所需字段拖到报表区域的相应位置。如想查看一年来冰箱、彩电和洗衣机的销售情况，可将“月份”字段拖到“行标签”区域，“冰箱（台）”、“彩电（台）”和“洗衣机（台）”字段拖到“数值”区域，如图 14-47 所示。

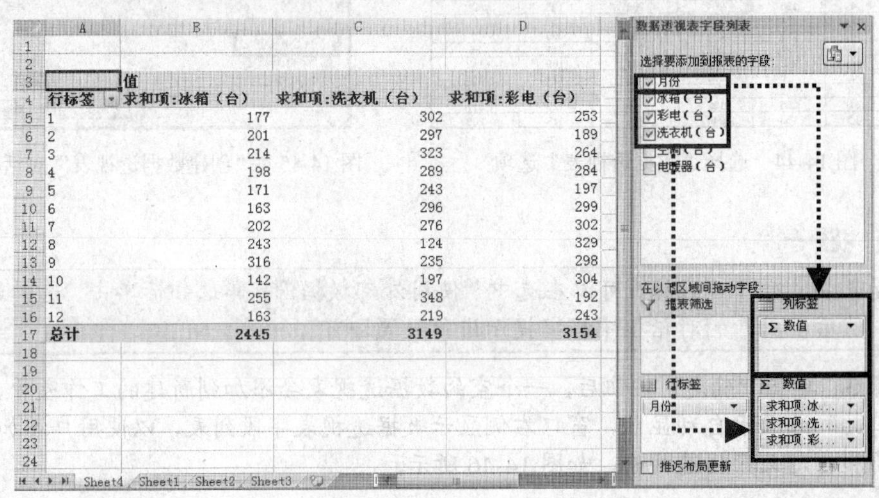

行标签	求和项:冰箱（台）	求和项:洗衣机（台）	求和项:彩电（台）
1	177	302	253
2	201	297	189
3	214	323	264
4	198	289	284
5	171	243	197
6	163	296	299
7	202	276	302
8	243	124	329
9	316	235	298
10	142	197	304
11	255	348	192
12	163	219	243
总计	2445	3149	3154

图 14-47 拖动所需字段到报表区域

默认情况下，非数值字段会被添加到“行标签”区域，数值字段会被添加到“值”区域。也可以右击字段名，然后在弹出的菜单中选择要添加到的位置。

步骤 5 在数据透视表外单击，数据透视表创建结束，效果如图 14-48 所示。

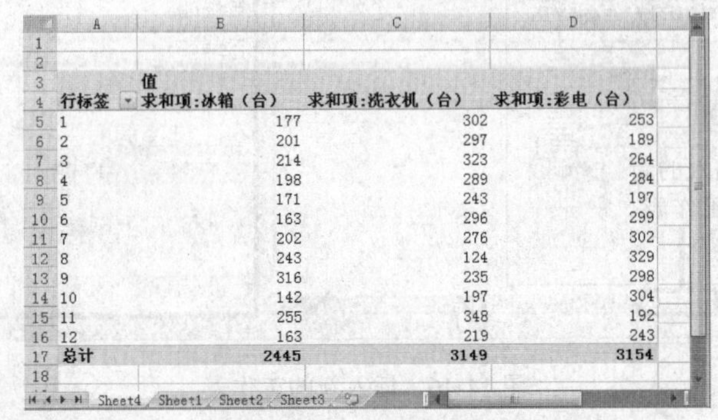

行标签	求和项:冰箱（台）	求和项:洗衣机（台）	求和项:彩电（台）
1	177	302	253
2	201	297	189
3	214	323	264
4	198	289	284
5	171	243	197
6	163	296	299
7	202	276	302
8	243	124	329
9	316	235	298
10	142	197	304
11	255	348	192
12	163	219	243
总计	2445	3149	3154

图 14-48 创建的数据透视表

若在数据透视表中单击“行标签”按钮，利用弹出的操作列表可分别调整“月份”顺序，或对“月份”进行筛选，如只显示 1 月份的销售数量，如图 14-49 右图所示。

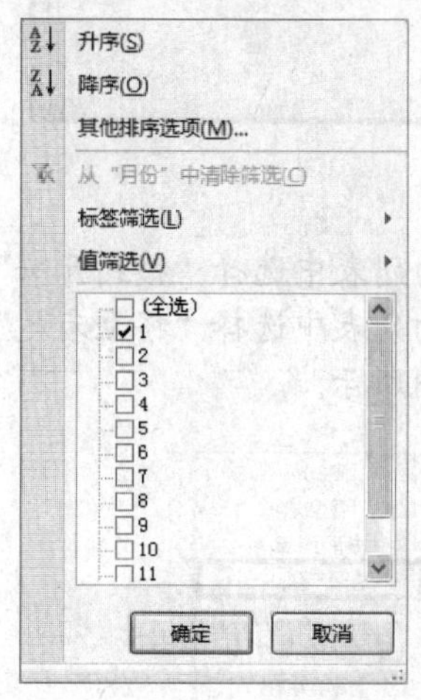

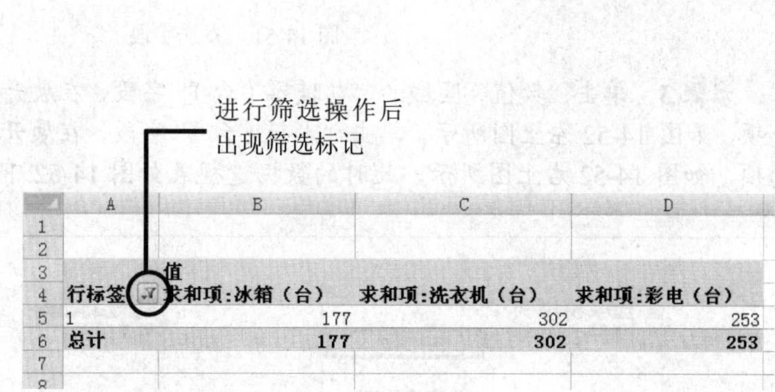

图 14-49　查看选中字段的信息

14.5.2　更改数据透视表的字段布局

创建数据透视表后，可以使用数据透视表字段列表来添加字段；也可以使用该字段列表来重新排列或删除字段，以更改数据透视表结构。

下面以更改“电器销售数量表”的字段布局为例，介绍在数据透视表字段列表中添加、排列和删除字段的操作，具体步骤如下：

步骤 1　单击数据透视表中的任意非空单元格，显示“数据透视表字段列表”窗口，如图 14-50 所示。

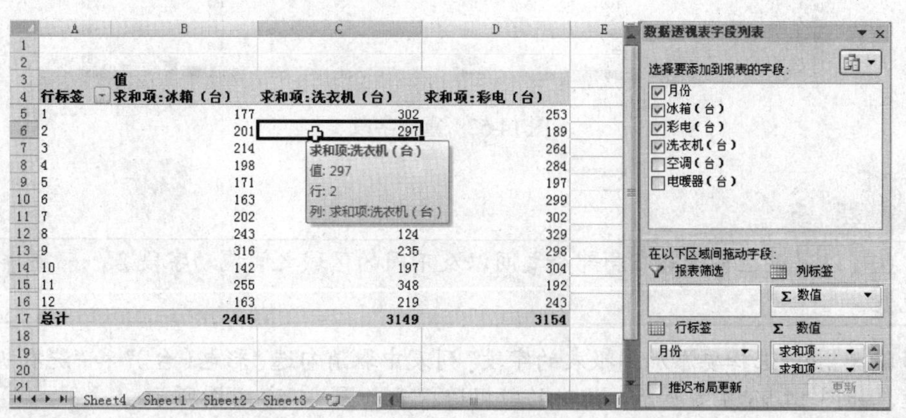

图 14-50　显示“数据透视表字段列表”窗口

步骤 2　将“空调（台）”和“电暖器（台）”字段拖到“数值”区域，结果如图 14-51 右图所示。

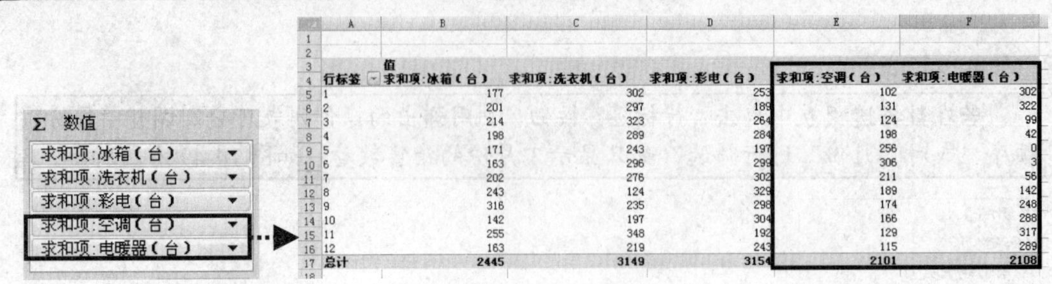

图 14-51　添加字段

步骤 3　单击“数值”区域的“电暖器（台）”字段，在展开的列表中选择“移到开头”选项，如图 14-52 左上图所示，单击“冰箱（台）”字段，在展开的列表中选择“移至末尾”选项，如图 14-52 右上图所示，此时的数据透视表如图 14-52 下图所示。

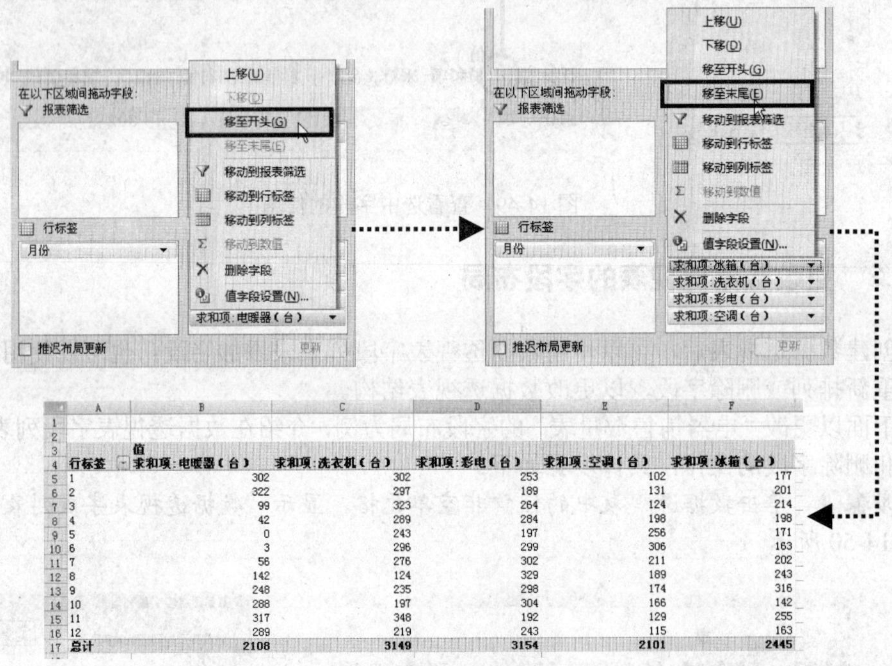

图 14-52　重排字段

也可以通过在字段与布局部分之间以及不同的区域之间拖动字段名，来重排数据透视表。

步骤 4　在“选择要添加到报表的字段”列表中取消勾选“彩电（台）”和“洗衣机（台）”复选框，如图 14-53 左图所示，此时的数据透视表如图 14-53 右图所示。

在布局部分中将字段名拖到数据透视表字段列表之外，也可以删除字段。

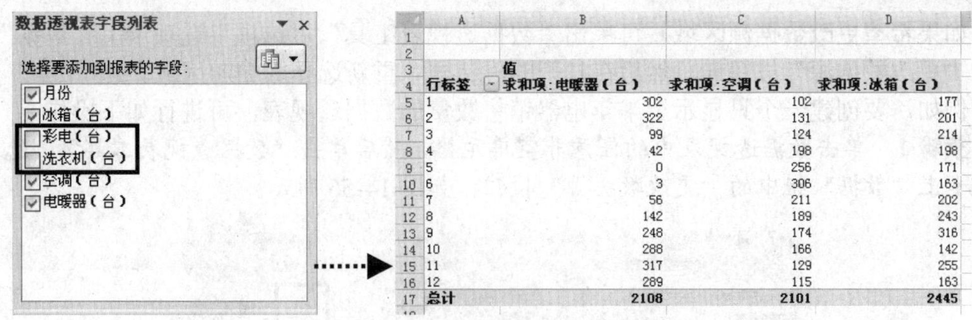

行标签	求和项:电暖器(台)	求和项:空调(台)	求和项:冰箱(台)
1	302	102	177
2	322	131	201
3	99	124	214
4	42	198	198
5	0	256	171
6	3	306	163
7	56	211	202
8	142	189	243
9	248	174	316
10	288	166	142
11	317	129	255
12	289	115	163
总计	2108	2101	2445

图 14-53　删除字段

14.5.3　更改数据透视表的数据源数值或区域

数据透视表建好后，不能直接在数据透视表中更改数据，只能回到数据源工作表中对数据进行修改，然后切换到要更新的数据透视表，并单击“数据透视表工具”、“选项”选项卡上“数据”组中的“刷新”按钮，来修改数据透视表中的数据。

下面以将数据透视表中 1~6 月空调的销售数量均改为“300”为例，来介绍更改数据透视表的操作。具体步骤如下：

步骤 1　单击“Sheet1”工作表标签返回源数据工作表，然后将 1~6 月的“空调(台)”均改为“300”，如图 14-54 所示。

08年金利电器产品销售数量表（修改前）

月份	冰箱(台)	彩电(台)	洗衣机(台)	空调(台)
1	177	253	302	102
2	201	189	297	131
3	214	264	323	124
4	198	284	289	198
5	171	197	243	256
6	163	299	296	306
7	202	302	276	211
8	243	329	124	189
9	316	298	235	174
10	142	304	197	166
11	255	192	348	129
12	163	243	219	115

08年金利电器产品销售数量表（修改后）

月份	冰箱(台)	彩电(台)	洗衣机(台)	空调(台)
1	177	253	302	300
2	201	189	297	300
3	214	264	323	300
4	198	284	289	300
5	171	197	243	300
6	163	299	296	300
7	202	302	276	211
8	243	329	124	189
9	316	298	235	174
10	142	304	197	166
11	255	192	348	129
12	163	243	219	115

图 14-54　修改源数据表中的数据

步骤 2　回到数据透视表工作表，单击“数据透视表工具”、“选项”选项卡上“数据”组中的“刷新”按钮，数据得到更新，如图 14-55 所示。

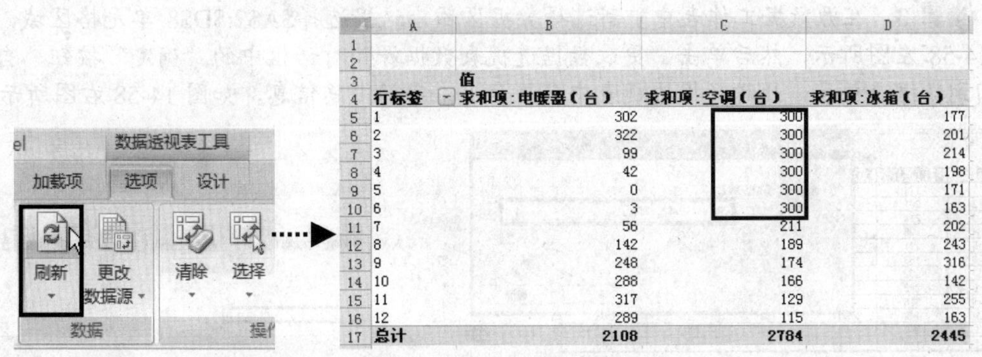

行标签	求和项:电暖器(台)	求和项:空调(台)	求和项:冰箱(台)
1	302	300	177
2	322	300	201
3	99	300	214
4	42	300	198
5	0	300	171
6	3	300	163
7	56	211	202
8	142	189	243
9	248	174	316
10	288	166	142
11	317	129	255
12	289	115	163
总计	2108	2784	2445

图 14-55　更新数据透视表中的数据

如果希望更改数据源区域，可单击“数据透视表工具”、“选项”选项卡上“数据”组中的“更改数据源”按钮，然后在打开的对话框中重新选择数据源区域。

例如，要创建一个只显示上半年电器销售数量的数据透视表，可进行如下操作：

步骤 1 单击数据透视表中的任意非空单元格，然后单击“数据透视表工具”、“选项”选项卡上“数据”组中的“更改数据源”按钮，如图 14-56 所示。

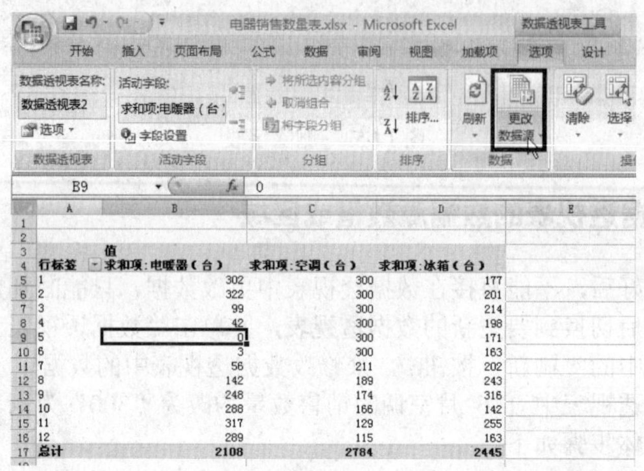

行标签	求和项:电暖器（台）	求和项:空调（台）	求和项:冰箱（台）
1	302	300	177
2	322	300	201
3	99	300	214
4	42	300	198
5	0	300	171
6	3	300	163
7	56	211	202
8	142	189	243
9	248	174	316
10	288	166	142
11	317	129	255
12	289	115	163
总计	2108	2784	2445

图 14-56 单击“更改数据源”按钮

步骤 2 此时会打开“更改数据透视表数据源”对话框，并自动切换到源数据工作表，如图 14-57 所示。

图 14-57 “更改数据透视表数据源”对话框

步骤 3 在源数据工作表中重新选择数据区域，这里选择$A$2:$D$8 单元格区域，如图 14-58 左图所示，然后单击“更改数据透视表数据源”对话框中的“确定”按钮，自动返回到数据透视表，此时数据透视表中只显示上半年的汇总信息，如图 14-58 右图所示。

图 14-58 重新选择数据源区域

14.5.4　删除数据透视表

要删除数据透视表中的所有报表筛选、标签、值和格式，应先选中数据透视表中任意非空单元格，然后单击“数据透视表工具”、“选项”选项上“操作”组中的“选择”按钮，在展开的列表中选择“整个数据透视表”选项，以选中整个数据透视表单元格区域，如图 14-59 所示，然后按【Delete】键即可。

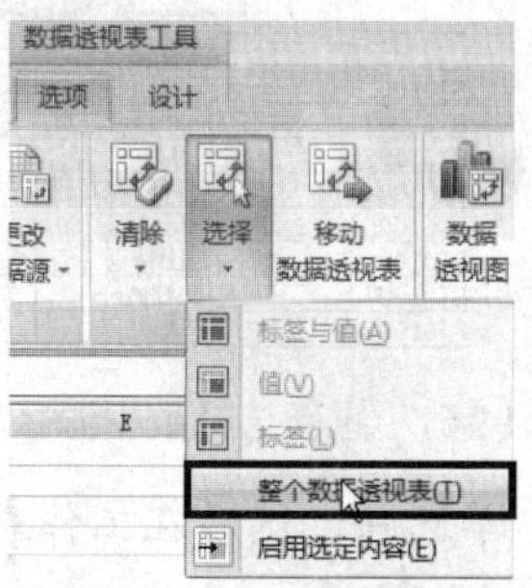

图 14-59　选择“整个数据透视表”选项

要删除数据透视表，也可以直接将数据透视表所在的工作表删除，其删除方法与删除普通工作表一样。

14.6　上机实践——创建按位置查看的数据透视表

下面，我们通过创建一个按位置查看的数据透视表，来巩固一下创建数据透视表的相关知识，具体步骤如下：

步骤 1　打开本书配套素材“素材与实例”>“第 14 章”>“楼盘报价”文件，然后单击工作表中任一非空单元格，再单击“插入”选项卡上“表”组中的“数据透视表”按钮，在展开的列表中选择“数据透视表”选项，如图 14-60 所示。

北京新楼盘报价单

编号	楼盘名称	类别	每平米价格	地址
BJ01001	万年花城四期	四环外	13500	万柳桥西南花乡
BJ01002	北京保利百合花园	四环内	16500	西三环六里桥桥南300米路西
BJ01003	金汉绿港	四环外	7500	府前东街东兴路金汉绿港
BJ01004	北京奥林匹克花园	四环内	13800	姚家园路与东坝中路交叉口路北
BJ01005	东亚三环中心	四环内	11300	马家堡西路14号院
BJ01006	保利西山林语	四环外	22000	海淀区百望山森林公园向西三公里
BJ01007	三里屯SOHO	四环内	37000	三里屯工体北路南侧
BJ01008	中广宜景湾	四环外	20000	东北四环望京桥北侧

图 14-60　选择“数据透视表”选项

步骤 2 在打开的“创建数据透视表”对话框中，对“表/区域”编辑框中的数据源区域进行确认，发现“编号”列中的数据是数值型和文本型混合的，不符合要求，单击右侧的压缩对话框按钮，在工作表中选择 B2:E10 单元格区域，然后单击展开对话框按钮返回“创建数据透视表”对话框，如图 14-61 所示。

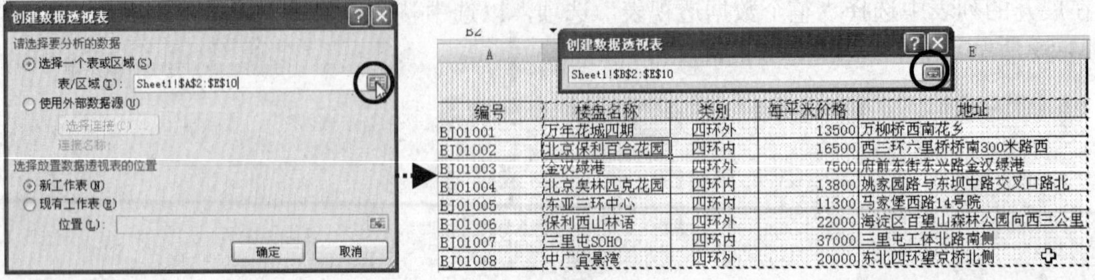

图 14-61 重新选择数据源区域

步骤 3 选中“现有工作表”单选钮，然后在工作表中单击要放置数据透视表的单元格区域的第一个单元格 A13，如图 14-62 所示。

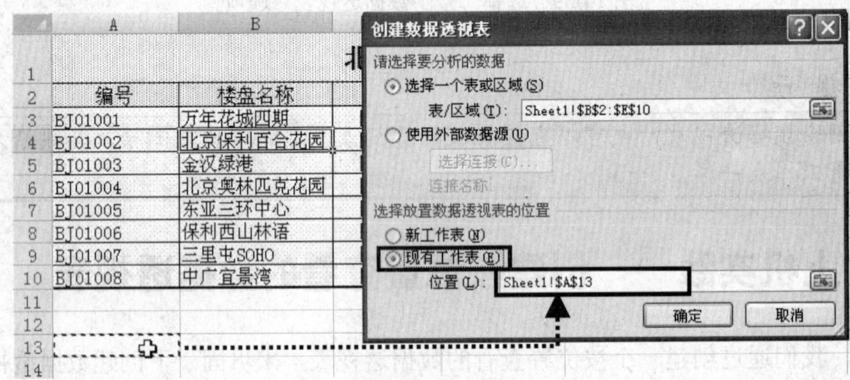

图 14-62 确认数据区域

步骤 4 单击“确定”按钮后，会自动显示“数据透视表工具”、“选项”选项卡和“数据透视表字段列表”窗口。将“地址”字段拖到“报表筛选”区域，“类别”字段拖到“行标签”区域，“每平米价格”字段拖到“数值”区域，“楼盘名称”字段拖到“列标签”区域，如图 14-63 所示。

图 14-63 设置数据透视表选项

步骤 5　在数据透视表外单击，得到数据透视表，如图 14-64 所示。本例最终效果可参考本书配套素材“素材与实例”>“第 14 章”>“按位置查看的数据透视表”。

北京新楼盘报价单				
编号	楼盘名称	类别	每平米价格	地址
BJ01001	万年花城四期	四环外	13500	万柳桥西南花乡
BJ01002	北京保利百合花	四环内	16500	西三环六里桥桥南300米路西
BJ01003	金汉绿港	四环外	7500	府前东街东兴路金汉绿港
BJ01004	北京奥林匹克花	四环内	13800	姚家园路与东坝中路交叉口路北
BJ01005	东亚三环中心	四环内	11300	马家堡西路14号院
BJ01006	保利西山林语	四环外	22000	海淀区百望山森林公园向西三公里
BJ01007	三里屯SOHO	四环内	37000	三里屯工体北路南侧
BJ01008	中广宜景湾	四环外	20000	东北四环望京桥北侧

地址	(全部)								
求和项:每平米价格	列标签								
行标签	保利西山林语	北京奥林匹克花园	北京保利百合花园	东亚三环中心	金汉绿港	三里屯SOHO	万年花城四期	中广宜景湾	总计
四环内		13800	16500	11300		37000			78600
四环外	22000				7500		13500	20000	63000
总计	**22000**	**13800**	**16500**	**11300**	**7500**	**37000**	**13500**	**20000**	**141600**

图 14-64　按位置查看的数据透视表

14.7　学习总结

本章主要介绍了图表的类型，创建嵌入式图表和独立图表的方法，图表的编辑操作，美化图表的方法，以及数据透视表的创建和编辑。合理地使用图表，可以使乏味的数据变得生动、直观，所以希望读者能够认真学习，确实掌握本章知识。

14.8　思考与练习

一、填空题

1．用于创建图表的命令位于________选项卡上的________组中。

2．创建图表后，标题栏上会出现一个“图表工具”选项卡，在其下方有________、________和________三个子选项卡。

3．利用“图表工具”、“布局”选项卡上“当前所选内容”组中的__________按钮，可以选择图表中的各组成元素。

4．用于美化图表的命令位于________选项卡中。

5．数据透视表是一种对________快速汇总和建立交叉列表的________表格。

二、简答题

1．图表有哪些组成元素？
2．图表有哪些类型？它们各自的作用是什么？
3．图表有哪两种形式？如何创建它们？
4．如何更改图表的类型。
5．如何设置图表区、绘图区和图例的格式？
6．如何添加图表、分类轴和数据轴标题？
7．如何创建数据透视表？
8．如何更改数据透视表的布局和数据？

三、操作题

为本书配套素材“素材与实例”>“第 14 章”>“家庭年收入”文件中的数据创建一个饼形图，并对其进行美化，如图 14-65 所示。最终效果可参考本书配套素材“素材与实例”>“第 14 章”>“饼形图”。

	A	B
1	家庭年收入	
2	项目	金额
3	本人工资	￥ 37,650.30
4	配偶工资	￥ 32,890.50
5	房屋出租	￥ 16,800.00
6	银行利息	￥ 1,002.80
7	股票分红	￥ 5,328.50

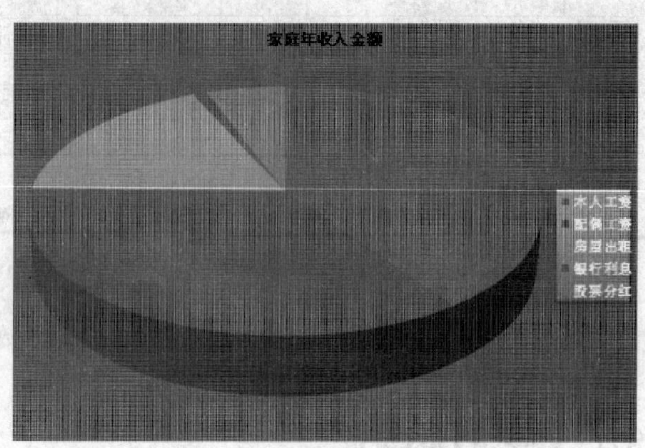

图 14-65　饼形图

提示：

（1）打开素材文件，然后选中表格中任一非空单元格，再单击“插入”选项卡上“图表”组中的“饼形”按钮，在展开的列表中选择“三维饼图”选项。

（2）单击“图表工具”、“设计”选项卡上“位置”组中的“移动图表”按钮，在打开的“移动图表”对话框中，选择“新工作表”单选钮，并在其右侧的编辑框中输入“饼形图”，然后单击“确定”按钮，将图表放置到新建的“饼形图”工作表中。

（3）选中图表区，然后单击“图表工具”、“格式”选项卡上“形状样式”组中的“形状填充”按钮，在展开的列表中选择绿色。

（4）选中图例项，然后单击“图表工具”、“格式”选项卡上“形状样式”组中的“其他”按钮，在展开的列表中选择“强烈效果-强调颜色 6”选项。

（5）在“开始”选项卡的“字体”组中将“字号”设为“16”，并单击“加粗”按钮，实例就完成了。

第 15 章

PowerPoint 2007 应用

本章内容提要

章前导读

PowerPoint 是 Microsoft 公司推出的 Office 系列产品之一，主要用于制作可以通过计算机屏幕或者投影仪播放的演示文稿，被广泛地应用于产品推介、公司宣传及教学演示等工作中。

15.1 初识 PowerPoint 2007

在学习 PowerPoint 2007 的使用之前，我们先熟悉一下 PowerPoint 2007 的工作界面，同时，了解演示文稿的组成及设计原则。

15.1.1 PowerPoint 2007 工作界面

单击"开始"按钮，选择"所有程序">"Microsoft Office">"Microsoft Office PowerPoint 2007"菜单，启动 PowerPoint 2007 并进入其工作界面。默认情况下，PowerPoint 2007 会创建一个演示文稿，其中会有一张包含标题占位符和副标题占位符的空白幻灯片，如图 15-1 所示。

提 示

绝大部分幻灯片中都会有占位符，所谓占位符就是一种带有虚线或阴影边缘的编辑框，在这些编辑框中可以放置标题、正文、图表、表格或图片等对象。

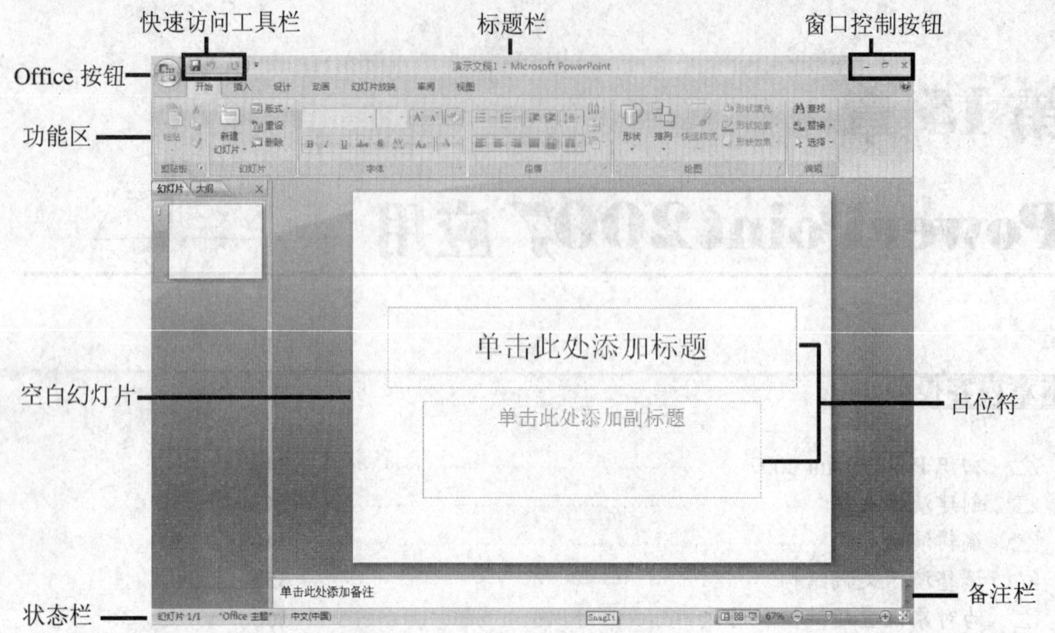

图 15-1 PowerPoint 2007 的工作界面

15.1.2 演示文稿的组成与设计原则

演示文稿由一张或若干张幻灯片组成，每张幻灯片一般包括两部分内容：幻灯片标题（用来表明主题）、若干文本条目（用来论述主题）；另外还可以包括图形、表格等其他对于论述主题有帮助的内容。

如果是由多张幻灯片组成的演示文稿，通常在第一张幻灯片上单独显示演示文稿的主标题，在其余幻灯片上分别列出与主标题有关的子标题和文本条目。PowerPoint 还可以将演示文稿中每张幻灯片中的主要说明文字自动组成演示文稿的大纲，以方便演讲者查看和修改演示文稿大纲。

制作演示文稿的最终目的是给观众演示，能否给观众留下深刻印象是评定演示文稿效果的主要标准。为此，在进行演示文稿设计时一般应遵循重点突出、简洁明了和形象直观的设计原则。

此外，在演示文稿中应尽量减少文字的使用，因为大量的文字说明往往使观众感到乏味，要尽可能地使用能吸引人的表达方式，例如图形、图表等方式。如果有条件的话，还可以加入声音、动画、影片剪辑等，来加强演示文稿的表达效果。

15.2 创建演示文稿

PowerPoint 2007 提供了多种创建演示文稿的方法，其中，创建空白演示文稿、根据模板创建、根据现有内容创建以及演示文稿的保存方法均与 Word 2007 相同，在此不予赘述，下面，我们讲讲如何根据主题创建演示文稿。

单击“Office 按钮”，在展开的菜单列表中单击“新建”按钮，打开“新建演示文稿”对话框，单击左侧的“已安装的主题”项，对话框的中间区域列出已安装的主题供用户选择，右侧区域显示所选主题的缩览图，例如选择“暗香扑面”，如图 15-2 所示，单击

“创建”按钮即可。

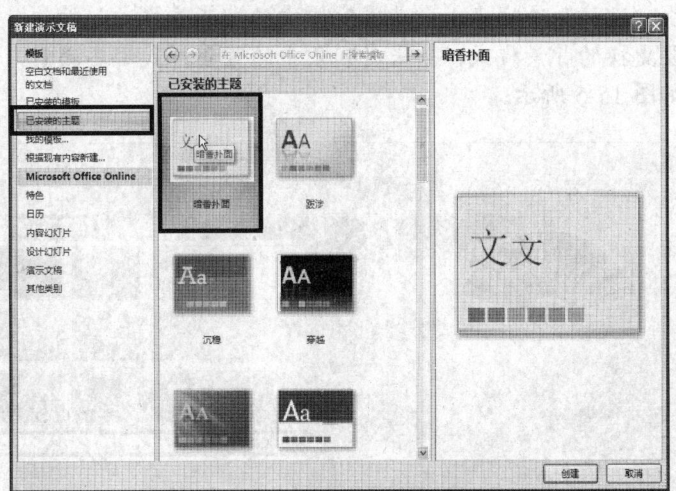

图 15-2　根据主题创建幻灯片

15.3　编辑演示文稿

15.3.1　为幻灯片应用版式和设计主题

创建幻灯片后，如果幻灯片的版式不符合需要，可单击“开始”选项卡上“幻灯片”组中的“版式”按钮，在展开的列表中重新选择版式，如图 15-3 所示。

如果想重新设置主题，可单击“设计”选项卡上“更改幻灯片的整体设计”按钮，在展开的内置主体列表中选择要变更的主题，如图 15-4 所示。

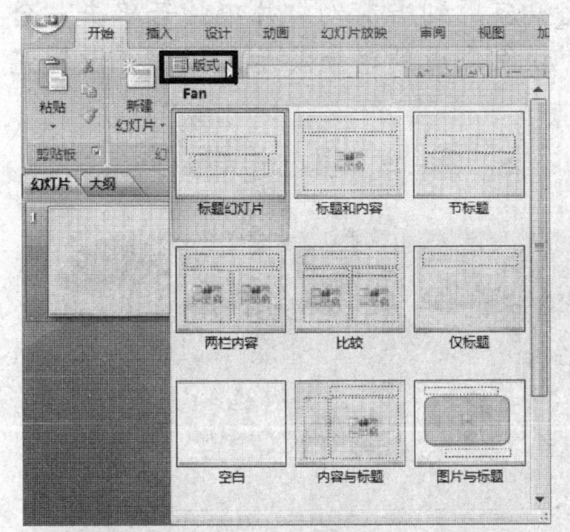

图 15-3　选择幻灯片版式

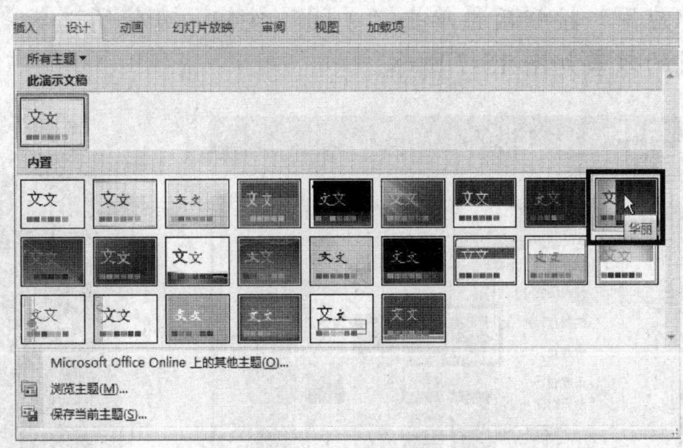

图 15-4　重新选择幻灯片主题

15.3.2　为演示文稿设计背景

如果对幻灯片的背景不满意，可以通过背景样式来调整演示文稿中某一张或所有幻灯片的背景。调整背景的具体方法如下：

步骤 1　打开需要调整背景样式的演示文稿，选中要改变背景样式的幻灯片。

步骤 2　单击“设计”选项卡上“背景”组中的“背景样式”按钮，在展开的背景样式列表中可选择要更换的背景样式，如果对列表中的背景样式都不满意，可选择“设置背景格式”选项，如图 15-5 所示。

图 15-5　选择“设置背景样式”选项

提　示

若在背景样式列表中选择任一背景样式，则所有幻灯片的背景都会应用该样式。

步骤 3　在打开的“设置背景格式”对话框中，单击左侧的“填充”或“图片”选项，然后在右侧可设置填充的参数。例如在左侧选择“填充”选项，然后在右侧选择“渐变填充”单选钮，再单击“预设颜色”选项右侧的三角按钮，在展开的颜色列表中选择“红日西斜”样式，如图 15-6 所示。

步骤 4　单击“关闭”按钮，则选中的背景颜色被应用到当前幻灯片中；若单击“全部应用”按钮后再单击“关闭”按钮，可将所选背景颜色应用到整个演示文稿中，设置完成的效果如图 15-7 所示。

图 15-6　设置背景样式

图 15-7　应用背景样式后的效果

15.3.3　添加文本

几乎所有的幻灯片都包含文本，要在幻灯片中添加文本有两种方法，一种是在占位符中直接输入，另一种是利用文本框进行添加，下面分别介绍。

1. 利用占位符添加文本

要利用占位符添加文本，可直接单击占位符中的示意文字，此时示意文字消失，输入所需文字，然后单击占位符外的区域退出编辑状态即可，如图 15-8 所示。

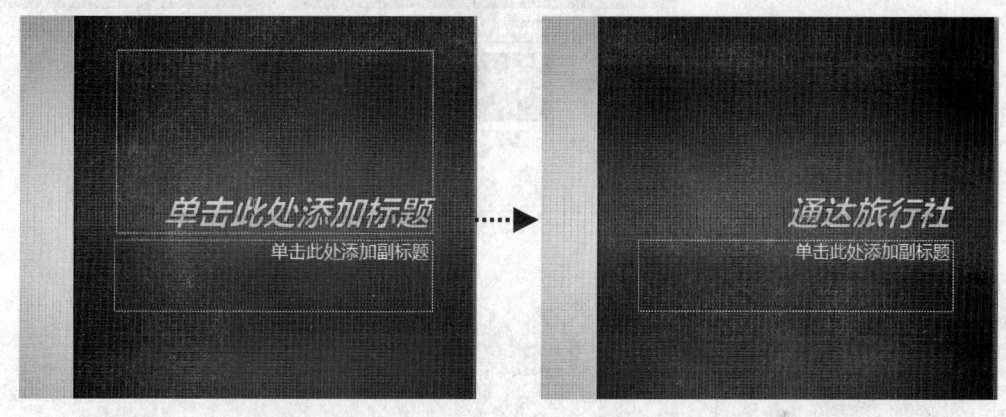

图 15-8　在占位符中输入文本

2. 利用文本框添加文本

与 Word、Excel 程序不同，用户不能直接在幻灯片添加文字，而只能借助自选图形和文本框。要利用文本框输入文本可参考以下操作：

步骤 1　单击“插入”选项卡上“文本”组中“文本框”按钮下方的三角按钮，在展开的列表中选择“横排文本框”选项，如图 15-9 左图所示。

步骤 2　在编辑区中单击，即可插入一个文本框，然后在文本框中输入文本，文本框会随着文字的增加而不断扩张，如图 15-9 右图所示。

图 15-9　在文本框中输入文本

15.3.4　添加多媒体元素

利用“插入”选项卡中提供的选项，用户可在演示文稿中方便地插入图片、声音和影片等多媒体元素，以增强演示文稿的效果。

1. 插入图片

在幻灯片中插入图片，可使幻灯片更加美观，插入图片的具体方法如下：

步骤 1 选定要插入图片的幻灯片，单击“插入”选项卡上“插图”组中的“图片”按钮，如图 15-10 左图所示。

步骤 2 打开“插入图片”对话框，找到图片所在的文件夹，选择需要插入的图片，如图 15-10 右图所示。

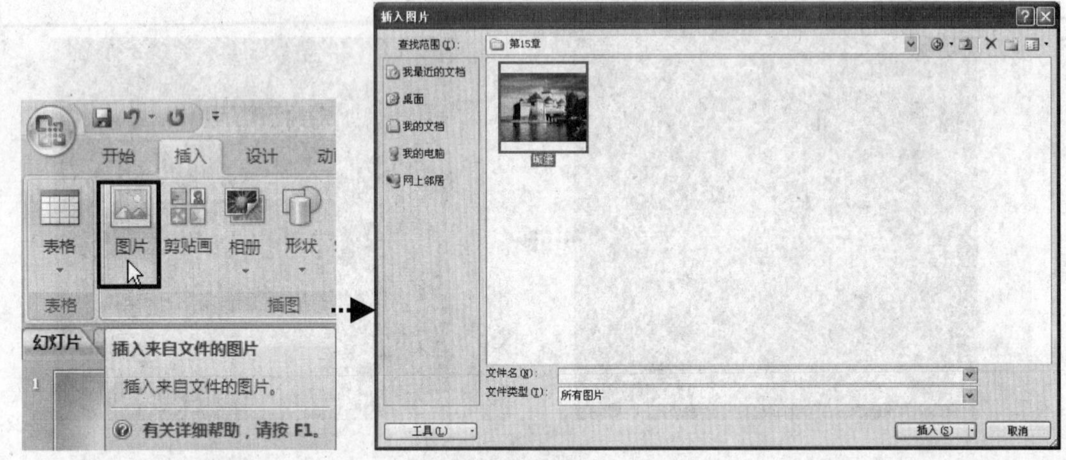

图 15-10 选择要插入的图片

步骤 3 单击“插入”按钮，即可将所选图片插入到幻灯片中，如图 15-11 所示。

图 15-11 插入的图片

2. 编辑插入的图片

有时插入的图片不能满足我们的要求，这时可以对其大小、角度以及亮度、对比度等属性进行编辑，具体方法如下：

步骤 1　将鼠标指针移动到图片左右两侧、上下两端或四个角的节点上，按住鼠标左键不放并拖动，可调整图片的宽度、高度和大小，如图 15-12 所示。

图 15-12　调整图片宽度、高度和大小

步骤 2　将鼠标指针移动到图片上方的绿色节点上，当光标呈形状时，按住鼠标左键不放并拖动，可调整图片的角度，如图 15-13 所示。

图 15-13　调整图片角度

步骤 3　单击“图片工具”、“格式”选项卡上“调整”组中的“亮度”和“对比度”按钮，可在展开的列表中设置图片的亮度和对比度，例如将亮度和对比度都设为“+10%”，如图 15-14 所示。

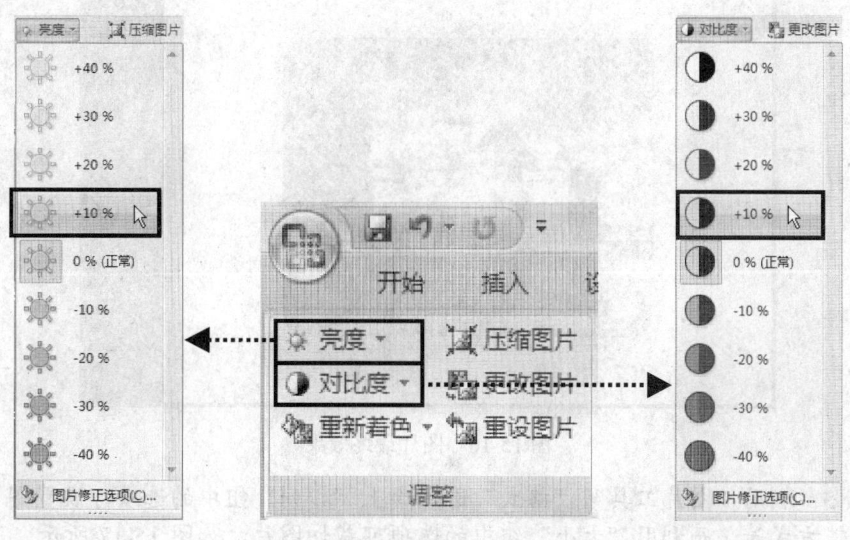

图 15-14　设置图片的亮度和对比度

步骤 4 在“图片工具”、“格式”选项卡上“图片样式”组中可设置图片的样式、形状等。如设置图片的样式为“映象圆角矩形”，如图 15-15 左图所示，单击“图片工具”、“格式”选项卡上“图片样式”组中的“图片效果”按钮，在展开的列表中选择“发光”选项，然后在展开的发光效果列表中选择“强调文字颜色 6，18pt 发光”，如图 15-15 右图所示，图片最终效果如图 15-16 所示。

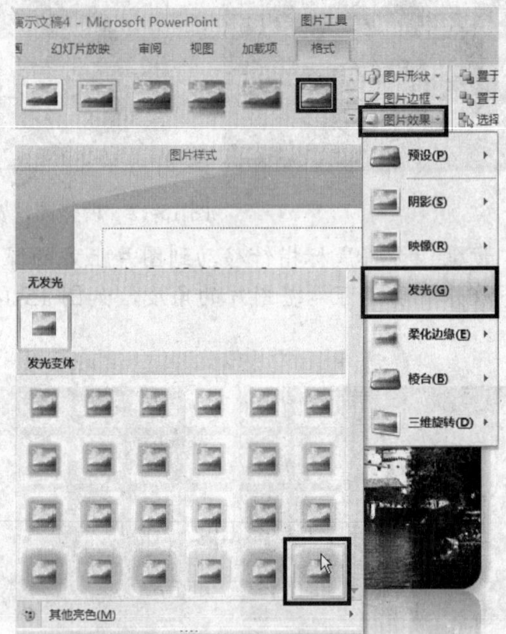

图 15-15 设置图片样式

图 15-16 图片最终效果

步骤 5 利用“图片工具”、“格式”选项卡上“排列”组中的选项可设置图片的排列顺序、旋转方式等，而利用“大小”组中的选项可裁切图片，如图 15-17 所示。

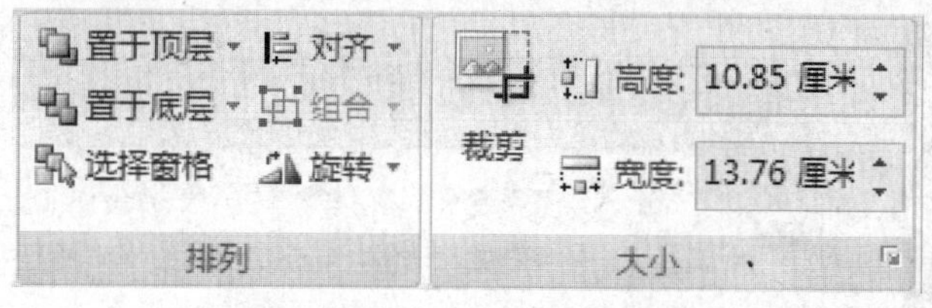

图 15-17　“排列”组与“大小”组

3. 插入声音

在演示文稿中插入声音，可以使单调、乏味的演示文稿变得生动，插入声音的具体方法如下：

步骤 1　单击“插入”选项卡上“媒体剪辑”组中“声音”按钮下方的三角按钮，在展开的列表中单击“文件中的声音”选项，如图 15-18 左图所示。

步骤 2　在打开的“插入声音”对话框中，选择声音所在的文件夹，选择所需的声音，然后单击“确定”按钮，如图 15-18 右图所示。

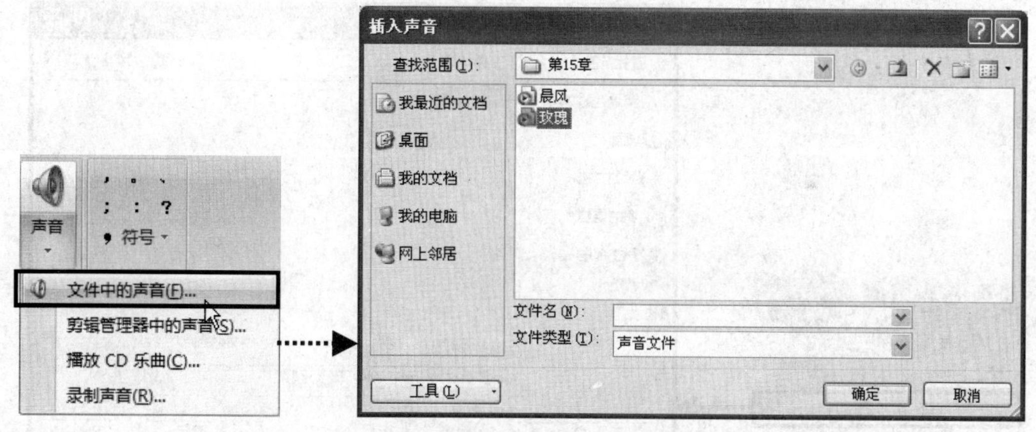

图 15-18　选择要插入的声音文件

步骤 3　此时，系统会弹出一个如图 15-19 所示的提示对话框，用户可通过该对话框设置声音的播放方式，例如单击“自动”按钮。

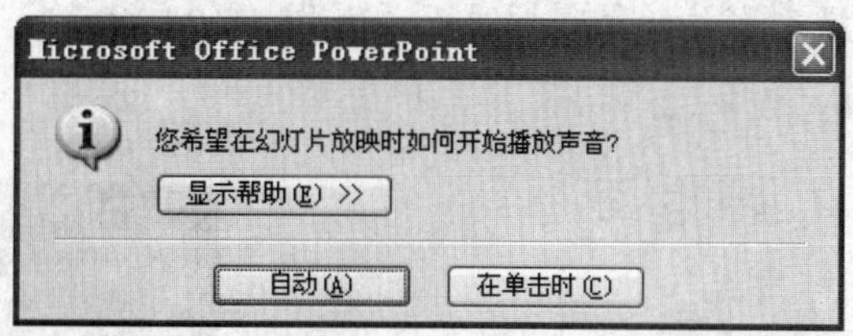

图 15-19　插入声音文件时的提示对话框

步骤 4　插入声音文件后，系统将在幻灯片视图中间区域添加一个声音图标，如图 15-20 所示，用户可以对图片操作的方式调整该图标位置及尺寸。

步骤 5　选择“声音”图标后，会出现特定的“声音工具”、“选项”选项卡，如图 15-21 所示，单击“播放”组中的“预览”按钮可以试听声音；在“声音选项”组中可设置放映时的音量高低及声音是否循环播放等。

图 15-20　声音图标

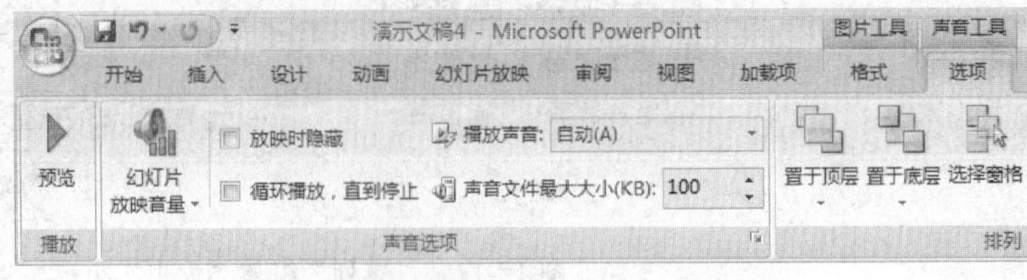

图 15-21　声音文件的选项

4. 插入影片

在演示文稿中插入影片，可以增加演示文稿的观赏性，插入影片的具体操作如下：

步骤 1　单击“插入”选项卡上“媒体剪辑”组中“影片”按钮下方的三角按钮，在展开列表中选择“文件中的影片”选项，如图 15-22 左图所示。

步骤 2　在打开的“插入影片”对话框中选泽要插入的影片，然后单击“确定”按钮，如图 15-22 右图所示。

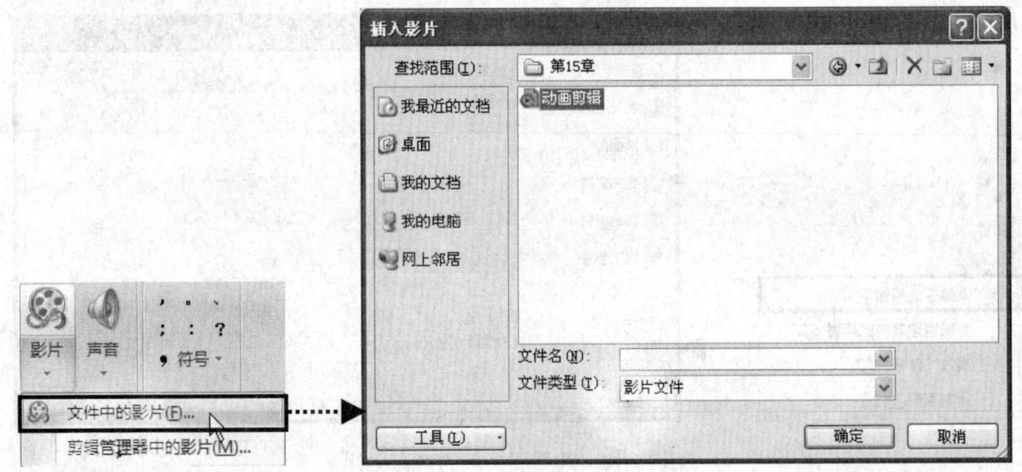

图 15-22　选择要插入的影片文件

步骤 3　在随后出现的提示对话框中选择一种开始播放影片的方式，如图 15-23 所示。此时系统会在幻灯片中显示影片的第一幅画面，如图 15-24 所示。

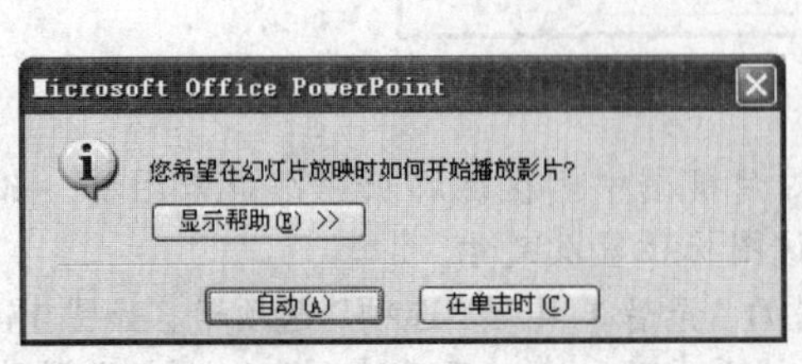

图 15-23　插入影片文件时的提示对话框

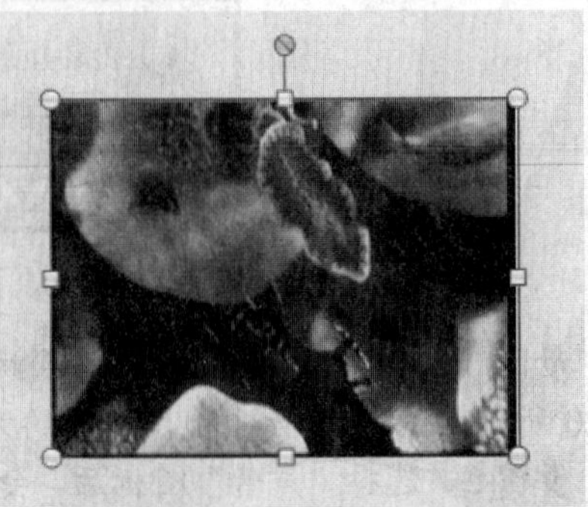

图 15-24　幻灯片中的影片文件

单击“影片”按钮下方的三角按钮后，选择“剪辑管理器中的影片”选项，可通过“剪贴画”面板方便地在幻灯片中插入 PowerPoint 2007 内置的剪贴画、照片、影片和声音素材，如图 15-25 所示。

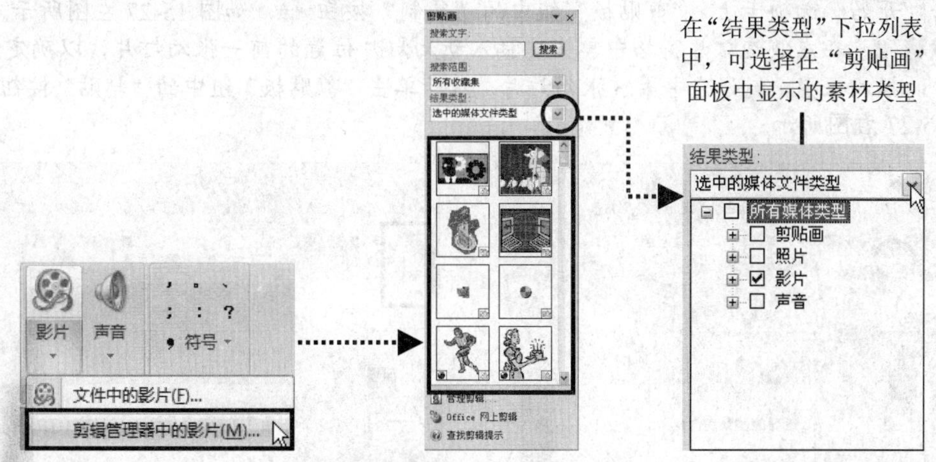

图 15-25　PowerPoint 2007 内置的多媒体素材

15.4　调整演示文稿结构

15.4.1　添加幻灯片

在幻灯片窗格中选中任意幻灯片，然后单击“开始”选项卡上“幻灯片”组中的“新建幻灯片”按钮，即可在所选幻灯片后添加一个“标题和内容”版式的幻灯片。

若单击“开始”选项卡上“幻灯片”组中“新建幻灯片”按钮下方的三角按钮，可在展开的幻灯片版式列表中选择新建幻灯片的版式。例如选中第 2 张幻灯片，然后在幻灯片版式列表中选择“两栏内容”版式，如图 15-26 左图所示，效果如图 15-26 右图所示。

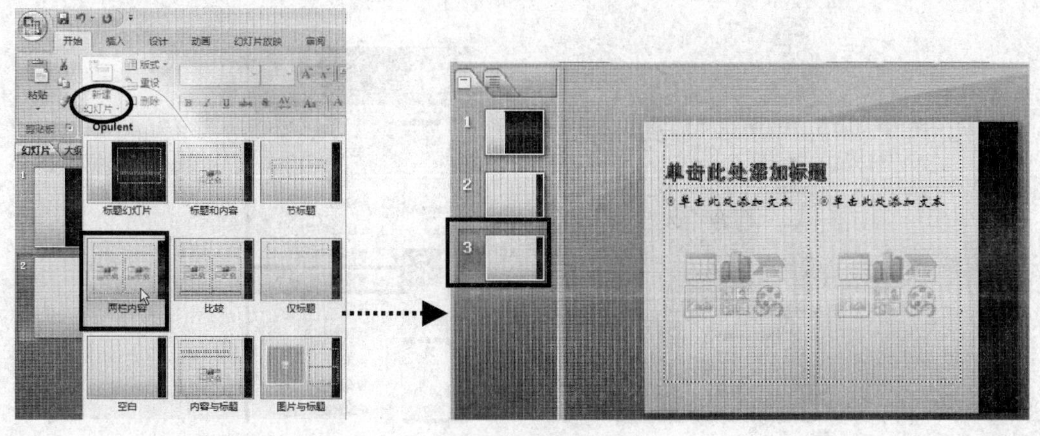

图 15-26　添加幻灯片

15.4.2 复制幻灯片

若需要添加的幻灯片与演示文稿中的某张幻灯片的内容相似，则可以利用复制的方法来完成添加新幻灯片的操作，具体操作可参考以下步骤：

步骤 1 在左侧幻灯片窗格中单击选中要复制的幻灯片，例如选中第 2 张幻灯片，然后单击“开始”选项卡上 “剪贴板”组中的“复制”按钮，如图 15-27 左图所示。

步骤 2 在左侧幻灯片窗格中单击要插入新幻灯片位置的前一张幻灯片，以确定复制幻灯片的插入位置，例如选中第 3 张幻灯片，然后单击“剪贴板”组中的“粘贴”按钮，如图 15-27 右图所示。

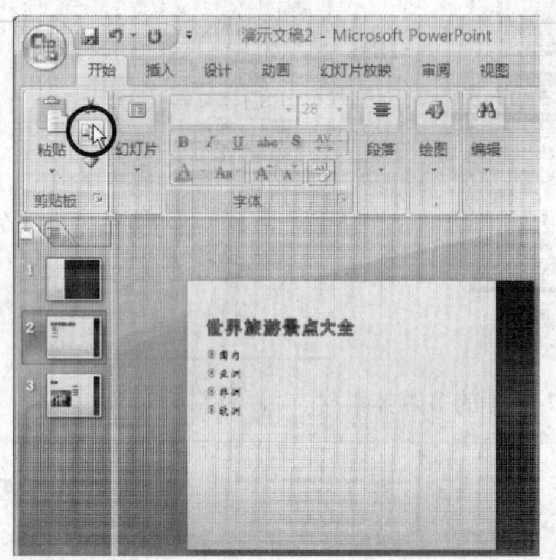

图 15-27 复制幻灯片

15.4.3 删除幻灯片

要删除某张幻灯片，可在左侧的幻灯片窗格中将该幻灯片设置为当前幻灯片，然后单击“开始”选项卡“幻灯片”组中的“删除”按钮（或按【Delete】键），如图 15-28 左图所示。用户还可在要删除的幻灯片上右击鼠标，在弹出的快捷菜单中选择“删除幻灯片”选项，如图 15-28 右图所示。

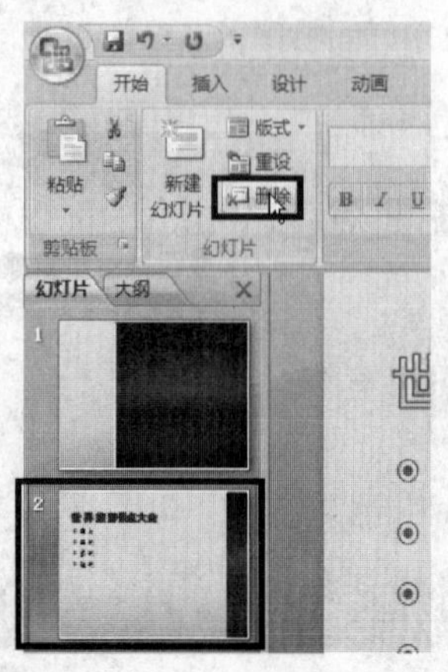

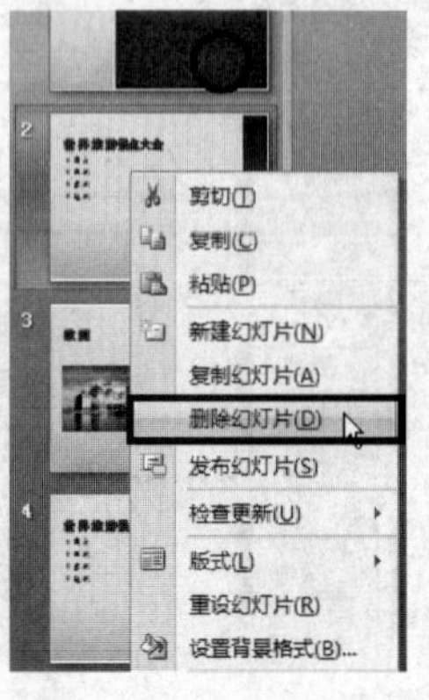

图 15-28 删除幻灯片

15.4.4 调整幻灯片顺序

要调整幻灯片的顺序，可以在“幻灯片浏览视图”或左侧的幻灯片窗格中的幻灯片上按住鼠标左键并上下拖动，如图 15-29 左图所示。也可在大纲栏中的幻灯片图标上按住鼠标左键并拖动，调整幻灯片的顺序，如图 15-29 右图所示。

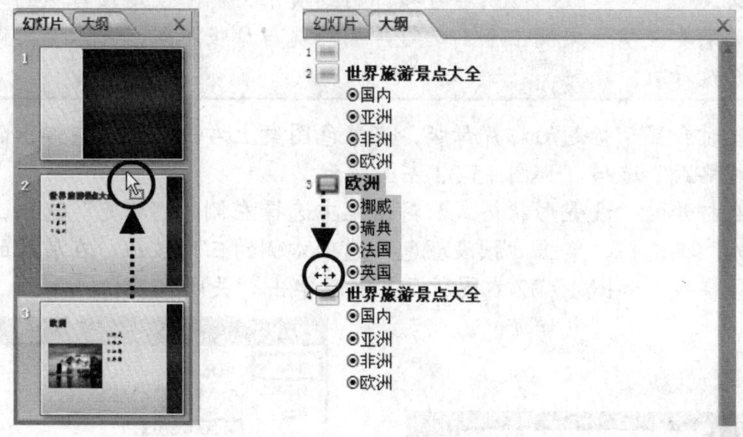

图 15-29 调整幻灯片顺序

15.5 上机实践——创建“旅行社宣传册”演示文稿（1）

下面通过制作一个“旅行社宣传册”演示文稿来巩固前面所学的知识，同时，我们还将学习如何通过修改幻灯片母版快速统一调整幻灯片主题和版式。具体操作如下：

步骤 1 启动 PowerPoint 2007 进入其操作界面，单击“Office 按钮”，在展开的列表中选择“新建”选项，在打开的“新建演示文稿”对话框中，单击左侧的“已安装的主题”选项，在对话框中间的区域中选择“华丽”，如图 15-30 所示，然后单击“创建”按钮。

步骤 2 单击“视图”选项卡上“演示文稿视图”组中的“幻灯片母版”按钮，如图 15-31 所示。

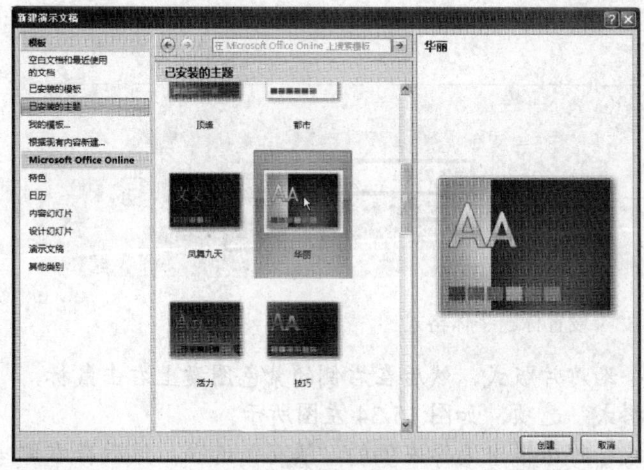

图 15-30 选择幻灯片主题

图 15-31 单击“幻灯片母版”按钮

知识库

为了使演示文稿的外观保持统一风格，PowerPoint 通过母版来控制演示文稿的幻灯片中不同部分的表现形式。母版是一张可以预先定义背景颜色、文本颜色、字体大小的特殊幻灯片，可以根据需要对母版的前景和背景颜色、图形格式以及文本格式等属性进行重新设置。对母版的修改会直接作用到演示文稿中使用该母版的幻灯片上。

当然，如果要使演示文稿中个别幻灯片的外观与母版不同，可以直接修改该幻灯片，而不用修改母版。

步骤 3 此时会显示标题幻灯片母版，在紫色图案上右击鼠标，在弹出的快捷菜单中选择"设置图片格式"选项，如图 15-32 左图所示。

步骤 4 在打开的"设置形状格式"对话框中选择左侧的"填充"选项，然后在右侧选择"渐变填充"单选钮，单击"预设颜色"选项右侧的三角按钮，在展开的颜色列表中选择"宝石蓝"样式，如图 15-32 右图所示，然后单击"关闭"按钮。

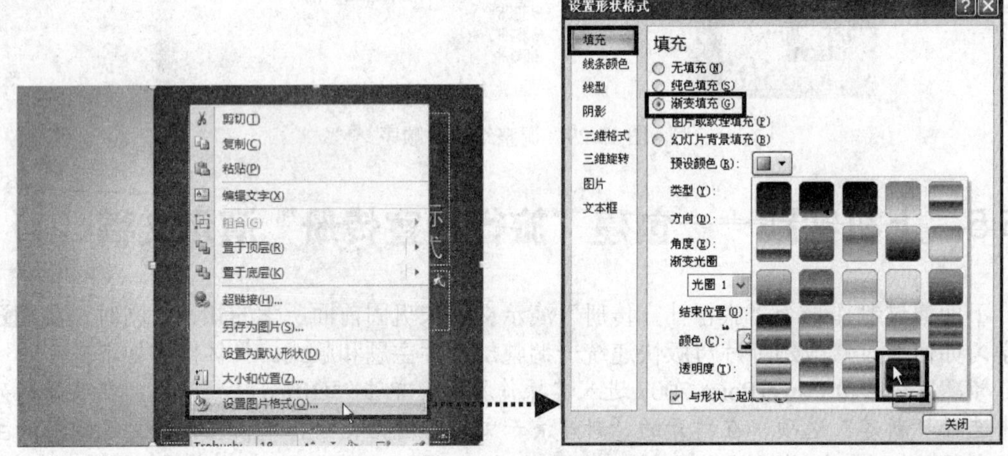

图 15-32 设置图案的填充模式

步骤 5 单击选中标题占位符，然后在"绘图工具"、"开始"选项卡上的"字体"组中将字体设为"黑体"，将字号设为"54"，单击"倾斜"按钮，再单击"段落"组中的"居中"按钮，如图 15-33 所示。

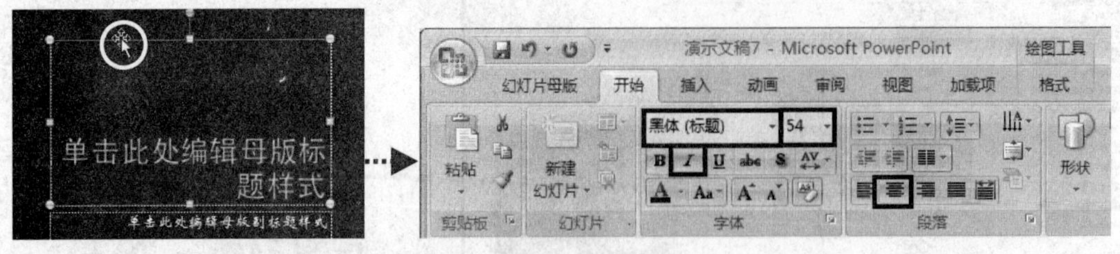

图 15-33 设置标题字体格式

步骤 6 单击左侧列表中的第 1 个幻灯片版式，然后在右侧的紫色图案上右击鼠标，在弹出的快捷菜单中选择"设置图片格式"选项，如图 15-34 左图所示。

步骤 7 在打开的"设置形状格式"对话框中选择左侧的"填充"选项，然后在右侧选择"渐变填充"单选钮，单击"预设颜色"选项右侧的三角按钮，在展开的颜色列表中选择"宝石蓝"样式，如图 15-34 右图所示，然后单击"关闭"按钮。

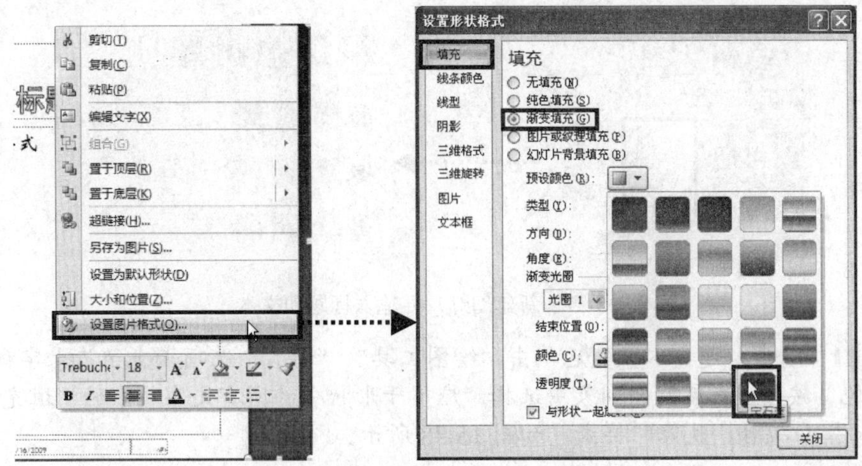

图 15-34　设置图案的填充模式

步骤 8　单击选中文本占位符，然后单击“绘图工具”、“格式”选项卡上“艺术字样式”组中的”其他”按钮，在展开的列表中选择“应用于形状中的所有文字”中的“填充-强调文字颜色 6，暖色粗糙棱台”样式，并在“开始”选项卡上的“字体”组中将字号设为“36”，如图 15-35 所示。

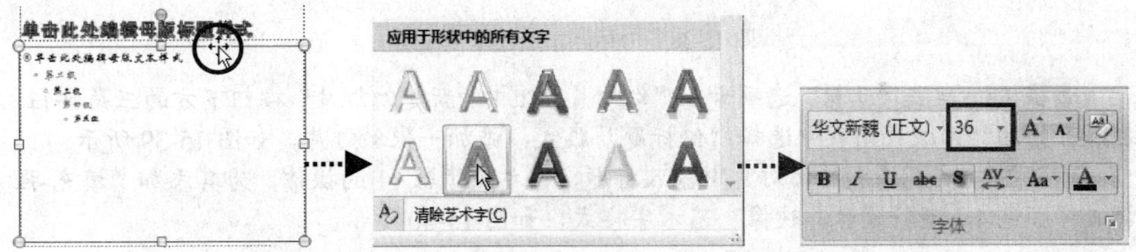

图 15-35　为占位符设置艺术字样式和字号

步骤 9　单击“幻灯片母版”选项卡中的“关闭母版视图”按钮，返回普通视图，如图 15-36 左图所示，在标题占位符和副标题占位符中输入如图 15-36 右图所示的文本。

图 15-36　返回普通视图并输入标题和副标题

步骤 10　单击“开始”选项卡上“幻灯片”组中的“新建幻灯片”按钮，如图 15-37 左图所示，添加一个“标题和内容”版式的幻灯片，然后在标题占位符和文本占位符中输入如图 15-37 右图所示的文本。

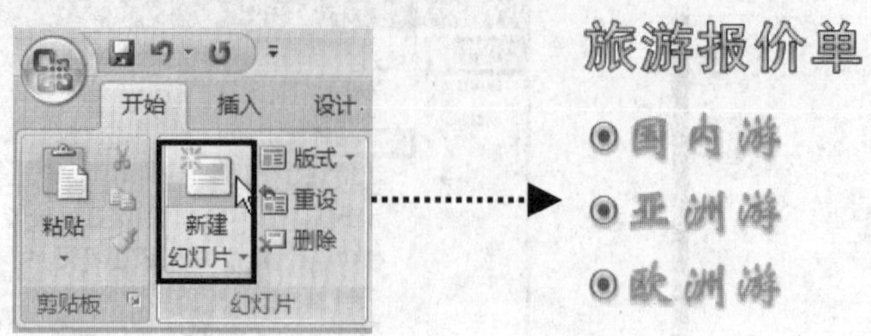

图 15-37　新建幻灯片并输入标题和文本

步骤 11　选中标题文本，然后单击“绘图工具”、“格式”选项卡上“艺术字样式”组中的“其他”按钮，在展开的列表中选择“应用于形状中的所有文字”中的“填充-强调文字颜色 1，塑料棱台，映像”样式，如图 15-38 所示。

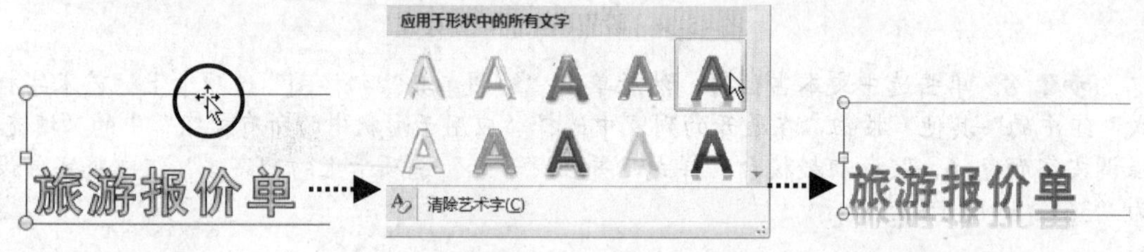

图 15-38　为标题添加艺术字样式

步骤 12　单击“开始”选项卡上“幻灯片”组中“新建幻灯片”按钮下方的三角按钮，在展开的幻灯片版式列表中选择“仅标题”版式，添加一张幻灯片，如图 15-39 所示。

步骤 13　在新添加的幻灯片中输入标题，并参照步骤 11 的操作，为其添加“填充-强调文字颜色 1，塑料棱台，映像”艺术字样式，如图 15-40 所示。

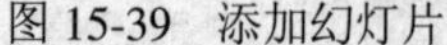

图 15-39　添加幻灯片

图 15-40　输入标题并为其添加艺术字样式

步骤 14　单击“插入”选项卡上“文本”组中“文本框”按钮下方的三角按钮，在展开的列表中选择“横排文本框”选项，如图 15-41 左图所示，然后在幻灯片右侧拖出一个文本框，并输入如图 15-41 中图所示的文本，输入完成后单击“开始”选项卡上“段落”组中的“文本右对齐”按钮，使文本框中的文本右对齐，并拖动文本框的边框调整其宽度，效果如图 15-41 右图所示。

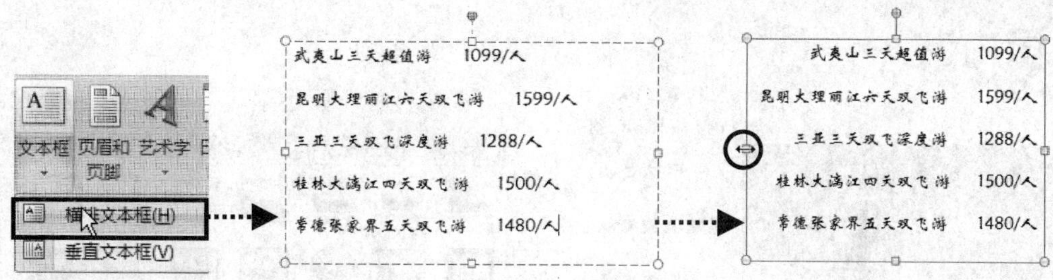

图 15-41　添加文本框并输入文本

步骤 15　保持文本框的选中状态，然后单击“绘图工具”、“格式”选项卡上“艺术字样式”组中的“其他”按钮，在展开的列表中选择“应用于形状中的所有文字”中的“填充-强调文字颜色 2，暖色粗糙棱台”样式，如图 15-42 所示。

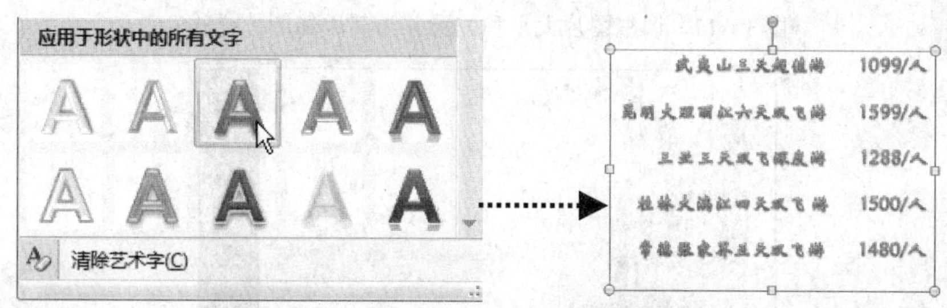

图 15-42　为文本添加艺术字样式

步骤 16　单击“插入”选项卡上“插图”组中的“图片”按钮，如图 15-43 左图所示，在打开的“插入图片”对话框中，选择本书配套素材“素材与实例”>“第 15 章”>“武夷山”图像文件，然后单击“插入”按钮，如图 15-43 右图所示。

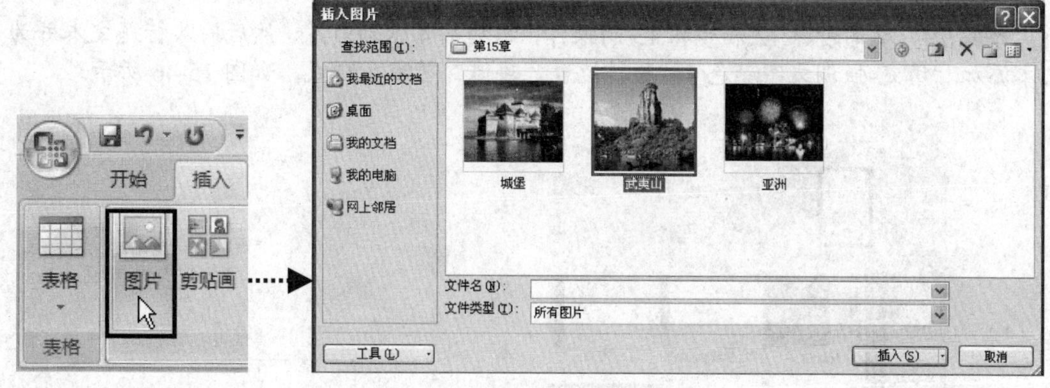

图 15-43　插入图片

步骤 17　拖动图片四个角上的节点，调整其大小，然后将图片移动到幻灯片的左侧，如图 15-44 左图所示。

步骤 18　保持图片的选中状态，然后单击“图片工具”、“格式”选项卡上“图片样式”组中的“其他”按钮，在展开的列表中选择“映像右透视”图片样式，如图 15-44 右图所示，最终效果如图 15-45 所示。

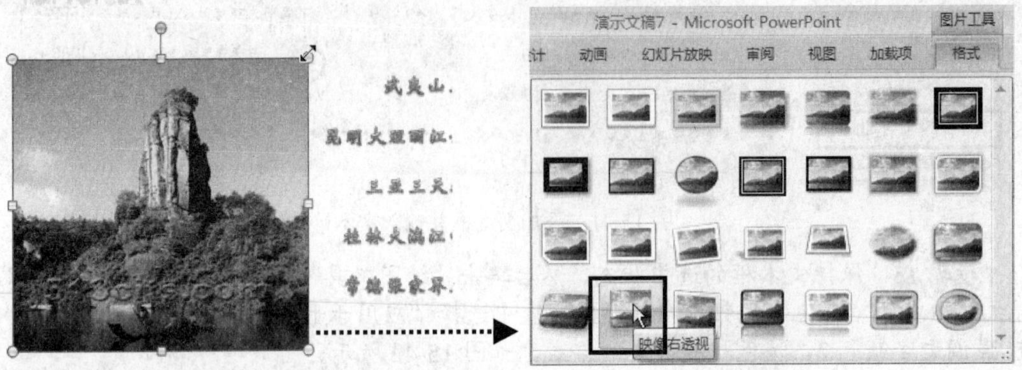

图 15-44　调整图片大小和位置并为其添加图片样式

图 15-45　调整完成的效果

步骤 19　参考步骤 12 和步骤 13 的操作，添加第 4 张幻灯片，然后输入标题文本并为文本添加“填充-强调文字颜色 1，塑料棱台，映像”艺术字样式，如图 15-46 所示。

图 15-46　添加幻灯片、输入标题并添加艺术字样式

步骤 20　参考步骤 14 和步骤 15 的操作，利用文本框在幻灯片左侧添加文本，然后为文本添加“填充-强调文字颜色 2，暖色粗糙棱台”艺术字样式，效果如图 15-47 所示。

步骤 21　参考步骤 16 的操作，在幻灯片中插入本书配套素材“素材与实例”>“第

15 章”＞“亚洲”图像文件，然后调整其大小和位置，再单击“图片工具”、“格式”选项卡上“图片样式”组中的“其他”按钮，在展开的列表中选择“圆形对角，白色”图片样式，如图 15-48 所示，最终效果如图 15-49 所示。

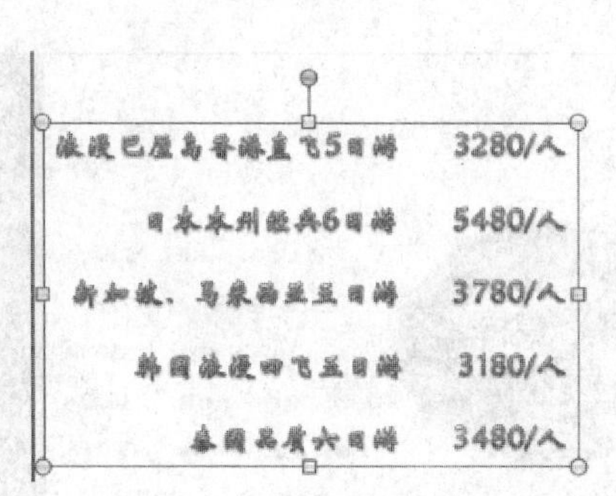

图 15-47　输入文本并为其添加艺术字样式

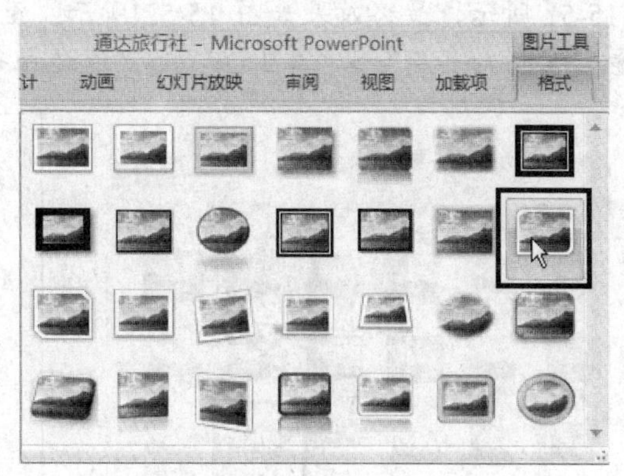

图 15-48　为图片添加图片样式

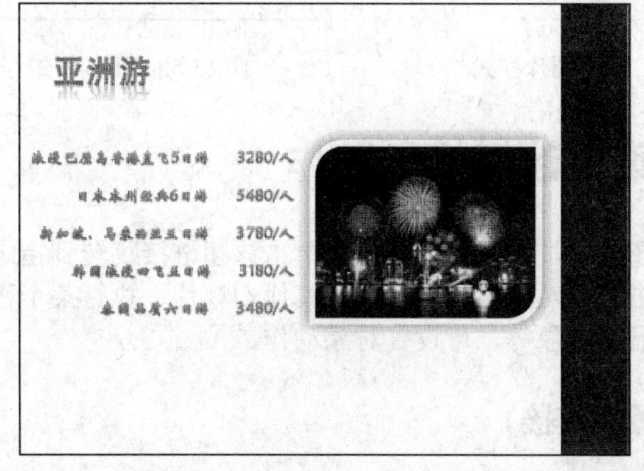

图 15-49　第 4 张幻灯片的最终效果

步骤 22　参考步骤 12 和步骤 13 的操作，添加第 5 张幻灯片，然后输入标题文本并为文本添加“填充-强调文字颜色 1，塑料棱台，映像”艺术字样式，如图 15-50 左图所示，参考步骤 14 和步骤 15 的操作，利用文本框在幻灯片右侧添加文本，然后为文本添加“填充-强调文字颜色 2，暖色粗糙棱台”艺术字样式，效果如图 15-50 右图所示。

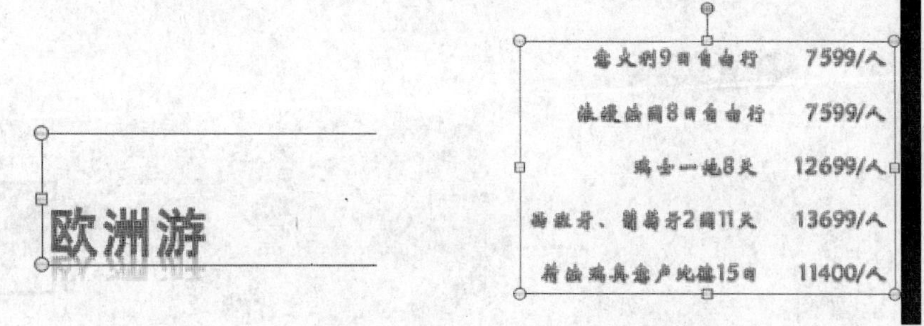

图 15-50　添加幻灯片并输入标题和文本

步骤 23 参考步骤 16 的操作，在幻灯片中插入本书配套素材“素材与实例”>“第 15 章”>“城堡”图像文件，然后调整其大小和位置，再单击“图片工具”、“格式”选项卡上“图片样式”组中的“其他”按钮，在展开的列表中选择“柔化边缘椭圆”图片样式，如图 15-51 所示，最终效果如图 15-52 所示。至此实例就完成了，最终效果可参考本书配套素材“素材与实例”>“第 15 章”>“通达旅行社”。

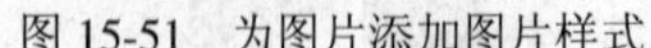
图 15-51 为图片添加图片样式

图 15-52 第 5 张幻灯片的最终效果

15.6 为对象设置超链接和动作

在幻灯片中插入超链接，观看者就可通过单击该超链接跳转到指定位置。另外，如果希望在光标移过或单击某个对象时，能切换到其他幻灯片、执行某个程序、播放选定的声音文件或单击时突出显示对象等，可设置对象动作。

15.6.1 为对象设置超链接

要插入超链接，用户必须首先选定要插入超链接的对象。其中，如果选定的对象是文本框，表示为整个文本框中的文字设置超链接；如果利用拖动方法在文本框中选定了文字，则表示为选中的文字设置超链接。下面，我们以为文字设置超链接为例介绍操作方法。

步骤 1 打开本书配套素材“素材与实例”>“第 15 章”>“隆福美食城”演示文稿，在第 2 张幻灯片中拖动选择“粤菜”文本，如图 15-53 左图所示，然后单击“插入”选项卡上“链接”组中的“超链接”按钮，如图 15-53 右图所示。

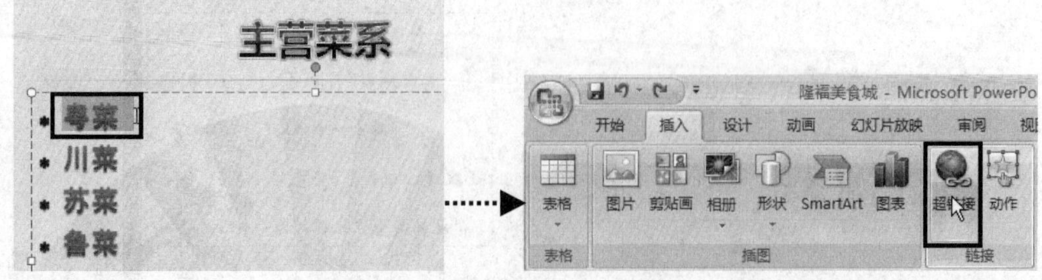

图 15-53 选中文本并单击“超链接”按钮

步骤 2 在打开的“插入超链接”对话框中的“链接到”列表框中单击“本文档中的

位置”选项，然后在“请选择文档中的位置”列表框中选择“3.粤菜”选项，如图 15-54 左图所示。

步骤 3 单击“确定”按钮后，所选文字的颜色被调整，并添加上了下划线，如图 15-54 右图所示，表明这是一个超链接。当播放幻灯片时，将鼠标指针指向该文字，鼠标指针变成手的形状，单击即可打开链接到的相应幻灯片。

图 15-54 为所选文本插入超链接

值得注意的是，若幻灯片标题内容并非显示在标题占位符文本框中，则在“请选择文档中的位置”列表框中，不能以标题名称标示幻灯片，如本例中的“3.粤菜”，取而代之的是“幻灯片 1”、“幻灯片 2”……

15.6.2 为对象添加动作

要为对象设置动作，可参考以下操作：

步骤 1 选中幻灯片中要设置动作的对象，例如选择“隆福美食城.pptx”演示文稿第 2 张幻灯片中最右侧的按钮，如图 15-55 左图所示，然后单击“插入”选项卡上“链接”组中的“动作”按钮，如图 15-55 右图所示。

图 15-55 选中对象并单击“动作”按钮

步骤 2 在打开的“动作设置”对话框中选择“单击鼠标”选项卡，然后单击“超链接到”单选钮，在其下拉列表中可选择链接位置，例如选择“最后一张幻灯片”选项，如图 15-56 所示，设置完成后单击“确定”按钮，即可为该按钮添加动作，在播放幻灯片时，单击该按钮，就会跳转到最后一张幻灯片。

如果选择“鼠标移过”选项卡，则在播放幻灯片时，鼠标移过该按钮时，执行设置的动作，“鼠标移过”选项卡中的选项与“单击鼠标”选项卡完全相同。

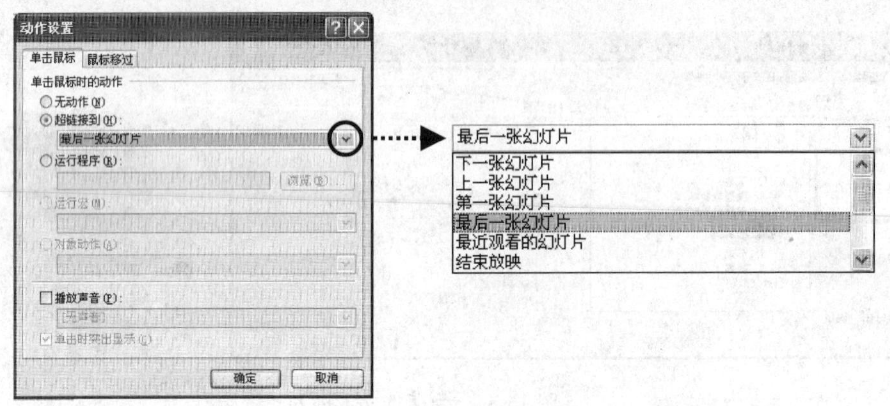

图 15-56 “动作设置”对话框

15.7 为对象设置动画效果

为幻灯片中的对象设置动画效果后，在播放演示文稿时，该对象便会以设置好的动画效果出现。下面，将分别介绍在幻灯片中为对象添加动画效果和设置自定义动画的方法。

15.7.1 添加动画效果

要为幻灯片中的对象添加动画效果，可参考以下操作：

步骤 1 在幻灯片中选定要设置动画效果的对象，例如选择“隆福美食城.pptx”演示文稿第 3 张幻灯片右侧的图片，如图 15-57 左图所示。

步骤 2 单击“动画”选项卡上“动画”组中“动画”选项右侧的三角按钮，在弹出的动画列表中选择一种动画方式，例如选择“淡出”选项，如图 15-57 右图所示。

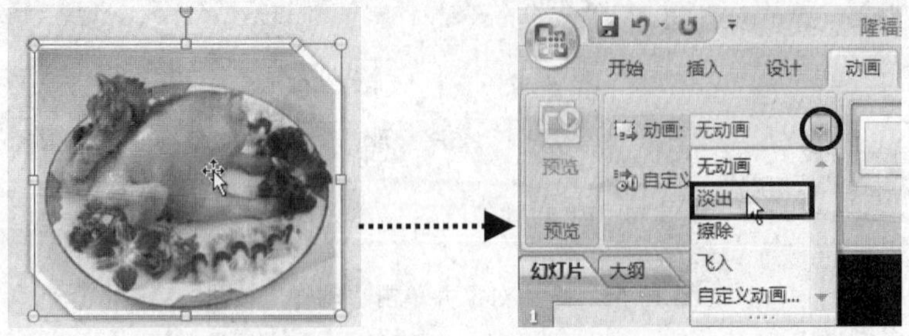

图 15-57 为图片添加动画效果

15.7.2 自定义动画效果

如果感觉系统自带的动画列表中的动画效果太少，不能满足制作需要，还可以利用“自

定义动画”任务窗格，添加更加丰富多彩的动画效果，具体操作可参考以下步骤：

步骤 1　选定要自定义动画效果的对象，例如选择“隆福美食城.pptx”演示文稿第 3 张幻灯片左侧的文本，然后单击“动画”选项卡上“动画”组中的“自定义动画”按钮，系统将打开“自定义动画”任务窗格，如图 15-58 所示。

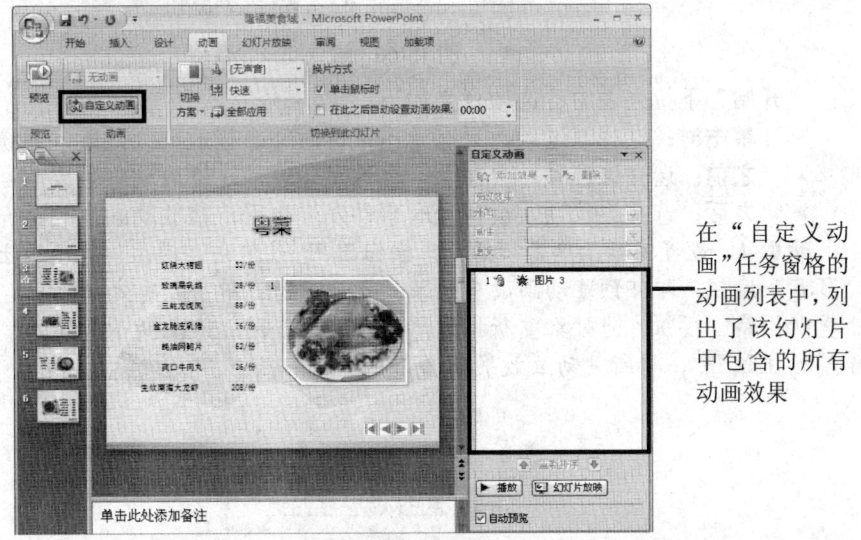

图 15-58　打开“自定义动画”窗格

步骤 2　在“自定义动画”任务窗格中单击“添加效果”按钮[添加效果]，从弹出的下拉列表中选择一种动作，例如选择“进入”>“百叶窗”效果，如图 15-59 左图所示，在“自定义动画”列表中会根据用户添加动画的顺序，由上到下排列显示添加动画效果的对象名称，如图 15-59 右图所示。

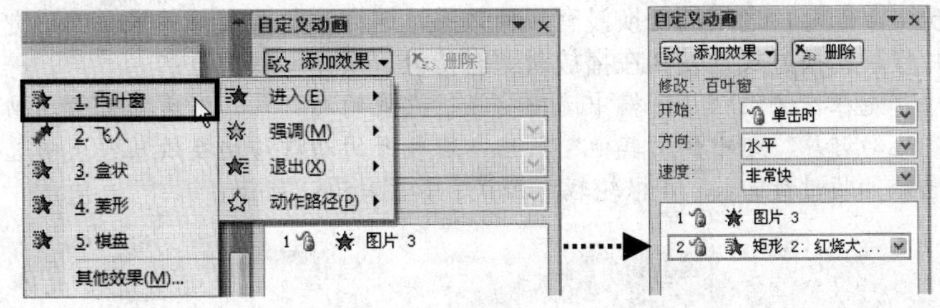

图 15-59　为对象添加动画效果

“添加效果”按钮下拉菜单中各选项意义如下：

- **进入：**在“进入”子菜单中，可设置进入该幻灯片时对象的动画效果。
- **强调：**在“强调”子菜单中，为对象选择一种强调效果。
- **离开：**在“离开”子菜单中，可设置离开该幻灯片时对象的动画效果。
- **动作路径：**在“动作路径”子菜单中，可设置使对象在幻灯片中移动的动画效果。

步骤 3　在“自定义动画”列表中选中添加的动画效果后，可在“自定义动画”任务窗格上方设置动画在何时开始播放，动画的运动方向和动画的播放速度，例如我们在“开始”下拉列表中选择“之后”选项，如图 15-60 所示。

图 15-60　设置动画参数

“开始”下拉列表中各选项意义如下：

- **单击时**：选择该选项，只有单击鼠标时才会播放动画效果，系统默认选择此项。
- **之前**：选择该选项，会在上一事件发生之前，播放动画效果。
- **之后**：选择该选项，会在上一事件发生之后，播放动画效果，一般会选择此项。

步骤 4　设置完毕，单击“播放”按钮或单击“动画”选项卡上“预览”组中的“预览”按钮，即可预览动画设置效果。也可以通过单击“自定义动画”任务窗格下方的“重新排序”按钮，为对象重新排列播放顺序，如图 15-61 所示。此外，还可以单击“删除”按钮，将所设动画效果删除。

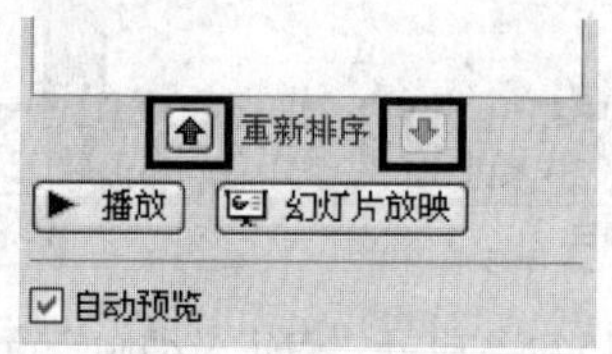

图 15-61　“重新排序”按钮

15.8　设置幻灯片切换方式

默认情况下，幻灯片之间的切换没有任何效果，这样难免给人一种呆板的感觉，我们可以为幻灯片设置切换方式，使其在播放时更有特色。操作步骤如下：

步骤 1　首先在左侧幻灯片窗格中选中要进行设置的幻灯片，然后单击“动画”选项卡上“切换到此幻灯片”组中的“其他”按钮，在展开的幻灯片切换效果列表中选择一种模式，例如选择“顺时针回旋，4 根轮辐”模式，如图 15-62 所示。

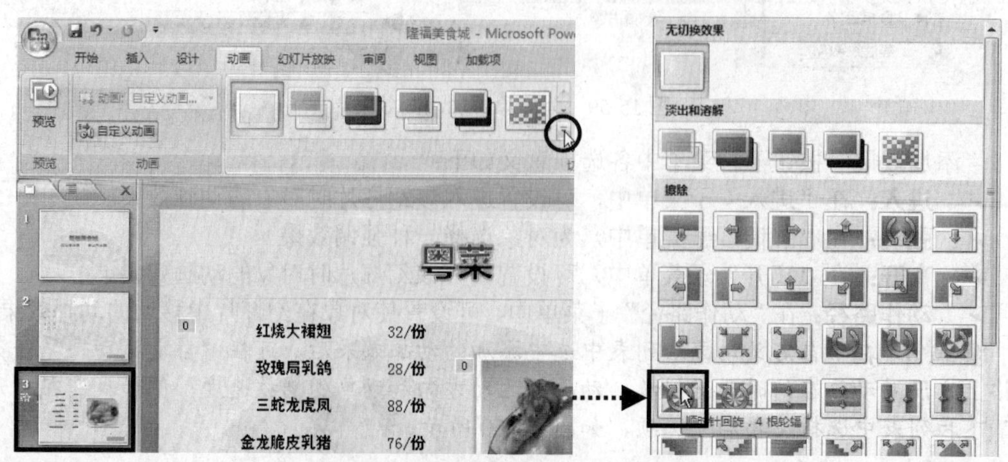

图 15-62　选择切换模式

步骤 2　在“切换到此幻灯片”组中“切换声音”按钮下拉列表中，可选择切换时的声音，在“切换速度”按钮下拉列表中，可选择切换速度，如图 15-63 所示。

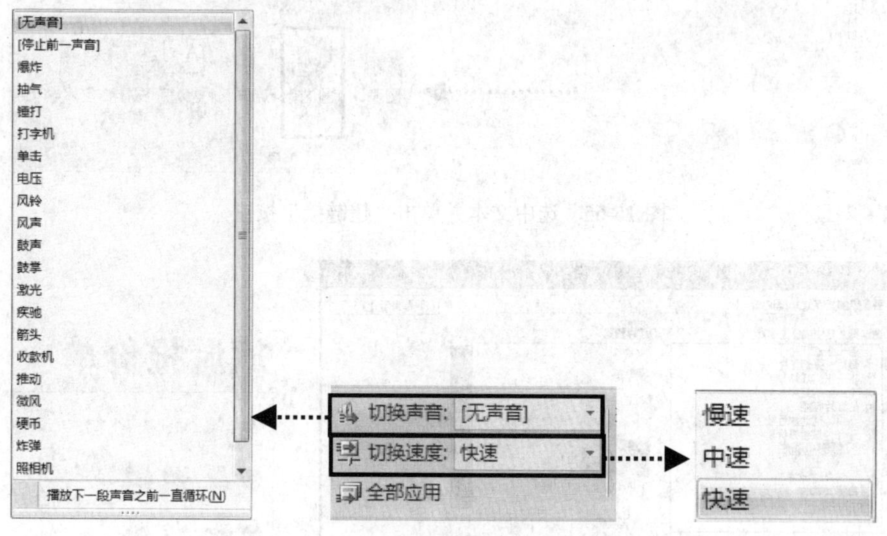

图 15-63　设置切换声音和切换速度

步骤 3　在“切换到此幻灯片”组中“切片方式”选项下可设置幻灯片的切换时间，如图 15-64 所示，勾选“单击鼠标时”复选框，则在单击鼠标时切换幻灯片；勾选“在此之后自动设置动画效果”复选框，可在其右侧设置幻灯片的切换时间；如果同时选中两个复选框，可实现手工切换和自动切换相结合。

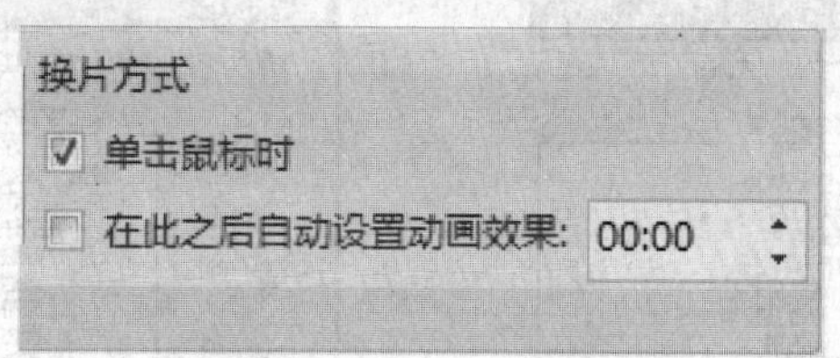

图 15-64　设置切换方式

步骤 4　若希望演示文稿中所有幻灯片都应用设置好的切换效果，可单击“切换到此幻灯片”组中的“全部应用”按钮。

15.9　上机实践——创建“旅行社宣传册”演示文稿（2）

下面，利用前面所学知识，完善上个实例中制作的“旅行社宣传册.pptx”演示文稿，具体步骤如下：

步骤 1　打开“旅行社宣传册.pptx”演示文稿，在左侧的幻灯片窗格中选择第 2 张幻灯片，然后拖动鼠标，选中“国内游”文本，如图 15-65 左图所示，然后单击“插入”选项卡上“链接”组中的“超链接”按钮，如图 15-65 右图所示。

步骤 2　在打开的“插入超链接”对话框中的“链接到”列表中，单击“本文档中的位置”选项，然后在“请选择文档中的位置”列表中选择第 3 张幻灯片，如图 15-66 左图所示，然后单击“确定”按钮，为文本添加超链接，如图 15-66 右图所示。

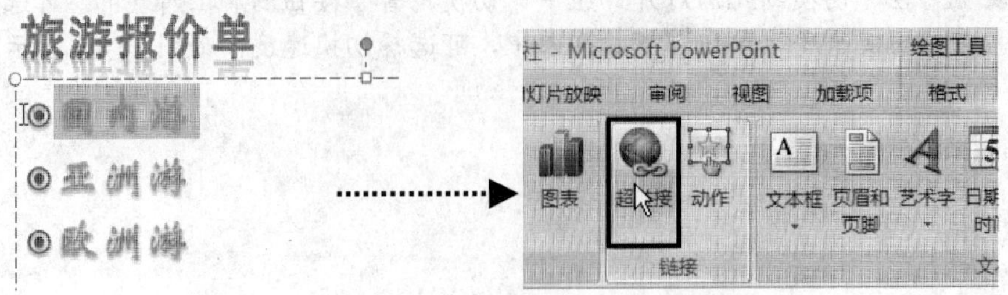

图 15-65　选中文本并单击“超链接”按钮

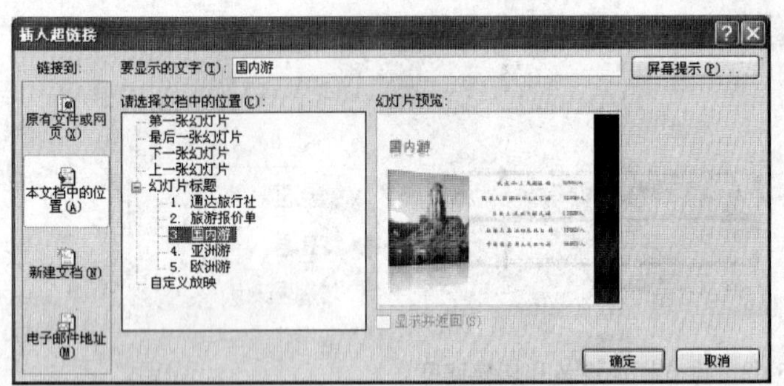

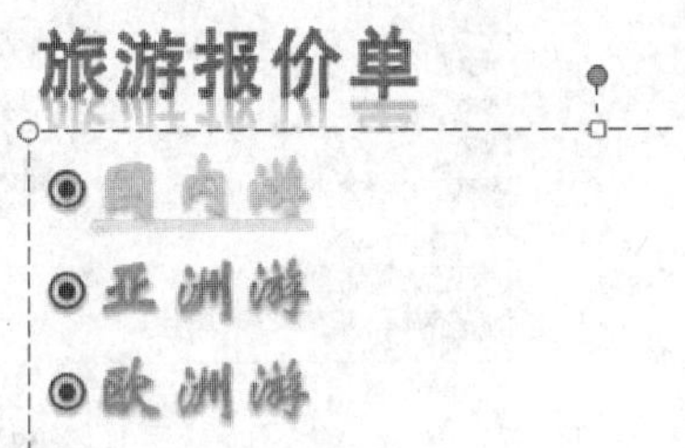

图 15-66　为所选文本插入超链接

步骤 3　参考步骤 1 和步骤 2 的操作，将“亚洲游”文本链接到第 4 张幻灯片，如图 15-67 左图所示；将“欧洲游”文本链接到第 5 张幻灯片，如图 15-67 右图所示。

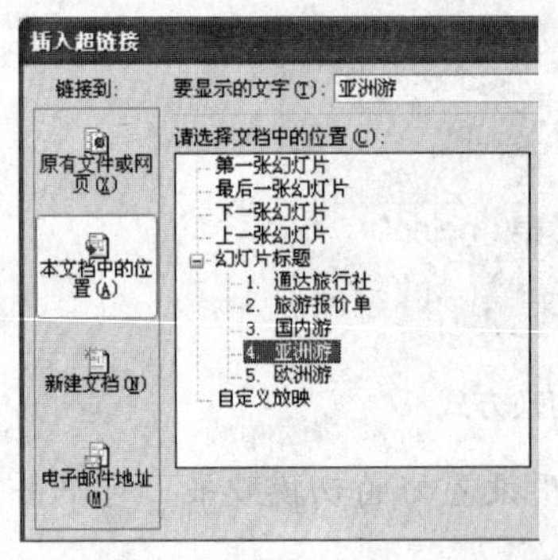

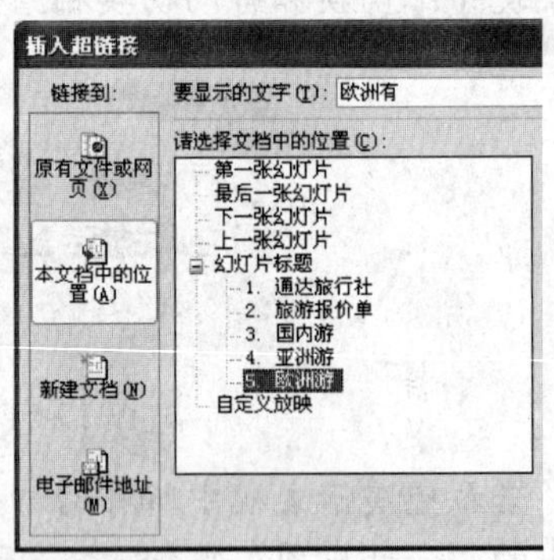

图 15-67　为“亚洲游”文本和“欧洲游”文本插入超链接

步骤 4　单击“插入”选项卡“插图”组中的“形状”按钮，在展开的列表中选择“动作按钮：开始”，如图 15-68 左图所示，然后在幻灯片的右下方拖动鼠标绘制一个大小适中的快退按钮，此时会弹出“动作设置”对话框，选择“单击鼠标”选项卡，然后单击“超链接到”单选钮，并在其下拉列表中选择“第一张幻灯片”选项，如图 15-68 右图所示，然后单击“确定”按钮。

步骤 5　单击“形状”按钮，在展开的列表中选择“动作按钮：后退或前一项”，如图 15-69 左图所示，然后在快退按钮右侧绘制一个同样大小的后退按钮，在弹出的“动作设置”对话框中，选择“单击鼠标”选项卡，然后单击“超链接到”单选钮，并在其下拉列表中选择“上一张幻灯片”选项，如图 15-69 右图所示，然后单击“确定”按钮。

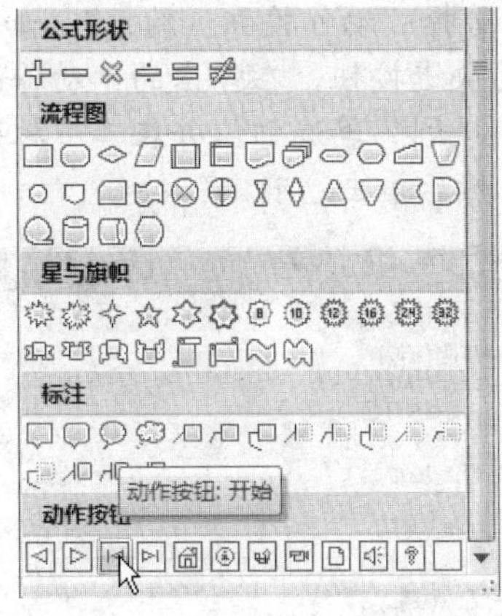

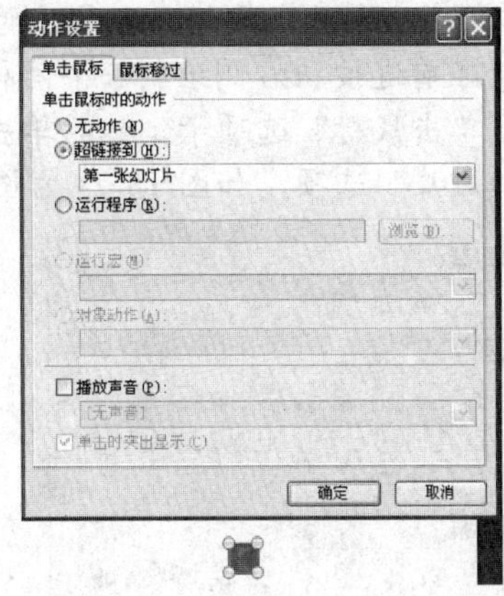

图 15-68　制作快退按钮

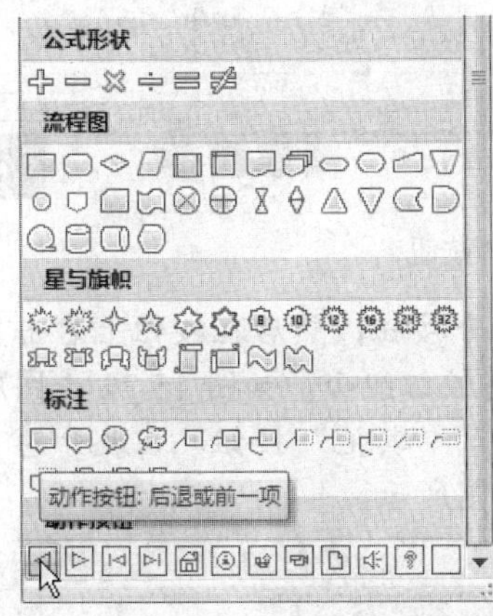

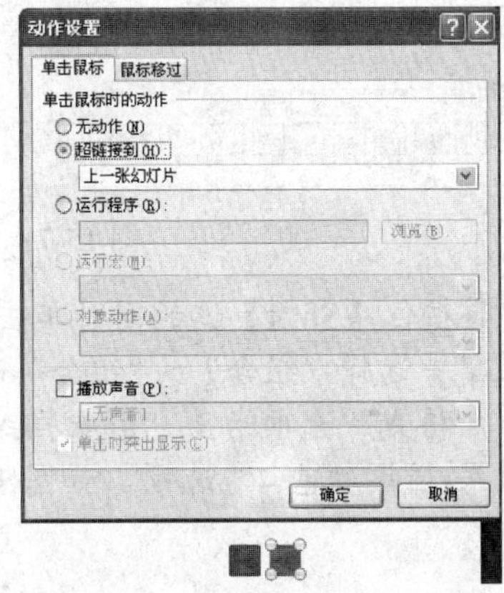

图 15-69　制作后退按钮

步骤 6　单击“形状”按钮，在展开的列表中选择“动作按钮：前进或下一项”，如图 15-70 左图所示，然后在后退按钮右侧绘制一个同样大小的前进按钮，在弹出的“动作设置”对话框中，选择“单击鼠标”选项卡，然后单击“超链接到”单选钮，并在其下拉列表中选择“下一张幻灯片”选项，如图 15-70 右图所示，然后单击“确定”按钮。

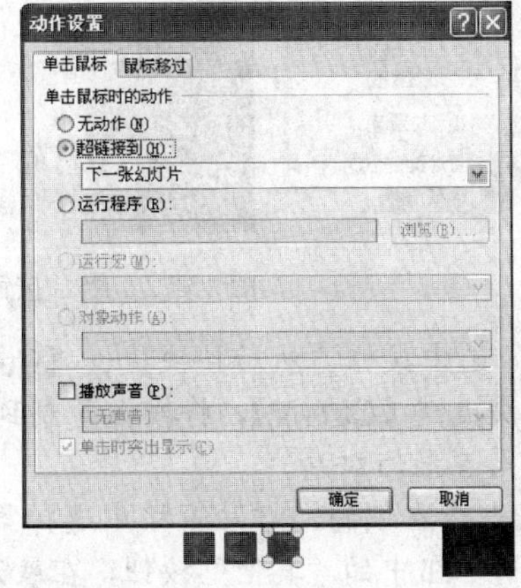

图 15-70　制作前进按钮

步骤 7 单击“形状”按钮，在展开的列表中选择“动作按钮：结束”，如图 15-71 左图所示，然后在前进按钮右侧绘制一个同样大小的快进按钮，在弹出的“动作设置”对话框中，选择“单击鼠标”选项卡，然后单击“超链接到”单选钮，并在其下拉列表中选择“最后一张幻灯片”选项，如图 15-71 右图所示，然后单击“确定”按钮。

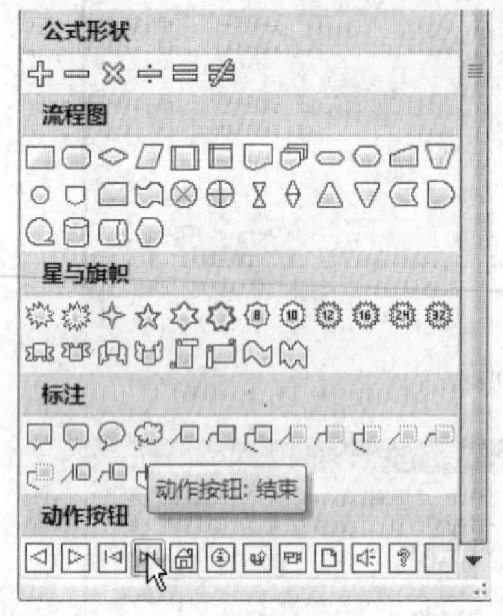

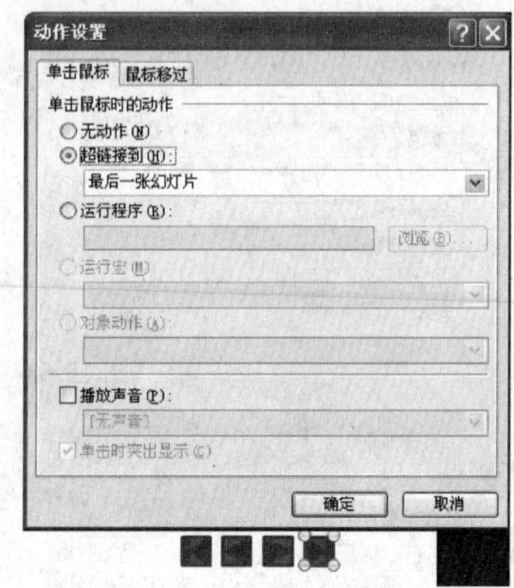

图 15-71　制作快进按钮

步骤 8 再按住【Shift】键的同时单击选中 4 个按钮，然后在按钮上右击鼠标，在弹出的的快捷菜单中选择“组合”>“组合”选项，将按钮组合，如图 15-72 左图所示，选择“绘图工具”、“格式”选项卡上“形状样式”组中的“其他”按钮，在展开的下拉列表中选择“强烈效果-强调颜色 4”选项，如图 15-72 右图所示。

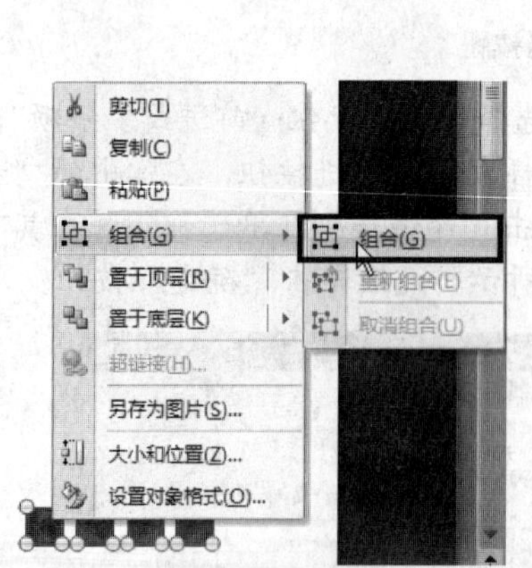

图 15-72　组合按钮并为其添加形状样式

步骤 9 选中按钮，然后按快捷键【Ctrl+C】，在左侧的幻灯片窗格中选择第 3 张幻灯片，然后按快捷键【Ctrl+V】，将按钮复制到第 3 张幻灯片，利用相同的操作，将按钮复制到第 4 张和第 5 张幻灯片。

步骤 10 在左侧的幻灯片窗格中选择第 2 张幻灯片，然后单击“动画”选项卡上“切换到此幻灯片”组中的“其他”按钮，在展开的幻灯片切换效果列表中选择“顺时针回旋，8 根轮辐”模式，如图 15-73 所示，再单击“全部应用”按钮，为演示文稿中的所有幻灯片设置切换模式。

步骤 11　依次选中第 2 张幻灯片中的标题和文本，然后单击“动画”选项卡上“动画”组中“动画”选项右侧的三角按钮，在弹出的动画列表中选择“淡出”选项，如图 15-74 所示。

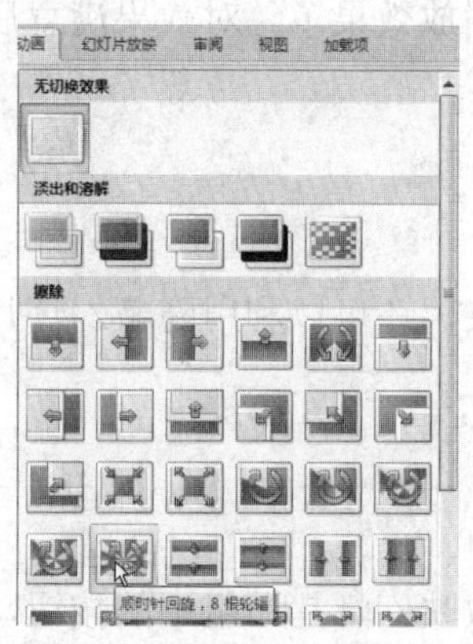

图 15-73　设置幻灯片切换模式

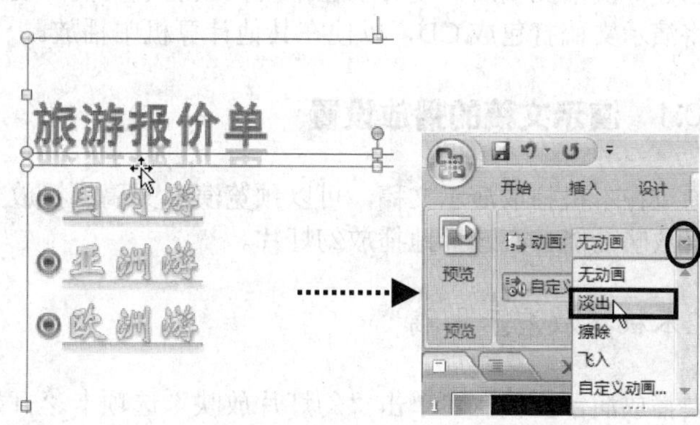

图 15-74　为幻灯片设置动画效果

步骤 12　单击“自定义动画”按钮，打开“自定义动画”任务窗格，将“自定义动画”列表中所有动画效果的“开始”选项设为“之后”，将“速度”设为“非常快”，如图 15-75 所示。

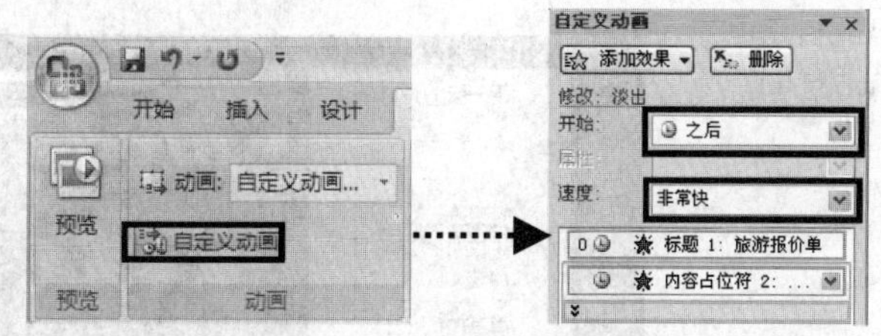

图 15-75　设置动画参数

步骤 13　依次选中第 3 张幻灯片中的标题、图像和文本，然后按照步骤 11 和步骤 12 的操作添加动画效果，如图 15-76 所示。以同样的操作为第 4 张和第 5 张幻灯片上的对象添加动画效果，至此实例就完成了。本例最终效果可参考本书配套素材“素材与实例”>“第 15 章”>“旅行社宣传册”。

图 15-76　为第 3 张幻灯片中的对象添加动画效果

15.10 播放演示文稿

创建好演示文稿后，便可以在本机播放演示文稿，观察播放效果了。对效果满意后，还可将演示文稿打包成CD，以便在其他计算机中播放。

15.10.1 演示文稿的播放设置

通过在本机播放演示文稿，可以预览演示文稿的播放效果，还可以利用隐藏幻灯片和自定义放映功能，有选择地播放幻灯片。

1. 在本机播放演示文稿

要播放演示文稿，可单击“幻灯片放映”选项卡“开始放映幻灯片”组中的按钮，例如单击“从头开始”按钮，如图15-77所示，此时屏幕会以满屏方式由第一张幻灯片开始播放。

在播放演示文稿过程中，每单击一下鼠标则显示下一张幻灯片，直到所有幻灯片播放完毕。如果想在中途终止幻灯片的播放，可以在幻灯片上右击鼠标，在弹出的快捷菜单中选择“结束放映”菜单即可，如图15-78所示。

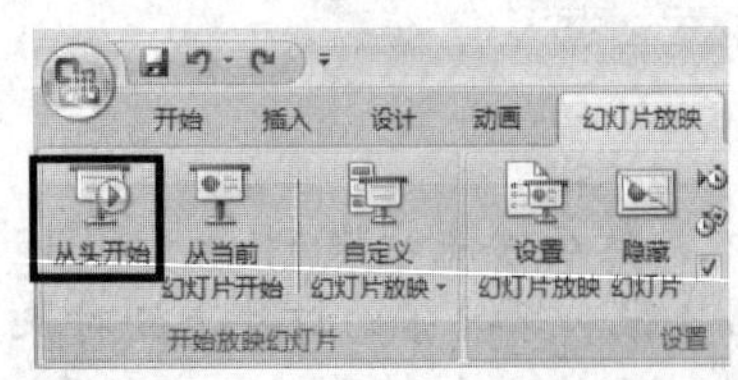

图15-77　单击“从头开始”按钮

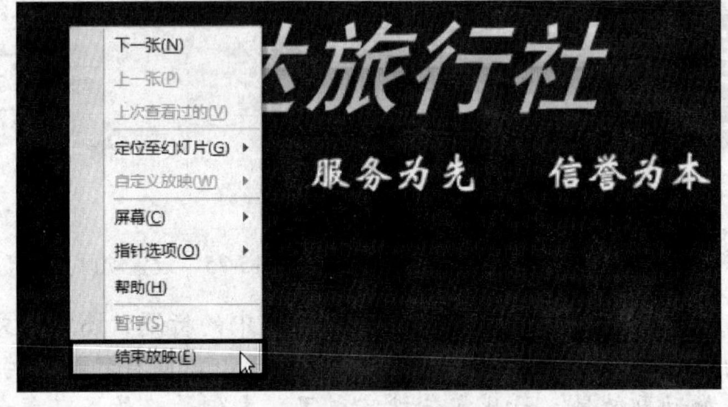

图15-78　选择“结束放映”菜单

按【ESC】键可快速终止幻灯片的放映。

另一种放映幻灯片的方法是：单击状态栏上视图工具栏中的“幻灯片放映”按钮，如图15-79所示，此时会由当前编辑的幻灯片开始播放。

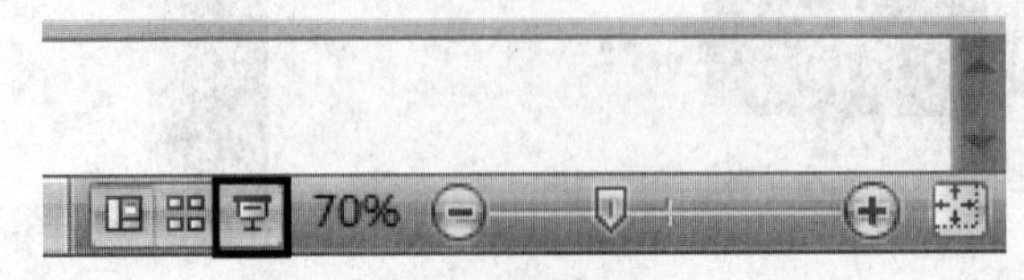

图15-79　单击“幻灯片放映”按钮

2. 隐藏幻灯片

由于用户的不同需要，有时可能只要求播放演示文稿中的部分幻灯片，这时可将不需要放映的幻灯片隐藏起来。

要隐藏幻灯片应先选择要隐藏的幻灯片，然后单击“幻灯片放映”选项卡上“开始放映幻灯片”组中的“隐藏幻灯片”按钮，如图 15-80 左图所示。此时在左侧幻灯片窗格中，被隐藏幻灯片的编号外围会出现一个矩形框，如图 15-80 右图所示，表示该幻灯片已被隐藏，在播放演示文稿时将不会播放该幻灯片。

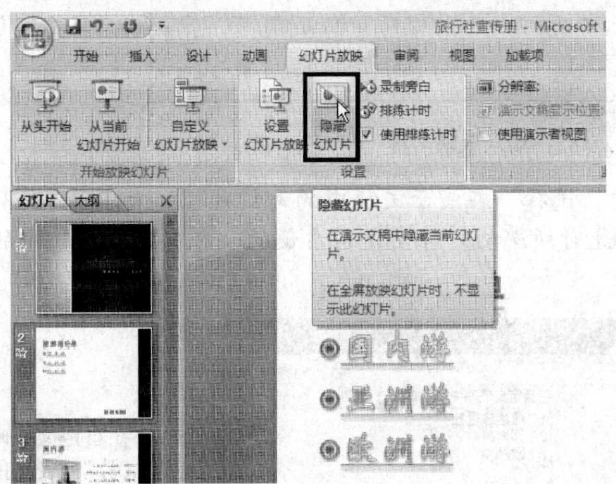

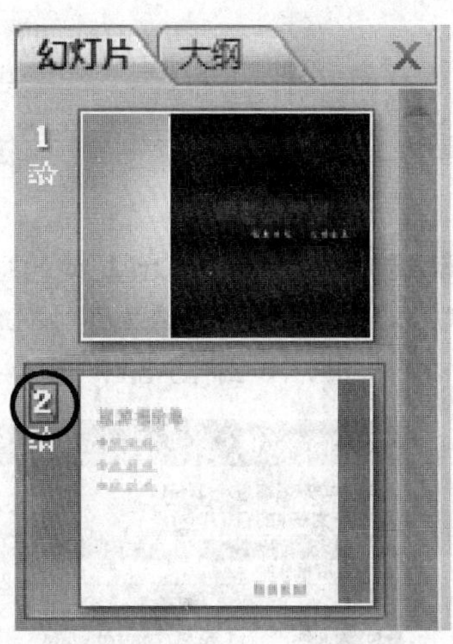

图 15-80　隐藏幻灯片

如果要重新使用已隐藏的幻灯片，只需选中被隐藏的幻灯片，然后再次单击“隐藏幻灯片”按钮即可。

3. 自定义放映

利用 PowerPoint 提供的“自定义放映”功能，可以利用已有演示文稿中的幻灯片组成一个新的演示文稿。下面以利用“旅行社宣传册.pptx”演示文稿中第 1、3、5 张幻灯片，组成一个新的演示文稿为例，介绍“自定义放映”功能的使用方法，具体步骤如下：

步骤 1　打开“旅行社宣传册.pptx”演示文稿，单击“幻灯片放映”选项卡上“开始放映幻灯片”组中的“自定义放映”按钮，在展开的列表中选择“自定义放映”选项，打开“自定义放映”对话框，如图 15-81 所示。

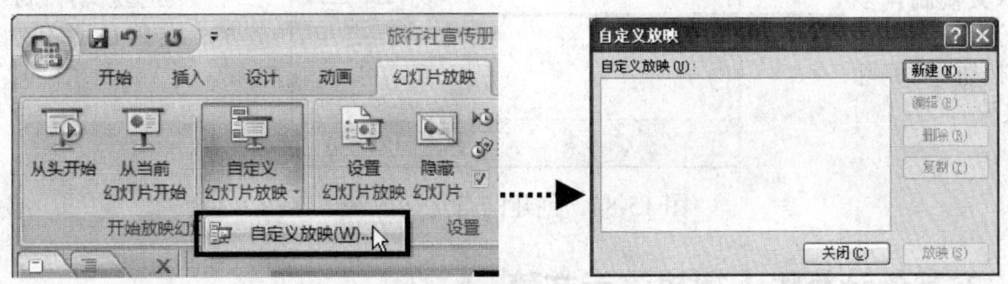

图 15-81　打开“自定义放映”对话框

步骤 2　在打开的“自定义放映”对话框中，单击“新建”按钮，打开“定义自定义放映”对话框，然后在“幻灯片放映名称”编辑框中输入放映名称，例如输入“宣传 1”，如图 15-82 所示。

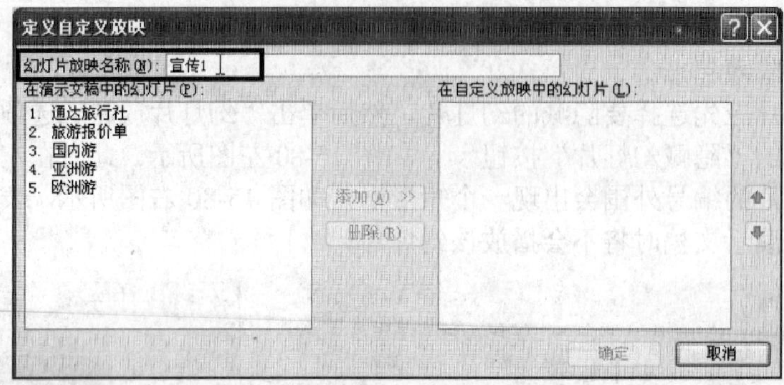

图 15-82　输入放映名称

步骤 3　在按住【Ctrl】键的同时，选择“在演示文稿中的幻灯片”列表中第 1、3、5 张幻灯片，然后单击“添加”按钮，此时所选幻灯片出现在右侧的“在自定义放映中的幻灯片”列表中，如图 15-83 所示。

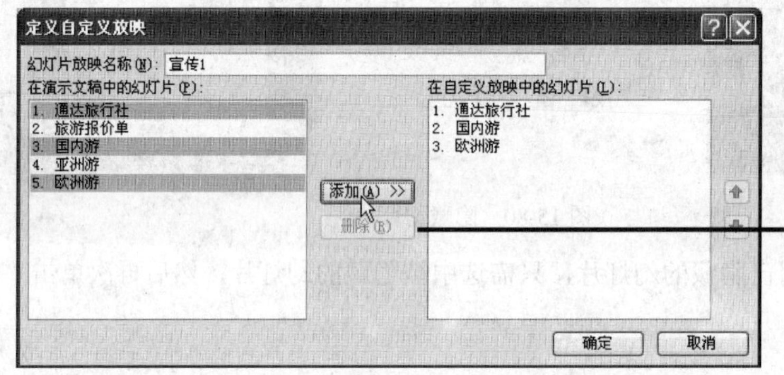

图 15-83　添加要放映的幻灯片

步骤 4　单击“确定”按钮，返回“自定义放映”对话框，在“自定义放映”列表中会出现刚才所建的自定义放映名称，如图 15-84 所示，单击“关闭”按钮，即可完成自定义放映的创建。

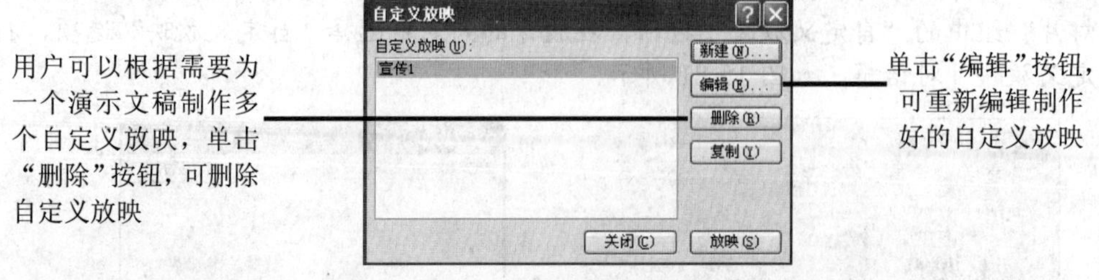

图 15-84　创建的自定义放映

15.10.2　在其他计算机上播放演示文稿

当用户将演示文稿拿到其他计算机中播放时，如果该计算机没有安装 PowerPoint 程序，或者没有演示文稿中所链接的文件以及所采用的字体，那么演示文稿将不能正常放映。此

时，可利用 PowerPoint 提供的“打包成 CD”功能，将演示文稿和所有支持的文件打包，这样即使计算机中没有安装 PowerPoint 程序也可以播放演示文稿了。将演示文稿“打包成 CD”的具体操作如下：

步骤 1　打开要打包的演示文稿，单击“Office 按钮”，在展开的列表中选择“发布”>“CD 数据包”选项，如图 15-85 所示。

步骤 2　在打开的“打包成 CD”对话框中的“将 CD 命名为”编辑框中为打包文件命名，如图 15-86 所示。

图 15-85　选择“CD 数据包”选项

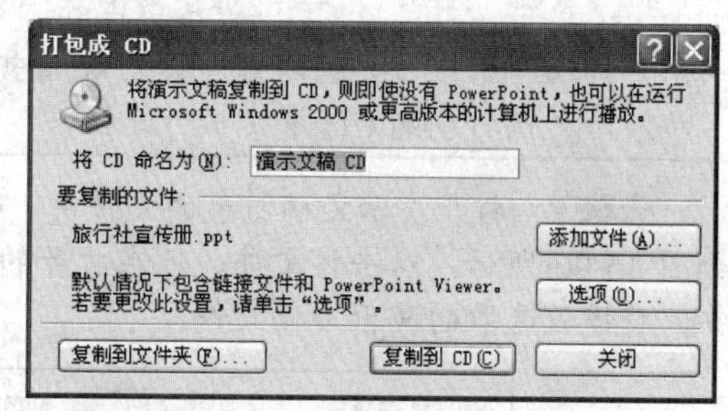

图 15-86　为打包文件命名

步骤 3　单击“打包成 CD”对话框中的“添加文件”按钮，会打开“添加文件”对话框，如图 15-87 左图所示，从中可选择要添加到其中的其他演示文稿，然后单击“添加”按钮，返回“打包成 CD”对话框中，如图 15-87 右图所示。

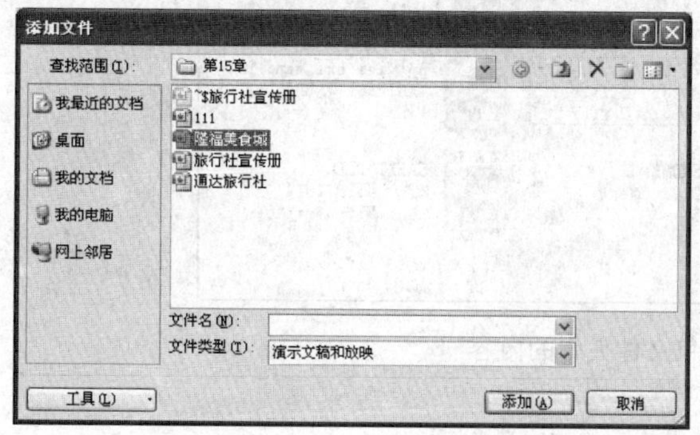

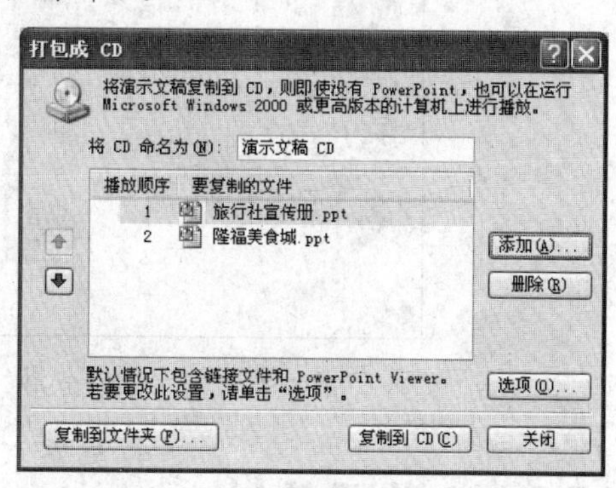

图 15-87　添加要打包的演示文稿

步骤 4　单击“打包到 CD”对话框中的“复制到文件夹”按钮，会打开“复制到文件夹”对话框，在“文件夹名称”编辑框中，可为包含打包文件的文件夹命名，在“位置”编辑框中，可设置保存位置，如图 15-88 所示，设置完成后单击“确定”按钮，会弹出图 15-89 所示的提示框，询问是否打包链接文件，单击“是”按钮，等待一段时间后，即可打包演示文稿。

图 15-88　“复制到文件夹”对话框

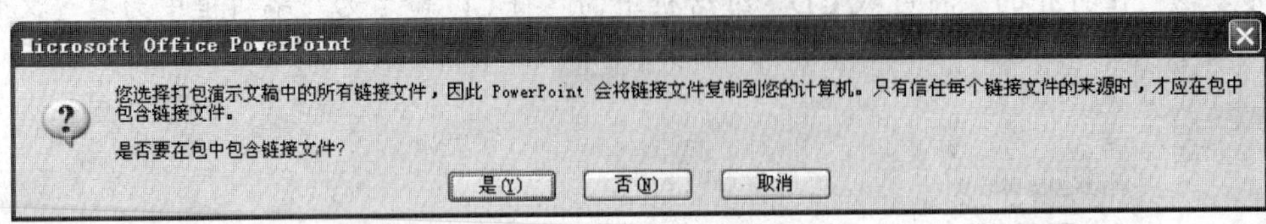

图 15-89　提示框

若单击“打包成 CD”对话框中的“复制到 CD”按钮，则弹出光驱的托盘，提示用户插入一张空白光盘即可开始刻录选中的演示文稿，完成后单击“完成”按钮即可将演示文稿打包到 CD 中（执行此操作，计算机上必须安装有刻录机）。

步骤 5　打开演示文稿打包的文件夹，可在其中看到有一个名为“PPTVIEW”的文件，如图 15-90 所示，双击该文件，可在打开的对话框中选择要播放的演示文稿，单击打开按钮，将播放选取的演示文稿文件。

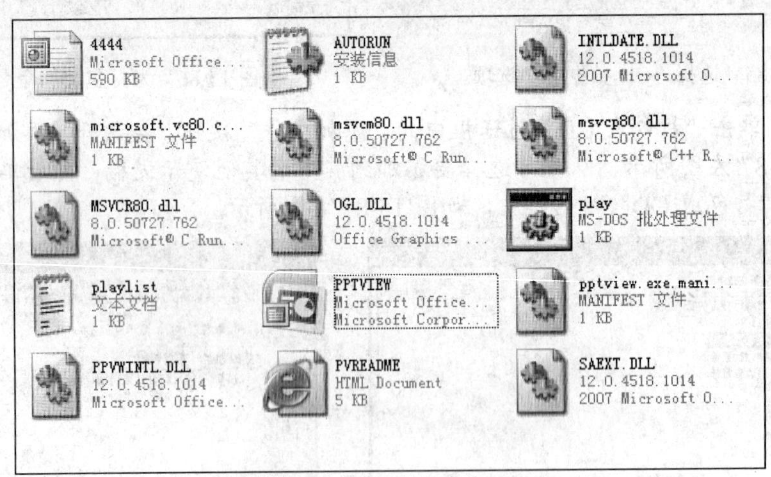

图 15-90　打包文件夹中的内容

15.11　学习总结

本章主要介绍了使用 PowerPoint 2007 创建、编辑和播放幻灯片的方法。通过本章的学习，读者需要了解幻灯片制做的一般流程，以及幻灯片的创建、编辑及播放方法。例如，学会如何为幻灯片应用版式和设计主题，设置背景，在演示文稿中添加文本、图片、声音及影片的方法，添加、复制、删除幻灯片及调整幻灯片的顺序的方法，为幻灯片中的对象设置动画效果，以及播放演示文稿的方法等。

15.12 思考与练习

一、填空题

1. PowerPoint 2007 创建的文件称为________，它是由一张或若干张________组成的。

2. 在创建幻灯片时，我们一般会为幻灯片设置________和________。

3. 要在幻灯片中添加文本有两种方法，一种是在________中直接输入，另一种是利用________进行添加。

4. 对母版的修改会直接作用到演示文稿中使用该母版的________上。

5. 为对象设置________后，可在播放演示文稿时通过单击该对象快速跳转到指定位置。

二、简答题

1. 简述制作幻灯片的一般方法。
2. 如何选择幻灯片的主题和版式？
3. 如何快速统一设置所有幻灯片的背景和文字样式？
4. 如何在幻灯片中插入图片、声音和影片素材？
5. 如何在演示文当中添加、删除、复制和调整幻灯片？
6. 如何为幻灯片中的对象添加动画效果？

三、操作题

利用本章所学知识，制作一个饭店的菜单宣传册，最终效果可参考本书配套素材“素材与实例”>“第 15 章”>“饭店宣传册”演示文稿。

提示：

（1）新建一个演示文稿，并选择设计主题。

（2）在第 1 张幻灯片中输入标题和副标题，然后新添加 5 张幻灯片。

（3）在第 2 张幻灯片中输入标题和文本，并为其添加艺术字样式。

（4）在第 3、4、5、6 张幻灯片中输入标题，利用文本框输入文字，并为它们添加艺术字样式，再插入图片，并设置图片样式。

（5）为第 2 张幻灯片中的文本添加超链接，并绘制按钮，再为按钮添加动作，并将按钮复制到第 3、4、5、6 张幻灯片中。

（6）为幻灯片设置切换方式，并为各张幻灯片中的对象添加动画效果。

（7）最后预览演示文稿播放效果，对效果满意后，将演示文稿打包。